標準日語語法

顧明耀　主編

高等教育出版社授權

鴻儒堂出版社發行

本書特點說明

1・權威性

本書的編者、著者均是從事日語教學、研究的國內外知名學者和語法研究專家。本書的體系、觀點及內容均經過多年的反覆論証。

2・實用性

本書精心設計，突出了許多重點語法項目，編制了獨具特色的附錄索引，為學習者理解和查找提供了方便。此外，還為日語學習者及日語教師提供了許多日語知識、豐富的例句和日語學、日語教學方面的國內外研究成果，可供參考。

3・新穎性

本書版式設計新穎醒目、主次分明。主體部分系統講述日語語法，簡明扼要；補充說明部分與主體部分呼應，廣徵博引，提供豐富資料。形式新穎，內容充實，二者和諧、完美。

本書內容提要

本書內容豐富、例句廣泛、實用性強。書中既有中國日語教師和日語研究者的多年的研究成果，也有日本學者最新的研究動態。本書內容闡述分為主體部分和補充說明兩部分，主體部分系統完整地論述日語語法，補充說明部分配合主體部分作出必要的說明並提供豐富的參考資料。

本書既是日語學習者、大學生、研究生、日語教師的必備參考書，也是語言、語法研究人員的優質參考書。

目　　錄

第 一 章

緒 論

第一節　語　法

一、什麼是語法

　　語言是有一定規律的，唯其客觀地存在著這種規律，人們才能說（寫）出讓對方理解的語言，人們才能理解對方說（寫）出的語言。語言的規律就是語法（文法^{ぶんぼう}）。語就是語言，法就是規律、規則。

　　語法的研究對象是語言。語言存在著單位，語法研究、語法學習自然也得著眼於各個層次的語言單位。

　　語法是高度抽象出來的語言本身客觀存在的規則。具體地說，語法指的就是各個語言單位的構成、結構、性質、類別，以及不同層次語言單位之間的關係等存在和發展的客觀規則。

　　語法學是研究這種客觀存在的語言規律——語法——的一門學科。語法學也常常簡稱為語法。

……‧……‧……‧……‧……

　　(i)　"語法"本身有兩個概念，一是指語言本身客觀存在的規則；一是指語法學，即研究語法的科學。

　　(ii)　什麼是語法，不同學者下過不同的定義，比較有影響的說法有："語法（詞法、句法）是詞的變化規則和用詞造句的規則的匯集（斯大林）、"人們說話是有一定的共同規律和習慣的；把這些規律和習慣，整理出來，從而系統地提出一些正確的方式，這就叫做語法"（黎錦熙、劉世儒）、"語法就是族語的結構方式，……就是把許多概念聯結起來，用某一定的方式去表示事物的關

係"（王力）、"語法指用詞造句的規則，它使語言具有一種有條理的可理解的性質"（呂叔湘）、"語法是語言結構的規律"（胡裕樹）、ある"国語を思想に応じて運用する一般的の法則"（山田孝雄）、"語の相互間の関係を規定する法則"（安藤正次）、"すべて言語構成の法式又は通則"（橋本進吉）、"俗に'ことばのきまり'といわれるような法則的なもの"（小林英夫）等等。這些定義在精確、謹嚴上各有不同，但都抓住了基本的東西。本書對語法的定義無非是這個共性的反映。

二、各種各樣的日語語法

我們可以發現語法的名稱時有區別，語法的內容也不盡相同。例如山田語法、橋本語法、時枝語法，口語語法、文語語法、**轉換語法**、生成語法，理論語法、實用語法，教學語法、規範語法等等。這有的冠以研究者的姓名以示有別，有的因研究對象的不同而各自成說，有的則從研究方法分門別類。也有的根據性質、功能、特點等區分類別。這些不同名稱的語法，各自的出發點不同，各自的觀察角度不同，因而不能把它們放在一起論短長評優劣。

本書所說的"標準日語語法"，當是"標準大學日語語法"的簡稱。本書的使命是提出一個標準的大學日語語法來。所謂大學日語語法屬於一種實用語法，屬於一種教學語法，但是它又不同於其它的實用語法、教學語法，因為它有著自己特定的教學對象、教學目的、教學要求。

(i) 山田語法、橋本語法、時枝語法分別指山田孝雄、橋本進吉、時枝誠記的語法學說，是現代日語語法史上最有影響的三派。山田語法分為"語論"、"句論"兩大部分，前者把單詞作為表達思想的材料，考察了其性質及運用，後者考察了構句規律。山田用

自己的術語（而不是引用西語語法的術語）建立了第一個現代日語語法體系。橋本語法和重視語義的山田語法不同，把重點放在語言外形上。其核心在於提出了句節（文節）的概念，將單詞分成"詞"、"辭"兩大類是根據句節，對句子進行分析也是根據句節。橋本語法幾十年來一直是日本教學語法的主流。時枝誠記基於自己提出的"言語過程說"（認為"言語は思想の表現であり、また理解である。思想の表現過程及び理解過程そのものが言語である"），重視"言語主體"，從"主體的立場"提出了"語"、"文"、"文章"三個語法單位，在詞的分類、句子分析等方面都提出了許多重要的見解。

(ii) 口語語法、文語語法是根據不同的研究對象劃分的，換句話說，前者是現代日語語法，後者是古典日語語法。

(iii) 轉換語法（変形文法）即生成語法（生成文法），又名轉換生成語法（変形生成文法），是美國語言學家喬姆斯基創立的語言理論。喬氏認為，語言是句子的無限集合，人具有說出、理解無限句子的語言能力，語法就是構成這種能力內容的句子生成規則的總和。有些語法學家沿著這一理論開展了日語的研究。

(iv) 理論語法，也叫科學語法、學術語法，旨在揭示語言的語法構造的存在和發展規律。描寫語法（記述文法）、歷史語法等均屬於理論語法。與理論語法相反，為某一實用目的而建立的語法稱為實用語法，實用語法中最為人們注目的就是教學語法（学校文法、教科文法），因而教學語法也常作為實用語法的代稱，又因這種語法明確指出了語法上的正誤，所以也稱之為"規範語法"。

三、日語語法學習

　　大學日語語法教學是大學日語教學中的一部分，它在大學日語教學中的地位，以及語法教學的目的、要求等均應按《大學日語教學大綱》（高等教育出版社 1989）的規定執行。語法學習很重要，決不是可有可無的。我們學習日語語法是為了更快更好地掌握日語，這個目的必須明確，語法學習在日語學習中的位置必須擺對。因為大學日語學習是以應用為目的的，所以在學習時既要注意準確地弄清楚概念，系統地把握住脈絡，牢固地掌握好基本規律，又不要過分鑽牛角，不要"食古不化"。

　　語法概括了語言的一般規律，但並不是對所有語言現象囊括無遺。對於語法未能解釋或未能完全解釋的語言現象，要尊重語言實際。對於已被語法概括起來的語言規律，也不能只停留在條文的理解和記憶上，一定要通過語言實際加深對語法的理解，通過語言實踐提高對語法的應用能力。

　　語法是客觀存在的，語法學則各有差異。這些差異的產生或是由於研究語法的目的不同，或是由於觀察語法的角度不同，或是由於研究語法的方法不同等等。大學日語學習中的語法學習，當然可以同時學習，參考幾種語法學說。但這時最重要的不是僅著眼於說法的差異，而應進一步思考、弄清這些差異是因何而成的。

第二節　日語的語言單位

一、詞（語^ご）

詞是最基本的語言單位之一。作為一個詞，當然是音義結合的語言單位，不過，這裡說的義，是廣義的，包括詞彙意義與詞法意義。

從詞的意義和功能上考慮，日語的詞分為兩大類，一類是具有明確詞彙意義的詞，因其內容實在，命名為內容詞；一類是完全或主要具有語法功能的詞，稱之為功能詞。

日語的內容詞（自立語^{じりつご}），根據傳統的詞類劃分，分為以下10類。

名詞（名詞^{めいし}）：表示人、事物、概念等的名稱的詞。如：先生^{せんせい}、恋人^{こいびと}、本^{ほん}、にわとり、トマト、授業^{じゅぎょう}、試験^{しけん}、愛^{あい}、精神^{せいしん}等。

代名詞（代名詞^{だいめいし}）：指代名詞的詞，與名詞相比，代名詞要顯得抽象、概括些，其具體的所指，只有在具体的語境中才能確定。如：わたくし、かのじょ、それ、あそこ、どちら等。

數詞（数詞^{すうし}）：表示數目、數量、順序等概念的詞。如：12、306、3冊^{さつ}、5万円^{まんえん}、一番目等。

以上3類詞，總稱為体言。

動詞（動詞^{どうし}）：用來敘述動作、作用、變化、存在等的詞。如：帰^{かえ}る、掛^かける、する、変^かわる、なる、いる等。

形容詞（形容詞^{けいようし}）：用來描述性質、狀態、感情、感覺等且以

"い"為詞尾的語。如：優しい、暖かい、喜ばしい、鋭い等。

形容動詞（形容動詞）：也是用來描述性質、狀態、感情、感覺等的詞，一般以其詞幹為基本形，詞尾為だ、です。如：偉大、清らか、上手、静か、すき、さわやか等。

以上 3 類詞總稱為用言。

連体詞（連体詞）：用以修飾、限定体言，只能構成定語的詞。如：この、ほんの、あらゆる、いわゆる等。

副詞（副詞）：從狀態、程度等方面對用言進行修飾、限定的詞，或對陳述語氣起先行引導的詞。如：のんびり、ゆっくり、かなり、もっと、もし、たぶん等。

以上兩類詞的基本功能在於構成修飾成分。

接續詞（接続詞）：介於詞、詞組、分句、句子等之間，把它們連接起來並表明其間關係的詞。從意義上看，可表示順接、逆接、並列、累加、選擇、說明、補充、轉換話題等。如：したがって、しかし、および、それに、あるいは、つまり、ただし、さて等。

感嘆詞（感動詞）：表示感嘆、呼喚、應答等的詞，常位於句首或獨自成句。如：あら、ほら、もしもし、はい、いいえ等。

以上兩類詞共同的特點是都可在句中構成獨立成分。

日語的功能詞（付属語），包括助詞、助動詞兩類。

助詞（助詞）：沒有或很少有詞彙意義，以接在內容詞後起語法作用為職能的詞。如：が、や、けれども、は、ばかり、よ等。

助動詞（助動詞）：也是一種沒有或很少有詞彙意義，接在內
容詞後起語法作用的詞，助動詞與助詞不同，主要是增添語法意
義，且具有詞形變化。如：ます、れる、られる、せる、させる、
た、ようだ、らしい等。

……・……・……・……・……

　(i)　日語中，對於詞的定義有許多說法，從大的輪廓來看，對
於詞的界定，主要有兩種看法，其分歧點在於對只起語法作用的所
謂助詞、助動詞是否看作詞。較多的學者把助詞、助動詞看作詞，
一部分學者主張助詞、助動詞等不是詞。以"わたしが"為例，前
一種觀點認為是由"代名詞＋助詞"構成，後一種觀點則認為"わ
たし"是個詞，"わたしが"是它作主語入句的形式。

　(ii) 日本有代表性的學者對詞類的劃分

　(ア) 山田語法

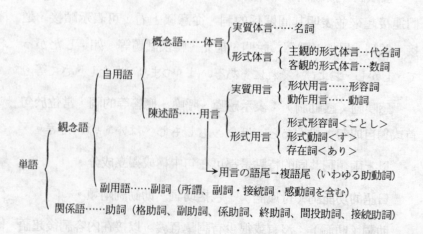

　　　　　　　　—引自『近代文法図説』德田政信編

(イ) 橋本語法

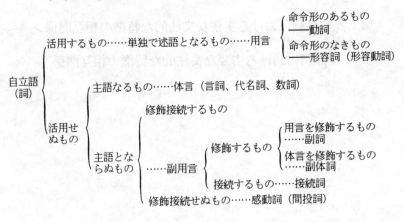

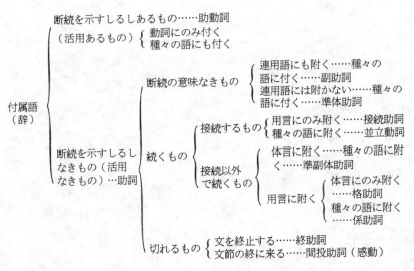

——引自『近代文法図説』德田正信編

（ウ）鈴木重幸

第二表＜品詞における主要な文法的な特徴の相互関係＞

品詞における主要な文法的な特徴の相互関係

──引自『日本語文法・形態論』鈴木重幸著

（エ）芳賀綏

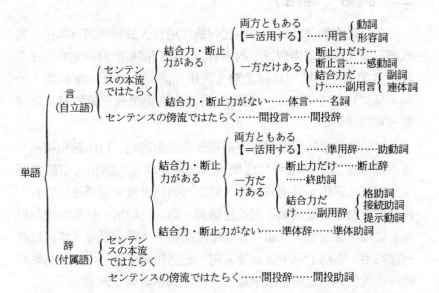

　　　　　　　　　　　　　　——引自『日本文法教室』芳賀綏著

　　(iii) 從（ii）可知，橋本用過“詞”、“辞”將日語的詞分成兩大類，山田語法中分為“観念語”、“関係語”。學校語法使用“自立語”、“付屬語”，我國一般將之譯為“獨立詞”，也有使用“實詞”、“虛詞”的。“獨立”“附屬”是從能否單獨構成句節的角度考慮的，“觀念”“關係”則是從詞的意義功能出發的。“詞”與“辭”在漢語中容易混淆，“實詞”“虛詞”在漢語中所指的內容又與日語相異。大綱和本節主要著眼於詞的功能將詞分成“內容詞”“功能詞”兩類。但“獨立詞”“附屬詞”的術語使用多年影響較大，因此大綱中沒有完全排斥這兩個術語。

二、詞組（連語）

　　詞組是由詞構成的在句中起詞的作用且大於詞的語言單位。構成詞組須是兩個或兩個以上的內容詞，它們需要通過一定的語法手段組合起來。從構句功能上看，詞組和詞完全一樣。說詞組大於詞，是從詞義上考慮的，詞組的詞義比詞更準確、更豐富、更完整、更複雜。

　　從結合的緊密程度看，詞組可分成固定詞組、自由詞組兩種；從內部結構看，詞組可分成聯合式詞組、偏正式詞組、主謂式詞組、謂賓式詞組、謂補式詞組、補助式詞組幾種；從語法功能看，詞組可分為体言性詞組、用言性詞組、副詞性詞組、接續詞性詞組等；從結構層次看，詞組可分為單層詞組、多層詞組等。無論是哪一種詞組，原則上都不能直接入句，把詞組用於句子中時，必須和詞同樣地依靠一定的語法手段，使之成為構成句子的要素。

　　……・……・……・……・……

　　(i) 對於詞組，有兩種代表性的意見。一種意見是二つ以上の単語が結合して一つのまとまった意味を表わすが、その結合のしかたが、一語となるには弱すぎ、また文をなすほど大きくはないもの。たとえば、"庭の桜がきれいに咲いた"という文において、"庭の桜が""きれいに咲いた"とか"庭の""桜が""庭の桜""咲いた"などはみな連語である"（《日本文法大辞典》松村明編）。另一種意見是"連語とは、名づけ的な意味をもった一つの単語と、それにかかって、その名づけ的な意味を限定する一つ以上の（名づけ的な意味をもった）単語とからなりたち、全体で一つの合成的な名づけ的な意味をあらわす単位である。たと

えば、'村へかえる' '町からかえる' '町から村へかえる'な
どは連語である。"（《日本語文法・形態論》鈴木重幸著）按照
前一種說法，最簡單的詞組當由"一個內容詞＋一個功能詞"構
成；按照後一種說法，最簡單的詞組也要有兩個內容詞構成，構成
時要通過一定的語法手段。

大綱和本書對於詞組的定義接近於後者，之所以說"接近"，
是由於後者在列舉詞組之例時從不列"陳さんと趙さん" "張さん
や王さん"之類的詞組。大綱和本書則認為這些當然也是詞組。

三、句素（文素）

在漢語中，將句子進行分解，就得出了詞，將意義上可以搭配
的詞按照語法規則組合起來就成了句。於是在漢語的語言單位中，
句是詞的上位單位，詞是句的下位單位。

在日語中，只靠意義搭配的詞是無法構造句子的，因為內容詞
固然能表達出內容概念，卻無法反映出它與其它內容詞的關係，無
法反映出它在這個句子中充當什麼角色。將句子進行分解，得出來
的多數都是"內容詞＋功能詞"的語言單位。其中，內容詞表示意
義概念，功能詞表示該內容詞的句中的地位、與其它詞的關係。例
如：

明日｜10時に｜私は｜台北から｜彼女に｜電話を｜かけ
る。

如對這個句子進行分解，必然得出用線劃出的 7 個部分，其中
有 5 個都是"內容詞＋功能詞"的形式。

句素，是直接構造句子的要素，它既含有表示內容、意義、概
念的部分，也含有反映它在句中地位、表明它與其它詞關係的部
分。前者由內容詞構成，後者除用功能詞外，還可以借助於內容詞

的形態變化（如上例中的 "かける"），內容詞的語序（如上例中的 "明日"）等語法手段。由單詞構成的句素叫簡單的句素，由詞組構成的句素稱為擴展的句素。

...... · ...... · ...... · ...... · ......

(i) 日本的學校文法中使用橋本日語的 "文節" 這一日語單位，我國也有許多人使用 "文節" 或其譯為 "句節" 的概念。"文節" 是分解句子時可解的最小語言單位，是直接構成句子的成分。從定義上看，"句節"（文節）與大綱的 "句素"（文素）似乎相同，但是兩者有很大的差異。例如："わたしの本です"，在句節分析時，認為 "わたしの" 和 "本です" 是兩個句節，然後合成一個連句節，在句素分析時，認為 "わたしの" 是一個句素，"わたしの本" 是一個詞組，"わたしの本です" 是一個由 "詞組＋です" 構成的擴展的句素。

四、句子（文）

句子也是最基本的語言單位之一。作為一個句子 ，至少具備以下幾個特徵：

(1) 內容上，相對完整地表達說話人的思想、感情。

(2) 外形上，其前其後有所停頓，表示它的相對獨立性。

(3) 功能上，能完成一個相對簡單的交際功能。

(4) 結構上，具有一定的結構形式。

在句法研究中，句中是最大的語言單位，句素是其下位單位。

在句法中將研究句素的構成、句素的種類、句子的成分、句子成分的構成、句子成分間的關係、句子的結構、句子的種類、句子成分的省略、句子成分的正序、倒序等問題。

……　•　……　•　……　•　……

何謂句子，有各種各樣的定義，這是由於對於語言現象、言語活動可以從不同方面、不同角度進行觀察和考慮形成的，既可以從一個方面考慮，也可以從幾個方面考慮。不管如何下定義，把句子作為語言的基本單位之一來看待，這一點是基本一致的。本書舉出了句子具備的4個特徵，其實是從4方面對句子進行了綜合的描述。

五、語段（連文）

語段是大於句子的語言單位，是篇章的直接構成要素。語段由內容相關的 n 個句子（n≧1）組合而成，語段表達了一個較完整的思想、感情。語段的前後也有停頓，一般這個停頓大於、至少是可以大於或等於句子的停頓。語段所完成的交際功能明顯得大於或複雜於句子。

語段是篇章法研究的基本單位。語段的構成、語段內句子之間的關係，語段內句子間相互關聯的手段、語段與語段之間的關係等，都屬於篇章法研究的內容。

……　•　……　•　……　•　……

(i)　長期以來，一直把句子作為語法的最大單位，但是從語言的交際功能來考慮，一個句子往往不能完成這個任務。語言學的研究因之也著眼於更大的語言單位了。大於句子的語言單位如何命名，尚未最後確定下來，日語名稱有"文段"、"話段"、"連文"等，漢語名稱有"語段"、"句群"等，大綱和本書使用了"語段（連文）"這個術語。

(ii)　對於語段，也有種種不同的定義。但是"句子≦語段≦篇章"這一點是共同的。不同的定義捕捉了語段的不同的特性，本書

從構成、內容、形式、功能 4 個角度對語段進行描寫。

六、篇章（談話・文章）

這裡的 "篇章"，包括口頭發表的話語，也包括書面寫出的文章。

作為一個篇章，至少有以下幾個特徵：

(1) 由一個或幾個結構關聯的語段構成。

(2) 形式上可以獨立存在。

(3) 有獨立的內容，有明確的主題。

(4) 可完成一個交際功能。

篇章是篇章法研究的最大語言單位，也是日語研究的最大語言單位。

在傳統語法裡，篇章一般不作為研究的對象。但是，一段話語，一篇文章，都是有其身自規律的，闡明這些規律對於學習、運用日語無疑大有好處。為了有效地提高大學生日語閱讀能力和寫作能力，大學日語語法對篇章法，尤其是以書面語為對象的部分，給予了一定的重視。

…… • …… • …… • …… • ……

(i) 篇章是語法研究的最大單位，其實大小是相對的。也許三四個句子都未組成一個語段，一個句子就成為一個篇章，這主要是從語言的交際功能考慮的。

(ii) 篇章也有人稱為 "語篇"、"話語"。在日語中有人稱之為 "談話"，也有人稱之為 "文章"，有人稱之為 "テキスト"。這也是一個尚未最後確定的術語，大綱、本書使用了 "篇章（談話・文章）" 這一術語。

第三節 日語的語法特徵

對語言進行分類時，可以以其來源的共同性為依據。也可以以其語言結構的共同性為依據，前者稱為譜系分類法或發生學分類法，後者稱為類型分類法或形態學分類法。

語言學家對語言的類型分類提出過不少方案，比較通行的是把語言分為孤立語（孤立語）粘著語（膠着語），屈折語（屈折語）和多式綜合語（集合語）4種。

日語屬於粘著語。其主要語法特徵為：

一、粘著

一般地說，名詞、代名詞、數詞等內容詞不能直接入句，只有其後粘附上功能詞，才能進入句子。這個內容詞究竟在句中處於什麼地位是靠其後的功能詞表示的，這個內容詞與句中其它詞有何關係，也是靠其後的功能詞表示的。

……‧……‧……‧……‧……

(i) 粘著只是日語的一個主要特徵、典型特徵，但不是絕對特徵，也不是唯一特徵。例如：連体詞入句時，並不需要粘附什麼功能詞，只要置於被修飾的体言之前就行，這一點應屬於孤立語的特徵。又如："キレイだ"是謂語，"キレイな"是定語，"キレイに"是狀語，這應屬於屈折語的特徵。再如："ボクコンアシタヤル"這個具体的言語，也是孤立語的特徵。

二、活用與粘著

日語的動詞、形容詞、形容動詞和助動詞是有詞形變化的，但是詞形變化本身並不都能表示語法意義，有許多詞形化，毋寧說是為了粘附某些功能詞而發生的。

例如，表示假定條件要借助於接續助詞"ば"，不管是動詞、形容詞，還是形容動詞、助動詞，表示假定條件時都應先變成假定形，然後才能與"ば"相接。

⋯⋯ • ⋯⋯ • ⋯⋯ • ⋯⋯ • ⋯⋯

(i) 日語活用詞的活用大致分為兩種用法，一種是活用後即可表示一定語法意義、即可入句的，有終止形、連体形、命令形和連用形的部分用法；另一種是活用後粘附助詞、助動詞的，如未然形後粘附"う"、"よう"、"れる"、"られる"、"せる"、"させる"、"ない"、"ぬ"等，連用形後粘附"て"、"たり"、"ながら"、"た"、"ます"、"たい"等，終止形後粘附"か"、"と"、"から"、"し"等，連体形後粘附"ので"、"のに"等，假定形後粘附"ば"等。前者屬於屈折語的特點，後者反映了粘著語的特點。

三、語 序

一個句子中各個成分的順序，在日語中有相對固定的一面，也有相對靈活的一面。相對固定的一面是指，在正常情況下日語句子的謂語總是處在句子的最後；定語、狀語總是處在被修飾的詞語之前。相對靈活的一面是指，由於功能詞可明確地標志出主語、賓

語、補語等句子成分，因之這些成分的順序可以不像孤立語那樣嚴格地不能變動。

……　．……　．……　．……　．……

(i)　孤立語的特點是單詞只表示詞彙意義，單詞的語法意義由入句時在句中的位置及語序來決定。漢語是典型的孤立語。日語語序之相對固定的一面屬於孤立語的特徵，相對靈活的一面則是粘著語的獨特之處。

此外，敬語複雜也常被舉為日語的語法特徵。作為日語語法來說，存在敬語語法，而敬語語法複雜，確實是一個明顯的特徵，但這並不是語言類型上的特徵，不是粘著語的特徵。

第一章 緒 論

第 二 章

體 言

　　體言是指表示事物實體、概念的詞，是名詞、代名詞、數詞的總稱，體言是與用言對立的一個概念。體言在語法上的特點是：①無形態變化；②能後續格助詞、副助詞、提示助詞及某些助動詞，構成句子成分；③能受定語修飾。從構句功能上看，名詞、代名詞、數詞沒有多大差別，但是它們各自表示的語義有所不同。

……‧……‧……‧……

　　(i) 體言和用言的“體”和“用”，主要是從兩點來考慮的，一、“體”是本體、主體，它表示著客觀實在的事物、概念；“用”是作用、表象，它表示著客觀事物的永恆的或暫時的屬性或狀態。二、“體”是固定不變的，体言是沒有形態變化的詞；“用”是流動變化的，用言是有形態變化的詞。

　　(ii) 有些語法學家把體言看作名詞的等義詞，他們所說的名詞，包括有通常所說的代名詞、數詞。持此觀點者的出發點是，名詞、代名詞、數語三者只是詞彙意義上有差異，語法功能上沒有區別，因而無須單獨分出來。本書將三者分開的出發點是，雖然三者的構句功能大體一樣，但是用法上有明顯的差別，詞義上有明顯的不同。

　　(iii) 也有的語法學家把“どんどん” 断乎（だんこ） “静か（しず）” “偉大（いだい）”等看作體言，這是因為這些學者對體言的看法不同，把可以接“です”等構成謂語的詞都看成體言。這種觀點在我國影響不大。

第一節　名　　詞

一、名詞的概念及用法

　　名詞是體言的一種，用來表示事物、概念的名稱。例如：虎（とら）、

花、山、川、ボールペン、心、精神、広島、夏目漱石等。

名詞有如下常用用法：

1. 後續格助詞作主語、賓語、補語等。例如：

① 大地震がやってくる。／大地震到來。

② トマトジュースを器に入れる。／將蕃茄汁倒在容器裏。

2. 後續斷定助動詞〝だ（です、である）〞、推測助動詞〝らしい〞、語氣助詞等，可以作謂語。

③ 彼は確かになかなかの人物だ。／他確實是個了不起的人物。

④ 試験管に入れたのは硫酸らしい。／注入試管的好像是硫酸。

⑤ これは扇風機か。／這是電扇嗎？

⑥ 知子は小学校の六年生である。／知子是小學六年級學生。

3. 可受各種定語的修飾。

⑦ 新たな気持ちで自然の複雑な雰囲気に立ち向う。／以一種新的心情面對自然的複雜氣氛。

⑧ 体温で温められたお茶の香りは、お湯を差したときとはまた違ったとてもよい香りです。／用體溫暖熱的茶香，與沖入開水時相比，是別有風味的非常好的香味。

⑨ 先生、まだ子供だった私に、真剣に話してくださった。／老師對還是孩子的我認真地講了一席話。

4. 作呼語。

⑩ <ruby>木原君<rt>き の はらくん</rt></ruby>、<ruby>物事<rt>ものごと</rt></ruby>はよく<ruby>観察<rt>かんさつ</rt></ruby>しなければいけないよ。／木原同學、事物可一定要好好觀察才行啊。

⑪ <ruby>お母<rt>か あ</rt></ruby>さん、アイスクリームを<ruby>食<rt>た</rt></ruby>べたい。／媽，我想吃冰淇淋。

(i) 由於日語名詞沒有數的變化，也沒有需要大寫的問題，日語裏又無冠詞，所以將日語的名詞分成普通名詞、固有名詞，或具體名詞、抽象名詞等的必要性不是太大，本書也不作此分類。但是傳統的〝日本學校語法〞對名詞是作有如下分類的：

普通名詞　表示同類事物的共通名稱的名詞。例如：

<ruby>魚<rt>さかな</rt></ruby>　<ruby>桜<rt>さくら</rt></ruby>　<ruby>紙<rt>かみ</rt></ruby>　本箱　<ruby>家<rt>いえ</rt></ruby>　<ruby>愛情<rt>あいじょう</rt></ruby>　<ruby>心<rt>こころ</rt></ruby>

固有名詞　表示儀適用於該項事物的名詞，含地名、人名、國名、書名、團體名稱以及某一事物的名稱等。例如：

<ruby>広島<rt>ひろしま</rt></ruby>　<ruby>夏目漱石<rt>なつ め そうせき</rt></ruby>　中国　伊豆の踊子　国際交流基金　<ruby>明治維新<rt>めい じ い しん</rt></ruby>

(ii) 一般認為名詞是沒有格的，因此入句時，要後續助詞〝が〞、〝を〞、〝の〞、〝に〞等分別構成主語、賓語、定語、補語，後續助動詞〝です〞後構成謂語。但實際語言中，名詞直接入句的情況也很常見，如：

○ もう自動車来たらしいわ。／汽車好像已經來了。

○ 主人がこんなこと好きなのね。それは面白い人。／丈夫就喜歡這些事啊，是個很有意思的人。

對於這種情況，一種解釋是一部分名詞入句時就自然表示了格，更多的解釋是口語中名詞後的助詞、助動詞，在不影響交際的前提下常有省略。本節取後一說法。

　　(iii) 名詞的用法中所講的名詞，包括複合名詞、派生名詞以及有定語修飾的名詞性詞組。

二、一些名詞的特殊用法

　　某些名詞除了上述用法之外，還有一些特殊用法。

1. 時間名詞

　　表示時間概念的名詞叫〝時間名詞〞。如：今日（きょう）、今（いま）、現在（げんざい）、昔（むかし）、朝（あさ）、昨夜（さくや）、今年（ことし）、最初（さいしょ）、とき等。時間名詞可以不依靠助詞的幫助，直接構成狀語。例如：

　　⑫　今日（きょう）出発（しゅっぱつ）する。／今天動身。

　　⑬　ストー夫人（ふじん）はこの法律（ほうりつ）が出（で）た次（つぎ）の年（とし）、「アンクルニトムの小屋（こや）」という物語（ものがたり）を書（か）きました。／斯通夫人在這條法律出台的第二年，寫出了小說《湯姆叔叔的小屋》。

　　⑭　こちらの店（みせ）はレストランと薬屋（やくや）を除（のぞ）いて、夜六時（よるろくじ）ごろ閉（と）めます。／這裏的店鋪，除了餐館和藥店以外，都是晚上6點左右關門。

2. 方位名詞

　　表示方向、位置、範圍等概念的詞，稱為〝方位名詞〞。例如：前、後、上、中、下、内、外等。它們可以在有定語的情況下，或與別的名詞複合成複合名詞後，直接作狀語。

　　⑮　これら三者（さんしゃ）のうち一（ひと）つを動（うご）かすとほかの二者（にしゃ）もその影響（えいきょう）を受（う）けて変動（へんどう）する。／這三者當中，只要使其中一個變動，另外兩個也會受其影響而發生變動。

　　⑯　出席者六人（しゅっせきしゃろくにんちゅう）中、二人（ふたり）は女（おんな）の人（ひと）でしょう。／6個出席人員中也許有兩個是女性吧。

⑰ 水は地球上にもっとも豊富に存在する物質の一つであ
り、人類の生存上欠くことのできない物質である。／水
是地球上最豐富的物質之一，是人類生存不可缺少的物質。

3. 形式名詞

　　形式名詞是名詞的一種，是指形式上名詞但卻沒有或很少有實
質意義、只能和修飾它的定語一起使用而不能獨立使用的一類名
詞。必要時，可與此相對地將其它名詞稱為實質名詞。

　　形式名詞大部分都是由實質名詞轉變而來。例如下面這些句子
中的〝こと、もの、ところ〞等都是實質名詞。

⑱ なにかことがありますか。／有什麼事嗎？

⑲ それは、二年生になって間もなくの、ある土曜日のこと
である。／那是上二年級以後不久，一個星期六的事情。

⑳ わたしは台北のものです。／我是台北人。

㉑ 高いところでは大気が少ない。／高的地方大氣稀薄。

㉒ あの兄弟はそれぞれ所を得ている。／他們兄弟各得其所
了。

㉓ 所変われば品変わる。／十里不同風，百里不同俗。

形式名詞大致可以分成 3 類：

3.1　純粹的形式名詞　其語法作用是使用言或用言性詞組體言
化，以便連接某些助詞、助動詞等。這時，這些形式名詞的詞義已
變得非常虛，它們的作用主要是語法作用。日譯漢時，一般可以不
譯出來。如〝こと、もの、の〞。

㉔ 健康を害することが一番おそろしい。／損害健康，最為
可怕。

㉕ 聞くところによると電気自動車もできたそうだ。／據說電動汽車也已生產出來了。

㉖ 人に会ったらあいさつぐらいはするものだ。／跟人見了面，至少該打下招呼。

㉗ かれは日本語で文章を書くことがすきです。／他喜歡用日語寫文章。

㉘ かれは日本語で文章を書くのがすきです。／他喜歡用日語寫文章。

㉙ 日本語で文章を書くのもいます。／也有用日寫文章的。

㉚ わたしが書いたのはこれです。／我寫的是這篇。

3.2 增添意義的形式名詞　它們除了能接在用言或用言性詞組連體形後使之体言化外，還可以接在"体言＋の"後面，無論哪種情况都起著增添一定意義的作用。如：ところ、ため、わけ、うえ、うち、ほか、まま、とおり、はず、かぎり、次第、つもり、ゆえ、せい、かわり、ほう等。其中，"ため、ほか、かぎり、まま、とおり、ゆえ、ところ"等，還可以和接在其前的詞語一起構成狀語直接入句。

A　ところ

㉛ ここのところが飲み込めない。／這個地方理解不了。

㉜ それがこの芝居のおもしろいところです。／這就是這部戲的有趣之處。

㉝ いいところに来たね。／來得正好。

㉞ いまのところは心配ないようだ。／目前，好好用不著擔心。

㉟ お忙しいところをわざわざおいでくださってありがと

— 27 —

う。／承您百忙中光臨，十分感謝。

㊱　これからでかける<u>ところ</u>だ。／現在正準備出門。

㊲　いま終わった<u>ところ</u>だ。／剛剛結束。

㊳　聞く<u>ところ</u>によると、今度新しい新聞が出るそうです。
／據說，這次要出一種新報紙。

㊴　中ぐらいの<u>ところ</u>で卒業した。／以中等成績畢業的。

㊵　もうすこしで車にひかれてしまう<u>ところ</u>だった。／差點
被汽車軋著。

㊶　わたしが知っているのはだいたいこんな<u>ところ</u>です。／
我知道的就是這些。

㊷　こちらからおわびをする<u>ところ</u>です。／應該由我來道
歉。

㊸　彼のおこないは果して皆の非難する<u>ところ</u>となった。／
他的行為果然受到大家的指責。

㊹　ここに述べられている<u>ところ</u>の考えは次のようにまとめ
よう。／這裡所述的想法，概括如下。

B　ため

㊺　物理学の研究の<u>ため</u>にアメリカへ渡る。／為研究物理學
而渡美。

㊻　人は食う<u>ため</u>に生きるのではなくて、生きるために食う
のだ。／人不是為了吃飯而活著，是為了活著而吃飯。

㊼　台風の<u>ため</u>、空の便は欠航になっている。／由於台風關
係，班機停航。

㊽　今日の欠航は台風の<u>ため</u>です。／今天的班機停航是由於
台風的緣故。

C　わけ

㊾ ジョージは日本で育ったのですか。どうりで日本語がうまいわけです。／喬治是在日本長大的？難怪日語好。

㊿ そんな難しいこと、子供にわかるわけがない。／那種難題，小孩子就不可能懂。

(51) 人間は食事をするために生まれて来たわけではない。／人並不是為了吃飯才到這個世界上來的。

(52) 「彼が好きなんでしょう。結婚するんですか。」「好きですが、結婚するわけではないんです。」／“你是喜歡他吧？打算結婚嗎？”“喜歡他，不過並不是要跟他結婚。”

(53) こんな天気に船を出すわけにはいかない。／這種天氣，不能讓船出航。

(54) 国民は税金を納めないわけにはいかない。／國民必須納稅。

D　うえ（上）

(55) あの女の子は歌がうまいうえにバスケットもじょうずです。／那個女孩歌唱得好，而且籃球也打得好。

(56) 道に迷ったうえに雨にまで降られた。／迷了路，又淋了雨。

(57) 書類選考のうえで合否を発表します。／審查完材料後公布是否合格。

(58) 詳しいことはお目にかかったうえでまたご相談いたしましょう。／詳細情況等見到您之後再商量吧。

(59) 大学を受けると決めたうえは、悔いのないようしっかり

勉強(べんきょう)しよう。／既然決定了考大學，就好好用功吧，以免後悔。

(60) かくなるうえは是非(ぜひ)もない。／既然如此，那就無可奈可了。

E　うち

(61) 姉妹三人(きょうだいさんにん)のうちで、末(すえ)っ子(こ)のわたしがいちばん活溌(かっぱつ)です。／姊妹三人當中，老小的我是最活潑的。

(62) 今日(きょう)のうちに中村(なかむら)への手紙(てがみ)を出(だ)す。／今天之內，把寫給中村的信發出去。

(63) 日(ひ)の暮(く)れないうちに、山(やま)を越(こ)えよう。／趁著天還沒黑翻過山去吧。

F　ほか

(64) 風邪(かぜ)をひいているほかは悪(わる)い所(ところ)はない。／除了感冒以外沒有什麼不舒服的地方。

(65) 月給(げっきゅう)のほかに少(すこ)し収入(しゅうにゅう)がある。／除工資外，還有少許收入。

(66) こうなったら謝(あやま)るほかはない。／這樣的話，就只有道歉了。

(67) バスが来(こ)ないのなら、歩(ある)くよりほかない。／如果公共汽車不來，那就只有步行了。

(68) 手術(しゅじゅつ)をするよりほかに方法(ほうほう)がない。／只有作手術了，此外再沒辦法了。

(69) 今日の成功(せいこう)を見(み)たのは絶(た)え間(ま)ない努力(どりょく)の結果(けっか)にほかならない。／取得今天的成功無非是不斷努力的結果。

G　まま

⑦⓪　むかしのままの姿。／依然如故的身姿。

⑦①　彼女は化粧しないまま外出した。／她沒化粧就出去了。

⑦②　窓をあけたまま眠った。／開著窗就睡著了。

⑦③　思ったままを書く。／把心中想的如實地寫出來。

⑦④　人の言うままになる。／任人擺布。

⑦⑤　足の向くままに歩く。／信步而行。

⑦⑥　波のままにただよう。／隨波漂流。

H　とおり

⑦⑦　下記のとおりに説明する。／茲解釋如下。

⑦⑧　教えたとおりにやってごらんなさい。／按照您教的那樣做做看。

⑦⑨　本物のとおりにまねて造る。／和真品一模一樣地模仿製造。

I　はず

⑧⓪　船は5時入港するはずだ。／船應當5點鐘進港。

⑧①　あの人は知っているはずなのに知らないふりをしている。／他理應知道，却裝作不知。

⑧②　彼女には分かるはずがない。／她不會懂的。

J　かぎり

⑧③　見わたすかぎり黄金ね波だ。／一望無際全是金黃麥浪。

⑧④　生命のつづくかぎり祖国のために尽くす。／只要活一天就為祖國盡力一天。

⑧⑤　雨が降らないかぎり運動会は中止されない。／只要不下雨，運動會就照常開。

(86) わたしの知っているかぎりではそんなことはない。／據我所知沒有那種事。

(87) 妹と20年ぶりに再会してうれしいかぎりだ。／和離別了20年的妹妹重逢，真是高興極了。

(88) 受付は本日かぎりです。／受理報名以今日為限。

K　次第

(89) 自信を持ってお薦めする次第です。／（為此）我滿懷信心地向你推荐。

(90) このような考えで私は身元を引受た次第です。／基於這種想去，我答應為他擔保。

(91) まことにめでたく、よろこばしい次第でございます。／的確是可喜可賀的。

L　つもり

(92) 日曜は出雲大社に行くつもりだ。／星期天打算去出雲大社。

(93) 彼はどういうつもりなのかさっぱり分からない。／全然不知他是什麼意圖。

(94) 死んだつもりで働く。／拼命工作。

(95) 私を父親のつもりで何でも相談してください。／你不妨把我當成父親，什麼都可以跟我商量。

M　ゆえ

(96) まだ朝も早いゆえ、だれも歩いていない。／早晨也還太早，所以沒有行人。

(97) 才気煥発のゆえをもって鳴り響く。／以才華橫溢而名聲

大震。

(98) 体(からだ)が弱(よわ)いゆえに、学校(がっこう)をよく休(やす)む。／由於身體太弱，所以常常請假不上學。

N　せい

(99) 頭(あたま)がふらふらするのは熱(ねつ)のせいだ。／頭暈是因為發燒的緣故。

100 よく眠(ね)れなかったせいか、からだ中がだるい。／也許是睡眠不夠的關係，渾身酸懶。

101 失敗(しっぱい)を人(ひと)のせいにする。／把失敗歸咎於別人。

○　かわり

102 書道(しょどう)を教えてもらうかわりに、ダンスを教えてあげましょう。／請你教我寫字，我來教你跳舞。

103 映画(えいが)のかわりに歌舞伎(かぶき)を見(み)に行きましょう。／咱們別看電影了，去看歌舞伎吧。

104 遠(とお)くて不便(ふべん)なかわりに静(しず)かです。／雖然離得遠不方便，可是很安靜。

P　ほう

105 悪(わる)いのは君(きみ)のほうだ。／是你（這方面）不好。

106 スポーツのほうには何かご趣味(しゅみ)でもありますか。／在體育運動方面，您有什麼愛好嗎？

107 疲(つか)れているなら早く寝(ね)たほうがいいでしょう。／要是累了的話，還是早休息為好吧。

108 わざわざ行くよりはこちらに来(き)てもらうほうがよい。／與其特意去一趟，不如讓他到這裡來。

3.3　帶有接續助詞性質的形式名詞　它們單獨或與助詞結合起來起接續助詞的作用。主要有：ところが、ところで、どころか、くせに、ものの、ものを、ものなら。

A　ところ

(109)　医者に見てもらったところすぐ入院しろと言われた。／請大夫一看，說讓我馬上住院。

110　ちょっと見たところなんでもないようだ。／乍一看，好像沒什麼。

B　ところが

(111)　出かけようとしたところが客が来たので遅れてしまった。／剛要出門，來了客人，因而來晚了。

112　せっかく尋ねて行ったところが、もうひっこされたあとだった。／特意找他去了，可是已經搬了家。

113　頼んだところが、快く引き受けてくれた。／一求他，他就欣然答應了。

114　しかられると思ったところが、かえってほめられた。／以為要挨訓呢，結果反而受了表揚。

C　ところで

(115)　一生懸命教えたところで、ちっとも勉強してくれない。／雖然教得努力，可是一點也不用功學。

116　どんなに本をたくさん買ったところで、読まなければなんにもならない。／不管買多少書，不看也沒用。

D　どころか

(117)　涼しいどころか、寒いよ。／還說涼快？特冷！

118 もうかるどころか損(そん)ばかりしている。／談什麼賺，光是賠錢。

119 知(し)らないどころか、彼は共謀者(きょうぼうしゃ)の人一(ひとり)だよ。／豈止是知道？他還是其中的一個共謀者呢！

E くせに

(120) 知っているくせに教えてくれない。／本來知道却不告訴我。

121 学生のくせに学校へも行かない。／身為學生却連學校也不去。

F ものの

(122) 我慢(がまん)はしたものの、なんともやりきれない。／忍是忍了，可真受不了。

123 行かなくてもよいというものの、やはり行くべきだろう。／雖說不去也行，不過還是應該去。

G ものを

(124) やればできるものを。／要幹就能幹出來，可是……。

(125) 早くしたらよさそうなものを、何(なに)をぐずぐずしているのだろう。／快點幹有多好，還磨蹭什麼呢。

126 一言(いちげん)あやまればいいものを、意地(いじ)を張(は)っている。／賠個不是就行了，可偏那麼固執。

H ものなら

(127) 独(ひと)りで行(い)けるものなら行ってみなさい。／你一個人能去的話，你就去一下吧。

128 そんなにたくさん食べられるものなら食べてごらん。／

如果你能吃那麼多，那你就吃吃看。

129　そんなことを言おうものなら、たいへんだ。／要是說些話的話，可就不得了了。

130　手術がもう少し遅れようものなら、命を落としていたろう。／如果再晚一點作手術，大概就沒命了。

(i)　"時間名詞可以直接構成狀語"是針對時間名詞與其它名詞間的突出相異點而言的。其實，時間名詞構成狀語的情況，並不能一概而論。日本語法學家佐治圭三曾撰《時詞と数量詞——その副詞的用法を中心として——》（刊《月刊文法》1969.12，此文還被收入《日本語の文法の研究》）一文對此作過較詳細的說明。依佐治的觀點，表示時間的名詞可作以下分類：

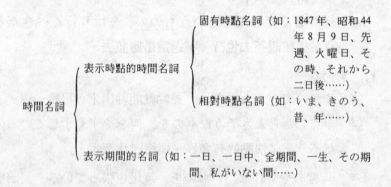

時間名詞
　表示時點的時間名詞
　　固有時點名詞（如：1847 年、昭和 44 年 8 月 9 日、先週、火曜日、その時、それから二日後……）
　　相對時點名詞（如：いま、きのう、昔、年……）
　表示期間的名詞（如：一日、一日中、全期間、一生、その期間、私がいない間……）

"固有時點名詞"的名詞性較強，既可直接構成狀語，也可後接に構成表示時間的補語。

○　1781 年、天王星が発見された。／1781 年發現了天王星。

○　1781 年に天王星が発見された。／1781 年發現了天王星。

　　"相對時點名詞"的副詞性較強，其後一般不接"に"即可直接構成狀語。例如：

　　○　良子は今勉強している。／良子現在正在學習。

　　○　昨日、良太は良子に会った。／昨天，良太見著了良子。

　　表示期間的名詞，在句中既可直接構成狀語，也可後接に構成補語。加"に"時，表示整個時間流程中的某一時點；不加"に"時，表示整個時間流程。

　　(ii)　時間名詞、方位名詞等並不是名詞的下位分類術語，只是分別表示名詞中具有某些意義的詞。它們在用法上各具特點，這些應作為教學、學習的重點。故此，這裡列成專項作出說明。

　　(iii)　有的學者主張把時間名詞單獨作為一個詞類，叫做時詞（時詞）。這些學者注目的是時間名詞的特性。特別是①時間名詞構成的狀語，是對全句的說明，這一點與情態副詞、程度副詞不同，與陳述副詞也有所差別；②時間名詞可以接受定語的修飾，然後與修飾它的定語一起入句構成狀語。本書沒有採用這些學者單獨列出"時詞"的觀點，不過他們所指出的時間名詞的特性對學習、教學都是十分重要的。

　　(iv)　長期以來，我國許多人將日語中的"形式名詞"這個術語譯為"形式体言"，其實是不妥當的。理由之一：這些詞都是名詞，本應稱為"形式名詞"。理由之二：日語中原本有"形式体言"這一語法術語，它與"形式名詞"根本不是一回事。日語"形式體言"這一術語，是由山田孝雄提出的，山田將体言分為實質體言和形式体言兩大類：

$$
體言 \begin{cases} 實質體言……名詞 \\[2mm] 形式體言 \begin{cases} 主觀形式体言……代名詞 \\ 客觀形式體言……數詞 \end{cases} \end{cases}
$$

山田認為，名詞具有固定的內容，因此稱為"實質體言"。而代名詞、數詞雖具有特定的意義，無固定的內容，因此應稱為"形式体言"。我國大部分教材之所以採用"形式体言"這一術語，主要是考慮到與"形式用言"這一術言相對應而提出的，可是這樣一來，既缺乏謹嚴性、科學性，又容易與山田的"形式体言"混淆。鑒於上述兩條理由，大學日語語法採用"形式名詞"這一術語。

(v) 對日語中存在有這些用法特殊的名詞，山田孝雄第一個作了論述，但是首先將這些詞命名為"形式名詞"的是松下大三郎。半個多世紀來，形式名詞這一術語及其反映的語言現象，已得到了相當廣泛的承認。但是：①正如許多學者指出的，屬於形式名詞的詞，並不都是完全地具備名詞的特性，例如"とおり"、"まま"、"かぎり"、"つもり"、"はず"、"ため"、ゆえ"等就不像一般名詞那樣可以構成任何成分：②形式名詞包括哪些詞，各個學者說法不同，同一學者的看法也有變化。最有分歧的是"の"是否算形式名詞。橋本進吉認為"の"本來就不是名詞而是助詞，因而命名它為"準体助詞"，此說是有相當市場的。本書對形式名詞的範圍劃分，原則上依據《大學日語教學大綱》。

(vi) 純粹的形式名詞通常是指"こと"、"もの"、"の"三個，它們共同的功能是使其前的用言或用言性詞組體言化。與此同時，它們又有分工，"こと"表示事，"もの"表示人或物，"の"則既可表示事又可表示人、物。同一用言或用言性詞組後續"の"和"こと"、"の"和"もの"是否在意義、語感上完全相同呢，

也不盡然。如：

　○私は背筋が寒くなるのを感じた。（不宜用こと）
　○太郎が 10 歳であることは確かです。（不宜用の）

　　以上二例引自久野暲《日本文法研究》（大修館 1973. 6.）。《日本文法研究》第 17 章對此問題有所論述，可供參考。但這些內容不屬於大學日語教學階段要求學生掌握的內容。

　　(vii) 增添意義的形式名詞，範圍並無定說。這裡列出了《大學日語教學大綱》語法表所規定的內容，又參考其它大綱作了少量補充。

ところ　主要用法是：

　(ア)　表示場所、部分，即廣義的空間位置。（例㉛㉜）
　(イ)　表示時刻、時間，即廣義的時間位置。（例㉝㉞㉟㊱㊲）其中"……ところを""動詞連体形＋ところだ""動詞連用形＋た＋ところだ"常視為慣用型。
　(ウ)　表示根據、程度等，可以說是抽象的位置。（㊳㊴㊵㊶㊷）
　(エ)　表示被動，多用"体言＋の＋動詞連体形＋ところ＋となる"的形式，表示"体言＋に＋動詞被動態"的意思。（例㊸）
　(オ)　表明修飾關係，多用"動詞連体形＋ところ＋の＋名詞"，動詞連体形（連同其前的限定、支配等部分）是名詞的定語。（例㊹）

此外還有些用法帶有接續助詞的性質。

ため　主要用法是：

（ア）　表示目的。（例⑤⑥）

（イ）　表示原因、理由。（例⑦⑧）

ため的這些用法多與接續助詞相似，因之也有將其劃為帶有接續助詞性質之形式名詞的，還有的學者索性將"ため（に）"視為接續助詞。本節依據大綱不把它算作帶有接續助詞性質的形式名詞，一個主要理由是它的某些用法不宜看作接續助詞性質。（如例⑧）

わけ　主要用來構成表示陳述方式的慣用型，有：

（ア）　"……わけだ"表示所得的結論是理所當然的。（例⑨）在"……わけだから……"的句式中起強調原因、理由的作用。如：

○　4時10分発の新竹行に乗るわけですから，遅くとも3時ごろ出かけなければならないでしょう。／因為要坐 4 點 10 分開往新竹的車，最晚 3 點左右就必須出發吧。

（イ）　"……わけがない"表示"沒有…的道理"。（例⑩）

（ウ）　"……わけではない"表示並非某種情形。（例⑪⑫）

（エ）　"……わけにはいかない"表示從道理上講不可能。"動詞連体形＋わけにはいかない"常譯成"不能""不應"（例⑬）；""（動詞未然形＋ないわけにはいかない"常譯成"必須""應該"。（例⑭）

うえ　主要使用形式是：

（ア）　"……うえに"表示同一方向的添加。（例⑮是正方向的添加，例⑯是負方向的添加）

（イ）　"……うえで"表示後一動作的實施前提。接於"…

の"後時，"の"前的名詞須有動作意義，接於動詞後時，動詞須用"…た"的形式。要注意與"……うえで（は）"的區別。如：

○　計算の上では正しい。／計算上是正確的。

○　原則の上 譲 歩することはできない。／在原則上不能讓步。

○　点数のうえでは勝ったが、内容は負けている。／在分數上雖然是勝了，可内容上　是輸給了對方。

（ウ）　"……うえは"表示前面部分是既成的前提。

"うえ"也可看成是帶有接續助詞性質的形式名詞。

うち　主要用來表示範圍，當用"……ないうちに"表示時間範圍時，含有"趁著……尚未……之時"的口吻。（例㊿）

ほか　表示"除……之外"的意思，所引出的後文有兩種可能：一種是把"……"作為例外排除掉，後文與"……"呈反向（例㊽）；另一種是把"……"作為基礎，後文呈同向，表示還將添加。（例㊾）

此外還用來構成慣用型：

（ア）　"……ほか（は）ない"表示排除其它，僅存此項可能。（例㊻）

（イ）　"……よりほかない"表示排除其它可能。（例㊼）

（ウ）　"……よりほかに……ない"表示排除其它，其後是存在句的否定形式。（例㊽）

（エ）　"……にほかならない"表示唯一的結果（例㊾）。

其中，"ほか（は）ない"是接在動詞連体形後，"ほか"明

顯地是形式名詞的用法。在其餘幾個慣用型中，"ほか"接於格助詞後，顯然具有副助詞的使用特點，因此也有人將"ほか"列作副助詞。

まま　主要用法有二：

　　（ア）　表示保持原樣，不予加工，不施外力，一般譯成"照……那樣""依舊"等。（例⑦⑦⑦）

　　（イ）　表示任憑外力左右，或任憑事態的自然發展。一般譯成"隨……""任……"等。（例⑦⑦⑦）

とおり　增添"與……同樣"的意義。（例⑦⑦⑦）

直接接於名詞之後的"通り"應看作後綴，而不是形式名詞，此時連濁成"どおり"，"……どおり"成為一個派生的名詞。

　　○　本物どおりにまねて造る。／按真品原樣模仿製造。

　　○　運動会はプログラムどおり順調に進んだ。／運動會按計劃順利進行了。

はず　主要使用形式有二：

　　（ア）　"……はずだ"表示根據客觀情況、客觀條件所作的判斷，一般可譯為"應當""應該"等。（例⑧）當其後再接"が""のに"等構成轉折時，則表示現狀與理所當然的推斷並不相同。（例⑧）

　　（イ）　"……はずがない"表示根據推理不應該出現某種事態，常譯成"不可能""不會"等（例⑧）。

かぎり　表示範圍的終點，可能的極限，允許的最大限度等，主要使用形式是：

　　（ア）　"……かぎり"表示最大的範圍。（例⑧⑧）

(イ)　　"……ないかぎり"表示所提出的是唯一的條件。（例⑧）

(ウ)　　"……かぎりでは"表示在某個限定範圍之內。（例⑱）

(エ)　　"……かぎりだ"接在表示性狀的詞語後表示達到極點，排除其它（例⑰）；接在表示時間、數量的詞語後表示允許的最大可能（例⑱）。

次第　使用"…次第です"等形式，增添表明某種情況、說明某個過程的語氣。以下例句中的"次第"是接於代名詞、動詞連用形後的"次第"，應視為後綴，而不是形式名詞。

○　やめるも続けるも君次第だ。／是停下來還是繼續幹，完全由你決定。

○　手紙が着き次第すぐに来てください。／請你一接到信就馬上來。

つもり　主要用法有二：

(ア)　　"……つもりだ"接於動詞連体形後，表示打算、計劃、預定。（例㉒㉓）

(イ)　　"……つもりで"接於"動詞連用形＋た"或"体言＋の"後，表示"以……心情""以……想法""就當成……"等。（例㉔㉕）

ゆえ　主要用於文章中，也用"ゆえに"的形式，用來表示原因、理由。也可歸為帶為接續助詞性質的形式名詞。近來還有些學者把"ゆえ（に）"看成接續助詞。下例的"ゆえ"應視為後綴或助詞，不宜看成形式名詞。

○ 知らないことゆえ、失礼いたしました。／因為不認識，所以失禮了。

○ 子どもゆえに、親は苦勞のたえまがない。／為了孩子，父母有操不完的心。

せい 用來表示造成不良後果的原因，主要用法有：

(ア) "……せいだ"表示前述結果的原因。（例⑨⑨）

(イ) "……せいか"不十分肯定地指出造成後述不良後果的原因。（例⑩⑩）

(ウ) "……を……せいにする"把造成不良後果的原因的歸咎於"……"（例⑩①）

おわり 主要用"……かわりに"的形式，表示補償、交換（例⑩②），替代、頂替（例⑩③），和轉折（例⑩④）。

ほう 增添"方面"的意義，可以是二者中的一方（例⑩⑤），也可以是某一領域、部類、類型（例⑩⑥）。還常構成"……ほうがいい""……より……ほうがいい"慣用型，表示委婉的建議和勸誘（例⑩⑦）、通過比較的判斷（例⑩⑧）

ところ 主要構成"……たところ……"的慣用型使用，用以表示接續。這個慣用型所連接的兩個動作，存在著次第關係，在邏輯上可以是順接例⑩⑨，也可以是逆接例⑩⑩。

ところが 接於"動詞連用形＋た"之後，連接前後兩個事項，這兩個事項的關係是：

(ア) 逆接關係，後一事項多為不希望出現的後果。（例⑪⑪⑫）

(イ) 表示後一事項是出乎意料的好結果例⑬⑭。

有一些學者將"ところが"算成接續助詞。

ところで 接於"動詞連用形＋た"之後，連接前後兩個事項。

(ア) 前者是既定的條件，表示轉折引出一個消極的後果。
（例⑮）

(イ) 前者是假定的、讓步的條件，表示轉折引出一個無
益、白費的後果（例⑯）。

許多學者將"ところで"看成一個接續助詞。

どころか 接於用言及部分助動詞的連體形後，連接前後兩個
事項。其作用在於先舉出前項來，然後予以否定，所引出的後項或
者程度遠比前項高（例⑰），或者與前項截然相反（例⑱⑲）。也
有將此"どころか"看作接續助詞的。但是，下例的"どころか"
宜看作副助詞。

○ 漢字(かんじ)どころか平名(ひらがな)も書(か)けない。／別說漢字了，連平假
名也寫不了。

○ このことは、友達(ともだち)にどころか、両親(りょうしん)にも相談しなかった
のだ。／這件事，別說告訴朋友了，連跟父母都沒商量。

くせに 用來逆接前後兩個事項，並帶有不滿、埋怨的口吻。
只用於比較隨便的口語中，不用於比較正式的文章裡。也有將"く
せに"歸入接續助詞的。

ものの 接於用言及部分助動詞的連体形後，連接前後兩個事
項，表示前後自相矛盾，事與願違。也有將"ものの"看作接續助
詞的。

ものを 接於用言及部分助動詞的連体形後，連接前後兩個事
項，表示轉折，含有遺憾、不滿或反駁的語氣。也有將"ものを"

看成接續助詞的

　　ものなら　有兩個用法

　　（ア）　接於動詞的能動態後，連接前後兩個事項，其前表示
　　　　　出說話人認為不好實現的事項，其後表示出說話人對
　　　　　實現這一事項的期待、勸導。（例⑫㉘）

　　（イ）　接於"動詞未然形＋う（よう）"後，以假定關係連
　　　　　接前後兩個事項，表示前一事項一旦成立，就將導致
　　　　　出後一事項的不良後果。（例⑫㉚）

第二節　代　名　詞

一、代名詞（代名詞）的特點

　　代名詞是體言的一種，是不提事物的名稱而指代事物、代替名
詞的詞，所以叫作"代名詞"。代名詞在意義上的特點是不能表示
固定的事物，代名詞的內容是因所指事物的變換而變換的。因此，
代名詞具有功能上的指示性，內容上的境遇性，語法上的體言性。

　　日語代名詞的特點之一，就是四元性，即分為近稱、中稱、遠
稱、不定稱。而漢語為 3 元性。只有"這、那、哪" 3 個，英語也
是 3 元，只有"this、that、which" 3 個。

　　日語代名詞的另一個特點就是沒有性、數、格的變化，這一點
和名詞相同。日語裡唯一有性的區分的代名詞是"かれ"和"かの
じょ"，但這種區分只有詞彙意義，沒有語法意義。日語代名詞表
示複數的方法主要是靠接續詞綴，但它的數的概念不像印歐語系那
樣嚴格，從而在語法上也不引起句子結構的變化。

（i）　"代名詞"這一術語，我國過去的許多教材都稱之為"代詞"。這可能會引起它等同於漢語"代詞"的誤解。其實，盡管漢語的"代詞"與日語"代名詞"存在許多相同之處，但兩者之間仍然存在相當的差異，不宜將兩個概念等同起來。日語的"代名詞"只能指代人、事物、場所、方向；、漢語的"代詞"除了指代人、事物、場所、方向外，還可以指代時間、數量、性狀。普通語言學中所說的代詞，有狹義、廣義兩個定義，狹義的等於代名詞，廣義的除可指代名詞外還可指代時、數、性狀等。

（ii）　功能上的指代性，內容上的境遇性，語法上的体言性，是代名詞的三個基本性質。其中內容上的境遇性，包含兩方面的意思：一、究竟是何內容因語境而異，例如在某一場合"これ"指代辭典，在另一場合，"これ"又指代夾克衫；二、反映了與說話人、聽話人的關係，例如對於同一事物，說話人指示它時說"これ"，而聽話人則說"それ"。

（iii）也曾有人主張將指示狀態的指示性副詞"こう、そう、ああ、どう"、"こんなに、そんなに、あんなに、どんなに"和指示性連体詞"この、その、あの、どの"、"こんな、そんな、あんな、どんな"等都歸入代名詞中。當然，這些詞也具有指代功能，即從詞義上這些詞與指示代名詞有共同之處，但它們不能用如一個体言，即從語法上這些詞又與指示代名詞全然不同。為此，在語法上將它們作為不同的詞類，有必要將它們從共同的詞義上研究時，統稱之為"指示詞（指示詞）或"こそあど"系列詞（コソアドの系列の語）"。

二、代名詞的分類

　　日語代名詞分為 3 大類：人稱代名詞、指示代名詞和反身代名詞。指示代名詞又可細分為：事物指示代名詞、場所指示代名詞和方向指示代名詞。

1. 人稱代名詞（人 称 代 名詞）

　　人稱代名詞是指代人的代名詞，分"自稱（第一人稱）"、"對稱（第二人稱）"、"他稱（第三人稱）"、"不定稱" 4 種。"他稱"又分為"近稱"、"中稱"、"遠稱" 3 種。

　　人稱代名詞表示複數的方法，最為常見的是後續後綴"方、達、等、共"等。另有個別詞可以通過自身重疊的方法表示複數，如"われわれ"（我們）、"だれだれ"（哪幾個人）等。

　　無論是表示自稱、對稱，還是他稱、不定稱，都同時存在著幾種說法，需根據說話人與聽話人的關係、說話人與所提及者的關係、以及說話人說話的場合等，正確地選用。例如第一人稱，對尊長和較生疏的人正式說話時應使用"わたくし"，較為隨便的場合可使用"わたし"，和很熟悉的平輩說話可用"ぼく"，對晚輩或以傲慢的口吻對平輩說話時才用"おれ"。"ぼく"只限於男性使用，但與此對應的第二人稱"きみ"　是男女都可適用。

　　表示複數的"がた、たち、ら、ども"也含有敬謙等不同含義。"がた"含有尊敬之意，只能接於含有尊敬之意的對稱、他稱的代名詞後；"たち"含有尊重之意，用途最廣；"ら"比較簡慢，不能接於含有敬意的代名詞後；"ども"表示謙恭，只能接在"わたくし""わたし"之後。

人称 / 数	自 称 (第一人称)	対 称 (第二称)	他 称 (第三 人 称) 近 称	中 称	遠 称	不定称
単数	わたくし	あなた	このかた	そのかた	あのかた	どなた
	わたし		このひと	そのひと	あのひと	どのひと
	ぼく	きみ			かれ かのじょ	だれ
	おれ	おまえ	こいつ	そいつ	あいつ	どいつ
複数	わたくしども	あなたがた	このかたがた	そのかたがた	あのかたがた	
	わたくしたち	あなたたち	このひとたち	そのひとたち	あのひとたち	どのひとたち
	わたしども					
	わたしたち					
	ぼくら	きみら		かれたち	かれら かのじょら	だれだれ
	ぼくたち	きみたち		かのじょたち		
	おれたち	おまえたち				
	おれら		こいつら	そいつら	あいつら	どいつら
	われわれ					

① <u>ぼく</u>は、学校（がっこう）へ来（く）るときにいつも市営（しえい）バスを利用（りよう）している。／我來學校時，總是乘市營公共汽車。

② <ruby>彼女<rt>かのじょ</rt></ruby>は<u>彼</u>に学校がおもしろいかと<ruby>聞<rt>き</rt></ruby>いた。／她問他：學校有趣嗎？

③ <u>だれだれ</u>が<ruby>行<rt>い</rt></ruby>ったのか。／是誰和誰（哪幾個人）去的呀？

④ <u>わたくし</u>が<ruby>今日<rt>きょう</rt></ruby>の<ruby>司会<rt>しかい</rt></ruby>をさせていただきます。／請允許我擔任今天的會議主持人。

⑤ <u>こいつ</u>、またいたずらをして。／這個傢伙，又在惡作劇。

⑥ <u>あの<ruby>方<rt>かた</rt></ruby></u>はどなたですか。／那位是誰？

⑦ 君が何をしようと<u>われわれ</u>には<ruby>関係<rt>かんけい</rt></ruby>ない。／隨你幹什麼都跟我們毫不相干。

2. 指示代名詞（<ruby>指示代名詞<rt>しじだいめいし</rt></ruby>）

指示事物、場所、方向的代名詞叫指示代名詞。指示代名詞也有近稱、中稱、遠稱以及不定稱之分。

類別＼稱別	近　稱	中　稱	遠　稱	不定稱
事物代名詞	これ	それ	あれ	どれ
場所代名詞	ここ	そこ	あそこ	どこ
方向代名詞	こちら こっち	そちら そっち	あちら あっち	どちら どっち

事實上，指示代名詞中的事物、場所、方向的區別並不十分嚴格，有時它們之間可互換使用，有時還可轉用。

2.1　事物指示代名詞

A　指代事物

⑧　それはいくらですか。／那個多少錢？

⑨　これより他に方法がない。／除此之外再沒有別的辦法。

⑩　あれはもう読みましたか。／那（本書）你已經看完了嗎？

⑪　どれにしようかと迷っている。／不知挑哪個好。

B　轉作人稱代名詞，一般多用來指照片、圖像、屏幕上的人或聽不到說話人、聽話人對話的人，如當面指稱則帶有不重視乃至輕蔑的語氣。

⑫　これは私の母親です。／這是我母親。

⑬　あれの言うことはあてにならない。／那個人說的靠不住。

⑭　それは王君じゃないか。／那不是小王嗎？

C　指代時間

⑮　今日ははこれで終りにしよう。／今天到此為止吧。

⑯　その事はこれから説明します。／那件事現在開始說明。

⑰　これまでこんなおもしろい読んだことがない。／從來沒有看過這麼有意思的書。

⑱　それ以来彼を見かけたことがない。／打那以後再沒見過他。

⑲　あれ以来酒はやめた。／從那以後就忌酒了。

2.2　場所指示代名詞

A　指代場所

⑳　ここが書斎です。／這裡就是書房。

㉑　十字路があってそこを右に曲るとすぐです。／有個十字路口，從那兒往右一拐就是。

㉒　あそこまで行ったら一休みしよう。／到了那裡就歇一會
　　兒吧。

㉓　君はどこの生れですか。／你是哪兒生的？

　B　指代時間最常見的是"ここ＋表示時間長度的詞"和"そ
こへ""そこで"等。

㉔　ここ一週間雨が降っていない。／這一個星期沒下雨。

㉕　病人はここ２、３日が峠だ。／病人這兩三天是個關頭。

㉖　そこへ邪魔が入った。／就在這個時候來了個打攪的。

㉗　皆が黙り込んでしまった。そこで彼が口を開いた。／大
　　家都默不作聲，就在這時他開了口。

2.3　方向指示代名詞

　A　指代方向

㉘　こちらを向いてごらん。／請往這邊兒看。

㉙　川のこちら側が東京都、あちら側が神奈川縣です。／
　　河這邊兒是東京都，那邊兒是神奈川縣。

㉚　今そちらへ行きます。／現在就到你那兒去。

㉛　あちらに見えるのは浅間山です。／在那邊兒看到的就是
　　淺間山。

㉜　窓はどちらに向いていますか。／窗戶朝哪邊兒？

　B　指代事物，即把事物作為比較的一方、另一方。

㉝　こちらを１ダース下さい。／這個給我一打。

㉞　こちらよりそちらの方がよさそうですね。／看來那個要
　　比這個好。

㉟ あちらをお求めになりますか。／您要買那個嗎？

㊱ こちらの色よりあちらがよく似合う。／比起這個顏色來，那個更合適。

㊲ 乗ろうか歩こうか、どちらにしようか。／坐車去還是走著去，哪個好呢？

C 指代場所，增添鄭重的語氣。

㊳ こちらにＡさんという方はいらっしゃいませんか。／這裡有位Ａ先生沒有？

㊴ そちらはもう雪が降りましたか。／你那裡已經下雪了嗎？

㊵ あちらからもこちらからも祝電がよせられた。／賀電從四面八方紛紛打來。

㊶ お住いはどちらですか。／您住在哪裡？

D 轉作人稱代名詞，一般用近稱表示第一人稱或第一人稱方面的人，中稱表示第二、三人稱或第二、三人稱方面的人，遠稱表示第三人稱或第三人稱方面的人。"こちら"一組比"こっち"一組要莊重一些。

㊷ こちらはＡさんです。／這位是Ａ先生。

㊸ 後ほどこちらからお電話いたします。／一會兒我給您打電話。

㊹ まずそちらの言い分から聞こう。／先聽聽你方的意見吧。

㊺ そちらさんはどなたですか。／那位是誰？

㊻ あちらさまはどなたですか。／那位是誰？

㊼ あちら立てればこちらが立たぬ。／不能兩全其美。

⑱ 失礼ですが、どちら様ですか。／請問，您是哪一位？

3. 反身代名詞（反射代名詞）

反身代名詞是表示強調性複指，即再一次指代同一事物的一種代名詞。常用的反身代名詞除了"自分"外，還有"自身、自體、自己"等。在談話中多用"自分"；在記叙文和演講中還使用"自己、自身"等。例如：

⑭ 私は自分の欠点を知っている。／我知道自己的缺點。

⑮ きみたちはまず自分を反省しなさい。／你們先反省一下自己。

⑯ 男は自分の値うちを知ってくれるもののために、生命を惜しまず働く。／男人為欣賞自己的人不惜賣命地工作。

⑰ 犬や猫さえ自分の子をかわいがる。／就連狗、猫也都疼愛自己的孩子。

⑱ あれは自分さえ正しければよいと言い張る。／他堅持說只要自己對了就行了。

這就是說，"私"、"きみたち"、"男"、"犬、猫"、"あれ"分別指示具體的事物，而"自分"則反射式地再一次指示"私"、"きみたち"、"男"、"犬、猫"、"あれ"等詞。

反身代名詞有兩種用法：

3.1 後續助詞構成各種句子成分

⑭ 女は自分を喜ぶ者のために、顔づくりする。／女為悅己者容。

⑮ われわれは自己の使命を果たした。／我們完成了自己的使命。

㊶ 自分でもおかしいと思った。／連自己也覺得很可笑。

3.2 接在需要強調的體言後面，起類似後綴的作用，表示同位性複指。

㊷ 私自身どうしてよいか分からない。／我自己也不知道怎麼辦好。

㊸ これは彼自身の意見ではない。／這不是他本人的意見。

㊹ それ自身は決して悪い事ではない。／那本身決不是壞事。

㊺ 彼自体まだ考えが定まっていない。／他自身還沒拿定主意。

㊻ 目的自体は悪くないが、手段が穏当を欠いている。／其目的本身並不壞，只是手段欠妥當。

"自身"還可接於"自分"之後使用。此時只是用來加強詞義。例如：

㊼ その事を私は自分自身の目で確かめたい。／那件事我想用自己的眼睛來確認一下。

㊽ もっと自分自身を大切にしなさい。／你應該更加愛護自己呀！

…… • …… • ………… • …… • ……

(i) 在現代日語語法中，關於代名詞的下位分類，主要有 3 種觀點。一種是分為 3 類，"大綱"取此說法，本書也認為此說是妥當的；另一種觀點是分為兩類，即不設反身代名詞類。我們分析，不設反身代名詞之類，大概是由於兩個原因：一、反身代名詞境遇性不典型，這一點有別於其它兩類代名詞；二、反身代名詞不能自成

體系，只有散在的幾個詞，這一點也有別於其它兩類代名詞。第三種觀點是分為 4 類，即將不定代名詞提出來單設一類，其主要理由是不定代名詞在功能上缺乏指代性，在內容上缺少境遇性，這兩點與其它代名詞都不一樣。

(ii)　"人稱代名詞"也有稱之為"人代名詞"的；"指示代名詞"也有稱之為"事物代名詞"、"物主代名詞"的；反身代名詞，也有稱之為"反射代名詞""反射指示代名詞""再帰代名詞"、"反昭代名詞"的。

(iii)　人稱代名詞具有以下幾個特點

(ア)　各個人稱的具體所指，是以說話人為參照點的，是所指人與說話人的關係的反映。

(イ)　各個人稱都有好多詞，要因說話人與聽話人的關係、說話人與所提及者的關係、說話人說話場合等選擇不同的詞語使用。

(ウ)　可以接受定語的修飾，如"やさしいあなた"、"ばかなぼく"等，這與其它代名詞不同。

(エ)　和漢語等相比，日語的人稱代名詞使用率明顯地低，尤其是第三、三人稱。

　　據《講座現代語第六卷　口語文法の問題点》（明治書院，1964）中"代名詞"（作者　宮地敦子）一文轉引《言語生活》的統計，指自己時，多用"わたくし、わたし、ぼく、おれ"等（占119/132），極少數使用"……子（自己的名字）、"等；指對方時，只有少數（39/137）使用"あなた、きみ、おまえ、お宅"等，大多數使用對方的名字，家族的稱呼以及"先生、社長"等社會地位名稱。指稱他方時，使用人稱代名詞的情況更少，只有極少數（3/197）（分母數字原文為此，疑是 137 之誤）使用了"かれ、こ

ちら、あれ"等。

(iv) 有些書上將"あなた"對應成"您",將"あんた"對應成"你"。這是不妥當的。"あなた"雖然比"あんた"敬意略高,但並不能與"您"相當。對於尊長,對於不甚熟悉的對方,都不能使用"あなた",而要用職位、稱呼等。

日本婦女稱呼自己的丈夫、戀人等時用"あなた",此時"あなた"應看作名詞。

"お宅"是由名詞發展出來的一個對稱代名詞,一般只用於平輩。

(v) 指示代名詞與指示連體詞(この、その、あの、どの、こんな、そんな、あんな、どんな)、指示性副詞(こう、そう、ああ、どう、こんなに、そんなに、あんなに、どんなに)、以及複合起來起指示作用的詞組(如こういう、こういった、こうした、こうする、こうなる等)在"指示"這一點上是共同的。可以總稱之為指示詞。

關於指示詞近、中、遠稱的指示的用法,許多學者都作過研究,提出過種種觀點,還作過種種圖示。討論的焦點是近、中、遠稱各自的指示範圍及相互關係。

對於近、中、遠稱指示用法的一個代表性說法是以距離為依據。例如:

それは人,事物,場所,方向等について,対手より話をする本人に空間的に時間的に近いか,又は精神的に親しいものは之を近称といふのである。又話し手よりも対手に近いか親しいかの関係にあるものが中称である…話手対手のどちらにも近いか親しいかの関係を離れて指すものを遠称といふのである。この区別は之

第二章 體　言

を使ってみれば誰にもわかる。（山田孝雄《日本口語法講義》宝文館　1922）

　　由於事實上存在著無法用距離解釋的用例，便有學者提出以勢力範圍為依據的說法。例如：

　　「これ」という場合の物や事は、発言者・話手の手のとどく範囲、いわばその勢力圏内にあるものなのです。また、「それ」は、話し相手の手のとどく範囲、自由に取れる区域内のものをさすのです。こうした勢力圏外にあるものが、すべてあれに属します。（佐久間鼎《現代日本語の表現と語法（改訂版）》厚生閣、1951）

　　此後，三上章、高橋太郎、久野暲等學者都對指示詞作了較深入的研究，發表了較有影響的著作，還有不少學者在先行研究的基礎上提出了自己的見解。這裡介紹一下高橋太郎和森田良行對此問題的說明。

　　コソアドには、はなし手ときき手で構成する場面に存在するものごとを直接にさししめす用法と、はなし手またはあい手ののべたことをうけてさししめす文脈的な用法とがある。

　　＜コソアドの直接的な（空間的な）用法＞

　　はなし手ときき手との関係のなかで、はなし手のがわから具体的なモノをさししめす。コソアのあらわれかたは、はなし手ときき手が接近しているかいないかによってことなる。

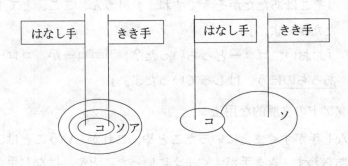

a) はなし手ときき手が接近しているばあい、「われわれ」という領域をつくり、その「われわれ」の領域内のものをコ系であらわし、領域外で、比較的ちかければソ系で、それよりとおければア系であらわす、というようにはなし手、きき手から対象までの距離の遠近によって指示される。

○　「これはだれの絵ですか。」「はい、これは去年わたしがかいた絵です。」

○　そこにみえるのが小学校で、あのたかい山がてんぐ山です。

b) はなし手ときき手がはなれているばあい、または、はなし手ときき手を対立するものとしてとらえるばあい、はなし手ときき手はそれぞれのなわばりをもつ。はなし手のなわばりはコ系であらわし、きき手のなわばりはソ系であらわす。そのほかのところは、ア系であらわす。（ア系でさししめす範囲は、もとは、はなし手ときき手から、ほぼおなじ方向にみえるところにかぎられていたが、しだいに範囲をひろげてきている。）

○　「これはだれの本ですか。」「あっ、それはぼくのです。」

○ 「そこはあたたかそうですね。」「うん、ここ、とてもあたたかいよ。」

○ 「おおい、ゴローどっちいった？」「ゴローか。ゴローはあっちのほう、はしっていったよ。」

＜コソアドの文脈的な用法＞

　はなし手がすぐまえにいったことや、これからいうことは、コ系であらわす。きき手がすぐまえにいったことや、はなし手がすぐまえにいったことで、きき手によく理解（りかい）されたとおもわれることは、ソ系であらわす。また、話のはじまる以前（いぜん）から、はなし手ときき手に、おなじように、よくしられていることなどをさすときには、ア系をつかう。

○ 「花子（はなこ）の子どもは花子じゃないのに、人間（にんげん）の子どもは人間だ。これはおもしろいね。」

○ 「ここはおんなの子のへやだ。このことをわすれるな。」

○ 「これはそのときにきいた話（はなし）です。」（といって、はなしはじめる）

○ 「きのう１万円ひろったんだよ。」「それがどうしたの。」

○ 「花子の子どもは花子じゃないのに、人間の子どもは人間だよ。」「それはおもしろいね。」

○ 「ここは、おんなの子のへやだよ。そのことをわすれるな。」

○ 「去年（きょねん）、川田（かわだ）さんというひとといっしょに山のぼったでしょ？」「うん。」「あのひとがね、ことしもまた、いっ

しょにいこうっていってたよ。」

——《日本語の文法》（高橋太郎，松本泰文等講義テキスト，
　　1993)

　(vi) 反身代名詞雖然也具有功能上的指代性，但它並不表示固定的事物，其內容也依指代對象的變換而變化。它不會因與說話人的關係發生變化而改換詞語，另外，語法上的體言性也不完整，加之數量極少，不像其它代名詞那樣能形成体系，因此有的學者不將它單列為一種代名詞。採用這種說法時，“自分”就成為普通的名詞，“自身”就成為名詞性的後綴。

指示表現 ┤
　現実的素材の指示——話の場に実在する話材　｝　未表現の話
　　　　　　の指示……現場指示　　　　　　　｝　材の指示

　観念的素　┤指示表現話し手の意識内に浮かんだ
　材の指示　｜観念的話材の指示……話題指示　　｝　一既表現の
　　　　　　｜先行叙述内の叙述事項の指示……　｝　話材の指示
　　　　　　｜文脈指示

現場指示 ┤
　聴者が話者に対立するものと意識する……コ系・ソ系・ド系
　聴者も話者と共通の場にあるものと意識する……コ系・ソ系・ド系

話題指示 ┤
　聴者が話者に対立する　┤話し手の観念内にある話材の指示し
　ものと意識する　　　　｜（話手側の話題）……コ系
　　　　　　　　　　　　｜聞き手の発言内容の指示
　　　　　　　　　　　　｜（聞き手側の話題）……ソ系

　聴者も話者と共通の場にあるものと意識する（両者共通の話
　題）……ア系

文脈指示 ┤
　読み手が書き手に対立するものと意識する（現実的立場による
　　一元的表現）……コ系・ソ系
　読み手も書き手と共通の場にあるものと意識する（観念的転移
　　による的表現二元）……コ系・ア系

——"指示語の指導"（森田良行收入

《講座日本語の文法 4　文法指導の方法》明治書院、1967）

(vii) 反身代名詞使用（這裡指的是"反身代名詞"＋格助詞等"即正文所說的第一種用法）時，弄清其所指代的具體內容是極為重要的。久野暲曾在《日本文法研究》（大修館，1973）、《談話の文法》（大修館，1978）等著作中以生成轉換語法分析方法，特別是從"視點"的角度對反身代名詞"自分"作過分析，並作出了"直接再歸代名詞""間接再歸代名詞"的下位分類。

從教學上可考慮介紹以下幾點大致的規律。

(ア) 在主動句的單句中，"自分"是對主語的反射式複指。

○ 太郎は二郎に自分について話した。／太郎向二郎談了自己的事。（關於太郎的事）

(イ) 在能還原成主動句的被動句中，"自分"是對主語的反射式複指。

○ 二郎は太郎に自分の家で殺された。／二郎在自己家裡被太郎殺死了。（死在二郎自己的家）

○ 太郎は二郎を自分の家で殺した。／太郎把二郎殺死在自己家了。（死在太郎自己的家）

(ウ) 在使動句中，"自分"可能是對使動主體的反射式複指，也可能是對使役對象即實際動作的動作主體的反射複指。

○ 太郎は二郎に自分の家で勉強させた。／①太郎讓二郎在自己家學習。（在太郎家學習）②太郎讓二郎在他自己家學習。（在二郎家學習）

(エ) 如果從句中的"自分"是對主句名詞Ａ（Ａ不一定是主句主語）的反射式複指時，則說明Ａ對從句表示的動作、事態是有所意識的。

○ 太郎は花子が自分を愛していることを知らなかった。
／太郎不知道花子在愛著自己。（"自分"指構成主句
主語的名詞"太郎"）

○ 太郎は花子が自分を愛していないことを悲しんだ。／
花子不愛太郎，太郎感到悲傷。（"自分"指構成主句
主語的名詞"太郎"）

○ 花子が自分を愛していないことが、太郎をがっかりさ
せた。／花子並不愛自己，這使太郎大為失望。（"自
分"指使動對象"太郎"）

第三節　數　詞

一、數詞的特點

數詞是表示事物數目、數量、序數等的詞。日語數詞具有如下
語法特點：

1. 可以接受定語的修飾。如"たのしい一日"、"新しく買っ
た二冊"、"あの二人"等。這一點與印歐語言裡數詞不能
接受形容詞修飾的用法不同。

2. 印歐語言裡的數詞可以直接用來作定語，而用日語數詞構成
定語時必須借助連體格助詞"の"。如"百ページの本"、
"一人の人"、"80円の鉛筆"等。

3. 數詞（尤其是量數詞）可直接作狀語。如"肉を百グラム
食べた"、"りんごを5個買う"等。

4. 數詞可以後續格助詞構成主語、賓語、補語等，也可以後續
　　助動詞構成謂語。

　　因此，從語法的特徵來看，印歐語言裡的數詞更接近形容詞，
而日語的數詞更接近名詞。也正因為如此，有些語言學家主張把印
歐語的數詞歸入形容詞，把日語的數詞歸入名詞。

　　…… • …… • …… • …… • ……

　　(i)　數詞可以直接作狀語是它有別於名詞（名詞中少數可直接
作狀語的詞，是表示時間、方位的詞，不妨說這部分詞與數詞有相
通之處）、代名詞之處，是數詞的最大特點。對此，佐治圭二作過
分類研究（"時詞と数量詞"收入《日本語の文法の研究》ひつじ
書房，1991）。其要點是：

（ア）序數詞作狀語，只見於以下兩種情況：寫條款時用"第
　　　一、第二"等；顯示程度之高時用"一番、一等"（可
　　　以認為"一番、一等"已轉成了副詞，因為"二番、三
　　　番"等均無此用法）。

○　第1、健康に気を付けること。／第一條　注意健康。
○　第2、安全に気を付けること。／第二條　注意安全。
○　この花が一番 美しい。／這種花最美麗。
○　あの山が一等高い。／那座山最高。

（イ）表示數量的數詞作狀語。

○　本が3冊並んでいる。／擺了3本書（佐治認為"3冊"
　　　與"本"同格，下例同）。

○　リンゴを5個もらった。／得了5個蘋果。

（ウ） 表示頻度的數詞作狀語。

○ 私はあの人と話したことが一度<ruby>一度<rt>いちど</rt></ruby>ある。／我和他談過一
次話。

(ii) 關於數詞是否歸入名詞當中，日本各語法學派的觀點不一
致。山田孝雄認為：數詞除了具有表示數量概念的作用外，還具有
計數的作用，這一點是名詞不具備的。因此他主張數詞應單列一
類。吉沢義則卻認為：數詞和時間名詞一樣具有副詞的功能，因此
數詞和時間名詞應統括起來，稱為“時數詞”，與名詞、代名詞並
列。對此觀點，又有人提出反對意見，認為：雖然數詞具有副詞的
功能，但只限於其中的量數詞，並不具有普遍性。因此，還是應該
將數詞歸入名詞當中。現代日語語法學中最常見的兩種處理法是：
①把數詞歸入名詞，或作為名詞的下位類別；②把名詞、代名詞、
數詞三者並列起來。“大網”及本書取後說。

二、數詞的分類

日語的數詞分為 3 類：基數詞、序數詞和量數詞。

1. 基數詞（本数詞<rt>ほんすうし</rt>）

表示事物數目多少的詞，叫基數詞。

1.1 日本固有的（訓讀）：

一（ひ、ひい） 二（ふ、ふう） 三（み、みい） 四（よ、よう）
五（いつ） 六（む、むう） 七（なな） 八（や、やあ）
九（ここの） 十（とお） 百（もも） 千（ち）

這些基數詞在古代是可以獨立使用的，但現在基本上已成了詞
根，除了個別之外，都須在其後接上量詞後才能使用。

1.2 借用漢語的（音讀）

一（いち、いつ） 二（に） 三（さん） 四（し） 五（ご）
六（ろく、りく） 七（しち） 八（はち） 九（きゅう、く）
十（じゅう） 百（ひゃく） 千（せん） 萬（まん） 億（おく）
兆（ちょう） 零（れい） 半（はん）

日語中的數字，讀法與漢語習慣相同，用音讀讀出即可。但是，"10""100"只讀作"じゅう"，"ひゃく"，"1000"一般也只讀作"せん"。例如：

13（じゅうさん）

154（ひゃくごじゅうよん）

1215（せんにひゃくじゅうご或いっせんにひゃくじゅうご）

13684（いちまんさんぜんろっぴゃくはちじゅうよん）

2. 序數詞（序数詞）

表示事物次序、等級的詞，叫序數詞。序數詞由基數詞或量數詞加前、後綴構成。這些前、後綴有兩種來源：

2.1 日本固有的（訓讀）：

一つ目 二人目 三個目 四軒目 五回目 六番目 七丁目
ひと め ふた め さん め よんけん め ご かい め ろくばん め しちちょう め

2.2 借用漢語的（音讀）：

第一 二番 三等 四級 五号 六番地
だいいち に ばん さんとう さんきゅう ご ごう ばん ち

3. 量數詞（量 数詞）

表示事物具體數量的數詞，叫量數詞。量數詞由基數詞後續表示數量單位的量詞（助数詞）構成。量詞不是一種獨立的詞，是一種後綴，用來表示單位。它有兩種來源：

3.1 日本固有的（訓讀）：

一つ 二つ 三つ 四つ 五つ 六つ 七つ 八つ 九つ 十
とお

（"十"後不接"つ"，直接用基數詞兼作量數詞）一箱<ruby>箱<rt>ひとはこ</rt></ruby> 二間<ruby>間<rt>ふたま</rt></ruby>
三組<ruby>組<rt>みくみ</rt></ruby> 四通<ruby>通<rt>よとお（よんとお）</rt></ruby> り

　　由於基數詞"一（ひ、ひい）、二（ふ、ふう）……"現在基本上已成了詞根，所以也常把"一つ……九つ"作為基數詞來使用。

3.2 借用漢語（音讀）或其他外語的
1円<ruby>円<rt>えん</rt></ruby> 2課<ruby>課<rt>か</rt></ruby> 3回<ruby>回<rt>かい</rt></ruby> 4階<ruby>階<rt>かい</rt></ruby> 5キロ 6センチ 7メートル

　　量詞數量眾多，分工細致，這是日語的一大特色，也是日語學習者感到比較困難、比較煩瑣的部分。日語中基數詞有音讀和訓讀兩個系統的讀法，每個系統中又有若干變化。在與不同量詞搭配時，基數詞部分或用音讀或用訓讀或二者都用；而量詞部分也可能發生濁化、半濁化等音變。所以說量數詞讀法十分複雜，沒有一個簡單的規律可循。

…… · …… · …… · ……

　　(i) 日本學者通常都把數詞分成兩類：一類叫"基數詞"<ruby>基数詞<rt>きすうし</rt></ruby>或稱"数量数詞"<ruby>数量数詞<rt>すうりょうりょうすうし</rt></ruby>"量数詞"<ruby>量数詞<rt>りょうすうし</rt></ruby>，一類叫"序数詞"<ruby>序数詞<rt>じょすうし</rt></ruby>或稱"順序数詞"<ruby>順序数詞<rt>じゅんじょすうし</rt></ruby>、"順位数詞"<ruby>順位数詞<rt>じゅんいすうし</rt></ruby>。他們所說的"基數詞"中，包括單純表示數目的詞，也包括由"表示數目的詞＋量詞（助数詞）"<ruby>助数詞<rt>じょすうし</rt></ruby>構成的計數數量的詞，當需要把單純表示數目的詞提出時，有的學者稱之為"本数詞"<ruby>本数詞<rt>ほんすうし</rt></ruby>。因此，一般日語所說的"基數詞"<ruby>基数詞<rt>きすうし</rt></ruby>包括"大綱"和本書所說的"基數詞""量數詞"兩部分。"大綱"和本書所說的"基數詞"，日語應稱作"本數詞"，"大綱"和本書所說的"量數詞"，雖然也用日語"量數詞"來譯，但其內涵要小於日語的"量數詞"，只等於"量數詞—本數詞"的那一部分。"大綱"和本書的這種分類方法，基於普通語言學。

(ii) 有些詞盡管也是表示順序和等級，但如果其中不包含有表示數量的詞，就不把它們看作是數詞。例如：

上卷 中卷 下卷 前篇 中等 並等

甲組 乙組 初級 上級。

(iii) 在古日語中，可使用音讀基數詞表示順序。例如：

〇 一の鳥居・二の鳥居／第一個牌坊・第二個牌坊

〇 一の人／第一個人

(iv) 川端善明又根據計量的對象將我們說的"量數詞"細分為 3 種：度数数詞、個数数詞、量 数詞。（"数・量の副詞——時空副詞との関連——"刊《国語国文》1967. 10)

"度數數詞"是直接修飾限定謂語動詞的，它表明謂語動詞所反映的動作發生了幾次，因而與其前的名詞均無關係。從性質上看，這類數詞與表示頻度的副詞十分相似。"1 度"、"2 回"、"3 遍"、"4 度"等均屬於"度數數詞"。

"個數數詞"實際上說的是其前名詞的數量。"本が 3 冊並んでいる"、"リンゴを 5 個もらった"實際上是"本 3 冊が並んでいる""リンゴ 5 個をもらった"。要注意的是，並不是所有的"個數數詞"都存在著這種倒置關係。如"本を 100 ページ読んだ""與"100 ページの本を読んだ""並不同義，"100 ページの本を買った成立，"本を 100 ページ買った"不成立。

"量數詞"是表示時間、長度、重量、格等單位數量的詞。可以直接構成狀語，如"体重が 2 キロふえた"、"そこから 170 キロ離れている"。

(v) 根據計數的對象查找該用何量詞時，可參考以下材料：

『詳解国語辞典』附錄"数量称呼一覧"（山口明穂、秋本守

英編　旺文社，1985）

　　『集英社国語辞典』附錄 "助数詞一覽"（森岡健二、徳川宗賢、川端善明、中村明、星野晃一編，集英社，1993）

　　根據計數對象的大類查找量詞時，可參考並手至所列的類例：

　　(ア)人（神）：人、方、者、騎、柱……

　　(イ)動物：匹、頭、羽、尾……

　　(ウ)細而長之物：枝、竿、本、条……

　　(エ)薄而扁平之物：枚、張、重、面……

　　(オ)圓形物：粒、筒、球……

　　(カ)歸在一起之物：連、群、房、続き……

　　(キ)成對、成組、成套之物：足、揃い、打、帖、締め……

　　(ク)裝入容器之物：かます、袋、壺、籠、瓶、箱、包、俵、缶、杯、帙……

　　(ケ)事情、行為：縫い、結び、めぐり……）

　　(コ)時間：時、昔、年、月、日……

　　(サ)場所：所、箇所

　　查數量詞的讀法時，可利用以下資料：

　　『外国人のための基本語用例辞典』（文化廳編文化廳，1971）

　　『日本語発音アクセント辞典』（改訂新版，日本放送協会・日本放辛出版協会，1985)

　　『精選日漢學習辭典』附錄二（願明耀、劉長義、上野恵司主編・高等教育出版社，1996）

　　為便於教學，本書特請『精選日漢學習辭典』附錄二的編者對所選量詞作進一步精選讀整，整理成表作為本書的附錄。

（vi） 有時一個數詞既可以作量數詞又可以作序數詞，只有在具體句子中，在具體的語言環境下，才能判定。奧津敬一郎曾就此問題舉過“50 ページ”的例子。在“この本を 50 ページ読んだ”中，“50 ページ”是量數詞，說明已經閱讀了多少；在“この本の 50 ページを開けよ”中，“50 ページ”是序數詞，意思是“第50頁”。

三、幾種數的表示法

1. 小數的讀法

小數點符號“.”讀成“点”。日語小數的讀法和漢語相同，不讀出位數。如：

3.561 （さんてんごうろくいち）

6.013 （ろくてんれいいちさん）

8.745 （はちてんななよんご）

2.357 （にいてんさんごうなな）

24.79 （にじゅうよんてんななきゅう）

35.619 （さんじゅうごうてんろくいちきゅう）

0.045 （れいてんれいよんご）

1.828 （いってんはちにいはち）

10.49 （じゅってんよんきゅう）

從上述小數的讀法中可知：“4”“7”要讀作“よん”“なな”而不用音讀讀音；當“2”“5”為整數部分的個位數或位於小數部分而又不在末尾時，要讀成長音“にい”“ごう”；“0”本身既可讀成“れい”也可讀成“ゼロ”，但在小數中，無論“0”是位於整數部分的個位數還是位於小數部分，都讀為“れい”。

2. 分數的讀法

　　先讀分母，後讀分子，中間介入"分の"。例如：

　　1/4（よんぶんのいち）

　　3/5（ごぶんのさん）

　　7/100（ひゃくぶんのなな）

3. 百分數的讀法

　　百分率（%）在日語裡用外來語讀，讀為"パーセント"。例如：

　　39%（さんじゅうきゅうパーセント）

4. 倍數的表示法

　　"倍"作為名詞，單獨使用時是加倍之意，相當於"二倍"。

　　① 三の倍は六です。／3 的 2 倍是 6。

　　② 三の二倍は六です。／32 倍是 6。

　　③ 広さはこの部屋の倍ぐらいです。／面積比這個房間大一倍。

　　"……倍"中"倍"是後綴，在日語中常用"……倍になる"的形式表示"增加到幾倍"，有時也說"……倍増える"，表示淨增加的倍數。而在漢語中表示數量的成倍增加常用"增加了幾倍"。

　　④ 生産量が去年の 3 倍になった。／產量比去年增加了兩倍（即產量增加到去年的三倍）。

　　⑤ 学生の数は五倍になったそうす。／聽說學生增加了四倍。

　　⑥ 化学肥料が四倍に増えた。／化肥增加了 3 倍。

　　⑦ 化学肥料が四倍増えだ。／化肥增加了 4 倍。

5. 概數表示法

　　可加前綴"数"或後綴"余""余り""足らず"等表示，有

的還可用兩個相連的數詞來表示。例如：

　数人　三十あまり　五年たらず　四、五人　十二、三歲

五十余歲

6. 年代表示法

　　公歷按數目字讀出來，但"一千"只能讀成"せん"而不能讀成"いっせん"。例如：

　　1995 年（せんきゅうひゃくきゅうじゅうごねん）

　　二十世紀九十年代（にじゅっせいききゅうじゅうねんだい）

另外，日本各朝代都有年號，近代四個年號和公歷的計算方法是："明治（1968 年～1911 年）加 1867 等於公元年數；"大正"（1912 年～1925 年）加 1911 等於公元年數；"昭和"（1926 年～1989 年）加 1925 等於公元年數；"平成"（1989 年～現在）加 1988 等於公元年數。例如：

　　　　明治　5 年＝1872 年（ 5 ＋ 1687)

　　　　大正　2 年＝1913 年（ 2 ＋ 1911)

　　　　昭和 64 年＝1989 年（64 ＋ 1925)

　　　　平成　7 年＝1995 年（ 7 ＋ 1988)

7. 時刻、時間的表示法

　　時刻說的是幾點幾分，時間說的是幾個小時幾分鐘。表示時刻，量詞是"時""分""秒"；表示時間，量詞是"時間""分間""秒間"。但表示時間說"……小時……分鐘"時，要說成"……時間……分"。例如：

　　1 時（いちじ）　4 時（よじ）　7 時（しちじ）

　　9 時（くじ）　4 時 10 分（よじじっぷん）

6時30分（ろくじさんじっぷん）

8時52分（はちじごじゅうにふん）

3時間（さんじかん）

4時20分（よじかんにじっぷん）

四、數詞的用法

1. 後續主格助詞"が"或提示助詞"は""も"等，構成主語。

①　だれにでも、秘密にしておきたいことの一つや二つはあるだろう。／不管是誰，總有一兩件要保密的事吧。

②　二人は一つ屋根の下で仲良暮らしている。／兩個人在同一個屋簷下和和氣氣地過日子。

2. 後續斷定助動詞等，構成謂語。

③　国慶節は10月10日です。／國慶日是十月十日。

④　富士山は日本最高の山で、海拔3776メートルです。／富士山是日本最高的山，海拔3776米。

3. 後續賓格助詞"を"，構成賓語。

⑤　この連休は、夏を思わせる暑さで、気温は三十度を突破した。／此次連休熱得跟夏天一樣，氣溫突破了30°C。

⑥　日本の人口が一億を超えて久しい。／日本的人口早就超過了一億。

4. 後續各種補格助詞，構成補語。

⑦　午後一時から三時まで会議をします。／下午1點至3點開會。

⑧　明日の夜から友達と三人でスキーに行くつもりです。／準備從明天晚上起和朋友共三個人一起去滑雪。

⑨　法隆寺を建てた聖徳太子は <u>662 年</u>に世を去った。／建
造法隆寺的聖德太子於 622 年逝世。

5. 後續連体格助詞"の"，構成定語。

⑩　この問題の解き方には、<u>二とおり</u>の方法があります。／
這道題的解法，有兩個。

⑪　これは、<u>一人</u>の日本の少年が外国で体験したことに基づ
いている。／它源於一個日本少年在國外的親身經歷。

6. 量數詞可直接作狀語。

⑫　机の上にはチョークが<u>三本</u>あります。／桌子上有 3 支粉
筆。

⑬　スーパーで肉を<u>百グラム</u>買った。／在超市買了 100 克肉。

……・……・……・……・……

(i) 關於"リンゴ3つ"和"3つのリンゴ"的差異、奧律敬一
郎指出："「リンゴミッツ」は「たくさんありリンゴの中の3個」
という部分数量を示し、「ミッツノリンゴ」は「その場には全部
でリンゴが3個ある。そのすべて」という意味で全体数量を指し
ていて、両者には違いがあるようである。「食事3度」と「3度
の食事」も同様に考えられる。

第 三 章

用言（一）——動詞

用言（用言）本是和體言相對的一個術語，包括動詞（動詞）、形容詞（形容詞）、形容動詞（形容動詞）。從意義上說，用言的特徵在於或敘述動作、作用或描寫性質、狀態；從功能上說，用言的特徵在於可以表達人或事物的動態或靜態的屬性，臨時的或固定的屬性，明顯地具有陳述功能；從語法上說，用言的特徵是：①可以構成謂語；②可以接受狀語的修飾；③有形態變化(活用)。

………‧………‧………‧………‧………

(i)　形容詞和形容動詞，只是由於其活用不同才區別開來的，這兩類詞其它方面都幾乎完全一樣。而動詞則和它們不同。山田孝雄指出，形容詞是"静止的固定的に時間に関することなく、心内に描かれたる事物の性質状態を説明する用言"，而動詞是"事物の性質状態が推移的発作的の観念として意識内に描かれたるものをあらはす用言。"當然動詞中也存在"ある""居る"這樣一些表示靜止性動作的詞（山田孝雄把它們從動詞中分出來，稱之為"存在詞"）。松下大三郎指出："この静止的動作と形容（状態）とは違ふ。静止的動作は不変化でも時間の中に存するが、形容は時間を超過している。……動作詞と形容詞との区別はその観点の認識のさら方にある"。

(ii)　關於用言在詞法中的位置，渡辺実指出："品詞論における用言の位置は、形態意義職能的最小単位として他のすべての単詞と同質でありながら、素材表示の職能と関係構成の職能との両方を託される点で体言類・助詞類と区別され、また統叙を託されそれゆえに陳述または再展叙の職能を二重に託される点で副詞類と区別される、という座標に求められるべきだ。"

(iii) 單詞的形態變化，也叫詞形變化，日語稱之為＂活用﹂。對於＂活用＂的定義，有兩種常見的說法。其一：＂単語が用法の違いに応じて、語形を規則的に変えること＂；其二：＂そこで切れるか、あるいは、ほかのどういうことばへ続いていくかによって同じ語の形が変わること＂。二者說的是一回事。活用詞活用時，發生變化的部分叫詞尾（語尾），一個詞除掉詞尾的部分，即活用時不發生變化的部分叫詞幹（語幹）。包括＂大綱＂和本節在內的大多數日語語法學說，都是以假名為單位來考察活用詞的詞幹與詞尾的。但以此方法解釋サ変動詞、カ変動詞以及一段動詞中的兩拍詞時，就出現了詞幹與詞尾界限不清的問題。阪倉篤義，鈴木重幸等學者主張以音素為單位考察活用，從普通語言學的角度來看，這樣作能解決一些問題。

書く→kaku：kak-u

起きる→okiru：ok-iru

入れる→ireru：ir-eru

する→suru：s-ur

くる→kuru：k-uru

第一節　動詞及其類別

一、動　詞

動詞是有活用的內容詞，屬用言之一。從詞彙意義上看，動詞表示的是人或事物的動作、作用、狀態、存在；從功能上看，動詞表達的是人或事物的動態屬性、臨時屬性。

　　動詞具有用言 3 類詞共同的語法特徵。具體說來，動詞又有著與其它兩類詞不同的幾個特點：①基本形（以終止形為基本形）最後一個假名是ウ段假名。以一個假名為詞尾的動詞，詞尾就是這個ウ段假名；以兩個假名為詞尾的動詞，第二個假名是ウ段假名。②有命令形。③可以發生形態變化之後接敬體助動詞"ます"構成敬體。④可以構成種種"體（アスペクト）"、種種"態（ヴォイス）"。

　　對於動詞可以從各個不同的角度進行分類，最有實際意義的，也是《大學日語教學大綱》中要求掌握的是以下 3 種分類法：①根據形態變化的分類；②根據是否要求賓語的分類；③根據後接"ている"的情況即從"體"的視點的分類。

…… • …… • …… • …… • ……

　　(i) 五段活用動詞是因為每個動詞的活用詞尾都分布在其詞尾所在行的ア～オ五個段而命名的。五段活用動詞的詞尾分布在"カ、ガ、サ、タ、ナ、バ、マ、ラ、ワ（ア）" 9行。"いらっしゃる、おっしゃる、くださる、ござる、なさる" 5 個詞雖也屬於五段活用動詞，但其連用形、命令形取特殊變化，所以稱之為特殊五段活用動詞。五段活用動詞的名詞是 1946 年採用"現代仮名遣い"後才用的，如使用"歷史的仮名遣"，活用詞尾分布在ア～エ 4 個段中，故名"四段活用動詞"（四段活用動詞）"。如ワ（ア）行五段動詞"歌う"舊名ハ行四段活用動詞"歌ふ"，其 6 個活用形的詞尾是"は、ひ、ふ、ふ、へ、へ"。

　　(ii) 一段活用動詞發生活用時，其詞尾的第一個假名，一直保持在該段不動，所以稱之為一段活用。"上""下"二字是根據イ

段假名和エ段假名的位置加上去的。上一段活用動詞詞尾的第一個假名分布在"ア、カ、ガ、ザ、タ、ナ、ハ、バ、マ、ラ"10行，在文語中，主要屬於下二段動詞和上一段動詞。下一段活用動詞詞尾的第一個假名分布在"ア、カ、ガ、サ、ザ、タ、ダ、ナ、ハ、バ、マ、ラ"12行，在文語中屬於上二段動詞（文語下一段動詞只有"蹴る"一個，在口語中成了五段活用動詞）。

(iii) サ行変格活用動詞和カ行変格活用動詞合稱為変格活用動詞。"変格活用"指的是其形態變化不像五段活用、一段活用那樣規整。因而也相對地把五段活用、一段活用合稱為"正格活用"。

二、根據形態變化所作的動詞分類

按活用對動詞進行分類，是動詞分類中歷史最悠久、教學實用意義最大的分類方法，也是日語語法學習中最基本的一項內容。

根據動詞的活用規律，可將動詞分為4類：

1. **五段活用動詞（五段活用動詞）**，如：書く、死ぬ、歌う、及ぼす、親しむ等。

　　這類動詞的詞尾只有一個假名，為ウ段假名。

2. **一段活用動詞（一段活用動詞）**

　　分為上一段活用動詞（上一段活用動詞）和下一段活用動詞（下一段活用動詞）。二者的共同點是詞尾都有兩個假名，最後一個假名是"る"。二者的不同之處在於，上一段活用動詞詞尾中"る"之前的假名是"イ"段假名，如"起きる、落ちる、伸びる"等；而下一段活用動詞詞尾中，"る"之前的假名是"エ"段假名，如"見える、食べる、別れる"等。一段活用動詞中，有少數動詞的詞幹只有一個假名，而這個假名又兼作詞尾的第一個假名。如上

一段的 "居る、着る、似る、見る" 等; 下一段的 "得る、出る、寝る、経る" 等。

3. サ行變格活用動詞（サ行 変格活用動詞）

　　屬於這一活用類型的動詞，包括 "する" 和以 "する" "ずる" 為詞尾的複合詞。其中以一個漢字為詞幹以 "する" 為詞尾的動詞，如 "愛する、化する、期する、訳する、略する" 等，也可按サ行五段活用動詞即 "愛す、化す、期す、訳す、略す" 等活用；作為サ變動詞使用時，主要用於書面語，作為五段動詞用時，則書面、口頭均用。以一個漢字為詞幹，以 "ずる" 為詞尾的動詞，如 "感ずる、信ずる、転ずる、命ずる、応ずる" 等，以 "一個漢字+ん" 為詞幹以 "ずる" 為詞尾的動詞，如 "感ずる、信ずる、転ずる、命ずる、応ずる" 等，以 "一個漢字+ん" 為詞幹以 "ずる" 為詞尾的動詞，如 "重んずる、甘んずる、先んずる" 等，也可按上一段活用動詞活用，即成為 "感じる、信じる、命じる、応じる、重んじる、甘んじる、先んじる" 等；一般按 "ずる" 活用時多見於書面語，按 "じる" 活用時多見於口語。

4. カ行變格活用動詞（カ行 変格活用動詞）

　　簡稱 "カ變動詞"。僅 "来る" 一詞，因其形態變化特殊，歸入變格活用。

三、根據是否要求賓語的動詞分類：

　　描述事物的動作、作用的動詞中，有些動詞所表示的動作、作用必然要作用到其他事物，這個動作、作用所及的客體，就構成詞法上的賓語。根據動詞是否要求賓語（動作涉及的對象）可把動詞

分為兩類：

1. 他動詞（他動詞）

　　要求賓語，即要求有"～を"的支配成分的動詞。如"テレビを見る"問題を調査する""手紙を書く""電話をかける"等等。賓語"～を"在意義邏輯上可以與動詞存在各種關係，以對象、結果兩種最為典型。有時，"～を"不表示涉及的對象、結果等，如"大学を卒業する""公園を散歩する"，帶有這類意義的"～を"的動詞不是他動詞。

2. 自動詞（自動詞）

　　不要求賓語的動詞。如"町へ行く""雨が降る"等。

　　按是否要求賓語分析考察動詞時，有兩種情況值得注意。一是同一個動詞兼有自他兩性。例如：

吹く　　{ 風が吹く（自動詞）
　　　　笛を吹く（他動詞）

　　另一種情況是有些成對的自他動詞二者，詞義接近、關聯、乃至相同。例如：

掛ける　{ 電話を掛ける
掛かる　　電話が掛かる
壊す　　{ 時計を壊す
壊れる　　時計が壊れる

　　前一種情況數量有限；後一種情況非常普遍，這裡的"成對"的對應，不一定是一對一，也有一對二（如"退く一退ける、退か

す" "合う—合わせる、合わさる"）、二對二（如拔かる、拔け
る—拔く、拔かす"）等情況。

······ • ······ • ······ • ······ • ······

(i) 自他動詞的劃分是從語義考慮的，從動詞所表示的詞義與
客體的關係考慮的。他動詞所表示的動作必然可以直接及於客體，
自動詞所表示的動作就不直接作用於客體。在英語中，他動詞可以
構成被動態，自動詞則不能。但是在日語裡，既不能單純依詞義分
類，也不能根據能否構成被動態定性。這裡的提法是既考慮詞義
（動作之所及），又考慮語法（帶有 "～を" 的賓語）。

(ii) 有一部分動詞的自他屬性處於搖擺狀態，不同辭典可能作
出不同的定性。複合而成的サ変動詞中，這種情況很多。

(iii) 關於成對的自他動詞的形成、結構、意義等可參閱以下文
獻：

（ア）日本語文法・形態論（鈴木重幸，むぎ書房，1972）

（イ）日本語文法入門（吉川武時，アルク，1989）

（ウ）日本語動詞の諸相（村木新次郎，ひつじ書房，1991）

四、根據後接 "ている" 情況的動詞分類

"ている" 接在不同動詞後，有時會有各不相同的意義。

① ガンが大空を渡っている。／大雁在天空中飛翔。

② 小説発行の準備が始まっている。／小說發行的準備工
作已經開始了。

③ この傘は骨が曲がっている。／這把傘，傘骨是彎的。

句①中的"ている"表示動作正在進行過程中，句②中的"ている"顯然不表示正在進行，而是這個動作已經發生過了，它所造成的結果目前仍還保留著。句③中，"ている"既不表示動作正在進行，也不表示動作發生以後形成的狀態，而是單就現在性質狀態而言，其功能無異於一個形容詞或形容動詞。這反映了"ている"之前的動詞本身具有不同的意義特徵。根據後接"ている"的情況，可以將動詞分為4類：

1. 繼續動詞（継続動詞）

後接"ている"表示動詞所指的動作或作用正在進行過程中。這類動詞很多，如：泣く、書く、渡る、飛ぶ、食べる、勉強する"等。這類動詞所表示的動作一般發生是需要一個過程的。

2. 瞬間動詞（瞬間動詞）

後接"ている"表示動詞所指的動作或作用已經結束但其結果還保留著。如"始まる、死ぬ、来る、汚れる、起きる"等。這類動詞所表示的動作一般是在瞬間完成的。

3. 狀態動詞（状態動詞）

不能後接"ている"，這類動詞本身就表示狀態，多表示存在，能力等。如"ある、いる、できる（會、能夠）"等。

4. 形容詞性動詞（形容詞的動詞）

總是要以"ている"的形式使用，且以這種形式表示狀態、性質等。這類動詞所進行的描述並不涉及動作，僅僅表示單純的狀態。如"優れる、聳える、沿う、似る"等。

對以上的分類加以概括，又可以把動詞總結為兩類，一類是與

動作過程有關的，多表示動作變化或作用等，可以稱為"動態動詞"（動的動詞）；另一類是與動作過程無關的，多表示狀態或性質，可叫做"靜態動詞"（靜的動詞）。因而，從"體"的角度對動詞進行分類就構成如下的關係：

$$
\left\{
\begin{array}{l}
動態動詞 \left\{
\begin{array}{l}
繼續動詞 \\
瞬間動詞
\end{array}
\right. \\
靜態動詞 \left\{
\begin{array}{l}
狀態動詞 \\
形容詞性動詞
\end{array}
\right.
\end{array}
\right.
$$

　　(i) 動詞可以構成不同的體，"ている"接於動詞後時，有的構成了"持續體"，有的構成了"存續體"，有的動詞不能後接"ている"，有的動詞總是接上"ている"使用。金田一春彥繼承並發展了松下大三郎、佐久間鼎等學者的研究，在"国語動詞の一分類"（1947）的論文中系統地提出了從"體"的觀點對動詞進行分類的意見。金田一認為動詞可以分為4種：

　　第1種動詞是表示狀態的，通常表示超越時間的觀念。"寧ろ「状態を表わす」と言うべき動詞で、通常、時間を超越した観念を表わす動詞である。……「ある」「できる」などがこれに属する。この種の動詞は「～ている」をつけることがないのを特色とする。……これを状態動詞と呼ぼう。

　　第二種の動詞は、明瞭に動作・作用を表わす動詞であるが、但しその動作・作用は、ある時間内続いて行われる種類のものであるような動詞である。……「読む」「書く」などがこれに属する。……此等の動詞は「～ている」をつけることが出来、若しつければ、その動作が進行中であること、即ち、その動作が一部行

われて、まだ残りがあることを表わす。此等を継続動詞と呼ぼう。

　　第三種の動詞は、第二種の動詞と同じく動作・作用を表わす動詞であるが、その動作・作用は瞬間に終ってしまう動作・作用である動詞である。……「死ぬ」、「（電灯が）点く」などがこれに属する。この種の動詞に「～ている」をつけるとその動作・作用が終ってその結果が残存していることを表わす。此等を瞬間動詞と呼ぼう。

　　第四種の動詞として挙げたいものは、時間の観念を含まない点で第一種の動詞と似ているが、第一種の動詞が、ある状態にあることを表わすのに対して、ある状態を帯びることを表わす動詞と言いたいものである。「聳える」がこれである。この種の動詞は、いつも「～ている」の形で状態を表わすのに用い、ただ「聳える」だけの単独の形で動作・作用を表わすために用いることがないのを特色とする。……この種の動詞は適当な名称が思い浮ばぬゆえ、第４種の動詞と呼ぶこととする。

　　金田一春彦之後，三上章、鈴木重幸、高橋太郎、寺村秀夫等又作了進一步的研究，也有的學者提出了新的分類方法。

　　"大綱"和本書採用了基本上遵循金田一說的作法，對於"第４種動詞"參考寺村秀夫等學者意見，改稱為"形容詞性動詞"。

　　(ii) 按接"ている"的情況對動詞進行分類，也可能出現跨類現象。跨類現象中又有兩種情形：

　　(ア)一詞多義，各個義項意義特徵不同。如"できる"：

　　○ 道路に水たまりができている。／路上出現了水坑。（瞬間動詞）

　　○ 母は車の運転ができる。／媽媽會開車。（狀態動詞）

(イ)同一詞義，但著眼點不同，在不同語言環境中表現出不同

的特徵。如"着る、過ぎる"：

○　娘は隣の部屋で服を<u>着ている</u>。／女兒在隔壁房間穿衣

服。（繼續動詞）

○　真由美は素敵な服を<u>着ている</u>。／真由美穿著很漂亮的

衣服。（瞬間動詞）

○　時刻は３時を過ぎている。／時間過了３點。（瞬間動

詞）

○　船が海峽を過ぎている。／船正在過海峽。（繼續動詞）

○　彼の金使いは度を過ぎている。／他花錢過度。（形容

詞性動詞）

　　(iii) 除了以上３種不同角度的分類以外，還有一些分類法。例
如按有無命令語氣使用的情況把動詞分為"意志動詞"和"非意志
動詞"。意志動詞指動作的主體可以有意識地進行該動作，而無意
志動詞指動作的進行或狀態的存在是不受人等生命體的意志左右
的，主要包括表示無生命體的活動（流れる）、自然現象（光る）、
人在生理心理現象（飽きる、泣く）及可能動詞（泳げる）等。

第二節　動詞的活用及各活用形的用法

一、動詞的活用形

現代日語的活用形有 6 種，即未然形（未然形）、連用形（連用形）、終止形（終止形）、連體形（連体形）、假定形（仮定形）和命令形（命令形）。各類活用動詞的變化如下。

1. 五段動詞

五段動詞的活用特點是詞尾分布在五十音圖的ア、イ、ウ、エ、オ五個段上，因而得名。示例如下表：

詞例 \ 活用形 / 詞幹	未然形	連用形	終止形	連體形	假定形	命令形
書く	書（か）	①か ②こ	き	く	く	け	け
立つ	立（た）	①た ②と	ち	つ	つ	て	て
思う	思（おも）	①わ ②お	い	う	う	え	え

2. 一段動詞

一段動詞的活用特點在於詞尾最後一個假名 "る" 的變化，有時脫落，有時保留，有時變成其它假名。而 "る" 前的假名，即詞尾的第一個假名始終不變。

詞　　例	活用形 詞尾 詞幹	未然形	連用形	終止形	連體形	假定形	命令形
上一段	起きる	起^お	き	き	きる	きる	きれ	きろ きよ
	見る	（見）	み	み	みる	みる	みれ	みろ みよ
下一段	食べる	食^た	べ	べ	べる	べる	べれ	べろ べよ
	寝る	（寝）	ね	ね	ねる	ねる	ねれ	ねろ ねよ

3. サ変動詞

　　サ変動詞"する"的活用特點是，詞幹與詞尾既在サ行的イ、
エ兩段上變化，又有"る"的有無及變化。其他具有動詞意義的詞
與"する"復合而成為，復合サ変詞時，"する"就成了純粹的詞
尾。有時"する"會濁化為"ずる"，但其形態變化的規律與"す
る"完全相同。

詞　例	活用形 詞尾 詞幹	未然形	連用形	終止形	連體形	假定形	命令形
する		し せ	し	する	する	すれ	しろ せよ
愛する	愛^{あい}	し せ	し	する	する	すれ	しろ せよ
勉強する	勉強^{べんきょう}	し せ	し	する	する	すれ	しろ せよ
命ずる	命^{めい}	じ ぜ	じ	ずる	ずる	ずれ	じろ ぜよ

4. カ変動詞くる

カ変動詞くる的活用特點是，詞幹與詞尾既在カ行イ、オ兩段上變化，又有"る"的有無與變化。當其活用形為兩個假名時，"来"可表示第一個假名，當其活用形僅是一個假名時，"來"就表示整個活用形。

活用形 詞	未然形	連用形	終止形	連體形	假定形	命令形
来る	来^こ	来^き	来る	来る	来れ	来い

(i) 也有把活用形分成 7 種的，即未然形，連用形，終止形，連體形，假定形，命令形和推量形。也就是把未然形的①②兩個用法分成兩個活用形——未然形和推量形。例如，"書く"的 7 個活用

形為：かか、かき、かく、かか、かけ、かけ、かこ。

　　(ii)　各個活用形的名稱，基於該活用形的基本用法或基本用法之一。"未然"是尚未實現之意，源於這個活用形可以構成否定形式的用法。"連用"是連接用言之意，因這個活用形後可連接用言故名。"終止"是收句結尾之意，反映了這個活用形的最基本的用法。"連體"是連接體言之意，因為這是一個用以構成定語的活用形。"假定"表示這個活用形可以後接表示假定的助詞構成假定條件。"命令"表示這個活用形可以表示命令語氣。

　　(iii)　少數詞的活用類型處於變化之中，例如"足る"→"足りる"，目前"足りる"較為常用。另外由文語使動態而來的他動詞也有變為下一段動詞的趨勢，例如"済ます"→"済ませる"。

　　(iv)　阪倉篤義以音素為單位考察了動詞的活用，下表是阪倉提出的口語動詞活用表。

語尾 語幹例	未然形 (否定形)	連用形	終止形	連體形	假定形	命令形	轉換する母音	活用の種類
(1) 書(kak-)	-a-o	-i-x	-u	-u	-e	-e	aiue(o)	四段 (五段)
(2) 為(s-)	-i-e	-i	-uru	-uru-	-ure	-i(ro) -e(yo)	aiue	サ行變格
(3) 來(ke)	-o	-i	-uru	-uru	-ure	-o(i)	iu o	カ行變格
(4) 起(ok-)	-i	-i	-iru	-iru	-ire	-i(ro) (yo)	i	上一段
(5) 受(uk-)	-e	-e	-eru	-eru	-ere	-e(ro) (yo)	e	下一段

(1) の連用形に―X としたのは、もとの音便形にあたるもの
で、動詞によって、kai（書いて）、ton（飛んで）、tat（買って）
のようにいろんな形で現れてくるものを示す。

――據《改稿日本文法の話》

(v) 高橋太郎把活用與時、陳述方式等結合在一起提出了一個
活用表。

高橋的這個表於 1987 年發表於『教育国語』88、89 期上，後
來又略有修改用於他和鈴木泰丈等編寫的《日本語の文法》中。這
裡引自《日本語の文法》。

第三章　用言（一）――動詞

機能 ＼ ムード ＼ テンス ＼ みとめかた ＼ ていねいさ			ふつう體の形或 （ふつう體の動詞）		ていねい體の形式 （ていねい體の動詞）	
			みとめ形式 （みとめ動詞）	うちけし形式 （うちけし動詞）	みとめ形式 （みとめ動詞）	うちけし形式 （うちけし動詞）
終止形	のべたて形	断定形 非過去形	よむ	よまない	よみます	よみません
		断定形 過去形	よんだ	よまなかった	よみました	よみませんでした
		推量形 非過去形	よむだろう	よまないだろう	よむでしょう	よまないでしょう
		推量形 過去形	よんだ(だ)ろう	よまなかった(だ)ろう	よんだでしょう	よまなかったでしょう
	さそいかけ形		よもう	(よむまい)	よみましょう	(よみますまい)
	命令形		よめ	よむな	よみなさい	
連體形		非過去形	よむ	よまない	(よみます)	(よみません)
		過去形	よんだ	よまなかった	(よみました)	(よみませんでした)
中止形	第1なかどめ 第2なかどめ ならべたて形		よみ よんで よんだり	よまず(に) よまないで (よまなくて) よまなかったり	よみまして (よみましたり)	よみませんで (して) (よみませんでしたり)
條件形	(バー條件形) (ナラー條件形) (タラー條件形) (トー條件形)		よめば よむなら よんだら よむと	よまなければ よまないなら よまなかったら よまないと	(よみますれば) (よみますなら) よみましたら よみますと	よみませんでしたら よみませんと
讓歩形	(テモー讓歩形) (タツテー讓歩形)		よんでも よんだって	よまなくても よまなくたって	よみましても	(よみませんで しても)

(vi) 有的表中所列的サ変動詞未然形有 3 個詞尾，さ、し、せ。さ是用來接 "せる"、"れる" 的。我們把サ変動詞被動態、使動態的 "される"、"させる" 分別看成是 "せられる"、"せさせる" 的約音，因而認為サ変動詞的未然形只有し、せ兩個詞尾。

二、五段動詞的音便

五段動詞的連用形在後接某些助詞、助動詞時，需使用不同於前文所列的連用形形態，這種變化了的形態叫做五段動詞的音便形。具體來說，五段動詞（除サ行五段動詞外）在後接て、ては、ても和た、たり時，活用詞尾要變成 "イ"、促音或撥音。

1. イ音便（イ音便）

カ行、ガ行五段動詞連用形 "き"、"ぎ" 變為 "い"。其中，ガ行五段動詞後接的 "て"、"た"、"たり" 等要發生濁化，變為 "で"、"だ"、"だり" 等。例如：

書く＋て→書いて　書く＋た→書いた
嗅ぐ＋て→嗅いで　嗅ぐ＋た→嗅いだ

2. 促音便（促音便）

タ行、ラ行、ワ行五段動詞連用形 "ち"、"り"、"い" 變為促音 "っ"。例如：

立つ＋て→立って　立つ＋た→立った
ある＋て→あって　ある＋た→あった
歌う＋て→歌って　歌う＋た→歌った

3. 撥音便（撥音便）

ナ行、マ行、バ行五段動詞連用形 "び"、"み"、"に" 變

為撥音 "ん"，且接在其後的 "て"、"た"、"たり" 等要發生
濁化，變為 "で"、"だ"、"だり" 等。

死ぬ＋て→死んで　死ぬ＋た→死んだ

読む＋て→読んで　読む＋た→読んだ

遊ぶ＋て→遊んで　遊ぶ＋た→遊んだ

但是在五段動詞音便現象中，有唯一一個不符合上述規律的例
外，這就是 "行く"。"行く" 在後接 "て"、"た" 等時，不發
生イ音便，而是發生促音便。

行く＋て→行って　行く＋た→行った

……・……・……・……・……

(i) "音便" 不同於 "音變"。"音便" 是日語語法中的專用術
語，指用言連用形的イ音便、促音便、撥音便和ウ音便。"音變"
是普通語音學中的術語，是 "語音變化" 的簡稱，包括歷史音變和
語流音變兩種。從日語語音學的角度來看，語法上的 "音便" 也屬
於音變。為避免概念的混淆，"大綱" 和本書直接使用了 "音便"
這個名詞。

(ii) 日語語法中說的 "音便"，共有4種，イ音便、促音便、
撥音便3種見於動詞連用形後接 "て" "た" "たり" 之時；ウ音
便見於以下兩種情況：一、日本西部地區，ワ(ア)行五段動詞接
"て" 等時，如買う→買うて、買うた等。這種形式也見於書面語
中。二、形容詞連用形後接 "ございます" 時，將 "く" 變化成
"う"。

(iii) 從音理上看，"音便" 屬於語音變化，具體分為：

（ア）輔音脱落――イ音便（kaki→kai）

　　　　　　　ウ音便（furuku→furuu）

（イ）元音脱落――撥音便（shini→shin）

（ウ）元音脱落並且輔音交替――促音便（ari→ar→at）

　　　　　　　撥音便（yobi→yob→yon）

　　　　　　　ウ音便（hayaku→hayau→kayo）

三、幾個特殊的五段動詞

　　五段動詞中，有幾個與敬語有關的動詞，其活用形與一般的五段動詞略有差別。這幾個五段動詞均為ラ行五段動詞，與一般ラ行五段動詞活用形的不同之處，一是連用形多出一個"い"來，二是命令形詞尾是"い"，不是"れ"。列表如下：

　　屬於這種特殊適用的，除"なさる"外，還有"くださる"、"おっしゃる"、"いらっしゃる"、"ござる"，一共5個。

詞　例 \\ 活用形 \\ 詞尾 \\ 詞幹	未然形	連用形 (音便形)	終止形	連體形	假定形	命令形
なさる　　なさ	ら ろ	り い (っ)	る	る	れ	い

　　它們後接助詞、助動詞的情況，如：

ござる＋ます→ございます

なさる＋た→なさった

くださる＋ます＋た→くださいました

　　おっしゃる＋て→おっしゃって

　　いらっしゃる＋たり→いらっしゃったり

　　……・……・……・……・……

　　(i) 這5個特殊的五段動詞中，"ござる"又與其它幾個有所不同，它一般只用"ござい（ます）"的形式，因而說特殊的五段動詞時，也常常是指其餘4個。

　　(ii) 湯澤幸吉郎將4個特殊的五段動詞稱為"ラ変"，並詳細列出了它們與一般的ラ行五段動詞（ラ五）的不同：

　　(ア)「ラ変」の命令形は、もとは「ラ五」と同じく「なされ、下され、いらっしゃれ、おっしゃれ」と「れ」で終っていたが、現代ではそれを用いず、「なさい、下さい、いらっしゃい、おっしゃい」と「い」で終る形を用いる。

　　(イ) もとは「ラ五」と同様に「なさります、下さります、いらっしゃります、おっしゃります」といい、現在でもその言い方は全く廃れたのではないが、主として上流社会の特に丁寧な言葉であって、一般には「…います」が普通となった。

　　(ウ)「ます」の命令形「ませ」「まし」は、一般の動詞には付かないが、「ラ変」には付く。

　　(エ)「た」「て」が「ラ変」に付くと，音便形になる。しかし、次の形のものもある。「なすった」「なすって」「下すった」「下すって」「いらっしった」「いらっしって」「いらしった」「いらして」「いらした」「いらして」など。

四、動詞各活用形的用法

現代日語的各個活用形的名稱，並不是簡單地代表著該活用形的用法，因為活用形本身並不表示什麼語法意義，只有當它處於特定的環境中，它才與後接的詞語或語氣共同表示一個語法意義。

1. 未然形

1.1　後接助動詞"ない"、"ぬ"，表示否定。五段動詞用未然形①；サ変動詞的未然形接"ない"時用"し"，接"ぬ"時用"せ"。

① 雨<ruby>あめ</ruby>が降<ruby>ふ</ruby>らない。／不下雨。

② 生<ruby>なま</ruby>の物<ruby>もの</ruby>は食<ruby>た</ruby>べなかった。／生的東西，沒有吃。

③ 彼<ruby>かれ</ruby>らは重<ruby>じゅう</ruby>要<ruby>よう</ruby>な会<ruby>かい</ruby>議<ruby>ぎ</ruby>をしなければならない。／他們必須開個重要的會。

④ 1ケ月<ruby>いっかげつ</ruby>もせぬうちに治<ruby>なお</ruby>った。／還沒到一個月就治好了。

⑤ 親<ruby>おや</ruby>からの手<ruby>て</ruby>紙<ruby>がみ</ruby>がなかなか来<ruby>こ</ruby>ない。／家裡的信，怎麼等也不來。

1.2 後接助動詞"られる（れる）"、"させる、（せる）"、"しめる"等，構成動詞的被動態、能動態、使動態、自然發生態，或表示尊敬。五段動詞用未然形①。

⑥ 雨<ruby>あめ</ruby>に降<ruby>ふ</ruby>られた。／被雨淋了。

⑦ 5年<ruby>ごねんあと</ruby>後には家<ruby>いえ</ruby>が建<ruby>た</ruby>てられる。／5年後，房子可以建造起來。

⑧ 弟<ruby>おとうと</ruby>を買<ruby>か</ruby>い物<ruby>もの</ruby>に行<ruby>い</ruby>かせる。／讓弟弟去買東西。

⑨ 昔<ruby>むかし</ruby>のことが思<ruby>おも</ruby>い出<ruby>だ</ruby>された。／不禁想起了過去的事情。

⑩　学長先生は学生たちに自分の考えを語られました。／
　　校長向學生們談了自己的想法。

1.3　後接助動詞"う（よう）"，表示意志和推測兩種意義。
但接在動詞後的"う（よう）"，表示意志的用法多見；表示推測
的用法甚為有限，且主要出現在書面語中。五段動詞用未然形②。

⑪　テレビの音を小さくしよう。／把電視的聲音弄小點。

⑫　粘土で人形を作ろう。／用粘土捏個娃娃吧。

⑬　これには論理上の欠陥はほとんどないと言えよう。／在
　　這裡大概可以說幾乎沒有邏輯方面的問題。

1.4　後接助動詞"まい"，表示否定意志和否定推測兩種意義。
只限於一段動詞和サ変動詞。例如：

⑭　あんなばかなことは二度としまい。／那種傻事，決不再
　　做了。

⑮　君にはこの役はとてもやれまい。／對你來說，這個角色
　　大概幹不了。

⑯　彼は彼女にこの事を知られまいとした。／他不想讓她知
　　道這件事。

2. 連用形

2.1　構詞用法　可充當名詞或與其他詞素構成復合詞。有的直
接轉成名詞（動きが激しい、行きはよいよい、帰りはこわい）；
有的作為合成詞的上位詞與名詞、動詞、形容詞等構成名詞（使い
道、泣き虫、出口）、動詞（流れ込む、取り入れる、ふりかけ
る）、形容詞（蒸し暑い、聞き辛い、焦げ臭い）；有的作為下位

詞與其他詞構成名詞（魔法使い、湯呑み、月見、高跳び、早起き）。

2.2　中頓　表示並列，有時隱含有順接（因果等）、逆接（轉折等）等語法意義。

⑰ 流れは山を下り、谷を走り、野をよこぎる。／水流沖下山崗，流過山谷，穿過田野。

⑱ 兄は町へ行き、ぼくは留守番をする。／哥哥去上街，我看家。

⑲ 勉強が終わり、母の手伝いをする。／功課做完了，幫媽媽幹活。

⑳ 百メートル下に転落し、けがもしなかった。／摔落到百米深的地方，沒摔傷。

2.3　後接助動詞“ます”，構成敬體。

㉑ 僕は君の幸せを望みます。／我希望你幸福。

㉒ ご自由にご利用くださいませ。／請隨便使用。

㉓ 家を貸すことに条件をつけました。／在出借房子上面附加條件。

2.4　後接助動詞“た”，表示過去、完了、狀態及某些特殊意義。

㉔ 真一はアジア大会で新記録を立てた。／真一在亞運會上創造了新記録。

㉕ 読んだ本はすぐに返して下さい。／讀完了的書請立即還回。

㉖　一雨(ひとあめ)したら、すずしくなる。／下一場雨就會涼快。

㉗　家に帰(か)ったら、変(か)わった男(おとこ)が待っていた。／回家後發現一個奇怪的男人等在那兒。

㉘　やっぱり、かぎはここにあった。／鑰匙到底還是在這兒。

2.5 後接助動詞 "たい"、"たがる"，表示願望。

㉙　今度は立派な論文(こんど　りっぱ　ろんぶん)を書(か)きたい。／下次想要寫出一篇出色的論文。

㉚　彼は彼女と結婚(けっこん)したがっている。／他想和她結婚。

2.6 後接助動詞 "そうだ（そうです）"，表示即將發生某動作或有可能性。

㉛　不景気(ふけいき)で会社(かいしゃ)がつぶれそうだ。／由於不景氣公司即將倒閉。

㉜　簡単(かんたん)にできそうな仕事(しごと)だが、なかなか終らない。／看似很簡單的工作，可怎麼也做不完。

2.7 後接格助詞 "に"，表示來去等移動動詞的目的。

㉝　朝早(あさはや)く鮭(さけ)を釣(つ)りに行(い)った。／一大早兒出去釣鮭魚了。

㉞　いい仕事をさがしに東京(とうきょう)へ戻(もと)った。／回到東京尋求好工作。

2.8 後接接續助詞 "て"、"ながら"、"つつ"、"ても"、"たって" 等。

㉟　春(はる)が来(き)て、雪(ゆき)が溶(と)けた。／春天到來，雪化了。

㊱　右手(みぎて)を上(あ)げて、左手(ひたりて)を下(お)ろす。／舉起右手，放下左手。

㊲　手(て)をついて謝(あやま)った。／俯首致歉。

㊳　日曜日ごとに、町に行っては映画を見る。／每到星期天
就到城裡去看電影。

㊴　ピアノを弾きながら歌を歌いましょう。／邊彈鋼琴邊唱
歌吧。

㊵　うそと知りながら、つい信じてしまった。／儘管知道是
假話，還是不知不覺相信了。

㊶　友と語りつつ酒を飲む。／與朋友邊聊邊飲酒。

㊷　お前がしつこく誘っても、おれはぜったい行かない。／
你再怎麼請我去，我也絕對不去。

㊸　彼は酒は飲んでも、タバコは吸わない。／他雖然喝酒，
但是不抽煙。

㊹　いくら制服廃止を主張したって、学校側はその理由を
聞かなか。／無論怎樣堅持廢除制服的意見，校方也不聽
其理由。

2.9　後接並列助詞"たり"，表示並列或舉例。

㊺　一日中踊ったり歌ったりした。／一整天又跳舞又唱歌。

㊻　朝から雨が降ったりしてうんざりした。／早上就開始下
雨，真煩人。

㊼　ある時は一人で部屋に閉じこもったりした。／有時候也
一個人悶在屋子裡。

2.10　後接提示助詞"は"、"も"、"でも"、"さえ"等，
再後接形式動詞"する"，表示對比，強調，例示等含義。

㊽　御恩はけっして忘れはしない。／決不忘您的恩德。

㊾　<ruby>宿<rt>しゅくだい</rt></ruby>題は<u>し</u>もしないで遊んでいた。／作業也不做就玩上了。

㊿　<ruby>駅<rt>えき</rt></ruby>の<ruby>案内<rt>あんない</rt></ruby>を<ruby>人々<rt>ひとびと</rt></ruby>はほとんど<u>聞き</u>も、見もしません。／對於車站內的介紹，人們幾乎聽也不聽，看也不看。

(51)　<u>壊し</u>でもしたら<ruby>大変<rt>たいへん</rt></ruby>だ。／要是弄壞了什麼的，可不得了。

2.11 後接語氣助詞"な"，表示命令或要求。主要用在比較隨便的口語中，也有人認為是"……なさい"之略。

㊷　もっと早くこっちへ<u>来</u>な。／再早點兒來這兒。

㊸　<ruby>危<rt>あぶ</rt></ruby>ないから、<ruby>気<rt>き</rt></ruby>を<u>つけ</u>な。／危險，留神！

2.12 後接接續助詞"て"，再接補助動詞，表示各種意義。

㊹　<ruby>洗濯物<rt>せんたくもの</rt></ruby>は<u>干</u>してあげるから、<ruby>安心<rt>あんしん</rt></ruby>しなさい。／洗的衣服我給你晾，放心好了。

㊺　彼とは<ruby>長年<rt>ちょうねん</rt></ruby><u>付き<ruby>合<rt>あ</rt></ruby>っ</u>ている。／和他交往多年。

㊻　<ruby>一流大学<rt>いちりゅうだいがく</rt></ruby>に<ruby>入学<rt>にゅうがく</rt></ruby>して<u>みせる</u>。／一定要考上一流大學。

㊼　早くこっちに<u>来</u>て下さい。／快到這邊來！

3. 終止形

3.1 位於句末，用以結句。

㊽　この<ruby>花<rt>はな</rt></ruby>はいい<ruby>匂<rt>にお</rt></ruby>いが<u>する</u>。／這花發出香味。

㊾　<ruby>難<rt>むずか</rt></ruby>しい言いまわしをやさしく<u><ruby>直<rt>な</rt></ruby>す</u>。／把難懂的話改得易懂些。

3.2 後接助動詞"そうだ"、"らしい"及"だろう、（でしょう）"等。

㊿　<ruby>新人<rt>しんにん</rt></ruby>を<ruby>入<rt>い</rt></ruby>れてチームの若返りを<u><ruby>図<rt>はか</rt></ruby>る</u>らしい。／好像是在

吸收新成員，以求隊伍的年輕化。

(61) 会談は打ち解けた雰囲気の中で進むでしょう。／座談會在融恰的氣氛中進行吧。

(62) 夕焼けなので明日はきっと晴れるだろう。／因為出了晚霞，明天肯定會天晴吧。

(63) 彼は留学の許可を得るため両親を説得するそうだ。／據說他為了獲得留學的許可要去說服他父母。

3.3 後接助動詞“まい”，表示否定的意志與否定的推測兩種意義。只限於五段動詞和サ変動詞。用於サ変動詞時，有時也接於文語サ変動詞終止形“す”後。

(64) 彼にはもう何も言うまい。／對他不想再說什麼了。

(65) わざわざ嵐の中で登山をするものはあるまい。／恐怕沒人特地在暴風雨中登山吧。

(66) 行こうと行くまいと私の勝手だ。／去不去是我的自由。

3.4 後接接續助詞“が”、“けれども”、“と”、“から”等。

(67) 私は車の運転ができるが、兄はできない。／我會開車，可我哥不會。

(68) 気持ちを落ち着けてよく考えると、だんだん分かってきた。／平靜下來仔細想一想，漸漸就理解了。

(69) 会社はいま危機にあるけれども、つぶれないと思う。／我認為公司雖然處於危機當中，但不會破產。

(70) きっと成功するから、融資してくれよ。／我一定能成

功，貸給我款吧。

⑦ 一家だんらんで<u>暮す</u>といいね。／一家人團團圓圓地過日
子該多好啊。

3.5　後接並列助詞"か"

⑦ <u>行く</u>か行かないか迷っている。／不知道該去不該去。

⑦ <u>勝つ</u>か<u>負ける</u>かにかかわらず、ぼくはうれしかった。／
無論勝負，我都高興。

3.6　後接語氣助詞"か"、"な"、"ね"、"よ"、"なあ"、"さ"等，表示各種語氣。

⑦ 転んだぐらいで泣く奴が<u>ある</u>か。／有你這樣摔了一下就
哭的人嗎？

⑦ <u>急ぐ</u>から，ぼくはもう<u>帰る</u>よ。／我有急事，馬上回去了。

⑦ 知人の子だから、よくないことをしていると<u>叱る</u>わ。／
因為是熟人的孩子，所以做了壞事我就要訓斥。

⑦ つまらないことを人に<u>頼む</u>な。／別求別人辦無聊的事。

4.　連體形

4.1　後接體言，構成該體言的定語。

⑦ <u>流れる</u>水と<u>噴き上げる</u>水。／流淌的水和噴湧的水。

⑦ 彼は短い5行の中にイメージを<u>膨らます</u>能力を持ってい
た。／他有能力在短短5行中使形象豐滿起來。

4.2　後接助動詞"ようだ"、"みたいだ"，表示多種意義。

⑧ りんごと<u>いう</u>ようなごく平凡な単語についても個人差が

あるのだから。／就連蘋果這樣極其平凡的詞一個人跟一個人也（想像得）不一樣。

㊁ 彼も最近 新しい機械を工夫しているみたいだ。／他似乎最近也在琢磨新的機器。

㊂ 感性と論理がこういう形になっていくのだと理解できるようになった。／理解到了感性與邏輯是這樣一種關係。

4.3 後接接續助詞 "ので"、"のに" 等。

㊃ 日本語だけで十分に表せるのに、なぜ外国語を取り入れなければならないのでしょう。／只要用日語就足以表達了，可為什麼非要吸收外語呢？

㊄ 今年の冬は毎日と言っていいほど雨が降ったり止んだりするので、太陽が顔を見せるのは平均して一 週 間に一度ぐらいです。／今年冬天幾乎天天下下雨停一停，平均每周只能見到一次太陽。

4.4 後接副助詞 "だけ、くらい、ほど" 等，表示各種意義。。

㊅ 人生には、遭難するぐらい惨めなことはない。／人生中沒有比遇難更悲慘的了。

㊆ 手紙の形式は千差万別であきれるばかりである。／信的格式千差萬別，簡直叫人吃驚。

㊇ 長引くほどこちらが不利になる。／拖得越長，越對我們不利。

㊈ 眺めるだけなら、お金はいらない。／如果只是看，那不要錢。

4.5 後接提示助詞 "しか"，再後接否定意義的詞語，表示除

此之外別無他法。

⑧⑨　ここまで来たら、<u>やる</u>しかありません。／到了這一步也只有幹了。

4.6　後接語氣助詞"の"，表示種種語氣。

⑨⓪　ぐずぐずしないで、さっさと<u>する</u>の。／別磨蹭，快點做！

⑨①　このところ雨ばっかり<u>降る</u>の。／這陣子老下雨啊！

4.7　後接形式名詞"こと"、"もの"、"の"，"はず"、"わけ"、"ため"等，將動詞名詞化，增添意義，或接續形式名詞構成的慣用型。

⑨②　ここまで来て登山を<ruby>中 止<rt>ちゅう し</rt></ruby>する<u>わけ</u>にはいかない。／已經到了這兒了，不可能停止登山。

⑨③　<ruby>体<rt>からだ</rt></ruby>いっぱいの<ruby>声<rt>こえ</rt></ruby>で<ruby>叫<rt>さけ</rt></ruby>び<ruby>交<rt>ま</rt></ruby>わしたりして<u>いる</u>のは、はたで<ruby>聞<rt>たの</rt></ruby>いても<ruby>楽<rt>たの</rt></ruby>しい<u>もの</u>である。／盡全身力氣互向對方呼喊，即使在旁邊聽著也感到很快樂。

⑨④　たいていのことは日本語で十分に<u>表せる</u>はずだ。／大多數事情應該是能用日語表達的。

⑨⑤　<ruby>信号<rt>しんごう</rt></ruby>が<ruby>赤<rt>あか</rt></ruby>に<ruby>変<rt>か</rt></ruby>わらないうちに<ruby>数 秒<rt>すうびょう</rt></ruby>早く<ruby>交差点<rt>こうさてん</rt></ruby>を<ruby>渡<rt>わた</rt></ruby>るために、道路の端に立つ何十人の人に泥しぶきを平気で浴びせる<u>のだ</u>。／為了在信號燈變紅之前的幾秒鐘趕過路口，把泥水都飛濺到了站在路邊的幾十人身上也毫不在乎。

⑨⑥　若い人たちが登山についての<ruby>相談<rt>そうだん</rt></ruby>に来た時、私はいつも「<ruby>登山三分法<rt>さんぶんほう</rt></ruby>」ということを説いて<u>聞かせる</u>ことにして

いる。／年輕人來找我詢問登山的事情時，我總是把"登

山三分法"的道理講給他們聽。

⑨ 年をとると気が弱くなるものだ。／一上年紀，就會精神

不濟。

5. 假定形

後接接續助詞"ば"，表示條件等。

⑨ 障子は破ろうと思えばすぐ破れる。／要想讓拉門破，

馬上就能破。

⑨ ちりも積もれば山となる。／積砂成塔。

⑩ こんな高いコーヒーの代わりに、日本の素晴らしいお茶

をサービスすればいいのに。／不要這麼貴的咖啡，提供

點日本的好茶多好。

⑩ 読めば読むほど面白くなる。／越讀越有意思。

6. 命令形

位於句末，表示命令。

⑩ 手をあげろ。／舉起手！

⑩ ぼくの話を聞け。／聽我的話！

⑩ あなたもここへいらっしゃい。／你也到這兒來！

⑩ あした天気になれ。／明天天晴吧！

⑩ 赤が「止まれ」、青が「進め」の意味を示す。／紅色表

示"停！"，綠色表示"行！"。

…… · …… · …… · …… · ……

（i）未然形接ない是動詞未然形最有代表性的用法之一。假如不考慮表示態的助動詞，則五段活用動詞未然形的ア段形態只有後續否定助動詞一個用法，所以也有人主張把未然形叫做"否定形"。《標準日本語》中將"未然形＋ない"的形態稱為"ない形"。

（ii）未然形後接"う・よう"的形態表示的是將要做的、或可能出現的，因而也有把它叫做"未來形"的。

（iii）"う・よう"接在動詞後表示推測的用法非常有限，取而代之的是在動詞終止形後接"だろう"、"でしょう"。

（iv）連用形是用法最多的活用形之一，既可以單獨使用，也可以後續其他詞語。坂梨隆三（《日本文法大辞典》）把連用形的用法歸納為以下 5 點：

（ア）中止法，不加助詞、助動詞，中頓上句，連接下句。如"花咲き，鳥歌う"、"雨に濡れ、風邪をひいた"等。

（イ）連用形，即直接後續用言的用法，也叫副詞法。該用法多見於形容詞、形容動詞的連用形，動詞連用形直接後續動詞可看作復合動詞，其連用形有的發生音便，甚至可看作前綴。

（ウ）名詞法，連用形獲得體言資格，作體言用。如"光"、"話"等。還包括"遊び（に行く）"這種用法。

（エ）後續助動詞的用法，可以後續"たい"、"そうだ（樣態）"、"ます"等。

（オ）後續助詞的用法。

（v）坂梨隆三（在《日本文法大辞典》中）把動詞連用形加動詞的用法看作動詞的連用法，而森田良行（在《日本語教育事典》中）認為動詞難以構成連用法，直接連接動詞所形成的"押し出す"、"抱きかかえる"、"突き返す"等是復合動詞。

(vi) 復合動詞的詞義構造比較複雑，大致可歸納為：

(ア) 前項修飾後項　　押し出す　　振り掛ける

(イ) 後項修飾前項　　振り当てる　　打ち勝つ

(ウ) 前項前綴化　　打ち明ける　　差し押さえる

(エ) 後項後綴化　　考え込む

(オ) 前後項融合　　落ち着く

等意義類型。

(vii) 後接"に"表示"來"、"去"等移動動詞的目的時，サ變動詞也可以以詞幹形式出現。例如：

　　○ 私は日本へコンピュータの勉強に来た。／我到日本學習計算機學了。

　　○ デパートへ買い物に行きます。／去百貨商店買東西。

(viii) 《標準日本語》（人民教育出版社・日本光村圖書出版公司，1988、1990）中將"五段動詞連用形＋て"構成的形態稱為"て形"，將"五段動詞連用形＋た"的形態稱為"た形"。將"五段動詞連用形＋ます"的形態稱為"ます形"。

(ix) ⑰句也可以省略掉"下さい"，成為：

　　早くこっちに来て。／快點到這兒來。

這種結句方式目前已得到廣泛承認，因此也可以認為"動詞連用形＋て"可以結句。

(x) 終止形與基本形相同，因而不少人主張把終止形叫做"基本形"，《標準日本語》即是其中一例。

(xi) サ變動詞"する"在後接助動詞"まい"時，可以有3種形式："未然形し＋まい"、"終止形する＋まい"、以及"文語

サ変動詞的終止形す＋まい"。

○　しようがすまいがぼくの自由だ。／做不做是我的自由。

○　都会の娘を息子の嫁にするまい。／不想娶都市的姑娘做兒媳。

(xii) カ変動詞"くる"在後接助動詞"まい"時，也可以有3種形式："未然形こ＋まい"、"連用形き＋まい"和"終止形くる＋まい。"

○　湖が汚れてしまって、この鳥はもう日本に来るまい。／湖泊污染了，這種鳥恐怕不再到日本來了。

○　もう二度とこぐへ来まい。／再也不到這兒來了。

(xiii) 文語中，連體形可看作其後省略了形式名詞"こと"、"もの"、"の"等，因而直接具有了體言的資格，文語的這種用法在一些慣用型中仍有殘留。例如：

○　わからなければ、聞くがいい。／如果不懂，可以問問。

○　本を読むより音楽を楽むほうがすきだ。／比起看書來，更喜歡欣賞音樂。

(xiv) 副助詞"だけ"、"くらい（ぐらい）"、"ほど"、"ばかり"等均來自名詞，其中有的仍然存在作為名詞的用法。所以動詞當以連體形後接這些助詞。

(xv) 例⑧中後接"しか"是動詞連體形的用法。"しか"接於活用詞後時，一說接連體形後，一說接終止形後。此島正年認為"たぶん名詞「ほか」から助詞化したものであろう"，我們尊重這種意見。

(xvi) 動詞假定形後接"ば"並不總是表示假定條件，也可以表

示既定事實，主要是出現在 "…も…ば，…も…" 這個慣用句型中。

○ 英語も<u>話せ</u>れば、ドイツ語も話せる。／既會說英語又會說德語。

○ あの人は酒も<u>飲め</u>ば、甘いものもけっこう食べるんですよ。／那人又喝酒，又大量吃甜食。

　　(xvii)　有命令形用法的，一般只限於意志動詞。特殊情況下，表示祈禱等意義時，非意志動詞也使用命令形，如例⑩。

　　(xviii)　命令形雖可以表示祈使語氣，但它所表示的語氣太強烈，談話中只在極有限的情況下才能使用。比它語氣委婉而較為常用的是以下一些說法：

○ はい、<ruby>坐<rt>す</rt></ruby>わって！／來，坐下！

○ みんな早く<ruby>逃<rt>に</rt></ruby>げるんだ。／大家快跑！

○ 降りた、降りた！／下車，下車！

○ もっと<u>勉強</u>しなさい。／再用功點！

第三節　　動詞的體

一、什麼是動詞的體

　　動詞所表現的動作、作用有的可以是一個過程，即存在著動作作用的開始、進行和結束等階段。動詞的 "體(アスペクト)" 就是記述動、作用等處於何種進行情況的語法範疇。例如就 "つくる" 這一動詞來說，該動作的進行情況可分為幾個部分，

　　つくりはじめる　つくっている　つくってしまう

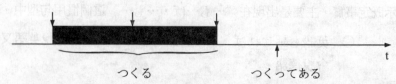

體就其表現形式來講非常豐富多彩，這些表現形式有"動詞連用形＋て＋補助動詞"，有"動詞連用形＋後綴類動詞"，有慣用型等等。究其所反映的體的意義，可分為"準備體、即將體、起始體、持續體、完成體、存續體"。其中，"持續體、存續體、完成體"是最基本的體。

…… • …… • …… • …… • ……

(i) 並不是所有動詞表示的動作、作用都是一個過程。動態動詞（繼續動詞和瞬間動詞）表示的動作、作用有過程，靜態動詞（狀態動詞和形容詞性動詞）則沒有。過程有的長，有的短。長的，可以持續的是繼續動詞；短的，甚至動作在瞬間完成的是瞬間動詞。試比較：

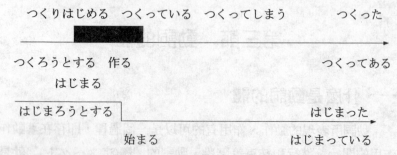

圖中可以看出繼續動詞與瞬間動詞的區別在於動作過程中的一個持續階段的差別，這種差別表現在有些動詞上，就顯示出某種模糊性，如"著る"。跨類現象就是由此產生出來的。如果忽略動作的具體過程，對動作整個過程加以描述，那麼這種視點也應該是一

個體。應該說這是更早一步的分析。所以不少日本學者認為，首先將體分為「完成相」和「繼續相」（高橋太郎在《現代日本語動詞のアスペクトとテンス》中採用了奧田靖雄的看法），然後才有下面更進一步的具體描述，如「始動相」、「終結相」等。我們贊成這一觀點，但認為這種命名有待商榷。因此試圖將整體把握動作全過程的體和細分各個部分的體分別叫做"一般體"和"過程體"，再分類如下：

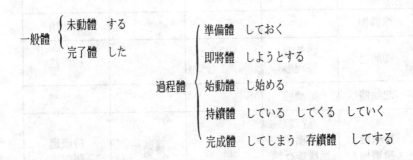

　一般體 ┤ 未動體　する
　　　　 └ 完了體　した

　　　　　　　　　　　　┌ 準備體　しておく
　　　　　　　　　　　　│ 即將體　しようとする
　　　　 過程體 ┤ 始動體　し始める
　　　　　　　　　　　　│ 持續體　している　してくる　していく
　　　　　　　　　　　　└ 完成體　してしまう　存續體　してする

　(ii)　由於研究體的文章時代久遠，方法、立場各異，至今沒有定論，因而名稱也比較混亂，這也是各家觀點不同的體現。現將幾本主要參考書中有關體的術語加以整理，對照如下：

關於體的術語一覽表

本書及大綱	日本語動詞のアスペクト	現代日本語のアスペクトとテンス	日本文法形態論	現代日語高級語法
一般體		完成相	單純態	完整體
未動體				未成體
完了體				完成體
過程體		繼續相		
準備體				備放體
即將體	將然態 將現態			即將體
起始體	始動態			起始體
持續體 （持續相）	進行態 繼續態 反覆進行態 反覆繼續態		持續態	持續體 趨向體
完成體 （終續相）	終結態		終結態	完結體
存續體 （即然相） （結果態相）	即然態		結果相	存續體

(iii) 一般體由於是從動作整體來把握的，因而它涉及到動作是處於完了呢，還是完了以前。從而在很大程度上帶有了時的色彩。

(iv) "～てくる"和"～ていく"同時還可以表示空間、變化、心理的趨向，有人把它們統稱為趨向體。但考慮到體的基本概念，

下列情況不視為體。

○　かぐや姫は月の国へ帰っていった。／赫映姫回到月
　　宮了。

○　兼業化が進み、村落社会も大きく変ってきた。／由於
　　兼做其他行業，村落社會也發生了巨大變化。

（v）“つつある”和“ている”都可以表示動作的持續體。所
不同的是：

（ア）“ている”所表示的持續體意義多樣，可以是正在進行，
也可以是反覆進行。“つつある”只表示正在進行，且著眼於微小
變化的發生過程。“ている”表示持續時一般接於繼續動詞後，
“つつある”可以接於繼續或動詞後，也可以接於瞬間動詞後，但
所接動詞多是有變化過程的詞。

○　台風はゆっくり北上している。／颱風在緩慢北上。

○　台風はゆっくり北上しつつある。／颱風正（一點一點
　　地逐漸）緩慢北上。（放大了“北上する”這個繼續動
　　詞的過程，著眼於微小變化。）

○　この川はしばしば氾濫をおこしている。／這條河常常
　　泛濫。（表示經常反覆的行為）

×　この川はしばしば氾濫をおこしつつある。

○　夕陽が西の山に沈みつつある。／夕陽正西下。

○　夕陽が西の山に沈んでいる。／夕陽已落山。（變成了
　　存續體）

（イ）“ている”形態有多種變化，可以有肯定、否定、過去
等，つつある則沒有否定、過去等形式。

○ 病院で働いていません。／不在醫院工作。

○ 昨日、強化ガラスに関する論文を書いていた。／昨天正寫有關鋼化玻璃的論文。

（ウ）"ている"可用於任何語體、任何場合，"つつある"多見於書面語和鄭重場合。

(vi) 存續體的"自動詞＋ている"、"他動詞＋てある"和"他動詞＋られている"等形式所表達的事實可能很接近，但視點還是有差異的。例如：

○ 電線が切れている。／電線斷了。（自然原因造成的狀態）

○ 電線が切ってある。／電線切斷了。（暗示有行為者的意圖，但重點在狀態）

○ 電線が切られている。／電線被切斷了。（暗示有某種人為原因，但重點在狀態）

○ 電線を切ってある。／已切斷了電線。（視點轉向造成該結果的行為者）

(vii) 起始體的 3 種表達形式中，"……はじめる"可表示有意識地開始某動作，因而可以有命令、要求等主觀的表達，其餘兩種只能表示動作、作用的開始發生，不能有命令等主觀意圖的表現形式，下面三句話中，

㊹ 解答を書きはじめ下て下さい。／請開始寫答案。

✕㊹' 解答を書き出て下さい。

✕㊹" 解答を書いてきて下さい。

㊹'、㊹"句不成立。

(i)　日語中有絕對時與相對時之分。當基準時為說話時，稱為絕對時，基準時為某一特定時刻時，稱為相對時。

時經常與體關聯在一起，顯得非常複雜。這主要是由於"た"的語法意義有"過去"與"完了"兩個意義，因而"する"與"した"的對立也就有了兩個意義，即非過去與過去、未完與完了。前者帶有時的性格，後者具有體的特點。但兩種意義有時是交織在一起的，難以截然區分。例如：

　　○　あの人の全集を残らず読んだ。／把他的全集無一遺漏地讀了。

　　○　ラジオ気象学という言葉が散見し出した。／在幾處見到了無線電氣象學這個名詞。

以上兩句都可以理解為兩種意義，一是已經讀過了全部作品或已經見到這個新名詞；二是某個時候讀了他的全部作品或某個時候見到了這個新名詞。

(ii)　對於過去所發生的行為，可以用兩種方式去看待。其一，偏重於時，認為這是以前的行為，在某時某地幹的。其二，偏重於體，既然已經幹了，就已經造成了某種新狀態，這個狀態是這種行為結果的存續。在有時間狀語或上下文的情況下，意義可以辯別。例如：

　　○　その本は昨日読みました。／那本書昨天看了。（時）

　　○　その本はもう読みました。／那本書已經看了。（體）

對這兩種處理方式的不同，還可以從其各自的否定句中看出明顯的差別。

○ その本は読みましたか。／那本書看了嗎？

○ はい、読みました。／是的，看了。

○ いいえ、読みませんでした。（昨日）読みませんでした。（昨日）一日中遊びました。／不，沒看，昨天沒看那本書，昨天玩了一整天。（從"時"上作出的回答）

○ いいえ、読才でいません。（まだ）読んでいません。時間がなくて，まだ読んでいません。／不，沒看，還沒看。沒時間，還沒看。(從"體"上作出回答)

二、持續體(持続相)

持續體（持続相）表示動作、行為在某一時間內持續進行或正在進行、反覆進行。繼續動詞都有持續體；瞬間動詞在某些情況下也有持續體。

持續體的表達形式有多種，常見的有"動詞連用形＋ている"、"動詞連用形＋つつある"、"動詞連用形＋てくる"、"動詞連用形＋ていく"等。

1. ている

① 今、市内の病院で働いている。／現在在市內的醫院工作。

② 強化ガラスに関する論文を読んでいる。／正在讀有關鋼化玻璃的論文。

③ 戦争で毎日人々が死んでいる。／每天都有許多人因戰爭而喪生。

④ 夜間大学に行っている。／我在上夜大。

在例①、②中，"……ている"表示動作正在進行、持續的過程中，這時"ている"前的動詞是繼續動詞；例③、④中的"……ている"表示動作的反覆進行，說話時或某個特定時間也許這個動作並未進行，但可以把這種動作的反覆看作一種持續。這時"ている"前的動詞可以是瞬間動詞。瞬間動詞構成持續狀態時，可由多個主體反覆進行這個動作(如例③)，也可由一個主體重覆進行這個動作（如例④）。

2. てくる与ていく

"……ている"表示的是觀察的視點在動作持續或反覆的過程中，不見動作的起始和終止，而"……てくる"和"……ていく"就好像把"……ている"切為兩半，各取頭尾一段。因為明確了發話時間，所以"……てくる"和"……ていく"在時態上有明顯的區別。表示持續體的"……ている"常用過去時，表示持續體的"……ていく"常用非過去時。

⑤ とにかく私は苦労してきた。／不管怎麼說我是苦過來的。

⑥ この子は私一人の力で育てていきます。／這個孩子我要靠我一個人培養大。

⑦ わずかな人々から老人福祉の強化について叫ばれてきた。／少數人一直在為強化老年人的福利作宣傳。

⑧ 青春の日々を力いっぱい走り続けていきたいと思う。／我要用盡全力繼續跑完青春的年華。

構成持續體的"……てくる"和"……ていく"的前面，一般情況下只能是繼續動詞；在多個主體或重覆進行一個動作時，也可

以是瞬間動詞。

3. つつある

慣用型"……つつある"可表示漸進性持續的意義，因而使用此慣用型的多是瞬間動詞，即把瞬間完成的動作過程放大、延長，增加動感。也可以是繼續動詞，但不常用。

⑨　世界は変わりつつある。／世界在不斷地發生變化。（瞬間動詞）

⑩　台風はゆっくり北上しつつある。／颱風正緩慢北上。（繼續動詞）

⑪　夕陽は西の山に沈みつつある。／夕陽西下。（瞬間動詞）

⑫　この都市は地震の被害から立ち直りつつある。／這座城市正從地震的破壞當中重新站立起來。（瞬間動詞）

另外，還可以通過一些其他的慣用型如"……ているところだ"、"……ている最中だ"等，通過和詞彙手段，如"……続ける"、"……中だ"等使動詞構成持續體。

⑬　バスが見渡すかぎりの草原を走り続けた。／公共汽車在無邊的草原上奔馳著。

⑭　今、得意な料理を作っているところだ。／現在正在做拿手菜。

⑮　ちょっと待ってくれ、相談している最中だ。／稍等一下，正商量著呢。

⑯　準備中で、なにもかも整っていない。／正在準備，什麼都還沒弄好呢。

⑰　物価が上がる一方だ。／物價一個勁兒上漲。

三、存續體（既然相、結果相）

　　存續體表示動作、行為所形成的結果、所造成的狀態還在保留
著。存續體的構成方式有許多種。

1. ている

　　"瞬間動詞＋ている"都可以構成存續體。

⑱　井上先生は中国に行っている。／井上現在到中國去了。

⑲　桜の木が枯れている。／櫻樹枯死了。

⑳　王さんは特別な眼鏡をかけている。／小王帶著一副特別
　　的眼鏡。

㉑　このご飯はもう腐っている。／這米飯已經餿了。

　　"繼續動詞＋ている"也可構成存續體。

㉒　あの映画はもうとっくに見ている。／那部電影早就看過
　　了。

㉓　彼はふとんから足を出している。／他把腳伸到了被子外
　　面。

　　"繼續動詞＋ている"表示過去的經歷、過去做過的事留下記
錄的意義，是上述第一種"瞬間動詞＋ている"的意義派生出來
的。從廣闊的視角來看，許多繼續動詞都能看作瞬間動詞。

2. てある

　　"てある"接在他動詞後，表示過去的動作、行為造成的結果
還保留著。"……てある"的存續體。敘述的焦點轉移到了動作的
對象上，並且說明這種結果是人為造成的。在句子結構上，這一特
點表現為動作涉及的對象常成為全句的主語。

㉔　窓が開けてある。／窗戶打開著。

㉕　三輪車が庭に出しっぱなしにしてある。／三輪車扔在了院子裡（未被收起）。

㉖　教授には、もう受賞のお祝いの電報を打ってある。／已經給教授發去了獲獎的祝賀電報。

㉗・新しいバットを注文してある。／已訂好了新球棒。

…… • …… • …… • …… • ……

(i)　高橋太郎等（《日本語の文法》講義テキスト）注意到定語中的"……た"含有體的成分，同時定語中的體可能包括存續體、單純狀態，有時還可能分不清是哪一種，例如：

○　窓よりにおいたテーブルに向かって。／坐在靠窗擺放的桌子前。（存續）

○　かれの田舎じみた服装を見て。／看到他土裡土氣的衣服。（單純狀態）

○　いちじるしくやせたかおを見せて寝ていた。／露著一張極削瘦的臉睡著。（既可以解釋為存續，也可以解釋為單純狀態）

四、完成體（終続相）及其它體

1. 完成體

完成體指的是動作、行為的完成、結束。完成體的構成形式主要用"動詞連用形＋てしまう"。

㉘　この小説を今週中に読んてしまう。／這周內讀完這部

小說。

㉙　果物を全部食べてしまった。／把水果全吃完了。

㉚　暗くならないうちにやってしまおう。／趁天黑前幹完吧。

　　"てしまう"可以約音成"ちゃう"或"ちまう"的形式。

㉛　あなたを待っている間に手紙を書いちゃった。／等你的時候，寫完了信。

㉜　きれいに財産を使っちゃった。／把財産花了個一乾二淨。

　　另外也可通過詞彙手段"……終わる"等構成完成體。

㉝　薬が溶け終わったら、別の液を加えよう。／等藥品溶解完，再加入其他液體。

㉞　坂を登り切るとそこは桑畑だ。／上完坡是一片桑田。

五、準備體（準備相）、即將體（始動相）、起始體（將然相）

1. 準備體

　　表示該動作是為下一步做準備而做的。準備體的構成是"動詞連用形＋ておく"。構成準備體的動詞必須是意志動詞。

㉟　あしたの朝は早いので、夜のうちに弁当を作っておきましょう。／明天一大早就得出發，今天夜裡就把盒飯做好吧。

㊱　夕方ごちそうが出るので、おやつを食べないでおこう。／傍晚有好吃的，別吃零嘴了吧。

㊲　自転車はもう買っておいた。／自行車已經買好了。

2. 即將體

表示動作、行為、作用等就要發生。常見的構成是慣用型"……う(よう)とする"、"……するばかりだ"、"……するところだ"、"……そうだ"等。

㊳　ぼくが帰ろうとしたら、いきなり後ろから男が飛びかかってきた。／我剛要回去，不想突然從後面跳出來個男人。

㊴　式は間もなく終ろうとしている。／儀式就要結束了。

㊵　もう食べるばかりになっている。／只等吃了。

㊶　やっと仕度ができて、出かけるところだ。／終於準備好了，就要出發了。

㊷　彼女は今にも溺れそうだった。／她差點淹死。

㊸　火が消えかかっている。／火快要滅了。

其中，"う（よう）とする"，既可接於意志動詞後（如例㊳），也可接於非意志動詞後（如例㊴）。"そうだ"和"かかる"多用於非意志動詞。

3. 起始體

起始體表示動作、行為、作用的開始。通常用"……始める"、"………出す"等形式來表達，也可用"……てくる"來表達。

㊹　学生たちは解答を書きはじめた。／學生們開始寫答案了。

㊺　雨が降ってきた。／下起了雨。

㊻　止まっていたバスが動き出した。／停著的公共汽車開動了。

其中"はじめる"可接於意志動詞後，也可接非意志動詞後。

㊼　雨が降りはじめた。／開始下雨了。

第四節　動詞的時

時（テンス）是一個語法範疇，指通過一定的語法形式表示動作、作用、狀態的發生時間與某一基準時間（通常是說話的時間）之間的關係。日語中，時不是動詞特有的現象，但動詞表現得的比較典型。

日語的時存在非過去時（非過去）與過去時（過去）的對立。非過去時可以指現在，也可以指將來。動詞的時的形態變化，需要借助助動詞"た"，從而形成"する"與"した"之間的對立。

一、非過去時

非過去時由動詞（包括表示體的補助動詞、構成態的助動詞以及敬體助動詞ます）的終止形直接構成。

非過去時的語法意義如下：

1. 表示確定的將來

繼續動詞和瞬間動詞的非過去時形式都可以表示將來。

① 明日　必ず行きます。／明天一定去。

② 弘ちゃんも来年満二十歳になる。／阿弘明年也要滿 20 歲了。

③ 兄はいとこに金を 10 万円貸す。／哥哥要借給表妹 10 萬日元。

2. 表示現在反覆進行的行為

繼續動詞和動詞持續體非過去時形式均可表示現在反覆進行的或習慣性的動作、行為。

④　毎日指を折って椅子の数を数える。／每天掰著指頭數椅子數。

⑤　勉強として日本語で日記をつけている。／作為學習，每天用日語記日記。

⑥　夜、料理クラスへ通っている。／晚上去烹飪學校上課。

3. 表示現在的狀態

狀態動詞、動詞存續體、形容詞性動詞＋ている的非過去時形式均表示現存的狀態。

⑦　花子さんは飛行機の操縦ができる。／花子會開飛機。

⑧　隣の犬が死んでいる。／隔壁的狗死了。

⑨　池までの小径が曲がっている。／通向池塘的小路彎彎曲曲。

⑩　道は海岸に沿っている。／道路沿著海岸。

4. 表示超越時間觀念的概念、規律、真理、說明等。

⑪　地球が回る。／地球轉動。

⑫　2かける2は4になる。／2乘2等於4。

⑬　手紙書きも知的生産の一種であると言える。／可以說寫信也是知識生產的一種。

⑭　赤や緑は、青や紫などよりよく目立ち、注意を引き付ける働きをします。／紅色和綠色比藍色或紫色等顯

眼，能起到引起人們注意的作用。

⑮　もやしのサラダを作る。沸かしたお湯にいきなりカレー
粉をほうり込む。カレー味のついた湯でもやしをさっと
ゆでる。最後に、普通のドレッシングをかける。／我來
做個豆芽沙拉。把咖哩粉一下子倒入煮沸的水中，在有了
咖哩味的開水中焯一下豆芽。最後澆上普通的調料。

二、過去時

由"動詞連用形＋た"構成。這裡說的動詞，也包括補助動詞
及動詞型助動詞。過去時的語法意義有：

1. 表示過去某個時刻的行為

用"動態動詞連用形＋た"表示。

⑯　夕べ雨が降った。／昨晚下了雨。

⑰　ガンは去年治った。／癌症去年痊癒了。

⑱　生徒たちは校庭に旗を立てた。／學生們在校園裡豎起了
旗幟。

2. 表示過去反覆進行的行為

用"動態動詞連用形＋た"或動詞持續體的過去時表示，有回
憶的意味。

⑲　昔はよくここで泳いだ。／過去常在這裡游泳。

⑳　暇なときは山登りに行ったものだ。／閑暇時就去爬山。

㉑　おふくろはいつも鉛筆を使っていた。／母親那時總是用
鉛筆寫。

㉒ 戦争中は人々が次々に死んでいた。／戰爭中人們接二
連三地死去。

3. 表示過去的狀態

用"狀態動詞連用形＋た"、瞬間動詞的存續體過去時、"形
容詞性動詞＋ていた"表示。

㉓ 三日前はこの窓ガラスが割れていた。／三天前這塊窗玻
璃就是破的。

㉔ 昔、ここにはたくさんの湖があった。／以前這裡有很多
湖泊。

㉕ 以前太っていたが、最近やせてきた。／原來很胖，最近
瘦下來了。

三、分句中的時

句末謂語動詞的時，以說話時為基準；句中其他成分，如定
語、補語、賓語從句、狀語從句和引用成分中時的基準則多以主句
句末謂語動詞的時間為基準，其時的特點是具有相對性，因而常運
用相對時。

1. 定語、賓語、補語等成分中的時

定語等成分中的時大多是相對時。

㉖ ぼくたちは頂上で朝日が昇るのを待っていた。／我們在
山頂等待著日出。

㉗ たばこを吸っている人に道をたずねた。／向一個吸菸的
人問路。

㉘ 台北へ行くとき、このかばんを買った。／要去台北時，
買了這個皮包。

㉙　北京へ<u>行った</u>とき、このかばんを買った。／去北京的時
　　候，買的這個皮包。

㉚　<u>刈り取った</u>稲は小屋にしまいなさい。／收割了的稻子請
　　放在小屋裡。

也有絕對時。例如：

㉛　あすのパーティーに<u>出席する</u>かたがたの名薄をここにお
　　きます。／把要出席明天晚會的各位的名單放在這裡。

㉜　わたしの前に<u>立っていた</u>人は、じっと壁の上の絵を見つ
　　めていた。／站在我前面的人，一直盯著看牆上的面。

㉝　その時家の中に<u>いた</u>人は、その音がはっきり聞こえた。
　　／當時屋子裡的人，清清楚楚地聽到了那個聲音。

2. 狀語成分

2.1 當狀語是既定的關係，即並列、因果、轉折等邏輯關係時，
狀語中的時分兩種情況：

　　A　當接續助詞為“し”、“が”、“けれども”，即表示並
列、對比時，或狀語從句中的動詞為狀態動詞時，分句動詞用絕對
時。

㉞　風は<u>止みました</u>が、雨がまだ降っています。／風停了，
　　雨還在下。

㉟　外が暗く<u>なった</u>ので、電気をつけた。／外面天黑了，打
　　開了燈。

㊱　洋服の生地も<u>決めた</u>し、靴も注文した。／衣料選好了，
　　鞋也買了。

㊲　彼は体力が<u>あった</u>けれども、採用されなかった。／他雖

然有力氣，卻沒被錄用。

B　當狀語從句中的動詞為動作性動詞時，用相對時。

㊳　彼女が急に帰国したので、みんな驚いた。／她突然回國了，大家都很驚訝。

㊴　本当のことを言うと、先生におこられるから出席したんです。／說實話，我是怕老師發火才出席的。

㊵　本当のことを言うと、先生におこられたから出席したんです。／說實話，是挨了老師訓斥才出席的。

㊶　彼女は風邪を引くからプールに来なかった。／她怕得感冒，所以沒來游泳。

㊷　彼女は風邪を引いたからプールに来なかった。／她感冒了，所以沒來游泳。

2.2 當狀語是假定的關係，如條件、讓步等邏輯關係時，狀語從句中的時多為相對時。

㊸　たとえ諦めるにしても、もうすこし努力してみるべきだった。／即使放棄，也應該再努力一把。

㊹　外資系の会社た入るなら、語学を勉強しておけばよかった。／要是進外資公司，先學點外語就好了。

㊺　万一警察につかまったとすれば、一切を白状します。／萬一被警察抓住，我就全招。

3. 引用成分

引用成分（包括引語、思考內容等）多保持原話的時，也就是說在句中呈現相對時。

⑯ 彼は必ず行くと言ったのに、来なかった。／他說了"要去"，可是沒來。

⑰ 李さんは今月の8日に帰国すると手紙に書いていた。／李先生在上寫著他將在這個月八號回國。

⑱ 息子からの手紙には元気でやっているとあった。／兒子信上說"幹得很帶勁兒"。

第五節　動詞的態

基於著眼點的不同，描述同樣一件事情時，既可以從動作的施事者出發，也可以從動作的受事者出發，還可以從指使者出發，如此等等。由於動詞所指動作與主語的關係所形成的謂語動詞的形態變化，叫做動詞的"態（ヴォイス）"。日語動詞的態分為五類。

主動態——從動作施事者出發，主語是施事者；

被動態——以動作受事者為敘述焦點，主語是受事者；

使動態——以指使者為敘述焦點，主語是指使者；

能動態——從動作能否實現出發，主語可轉向條件對象；

自然發生態——以動作結果為敘述焦點，主語可轉向客體。

相對於其他各態而言，主動態是一個基本態。

…… • …… • …… • …… • ……

關於各態的名稱，歷來不一。主動態也有叫做"能動態"的，表示可能、條件的態也就叫做"可能態"。使動態也叫"使役態"。自然發生態常被稱為"自發態"。

一、被動態與被動句

當描述某一動作、行為時，不是以施事者為主角，而是以承受者為主角進行描述，該動詞所表現的形態，就是被動態（受動態）。被動態的構成方式是：

五段動詞未然形＋れる

五段以外動詞未然形＋られる

其中"サ變動詞未然形＋られる"構成的"せられる"，一般情況下可約音成"される"。

1. 被動句（受身文）的構成

被動句中，謂語由動詞被動態構成。句中的主語是動作的承受者，或被動態動詞所指動作的"受害者"，用"……が"表示。若在句中出現動作的施事者，以"……に"，"……から"，"……によって"等補語形式出現。

① 太郎が犬にかまれた。／太郎被狗咬了。

② 太郎が先生からよく褒められる。／太郎常受到老師表揚。

③ 「源氏物語」は紫式部によって書かれた。／《源氏物語》是由紫式部寫的。

④ 私は帰る途中、雨に降られた。／我回來的路上被雨淋了。

⑤ こんだ電車の中で足を踏まれた。／在擁擠的電車裡被人把腳踩了。

⑥ 幼いときに、父に死なれた。／很小的時候父親就死了。

⑦ 隣の人に二階建てを建てられた。／讓鄰居給蓋了個二層

樓。

⑧　教科書の内容もいろいろな因子に影響される。／課本
　　内容也受到各種因素的影響。

主動句中的動作的承受者，在主動句中常以賓格形式"……を"
出現，而在被動句中變成敘述的焦點，成了主格。比較：

①'　犬が太郎をかんだ。／狗咬了太郎。

②'　先生がよく太郎を褒める。／老師常表揚太郎。

③'　紫式部が『源氏物語』を書いた。／紫式部寫了《源氏物
　　語》。

可是，在④～⑦句中或找不到承受者，或直接賓語仍以賓格形
式出現。這與①～③句顯然是有本質區別的。①～③這一類稱為直
接被動（直接受身），④～⑦的這一類稱為間接被動（間接受
身）。

2. 直接被動句

直接被動句所描述的客觀事實，可以還原為主動句來說明，而
且符合轉換規律。構成直接被動態的動詞都是他動詞。如前面所列
舉的①～③句就是直接被動句。又如，

⑨'　太郎が次郎に英語を教える。／太郎教次郎英語。

⑨　次郎が太郎に英語を教えられる。／次郎由太郎教（他）
　　英語。

⑩'　王さんが李さんに辞書を渡した。／小王把辭典遞給了小
　　李。

⑩　李さんが王さんから辞書を渡された。／小李從小王手裡
　　接過遞過來的辭典。

英語中把這些句中的"……に"格成分看作人物賓格，而把"……を"格成分看作事物賓語。這些句中的動詞"教える"、"渡す"有其特殊性，就是必須在兩人（或兩組人）之間進行，而且在兩者之間有物質的或精神的東西傳遞。因而通常把出發的一方看作施事者，而把歸結一方看作承受者。這種情況下主動態與被動態之間的關係與授受動詞之間的關係類似。

直接被動句中施事者也可以不出現。

⑪　「非人間的」」という言葉がよく使われている。（人々に）／"非人的"這個詞被經常使用。

⑫　私はは父に言われた以外に、大人になるまで「られる」の用法を教えられた覚えがない。（人に）／除了父親曾對我說起以外，我不記得在長大成人之前有人告訴過我"られる"的用法。

3. 間接被動句

間接被動句一般無法直接還原成主動句。

　×④'　雨が私を降る。

　⑤'　こんだ電車の中で（誰かが私の）足を踏んだ。／在擁擠的電車中（某個人）踩了（我的）腳。

　×⑥'　父が私を死んだ。

　⑦'　（私の損になるが）隣の人が二階建てを建てた。／（對我不利）鄰居蓋了個二層樓。

這類被動句中，動詞（無論是自動詞還是他動詞）沒有直接作用於敘述的焦點，句中的主語從動作施事者那裡遭受到不利的影

響。這裡又分兩種情況，一種是敘述的焦點與動作的施事者或承受者有必然的聯繫，如例⑤'中的"私"與"足"，例⑥'中的"私"與"父"；一種是二者沒有必然聯繫，而是在敘述客觀事實時偶然建立起了聯繫，如例④'中的"私"與"雨"，例⑦'中的"私"与"隣の人"。前一種情況往往易被我國學生說成：

？⑤" 私の足が踏まれた。／我的腳被踩了。

⑥" 私が幻いとき、（私の）父が死んだ。／我小的時候，爸爸死了。

例⑤"、⑥"的這種說法淡化了二者的必然聯繫，實際是忽視了應該作為焦點的人物的感情，成了一種無關痛癢的客觀描述。

對後一種情況開始學習時往往難以理解，也難以運用。實際上，間接被動句是把有利害影響的動作、行為的對人的影響合法化，用語法手段表現出來，而不是隱藏在事實的背後。

4. 被動態與自動詞

在接"ている"時，我們可以看到自他動詞對應的有趣現象。

⑬ 窓が開いている。／窗戶開著。

⑭ 窓が開けてある。／窗戶打開著。

⑮ 窓が開けられている。／窗戶被打開了。

被動態和自動詞接"ている"，他動詞接"てある"，所表達的結果幾乎是一樣的。當然其中也有些差別，自動詞句中不關心這種結果是誰或什麼原因造成的；他動詞的被動句中，可以意識到施動者或原因的存在。在個別情況下，他動詞的被動態與自動詞的意思可能十分接近：

⑯ 警察が泥棒をつかまえた。／警察抓住了竊賊。

⑰　泥棒が警察につかまった。／竊賊被警察抓住了。

⑱　泥棒が警察につかまえられた。／竊賊被警察抓住了。

5. 可以構成被動態的動詞

　　所有的他動詞都能構成被動態。有"能動"意義的自動詞，也就是可以構成命令句的動詞、意志動詞，也能構成被動態；一些表示自然現象生理現象的自動詞也能構成被動態。只能表示狀態、性質的靜態動詞如"ある"、"できる"、"そびえる"等沒有被動態。另外本身含有被動意義的動詞如"受ける"、"教わる"、"助かる"、"つかまる"等也不能構成被動態。

…… ‧ …… ‧ …… ‧ …… ‧ ……

　　(i) サ變動詞被動態約音問題，在個別單個漢字為詞幹的復合サ動詞中有例外。多是單個漢字讀音為以促音收尾的，如"發する（はっする）"的被動態形式仍然是："発せられる"。

　　○　声明が主催者によって発せられた。／聲明由主辦者發布了。

　　(ii) 關於施事者以何種補語形式出現的問題，寺村秀夫（《日本語のシンタクスと意味 I》）有詳細的說明和分析，其中心意思概括如下：

施 動 方 式	客體種類	動作主體所帶助詞			動　詞　例
		に	から	によって	
1) 物理或心理影響	受事	○	×	△	殺す、育てる……
2) 情感、感覺活動	目標	○	○	×	愛する、嫌う……
3) 創造活動	作品	×	×	○	建てる、作る……

（○表示可用該助詞，×表示不可，△代表不太常用）。

　　(iii) 無論直接被動還是間接被動，日語被動句的特點之一是非生物一般不會成為被動句的主語。例如下列各句被認為不是自然的：

?○　ドアは田中さんに開けられた。／門被田中打開了。

?○　私のラジオは隣の人に壊された。／我的收音機被隔

壁鄰居弄壞了。

但是，若是惡意行為，非生物有時也可以成為主語：

○　かぎがこわされ、室内は荒らされた跡がある。／鎖被

弄壞了，室内有被翻過的痕跡。

更為普遍的是，當動作不是特定的個人，而且所進行的事件遠

比誰來做更重要時，常常運用以事物為主語的被動句。例如：

○　記念切手が発行された。／紀念郵票發行了。

○　卒業試験は7月のはじめに行われます。／畢業考試

於7月初舉行。

○　この考えがやがて中国に渡り、建築術の中に取り入れ

られて、幽玄な論談がとりかわされる部屋（書院）の

入口という家屋の形態となった。／這個思想不久就傳

到了中國，被採納到建築設計當中，成為進行玄談高論

的雅室（書齋）的入口這一居室形態。

（iv）鈴木重幸稱這種有必然聯繫的被動為“持有者的被動”，

而稱那種偶然建立的聯繫的被動為“第三者的被動”。

關於直接被動與間接被動中的角色（敘述焦點）轉換問題，寺

村秀夫有圖示如下：

△描き手

（●敘述焦點，○非焦點，△說話人立場。→作用或影響，
■必然聯繫）

根據鈴木的觀點可將寺村的圖補充如下：

（ⅴ） 有時候，對敘述焦點人物的影響並不總是有害的。但
是，有益的情況一般不用被動態來表達。例如：

　○　赤ちゃんからパパと呼んでもらった。／嬰兒叫我 "爸
　　　爸" 了。

　　○　隣の人に二階だてを建ててもらった。／隔壁的給蓋了
　　　　個二層樓。

　　而從動作的施事者角度來描述，也通常要表現出這種有益的情
感。

　　○　赤ちゃんがパパと呼んでくれた。／嬰兒叫爸爸了。

　　○　隣の人が二階だてを建ててくれた。／隔壁的給蓋了個二
　　　　層樓。

二、使動態與使動向

　　在描述某一動作、行為時，不是以施事者為主角，而是以指使
者、或者容許者、促成者為主角描述，該動詞所表現的形態就是使
動態（使役態）。使動態的構成方式是：

　　五段動詞未然形＋せる

　　五段以外動詞未然形＋させる

　　其中"サ變動詞未然形＋させる"構成的"せさせる"，一般
約音成"させる"。

1. 使動句的構成

　　使動句中，謂語動詞是動詞的使動態，句中主語是指使者，動
作的施事者以補語形式"……に"、"……を"出現。

　⑲　先生は彼に論文を書かせた。／老師讓他寫論文了。

　⑳　彼にかってに言わせておこう。／讓他隨便說吧。

　㉑　本人を来させてください。／請讓本人來！

　㉒　遊びたかったが、父は私たちを買い物に行かせた。／我
　　　們很想玩，可是爸爸卻叫我們去買東西。

㉓ 父はやっと私たちに買い物に行かせるようになった。／
爸爸終於（肯）讓我們去買東西了。

㉔ 先生が太郎を廊下に立たせる。／老師叫太郎站在走廊裡。

這些例句中，有的表示命令、要求、指使，如例⑲㉑㉒㉔，有
的是表示容許、放任不管，如例⑳㉓。簡單地說前者是強制性的，
後者是准予、許可。這兩種意義表現在自動詞構成的使動態的句中
時，使動對象，即動作的施行者用不同的助詞來表達，試比較例㉑
㉒㉔與例㉓的不同便可得知。

2. 使動對象的格

從動詞本身的意義出發來看，他動詞因其本身可帶賓語，所以
無論它的使動態是促使、強制性的，還是不阻攔、非強制性的，使
役對象都用"……に"來表達，如上述例⑲⑳。自動詞使役態要求
的使役對象用格助詞"に"的較少，除非該自動詞有他動詞的性格
或只能自發去做。例如：

㉕ 彼は人々にその提案に反対させた。／他讓大家反對這項
提案。

㉖ 小さい子どもに一人で大通りを渡らせるのは危ない。／
讓小孩子單獨過馬路很危險。

自動詞使動態通常用格助詞"を"表示使役對象。這是因為自動
詞表示的動作，作用不能由施事者自發實現，而必須有人或事物去
激發，有原因去引發。例如：

㉗ 彼は巧みに皆を驚かせた。／他巧妙地使大家大吃一驚。

㉘ 経済を安定させるのが当面の課題だ。／使經濟穩定才是
當前的一大課題。

有時可用"に"也可用"を"，這主要看要表達的意思是強制性的，還是非強制性的。如果是強制性的，使動對象就用"を"，如果是非強制性的，使動對象就用"に"。例㉒與例㉓反映了這種區別。

3. 使動態與他動詞

自動詞使動態的對象用"を"表示，說明它帶有強制性，也就是有支配性，這與他動詞要求"を"的對象相似。有自他對應的動詞，也可能有使用自動詞使動態的句子。例如：

㉙　子どもがバスから降りた。／孩子下了車。

㉚　先生が子どもをバスから降ろした。／老師讓孩子下了車。

㉛　先生が子どもをバスから降りさせた。／老師讓孩子下了車。

例㉚與㉛在意思上並沒有太大的區別。另外，沒有他動詞對應的自動詞，可使用它的使動態作為臨時創造的他動詞。例如：

㉜　巫女が雨を降らせる。／女巫招雨。

但是，自動詞的使役態並不能完全等同於他動詞，二者之間還是有區別的。

㉝　太郎が廊下に泣つ。／太郎站在走廊裡。

*㉞　先生が太郎を廊下に立てる。

㉞'　先生が太郎を廊下に立たせる。／老師叫太郎站在走廊裡。

對於動作施事者有自主能力的行為，他動詞的支配作用過於強烈。可以認為"に格＋自動詞使動態"→"を格＋自動詞使動態"→"を格＋他動詞"是一個強制、支配作用逐漸加強的過程。如果被使動對象是無自主能力的或甚至是無生命的，那麼用他動詞可能比

用自動詞使役態更自然一些。例如：

㉟　（まだ立つことができない）赤ちゃんを廊下に立てる。
／扶嬰兒站立在走廊裡。

㊱　旗_{はた}を屋根_{やね}に立てる。／將旗豎立在房頂上。

4. 可構成使動態的動詞

要指使或容許他人完成某個動作、行為，那麼這個動作必須是有意識地能做的意志性行為。因而不論是自動詞還是他動詞，能夠成使動態的都須是意志動詞及少數與心理或生理現象有關的詞，（如：泣く、笑う、驚く等）。表示狀態等的靜態動詞（如ある、できる、読める、優れる等）不能構成使動態。此外，本身已包含有使動意義的詞（如帰す、動かす等）也不能構成使動態。

5. 被使動態

被使動態（被役態_{ひえきたい}）不是一個獨立的態，而是使動態的被動態。

⑲　先生が彼に論文を書かせた。／老師讓他寫論文。

⑲'　彼が（先生に）論文を書かされた。／他被（老師）要求寫論文。

⑳　先生が太郎を廊下に立たせた。／老師叫太郎站在走廊上。

⑳'　太郎が先生に廊下に立たせられた。／太郎被老師要求站在走廊上。

被使動態描述的焦點是被指使者，其實也就是動作的實施者。但是它揭示了動作的施行是在什麼環境下產生的，也表明了描述者的態度，與陳述方式有一定關係。

5.1 被使動態的意義

從其中含有被動態可以知道，被指使者的行為不是自覺主動

的，而是被迫的，不情願的。如果動詞是表示心理活動的詞，則表示不是自覺自發的，而是由其他事物觸發的。

㊲ （弟が借りた）借金払わせられた。／被迫還上了弟弟所借的錢。

㊳ 両親をなくした彼は18才もならないうちに、独立させられた。／失去雙親的他，還不到18歲就不得不自己獨立生活了。

㊴ こうした現象に時々考えさせられる。／這種現象時常令人深思。

5.2 被使動態的約音

五段動詞的被使動態常常發生如下的約音現象：

書く→書かせる→書かせられる→書かされる

歌う→歌わせる→歌わせられる→歌わされる

……・……・……・……・……

(i) 使動態還有一類構成方式是"動詞未然形＋しめる"。但這種形式只在文章體和一些固定用法中出現。例如：

○ 技術者を中国に派遣し、設計の解説を行わしめる。
／派遣技術人員到中國去，讓他們進行設計說明。

○ 私に言わしめれば、この計画は恐らく失敗に終わるこ
とだろう。／要讓我說，我想這計劃恐怕要以失敗而告終。

(ii) 使動態與他動詞的問題反映在日語與漢語的比較研究方面，也有可探討的地方。

（ア）日語中的使動態，尤其是"發展させる"、"安定させる"等復合サ變動詞的使動態，在漢語中以及物動詞形式出現：

　　○　發展經濟、穩定物價。／經濟を発展させ、物価を安定
　　　　させる。

（イ）漢語中用"使"、"讓"等介詞的句式，在日語中轉換成使動句的並不多。

　　○　他的技術使我佩服。／彼の腕に感心した。

　　○　這話並不使人感到意外。／この話は意外ではなかった。

　　○　保證質量以使合乎標準。／規準に合うように品質を
　　　　守る。

(iii) 現代日語的不少他動詞是由文語、口語自動詞使動態演化而來的。例如：

　　動く→動かす　済む→済ませる
　　逃ぐ（即逃げる）→（逃げさす）→逃がす

(iv) 被使動態的約音現象是這樣發生的：

　　書かせられる→書かされる

　　s er a　　→ sa →sa

相鄰兩個音節中，取前一個音節的輔音和後一音節的元音拼成。也即前一個音節的元音和後一音節的輔音脫落形成。

三、能動態

當敘述焦點不在動作本身，而轉移到實現動作的能力或可能性時，動詞所發生的形態變化，稱為能動態（可能態）。

1. 能動態的構成

能動態的構成形式較多，可歸納為 4 類：

(1) 五段動詞未然形＋れる

五段以外動詞未然形＋られる

其中，"サ変動詞未然形＋られる"構成的"せられる"通常約音為"される"。

(2) 慣用型"……ことができる"類

動詞連體形＋ことができる（如"飛ぶことができる"）

サ変動詞する→できる

……する→……できる（如"分析できる"）

(3) 可能動詞

五段動詞可變為對應行的下一段動詞。

(4) 動詞連用形＋後綴うる（如"考えうる"）

2. 能動態的意義

2.1 表示能力

㊵　この魚は木に登ることができる。／這種魚會上樹。

㊶　ピアノが弾けるようになった。／能彈鋼琴了。

㊿　私にはそんなことが理解できない。／我理解不了那種事情。

㊸　そのときのことはいつまでも忘れられない。／那時候的事我永遠也忘不了。

2.2 表示可能性

㊹　用事があって出席できません。／有事不能出席。

㊺　木の名を知っていれば、親しみが持てる。／要是知道樹

的名字，就有一份親切感。

㊻ 日本ではこの動物はもう見られない。／在日本已經看不到這種動物了。

㊼ この障子はもう修理できなくなった。／這拉門已沒法修了。

㊽ あのラジオは聴けるうちによく利用してください。／在那部收音機還能聽的時候，好好利用它吧。

2.3 表示許可

㊾ 部屋に入ると、靴を脱ぐことができる。／進了屋子就能脫鞋。

㊿ 授業中は、大声で話すことができない。／上課時不許大聲說話。

3. 能動對象與能動主體的格

能動態也像被動態與使動態一樣，存在著動作對象和施事者的格的轉換。這種轉換是能動對象用格助詞"が"表示，能動主體（能力或條件的擁有者）有時用格助詞"に"表示。就構成形式來講，慣用型"……ことができる"不發生對象的格的轉換，其餘構成形式可以發生格的轉換。

(51) 日本語を話すことができる。／會說日語。

✕(51)日本語が話すことができる。

(52) 日本語が話せる。／會說日語。

就能動態的意義來講，表示能力和可能性的可以發生能動主體的格的轉換，表示許可的不發生。

⑤　のどの調子が悪くて、私には大声で話せない。／我嗓
　　子不舒服，不能大聲說話。

×⑤′ 授業中は、私たちに大声で話すことができない。

4. 可以構成能動態的動詞

　　無論能動態表示的意義如何，可以構成能動態的動詞應該是表
示人的意志可以左右的動作、行為的動詞。因而表示狀態等的靜態
動詞和其他非意志動詞，（如"ある"、"大すぎる"、"降る"、
"驚く"等）不能構成能動態。另外本身已含有可能意義的動詞
（如"分かる"、"見える"等）也不能構成能動態。

　　(i) 動詞後接"れる、られる"構成的可能態的形式當中，"サ
変動詞"相對應的"される"已很少使用，一般使用"できる"；
"五段動詞"相應的如"読まれる"等也較少使用，而使用可能動
詞；只有"一段動詞未然形＋られる"的形式還在使用。

　　(ii) 可能動詞是由五段動詞未然形後接可能動助動詞"れる"
後約音形成的。例如：

書く＋れる→書かれる→書ける
k ar e 　　→ke →ke
読む＋れる→読まれる→読める
m ar e 　　　→me →me

　　(iii) 近來逐漸產生了這樣一種傾向，在カ変動詞和較為常用的
一段動詞中也可以看到變為ラ行下一段動詞表示可能的用法。例如：

見る→見れる
食べる→食べれる
来る→来れる

　　(iv)　同樣表示可能的"見える"、"聞こえる"與"見られる"、"聞ける"存在以下不同之處。

　　（ア）"見える"、"聞こえる"重在感覺到的面貌和可能性，是以視覺和聽覺為基礎的。

　　○　未来がバラ色に見える。／未來看起來是玫瑰色的（充滿希望）。

　　○　時々トラックの音が聞こえてくる。／不時可以聽見卡車的聲音。

　　（イ）"見られる"、"聞ける"重在客觀條件的具備與否。例如：

　　○　「書かれる」「愛される」「される」（することができる）などのような形は過去の口語，あるいは方言には見られるが，現代の標準的な口語には見られない（それぞれ「書ける」，「愛せられる」，「できる」という）。／"書かれる、愛される、される「することができる）等形態在過去的口語或方言中可以看到，在現代的標準口語中已看不到（分別說成"書ける、愛せられる、できる"）。

　　（v）　實際上，

　　○　彼が日本語を話す→

　　○　彼に日本語が話せる。／他會說日語。

這種格的轉換並不總是發生。

　　○　彼が日本語が話せる。／他會說日語。

○ 彼が日本語を話せる。／他會說日語。

也都是可行的。近來最後一種說法似乎用得更多。

四、自然發生態

描述的焦點在於動作行為是自然而然地發生，自然而然地結果時，動詞的形態變化，就是自然發生態（自発態（じはったい）），可簡稱“自然態”。自然發生態的構成主要是，

五段動詞未然形＋れる

五段以外動詞未然形＋られる

也可以用可能動詞的詞形表示自然發生態。

1. 自然發生句的構成

自然發生句中，謂語是動詞的自然發生態，動作對象如果出現，也可以是“……が”的形式。

(54) 雪（ゆき）になると、故郷（こきょう）のことが思（おも）い出（だ）される。／一下雪就不由得想起故鄉。

(55) あの映画（えいが）を見て泣（な）けてしかたがない。／看那部電影讓人哭泣不已。

(56) どこからともかく美（うつく）しい旋律（せんりつ）が聞こえている。／不知從哪裡傳來了優美的旋律。

2. 自然發生態的意義

表示不由自主地產生某種行為或結果，與人為動作不同。

(54)' 故郷を思い出すと、勇気（ゆうき）が出る。／一想起故鄉，就有了勇氣。

(55)' あのお菓子をくれなかったから、泣いた。／沒給點心，所以哭了。

在(54)'、(55)'中，都是有意識地去回憶，去哭；而在(54)、(55)句中，是即使不去想，有意識地不去哭，也會自動地回想起來，哭起來，這種回想、哭是人的意志無法控制的。因而自然發生態常運用在人的感情、感覺、知覺、判斷、思考等方面。

3. 自然發生態與自動詞

不是人為地去做某動作，可是它的結果卻自然產生了，這種情況也可用自動詞表達。這與上述自然發生態相似。

(57) 糸が切れた。／線斷了。

(58) 枝が折れた。／樹枝斷了。

(59) 問題が解けた。／問題解出來了。

試與相應的他動詞句做一比較。

(57)' 糸を切った。／剪斷線。

(58)' 枝を折った。／折斷樹枝。

(59)' 問題を解いた。／解開題。

這種意義的轉變和格的轉換與自然發生態非常接近。但是“切れる”、“折れる”、“解ける”等意義已經固定，並派生出了其他用法，因而成為一個獨立的詞，辭典上都可以查到。可以說這些詞是詞彙層次上的自然發生態。

……•……•……•……•……

自然發生態與自動詞的內容涉及到自他動詞對立的問題。成對的自他動詞中，自動詞的意義實際大多含有廣義的自然發生態的意

義。自動詞中有時也含有被動態的意義和能動態的意義。可以說，一個自動詞中各種態的意義只是比例不同而已，這當然取決於前後文，也跟這個動詞的所表達的基本概念有關。例如：

○ 糸が切れた。／線斷了。（自然發生態意義是主導的）

○ このナイフがよく切れる。／這把小刀很鋒利。（可能態意義是主導的）

○ ケーキが四つに切れた。／蛋糕切成了 4 塊。（被動意義是主導的）

客觀描述一方給予另一方，或一方接受另一方的東西，是可以用"与える"和"受ける"的。但是以人際關係為基礎，給予或接受物品或行為，是存在恩惠與利益的。這時給出或納入的行為的方向性就自然地與人際關係的上下關係、親疏程度聯繫起來，這就構成了日語授受動詞的複雜用法。與授受動詞有關的表達方式一般被稱為"やりもらいの表現"。

第六節　授受動詞

授受動詞（授受動詞）共有 7 個。

(a) くれる、くださる

(b) やる、あげる、さしあげる

(c) もらう、いただく

一、授受動詞的意義及用法

具有"授"的意義的動詞是 (a) 與 (b) 組；具有"受"的意義的

動詞是 (c) 組。"授"和"受"本是一對相關的反義詞，就像"賣"
和"買"一樣，又像"教"和"學"一樣。

① 友達が（私に）辞書をくれた。／朋友送給我了本辭典。

② （私は）友達に辞書をもらった。／從朋友那兒得到了本
辭典。

③ 社長（私の）弟にネクタイを<u>くださっ</u>た。／經理送給我
弟一條領帶。

④ （私の）弟が社長にネクタイを<u>いただい</u>た。／（我）弟
弟得到經理送的領帶。

⑤ 兄が弟に五千円<u>やっ</u>た。／哥哥給了弟弟 5000 日元。

⑥ 兄が友達に時計を<u>あげ</u>た。／哥哥給了（他）朋友一塊錶。

⑦ 兄が社長にお酒を<u>さしあげ</u>た。／哥哥送給了經理一瓶酒。

1. 各組之間的區別——內外有別

　　(a) 組與 (b) 組的相同之處在於都是"授"，區別就在於"內外
有別"。(a) 組是由外向內授，(b) 組是由內向外授。這裡的"內"，
並不是僅指"我說話人"或第一人稱，"外"也並不是除"我"之
外都是"外"。日語的"內外"是一個相對概念，它的外延可大可
小，要根據對象而定。我、說話人、我方的"授"用 (b) 組，他、
第三者（含第二者你）、非我方的"授"用 (a) 組。例如：

① 友達が私に辞書を<u>くれ</u>た。（"友達"是外，相對於我而
言）

①' 友達が学生に辞書を<u>あげ</u>た。／朋友送了辭典給學生。
（朋友送給學生辭典。）

（"友達"在心理上離說話人更近，較之"學生"，"友達"

成為內）

⑥　兄が友達に時計を<u>あげた</u>。／哥哥送給（他）朋友一塊錶。

（"兄"相對於"友達"距說話人更近、所以是"內"向"外"授）

⑥'　兄が私の<ruby>娘<rt>むすめ</rt></ruby>に時計を<u>くれた</u>。／哥哥送給了我女兒一塊錶。（從心理和社會關係上講，我和女兒是一家人，"兄"則（社會公認）親密程度稍遠一些，因此是由"外"向"內"授）。

①和②講的是同一件事，③和④說的也是同一個事實。即，(a)組與(c)是具有相對概念的對義詞。而(b)組表達的"授"的意義卻大多不能轉換為(c)組表示"受"的詞。

⑤'　弟が兄に五千円<u>もらった</u>。／弟弟要了哥哥5000日元。

×⑥"　兄の友達が兄に時計をもらった。

×⑦'　社長が兄にお酒をいただいた。

⑤'之所以成立，是因為在這句中，"兄"和"弟"與說話人的距離是相等的，無所謂內外。或者說，需要誰是"內"誰就是"內"。在例⑤中，給人的感覺是說話人站在"兄"的立場上，而在例⑤'中，說話人站在"弟"的立場上。

2. 同一組內的區別——長幼有序

同一組內部不同的動詞，應該說詞彙意義是一樣的，所不同的只是它們的含蓄意義（在這裡即是敬謙程度）不同。

對長輩、上級、地位高的人需要尊敬，這種態度上的區別可以在例①與例③，例②與例④的對比中體現。例⑤、⑥、⑦的對比也

是如此。其中 "くださる" 是 "くれる" 的尊敬語，"いただく"
是 "もらう" 的謙讓語；"さしあげる" 是 "あげる" 的謙讓語，
"やる" 稍微粗魯一些。

　　長幼有序也不是個絕對概念，長幼有序還要以內外有別為前提。
⑧　父の誕生日にネクタイをあげた。／爸爸生日時送了他
　　一條領帶。

　　在外人面前涉及家人時一般不用尊敬動詞。選擇何種程度的尊
敬語或謙讓語，這同一般敬語的規律是一致的。

　　　　…… • …… • …… • …… • ……

(i)　授受動詞的用法還可以從人稱角度去考慮，把區別關係具
體到各人稱間的組合上，有下列 3 種情況：

(ア) 第一人稱和第二人稱之間：第一人稱給第二人稱用 "あげ
る、やる、さしあげる"。例如：

　○　これ、おばさんにあげましょう。／阿姨，這個給你。
　　　（對一般關係，長輩）

　○　光雄、この本、君にやるよ。／光雄，這本書給你。
　　　（兄弟間）

　○　先生にこれをさしあげたいのですが。／想把它送給老
　　　師您……（對長輩、上級）

第一人稱接受第二人稱的物品用 "もらう、いただく"。

　○　（妹の前のりんごを）このりんご、ぼくがもらうよ。
　　　／這蘋果我拿了噢。（對下）

　○　あのう、道を教えていただきたいんですが。／勞駕，

請告訴該怎麼走，好嗎？（對陌生人，按上對待）

第二人稱給第一人稱用 "くれる、くださる"。

○ 兄ちゃん、2000 圓くれないか。／哥，能給我 2000 日元嗎？（對平輩）

○ 先生、これ、ぼくにくださるんですか。／老師，這是給我的嗎？（對長輩）

（イ）　第一人稱和第三人稱之間的授受動詞的方向性運用，與（ア)的情況一致，只是同意詞的敬謙程度的選擇要以聽話人為基準進行比較。當第三人與第二人稱相比為長上時，第三人稱的動作要用尊敬動詞 "くださる"，第一人稱的動詞要用謙讓動詞 "あげる、さしあげる、いただく"。當第三人稱相對第二人稱是平輩或晚輩時，第三人稱的動作要用一般動詞 "くれる"，第一人稱的動詞要用一般動詞 "あげる、やる、もらう"。例如：

○ これは先生にさしあげましょう。／咱們把這個送給老師吧。

○ あの本、田中さんにあげました。／那本書給了田中先生了。

○ あの本、あいつにやったよ。／那本書送給那小子了。

○ 石田さんに頼んで、証明書を書いてもらいましょう。／請石田給寫個證明吧。

○ 『日本文学史』を先生からいただいた。／從老師那兒得了本《日本文學史》。

○ 課長がこの地図を貸してくださいました。／科長把這張地圖借給了我。

○　田中さんがこれを届<ruby>届<rt>とど</rt></ruby>いてくれた。／田中把這個送來了。

（ウ）第二人稱和第三人稱之間的授受動詞的方向性運用，首先考慮第一人稱（說話人）與二、三人稱之間的關係，若第二人稱屬於說話人的勢力範圍（說話人一方），則可看作第一人稱和第三人稱的關係；若第三人稱屬於說話人一方，則可看作第二人稱和第一人稱的關係。例如：

○　父はこれを田中さんにあげたいんですが。／我爸想把這個送給田中先生您。（把第三人稱看作第一人稱一方）

○　これは、山口<ruby>山口<rt>やまぐち</rt></ruby>先生からいただいた薬<ruby>薬<rt>くすり</rt></ruby>ですが。／這是從山口先生那拿的藥嗎？（把第二人稱看作自己一方）

○　宏美<ruby>宏美<rt>ひろみ</rt></ruby>ちゃん、あの方<ruby>方<rt>かた</rt></ruby>がこのカメラを貸<ruby>貸<rt>か</rt></ruby>してくださったよ。／宏美，那位先生把照相機借給你了。（把第二人稱看作第一人稱一方）

（エ）第三人稱和第三人稱之間的授受動詞的方向性的運用也同樣，首先要把其中之一歸為第一人稱一方，然後再按第一人稱與第三人稱的關係處理。例如：

○　田中さんがこれを課長にあげたいそうです。／聽說田中要把它送給科長。（把“田中”看作第一人稱一方）

○　これは母<ruby>母<rt>はは</rt></ruby>が山口先生からいただいた薬です。／這是我媽從山口先生那兒拿來的藥。（把“母”看作第一人稱一方）

○　祖母<ruby>祖母<rt>そぼ</rt></ruby>が弟にお年玉<ruby>年玉<rt>としだま</rt></ruby>をくれました。／我奶奶給了我弟弟壓歲錢。（把“弟”看作第一人稱一方）

（ii）對於人際關係在語言上的反映，日本普遍用這種圖示：

　　以原點為說話人的立場，對Ａ區的人顯然要尊敬，對Ｄ區的不需要敬意。至於Ｂ區與Ｃ區，則要在適當的環境下劃分出相對的位置，加以對待。

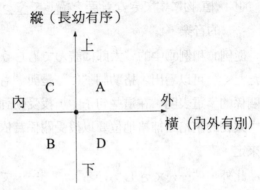

縱（長幼有序）

二、作為補助動詞的授受動詞

　　授受動詞不僅可以獨立使用，還可以接在“動詞連用形＋て”的後面，充當補助動詞，借以表示人物之間的行為的往來與恩惠關係。

⑨　太郎がおばあさんに新聞を読んでやった。／太郎為奶奶
　　讀了報紙。

⑩　おばあさんは太郎に新聞を読んでもらった。／奶奶讓太
　　郎給她讀了報紙。

⑪　先生が資料を集めてくださった。／老師給（我）收集資
　　料。

⑫　（私は）先生に資料を集めていただいた。／我請老師給
　　我收集了資料。

⑬　これから母の家事を手伝ってあげたいと思う。／我今後
　要幫媽媽做家務。

⑭　植物にすてきな音楽を流してやった。／給植物放優美
　的音樂。

　　從例⑩和例⑫中的"太郎に読んでもらう"和"先生に集めて
いただく"可以看出，格助詞"に"是與"もらう、いただく"發
生關係的。這表明，在這些句子中，授受動詞的關係是主導的，全
句中人物的主格、補格地位要以授受關係為依據。而不是以行為動
詞來定。

　　此外，"……てさしあげる"、"……てあげる"、"……て
やる"帶有強烈地恩加於外的意味，因此必須謹慎使用。即使使
用，也多用於自己家人（如例⑬）或動植物上面（如例⑭）。為他
人做什麼事，則常代之以表示自謙的"お～する"等形式。例如：

⑮　お荷物をお持ちしましょうか。／讓我來給您拿行李吧。

　　作為補助動詞使用的授受動詞，其方向性與敬謙程度的使用均
與作為本動詞的授受動詞相同。在全句中授受動詞的關係是主導
的，因此就可能出現行為動作的主體與授受的主體不一致的情況。
其中，"……てくれる、……てくださる"、與"……てあげる、
……てやる"的主體與行為主體一致；"……てもらう、……てい
ただく"的主體則與行為動作的主體不一致。其關係可作如下圖示
（引自文化廳《待遇表現》）：

　　以行為動詞"書く"為例，

　　（ア）書いてくれる、書いてくださる

　(注)　人是"やる、くれる、あげる"等的主體

　　　　人是"書く"等的主體。

　　　　◎是說話人○是對方

　　　　→是從◎一方看到的行為的方向。→的傾斜度表示上

　　　　下位關係。

(イ)　書いてやる、書いてあげる

(ウ)　書いてもらう　書いていただく

　"……に"和"……から"的區別並不是那麼分明的。"から"顯示授與者為出發點，表示主動授與或主動給予幫助這一點是明確的，它不能用於接受方主動索取的場合。例如：

　　○　ほしいものをお母さんがくれなかったから、おばあさ

　　　　んにもらった。／想要的東西媽媽不給，向奶奶要了。

　　"おばあさんに"可以，而"おばあさんから"不行。但是，

“に”表示的並不都是被要的、被索取的一方。“に”表示的是非常簡單的關係，即這是物體或行為的傳出方，無論主動還是被動。

(i) 狹義的補助動詞是指接在“動詞連用形＋て”之後的補助動詞。本書即取此範圍。

更廣義地，從補助動詞所起的作用、功能出發，把下列劃線部分的動詞看作補助動詞也未嘗不可：

(ア) 読み出す　死にかかる　縫いあがる　考え込む

(イ) 夏である　静かである　涼しくありません

(ウ) 書きさえすれば　書きはしない

(エ) あいつときたら　消えたと思えば　桜という　花色といい　形といい

從結構上看，(ア) 類又被認為是起補助作用的後綴；從功能上看，(ウ)、(エ) 類也可以稱為形式動詞。(イ) 類被山田孝雄看作賦予陳述作用的動詞。

(ii) 敬語動詞“いらっしゃる、ござる、まいる、おる、ごらんになる”等也可以接在“動詞連用形＋て”的形式後，作補助動詞用。例如：

○　先生はいま、お手紙を書いていらっしゃるところです。／老師現在正在寫信。

○　春が訪れてまいりました。／春天來了。

○　簡単だから、書いてごらん。／很簡單，寫寫看。

三、多重授受關係

把已帶有授受動詞的詞或詞組當作一個詞，再套入“て＋補助

授受動詞"的形式中去，就有了多重授受關係。

⑯ 先生に推薦状を畫いてもらっくれて助かりした。／替我
　求老師寫了推荐信，幫了大忙了。

⑰ 黑木さんの子どもの世話をしてあげてもらえませんか。
　／能請您給黑木照看一下孩子嗎？

⑱ （写真をとりたがっている）子どもに写真をとっても
　らってやってくださいませんか。／您能否請（那個帶相
　機的）人給（那個想照張相的）孩子照個相？

　　需要分清動作主體和授受意圖的主體，根據語言環境分析其意
義。

四、に和から

　　在"もらう"、"いただく"為謂語的句中，授受動詞的對
象，也就是物體的出發點（給出者）或行為動詞的施事者，用"……
に"或"……から"表示。

② 友達に辞書をもらった。／從朋友那裡要了辭典。

②' 友達から辞書をもらった。／從朋友那裡得了辭典。

④ （私の）弟が社長にネクタイをいただいた。／弟弟要了
　經理送的領帶。

④' （私の）弟が社長からネクタイをいただいた。／弟弟收
　下了經理送的領帶。

⑩ おばあさんは太郎に新聞を読んでもらった。／奶奶讓太
　郎給她讀報紙。

⑩'　おばあさんは太郎<u>から</u>新聞を<u>読んでもらった</u>。／奶奶聽
　　太郎給她讀報紙。

⑫　先生<u>に</u>資料を<u>集めていただいた</u>。／請老師給我收集資料。

⑫'　先生<u>から</u>資料を<u>集めていただいた</u>。／承蒙老師給我收集
　　資料。

　　"もらう"和"いただく"這兩個動詞是只講方向，不表示接
受的結果是主動爭取的"要"，還是被動的"收"。通過格助詞
"に"和"から"可以作出大致的區分，"に"可以表示"要"，
"から"只表示"收"。

第七節　表示其他語法意義的補助動詞

一、補助動詞的概念

　　補助動詞（補助動詞）是補助用言的一種，是指不單獨使用而
接在其他詞語（主要是動詞）後，不具有單獨使用時的意義而主要
起語法作用或增添語法意義。為了將二者區別開來，把單獨使用時
的動詞叫做"本動詞"（本動詞）。

①　庭には小犬が<u>いる</u>。／院子裡有隻小狗。

①'　今手紙を書いて<u>いる</u>。／現在正在寫信。

②　風呂敷をたたんでポケットに<u>しまう</u>。／把包袱皮兒疊起
　　來裝進口袋。

②'　宿題を全部やって<u>しまった</u>。／作業全做完了。

③　あの方がカメラを<u>くださった</u>。／那位先生把照相機送給

了我。

③' 先生は辞書を貸して<u>くださった</u>。／老師把辭典借給了我。

④ 暗いから明_あかりをつけて<u>見る</u>。／太暗了，點上燈看。

④' そのことを先生にに相談_{そうだん}して<u>み</u>よう。／那件事和老師商量一下。

例①、②、③、④中的"いる"、"しまう"、"くださる"、"見る"均是本動詞獨立構成謂語，有實在的詞彙意義；例①'、②'、③'、④' 中相應的詞，已與①、②、③、④中的不同，詞彙意義虛化了，較多地起著語法作用。所謂語法作用，有表示"體"的（如例①'，②'）；有表示"授受關係"的（如例③'）；有表示其他語法意義的（如例④'）。表示其他語法意義的補助動詞主要有以下 4 類：

(1) 表示趨向性的：くる、いく

(2) 表示態度的：おく、しまう

(3) 表示嘗試性的：みる

(4) 表示示範性的：みせる

二、てくる和ていく

這兩個補助動詞可以表示體（持續體和"てくる"的始動體），也可以表示趨向性。這裡的趨向性不包括時間上的趨向性。

1. 空間趨向性

表明來、去或接近、遠離說話人的位置移動。"てくる"表示由遠及近，"ていく"表示由近及遠。

⑤ 10年_{ねん}ぶりに父が帰_{かえ}って<u>きた</u>。／10 年後父親回來了。

⑥ バスが山の中へ走っていった。／公共汽車開到山裡去了。

⑦ 明日8時に図書館に行っているから、そこへ持ってきてくざさい。／明天8點我就在圖書館了，請拿到那兒去。

2. 心理趨向性

表示性質、事態變得跟說話人主觀上、心理上的距離靠近了或遠離了。"ている"表示近了，靠近了期望的好的情況，"ていく"表示遠了，背離了所期望的狀態。

⑧ 成績がだんだん落ちていった。／成績慢慢下降了。

⑨ 読んでいくうちに分かってくるでしょう。／讀著讀著就會明白過來吧。

…… • …… • …… • …… • ……

(i) 例③中的"持ってくる"顯然不是"持って来る／拿著來"的意思，其中的"くる"當是補助動詞。但有人主張與英語的"bring、take"相對應地，把"持ってくる"和"持っていく"分別看作一個詞，不再去分析。

(ii) 下列句子有歧義。

○ 私は歩いていきます。／①我走去。②我走著去。

○ 彼は自転車に乗ってきました。／①他騎車騎過來了。②他騎著車來了。

所以一般情況下，為示區別補助動詞不寫漢字，本動詞寫漢字。

三、ておく

"ておく"除表示準備體以外，還可以表示一種放任的態度，與陳述方式有一定關係。

⑩ 看板<ruby>かんばん</ruby>をいつまでも出<ruby>だ</ruby>しておく。／讓招牌一直放在外面。

⑪ とりあえず押<ruby>お</ruby>し入<ruby>い</ruby>れに入<ruby>い</ruby>れておけ。／先放到壁櫥裡再說。

從時間上看，既不是某一特定時間之前做好，也不是動作結果保持到某一時刻，所以與體無關。只是先把這事做了，以後可以不管，也可以另外處理，與現在怎麼做無關。

…… • …… • …… • …… • ……

(i) 新美和昭等（《外国人<ruby>がいごくじん</ruby>のために日本語例文<ruby>にほんごれいぶん</ruby>・問題<ruby>もんだい</ruby>シリーズ複合動詞<ruby>ふくごうどうし</ruby>》）認為，"ておく"有必要從兩個角度認識：

(ア) "対象に働きかけて、意識的に対象をある状態にし、ある状態を作ろうし、その状態を保持する。"

○ 肉<ruby>にく</ruby>を早<ruby>はや</ruby>めに冷蔵庫<ruby>れいぞうこ</ruby>から出<ruby>だ</ruby>しておかないと、間<ruby>ま</ruby>に合<ruby>あ</ruby>わないわ。／不早點把肉從冰箱裡拿出來就來不及了。

(イ) "対象<ruby>たいしょう</ruby>に働きかけずに，すでにある状態<ruby>じょうたい</ruby>にあるものを，意識的<ruby>いしき</ruby>にそのままの状態に保持<ruby>ほじ</ruby>するという積極的態度を表す。"

○ その株<ruby>かぶ</ruby>はいい株だから、しばらく放<ruby>はな</ruby>っておきなさい。そのうちに値<ruby>あたい</ruby>が出<ruby>で</ruby>ると思います。／這個股票好，先放上一陣子。我想它不久就會升值的。

四、てしまう

從表示動作做完這個角度考察，"てしまう"是完成體的表達方式。如果帶有表示遺憾、惋惜之情，或完全表示遺憾、惋惜等口吻，則"てしまう"表示的當屬陳述方式的範疇。

1. 表示遺憾、惋惜、悔恨等消極態度

⑫ 初^{はじ}めてだから、すこしあがって<u>しまった</u>。／因為是第一次，所以有點緊張。

⑬ わが家の可愛^{いえ かわい}い犬^{いぬ}が死んで<u>しまった</u>。／我家那隻可愛的狗死了。

⑭ みんなに誤解^{ごかい}されて<u>しまった</u>。／被大家誤解了。

2. 表示決心、打算等積極態度

⑮ あれこれ迷^{まよ}うより、いっそ信^{しん}じて<u>しまおう</u>。／與其猶豫不決，不如乾脆信了吧。

⑯ 選挙^{せんきょ}に金^{かね}がかかるなら、選挙運動^{うんどう}を<u>止めてしまえば</u>どうでしょう。／如果選舉太花錢的話，就不搞選舉活動了，怎麼樣？

⑰ あれこれと考えながら、結局^{けっきょく}はだめだと<u>投^なげてしまう</u>、という事実である。／事實是，儘管想了很多方法，可最後還是認為幹不了，放棄算了。

3. 表示其他各種態度

⑱ 患者^{かんじゃ}というものは医師^{いし}がとっくりと自分^{じぶん}の話を聞いてくれたなら、半分かたは<u>治ってしまう</u>ものではあるまいか。／如果醫生認真地聽取了患者自己說的話，那麼患者的病大概也就好了一半了。

⑲ なりたかったわけでもない脚本家^{きゃくほんか}に偶然^{ぐうぜん}<u>なってしまった</u>。／偶然地成為了自己本不想當的劇作家。

⑳ こんなことまで<u>書いてしまって</u>いいのだろうか。／把這樣的事情也寫進去恐怕不好吧？

㉑　彼女がなにげなくこちらに向けたその眼と視線がぶつか
り、なぜかしばらくお互いに見詰めあってしまう。／當
我的視線碰到她無意中轉向這邊的目光時，不知為什麼雙
方互相對視了一會兒。

五、てみる

1. 表示嘗試性地做某事，或稍微做一下。

㉒　一度淡水河世域を取材してみる。／想做一次整個淡水河
流域的採訪。

㉓　まず試験を受けてみて下さい。／先考一下試試。

㉔　一生懸命やって、人も僕自身も感動するような音を出
してみたい。拼命地練，要把征服別人也征服自己的聲音
發出來。

2. 強調意外性，表達出突然發現的語氣。

以 "……てみたら"、"……てみると" 的形式，強調後句的
意外性。

㉕　朝起きてみたら、外は真白な銀世界だった。／早上起來
一看，外面是一片雪白的銀色天地。

㉖　考えてみると、案外やさしかった。／想一想，發覺原來
很容易。

六、てみせる

1. 表示給別人演示某動作，做示範。

㉗　先生はそのことばを発音してみせた。／老師把那個詞發

音給大家聽。

㉘ 英<ruby>語<rt>え</rt></ruby><ruby>単<rt>ご</rt></ruby><ruby>語<rt>たんご</rt></ruby>のつづり<ruby>方<rt>がた</rt></ruby>を<u>書いてみせた</u>。／把英語單詞的拼寫法寫給人看。

㉙ もう<ruby>治<rt>なお</rt></ruby>ったことを<ruby>証<rt>しょう</rt></ruby>明するかのように、<ruby>何回<rt>なんかい</rt></ruby>か<u>跳<ruby>ね<rt>は</rt></ruby>てみせた</u>。／好像是為了證明已經痊癒了，他連著跳了幾跳。

2. 展示給別人，以示力量和決心。

㉚ きっと<u>負<ruby>か<rt>ま</rt></ruby>してみせる</u>ぞ。／看我不打敗你！

㉛ （<ruby>成功<rt>せいこう</rt></ruby>できないと<ruby>言<rt>い</rt></ruby>われるが）<u>成功してみせる</u>。／（別人說成功不了）偏要成功給你看看！

第八節　動詞的文語殘留

一、文語動詞的活用規律及殘留情況

文語動詞有 9 種活用類型，與現代日語的 5 種活用的對應關係是：

四段活用　書く		書く
ラ行變格活用　あり	──五段活用	ある
ナ行變格活用　死ぬ		死ぬ
下一段活用　蹴る		蹴る
上一段活用　見る	上一段活用	見る
上二段活用　生く		生きる

下二段活用　得　暮る──下一段活用　得　暮れる

カ行變格活用　來──カ行變格活用　来る

サ行變格活用　す──サ行變格活用　する

現代日語中存在文語動詞殘留現象的，主要集中在ラ行変格活用、上二段活用、下二段活用和サ行変格活用上。上二段活用和下二段活用又以其連體形、已然形用法較為多見。例如：

①　貧しきを憂えずに、等しからずを憂うるは。／不憂貧，但憂不均耳。

②　人は金のみに生くるものにあらず。／人不僅僅為金錢而生存。

③　暮るればのぼる、おぼろ月。／夜幕降臨，朦朧之月升起。

文語殘留現象常出現在標題、注、公文、詩歌、慣用詞組、諺語、格言警句以及文語色彩濃厚的文章中。例如：

⑤　『生まれ出づる悩み』／《出生的煩惱》

⑥　残念ながら、次のような情報を提供せざるを得ません。／很遺憾，不得不提供以下信息。

……・……・……・……・……

(i) 文語動詞的活用方式為：

活用類型	詞例	詞尾 詞幹	未然形	連用形	終止形	連體形	已然形	命令形
四段	書く	か(書)	か	き	く	く	け	け
ラ變	あり	あ	ら	り	り	る	れ	れ
ナ變	死ぬ	し(死)	な	に	ぬ	ぬる	ぬれ	ね
下一段	蹴る	(け)(蹴)	け	け	ける	ける	けれ	けよ
上一段	見る	(み)(見)	み	み	みる	みる	みれ	みよ
上二段	起く	お(起)	き	き	く	くる	くれ	きよ
下二段	出づ	い(出)	で	で	づ	づる	づれ	でよ
カ變	来	(く)(来)	こ	き	く	くる	くれ	こ(よ)
サ變	す	(す)	せ	し	す	する	すれ	せよ

(ii) 歷史假名（歷史假名づかい）廢除以後，文語的四段活用自然地轉變為五段活用。文語的上一段活用與口語的上一段活用完全一樣。ナ変和下一段活用演變為五段活用後，原來的用法就廢止了。

有文語殘留現象的動詞，也不是所有活用形都不同於普通動詞。例如サ変動詞只有終止形與口語不同；ラ変動詞あり只有未然形、終止形和命令形與口語不同；上二段動詞和下二段動詞在終止形、連體形、已然形上有變化。

(iii) 文語各活用形的用法自然與口語有不同之處。甚至活用形當中名稱也有不同的。至於具體的詞，有些詞的詞義也發生了演變。

二、幾個常見的文語動詞

1. あり

文語ラ行変格活用動詞，相當於現代日語五段動詞"ある"。未然形"あら"、連用形和終止形為"あり"、連体詞"ある"、已然形"あれ"、命令形"あれ"。

否定說法用"あらず"，還可以以命令形結句。這是"ある"所沒有的用法。

⑨　三人行けば必ず我が師あり。／三人行必有我師。

⑩　応接に暇あらず。／應接不暇。

⑪　米国での共通認識を表す慣習法では、七歳以下は責任能力なし、十四歳以上はありとされる。／按照美國具有共識的習慣法，認為：7 歲以下不具有責任能力，14 歲以上則具有責任能力。

⑫　カメラ界の権威ある賞です。／攝影界頗具權威的獎賞。

⑬　落花情あれども流水意なし。／落花有意，流水無情。

⑭　遥か長い道のりを歩き始めた君に幸あれ。／願踏上漫長路程的你擁有幸福！

2. す

文語サ行変格活用動詞，相當於現代日語的"する"。未然形"せ"、連用形"し"、終止形"す"、連體形"する"、已然形"すれ"、命令形"せよ"。

⑮　男女七歳にして席を同じうせず。／男女 7 歲不同席。

⑯　先んずれば、人を制す。／先發制人。

⑰　闇より蘇えりし魔神・加藤保憲，帝都壊滅を宣告す。／

　　從黑暗中醒過來的魔神加藤保憲宣告帝都毀滅。

⑱　面会を禁ず。／禁止會見。

⑲　すでにJR貨物が応分の資本費負担をすべきだと、JR東

　　日本は言い出している。／JR東日本公司已經表明JR貨

　　運公司應當承擔相應的資本費用負擔。

3. 得る

　　文語下二段活用動詞“得”轉化而來，與現代日語“得る”相
當。未然形“え”、連用形“え”、終止形“うる”、連體形“う
る”、已然形“うれ”、命令形“えよ”。

　　常接在動詞連用形後，表示可能。尤其是接在“ある”等狀態
動詞後，表示可能性的有無。

⑳　得るところが大きい。／所得甚大。

㉑　分子系がどういう性質をもつとき、その分子系は進化し

　　うるか。／當分子系統具有何種性質時，它才能進化呢？

㉒　消費税問題での自民党の態度が整えば、解散もありうる

　　情勢であることを示唆した。／如果自民黨在消費稅問題

　　上的態度有所調整的話，也許暗示出自民黨有可能解散的

　　這一形勢。

㉓　いずれの当事者の一方も、事前に相手側の書面による同

　　意を得ずして、本 協 定書の一部もしくは全部を譲 渡し

　　てはならない。／當事者任何一方在事先不徵得對方書面

　　同意的情況下，不得轉讓本協議書的一部分或全部。（這

裡的"得ず"是由"得る"的未然形"得"＋否定助動詞
"ず"構成"得る"的否定式。）

…… • …… • …… • …… • ……

(i) あり作為文語，還表示人的存在以及某種狀態，這些意義
在某些固定了的詞語中還可以看到。例如：

○ 敵は本能寺にあり。／聲東擊西。（字面意思是"敵人
在本能寺"）

○ 大学のあり方を根幹から問われる。／大學的理想狀況
從根本上受到質疑。

○ その戦争のあり様を語った。／聽說了那場戰爭的慘狀。

○ あるべき姿。／應有的姿態。

(ii) "あり"還可接在形容詞連用形"く、しく"、斷定助動
詞連用形後，充當補助動詞用。例如：

○ 明るくするべき家族が酒のためにめちゃくちゃにされ
た。／本應幸福的家庭由於酒而被破壞得不成樣子。

○ 弁を好む者にあらず。／並非好辦之人。

形容詞連用形"く、しく"後接"あり"時還常約音為"か
り、しかり"。例如：

○ 朋あり遠方より來たる亦楽しからずや。／有朋自遠方
來，不亦樂乎。

(iii) 與"しないで"相比，"せず"帶有一些文語色彩。若以
"せず"結句，則是文語表現形式。但以"せず"或"せずに"做
狀語時，其中的"ず"看做否定助動詞ぬ的連用形，"せ"看作

"する"的未然形，"せず（に）"只是帶有文語色彩的口語。但下例則不同，

　　　○　……自民党は労せずして支持を取り戻したといえる。

　　　　　／……可以說自民黨不費吹灰之力就重新獲得了支持。

　　して是文語助詞，可接在否定助動詞ず的連用形後，表示方式、狀態。

　　(iv) 得る可以看作文語動詞"得"和口語動詞"得る"混合而成的，所以它的否定形式也可看作是"得る"的否定形式。例如：

　　　○　そんなことは絶対ありえないだろう。／那種事決不可能發生。

　　　○　……党活動が全般的に低調にならざるを得なかったようだ。／……黨的活動不得不全面轉入低潮。

第四章

用言（二）——
形容詞、形容動詞

第一節　形　容　詞

一、形容詞及其特點

形容詞是內容詞，屬用言的一種，具有形態變化，能獨立構成謂語，也可單獨構成定語和狀語。例如：〝富士山は高い〞。〝高い山はたくさんある〞。〝山が高くそびえる。〞此外，形容詞還可接受狀語的修飾。例如：〝だんだんと美しくなり、りズムを生み出し、……。〞

形容詞都是以〝い〞為詞尾。在書寫時，一般都以〝い〞〝しい〞為送假名，如〝暑い、新しい〞。但也有一些特殊的、以〝きい、らかい〞等為送假名，如〝大きい、柔らかい〞。還有少數形容詞完全用假名書寫。如〝おいしい、うるさい〞。

形容詞與動詞不同，詞幹的獨立性很強，可以直接作謂語，直接接某些助動詞。例如：〝あ、いた（痛）。〞

………・………・………・………・………

(i) 對於形容詞的定義、特性，永野賢（国語学大辞典《形容詞》）作有如下論述：

〝形容詞　品詞の一種。事物の性質・状態を表わす活用語で、動詞、形容詞とともに用言に属する。単独で述語や連体修飾語となり、また連体形が体言と同資格で用いられる点は動詞と同じ機能を持っている。単独で述語になりうるということは日本語の形容詞の特質で、西洋語の形容詞にはない〞。

　(ii)　「形容詞と動詞との違いは、動詞が時間的に変化する動的な属性を表わすのに對して、形容詞は時間的に変化しない静的な属性を表わす語であると説明されることもあるが、「ある」「似る」などの例を見ても、一概にそうとは言えない。両者の差異はむしろ活用の違うこと、形容詞の語幹が単独で用いられること、形容詞の連用形に副詞法があることなどである。また形容詞に接続する助動詞は動詞に比べて限られている。」

二、形容詞的意義分類及用法特點

　形容詞從意義上來說，主要分為兩類。

1. 表示客觀事物的性質，狀態

① 中国は土地が広い。／中國土地遼闊。

② 空には白い光が満ちて、街が透明な硝子のように美しい。／天空中閃爍著白色的光輝，大街美麗得就像是一塊透明的玻璃。

2. 表示主觀的感情或感覺

　表示人們喜、怒、哀、樂、愛、憎、好、惡等感情，或是疼痛、痛苦、寒冷、炎熱等感覺。

③ 古い友達に会って、ほんとうにうれしい。／見到了老朋友，真高興。

④ 思わず身を縮めるほどあたりの空気は冷たい。／周圍的空氣很涼不禁令人縮起身子來。

　　另外，還有部分形容詞既可表示客觀事物的性質、狀態，又可表示主觀的感情、感覺。例如：

⑤　あの寂しい子供のひとみに耐えられる女性は、母は、日本にいったい何人いることだろう。／日本到底有幾個婦女，幾個母親能禁得住那孩子孤寂的眼神呢？

⑥　わたしは彼の居ないのが寂しい。／他不在我很寂寞。

　　這兩個句子相比較，前一句中的〝寂しい〞是修飾〝子供のひとみ〞，指客觀的性質、特徵；而後一句中的〝寂しい〞是表示主觀的感覺。

　　表示主觀的感情或感覺的形容詞作謂語的句子，其主語一般為第一人稱（疑問句中主語可為第二人稱）例如：

⑦　もう半年以上、帰っていないんでしょう。日本の生活は寂しくありませんか。／已經半年多沒回去了吧。在日本的生活是否感到寂寞？

　　這個句子是疑問句，主體省略了，很明顯句中主體指的是第二人稱，即聽話人。

　　　‥‥‥‥・‥‥‥‥・‥‥‥‥・‥‥‥‥・‥‥‥‥

　(i)　日語中表示感情或感覺的形容詞，一般是指講話人自身的感情、感覺。在疑問句或說明句中也可表示第二、三人稱的感情或感覺。但當客觀地敘述第三人稱的感情或感覺時，可以加後綴〝がる〞，此時具有第三者把自己的感情感覺或心理狀態暴露在外的語義。例如：

　　○　私はウォークマンがほしい。／我想要隨身聽。

○　妹<ruby>妹<rt>いもうと</rt></ruby>はウォークマンをほしがっている。／妹妹想要隨身
聽。

(i) 對於主觀性形容詞的用法西尾寅彌（日本語教育事典　第 2
章　文法・表現）有如下論述：〝……主観性形容詞の中には、感
じる主体である人のほかに、感情を催す対象になるものを必要と
するものがある。例えば、「わたしは便りがうれしい」，「彼は
彼女が憎いのだ」のようなのがそれで、格助詞がを伴って表現さ
れるのが原則である。〞

三、形容詞的活用及各活用形的用法

　　形容詞與動詞一樣分詞幹、詞尾兩部分。形容詞的活用是指詞
尾〝い〞的變化。形容詞有 5 種活用形，即：未然形、連用形、終
止形、連體形、假定形。形容詞沒有命令形。

形容詞活用表

詞例	詞幹＼詞尾	未然形	連用形	終止形	連體形	假定形
暑い	暑		①く	い	い	けれ
		かろ	②かっ			

　　各活用形的用法如下：

1. 未然形

　　〝かろ〞後續推測助動詞〝う〞，構成簡體推量形式，表示
推測。這一用法與動詞不同，動詞未然形後續推測助動詞〝う（よ

う）〞可以表示動作主體的願望、意志、口號、推測等，而形容詞只能表示推測。例如：

⑧ 物価の高い東京のことだから奨学金だけでは生活が<u>苦しかろう</u>。／東京物價很貴，只靠獎學金生活恐怕很苦吧。

⑨ 起きようと思ったら、起きられないことは<u>なかろう</u>。／要想起床，總是能起床的吧。

2. 連用形

連用形詞尾有〝く〞和〝かっ〞兩種形式。

2.1 連用形① 〝……く〞

A 置於所修飾的用言前作狀語。例如：

⑩ いつものように、海岸通りを海を、眺めたり、船を眺めたりしながら、<u>つまらなく</u>家に帰った。／像往常一樣走在海濱馬路上，望著大海和船只無精打彩地回到了家。

⑪ 約束の時間に遅れてはいけないと思ってタクシーに乗ったら、道が<u>ひどく</u>混んでいて、<u>早く</u>着くどころか、かえって十五分も遅刻してしまった。／心想不能耽誤了約定的時間，便坐了出租車，可路上十分擁擠，不但沒早到，反而遲到了 15 分鐘。

B 後續〝なる〞或〝する〞表示變化。此時〝形容詞連用形く＋なる〞相當一個自動詞；〝連用形く＋する〞相當一個他動詞。前者表示客觀的變化，後者表示人為地使其變化。例如：

⑫ 女の顔に夜光虫の緑の燐光が照って、それが息づくよう

に明るくなり、また暗くなった。／夜光蟲發綠的亮光照在女人的臉上，那臉上的表情像是鬆了一口氣似地明朗起來，又陰暗了下去。

⑬ 気象衛星によって、レーダーでとらえられない広い範囲の気象も把握できるようになり、天気予報の精度は、ますます高くなった。／通過氣象衛星可以掌握雷達捕捉不到的大範圍氣象情況，使天氣預報的精確度越來越高。

⑭ 女はサン・グラスをとり、急に目を大きくした。／女人摘下太陽鏡，一下子睜大了眼睛。

⑮ それと同時に、その社会を美しく明るくするために働く義務のあることを忘れてはなりません。／同時不能忘記還有為建設一個美好、光明的社會而勞動的義務。

C 中 頓

兩個用言並列，前者為形容詞時可用連用形表示中頓。例如：

⑯ やがて、おおぜいの子どもたちにかこまれたスバルナの、やさしく、力づよい声が聞こえてきました。／終於，傳來了被許多孩子簇擁著的斯巴魯那的溫和而有力的聲音。（〝やさしく〟同〝力づよい〟並列作定語修飾〝聲〟）

⑰ 最近は高校の日本語教師になることが難しく、教師以外の仕事につく卒業生も増えています。／最近要當一名高中的日語教師很不容易，從事其他工作的畢業生也就

増多了。

D　後續補助形容詞〝ない〟表示否定。例如：

⑱　日本料理は明るい所で白ちゃけた器で食べてはうまく
　　ない。／日本菜肴如果在明亮的地方用發白的器皿盛著，
　　吃起來就不香。

⑲　攻という名は「詩経」の鶴鳴篇の「他山、石、以テ我ガ
　　玉ヲ攻ムベシ」という句に基いたもので、それほど珍し
　　くない。／攻這個名字是根據《詩經・鶴鳴篇》裡的〝他
　　山之石，可以攻玉〟這句話起的，並不怎麼稀奇。

E　後續接續助詞〝で〟〝でも〟。例如：

⑳　この教科書は子供にとって「大きくて、薄くて楽しそう
　　な絵がいっぱい」という絵本のイメージです。／這本教
　　材對於孩子來說，是一本又大又薄且趣味性強的書冊。

㉑　夏休みには海へ行ったものの、天気が悪くてほとんど泳
　　げなかった。／暑假到海濱去了，可是因為天氣不好幾乎
　　沒有游成泳。

㉒　どんなに寒くても、あくる日の夜中になると、また網を
　　持って川へ出かけて行った。／雖然這麼冷可一到第二天
　　半夜，又帶著網下河去了。

2.2　連用形②〝……かっ〟

A　後續過去完了助動詞〝た〟。例如：

㉓ 冬はとっくに過ぎたはずなのに、高原に春の訪れは遅かった。／冬天理應早就過去了，可高原的春天卻姍姍來遲。

㉔ 芸術にしたしむ人たちというものが、人生の輝きに満ちた日向で生活しているように思われ、羨ましかった。／很羨慕從事藝術的人，認為他們全都生活在充滿了陽光的世界裡。

B 後續並列助詞〝たり〞。例如：

㉕ 値段は高かったり、安かったりして、季節によって違います。／價格因季節而異，有時貴，有時便宜。

㉖ 沙漠の気候は暑かったり、寒かったりして、実に変化が多いという。／聽說沙漠裡的氣候忽冷忽熱真是變化無常。

3. 終止形

3.1 作謂語，結句。例如：

㉗ 最近のたばこは、昔のに比べるとずいぶんやわらかい。／最近的香煙，同以前的相比要柔和得多。

㉘ 日本に生まれて、日本の自然を見ていないというのは恥ずかしい。／生長在日本，卻沒有觀察過日本的自然，這是應該引以為恥的。

3.2 後續語氣助詞〝か〞、接續助詞〝から〞、〝けれども〞、〝し〞等。例如：

㉙ 「ひどく痛いか。」笑ってかぶりを振った。／〝疼得厲害？〞笑著搖搖頭。

㉚ 今度のお客さまは食べ物にむずかしいから、よくよく注意しなさい。／這次來的客人對飯菜很挑剔，所以要格外注意。

㉛ 咲いているあいだは美しいけれども、枯れると汚いね。／這花開時很美，開敗了就不好看了。

㉜ 頭もいたいし、手足もだるいし、少し目まいもする。／頭也痛，手腳也不想動，還稍稍有點頭暈。

3.3 後續傳聞助動詞〝そうだ〞，推測助動詞〝らしい〞等。

㉝ それはどんな網かというと、長さ四、五メートルのリボンをひろげたようなかたちをしたもので、この投げ方が難しいそうだ。／要說這網什麼樣嗎？聽說它的形狀像個展開來的 4.5 米長的絲帶，撒起網來很難。

㉞ シルヴァ商会は昔よりももっと景気がいいらしく、事務室も一室だけひろくなっていた。／西爾弗商行好像比以前興旺了，辦公室也又增加了一間。

4. 連體形

4.1 後續體言作定語。例如：

㉟ 辞書作りのような長い仕事をやり続けるには気力も体力も必要だ。／要進行編纂辭典這種長期的工作，需要精力和體力。

㊱ 強い日差しが照り付けまして、各地で軒並み気温が三十度を越えて厳しい残暑になりましたが、各地でお年寄りを主役にしたさまざまな催しがありました。／強烈陽光普照大地，各地氣溫都超過了 30 度，到了炎熱的秋老虎天，不過各地還是舉行了以老年人為主角的各種活動。

4.2 後續形式名詞 "の"、"こと"、"もの" 等。例如：

㊲ 合成樹脂は次から次へと新しいのが世に出て、非常な速度で量産され、価格はこれに反比例して低下している。／合成樹脂新產品接續不斷地問世，並以驚人的速度批量生產，價格則與此成反比地下降著。

㊳ 険しいことは険しいのですが、山を登る時足元に気をつけさえすれば大丈夫でございます。／險是有些險的，不過只要登山的時候留神腳下就沒問題。

㊳ 耳がよくても記憶が悪いから……。ただ語学というものは、とっても楽しいものですね。／聽力還行，可是記憶力差，所以……。不過，學習外語挺愉快的。

4.3 後續接續助詞 "ので"、"のに"、副助詞 "だけ"、"ほど" 等。例如：

⑩　山に近いので、昼間はひどく暑いが、夜は温度がさがる土地だが、それでもむし暑さが残った。／此地臨山，白天很熱，但夜晚氣溫下降，儘管如此，還是有些悶熱。

⑪　ふだんは無口でおとなしいのに、きのうはすっかり変わっちゃって、おどろきましたよ。／平時沈默寡言很老實，可昨天完全變了個人，使我感到很驚奇。

⑫　勉強が忙しいだけに体をいっそう大切にしなければならない。／正因為學習很忙，所以更要注意保重身體。

⑬　ほとんど瑠璃瓦の屋根で、遠くから見ても眩しいほど黄色に輝いているものばかりです。／幾乎都是琉璃瓦屋頂，從遠處望去，儘是一些金碧輝煌的建築。

4.4　後續比喩助動詞〝ようだ〟、〝みたいだ〟等。例如:

⑭　久しぶりに食べるご飯だったので、おいしいような気もしたが、あのピカピカの薬のような粒を連想して、化学薬品のような気味さがしてきた。／因為長時間沒吃米飯了，所以吃著也覺得很香，但是讓人聯想到那亮晶晶的藥粒，便覺得像化學藥品一樣無味了。

⑮　前菜の盛りつけがとてもきれいですわね。いただくのがもったいないみたい……。／這個拼盤的配色真漂亮，吃掉怪可惜的……。

5. 假定形

後續接續助詞〝ば〞，表示假定條件，或並列、並存。例如：

㊻　みなさんさえよろしければ、わたしの方は別にかまいま

せんから。／只要大家覺得可以，我沒有什麼問題。

㊼　わたしは金もなければ暇もない。／我既沒錢也沒有閒功

夫。

㊽　頭もよければ容貌も美しい。／腦子聰明，長相也好。

6. 形容詞詞幹的獨立性很強，它的主要用法如下：

6.1 詞幹直接作謂語。

㊾　ああ、から。／啊呀，辣！

㊿　おお、おそろし。／哎呀！可怕！

6.2 構成複合詞、派生詞

A　形容詞詞幹加名詞、形容詞、動詞可以構成複合名詞、複合形容詞、複合動詞。例如：近道、細長い、高跳び、古ぼける等。

B　形容詞詞幹加上前綴或後綴可以構成派生詞。例如：大きさ、暖かみ、真っ暗（以上名詞）、荒つぽい、可愛らしい（以上形容詞）、なつかしげ（形容動詞詞幹）面白がる、偉ぶる（以上動詞）等。

6.3 表示顏色的形容詞詞幹可作名詞。例如：

赤　青　黒　白

6.4 詞幹後續樣態助動詞〝そうだ〞。例如：

51　兵士は化膿した傷が痛いらしく、苦しそうに顔をゆがめ

ている。／好像化膿的傷口很疼，士兵痛苦地扭曲著臉。

········ • ········ • ········ • ········ • ········

(i) 形容詞的活用形有 5 種，分兩類。

第一類是：く、い、い、けれ。第二類是：かろ、かっ。其中，未然形〝かろ〞是連用形〝く〞和動詞〝ある〞的未然形〝あろ〞結合，約音而成。連用形〝かつ〞是連用形〝く〞和動詞〝ある〞的連用形（音便）〝あつ〞結合，約音而成。

く＋あろ→かろ

ku ＋ aro

k $\boxed{u}$ aro→karo

く＋あっ→かっ

ku ＋ at

k $\boxed{u}$ at→kat

(ii) 形容詞未然形雖然可以後續推測助動詞〝う〞表示推測，但會話中多用終止形加〝だろう〞、〝でしょう〞的形式。前者是簡體。後者是敬體。例如：

○ 午前中は水が冷たいだろうと思って泳ぐのをやめ、自
転車で 湖 の回りを一周することにしました。／上
午，考慮到水可能很涼，決定不去游泳，改為騎自行車
繞湖一周。

(iii) 〝形容詞連用形く＋補助形容詞ない〞表示否定是簡體。構成敬體有兩種形式：一種是〝～くない＋です〞，另一種是〝～

く＋ありません〞。二者都是敬體，意思一樣，其細微差別為：

（ア）〝～くないです〞具有否定的斷定語義，用於斷定情況並非如此的場合。

（イ）〝～くありません〞語氣較婉轉，只表示否定而沒有斷定的語義，用於描寫情況並非如此的場合。

(iv) 形容詞連用形〝く〞除可後續接續助詞〝て〞、〝ても〞等以外，還可以後續提示助詞〝は〞、〝も〞，還可以加〝ては〞表示條件。例如：

○　全体のスケールが大きいせいか、ここから見るとそんなに高くは感じられませんね。／或許是廣場宏偉的關係，從這裡看，不覺得有那麼高。

○　戸外で見ると珍しくも何ともないこの虫が、屋根も天井もある家の中に巣をこしらえてぶら下っている姿は、不思議な気持のするものである。／在外邊看毫不出奇的這條小蟲，在有屋頂有頂棚的房內做窩吊起來的樣子，讓人感到很奇怪。

○　あんなにやかましくては、話もよく聞きとれないだろう。／那樣的吵吵嚷嚷，恐怕連話也聽不清楚了吧。

○　こう忙しくては避暑などとのんきなことは言っていられない。／這麼忙，就別想避暑等逍遙自在的事啦。

(v) 形容詞終止形作謂語結句，是簡體形式。關於〝形容詞終止形＋です〞構成的敬體，西尾寅彌在（日本語教育事典　第2章

第四章　用言（二）──形容詞、形容動詞

　　文法・表現）作有論述：〝「暑いです」，「大きい」のほうに
ついては、日本語教育における特殊な事情はないが、日本語その
もののなかで問題があった。形容詞に「です」を付ける言い方
は、第二次大戦後になるまで、標準的なものと認められない傾向
があった。国語の教科書でも「広いです」を避けて「広いので
す」、「広うございます」などを使う方針がとられていた。しか
し、「広いです」の言い方が盛んに使われ、だんだん耳慣れた形
になってきた。がして、1952（昭和27）年に国語審議会から建議
された「これからの敬語」の中で、ようやく「平明、簡素な形と
して認めてよい」と公開に認知された形になった。〟

　　形容詞〝多い〟單獨地修飾體言作定語（不是作為定語從句的
謂語）時，用〝く＋の〟的形式。例如：
○　それ間違いが多い本だ。／那是本錯誤多的書。
○　原子兵器が戦争に使われたら、どんなに恐ろしいこと
　　になるかは、わりあい早くから、多くの人にわかって
　　いた。／一旦原子武器被用在戰爭上，那將是多麼可怕
　　的事，這個問題從很早以前人們就懂得了。

　　〝多く＋の〟表示的是受其修飾的名詞或其所指對象的量大。
例句中〝多くの人〟是指〝許多人〟。〝間違いが多い本〟這一詞
組中，〝間違い〟結合為〝間違いが多い〟這一主謂式詞組（定語
從句）來修飾〝本〟，表示被修飾名詞的屬性。

　　(vi) 形容詞有5種活用形，但個別形容詞活用不完整。〝いい〟
是〝よい〟的口語說法，但只具有終止形和連體形。其他活用形必
須用〝よかろう〟〝よくない〟〝よかった〟〝よければ〟。例如：

○ たばこは健康によくないということは百も承知だ。と
いって、そう簡単にやめられるものでなない。／香煙
對健康沒好處，這是盡人皆知的。話雖如此，但戒煙可
不那麼簡單。

(vii) 形容詞詞幹後續後綴〝さ〞〝み〞都可以構成名詞，二者
區別如下：

(ア)〝さ〞的使用範圍較廣，構成抽象名詞，表示事物性質或
狀態的程度。

(イ)〝み〞的使用範圍較窄，表示由事物的狀態得到的有關情
感、形態、顏色、情況等方面的感覺和印象。例如：

○ 強烈な明るさが編満し、人々は街路樹の深い木陰を選
んで歩く。／強烈的陽光直射大地，人們都在道路兩旁
的樹蔭處行走。

○ 何が山の形状に一定したおもしろみでもあるかと思っ
て来る旅人は大概失望する。／想著山的風貌會有一定
的有趣之處，而來遊覽的客人十之八九要掃興而歸。

四、補助形容詞

接在其它用言後起補助作用的形容詞叫作補助形容詞。（補助
形容詞）

補助形容詞有〝ない〞、〝ほしい〞、〝いい（よい）〞幾個。

1. 補助形容詞〝ない〞

接在形容詞、形容動詞以及形容詞型助動詞、形容動詞型助動詞的連用形之後。〝ない〞作為獨立的形容詞使用時，表示〝沒有〞〝不在〞的意思，這時也可寫作〝無い〞。作為補助形容詞則宜表示否定，只能用假名書寫，不能寫作〝無い〞。

有時在形容詞、形容動詞以及形容詞型助動詞、形容動詞型助動詞的連用形後，介入提示助詞〝は〞然後再接補助形容詞〝ない〞。

(1) 形容詞連用形く＋ない

㊾ 塔はあまり<u>高くはない</u>が、奇 妙な音を出すことで有名である。／塔雖不太高，但因能發出美妙的聲音而聞名。

(2) 形容動詞連用形で＋ない

㊿ 公務の忙しい間にこういう世話を焼くのは容易<u>ではなかった</u>。／在緊張繁忙的工作中，擠出時間來管閒事是不容易的。

(3) 願望助動詞〝たい〞的連用形たく＋ない

㊔ 今だれにも会い<u>たくない</u>から、だれかが来たら、よろしくやってくれよ。／現在誰也不想見，要是有誰來了的話替我應付一下。

(4) 斷定助動詞〝だ〞的連用形で＋ない

㊕ 切符をもらったから見に来たものの、あまり面白い映画<u>ではなかった</u>。／因為別人給的票所以來看了。不過，是個沒什麼意思的電影。

(5) 樣態助動詞 〝そうだ〞 的連用形そうで＋ない

㊄ 朝から曇（くも）ってはいたが、まだ雨は降り<u>そうではなかった</u>。／從早上天就陰了，但還不像要下雨的樣子。

(6) 比喩助動詞 〝ようだ〞 的連用形ようで＋ない

㊄ 骨董屋（こっとうや）にも見てもらったが、どうも本物（ほんもの）の<u>ようではない</u>。／也請古玩店看過了，總覺得不像是真貨。

2. 補助形容詞 〝ほしい〞

接在 〝用言連用形＋て〞 或 〝用言未然形＋ないで〞 後，一是表示說話人希望出現某一事態，二是說話人要求聽話人採取某一行動或造成某種狀態，謂語用意志動詞。後一用法實質上是一種要求或婉轉的命令。為緩和語氣，經常後加 〝と思います〞 或 〝のです（が）〞、〝のです（けれど）〞 等。〞

㊄ 先方（せんぽう）では、計算機（けいさんき）の専門家（せんもんか）で英語（えいご）のよくできる人を寄（よ）こ<u>してほしい</u>と言ってきました。／對方說希望派一個英語好的計算機專家來。

㊄ 今後数年間（こんごすうねんかん）はこうした環境（かんきょう）の中で仕事（しごと）をすることも予（よ）想（そう）されるが、一緒（いっしょ）に困難（こんなん）を乗（の）越（こ）え、輝（かがや）しい将来（しょうらい）を切（き）り開（ひら）い<u>てほしい</u>と述（の）べました。／講到：今後幾年估計大家還要在這種環境下工作，希望大家一起克服困難，去開創光輝的未來。

㊄ わたしにここで会ったことをだれにも言わないと約束（やくそく）し<u>てほしい</u>のです。／請你答應我，不要告訴任何人說你在

這兒見到了我。

(61) すみませんが、ここでたばこを吸わないでほしいんですが。／對不起，希望你不要在這裡吸煙。

(62) 「ありがとう。」というひと言を口にするという簡単な習慣（しゅうかん）が、一人でも多くの日本人（にほんじん）の中に定着（ていちゃく）してほしいと思う。／說聲〝謝謝〞這種簡單的習慣，我希望更多的日本人，哪怕多一個人也好，都能夠養成。

3. 補助形容詞〝いい（よい）〞

接在接續助詞〝て〞或〝ても〞後，表示同意或允許做某件事。

(63) このように基本的（きほんてき）な人権（じんけん）が保証（ほしょう）されているからといって、自分（じぶん）の幸福（こうふく）、自分の自由（じゆう）ばかりを追求（ついきゅう）していいものでしょうか。／雖說基本人權受到了如此的保護，但難道就應該一味地追求個人的幸福和個人的自由嗎？

(64) 何時（なんじ）に起（お）きなければならないということはないとしても、もうそろそろ起きて朝食（ちょうしょく）の支度（したく）をしていい時刻（じこく）である。／儘管不是說非得幾點起床，不過已經到了得起來準備早飯的時候了。

(65) 「昼（ひる）からいく子ちゃんが来て、二人でドーナツつくるの。してもいい？」と女の子が言った。／女孩問到：〝中午郁子來，我們倆要一起炸麵包圈，行嗎？〞

(66) 「茶美（ちゃみ）」は詮（ぜん）ずるに「寂（じゃく）の美（び）」である。これをやさしく

「貧の美」といってもよい。／ 〝茶美〞一言以弊之即

〝雅素之美〞。也可以簡單地說是 〝貧之美〞。

………・………・………・………・………

(i) 補助形容詞 〝ない〞與否定助動詞 〝ない〞的區別：

(ア) 補助形容詞 〝ない〞接於形容詞、形容動詞或形容詞型、

形容動詞型助動詞的連用形後；而否定助動詞 〝ない〞接於動詞或

動詞型助動詞的未然形後。

(イ) 補助形容詞 〝ない〞同所接詞之間可加 〝は〞或 〝も〞；

而否定助動詞 〝ない〞則不能。

(ウ) 補助形容詞 〝ない〞可用 〝ありません〞代替；而否定助

動詞 〝ない〞只可用否定助動詞 〝ぬ〞代替。

(ii) 關於 〝～ていい〞 〝～てもいい〞的異同：

接續助詞 〝て〞 〝ても〞後續補助形容詞 〝いい〞表示同意、

允許做某事。 〝～ていい〞是基本同意，肯定的說法，而 〝～ても

いい〞表示做某件事也是允許的，是有選擇的說法。例如： 〝くつ

はぬがなくていい。〞當你進入別人家時，由於主人用了基本肯

定、同意的說法，所以可以不脫鞋進屋。但如換成 〝くつはぬがな

くてもいい〞這種模稜兩可的說法，作為客人應該理解主人的意

思，所以還是脫了鞋進屋比較合適。綜上所述：只是語感上的差

別，加 〝も〞與不加 〝も〞，一般情況下不會產生誤解。

五、形容詞的ウ音便

現代日語中，形容詞的ウ音便（ウ音便），是指形容詞連用形

後續 〝ございます〞 〝存じます〞時，發生的語音變化，將 〝く〞

變成〝ウ〞的現象。

形容詞的ウ音便有 3 種具體形式。

1. 形容詞詞幹最後一個假名是ア段假名時，ア段假名變成オ段假名。

はやい→はやく＋ございます→はやうございます→はようございます

ありがたい→ありがたく＋ございます→ありがたうございます→ありがとうございます

⑥⑦　お忙しいところをわざわざ出迎えに来てくださいまして、ほんとうにありがとうございます。／您百忙之中專程來接我，真得謝謝您了。

2. 形容詞詞幹最後一個假名是イ段假名時，イ段假名變成〝ゆ拗音〞。

よろしい→よろしく＋ございます→よろしうございます→よろしゅうございます

おおきい→おおきく＋ございます→おおきうございます→おおきゅうございます

⑥⑧　あしたは朝が早いので、今日は早くお休みになったほうがよろしゅうございます。／明天還要早起，今天最好早點休息。

3. 形容詞詞幹最後一個假名是ウ段或オ段假名時，將形容詞連用形詞尾〝く〞變成〝う〞。

あつい→あつく＋ございます→あつうございます

ひどい→ひどく＋ございます→ひどうございます

⑲　「ここから下りるのでございます。辷りはいたしませ
　　が、道が<u>ひどうございます</u>からお静_{しずか}に」という。／（婦
　　女）説：〝請您從這兒下去，並不滑可是路很糟糕，請小
　　心點兒走。〞

‥‥‥‥‥●‥‥‥‥‥●‥‥‥‥‥●‥‥‥‥‥●‥‥‥‥‥

(i)　形容詞的ウ音便，有 3 種具體形式。

（ア）ア段假名→オ段假名類，形容詞連用形〝く〞首先失去輔
音音素〝k〞，剩下〝u〞，然後〝ア〞段假名與〝u〞結合成了
〝オ〞段假名的長音。

（イ）イ段假名→ゆ拗音類，也是連用形〝く〞失去輔音音素
〝k〞，剩下〝u〞，然後〝イ〞段假名與〝u〞結合發展成了〝ゆ拗
長音〞。

（ウ）第 3 種音便現象也是連用形〝く〞失去輔音音素〝k〞變
成〝う〞而形成的。

（エ）〝かわいい〞這一形容詞詞幹的最後一個假名也是〝イ〞，
但當後續〝ございます〞時，要變成〝かわゆう〞。

**(ii)　形容詞連用形後續〝ございます〞時，有兩種情況不發生
ウ音便。**

（ア）後續〝ございます〞時，如中間插入提示助詞〝は〞或
〝も〞仍用連用形く。例如：

　　　○　かなり暑くはございますが……。

（イ）與〝ございません〟連接時，仍用連用形〝く〟。例如：

　　　○　すこしもうらやましくございません。

六、文語形容詞在現代日語中的殘留

1. 文語形容詞的種類及活用

　　文語形容詞分為兩種：一種叫〝ク活用〟，另一種叫〝シク活用〟。前者演變成口語〝……い〟的形容詞；後者演變成口語〝……しい〟的形容詞。例如：

　　なし　古し　新し　貧し

　　文語形容詞的活用形有 6 種。即：未然形（未然形）、連用形（連用形）、終止形（終止形）、連体形（連体形）、已然形（已然形）、命令形（命令形）。

　　不管是〝ク活用〟還是〝シク活用〟，它們的基本形詞尾都是〝し〟。〝ク活用〟是把詞尾〝シ〟分別改為：未然形〝から〟，連用形〝く〟和〝かり〟，終止形〝し〟，連體形〝き〟，已然形〝けれ〟，命令形〝かれ〟。〝シク活用〟（除終止形）是詞尾〝シ〟分別加上〝から〟〝く〟〝かり〟〝き〟〝けれ〟〝かれ〟等構成各個活用詞尾。其中〝已然形〟在口語形容詞的活用形中是〝假定形〟。

文語形容詞活用表

詞　例	詞尾 詞幹	未然形	連用形	終止形	連體形	已然形	命令形
ク活用	古し	古		く	し	き	けれ	
			から	かり		かる		かれ
シク活用	新し	新		しく	し	しき	しけれ	
			しから	しかり		しかる		しかれ

2. 現代日語中常用的幾種文語形容詞活用形

2.1 文語形容詞的終止形和連體形。例如：

⑩ 古(ふる)きものが失(うしな)われるのは歴史(れきし)を通(とお)じてみても世界的な現(げん)象(じょう)である。／失去舊的東西，從整個歷史來看，這也是世界性的普遍現象。（連體形）

⑪ 弱き男性を支配(しはい)する強き女性の社会なんて、わたしは張(は)り合(あ)いがなくなってやりきれないような気がする。／我覺得這個強悍女性支配懦弱男性的社會，真沒勁，也無法忍受。（連體形）

⑫ 机(つくえ)の上(うえ)にはモーパッサンの「死よりも強し」がひらかれてあった。／桌上放著一本翻開的莫泊桑的書《比死強》。（終止形）

⑬ 毎日の新聞記事(きじ)を見ても、「吉葉敗(やぶ)る」「幕内(ばくない)ついに全(ぜん)

勝者<u>なし</u>」「若ノ花優勝す」というような見出しがまだまだ横行している。／翻開毎天的報紙，就會看到文語體標題充斥其間，如"吉葉敗北"，"一級相撲力士終無全勝"，"若花獲勝矣，"等等。（終止形）

2.2 在現代日語中還可見到文語形容詞的"未然形、命令形"的用例。如：

㉔ この様な手続きは国際貿易上の習慣ですので、<u>悪しからず</u>ご容赦ください。／履行這樣的手續是國際貿易慣例，敬請原諒！（未然形"から"接否定助動詞"ぬ"的連用形"ず"構成）

㉕ <u>寒かれ暑かれ</u>、病気でなければ、毎朝公園を散歩するのがわたしの日課になっている。／不管天氣冷熱，只要沒生病，我照例毎天早晨去公園散步。

㉖ 野菜や果物のなかには、<u>多かれ少なかれ</u>ビタミンが含まれている。／蔬菜、水果之中，多多少少都含有維生素。

　"……かれ"是文語形容詞的命令形，也有表示"放任""任憑"的意思，相當於"～也好，～也好。"

………·………·………·………

　(i) 文語形容詞"ク活用""シク活用"如何演變成現代口語"い"的形容詞。吉田金彥在（《日本語概說》第九章）概括說：形容詞においても、連體形語尾キ。シキのk音脫落によってイ、シイ形が生じ、それが終止形に用いられるようになった。そのた

め前代まであったク活用とシク活用の区別がなくなり、中世紀形容詞はクーイーイーケレと活用する一種類となった。しかし並列中止法や（酒ハ飲ミタレ銭ハナシ）シク活用終止形にシを重複させる表現があった（ニツノ事モ悪シシ）"。

　　連用形ウ音便は短音化もあった（オモシロウ→オモシロ）。形容動詞ナリ活用の連體形ナルがナになったが（不憫ナ）、タリ活用は勢力が振るわなかった。

　　(ii) 文語形容詞活用與現代日語形容詞活用的區別：

　　(ア) 文語形容詞有 6 種活用形、9 種變化，而現代日語形容詞有 5 種活用形、6 種變化。

　　(イ) 文語形容詞有 "ク活用" 和 "シク活用" 兩種，詞尾都是 "し"，而現代日語形容詞詞尾是 "い"。

　　日語形容詞的產生比動詞要晚，一部分形容詞是從名詞中產生出來的，另一部分是從動詞中產生出來的。

　　(iii) 山崎馨（研究資料日本文法③用言編（二）形容詞、形容動詞《形容詞とは何か》）認爲："形容詞を分類するときに活用という観点からすればク活用とシク活用とに二分するほかはない。

　　同様に起源発生という観点からすれば名詞系と動詞系とに二分するほかはあるまい。

　　前述の名詞系形容詞に対する語群としてわたくしは動詞系形容詞と名づけた。"

　　(iv) 飯田晴巳（研究資料日本文法③用言編（二）形容詞形容動詞《形容詞とは何か》）認爲："江戸時代以前を契沖を境に前

後に分けるのが国語学史の時代区分の通例が本論考では次のようにする。”

　　形容詞研究史の時代区分
(1)　上代、中古（平安時代末まで）——形容詞意識の萌芽期
(2)　中世（鎌倉、室町時代、江戸初期を含む『八雲御抄』から一歩まで）—形容詞意識の自覚期
(3)　近世（江戸時代、契沖成章から権田直助まで）——形状言としての確立期
(4)　近代（明治以後、チュンバレン・大槻文彦から現代まで）——形容詞としての定着期”

第二節　形容動詞

一、形容動詞及其特點

　　形容動詞是內容詞，也是用言的一種，具有形態變化，能獨立構成謂語，也可單獨構成定語和狀語。例如：〝桜の花はきれいだ〞、〝きれいな花が咲いた〞、〝桜の花がきれいに咲いている〞。此外，形容動詞還可接受狀語的修飾。例如：〝なかなか頑丈な塔ができた〞。

　　形容動詞都是以〝だ〞為詞尾的。構成敬體時，以〝です〞頂替〝だ〞，構成文章體時，以〝である〞頂替〝だ〞。在辭典和教

材的生詞表中，一般都只出現形容動詞的詞幹，而不出現詞尾，即一般均以形容動詞的詞幹為基本形。形容動詞的詞幹，主要有以下幾種。

(1) 音讀形容動詞・主要來自漢語形容詞。

　　有名（ゆうめい）、簡単（かんたん）

(2) 訓讀形容動詞，即日本固有的形容動詞，多為一個漢字加假名。

　　明（あき）らか、幸（しあ）わせ

(3) 日本利用漢字創造的形容動詞，多數用音讀，個別用熟字訓。

　　丈夫（じょうぶ）、上手（じょうず）

(4) 外來詞

　　スマート、インスタント

(5) 疊字式形容動詞，是指兩個漢字重疊而得的。

　　堂堂（どうどう）、洋洋（ようよう）

(6) 加〝然〞〝乎〞的形容動詞

　　依然（いぜん）、断乎（だんこ）

(7) 派生形容動詞，指其它詞加構成形容動詞的後綴而形成的。

　　晴（は）がち、悲（かな）しげ

(8) 名詞加後綴〝的〞的形容動詞，這些名詞多為抽象名詞。

這類形容動詞也屬派生形容動詞，因其數量眾多，使用頻繁，故單獨列出。

先進的、積極的
（ぜんしんてき　せっきょくてき）

　　形容動詞詞幹的獨立性也很強，可以直接做謂語，直接接某些助動詞，還具有構詞功能。

………‥•………‥•………‥•…………‥•………‥

　　(i)　形容動詞是日語中一種特有的詞。其意義作用同形容詞一樣，形態變化同〝ラ行動詞〟（文語形容動詞活用）一樣，故稱為〝形容動詞〟。柏谷嘉弘（品詞別日本文法第四卷形容詞，形容動詞《形容動詞の成立と展開》）論述到：「形容動詞」という名称で、管見にはいったものでは、明治二十四年四月刊の「和文典」で大和田建樹が使用したものが、最も古い。「動詞の用ひ方」の項で、「名詞を形容して前に置く」用法を「形容動詞」と呼んで、次のような列を示している。……また一品詞について「形容動詞」と呼ぶのは『辞海』の着者大槻文彦が明治三十年刊の『広日本文典別記』で使用している。しかし、これは「ク活用・シク活用」の語を指して呼んだ名称であり、やはり、拙論で対象としている形容動詞とは異なる。当時は西洋文典に倣って、名詞を修飾することば、「日本国」の「日本」、「暖ノ春」の「暖ノ」、「見ルベキ」、「学ビタル」などが「良き、美シキ」などと一類にされて「形容詞」と呼ばれていたので、大槻は「良し、美し」などを「形容動詞」と呼んで、混乱を避けたのである。この意味での形容動詞の名称は後の松下大三郎に受け継がれている。本稿で対象としていることばを指して。形容動詞」と呼んだのは芳賀矢一が最初である。明治三十七年刊の中等教科明治文典」の「巻の一教授上の注意」の三に形容詞のあり連りて、動詞の如く各種の助動詞の連るものを形容動詞と命名し、形容詞の一部として說けり、性質に於ては形容詞にして、活用に於ては

動詞なればなり。……

　　(vi) 永野賢（国語学大辞典《形容動詞》）做如下論述："形容動詞"品詞の一種。用言に属し、形容詞と同じく事物の性質・状態を表わす語で、活用がある。機能は形容詞と動詞との性質を兼ね徳えているが、語幹の独立性は形容詞よりも、さらに強い。語彙数の少ない形容詞の欠を補って、数は割合に豊富である。特に漢語系のものが少なくない。ただし形容動詞を一語と認めない説もある。

　　(iii) 對於"形容動詞"這一名稱，以及是否承認形容動詞，學者們看法不一。

　　(ア) 野田尚史（《はじめての人の日本語文法》）一書中談到："一般に形容動詞と言われる「静かだ」「便利だ」のような語を「ナ形容詞」「名詞的形容詞」「状名詞」などという人が最近増えてきました。……"

　　(イ) 益岡隆志・田窪行則（《基礎日本語文法》）中認爲"形容詞を形態の面から分類すると、「寒い」「強い」「ほしい」のように名詞を修飾する場合に「～い」という形で表される（例えば、「寒い地域」）ものと「勤勉だ」、「高価だ」、「いやだ」のように名詞を修飾する場合に「～な」という形で表される（例えば、「勤勉な人」）ものに分かれる。これらをそれぞれ「イ形容詞」、「ナ形容詞」と呼ぶ。"

　　(ウ) 時枝誠記（《日本文法口語篇》）中認為："形容動詞を立てることの不合理はその敬語的表現の説明に困難を感ずることである。「静かだ」に対する敬語的表現は「静かです」となるのであるから、「静かだ」を形容動詞と立てるならば「静かです」も当然形容動詞としてその活用系列が説明されなければなら

ない筈であるが国定教科書に於いては「です」を断定を表わす助動詞としたため「静かです」は形容動詞の語幹に「です」が附いたものといふやうに説明せざるを得なくなったのであるが、もし「静か」を一語と見ることが出来ないという立場を固執するならば「静かです」も当然、それだけで一語と見なければならないし、「です」を分離させて、断定を表わす語であると見ることも出来ない訳である。〃

（エ）西尾寅弥（《日本語教育事典　第2章　文法表現》）中論述：〝「形容動詞に対する肯定論と否定論」今日いうところの形容動詞というものにかかわりのある言及は江戸期の語学にも多少はあり、明治時代には「形容動詞」という名称も始まっている。昭和に入って吉沢義則が独立の1品詞として立てるべきことを主張し、橋本進吉が詳しい検討の結果、ダ文語ではナリ活用・タリ活用の2種、口語ではダナ活用の1種の形容動詞を認めるべきことを結論とした。この橋本説は文部省の文法教科書に採用されて一般に広まった。

このような、形容動詞を積極的に立てる立場に対して、他方では品詞として立てることに反対する否定論もあって、盛んな論争を呼び起こし、現在でも決着をみるまでに至っていない。〃

西尾寅弥（日本語教育事典　第2章　文法・表現《形容動詞》）做如下論述：〝形容動詞のいわゆるダナ活用は、「に＋あり」に由来する「なり」の系列の「に、な、なら」に「で（にて）＋あり」に由来する「だ」の系列の「で、だ、だろ（う）、だっ（た）」が加わって成り立ったものである。連体形の語尾「な」が形容動詞の特色であり、他は皆指定の助動詞「だ」と同じである。用言の中で、連体形と終止形が同形でないのは、

口語では形容動詞だけである。〃

二、形容動詞的意義分類及用法特點

形容動詞的意義同形容詞一樣，主要分為兩類。

1. 表示客觀事物的性質、狀態

① 中国は資源も豊富だ。／中國資源也很豐富。

② 輝きはじめた朝日に月見草の黄色い花があざやかだ。／
在朝陽的映照下，夜來香的黄花顯得格外鮮艷。

2. 表示主觀的感情或感覺

③ 先日はお会いできず、残念でした。／前些天沒能見上面
真遺憾。

④ どんな花でも好きだが、わけて野原や道ばたに咲いてい
る花が好きだ。／不論什麼花我都喜歡，尤其喜歡開在野
外、路旁的花。

日語形容動詞中，表示主觀感情、感覺的比表示客觀事物之性
質、狀態的要少。

另外，也有部分形容動詞既可表示客觀事物的性質、狀態，又
可表示主觀的感情、感覺。例如：

⑤ わたしも知っているが、彼は親切だ。／我也知道他很熱
情。

⑥ ジムは親切にぼくの手を引いて、どぎまぎしているぼく

を先生の部屋に連れていく。／吉姆親切地拉著我的手，

把不知所措的我帶向老師的房間。

　　例句⑤中〝親切だ〞表示客觀的性質，特徵，⑥中〝親切に〞
表示主觀的感覺。

三、形容動詞的活用及各活用形的用法

　　形容動詞同動詞、形容詞一樣，分詞幹、詞尾兩部分。形容動
詞的活用是指其詞尾〝だ〞的變化。也有 5 種活用形，即：未然
形、連用形、終止形、連體形、假定形。形容動詞也沒有命令形。

形容動詞活用表

詞　例	詞幹＼詞尾	未然形	連用形	終止形	連體形	假定形
きれいだ	きれい	だろ	①で ②に ③だっ	だ	な	なら

　　1. 未然形　〝だろ〞後續推測助動詞〝う〞表示推測，構成簡
體推量形，是非過去時的肯定式。這一用法與形容詞相同。例如：

　⑦　「みんながこんなに釣れないようでは、とても今日は<u>駄
目だろう</u>」父親はそう思った。／〝大家都這樣釣不著，

看來今天是不行了。"父親這樣想到。

⑧　コンピュータがなかったら、どんなに<ruby>不便<rt>ふべん</rt></ruby>だろう。／如果沒有計算機，那是多麼的不方便啊！

⑨　<ruby>同<rt></rt></ruby>じ本を読んでも、人によって<ruby>読<rt>よ</rt></ruby>み<ruby>方<rt>かた</rt></ruby>に<ruby>差<rt>さ</rt></ruby>が<ruby>出<rt>で</rt></ruby>てくるのは<ruby>当然<rt>とうぜん</rt></ruby>であろう。／即使是看同一本書，對書的理解也因人而異，這是當然的吧！

2. 連用形

形容動詞連用形有 3 種形式"で"、"に"、"だっ"，它們分別後續不同的詞，起不同的語法作用。

2.1　連用形①"……で"

A　中頓

並列兩個用言，表示中頓。例如：

⑩　悪ずれのところがなく、<ruby>質朴<rt>しつぼく</rt></ruby>で<ruby>平和<rt>へいわ</rt></ruby>なのが私の<ruby>気<rt>き</rt></ruby>に<ruby>入<rt>い</rt></ruby>った。／沒有薰染變壞的環境，保持著質樸、和平的本色，這是我最看重之處。

⑪　彼は<ruby>旅行<rt>りょこう</rt></ruby>がきらいで、もう<ruby>二年<rt>にねん</rt></ruby>も<ruby>出<rt>で</rt></ruby>かけないでいる。／他討厭旅行，已經有兩年沒出門了。

B　後續補助形容詞"ない"，構成形容動詞的否定形式，必要時可插入"は"。例如：

⑫　ありがたいことに<ruby>簡素<rt>かんそ</rt></ruby>なものにずっと美しいものが多く、したがって<ruby>低廉<rt>ていれん</rt></ruby>なものに美しいものはまれでない。

／幸好簡單樸素的東西中有許多美的東西，因而便宜的東西中美的東西也不少。

⑬ 余り好きではなかったが、自分を美しいと言ってくれた時からさほど嫌いではなくなった。／從前並不怎麼喜歡，可是從講自己長得漂亮時起，就有幾分喜歡了。

C　形容動詞連用形〝で〞也可以後續提示助詞〝は〞、〝も〞等，後續〝は〞可以表示假定條件，後續〝も〞表示讓步條件。例如：

⑭ 話があまり簡単では分かりにくいだろうから、少し長くやりましょう。／如果話說得太簡單了，就不太好懂吧！所以稍微再講長點吧！

⑮ は穏やかでも船で行くのはよそう。／即便海面風平浪靜也別坐船去吧。

2.2　連用形②〝……に〞

A　修飾後續用言，做狀語。例如：

⑯ つぼみは次々にわずかな日の光と水との中で象牙のようにりっぱに咲いていった。／花蕾一個接一個，在僅有的一點點陽光和水中開放，開得如同象牙一般嬌艷。

⑰ プロポーザルを受う取った後、それぞれを開札し、その内容を十分に審査して、業者を決定いたします。／接到投標書後就進行開標充分審查其內容後決定得標者。

　　B　後續〝なる〞、〝する〞表示變化。此時〝～になる〞相當於一個自動詞，表示客觀的變化；〝～にする〞相當於一個他動詞，表示主觀地使其變化。例如：

⑱　丈夫になって、ちょっとやそっとでは壊れない。このことが使う側に乱暴に扱っても平気という粗暴な気持を養ってしまった。／東西結實了，不易壞，會使人們養成一種胡亂使用，滿不在乎的，不仔細的習性。

⑲　昔は10日以上かかった場所まで、わずか3時間足らずで行けるのだから、便利になったものだと思わずにはいられない。／以前要用10天以上，而今僅用不到3個小時即可抵達，不禁令人感到交通確實方便多了。

⑳　それは人間をけっして幸福にしないで、むしろ人間の健康をむしばみ、ひいては人間の生存を危うくするものではないか。／決不是使人幸福，毋寧是腐蝕人的健康進而危及人的生存。

㉑　本当ね。今じゃあ。仕事を離れた自分の時間を大切にしている人が多いわ。／的確，現在很多人十分珍視擺脫工作以後的自己的時間。

　　2.3　連用形③〝……だっ〞

A　後續過去完了助動詞〝た〞。例如：

㉒　あの山は有名だったかもしれませんが、今はPRさえもあまり見られないんですね。／那座山以前也許挺有名，

但現在連宣傳廣告上也很少見呢。

㉓ 防風林がなければ、トルフアンが砂漠の中のオアシスと
なることも不可能だったでしょうね。／如果沒有防風
林，吐魯番也就不可能成為沙漠中的綠洲了。

B　後續並列助詞〝たり〞。例如：

㉔ このへんは時間によって静かだったり、にぎやかだった
りです。／這個地方根據時間不同，有時安靜有時熱鬧。

㉕ 着ている物もきれいだったり、きたなかったりさまざま
でした。／穿的衣服也是有的乾淨，有的髒，各式各樣。

3. 終止形

3.1 結句做謂語。

㉖ 性格のひねくれ方もおもしろいし、詩を書いたり英文を
読んだりするのも愉快だ……／性格乖僻很有意思，寫
詩、讀英文時也很愉快……。

㉗ 純粋な気持ちから補償勧告に賛成している政治家もい
るが、よく分析してみると複雑だ。／有些政治家從純正
的動機出發，贊成補償建議，但是仔細分析起來，情況是
複雜的。

3.2 後續接續助詞〝から〞、〝けれども〞、〝し〞等。例
如：

㉘ 今すんでいるアパートは狭いばかりでなく、駅からも遠

くて<u>不便</u>だから、引越すことにした。／現在住的公寓不僅面積小，而且距車站也遠，很不方便，所以決定搬家了。

㉙　仕事は<u>困難</u>だけれども最後までかんばらなければならない。／工作雖然困難，但要堅持到底。

㉚　砂浜も軟らかいし、波も静かで、水も<u>きれい</u>だし、海水浴にもってこいですね。／海灘鬆軟，風平浪靜，海水清澈，最適合海水浴了。

　3.3　後續傳聞助動詞〝そうだ〞等。例如：

㉛　李さんの弟も日本へ来たがっているそうだけど、日本語は全然<u>だめだ</u>そうですよ。／聽說李先生的弟弟也想來日本，可是日語一點兒也不會。

4. 連體形

　4.1　後續體言做定語

㉜　茶の味には<u>微妙な</u>魅力があって、人はこれに引きつけられないわけにはゆかない。またこれを理想化するようになる。／茶的味道中有著奇妙的魅力，它使人不得不為之吸引，並且將它理想化。

㉝　この一株のしだれ桜は、淡紅色の<u>華麗な</u>妆いを枝いっぱいに付けて、京の春を一身に集め尽くしたかに見える。／這枝垂枝櫻，每根枝條上都披滿了粉紅色的華麗的盛裝，彷彿把京都的春色都萃聚一身似的。

4.2 後續式名詞 〝の〞、〝こと〞、〝もの〞等。例如：

㉞ そんなに荒っぽい、めちゃくちゃなイノシシがミミズが好きなのは不思議な気がするとおじいさんもいっていた。／老爺爺說，那麼粗暴的野豬卻喜歡吃蚯蚓，叫人感到有點怪。

㉟ そのために、違った仮名も同音に発音したり、同じ文字を違った音で読むという不便なことになりました。／因而，出現了不同的假名發同一個音，而同樣的文字卻又用不同的音來讀的這種不方便的現象。

㊱ 一日新聞が来ないと、なんとなく落着かない。妙なものだ。／一天不來報紙，就總覺得不踏實，真怪呀。

4.3 後續接續助詞 〝ので〞、〝のに〞副助詞 〝だけ〞、〝ほど〞等。例如：

㊲ 「ゆうべ、この近くで火事があったそうですね。」「たばこの火だそうです。」「そうですか。私もたばこが好きなので、よく吸いますが、気をつけなければいけませんね。」／〝聽說昨天夜裡附近失火了。〞〝說是抽煙引起的。〞〝是嗎，我也喜歡抽煙，看來以後得要多加小心啊。〞

㊳ 日本語で修士論文を書くのも大変なのに、李さんはとても難しいテーマを選んで苦労している。／用日語寫碩

士論文很不容易，但是李先生卻選了一個非常難的題目正在苦心鑽研。

㊴ このミニコンピュータは計算が正確かつ速やかなだけでなしに、携帯と操作もはなはだ便利である。／這種微型計算機不僅計算準確、迅速，而且攜帶和操作也極為方便。

㊵ その稽古なるものがどんなしかたでなされたかは不思議なほど鮮明に覚えている。／當時的練習是採取什麼方式進行的，至今還記得很清楚（清楚到不可思議的程度）。

　4.4　後續助動詞〝ようだ〟等。例如：

㊶ 人間は体に栄養が必要なように心にも栄営がいるのです。／就像人的身體需要營養一樣，人的心靈也需要營養。

5. 假定形〝なら〟後續接續助詞〝ば〟表示假定條件，但口語中一般不加〝ば〟。

㊷ ただ可能なことは、被害金額はそのまま返されたことでもあるし、彼女として悔悛の情顕著ならば、執行猶予の恩典を得られはしないかという点であった。／唯一的可能是：因贓款已如數退還，如果她本人再有明顯的悔改表現，或許可以緩期執行。

㊸ しかし、電話はハガキとちがって、いやならすぐ切ることができる。／但是，電話和明信片不同，討厭的話、可以立即把電話掛了。

㊹　それが<u>本当</u>なら、3 年間の辛い回り道も無駄じゃない。
　　／如果那是真的，3 年中所經歷的痛苦也並不徒勞的。

6. 形容動詞詞幹的獨立性也很強，它的主要用法如下：

6.1 直接做謂語。例如：

㊺　あら、<u>すてき</u>！なんときれいなんでしょう。／啊，太美啦！多麼漂亮的花邊呀！

㊻　あなたがいくら追いかけて来たって、もう<u>だめ</u>。／你再趕來也晚了。

6.2 構成複合詞、派生詞。例如：

A　複合詞

　　好き嫌い──好き＋嫌い／好惡

　　好き好む──好き＋好む／愛好

　　意気揚揚──意氣＋揚揚／得意洋洋

　　下手糞──下手＋糞／非常拙劣

B　派生詞　前綴＋詞幹或詞幹＋後綴

(1) お＋大事→お大事／珍重

(2) 無＋器用→無器用／不靈巧

(3) もの＋静か→もの静か／寂靜

(4) 豊か＋さ→豊かさ／豐富

(5) 新鮮＋み→新鮮み／新鮮、新鮮之處

(6) 得意＋げ→得意げ／揚揚得意的樣子

(7) 不思議（ふしぎ）＋がる→不思議がる／感到奇怪

(8) 高尚（こうしょう）＋ぶる→高尚ぶる／擺出一副高尚的樣子

(9) 静か＋らしい→静からしい／好像很安靜。

6.3 後續樣態助動詞〝そうだ〟、推測助動詞〝らしい〟等。

例如：

㊼ その包をだいたしもやけの手の中には、三等（さんとう）の赤切符（あかきっぷ）が大事そうにしっかり握（にぎ）られていた。／抱著個大包袱長了凍瘡的手裡，小心謹慎地緊攥著一張三等客車的紅色車票。

㊽ 二重（にじゅう）否定は英語では奨励（しょうれい）されないようですが、日本人はむしろそれが好きらしいです。／雙重否定在英語中似乎不提倡，可是日本人卻好像是喜歡使用它。

6.4 某些形容動詞詞幹兼有名詞性，或可當做名詞用。例如：

㊾ あるいは被告が美貌（びぼう）であり才気（さいき）ゆたかに、教養（きょうよう）もある女（おんな）であったことによって、思わず親切（しんせつ）を示（しめ）しすぎたかもしれません。／或許由於被告是個相貌美麗、才華橫溢、又有教養的女子的緣故，而不由得過分地表現出了熱情。

㊿ 彼もしくは彼女がその生涯（せいがい）で味（あじ）わった幸福（こうふく）と不幸（ふこう）の総（そう）計（けい）は、仮（かり）に幸不幸を数量（すうりょう）化（か）できると考（かんが）えて……／他或者她在其一生中所嘗到的幸福與不幸的總和，假若這幸與不幸可以用數量化來認識的話……。

(51) もし引き返（ひ きか え）すとしても、幸（さいわ）い通（とお）った跡（あと）を間違（まちが）わず行（い）けれ

ばまだいいとして、それを外れたら困難_{こんなん}は同_{おな}じ事_{こと}だ。／
假如現在就返回去，幸好能按走過來的足跡不錯方向地返
回去的話，也還罷了，萬一走錯了，那苦頭將是一樣的。

…………・…………・…………・…………・…………

(i)　兩個形容動詞並列做定語時，可以有〝……で……な〞和
〝……な……な〞兩種形式：

○　質樸で平和なのが私の気に入った。

○　私はステッキを持って、四辺_{しへん}の景色_{けいしき}に眼_めを配_{くば}りながら散_{さん}
歩_ぽしていると、かなり静かな幸福_{こうふく}な心_{こころ}持_{もち}になった。／
我拄著拐杖在這一帶散步，目光被周圍的景色所吸引，心
情也隨之變得十分平靜、幸福。

前者顯得兩個形容動詞並列成一個整體構成定語，有〝既……
又……的〞的韻味；後者是兩個形容動詞分別獨立構成定語，是
〝……的……的〞的口吻。

(ii)　形容動詞詞幹＋後綴〝さ〞構成名詞；少數形容動詞詞幹
＋後綴〝み〞也可構成名詞，其區別與形容詞相似。例如：

○　『大黄河_{だいこうが}』は日本と中国が共同_{きょうどう}で製作_{せいさく}したテレビ番組_{ばんぐみ}で
す。中_{ちゅう}国人_{ごくじん}のわたしも黄河_{ゆうだい}の雄大_{ゆうだい}さに感動_{かんどう}しました。
／《大黄河》是日本和中國共同製作的電視節目，我做為
中國人也為黄河的雄偉所感動。

○　試験_{しけん}が近_{ちか}づいて、学生の勉強も真剣_{しんけん}みをおびてきた。／
臨近考試，學生們的學習也帶上了嚴肅認真的勁頭。

(iii) 表示主觀的感情或感覺的形容動詞詞幹接上＋後輟〝がる〞也可構成感情動詞，它表達的是第三人稱的感情、感覺的外露，有較強的客觀性。這一點與形容詞相似。例如：

○ うちの子は勉強をいやがるので、困(こま)ります。／我家孩子不願意學習，所以我很傷腦筋。

○ 〝形容動詞詞幹＋後輟がる〞構成的感情動詞，相當一個他動詞，其前面要求〝體言＋を〞做賓語。

四、活用特殊的形容動詞

1. 同じだ

〝同じだ〞同其它形容動詞一樣，有5種活用形。即：未然形〝だろ〞、連用形〝で〞〝に〞〝だっ〞、終止形〝だ〞、連体形〝な〞、假定形〝なら〞。這5種活用形是完整而規範的，但是在實際運用中，連體形的用法特殊。修飾體言或後續助動詞〝ようだ〞〝みたいだ〞時、必須用詞幹直接接。如〝同じ学校〞、〝同じような現象〞等。但是如果後續接續助詞〝のに〞、〝ので〞，則必須用〝同じなのに〞、〝同じなので〞的形式。例如：

(52) 彼は同じ街角(まちかど)の、ちょうど同じ場所に立って、ちょうど現在の彼ぐらいの年輩(ねんぱい)だった父親に、まったく同じ質問(しつもん)を発(はっ)したのを思(おも)い出(だ)したのだった。／他想起來了。當時，他就是站在同一街頭的同一地方，恰好對著和他現在年齡相仿的父親提出了同樣的問題。

(53) そんなにきれいに忘れてしまうくらいならば、始めから

　　　　教わらなくても同じではないかという疑問が起こるとす
　　　れば……／也許有人會問：既然人的忘性這麼大，那麼與
　　　一開始就不學有什麼不同呢？

　54　好きな草を見ても、来年の今ごろにならないと、同じよ
　　　うな花が咲かないのだと思うと、それを待つ心持が寂し
　　　かった。／看著自己喜愛的花草，想起不到明年的此刻就
　　　不能開出同樣的花朵時，期待它的心情便很難過。

　55　すれば、この木と同じように石を大事に抱えていないこ
　　　とには、私は生きてはいけない。この石をとってしまう
　　　とあの木は枯れるであろうと思ったのです。／如果是這
　　　樣的話，我若不像那棵樹一樣珍愛地抱住石頭，就無法生
　　　存下去。因為我想把石頭去掉，樹也將會枯死。

　56　値段が同じなのにどうしてあれを買わないのか。／價格
　　　都一樣，你為什麼不買那種呢？

　57　せいかっこうがみな同じなので、弟がどこにいるのかわ
　　　かりませんでした。／因為個頭、穿著都一樣，所以弄不
　　　清弟弟究竟在哪兒。

2. 大きな、小さな、おかしな

　　　〝大きい〞、〝小さい〞、〝おかしい〞是形容詞，可以做
謂語，也可以修飾體言做定語。但〝大きな〞、〝小さな〞、〝お
かしな〞只能修飾體言做定語。這兩組詞修飾體言做定語，意思一
樣，但是在語感上稍有差別。

2.1 〝大きい〞、〝小さい〞與〝大きな〞、〝小さな〞

　〝大きい〞、〝小さい〞多指物理方面的大小，多指具體的東西，而〝大きな〞、〝小さな〞多指非物理方面的大小，多指抽象的東西。

例如：

　　大きい家　大きい町　大きな事件　大きな責任

㊽　朝がくると、いつも、黄金の<u>大きい大きい</u>、美しい太陽がのぼりました。／每到早晨，就升起很大很大黄金般的美麗的太陽。

㊾　そのとき、ドキッ、ドサッと<u>大きな</u>者がして、木の上から、黒いかたまりが地面におちました。／這時候，發出〝喀嚓，撲通〞很大的響聲，一個黑色的東西從樹上掉了下來。

⑯　子供たちはひばの枝を振り回して、その葉にその棉くずのような<u>小さい</u>虫を引っかけて遊んだ。／孩子們揮舞著扁柏樹枝，把那些棉絮似的小蟲粘到樹葉上玩。

⑰　旗を立てて絶叫するのもけっこうだが、ふだんの<u>小さな</u>会話をだいじにしたいと思う。／我認為搖旗吶喊也可以，不過希望重視日常的簡短會話。

2.2 〝おかしい〞與〝おかしな〞

　〝おかしい〞與〝おかしな〞這一組詞都表示〝異常奇怪〞、〝可笑〞的意思。〝おかしい〞是形容詞可以作謂語表示主觀的感

覺。〝おかしな〟是活用特殊的形容動詞表示客觀的性質，只能作定語。

例如：

㉚　この訳文はおかしいから、もう一度原文にあたってみたほうがいい。／這篇譯文有點問題，最好再核對一下原文。

㉛　近ごろの彼は様子が少しおかしいですね。よく酒を飲んだり夜おそく帰ったりしています。きっと何かがあったに違いありません。／近來他有點不對勁，經常喝酒，半夜才回家，肯定是有什麼事情。

㉜　学校でも家庭でもあらゆることを子供に教えるのに、このことに限って教えないというのは実におかしな話である。／學校也好，家庭也好，什麼事情都教給孩子，可唯有這種事不教，實在不可思議。

㉝　彼女はおかしな服装をしてどこかへ行った。／她穿得怪里怪氣地不知上哪兒去了。

3. こんな、そんな、あんな、どんな

這一組詞有４種活用形。即：未然形〝だろ〟、連用形〝で〟〝に〟〝だっ〟、終止形〝た〟、假定形〝なら〟。沒有連體形，而是用詞幹直接修飾體言。這一組詞最常使用的形式是修飾體言作定語，修飾用言作狀語。例如：

㉞　「貴方もそんな呑気な事ばかりおっしゃって、万一の事があったら如何なさいます。」「万一の事とはどんな事

だ。」「万一のこととは万一の事です。」／"你也淨說不在乎的話，萬一出個什麼事怎麼辦？""你說的萬一，指的是什麼事兒？""萬一就是萬一！"

⑥⑦ 網がひらき切って、先が一直線になったのではいけない。こんなになってはいけない。／如果網張得過勁了，尖部成了一條直線，那就不行，不能這樣。

⑥⑧ あの逢いぐるみの仔犬は女の子が今夜持って寝ることになったトラのようなものではなかった。あんなにやわらかくて小さなものではなかった。／那個布縫的小狗可不像今晚女孩子要抱著睡的老虎。可沒有老虎那麼小，也沒那般柔軟。

………・………・………・………・………

(i) 江副隆秀（《外国人に教える日本語文法入門》）從日語教學的角度講解了"同じ"的用法，"まず、「同じ」これは国文法の形容動詞の中においても例外として扱われているが「形容動詞＋（な）＋名詞」すなわち、「きれい＋な＋花」とか「元気＋な＋子供」などのように「形容動詞＋名詞」の場合、そのつなぎ目「な」が入らなければならないのに、この「同じ」に限って、何も入らない。すなわち「同じ＋花」「同じ＋子供」と直接名詞にかかっていく。……

その形容動詞、あるいは造語としての「な・に名詞」の性格から学生は「同じ＋に＋動詞」というパターンを考える。そこで学生は次のような例文を書くようになる。「同じに行きました」

「同じに書きました」だが、我々はこうは言わない。こういう文では次のように言うのが普通だ。「同じように行きました」「同じように書きました」……この練習の延長上に①「他の学生と同じように書いてください」②「日本人と同じように日本語を話してください」③「アメリカ人と同じように話します」などといった例文の作成が可能になるような練習をする。ただし、否定文を作るときには非常に注意しなければならない。それは、次のような問題が発生するからだ。④「他の学生と同じように書けません」これは他の学生も「書けない」ことを意味する。⑤「日本人と同じように日本語を話しません」（?!）これも「日本人が日本語を話さない」とを前提とする。そんな馬鹿なことはない。⑥「アメリカ人と同じように話しません」これも④や⑤と同じ意味の文になる。学生が自分のこととして話さなければならない①②③の文とは次のようになる。⑦「他の学生と同じようには書きません」⑧「日本人と同じようには話しません」⑨「アメリカ人と同じようには話しません」このことは抽出の「は」の概念になるわけだが……。”

　(ii) 除 “同じだ” 外，還有一個形容詞 “同じい”。“同じい” 是文語形容詞，屬於 “シク活用”。例如：

○　九曲橋は曲水の宴と同じく、昔の風流が思ばれる橋でございます。／九曲橋與曲水之宴有異曲同工之處，是一座充滿昔日風流的橋。

○　中学に入っても二人は画を書くことを何よりの楽にして、以前と同じく相伴うて写生に出かけていた。／進了中學我倆仍以畫畫為最大的樂趣，並且總是和以往

　　　　一樣結伴外出寫生。

　　(iii) 渡辺正数（《教師のための口語文法》）中指出：「大き
な」「小さな」「おかしな」の類は一般に連体詞として取り扱わ
れているが「体が非 常に大きな男」……のように用いられて、敘
述性をもち、また連用修飾語によって修飾される点連体詞の特質
とかなり違っているので、これらのものは形容動詞に入れるべき
である。しかし他の形容動詞のように活用形が全部そろっていな
くて連体形だけの用法である……敘述性のある点を重視すれば形
容動詞とするほうがよいと思われる。”

　　(iv) 江副隆秀（《日本語を外国人に教える日本人の本》）指
出：

　　「おかしい人」は人を笑わせたりするような「面白い人」だ
が、「おかしな人」となると「どこかちょっと変な人」になって
しまう。前後の表現など実際の場面を想定すると、この相違を正
確に言うことは難しい。「おかしい」は周 囲がそう認めているこ
との表 現であり、「おかしな人」は自分の主観的表現であると
いうような気もする。一方、前者は表面的、客 観的なことを後
者はその人の内実や性格などについて語っているようでもある。”

　　(v) 對“こんな、そんな……”這一組詞到底是形容動詞還是
連體詞，學者們看法不一。

　　(ア) 時枝誠記（《日本文法口語篇》）認為：これらの語の性
質上、むしろ代名詞の系列に所属させるべきものであることは代
名詞の項に述べたところであるが、その職能をも含めていふなら
ば、連体詞代名詞とでも呼ぶべきものである。”

　　(イ) 渡辺正数（《教師のための口語文法》）則採取客觀論述

的態度："体言に連<ruby>連<rt>つら</rt></ruby>なる時は「こんな人」……のように語幹から連なり、また連体形の用法が極めて<ruby>制限<rt>せいげん</rt></ruby>的である点などから連体詞に指定の助動詞「だ」がついたものとも考えられるが連用形に「に」の用法がある点で、指定の助動詞とも異なる。それで本書では形容動詞として扱ったが「連体詞」とする人もある。"

五、其　他

1.利用後綴 "的" 構成的形容動詞

　　這部分形容動詞主要是以沒有形容意義的抽象名詞加後綴 "的" 構成。例如：

　　　　科学的　技術的　伝統的　主観的　実用的

　　1.1　沒有形容意義的抽象名詞加 "的" 構成的形容動詞主要表示以下幾種意思。

　　　　　A　關於～、有關～；對於～

　　　　　B　帶有～性質的；成為～狀態的

　　　　　C　～上；～立場

　　　　　D　～樣的；～般的

　　1.2　用　法

　　A　"～的な" 後續體言作定語，例如：

⑥⑨　生活から離れた世界でのみ美しさを味わうと、それはとかく<ruby>変態<rt>へんたい</rt></ruby>的な<ruby>鑑<rt>かんしょう</rt></ruby><ruby>賞<rt>おちい</rt></ruby>に陥ってしまう。／僅僅在脫離開生活的世界裡欣賞美的話，那便往往會陷入變態欣賞中去。

⑦⓪　<ruby>通<rt>つう</rt></ruby><ruby>常<rt>じょう</rt></ruby>ある<ruby>製品<rt>せいひん</rt></ruby>を<ruby>製造<rt>せいぞう</rt></ruby>すると<ruby>技術<rt>ぎじゅつ</rt></ruby>的な<ruby>経験<rt>けいけん</rt></ruby>を<ruby>積<rt>つ</rt></ruby>み<ruby>重<rt>かさ</rt></ruby>ね、

それを製造するのに最も効率的なやり方や法則を見出す
ものです。これらを総称してノウハウと言っています。
／通常在生產某種產品時，積累技術經驗；在製造過程
中，找到最有效的製造方法和規律。把這些總稱為“專業
技能。”

B　詞幹直接後續體言作定語。

⑦　膨大な人口をかかえた日本が堅固な経済的基盤をつくり
あげるためには、まだまだなすべきことは多い。／擁有
龐大人口的日本，要建成堅實的經濟基礎，還有許多應當
做的事情。

⑦　南方系の生物が熱帯気団とともに北上した可能性があ
るということであり、この点が日本文化の基本的性格を
南方型とする有力な根拠になっている。／南方植物可
能是隨著熱帯氣流一起北上的，這成了認定日本文化的基
本特徵屬於南方型的有力根據。

C　〝～的に〟後續用言作狀語

⑦　その結果として現在の日本の運転者の大半は、標識や
規則に従うよりも自分が主観的に感じている安全度、危
険度を基準として行動しているという事実を指摘でき
る。／調査結果表明：現在大多數的日本駕駛員與其說是
遵循標識、遵守交通規則，不如說是以自己主觀上感覺安

全與否為標準。

⑭ 日本文化が沈黙によって支配されているのは、いったい
なぜか。――これは歴史的にも社会的にも、きわめて興
味問題である。／日本的文化是由沈默統治著。這究竟是
為什麼呢？這從歷史上和從社會上看，都是饒有興趣的問
題。

D　"～的である" 終止形作謂語

⑮ 国際競争力回復のため厳しい合理化計画を進めてい
る。雇用削減に追加的にナタを振るうことはあっても、
雇用拡大に向かうことは絶望的である。／為了恢復國際
競爭力，正推行嚴格的合理化計劃。這只會大刀闊斧地連
續裁減人員，而決無擴大就業的指望。

2. "詞幹＋の" 構成定語的形容動詞

部分形容動詞兼有名詞性用法，構成定語時，可用 "詞幹＋
の"。例如：

⑯ さまざまの夢を抱き、ロマンチックになるのはだれにも
共通した点だ。／胸懷各種各樣的理想，富於浪漫是年
輕人的共同特點。

⑰ かれは心情の処女地に早く目ざめたものの、孤独の悲
哀と感傷とを蒔きつけていったのである。／在他心靈的
處女地上播下了先覺者的孤獨的悲哀和感傷。

⑱　メロスほどの男にもやはり未練(みれん)の情(なさけ)というものはある。
　　／像梅洛斯這樣的男子漢也還有戀戀不捨的感情。

⑲　もとよりそれは何人をも首肯せしめる当然の結論だっ
　　た。／同先前相比，這結論當然可以使任何人同意。

⑳　また、大きな自然のふところに自分の身を託(たく)していると
　　いう気持が、精神的(せいしんてき)の安らかさをも感じさせたのでし
　　た。／並且，把身心投入大自然的懷抱中，又使自己精神
　　上感到安適。

……．……．………．……．…

　　(i)　玉村文郎（日本語教育事典　第4章　《語法各說》）對
〝的〞的用法歸納如下：1.名詞および名詞に準ずる語（主として
抽象的な意味の漢語）のあとに付いて、形容動詞の語幹をつく
る。(1)「～ニ関スル、～ニッイテノ、～上）」の意、（例）本質
的、哲学的、事務的など。(2)「～ノョウナ性質ヲ有スル、～ラシ
イ、～に似タ」の意。……。(3)「～ノ状態ニアル」の意を表す。
……。(4)　その他造語成分に付く場合。……。2.日本語の中の特
殊な用法として「とり的」「どろ的」などとつかうことがある。
これは俗語的で上品な言い方ではない。〞

　　(ii)　對於〝抽象名詞＋的〞由來，江副隆秀（《外国人に教え
る日本語文法入門》有如下論述：〝日本語の「的」はもともとが
英語の〝~tic〞から來ている。明治時代に〝romantic〞を日本語に
するとき、「浪漫的」と漢字を当てたのが、その後〝~tic〞とい
う表現はすべて「的」になってしまったのだ。「現代的詩人」と
書いてあると日本人にとってはたとえ昔の詩人であっても「現代

のような詩人」という意味になるが、中国語でこれを読むと昔の
意味などまったくなくなり、文字通り「現代の詩人」の意味にな
る。この「～的」、日本語の「の」との混同だ。"

(iii) "形容動詞詞幹＋の" 作定語與 "連體形" "な" 作定語
的區別：

(ア) "～な" 與被修飾詞關係緊密，範圍較小，表示被修飾詞
的屬性、狀態、強調內屬的性質。

(イ) "～の" 與被修飾詞關係不緊密，範圍較廣，表示被修飾
詞的所有、對象等，強調外附的性質。例如： "馬鹿な息子" 與
"馬鹿の息子" 前者表示 "息子" 本身為 "馬鹿"，而後者則表示
"息子" 的父親或母親是 "馬鹿。"

六、文語形容動詞在現代日語中的殘留

1. 文語形容動詞的種類及活用

1.1 文語形容動詞分為兩種，一種叫 "ナリ活用"，一種叫 "タ
リ活用"。 "ナリ活用" 發展成現代日語的形容詞， "タリ活用"
則在現代日語中只保留連用形 "……と" 和連體形 "……たる"，
故稱之為 "タルト型形容動詞"。相對地把現代日語中的一般形容
動詞稱為 "だ活用形容動詞"。

文語形容動詞　ナリ活用　静かなり　雄偉なり

タリ活用　堂々たり　依然たり

2.2 文語形容動詞的活用形

文語形容動詞的活用形有 6 種。即，未然形 "たら"、 "な
ら"、連用形 "に、なり"、 "と、たり"，終止形 "なり"、 "た

り〞，連體形〝なる〞、〝たる〞，已然形〝なれ〞、〝たれ〞，
命令形〝なれ〞、〝たれ〞。

文語形容動詞活用表

種類	詞例	詞尾＼詞幹	未然形	連用形	終止形	連體形	已然形	命令形
ナリ活用	靜かなり	靜か	なら	に なり	なり	なる	なれ	なれ
タリ活用	堂々たり	堂々	たら	と たり	たり	たる	たれ	たれ

2. 現代日語中的〝タルト型〞形容動詞

　〝タルト型〞形容動詞在現代日語中只使用連用形〝と〞、連
體形〝たる〞。例如：

⑻ 日本で、もしこのようなことが起きたとしたらこう<u>堂々</u>
<u>と</u>語り伝える(つだ)ことが出来るでしょうか。／假如在日本發
生了這等事，能夠這樣堂而皇之地講授下去嗎？

⑻ きのうの台風で、庭は小枝(こえだ)の折れ(お)、落葉(らくよう)など雑然(ざつぜん)とかさ
なりあって、まだ手入(てい)れされてない。／由於昨天的颱
風，院子裡滿是橫七豎八的折斷了的小樹枝、落葉，尚未
清理。

⑻ 自分の家にあっても、机の前にぼんやりして、なにかし
ら<u>漠然(ばくぜん)たる</u>不安(ふあん)に襲(おそ)われることがある。／即使在自己家

中有時也呆坐在桌前，無端地被一種莫名的不安所侵擾。

㉘ 確固たる信念を持つことが何より肝心です。／具有堅定的信念比什麼都重要。

タルト型形容動詞的連體形〝たる〞有時以〝とした〞的形式作定語修飾體言；連用形〝と〞有時以〝として〞的形式作狀語修飾用言。例如：

㉜ 資源小国である日本にとって、アジアをはじめとする第三世界諸国との友好は日本が経済的に生き延びるためにも依然として不可欠の条件である。／對於資源小國的日本來說，保持與以亞洲為主的第三世界各國的友好，對發展日本經濟也依然是不可缺少的條件。

㉝ そのときこれまで無数の赤という色を見てきたが、こんなにも凄絶な、しかもこんなにも寂寥とした赤は見たことがない。／過去見過無數紅色，而像這樣淒涼而又寂寥的紅色卻從未見過。

3. 文語形容動詞〝なり〞的連體形〝なる〞現在還殘留在書面語裡。例如：

㉟ 一方、水力発電の驚くべき発達に伴い、電気はあらゆる近代的産業の動力として国民経済の各分野でまことに重要なる役割を果している。／另一方面，隨著水力發電的驚人發展，電作為現代產業發展的動力，已在國民經

濟各部門起著重要的作用。

(88) そのたびに私が取(と)り調(しら)べに当(あた)り、寛大(かんだい)なる処置(しょち)を与(あた)え、保護(ほご)を与えたのであります。／每次都由我直接審問，並給予寬大處理，給予保護。

………・………・………・………・………

(i) 現代日語形容動詞與文語形容動詞的區別

(ア) 現代日語形容動詞有5種活用形、7種變化，沒有命令形。文語形容動詞有6種活用形、10種變化（變化相同者除外）。

(イ) 現代日語形容動詞活用中沒有相當於文語〝タリ活用〞的用法。但是在口語書面語中也有沿用〝タリ活用〞的情況，如連體形〝たる〞、連用形〝と〞。

(ii) 吉田金彥（日本語概說《第9章、日本語史》）對形容動詞的發展作過如下論述：〝上代では、形容動詞と呼ばれるものはまだ発達していない。中古において発達し、形容動詞はナリ活用がますます発達したが（清ラナリ）、タリ活用は未発達だった。（近世）後期には形容詞，形容動詞のすべてが現代と同じ活用になった。（近代）形容動詞の終止形末尾がナからダに安定し（迷惑→迷惑ダ）、面白イデショウ・静カデシタの表現が普通になった。〞

(iii) 森田良行（日本語教育事典　第2章　文法、表現》）就形容動詞的來源作過如下論述：〝形容動詞には(1)「静かだ、にぎやかだ、穏やかだ」のような本來の和語形容動詞のほか、(2)副詞や形容詞からの転成「わずかだ、少しだ、いろいろだ、暖かだ、真っ白だ、柔らかだ」、漢語や外來語を状態、情意の表現として形容動詞化したもの「元気だ、利口だ……」などがある。(1)

は「静かさ／静かすぎる」のように語幹に接辞が付いて派生語を
生む、(2) は副詞若しくは形容詞語幹の用法と考えるべきである。
(3) はサ変複合動詞の場合と同じて、「だ／な／に」等の活用語
尾を除いた部分は形式上は語幹だが、漢語、外來語として語に準
ずるものと考えられる。……形容動詞は(1) ～(3) を通して語幹が
そのままイントネーションを帯びて疑問文、感嘆文、返事の言葉
の述語となる。「彼、元気？」「そんなに立派？／ああ、立派」
「お父さんにそっくり！」「もう結構」「まま素敵！」「とても
チャーミングよ」など。〃

第五章

連體詞　副詞

接續詞　感嘆詞

第一節　連　體　詞

一、連體詞的特點

連體詞（連体詞）是無活用的內容詞，只能用來修飾體言，即在句子中只能作定語。連體詞一般都是日語固有詞，即"和語（和語）"。

　　……… ● ……… ● ……… ● ……… ● ………

連體詞這個術語的使用始於本世紀 20 年代，得到比較普遍的承認則只有50來年的歷史。這是由於能屬於這一類的詞數量有限，而在文語中這些又未必要看成一類另外的詞。正因為研究的歷史短，所以連體詞都有哪些特徵，連體詞中包括哪些詞，各家說法並不相同。

二、連體詞的來源、用例

連體詞幾乎都是由其它品詞轉來的。常見的連體詞有：

(1) ある日／有一天　さる政治家／某政治家　来たる文化の日／即將到來的文化節　明くる朝／第二天早晨　去る 5 月／已過去的 5 月　かかる事態／這樣的事態

(2) いわゆる志士／所謂的志士　あらゆる方面／各個方面各個方面　大した発明／驚人的發明　とんだ災難／意想不到的災難

(3) この道／這條路　その人／那個人　あの店／那家商店
　　どの建物　哪幢建築物　わが家／我家、我們家　ほんの
　　気持／一點點心意

(4) こんなふう／這種方式　そんなもの／那種東西　あんな
　　奴／那種傢伙　どんなぐあい／什麼樣的狀態　大きな問
　　題／大問題　小さな進步／微小的進步　おかしな事件／
　　奇怪的事件　同じ学校／同一個學校

　　以上，第1類是由動詞轉來，以最後一個假名是"る"為其特
點；第2類是由"動詞＋助動詞"轉來，其最後一個假名為"る"
或"た"；第 3 類是由"體言＋助詞"轉來，其最後一個假名為
"の"或"が"第 4 類是由形容動詞轉來，除"同じ"等個別詞
外，其餘詞的最後一個假名都是"な"。

……………‥………‥‥………‥‥………‥‥………

　　(i)　由動詞轉來的連體詞，都是來自於文語動詞的連體形。あ
る←あり，さる←さり（さ＋あり）、きたる←きたり，明くる←
明く、去る←去る、かかる←かかり（かく＋あり）。

　　(ii) 由"動詞＋助動詞"轉來的連體詞中，"いわゆる"、"あ
らゆる"分別由文語動詞"いふ"、"あり"的未然形後續文語助
動詞"ゆ"的連體形"ゆる"構成。對於"大した"、"とんだ"
的語源有不同說法，一說"大した"由"大"＋"す"る的連用形
＋"た"構成，"とんだ"由"とぶ"的連用音便形＋"た"構成。

　　(iii) 由"體言＋助詞"轉來的連體詞中，"この"、"その"、
"あの"、"どの"、"わが"在文言中系由代名詞"こ、そ、
あ、ど、わ"後續助詞"の"、"が"構成。"ほんの"由名詞

— 239 —

"ほん"後續助詞"の"構成。

（iv）由形容動詞轉來的連體詞中，有幾種不同的情況：

（ア）"こんなだ"、"そんなだ"、"あんなだ"可看作活用不完備的形容動詞。這些詞與體言相接時，不使用連體詞，而是直接使用詞幹。換句話說，也可以認為這些詞沒有連體形，即由詞幹"こんな"、"そんな"、"あんな"、"どんな"來起連體的作用，並轉成了連體詞。

（イ）"大きな"、"小さな"、"おかしな"可看作以形容詞"大きい"、"小さい"、"おかしい"的詞幹"大き"、"小さ"、"おかし"作為詞幹構成的形容動詞的連體形，並從而轉成了連體詞。

（ウ）"同じだ"具備形容動詞的完整的活用形，不過作定語時，一般不使用連體形，而直接用詞幹連接體言。這一點雖然與"こんなだ"、"そんなだ"等相同，但是它還有"同じなので"、"同じなのに"的用法，說明其連體形"同じな"的存在，這又是與"こんなだ"等不同的。

（v）"この"、"その"、"あの"、"どの"可以後續助動詞"ようだ"，這似乎與連體詞的定義相矛盾。其實"ようだ"是在"よう"（"様"的漢字音讀）的後面附加上"助動詞だ"構成的，而這個"よう"原本是名詞，所以"この"、"その"、"あの"、"どの"能與它連在一起。

三、連體詞的範圍

對於連體詞中包括哪些詞的問題，各家看法並不一致，有的劃得寬，有的劃得窄。在是否劃歸連體詞上，常見的有爭議的幾類詞

是：(1) 接在漢字音讀詞（漢語）前的前綴，例如：

　　各選手　某記者　当事務所　本議案　翌三日　明四日

(2) 修飾表示時間、數量、方位的體言的程度副詞，例如：

　　かなり昔のこと　やや東　もっとも南　すぐそば

　　つい先ごろ　ちょうど 12 時　ずっと下

(3) 經常用來連接體言構成定語成份，但並非僅能作定語的詞，例如：

とんでもない｛とんでもない話だね。／真豈有此理。
　　　　　　｛いいえ、とんでもない。／不，哪裡的話。

ありふれる｛ありふれた品物。／常見的物品。
　　　　　｛この品物はありふれている。／這東西很常見。

　　以上這些詞，我們不視為連體詞，也就是說在劃定連體詞的範圍時，本書採用了較為嚴格的作法。

　　‥‥‥‥‥‥‥‥‥‥‥‥‥‥‥‥‥‥‥‥‥‥‥‥‥‥‥

　　在界定連體詞時，"大きな"、"小さな" 是否算作連體詞，是最常被提出的問題之一。主張視之為連體詞，基於它們只能修飾體言構成定語。主張不視之為連體詞，是因為它們可以構成定語從句的謂語，即具有敘述性。如：

　　○　影響の大きな問題／影響巨大的問題

　　○　目の小さな人／眼睛小的人

　　句中的 "大きな"、"小さな" 無異於形容詞 "大きい"、"小さい"。因而有些學者主張把 "大きな"、"小さな" 看成只具有連體形的活用不完整的形容動詞。

　　其實把"大きな"、"小さな"看成活用不完整的形容動詞，看成連體詞都並無不可。看成形容動詞時，要強調它們只有連體形；看成連體詞時，要注意它們畢竟來自形容動詞，因而殘存著敘述性，以至存在著構成定語從句之謂語的這種特殊的用法。

第二節　副　　詞

一、副詞的特點

　　副詞（副詞）是無活用的內容詞，能單獨地直接構成狀語。其中多數起修飾用言或謂語的作用。

．．．．．．．．．●．．．．．．．．．●．．．．．．．．．●．．．．．．．．．●．．．．．．．．．

　　副詞可作狀語，但狀語未必都由副詞構成，時間名詞、量數詞、形容詞和形容動詞的連用形、動詞連用形（尤其是再接上某些功能詞後）都可構成狀語。

二、副詞的分類

　　根據副詞所修飾的對象，即被修飾語的意義，可將副詞分為 3 類：情態副詞（情態副詞。狀態副詞）、程度副詞（程度副詞）、陳述副詞（陳述副詞）。

1.　情態副詞

　　情態副詞本身能表示事物的屬性、狀態，主要用來修飾動詞的動作狀態。如："ざあざあ降る"、"のんびり休む"、"すぐ出

かける”。

　　情態副詞可細分為以下 4 類：

1.1 模擬聲音、狀態的

① 　車<ruby>車<rt>くるま</rt></ruby>ががらがらと<ruby>通<rt>とお</rt></ruby>る。／車轟隆轟隆地通過。

② 　だれかがドアをトントンたたいている。／有人在砰砰地敲門。

③ 　<ruby>名前<rt>なまえ</rt></ruby>を呼んだのに山田さんはずんずん行ってしまった。／叫了山田了，可他還是蹭蹭地走了。

④ 　コマがくるくる（と）回っている。／陀螺滴溜溜地轉。

1.2 修飾行為動作的

⑤ 　こっそりと持って逃げた。／偷偷地拿跑了。

⑥ 　ご飯をゆっくり食べなさい。／請慢慢地吃飯。

⑦ 　しんみりと話を聞く。／靜靜地傾聽。

⑧ 　わざと聞こえないふりをした。／故意裝作聽不見。

1.3 從時間、數量等角度起修飾限定作用的

⑨ 　かつてどこかで会ったことのある人。／曾在什麼地方見過面的人。

⑩ 　着いたら、すぐ（に）手紙を書いてくれ。／到達後馬上給我來信。

⑪ 　彼女はまだ寝ている。／她還在睡覺。

⑫ 　問題はすべて<ruby>解決<rt>かいけつ</rt></ruby>した。／問題全部解決了。

⑬ 　すっかり食べてしまった。／全吃光了。

1.4　用指代的方式予以修飾限定的

⑭　<u>こう</u>暑くてたまらない。／這麼熱可受不了。

⑮　<u>そう</u>言って彼は部屋を出て行った。／他那麼一說就走出了房間。

⑯　いつも<u>ああ</u>だから困ってしまう。／（他）老是那樣子，真沒辦法。

⑰　<u>どう</u>したらいいだろう。／怎麼辦才好呢？

2.　程度副詞

　　程度副詞本身不表示事物的屬性、狀態，只表示事物屬性、狀態的程度。用來修飾、限定用言（尤其是形容詞、形容動詞）及情態副詞。

⑱　今日は<u>少し</u>寒いでしょう。／今天稍有點冷吧。

⑲　<u>きわめて</u>正確だ。／非常正確。

⑳　私は<u>たいへん</u>満足^{まんぞく}した。／我很滿意。

㉑　昨日は<u>ずいぶん</u>歩いた。／昨天走了相當遠的路。

㉒　<u>もっと</u>ゆっくり話して下さい。／請再說慢點。

㉓　<u>たいそう</u>はっきり見える。／看得非常清楚。

3.　陳述副詞

　　陳述副詞在性質上與情態副詞、程度副詞不同，不是用來修飾限定用言的，而是與謂語的陳述方式一起表示說話人的態度、語氣的。試比較：

㉔　<u>よく</u>わからない。／不很懂。

㉕　<u>ぜんぜん</u>わからない。／完全不懂。

　　兩個句子結構一樣，句式一樣，意義、譯法卻不相同，這是因為"よく"和"ぜんぜん"完全不同的緣故。前者是程度副詞，後者是陳述副詞；前者修飾限定"わかる"的實質意義，後者限定"……ない"這種否定的陳述方式。如果圖解上述兩例，則是：

　　（よく＋わかる）＋ない

　　ぜんぜん＋（わかる＋ない）

　　因此，陳述副詞絕不會修飾單個用言，它所導出或限定的是一個謂語、或一個謂語部分（即包括賓語、補語等）、或一個句子。

………‧………‧………‧………‧………

　　(i) 把副詞分成情態副詞、程度副詞、陳述副詞 3 類，是學校文法的作法，也是橋本文法的作法。它最初源於山田孝雄，山田文法中副詞的分類為：

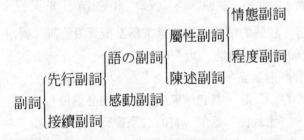

　　其中的"接續副詞"就是現在通說的"接續詞"，"感動副詞"就是現在通說的"感動詞"（也叫"感嘆詞"）。

　　另外，山田所說的情態副詞與通說的情態副詞範圍不同，山田的情態副詞中包括"靜か"、"はるか"、"正確"、"活發"等，也包括"悠悠"、"漠然"等。前者山田認為是帶に的副詞，現在稱之為形容動詞連用形，後者山田認為屬帶"と"的副詞，現在視之為タルト型形容動詞連用形。

　　(ii) 對於副詞的下位分類，許多學者提出了自己的看法。如：渡邊實提出了 "誘導副詞" （著眼於通稱 "陳述副詞" 等的誘導作用而提出），高橋太郎等提出了 "時間副詞" （把 "まもなく"、"いつか"、"やがて"、"かつて" 等從情態副詞中獨立出來），芳賀綏將副詞分為 "情態の副詞、程度の副詞、呼應の副詞、注釋の副詞、承前副詞" （《現代日本語の文法》教育出版，1978），市川孝將副詞分為 "狀態の副詞、程度の副詞、陳述の副詞、評價の副詞、限定の副詞" （ "副用語" 《岩波講座日本語6文法Ⅰ》岩波書店，1976）等。

　　(iii) "情態副詞" 也有的學說稱之為 "狀態副詞"，其理由是①山田的 "情態副詞" 包括形容動詞詞幹在內，現在既已將形容動詞獨立出來，就該另立名稱；② "情態" 不是現代日語用詞，不如 "狀態" 通俗易懂。大綱及本書使用了 "情態副詞" 的術語，其內含所指與山田有異。因而將 "狀態副詞" 視為 "情態副詞" 的又名。

　　(iv) 模擬聲音、狀態的情態副詞，常常稱為擬聲擬態詞（擬声^{せい}擬態語^{ぎたいご}），這類詞的詞形特徵是，以 "……んと"、"……っと"、"……りと" 和疊詞形為多。如 "がたんと"、"さっと"、"ひらりと"、"ぴかぴか" 等。其它情態副詞，有的必須帶有 "に"（如 "ついに"、"まれに" 等）、有的必須帶有 "と"（如 "ふと"、"ちゃんと" 等）、有的可帶可不帶 "に"、"と"（如 "すぐ（に）"、"ゆっくり（と）" 等）、有的不帶 "に" 也不帶 "と"（如 "かつて"、"すべて"、"まだ"、"こう"、"そう" 等）、還有一些呈疊詞形（如一一、おそるおそる等）。

　　(v) 程度副詞除可修飾用言、情態副詞外，還可以修飾表示方向、時間、數量的名詞，如 "わずか3人で仕上げた" "すこし右へとよ" "ずっと" 昔の話" 等。對此時枝誠記作過如下解釋：

"「わずか三人」の場合は、「三人」が量的な状態を表はしたものと考えられる。「すこし右」の場合は、単なる方向でなくして、そこには、動作の概念が含まれて居るものと見られる。「ずっと昔」の場合の「昔」も同様に、時間を遡って行くといふ思考上の動作があるように見られる。従って、過去の年代が決定されて居る場合、例へば、「ずっと寛永時代に」などとは云はれない。"
(《日本文法口語篇》岩波書店，1950)

(vi) 有些副詞既屬於程度副詞，又屬於陳述副詞，要視具體情況而定。例如："とても美しい"中的"とても"表示"美しい"的程度，應屬程度副詞。而"私にはとてもできない"一句中的"とても"與否定的陳述方式"ない"相呼應，應屬陳述副詞。

(vii) 情態副詞、程度副詞都是對敘述內容起修飾、限定作用的，通過修飾、限定，所敘述的內容可以更準確、更詳細、更生動、更形象。而陳述副詞卻對所敘述的內容不產生任何影響。不妨認為它主要起著先導謂語陳述方式的作用。

三、副詞的用法

1. 情態副詞

1.1 作狀語，主要用來修飾動詞的動作、作用、發展、變化。

㉖ 私はずっと教室にいました。／我一直在教室裡。

㉗ 雨はますます激しくなりました。／雨越來越大了。

1.2 有的情態副詞可後續"だ（です）"作謂語。

㉘ 入学試験はいよいよです。／升學考試已經迫近。

㉙ この服はぴったりだ。／這件衣裳正合適。

㉚　あなたの意見はどうですか。／你的意見怎麼樣？

1.3 有的情態副詞後續"する"後可當作サ変動詞使用。

㉛　このごろ、私はのんびりしている。／這些天來我挺逍遙
　　自在。

㉜　そこにじっとしていなさい。／老老實實待在那兒。

1.4 有的情態副詞可加"の"作定語。

㉝　たくさんの本を読みました。／讀了很多書。

㉞　ぴったりの服はなかなか見つからない。／合身的衣服，
　　不大容易找得著。

**1.5 情態副詞可以接受程度副詞的修飾，但它本身不能修飾別
的副詞。**

㉟　もっとゆっくり答えてください。／請再慢一點回答。

2.　程度副詞

2.1 修飾形容詞、形容動詞、情態副詞及表示性質狀態的副詞。

㊱　この絵はかなりよく描けている。／這張畫兒畫得相當好。

㊲　雨はまだ降っているが、風は幾分おさまった。／雨還在
　　下著，而風多少小了一些。

㊳　もっとたくさん飲みたい。／想再多喝些。

2.2 作定語，修飾表示時間、數量、方位等的體言。

㊴　ずっと昔の話だ。／老早老早以前的事。

㊵　もうひとつ下さい。／再給一個。

㊶　もっと東だ。／再東邊一點。

2.3 有的程度副詞可加 "の" 作定語。

㊷　今日もかなりの寒さです。／今天也相當的冷。

㊸　一層の努力を望む。／希望更加努力。

2.4 有的程度副詞可加 "だ" 作謂語。

㊹　もうビスケットの残りはちょっとだ。／剩下的餅乾只有
一點點。

㊺　わずかですが……／只有很少一點，（請笑納。）

3. 陳述副詞

由於陳述副詞不是用來修飾某一詞語的，所以它不能像情態副
詞、程度副詞那樣構成某一詞語的狀語，同時，它也不能像情態副
詞、程度副詞那樣後續 "の" 作定語，後續 "だ" 作謂語，也不能
後續 "する" 構成サ変動詞。

按照與之呼應的謂語的陳述方式，陳述副詞的用法可分為如下
7類：

3.1 與肯定的、積極的陳述方式相呼應的

㊻　10時に必ず来ます。／10點鐘肯定來。

㊼　あすはきっと雨が降る。／明天一定下雨。

㊽　ぜひとも言わねばならない。／無論如何必須說。

3.2 與否定的、消極的陳述方式相呼應的

㊾　決して許しません。／決不原諒。

(50) ちっとも見えない。／一點兒也看不見。

(51) すこしもできません。／一點兒也不會。

3.3 **與祈使的陳述方式相呼應的**

(52) どうぞごらんください。／請看。

(53) どうかよろしくお願いします。／請多關照。

(54) ぜひ一度お寄(よ)りください。／務請來一次。

3.4 **與推測的陳述方式相呼應的**

(55) 来るなと言っても彼女はおそらく来るだろう。／雖然跟她說別來，恐怕她還是會來的。

(56) これはたぶん計算のまちがいでしょう。／這也許是計算的錯誤。

(57) たった一人で外国で病気になって、さぞ心細かったことだろう。／一個人在國外生病，肯定會覺得無依無靠吧。

(58) 靴(くつ)がないからきっと帰ったのだろう。／鞋不在了，準是回去了吧。

3.5 **與疑問的陳述方式相呼應的**

(59) どうして行かないか。／怎麼不去呢？

(60) なぜこないのだろう。／為什麼不來呢？

(61) なにゆえに欠席(けっせき)したのか。／是因何缺席的呢？

(62) いかがお過(すご)しでしょうか。／您過得怎麼樣？

3.6 **與假定的陳述方式相呼應的**

(63) もし雨だったら、やめます。／如果下雨，就停下來。

㉔　<u>かりに</u>私が田中さんだ<u>とすれば</u>、どうすればいいか。／
　　假定我是田中，怎麼辦好呢？

㉕　<u>万一</u>腐気になった<u>ら</u>どうするのか。／萬一得了病怎麼辦
　　呢？

3.7　與比況的陳述方式相呼應的

㉖　<u>まるで</u>息^{いき}をしていない<u>ように</u>、眠^{ねむ}っていた。／睡得簡直
　　像停止了呼吸似的。

㉗　桜が散^ちって<u>ちょうど</u>雪の<u>ようだ</u>。／櫻花散落宛如降雪。

㉘　<u>あたかも</u>昼の<u>ように</u>明るい。／恰似白晝一般明亮。

　　　　　………・………・………・………・………

　(i)　情態副詞的這些用法，是對情態副詞總體而說的，就一個
情態副詞來說，往往不是完整地具有這些用法。以“たっぷり”為
例，後接“だ”“です”構成謂語的用法就很少見，後接“する”
的用法也僅見於“たっぷりしている”“たっぷりした～”的形式。

　(ii)　在中道真木男的“副詞の用法分類──基準と実例”（刊
《日本語教育指導参考書 19 副詞の意味と用法》国立国語研究所，
1991）一文中，舉出了“たっぷり”“はっきり”“すっきり”3
詞後接“する”的情況：

	たっぷり	はっきり	すっきり
一する。	×	○	○
一しない。	×	○	○
一した。	×	○	○
一している。	○	○	○
一していない。	?	○	○
一する。	×	△	○
一しない〜	×	○	○
一した〜	○	○	○
一している〜	×	?	×

　　由上表可見，即使一個副詞可以後接"する"構成動詞，也不意味"〜する"的各個活用都能使用。

　　(iii) 關於程度副詞構成狀語的用法，畠郁在"副詞論の系譜"（刊《日本語教育指導參考書 19　副詞の意味と用法》1991，国立国語研究所）一文中之說頗可參考："①基本的な用法として比較的自由に形容詞・形容動詞と結びつく。たとえば、とてもうれしい、わりあい親切な人、大変幸福だ、かなりよくなった、もっと静かに話せなどが考えられる。また、名詞の中でも性質や状態を表す意味を持つものや、句詞の性質的な面が強調されると程度副詞と結びつくことがある。かなりやり手だ、ずいぶん子供だ、相当動脈硬化だ、とても心臓などがこれにあたる。

　　②全てではなく制限があるが、他の副詞（情態副詞）や連体詞の一部の語と結びつき、ずいぶんすっきり断ったね、とても大きな家のように用いる。程度副詞と情態副詞との結びつきは最近特に制限が緩くなってきている。

　③相対的な拡がりを持つ時間・空間を表す名詞（及び代名詞）と結びつき、だいぶ昔、ずっと前（時間的に）、ずっと前（距離的に）、もっとこっちのように用いる。名詞を直接修飾する用法であるから、これを別扱いすべきという考え方もある。同様の用法に数量を表す名詞と直接結びつくただ一人、もう二つ、ほぼ一億、ちょうど三時等の用法がある。

　④情態性の動詞（句）と結びつき非常に疲(つか)れたのように用いる。情態性の動詞で明確に囲い込むことは難しい。また、程度副詞の「程度」「は」「量」の概念を同時に内包する場合が多い。たとえば「死傷者がかなり出た、薬を少しのんだ、野菜をもっととりなさい」は明らかに量の用法であり、量の用法の場合、動詞は状態性のものでなくても共存できる、「もう一つ」「程度」は「比較」または「比較の基準」を前提にしている場合が多く、意味的に「ちょっと、多少、だいぶ、かなり、ずいぶん」などの「程度」、「いっぱい、たくさん、たっぷり、どっさり」などの「量」、「もっとも、いちばん、もっと、ずっと、一層、ひときわ、より」などの「比較」は連続的である。なお、量の概念に関連して「死傷者(ししょうしゃ)が多数(たすう)出(で)た、薬(くすり)を三錠(さんじょう)のんだ」中の下線部の語は程度修飾のように見えるが、従来の品詞論の枠組みでは程度副詞から区別されている。

　(iv) 由於陳述副詞只關係到謂語的陳述方式，而不關係到屬性

意義，所以陳述副詞所限定、引導的就不僅限於用言。例如：

○　このようすだと、あしたは<u>きっと</u>雨（だ）。／照這個樣
　　子，明天一定下雨。

一句可以成立，而換用情態副詞，程度副詞後則不能成立。如：

×　このようすだと、あしたはざあざあ雨（だ）。

×　このようすだと、あしたはたくさん雨（だ）。

(v) 鈴木一彦對陳述副詞的下位分類是：

(ア) 肯定　かならず、ぜひ、きっと

(イ) 否定　けっして、すこしも、ちっとも

(ウ) 強意　いやしくも、さすが

(エ) 決意　かならず　ぜひ

(オ) 願望　なにとぞ、どうか、どうぞ

(カ) 比況　まるで、ちょうど、さも

(キ) 當然　まさに

(ク) 仮定　もし、かりに、たとい（たとえ）

(ケ) 疑問　どうして、なぜ

(コ) 推量　おそらく、たぶん、さぞ、まさか

　　(vi) 高橋太郎所說的陳述副詞，範圍較一般廣，數量較一般多。
他將陳述副詞分為 3 類：陳述副詞には、述語のムードの程度を強
調，限定したり、文のモダリティーを明確化したりする「ムード
副詞」，文の敘述內容に對する評價や位置づけなどをあらわす

「評価副詞」，文中の特定の対象を他の同類の語群のなかからと
りたてる「とりたて副詞」がある。" 各類及其下位分類是：

ムード副詞

願望—當為的なムード

依頼・勧誘など　どうぞ、なにとぞ、なにぶん、／さ
あ、なんなら

希望・當然など　ぜひ、せめて、なるべく

現實認識的なムード

感嘆など　なんと、なんて

質問・疑念　はたして、なぜ

推量　たぶん、おそらく

伝聞　なんでも、きけば

推定　どうも、どうやら

不確定　あるいは、ひようとしたら

習慣・確率　きまって、とかく、いつも

比況　あたかも・まるで

否定　けっして、あながち、べつに、たいして、ろく
に、とうてい

否定推量　よもや、まさか

願望・當然的なムードにも、現實認識的なムードにも用
いられるもの　きっと、かならず、絶対（に）、断
じて、もちろん

条件・接続のムード

　仮定　もし、あまり

　逆条件　たとえ、いくら、どんなに

　原因理由　なにせ、さすがに

　譲歩　もちろん、なるほど、

評価副詞

叙述内容に対する価値評価　あいにく、さいわいに、ふしぎにも、ありがたくも、おどろいたことに

動作主体またはその行為に対する評価　失礼にも、親切にも、おせっかいにも

とりたて副詞

排他的限定　たた、単に、もっぱら、ひとえに

選択指定　まさに、まさしく、ほかでもなく

特立　とくに、ことに、とりわけ、わけても、なかんずく、なかにも、主だて　おもに、主として

例示　たとえば

比較選択　むしら、どちらかといえば、いっそ

類推　いわんや、まして

みつもり、すくなくとも、せめて、せいぜい、たかだか、たかが

第三節　接續詞

一、接續詞的特點

　　接續詞（接続詞）是一種無活用的內容詞，它主要在詞與詞、句素與句素之間、從句、句子、語段乃至段落之間起連接前後的作用。例如：

① 日本語あるいは英語を勉強したいと思っている。／想學日語或者英語。

② 奈良および京都は二大古都である。／奈良和京都是兩大古都。

③ あの人は医者であり、また文学者でもある。／那個人是醫生，也是文學家。

④ 絵も上手だし、また書もうまい。／畫兒也畫得好，字也寫得好。

⑤ 頭のいい学生だ。しかし欠席が多い。／是個腦子聰明的學生，不過缺課多。

⑥ 発言は自由だ。しかし人身攻撃はこまる。／發言是自由的，但是人身攻擊是不行的。

········ • ········· • ········· • ········· • ········

(i) "接續詞"一詞譯自荷蘭語，日本學者中最先承認這一詞類的是鶴峰戊申，在他所著的《語學新書》（1833年）中稱此類詞為

"接續言"。山田孝雄不把這些詞視為一個詞類，而認為是副詞的一個部分，稱之為"接續副詞"。松下大三郎也把這類詞歸入副詞之列。時枝誠記則乾脆將這類詞視為"辭"。把這類詞看成副詞，是著眼於它的修飾作用，把這類詞單列成接續詞，是著眼於它不同於副詞的修飾作用。

(ii) 日語的接續詞是很晚才發達起來的，或許是這個原因，日語的接續詞幾乎都是由其它詞轉來的。"そこで"、"それで"、"そうなると"、"それに"、"そして"等來自指示詞，"また"、"ただ"、"さらに"、"もっとも"、"すなわち"等來自副詞，"したがって"、"つまり"、"つまるところ"等來自動詞，"おまけに、ゆえに、ちなみに"等來自"名詞＋助詞"，"けれども"、"が"、"でも"、"だって"、"だから"、"なのに"等來自接續助詞。

二、接續詞的用法

1. 用於句素之內詞與詞間、句素與句素間的接續詞　此時接續詞起的作用相當於一個助詞，一般是相當於並列助詞。這種用例主要見於書面語言或莊重的演說，在口頭語言中則多用助詞。例如：

⑦ 京都、大阪および神戸を総称して、京阪神という。／把京都，大阪和神戶總稱起來，叫"京阪神"。

⑧ 万年筆またはボールペンで書いてください。／請用鋼筆或者圓珠筆寫。

⑨ 欠席の場合は文書もしくは口頭で届け出ること。／不能出席時，須用書面或口頭提出報告。

⑩ 水泳をしたり、あるいは釣りをしたりする。／游泳或者

釣魚。

⑪ 水泳をしたり、そして釣りをしたりする。／游游泳然後釣釣魚。

⑫ そこは静かで、そのうえやすいです。／那裡安靜而且便宜。

2. 用於連接從句與主句、或分句與分句的接續詞例如：

⑬ 電流計は内部抵抗の小さい計器であるが、それでも内部抵抗がゼロではない。／電流計是一種內阻小的儀表，不過，內阻也並不是零。

⑭ 工業製品は安かったが、しかし、食料はそれほど安くなかった。／工業品便宜，可是食品不都那麼便宜。

⑮ よく晴れて雲もなく、そして風のおだやかな朝だった。／是個晴朗無雲，而且是個和風輕拂的早晨。

⑯ 狼をうち殺すか、または反対に食われてしまうか。／或者把狼打死，或者反之被狼吃掉。

3. 在句子、語段、段落之間起接續作用的接續詞 這種接續詞一般放在後句的句首、後段的段首。例如：

⑰ 来週の日曜日は運動会だ。しかし、雨天なら、中止する。／下星期天開運動會。但是遇雨暫停。

⑱ がまんできなくなった。それで、退出しようと思った。／我不能忍受了，因此想退出來。

⑲ 当地へお越しの節はお立ち寄りください。なお、住居表示が変わりましたので、書きそえておきます。／駕往當地

之時，請就便光臨。另，住址寫法已有變化，附註於此。

⑳ 中国人 留学生に、日本へ来て一番びっくりしたのはな
にかを尋ねたことがある。そして、その答えには、私た
ち日本人の側がびっくりさせられた。／我曾經問過中國
留學生，來日本後什麼事最讓你吃驚？而他的回答卻讓我
們日本人大吃一驚。

㉑ では、ただ今から総会を開きます。／那麼，全體大會現
在開始。

㉒ さて、この辺でお開きにしましょう。／那麼，就到這裡
結束吧。

…………・…………・…………・…………・…………

(i) 這裡所說的"接續詞的用法"，僅指接續詞的接續關係，不
包括其意義關係。即僅指接續詞用來連接什麼，不反映連接時表示
什麼邏輯意義。

(ii) 山田孝雄對於他所謂的"連續副詞"作過如下分類：

第1語と語との中間に入りこれを結合するもの　建築及び器
具，山又山（など）

第2 文句の冒頭にありて前文の意を受けて後文の意を誘起す
る用をなすもの　もっとも、また、そもそも、但し（など）

(iii) 塚原鐵雄的接續詞下位分類說是：

（ア）文頭に位置して、相互に独立する文と文とを接続する。

　○　死者は弁解できない。だから、そしってはいけない。

(イ) 文中に位置して、語句を接続する。

(a) 文の構成単位（句・文節・節）を接続する。

○ 英語もできるし、また、中国語もうまい。

(b) 句（文節・節）の構成単位（単語）を接続する。

○ 奈良および京都は、観光都市^{かんこうとし}として有名である。

——轉引自佐治圭三"接続詞の分類"刊

《日本語の文法の研究》ひつじ書房，1991

大綱與本書對接續詞的用法分類，與塚原說基本一致。其實，這也不是某一學者某一流派之見，是眾多學者長期研究的結果。

(iv) 佐伯哲夫總括、修正了前人的意見後，整理出了一個表，這個意見也基本上與大綱、本節不謀而合。

文・節形式によって示される叙述内容に対する関係認定を表出（一次成分として機能）	(1)それどころか・まして・故に・すると・反面・一方・しかし・ところが・所詮・要するに・たとえば・なお・ただし、もっとも・そもそも・さて・ところで・なぜなら	
	(2)しかも・かつ・また・そして・したがって・すなわち・つまり・いわば	句形式によって示される叙述内容に対する関係認定を表出（二次分として機能）
	(3)あるいは・または・もしくは・それとも・および・ならびに	

三、接續詞的意義

　　根據意義的不同，接續詞可分為 3 類 7 種。

1.　用於表述兩個事物之間的邏輯關係的

　　1.1 表示順接的，如：だから、それで、そこで、したがって、それなら、すると、それゆえ（に）、かくて、こうして等。

　　㉓　外が暗くなった。そこで電気をつけた。／外頭黑了，所以打開了電燈。

㉔ 「明日は都合が悪いんです。」「それならあさって
　　どうですか。」／ "明天沒有空。" "那麼後天怎麼
　　樣？"

1.2 表示逆接的，如：しかし、けれども、だが、それなのに、
それでも、それにしても、ところが等。

㉕ 彼は丈夫そうに見える。けれどもよく病気をする。／他
　　看著像是結實，但是經常鬧病。

㉖ 彼は必ず電話する、と言った。だが、電話はかかっ
　　てこなかった。／他說了一定來電話，但是電話一直
　　沒來。

2. 用來分別表述兩個（或兩個以上的）事物

2.1 表示添加的，如：そして、そうして、そのうえ、それに、
また、ならびに、しかも、ついで、つぎに、かつ、なお等。

㉗ ニュースは正確に、かつ、速く報道されなければならな
　　い。／消息必須正確而且迅速地作出報導。

㉘ このテストは難しい。しかも問題の量も多い。／這次考
　　試難，而且題量大。

2.2 表示對比、選擇的，如：それとも、あるいは、または、
もしくは、そのかわり、むしろ、まして、一方等。

㉙ 電話または電報で連絡します。／用電話或者電報聯繫。

㉚ ボールペン、もしくは万年筆で記入してください。／請

用圓珠筆或者鋼筆填寫。

2.3　表示轉換的，如：ところで、ときに、さて、それでは、では等。

㉛　寒くなりましたね。<u>ところで</u>、お父さんの具<ruby>合<rt>ぐあい</rt></ruby>はいかがですか。／天氣冷了。父親身體情況如何呢。

㉜　みなさん集まりましたね。それでは、集めましょう。／都到了，是吧。那麼，集合吧。

3.　用於表述一個事物的擴充

3.1　表示同位、詳說或概說的，如：すなわち、つまり、要するに等。

㉝　日本は四<ruby>季<rt>しき</rt></ruby>、すなわち<ruby>春<rt>はる</rt></ruby>、<ruby>夏<rt>なつ</rt></ruby>、<ruby>秋<rt>あき</rt></ruby>、<ruby>冬<rt>ふゆ</rt></ruby>がはっきりしている。／日本分四季，即春夏秋冬界線分明。

3.2　表示補充說明的，如：なぜなら、というのは、ただし、もっとも、なわ等。

㉞　毎日5時まで会社で働いている。<u>もっとも</u><ruby>土曜<rt>どよう</rt></ruby>、<ruby>日曜<rt>にちよう</rt></ruby>は休みだが。／每天在公司工作到5點，<u>不過</u>，星期六、星期天休息。

……… • ……… • ……… • ……… • ………

(i) 根據接續詞意義的不同，橋本進吉將接續詞分為4類：

(ア) 付け加わる意味を表わすもの。（及び、かつ、しかも、また、尚、それに、そして、それから）

（イ）　どれか一つを択び取る意味を表わすもの。（又は、或は、若しくは、それとも）

（ウ）　前に述べた事から当然の結果として起る事を表わすもの。（隨って、因って、それだから、それでは、そうすると）

（エ）前に述べた事から当然予想し得べき結果に反した事、又は前に述べた事に反する事を導くもの。（然るに、けれども、そうだのに、それでも、但し、尤も

(ii) 塚原鐵雄對接續詞的分類是：

種類 方法			条件接続	列叙接続
展開的接続	論理的展開	順態	だから、されば、さらば、しかれば、だとすれば	したがって、ゆえに
		逆態	けれども、されど、かかれど、されども、しかるに、しかれども	そのくせ、でも、しかし、だが
	段階的接続	前提	そこで、すると、かくて、しかして	と、で
		累加		そして、それから、そのうえ、また、かつ、しかして、しかうして、ついで、なほ、および、ならびに
構成的接続	連続的構成	同列		つまり、すなわち、たとえば、要するに
		解説		なぜなら、それとも、というよりは、それより、あるいは、はた、もしくは
	断絶的構成	対比		または、それとも、というよりは、それより、あるいは、はた、もしくは
		転換		さて、ところで、では

(iii)　市川孝在"副用語"（刊《岩波講座日本 6 文法 I》岩波書店，1976）中將接續詞分成 3 類 7 種，大綱和本書參考市川說也分成了 3 類 7 種。

(iv)　高橋太郎在《日本語の文法》（講義テキスト、1993）中將接續詞分成了 6 種：

(ア) まえの文の内容にそぐわないこと、つりあわないこと、反対のことなどであることあらわす——だが、が、しかし、けれど、けれども、だけど、でも、それでも、ところが

(イ) まえの文を原因・理由とする結果や結末などであることをあらわす——だから、それで、それゆえ、ゆえに、したがって、そこで、すると

(ウ)　まえの文のつけくわえであることをあらわす——そして、それから、また、かつ、および、それに、あわせて、さらに、なお

(エ) まえの文に関する説明や細目のおぎないなどであることをあらわす——つまり、すなわち、たとえば、なぜなら、ただし、もっとも

(オ) まえの文のコトガラとの選択であることをあらわす——または、あるいは、もしくは、それとも

(カ) 話題をかえることをあらわす——さて、ところで、ときに、つぎに、では

(v)　佐治圭三在"接続詞の分類"（原刊《月刊文法》第 2 巻

第 12 号，收入《日本語の文法の研究》ひつじ書房，1991）一文中
對接續詞的分類提出了一個新穎的意見，並將之歸納為下表。

並立	ならびに、および		共存
並立	また、そして		
	あるいは、または、もしくは、それとも、ないしは、はた、はたまた		選択
注釈	つまり	すなわち	言い換え
		というのは、なぜなら	説明
		要するに	要約
	ただし、もっとも		但し書
	たとえば、なかんずく		例示
列叙	そして、おまけに、しかも、また、そのうえ、それから、それに、なお、かつ、しかうして、しかのみならず、ついで、で		添加
条件	すると	それなら、そしたら、さらば、しからば	仮定／順接
		それで、で、だから、したがって、かくて、かくして、されば、しかれば、かかれば、ゆえに、よりて	確定
	それでも、でも	それにしても、さりとも	仮定／逆接
		しかし、しかしながら、だが、だけど、けれども、ところが、それなのに、かかれど、されど、さるに、しかるに	確定
転換	さて、ところで、ときに、そもそも、それ		

文の内がわの接続詞 --------------

接続詞

話題の内がわの接続詞

文の外がわの接続詞

話題の外がわの…接続詞

第四節　感　嘆　詞

一、感嘆詞的特點

感嘆詞（感動詞_{かんどうし}）是表示感嘆、招呼、應答等的無活用的內容詞。它可置於句首，作句子的獨立語成份；也可單獨構成獨詞句。

………‧………‧………‧………‧………

從感嘆詞的句法特徵來看，主要有兩個用法，一是單獨構成句素，直接入句作獨立語成分，一是單獨構成獨詞句。

對於前一種情況，有些學者不視為獨立語，而是著眼於這個感嘆詞與後續部分的關聯，分別制定它的所屬。山田孝雄等認為感嘆詞起著"句の意を予め示してこれを誘導する"的作用，是"次に来るべき文章全体の縮図"，因而視之為修飾語；鈴木一彥等則認為說感嘆詞對後續部分起修飾作用是不妥當的，因為事實是"後続文は感動詞に対して修飾の役目をしている"正是在這一點上，它與副詞性質不同。北原保雄認為"感動詞がそこで切れずに文を構成する成分の一つとなっている場合は、並立成分の一種であり、並立成分の中で、最も主体的な表現のものと位置づけられる"。

二、感嘆詞的分類

從意義上可將感嘆詞分為如下 3 類：

1. 表示驚訝、感動、詠嘆、喜悅、困惑等各種心情的感嘆詞。

例如：

① <u>ああ</u>、おもしろい。／啊！真有趣。

② <u>まあ</u>、おどろいた。／哎呀，真讓人吃驚！

③ <u>あっ</u>、すてき。／呀！真漂亮！

④ <u>あら</u>、たいへんだ。／唉呀，可不得了！

⑤ <u>さあ</u>、どうしようかな。／呀，怎麼辦啊。

⑥ <u>しまった</u>、傘を持ってくるのを忘れた。／糟了，忘了把傘帶來了。

⑦ <u>おやっ</u>、へんだぞ。／哎呀！真奇怪！

這一類感嘆詞還有"おや"、"おやおや"、"まあまあ"、"やれ"、"ほう"、"やあ"等。

2. 表示招呼、建議、制止、提醒等意義的感嘆詞。例如：

⑧ <u>もしもし</u>、田中ですが。／（打電話時）喂！我是田中。

⑨ <u>おい</u>、ちょっと待って。／喂，稍等一下。

⑩ <u>あれ</u>、始めよう。／來啊，開始吧。

⑪ <u>これ</u>、どこへ行く。／喂，往哪兒去？

⑫ <u>ほら</u>、あそこに飛行機が見えるよ。／瞧，那裡有架飛機。

這一類的感嘆詞還有"やあ"、"あのね"、"ね（ねえ）"等。

3. 表示應答意義的感嘆詞。例如：

⑬ <u>はい</u>、よくわかりました。／是的，我明白了。

⑭ <u>いいえ</u>、違います。／不，不對。

⑮ <u>ええ</u>、そうかもしれません。／嗯，也許是那樣。

⑯　<u>おう</u>、ここにいるぞ。／哎！（我）在這兒！

這一類的感嘆詞還有"いや"、"うん"等。

………・………・………・………

(i) 有些人將"ハハハ""エンエン""キャー"等表示笑聲、哭聲、叫喊聲的擬聲詞也作為感嘆詞。擬聲詞、擬態詞屬副詞的一種，它主要用來修飾用言的狀態，與感嘆詞的性質是不同的，"大綱"和本書不把它們視為感嘆詞。

(ii) 有些學者將寒喧語劃入感嘆詞，其中包括："おはよう"、"こんにちは"、"こんばんは"、"さようなら"、"ごきげんよう"、"おやすみ"等。這樣處理是很有道理的。寒喧語感嘆詞的句法特徵，同樣是既可以構成獨立語成分，又可以構成獨詞句。不過它所構成的獨立語，明顯地具有極強的獨立性，基本上與後續部分沒有語義上的關聯。基於寒喧語感嘆詞存在這一特點，所以明確地將寒喧語作為感嘆詞處理時，感嘆詞應分為 4 類，把表示問候、寒喧的感嘆詞作為第 4 類。

(iii) 表示口令，號令的詞語，如"気をつけ"、"右へならべ"、"用意"、"スタート"、"起立"、"着席"等，有人歸入感嘆詞。從這些詞語的構成上看，或是命令形（含以命令形結尾的詞組），或是表示命令功能的サ變動詞詞幹。從這些詞語的用法上看，一般都是構成獨詞句，獨立地完成一個完整的交際功能。基於以上兩點，也有許多人不把它們視為感嘆詞，大綱和本書採取了後一種觀點。

(iv) 從來源上看，感嘆詞可以分成兩類。一是源於表情音，如
"おお、ああ、おや、まあ、ええ"等，一是由其它品詞轉來者，
這一部分中又可下分 3 類：

(ア) 詞形未變者，如"これ、それ、どれ、ちょっと、よし、
もし"等。

(イ) 重疊後轉來者，如"これこれ、どれどれ、もしもし"等。

(ウ) 轉來時發生有語音變化者，如"どうれ、いやっ、じゃ"等。

由於存在著由其它詞轉來但詞形未變的情況，因此有時要注意
區別是不是感嘆詞的問題。如：

○ あの時、きみも来た<u>なあ</u>。そうだったろう。／那時候
　你也來了啊，是不是？（語氣助詞）

○ あの時、きみも来た。<u>なあ</u>、そうだったろう。／那時
　候你也來了。哎，是吧？（感嘆詞）

○ <u>どれ</u>を上げよう。／提起哪一個呢？（代名詞）

○ <u>どれ</u>、帰るとしよう。／哎呀，還是回去吧。（感嘆詞）

三、感嘆詞的用法

1. 置於首，在句中作獨立語成份

⑰ <u>ほう</u>、これはよくできたね。／嚙，這可做得真好啊！

⑱ <u>ねえ</u>、あした、父の日だよ。おとうちゃんに何か買って
　あげないの。／喂，明天是父親節。不給爸爸買點什麼嗎？

2. 單獨構成獨詞句。例如：

⑲　A：出席を取ります。藤原さん！／現在開始點名，藤原
　　　同學！

　　B：<u>はい</u>。／到（有）！

⑳　A：きみは田中さんですね。／你是田中吧？

　　B：<u>いいえ</u>。／不是。

　　感嘆詞的用法看似簡單，但因感情內涵的豐富，使用時須根據
語言環境，與聽話人的身份、聽話人的關係等注意選擇。例如同是
應答的"はい"、"へえ"、"ははあ"、"ほほ"、"ほう"、
"うん"、"ふん"等，有的正式，有的隨便，有的謙恭，有的傲
慢，如選用不當會給人以失禮的感覺。

第五章　連體詞　副詞　接續詞　感嘆詞

第 六 章

助 動 詞

　　主要起語法作用的功能詞，分為助動詞（助動詞）和助詞（助詞）兩類。從形態上看，助動詞有形態變化，助詞沒有形態變化；從語法功能上看，助動詞主要接在用言後，表示種種陳述方式，助詞主要接在體言後，表示體言等與其他詞語間的結構關係等。

第一節　助動詞的性質、特點及分類

一、助動詞的性質和特點

　　助動詞是有形態變化的功能詞。這類詞不能單獨使用，主要接在以動詞為主的用言後（有時也接在體言後），從時、態等方面對用言予以補充，或增添各種表示陳述方式等的意義，故名助動詞。

① わたしたちは時々先生にほめられる。／我們不時受到老師的表揚。

② 彼女はいつも冗談を言ってみんなを笑わせる。／她總是說笑話逗大家笑。

③ ゆうべやっと手紙を書き終えました。／昨晚終於把信寫完了。

④ 大昔、この辺り一帯は都市ではなかった。／很久以前，這附近一帶不是城市。

⑤ そういうことは言わないほうがいい。／那種事不說為妙。

⑥ 信号がもうすぐ赤に変わりそうだから、早く渡ろう。／馬上要變成紅燈了，趕快過去吧。

⑦ 雪の多い所だそうで、冬はたいへんらしいです。／聽說

是一個多雪的地方，冬天好像很難過。

以上各句中劃線的部分是助動詞。助動詞的特點及語法功能如下：

(1) 助動詞是功能詞的一種，不能單獨構成句素。在構成句素時，助動詞只是關係語義成分。

(2) 除"う"、"よう"、"まい"外，助動詞都有形態變化。

(3) 助動詞接在以用言為主的詞語後，對謂語部分起補助作用，或者構成時、態、或是表示種種陳述方式。

(4) 必要時，助動詞可以重疊使用。

　…… • …… • …… • …… • ……

(i) 日語"助動詞"這個名稱譯自英語語法中的 auxiliary verb。大槻文彥最早把助動詞設立為一個品詞。此後，承認助動詞的學說與不承認它的學說層出不窮，各執一端。北原保雄（《日本語助動詞の研究》1993 年，大修館書店）分析認為，不承認助動詞的學者主要有山田孝雄（認為用言本身即具有陳述能力，用言活用形後分出來的是用言的後綴，即所謂"用言の複語尾"。但山田的"複語尾"中把"だ、です"作為"說明存在詞"而排除在外）、松下大三郎（從"說話"入手，認為構成"說話"的材料是"斷句"，構成"斷句"的材料是"詞"，構成"詞"的材料是"原辭"，"原辭"中不能單獨構成"詞"的叫做"助辭"。"助辭"中的"動助辭"即相當於助動詞）、鈴木重幸和渡邊實（認為助動詞是構成單詞的要素，本身不是單詞。如在"本を読まない"中，"読まない"雖從形態上可以分析出"ない"，但在功能上卻不能分割。渡邊還把"だ、らしい、だろう"分離出來，賦予單詞地位，命名為"判定詞"）等。承認助動詞的學者主要有大槻文彥（其定義是

"動詞の活用の、その意の尽さないところを助けるために、その下に付いて、さらに種種の意義を添える語"。在劃定助動詞時如何區別助動詞與接尾辭碰到了難題，但大槪劃定的助動詞幾乎沿續至今）、橋本進吉（從形式對助動詞作了說明，但"純理の上から云へば"把助動詞看作"接辭"，又補充說助動詞到底與"接辭"不同，也許是程度不同）、時枝誠記（從理論上確立了助動詞的地位，以"言語過程說"的觀點把詞分為"詞"（含有概念過程的、客體化的詞）和"辭"（沒有概念化過程，直接表達觀念的詞，具有陳述功能），認為助動詞是"辭"，是說話人主觀的直接表現，與用言（時枝認為用言本身沒有陳述功能）性質完全不同，與用言內部的"接尾"也完全不同）。

(ii) 助動詞的內涵規定得五花八門，它的範圍自然也不盡相同。具體來說，對於"れる、られる、せる、させる、たい、たがる"、"う、よう、まい"以及"だろう、でしょう"是否算助動詞，爭議較多。"れる、られる、せる、させる、たい、たがる"參與句子成分的搭配，改變主動句主謂關係，是構成客觀內容（コト）的重要因素，因而被時枝看作用言內部的要素，劃為"接尾語"。"う、よう、まい"已不具備完整的活用，詞形不再變化，從形態上講，喪失了助動詞的一個重要特點，與語氣助動詞有了相似之處，也有被排除的傾向。"だろう、でしょう"從其功能、意義和接續上看都不再單純是"だ、です"派生出來的，而有了獨立的用法，近來也有人主張把這兩個算作助動詞。

二、助動詞的分類

助動詞除具有上述共同特點外，每個助動詞接續方法、活用類型、尤其是語法意義和功能差別甚大。對助動詞可從如下幾種角度

予以分類：

1. 根據接續方法分類

助動詞大多接在活用詞後，也有可以接在無活用的詞語後的。

1.1 接在活用詞後的

(1) 接在未然形後的有：れる、られる、せる、させる、（しめる）、ない、ぬ、う、よう、まい

(2) 接在連用形後的有：たい、たがる、た、ます、そうだ（樣態）

(3) 接在終止形後的有：（です）、らしい、そうだ（傳聞）

(4) 接在連體形後的有：ようだ、みたいだ

1.2 接在無活用的詞語後的

(1) 主要接在無活用的詞語後的有：だ、である、です

(2) 也可以接在無活用的詞語後的有：みたいだ、らしい

2. 根據形態變化的類型分類

助動詞屬於有形態變化的功能詞，它的形態變化有5個類型。助動詞形態變化的意義同用言一樣，主要是為了後續其他助動詞或助詞。助動詞的活用有時不像用言那樣完全。

(1) 動詞型活用的有：れる、られる、せる、させる、（しめる）、たがる、である

(2) 形容詞型活用的有：たい、ない、らしい

(3) 形容動詞型活用的有：そうだ（樣態）、ようだ、みたいだ、だ、そうだ（傳聞）

(4) 特殊型活用的有：ます、です、た、ぬ（ん）

(5) 詞形不變型的有：う、よう、まい

3. 根據相互承接的順序分類

助動詞可以重疊使用，其相互承接的順序是有一定規律的。這個規律就是，陳述性愈強的愈出現在後邊，與說話人主觀判斷越是有關的越出現在後邊。反之，陳述性愈弱的，愈是與客觀事實有關的愈出現在前邊。

如果以 “ない”、“た” 這兩個既包含有客觀事實敘述、又包含主觀判斷陳述的助動詞為分界點，可將助動詞分為 3 大類：

(1) 第一類（前類）

せる、させる、れる、られる、たい、たがる、ます、です、だ、（ない）、そうだ（樣態）

(2) 第二類（基準類）

ない、た

(3) 第三類（後類）

ようだ、らしい、（みたいだ）、そうだ（傳聞）、う、よう、まい

以 “ない、た” 為基準分出的第一類和第三類決不可能顛倒次序，但作為基準的 “ない”、“た” 有一定的靈活性。各類內部也有一定的順序，但並不可能全部同時出現，一般情況下可呈現出這樣的相互承接順序：

動詞──{ せる / させる }──{ れる / られる }──たい──そうだ（樣態）──

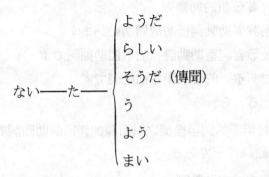

ない──た──⎰ようだ
　　　　　　らしい
　　　　　　そうだ（傳聞）
　　　　　　う
　　　　　　よう
　　　　　　まい

⑧　どうも太郎は少年時代に作文を書か<u>せられたくなかった</u>
　　<u>らしい</u>。／看來太郎在少年時代是不願意被人逼著寫作文
　　的。

4. 根據助動詞的功能分類

　　助動詞承擔的語法功能涉及時、態、陳述方式，甚至文體的各
個方面，從不同的功能出發，可把助動詞分為 5 類：

4.1　接於動詞表示態的助動詞

(1)　改變主動句主謂搭配的有：

　a. 被動助動詞れる、られる

　b. 使動助動詞せる、させる、（しめる）

(2)　可以不改變主動句主謂搭配的有：

　a. 可能助動詞れる、られる。

　b. 自然發生助動詞れる、られる

4.2　接於各種活用詞後主要表示時的助動詞

　　過去、完了助動詞た

4.3 構成鄭重語、尊敬語的助動詞

(1) 接於動詞及動詞型助動詞後的敬體助動詞ます

(2) 接於形容詞及形容詞型助動詞後的敬體助動詞です

(3) 頂替 "だ、である" 的敬體斷定助動詞です

(4) 敬語助動詞れる、られる

4.4 接於體言等無活用的詞語後使之具有陳述作用的助動詞表示斷定判斷的斷定助動詞だ、である。

4.5 表示各種陳述方式的助動詞

(1) 表示願望的願望助動詞たい、たがる

(2) 表示否定的否定助動詞ない、ぬ（ん）

(3) 表示推測、意志等推測助動詞う、よう

(4) 表示否定推測、否定意志的否定推測助動詞まい

(5) 表示樣態、推測等樣態助動詞そうだ

(6) 表示比喻等的比喻助動詞ようだ、みたいだ

(7) 表示推測性判斷的推測助動詞らしい

(8) 表示傳聞的傳聞助動詞そうだ。

...... • ...... • ...... • ...... • ......

(i) 橋本進吉從意義、活用、接續三方面對助動詞進行了分類。這種作法後來成為 "學校語法" 的基本思路而得以普及。

(ii) 根據接續方法分類，能判斷形同義不同或形同功能不同的助動詞之間、助動詞與其他詞語之間的區別。例如樣態助動詞 "そうだ" 與傳聞助動詞 "そうだ、" 助動詞 "らしい" 與後綴 "らしい"，助動詞 "ない" 與補助形容詞 "ない" 等。還可以根據接續重新認識某些詞語的性質。如 "だろう、でしょう" 如果僅作為 "だ、です" 的推測表達方式，本不可以接在動詞、形容詞的終止

形後，但如果把它們看作另一個助動詞，則可以解釋以下例句的合理性：

○　父は出かけさせるだろう。／我爸大概會讓（我）出去吧。

○　出発は早いだろう。／出發很早吧。

(iii) 根據形態變化分類，一方面是掌握助動詞的需要；另一方面，從活用的完整與否也可以看出助動詞與相關用言的聯繫，如表示態的助動詞本身所具有的動詞性格，表示願望的助動詞"たい"本身的形容詞性格。還可以更深一步理解助動詞的含義及用法，如表示時的助動詞"た"沒有命令形。

(iv)　本書根據相互承接順序所作的分類主要參考了阪田雪子（《日本語教育事典》林大他編大修館書店，1982）和北原保雄（《日本語助動詞の研究》大修館書店，1993）的觀點。北原保雄提出如下順序：

$$
動詞 — \begin{cases} せる \\ させる \end{cases} — \begin{cases} れる \\ られる \end{cases} — たい — \begin{cases} そうだ（樣態）\\ ない \\ らしい \end{cases} —
$$

$$
た — \begin{cases} う（よう）\\ だろう \\ そうだ（傳聞）\\ らしい \\ ようだ \end{cases}
$$

阪田雪子提出以"ない、た"為基準。

關於相互承接順序，大野晉又有下面的看法：

第一類	せる	させる	れる	られる	完整活用形	使役、被動、尊敬、自發、可能
第二類	なさ	申しる	げる上	ます	完整活用形	尊敬、謙讓、鄭重
第三類	ちまう	たい	たい	な（ん）	らしい	不完整活用形	完了、確定、否定、希望
第四類	う	よう	だろう	でしょう	そうだ	よう だ	不完整活用形	推測、傳聞、比喻

　　(v)　許多語法學者都是根據助動詞的意義進行助動詞分類的，下面舉出常見的分類法及各助動詞的名稱：

(1) 被動、可能、自發助動詞：れる、られる

(2) 使役助動詞：せる、させる、（しめる）

(3) 尊敬助動詞：れる、られる

(4) 否定助動詞：ない、ぬ、ん

(5) 推量助動詞、う、よう、（だろう）、らしい

(6) 意志、勸誘助動詞：う、よう

(7) 否定意志、否定推量助動詞：まい

(8) 願望助動詞：たい

(9) 過去、完了助動詞：た

(10) 斷定助動詞：だ、です

(11) 鄭重助動詞：ます、です

(12) 樣態助動詞：そうだ

(13) 傳聞助動詞：そうだ

(14) 比況助動詞：ようだ

(iv) 以句法為中心，以助動詞在句中所起的語法功能為根據對助動詞進行分類，是“大綱”的觀點，這種分類法具有從功能意義方面使助動詞體系化的優點，本節即按照這種分類法論述。

第二節　接動詞後表示態的助動詞

動詞後續表示態的助動詞，可構成動詞的各種態。動詞的態仍具有動詞的性質，但往往會改變動詞的自他性質，導致主動句主謂搭配的改變。

一、被動助動詞れる、られる

被動助動詞（受身の助動詞）“れる、られる”接在動詞未然形後構成動詞的被動態。

1. 接　續

“れる”接於五段活用動詞的未然形①後，“られる”接於五段動詞以外的動詞未然形和助動詞“せる、させる”的未然形後。

(1) 五段動詞

言われる　　　死なれる

飛ばれる　　　頼まれる

(2) 一段動詞

用いられる　　見られる

掛けられる　　褒められる

　　(3) カ變動詞

　　　来られる

　　(4) サ變動詞

　　　せられる——される

　　　発見せられる——発見される

2. **意　義**

　　動詞未然形後接被動助動詞"れる、られる"表示承受者承接
施事者的動作行為。"れる、られる"二者語法意義相同。

　　① 　子供が母親に叱<ruby>叱<rt>しか</rt></ruby>られる。／孩子被母親訓斥。

　　② 　帰ってくる途<ruby>中<rt>とちゅう</rt></ruby>、雨に降られてしまった。／回來的途中
　　　挨雨淋了。

　　③ 　バスを待っている人たちは、やってきた車に<ruby>泥水<rt>どろみず</rt></ruby>をかけ
　　　られた。／等公共汽車的人們被過來的車輛濺上了泥水。

3. **活用及各活用形的用法**

　3.1 活用

　　"れる、られる"屬於下一段動詞型活用。

基本形	未然形	連用形	終止形	連體形	假定形	命令形
れる	れ	れ	れる	れる	れれ	れろ れよ
られる	られ	られ	られる	られる	られれ	られろ られよ

　3.2 各活用形的用法

　　④ 　あの男は人に信じられない。／那個男人不為人們所相

信。（未然形）

⑤　非交戦国の財産の安全は保障されねばならない。／非
　　交戰國的財產安全必須得到保障。（未然形）

⑥　子供にめがねをこわされた。／被孩子把眼鏡弄壞了。
　　（連用形）

⑦　台所においたさかなを猫に食べられてしまった。／放在
　　廚房的魚被貓吃了。（連用形）

⑧　必要に応じて適切な処置がとられる。／根據需要採取適
　　當的措施。（終止形）

⑨　そんなことを言って笑われるでしょう。／說那樣的話，
　　會被人家笑話吧。（終止形）

⑩　パンダと呼ばれる動物は中国にしかいない。／只有中國
　　才有叫熊貓的動物。（連體形）

⑪　実験の結果はあさって発表される予定である。／實驗
　　結果預定後天發表。（連體形）

⑫　挑戦されれば、応じるまでだ。／假如向我們挑戰，應
　　戰就是了。（假定形）

⑬　頼まれれば、いやといえない大野である。／大野是個有
　　求必應的人。（假定形）

⑭　ほれるよりほれられる。／與其迷上別人，不如叫人迷上
　　你！（命令形）

4. 文語被動助動詞“る、らる”及其在現代日語中的殘留現象

　　文語被動助動詞“る、らる”的終止形、連體形有時出現在現
代日語的報刊標題或文章中。

⑮　それらも読まるべきであろうが、……／那些（書）也應
該得到閱讀吧，……（"る"的終止形）

⑯　人類体内に含有せらるる血液の化学成分に関する研究
／關於人體內所含血液的化學成分的研究（"らる"的連
體形）

　　　　　　…… • …… • …… • …… • ……

(i) 時枝語法主張："れる、られるは、せる、させるなどとと
もに、助動詞というよりな接尾的性格が強い。この点から、動詞
的接尾語とする"。

(ii) "れる、られる"可以接在動詞型助動詞"せる、させる、
たがる"的後面，但不能接在形容詞、形容動詞後面。

○　なんともいえぬ親切さを感じさせられる。／我不由得感
到說不出的親切。

○　子供たちに海に行きたがられて困った。／被孩子們纏著
要去海邊，真不好辦。

(iii) 古時候，日語的被動表現，一般以人或動物為主語。隨著
語言的進步、發展，非生物（無情感物）也可以充當主語了。例如：

○　家がたてられた。／房子蓋好了。

(iv) 被動句的謂語以"……と言われている"、"……と見ら
れている"、"……とされている"、"……と伝えられている"
等形式結句時，多出現在新聞報導、廣播和一些科技文章中，是表
示說話人或寫文章的人的看法、見解或新聞。例如：

○　日中貿易はこれから更に拡大すると見られている。／
看來日中貿易今後將進一步擴大。

○ 戦闘<ruby>せんとう<rt></rt></ruby>は空港附近<ruby>くうこうふきん<rt></rt></ruby>で展開<ruby>てんかん<rt></rt></ruby>されたと伝<ruby>つた<rt></rt></ruby>え<u>られ</u>ている。／據傳戰鬥已在機場附近打響。

(v) 文語被動助動詞 "る、らる" 屬於下二段動詞型活用。

基本形	未然形	連用形	終止形	連體形	假定形	命令形
る	れ	れ	る	るる	るれ	れよ
らる	られ	られ	らる	らるる	らるれ	られよ

二、使動助動詞せる、させる、しめる

使動助動詞（使役<ruby>しえき<rt></rt></ruby>の助動詞<ruby>じょどうし<rt></rt></ruby>）"せる、させる、しめる" 接在動詞未然形後構成動詞的使動態。

1. 接　續

"せる" 接在五段動詞未然形①後："させる" 接在一段、カ變動詞的未然形後，サ變動詞的未然形②後；"しめる" 可接在各類動詞的未然形後，接續方法分別與 "せる" "させる" 相同。

(1) 五段動詞

　　書かせる　　　　立たせる
　　飛ばしめる　　　読ましめる

(2) 一段動詞

　　着させる　　　　寝させる
　　起きしめる　　　食べしめる

(3) カ變動詞

来させる　　　　（来しめる）

(4) サ變動詞

せさせる——させるせしめる

発展せさせる——発展させる発展せしめる

2. 意　義

2.1 表示使動，即強制、支使別人做某種動作、行為，或容許、聽任別人做某事。

A　強制、支付別人做某事。

⑰　父がぼくに手紙を書かせた。／父親叫我寫信。

⑱　一度たくさんの単語を覚えさせるのは無理だ。／一下子讓記住很多單詞，難以做到。

B　表示容許、放任、間接的責任。

⑲　子供を好きなだけ遊ばせた。／孩子愛怎麼玩就讓他怎麼玩。

⑳　留学したいと言うので、試験をうけさせた。／因為說想留學，便讓（他）參加了考試。

㉑　彼女はちょっとした不注意で子供を死なせた。／由於她一時疏忽，把小孩給死了。

C　主語是人以外的東西，構成原因，通過使動表示引出某種結果。

㉒　そのけがが彼に野 球をやめさせた。／這傷使他停止了打棒球。

㉓　わたしたちの訪問は彼をよろこばせた。／我們的訪問使

― 290 ―

他特別高興。

2.2 使動與被動連用，表示被迫或引發的行為。

A 表示被迫行為。例如：

㉔ 寄附金を出させられる。／不得不捐款。

㉕ きらいな料理を無理に食べさせられた。／硬逼著不得不吃掉不喜歡吃的菜。

㉖ 子共の頃、よく読書感想文を書かせられた。／兒時常被要求寫讀書感想。

㉗ その日はあまりお酒を飲みたくなかったのだが、上役につき合わされて飲まされた。／那天我不太想喝酒，但為勉強應付上司不得不喝了。

B 表示引發行為。例如：

㉘ 彼の好意に、まったく感激させられた。／對他的好意我實在感動極了。

㉙ あの報告を聞いて、ぼくはすっかり考えさせられてしまった。／聽了那個報告我不由得陷入了深思。

3. 活用及各活用形的用法

3.1 活用

基本形	未然形	連用形	終止形	連體形	假定形	命令形
せる	せ	せ	せる	せる	せれ	せろ しよ
させる	させ	させ	させる	させる	させれ	させろ させよ
しめる	しめ	しめ	しめる	しめる	しめれ	しめろ しめよ

"せる、させる"屬於下一段動詞活用型。

3.2 各活用形的用法

㉚ ごみを捨てさせよう。／讓（他）把垃圾倒掉吧。（未然形）

㉛ 聞く人を倦ましめない。／不使聽的人感到厭倦。（未然形）

㉜ 反対意見を述べさせぬという法はない。／設法不讓別人陳述反對意見。（未然形）

㉝ これはやわらかいから、子供に食べさせられます。／這個很爛，能讓小孩吃。（未然形）

㉞ 学生に調べさせている。／正在讓學生調查。（連用形）

㉟ 実験に使う材料を家から持ってこさせた。／讓（他們）從家裡拿來了實驗用的材料。（連用形）

㊱ ボールををできるだけ遠くへ投げさせる。／盡可以讓（他）把球扔到遠處。（終止形）

㊲ あの店ではコーヒーを飲みたいだけ飲ませる。／那個店你想喝多少咖啡就讓你喝多少。（終止形）

㊳ 子供に読ませる本がない。／沒有讓孩子看的書。（連體形）

㊴ 難しい仕事は人にやらせるよりも、自分がやるほうがいい。／困難的工作與其讓別人幹還不如自己幹好。（連體形）

㊵ 彼に調べさせれば、すぐ分かる。／如果讓他調查一下，馬上就清楚了。（假定形）

㊶ わたしにいわせれば、それはただしくない。／如果讓我說的話，那是錯的。（假定形）

㊷ 本人をここに来させろ。／讓本人到這兒來！（命令形）

㊸ 速やかに人々に知らしめよ。／望火速告訴眾人。（命令形）

…… • …… • …… • …… • ……

(i) "しめる"一般用在演說、文章體或習慣用法中，語感比較鄭重、嚴肅。例如：

○ 事業を成功せしめるのは彼の努力であった。／成就了事業是他努力的結果。

○ 相手チームの戦意を失わしめるに十分な速攻の成果だった。／是為使對方隊失去鬥志而充分快攻的結果。

○ 技術を向上せしめるためにいろいろのこころみがなされてきた。／為使技術提高，做了各種各樣的嘗試。

(ii) 五段活用動詞"ある"不能後接"せる"使用，但可以後續"しめる"，構成"あらしめる"，這是文語殘留現象。其中的"あら"是文語動詞"あり"的未然形。例如：

○ 効果あらしめる／使有成效

(iii)　"させる"接ザ行的サ變動詞如"信ずる"、"重んずる"、"感ずる"、"論ずる"等，一般不說"信ぜさせる"等，而是把這種動詞改為一段動詞後，再接"させる"。例如：

信じさせる　　重んじさせる　　感じさせる

(iv)　"せる、させる"的活用，有時取文語的形式"す、さす"，並像五段動詞那樣活用，但這種用法並不普遍。例如：

○　書かせて──書かして／讓寫

○　本を読ませて──本を読まして／讓看書

○　考えさせて──考えさして／讓考慮

(v)　自動詞的使動態構成的使動句，被使動者是"物"時就要用"を"，一般不可用"に"。例如：

○　科学者が雨を降らせる。／科學家讓下雨。

○　列車の運転士が汽車を走らせる。／火車司機讓火車奔馳。

○　化学肥料は土をやせさせるので使わない。／因為化學肥料會使土壤貧瘠，所以不使用它。

(vi)　自動詞的使動態作謂語時，當句中有表示移動場所或離開場所而用有"を"時，為了避免連續出現"～を～を～"的狀況，被使動者要用"に"。例如：

○　息子に大学を卒業させる。／讓兒子大學畢業。

○　子供に歩道橋を渡らせる。／讓小孩過過街天橋。

三、可能助動詞れる、られる

可能助動詞（可能の助動詞）“れる、られる”接在動詞未然形後構成動詞的能動態。

1. 接　續

與被動助動詞“れる、られる”的接續相同，即：“れる”接於五段動詞未然形①後，“られる”接於一段動詞、カ變動詞、サ變動詞的未然形後。例如：

(1) 五段動詞

　　行かれる　　　　入られる

(2) 一段動詞

　　起きられる　　　出られる

(3) カ變動詞

　　来られる

(4) サ變動詞

　　せられる──される

　　変更せられる──変更される

2. 意　義

2.1　表示能力（通過學習、練習掌握某種技術、技巧而具有的某種能力）。例如：

㊹　一日に新しい単語を 20 ぐらい覚えられます。／一天能記住 20 個左右的新單詞。

㊺　机を動かせるようになった。／能挪動桌子了。

2.2　表示種種可能性（客觀條件充許產生的可能性、動作對象所具有的屬性所產生的可能性、動作對象所具有的能力、價值、效用所產生的可能性等）。例如：

㊻　国際電話は簡単にかけられるようになった。／打國際長途電話變得簡單了。

㊼　この店では珍しい果物が食べられる。／在那家店裡可以吃到稀罕的水果。

㊽　あの人だけは信じられる。／只有他可以信賴。

㊾　とても食べられるようなしろものではない。／不是什麼可吃的東西。

3. 活用及各活用形的用法

3.1　活用

可能助動詞“れる、られる”與被動助動詞“れる、られる”一樣，屬於下一段動詞型活用，但沒有命令形。

3.2　各活用形的用法

(50)　忙しくて夏休みも帰られない。／忙得暑假也不能回去。（未然形）

(51)　今日はつごうが悪くて、行かれません。／今天不方便，去不了。（連用形）

(52)　この文章(ぶんしょう)は三(さん)、四回(よんかい)読めば、覚えられる。／這篇文章看3、4遍就能記住。（終止形）

(53)　子供でも登られる山だ。／是座連小孩都能爬上去的山。（連體形）

(54)　山田さんはやっと散歩に出られるようになったそうで

す。／聽說山田好不容易能出來散步了。（連體形）

㊄ それだけ覚え<u>られれ</u>ば、十分だ。／能記住這些就足夠了。（假定形）

㊅ わたしに教え<u>られれ</u>ば、教えてあげたいのですがね。／如果我能教的話，我倒是很想教你的。（假定形）

…… • …… • …… • …… • ……

(i) 能動態的約音問題

(ア) 五段動詞的能動態可以發生約音現象，變為同行的下一段動詞。這個動詞叫 "可能動詞"。

泳ぐ──泳がれる──泳げる

話す──話される──話せる

飛ぶ──飛ばれる──飛べる

買う──買われる──買える

比起五段動詞的能動態形式，它的相應的可能動詞更為常用。例如：

○ ここでは 10 時まで<u>泳げる</u>。／在這裡可以游泳到 10 點。

○ この子は英語が<u>話せる</u>。／這孩子會說英語。

(イ) サ變動詞未然形 "せ" 接 "られる" 時，約音為 "される" 既不常用，也不被看作獨立的可能動詞。與 "する" 相對應的表示可能的動詞是 "できる"，複合サ變動詞也同樣可以用 "詞幹＋できる" 的形式來表示可能。例如：

○ 学齢に達した児童はすべて<u>入学できる</u>。／學齡兒童都可以入學。

○ 人は言葉だけでは信用できないとよく言われる。／人常

說不能只信其言。

(ii) カ變動詞、一段動詞的能動態，也有像五段動詞那樣變成以 "れる" 結尾的下一段動詞的用列，這種現象在音節較少的一段動詞中比較常見，例如：

来る——来れる　　見る——見れる

寝る——寝れる　　起きる——起きれる

這種變化作為語言現象有逐漸增加的趨勢，但尚未得到規範語法的承認。

(iii) "……ことができる" 與 "れる、られる" 一樣，都可以表示可能或能力，意義基本相同。用法略有差別：

"……ことができる" 多表示在外在條件制約下的可能性，表示客觀原因形成的能力，而 "れる、られる" 多表示由於自身內在的原因而形成的能力或可能性。例如：

○ 原子はたいへん小さいので、顕微鏡でも見ることができ

ない。／因為原子太小，所以即使用顯微鏡也看不見。

○ この汽船は、100 人の客が載せられる。／這種輪船能載

一百名乘客。

當外部條件、原因不明時，也可以用 "れる、られる"。例如：

○ 11 時になっても寝られない。／到了 11 點也睡不著。

(iv) 能動態所表示的只是狀態，不是動作，本身相當於一個狀態動詞，所以不能後接 "ている"。但是動詞的持續體 "……ている" 可以變成能動態 "……ていられる"，以表示這種持續體能否保持。例如：

○　日曜日は、いつまでも寝て<u>いられる</u>。／星期天（一直）
　　睡到什麼時候都行。

四、自然發生助動詞れる、られる

自然發生助動詞（自発の助動詞）"れる、られる"接在動詞
的未然形後構成動詞的自然發生態。

1. 接　續

"れる"接於五段動詞未然形①後；"られる"接於一段動
詞、カ變動詞未然形後，サ變動詞的未然形②後。

(1) 五段動詞

　　思い出される　　驚かれる

(2) 一段動詞

　　悔いられる　　考えられる

(3) カ變動詞

　　来られる

(4) サ變動詞

　　想像される　　案ぜられる

2. 意　義

動詞未然形後接自然發生助動詞"れる、られる"表示動作、
作用等是不受人為的影響，自然而然地發生的。

㊄　故郷の母の顔が思い出され<u>る</u>。／不由得想起故郷的母親
　　的面容。

⑱　年月<ruby>年月<rt>ねんげつ</rt></ruby>がたてば忘れられる。／歲月過去（自然）就也淡忘了。

⑲　今後は徐々<ruby>徐々<rt>じょじょ</rt></ruby>に人口が減少<ruby>減少<rt>げんしょう</rt></ruby>していくものと思われる。／我以為今後人口將逐漸減少下去。

3. 活用及活用形的用法

3.1　活用

自然發生助動詞"れる、られる"屬於下一段動詞型活用，但無命令形。未然形與假定形用法也很少見。

3.2　各活用形的用法

⑳　僕には母のことが心配<ruby>心配<rt>しんぱい</rt></ruby>されてならない。／我不由得十分擔心起母親的事來。（連用形）

㉑　友の身の上<ruby>身の上<rt>み うえ</rt></ruby>が案<ruby>案<rt>あん</rt></ruby>ぜられる。／朋友之身世令人擔憂。（終止形）

㉒　この写真<ruby>写真<rt>しゃしん</rt></ruby>からでも、彼女が美人<ruby>美人<rt>びじん</rt></ruby>であることは十分想像される。／就是從這張照片也顯然看得出她是個美人。（終止形）

㉓　夏の到来<ruby>到来<rt>とうらい</rt></ruby>が待たれる今日このごろ、……／夏日即將到來的今天，……

㉔　これは彼の生前<ruby>生前<rt>せいぜん</rt></ruby>の一徹<ruby>一徹<rt>いってつ</rt></ruby>さがしのばれる作品だ。／這是一部令人追憶他生前執著品性的作品。（連體形）

…… • …… • …… • …… • ……

(i)　表示自然發生的助動詞"れる、られる"主要接在表示心理活動及感覺的動詞後。按藤井正（《日本文法大辞典》）的觀點，自然發生態所表示的意義可細分為4種情況：

（ア）"「感情がある事物に志向する」という意味特徴をもった動詞（他動詞）からつくられるもの。（例）母の顔が思い出される……"

（イ）"「知る」「想像する」「推定する」等、「ある事物についての認識を得る」という意味特徴をもった動詞からつくられるもの。（例）これを見ても、彼がいかに勤勉であったかが知られる……"

（ウ）"「思う」「考える」等、「思考・判断」を表わす動詞からつくられるもの。（例）犯人は飛行機を使って逃亡したものと判断される……"

（エ）"「外的な動作」（「心理的な動作」でないもの）を表わす動詞からつくられるもの。（例）日暮れになるとしきりに故郷の山々がながめられる……"

(ii) 為避免主觀判斷之嫌而委婉地表達主張時，常常採用自發態來表達，這在新聞報導、評論等文章中比較多見。例如：

○　首相の総裁四選はほぼ確実と見られる。／看來首相第
　　4次競選總裁一事基本確定。

○　歩みよりが期待される。／可望作出讓步。

(iii) 自然發生態無論在意義、結構上都與被動態、能動態有相似之處。在一些句子中，既可以看作自然發生，又可以看作被動或者可能。例如：

○　桜にひかれる日本人の心／①被櫻花所吸引人的日本人的
　　心。②為櫻花吸引的日本人的心。

○　町の中でも、ここだけはヤミの声が聞かれる。／①城中

也只有這裡可以聽到蟬鳴。②城中也只有這裡聽得見蟬鳴。

第三節　接於各種活用詞後表示時的助動詞

　　過去、完了助動詞（過去・完了の助動詞）“た”接於各種活用詞後，主要用來構成過去時，表示動作、狀態已經過去，或表示動作等已經完成。

　1. 接　續

　　“た”接在用言連用形以及除了“ぬ”、“う”、“よう”、“まい”、“そうだ（傳聞）”以外的助動詞的連用形後。接在ア（ワ）、カ・ガ・タ・ナ・バ・マ、ラ行的五段動詞連用形的音便形後（與“ガ、ナ、バ、マ”行的五段動詞連接時，“た”濁化為“だ”），接在形容詞連用形②、形容動詞連用形②後。

　　(1) 動詞：

　　　話した　　　　始まった
　　　急いだ　　　　起きた
　　　来た　　　　　紹介した

　　(2)形容詞　形容動詞

　　　寒かった　　　涼しかった
　　　りっぱだった

　　(3) 助動詞

　　　言われた　　　見たかった
　　　行かなかった　降りそうだった

待ちました　　　学校でした

2. 意　義

2.1　接在各種活用詞後，表示過去，有時帶有回憶的色彩。

① 私は去年の四月に日本へ来ました。／去年 4 月我來到了
　日本。

② 当時わたしはある出版社につとめていた。／當時我在一
　個出版社工作。

③ 昨日風がなくて、海は静かだった。／昨天沒風，所以海
　上很平靜。

④ どいして宿題をやらなかったの。／為什麼沒做作業？

⑤ 夏休みには旅行がしたかったが、いそがしくてどこへも行
　けなかった。／暑期想去旅行，但是因為忙哪兒也沒能去。

⑥ 若いころは、島まで 30 分で泳いだ。／年輕時候，用 30
　分鐘就游到了島上。

2.2　主要接在動態動詞後，表示完了。例如：

⑦ レポートはもう書きあげた。／報告已經寫成了。

⑧ 子どもを生んだ女なら誰でも知っているはずだ。／凡是
　生過孩子的女人都應該知道這一點。

⑨ やけどをした子は火を恐れる。／燙傷過的孩子怕火。

2.3　主要接在表示心理作用的動詞後，表示當前的心理，可帶
有詠嘆色彩。例如：

⑩ こりゃ、おどろいた。／哇，嚇我一跳。

⑪ あなたに会えてよかった。／能見到你太好了。

2.4 表示確認、強調等。例如：

⑫　今度の会は木曜日で<u>した</u>っけ？／下次的會是星期四吧？

⑬　お宅^{たく}はだれで<u>した</u>？／你是誰呀？

2.5 表示發現。例如：

⑭　財布^{さいふ}はここにあっ<u>た</u>。／錢包在這兒哪。

⑮　バスがき<u>た</u>、き<u>た</u>。／公共汽車來了，公共汽車來了！

2.6 表示輕微的命令。例如：

⑯　はやく歩い<u>た</u>、歩い<u>た</u>。／快點走！快點走！

3. 活用及各活用形的用法

3.1 活用

"た"屬於特殊活用

基本形	未然形	連用形	終止形	連體形	假定形	命令形
た	たろ （だろ）		た （だ）	た （だ）	たら （だら）	

3.2 各活用形的用法

⑰　先週^{せんしゅう}の試合^{しあい}はおもしろかっ<u>た</u>ろう。／上周的比賽有趣
吧。（未然形）

⑱　趙^{ちょう}さんはもう東京^{とうきょう}につい<u>た</u>ろう。／小趙已抵達東京了
吧。（未然形）

⑲　先生がゆっくり読んでくださっ<u>た</u>から、みなよくわかり
ました。／老師讀得慢，所以都聽懂了。（終止形）

⑳　あなたはあした休むんで<u>した</u>ね。／你是明天休息啊。

（終止形）

㉑　母がきのう出した速達が、今朝ついた。／母親昨天寄出的快件，今天早上就到了。（連體形）

㉒　こんな山の中で、冷やしたビールが買えるとはおどろいた。／在這樣的深山中能買到冰鎮啤酒真叫人吃驚。（連體形）

㉓　値段が安かったら、買いましょう。／如果價錢便宜就買吧。（假定形）

㉔　田中君に会ったら、よろしく伝えてください。／見到田中的話，請您向他問好。（假定形）

4. 文語過去、完了助動詞在現代日語中的殘留

文語表示過去和完了的助動詞共有 6 個：き、けり、つ、ぬ、たり、り。在現代日語中的殘留主要表現在：

(1) 接在活用詞連用形（サ變動詞可以是未然形）後的助動詞"き"的連體形"し"。

(2) 接在活用詞已然形後的助動詞"り"的連體形"る"。

㉕　解剖してみると昆虫のはねとトリやコウモリのつばさとの間には、一致せし点がない。／解剖後發現昆蟲的翅膀和鳥或蝙蝠的翅膀之間並沒有共同之處。

㉖　帰還せるの半数にたりない。／回來的人不足一半。

㉗　現代における神話は、科学がつくりだす。／當代神話，由科學來創造。

…… • …… • …… • …… • ……

(i) 過去、完了助動詞“た”的意義、用法多樣，主要是構成過去時，形成與非過去時的對立。“た”所表示的基本用法“過去”和“完了”是兩個相互關聯的概念，其中“過去”強調的是“時”，即表述說話時刻以前的事態；“完了”側重於“體”，即表達某一事態已經實現或形成。

(ii) 關於“た”的來源及各意項之間的聯繫，《日本文法事典》（北原保雄等編有精堂，1981）有如下論述：

(ア) “過去の助動詞”として、「た」は接続助詞「て」に、存在の「あり」のついた、「てあり→たり」に由来し、原義的には、事実の存在を表し、動作性の表現に用いられた場合には、その動作・作用の完了を表す。したがって、「た」は、本来、時制とは、直接に結びつかないものであるが、継時的な事象を述べる文においては、その事象が、ある時点よりも前に起こったことを示す用法を持つ。「財布をすられたのに気がついた時は、あきらめたが、警察にだけは届けた。」などの「た」の用法は、過去とも言いうるが、現在よりも前、それよりも前とさかのぼって「届ける→あきらめる→気づく→すられる」といった事象の間の前後関係を、継起的に確定していく機能に、注目すべきであろう。こうしたところから、「た」は以前を表すとする考え方が出てくる……。

(イ) “完了”から派生したという“詠嘆の助動詞”についての説明では、本来の意味が希薄になり、単に感動や強調を表すと認められる、口語の「た」などの終止法についていわれる。……「あっ釣れた釣れた」などがその例である。……「た」は、本

来、事実の確認を叙述するものであり、これは容易に、強調ないしは感動の表現に転じうるばかりでなく、「さあ、買った、買った。」のような終助詞的な用法をも生み出す。……。

(iii) "た"在 2.4、2.5、2.6 中的意義和用法只表示說話人當時的主觀態度，而與"時"的基本意義不同。田中章夫（《日本文法大辞典》松村明編明治書院, 1991）指出，這是"た"的"終助詞的に用いる用法"：

"話し手のそのときの主観的気持ちを、直接表現する点で、他の用法とは基本的に異なるものだとして、金田一春彦は、これを、不変化助動詞としている……。"

(iv) 未然形後續"う"構成的"たろう"的用法很少見，現在多使用"……ただろう"的形式。例如：

○　アルバムには五歳の自分の写真は十枚(じゅうまい)あっただろう。／

影集大概有 10 張自己 5 歲時的照片。

(v) 連體形"た"體現了"た"的多種意義，除了表示"過去、完了"之外，還表示"存續"或"單純狀態"的意義。在下列句子中，連體形的"た"，其意義相當於"ている"或"てある"。

○　めがねをかけた人。／帶眼鏡的人。

○　異なった(こと)意見を述べた。／發表了不同意見。

○　大きな皿(さら)に、焼いた魚(さかな)が並(なら)べてある。／大盤子裡放著煎好的魚。

○　赤く塗(ぬ)ったお盆は壁に飾られている。／塗成紅色的盤子被裝飾在牆上。

(vi) 某些動詞後續"た"可構成類似連體詞的詞語。

○　ああし<u>た</u>やり方／那種做法

○　政治に関し<u>た</u>話／政治方面的話題

○　遅刻欠勤といっ<u>た</u>事例^{じれい}／遲到缺勤之類的事例

○　れっきとし<u>た</u>日本人／正兒八經（地地道道）的日本人

（vii）　"た"的假定形"たら"後接接續助詞"は"的用法也是有的，但極為罕見。例如：

○　行けと言うから行ってみ<u>たら</u>ば、誰もいなかった。／說了去看就去看了，可誰也不在。

（viii）　"たら"不但可以表示假定條件，還可以表示確定的事實。例如：

○　読ん<u>だら</u>、たいへん面白かった。／讀了覺得很有趣。

○　探^{さが}し<u>たら</u>、すぐ見^みつかった。／一找馬上就找到了。

第四節　構成鄭重語、尊敬語的助動詞

本節中的助動詞都與敬語有關，包括兩類：一類是構成鄭重語的助動詞，即接於動詞及動詞型助動詞後的敬體助動詞"ます"、接於形容詞及形容詞型助動詞後的敬體助動詞"です"和頂替"だ、である"的敬體助動詞"です"；另一類是構成尊敬語的助動詞，即接於動詞後構成尊敬動詞的"れる、られる"。

一、接於動詞及動詞型助動詞後的敬體助動詞"ます"

敬體助動詞（丁寧(ていねい)の助動詞(じょどうし)）"ます"可以把動詞、動詞型助動詞變為敬體。

1. 接　續

"ます"接在動詞和動詞型助動詞"れる"、"られる"、"せる"、"させる"、"しめる"、"たがる"的連用形後面。

(1) 動　詞

言います　　　見ます　　　　掛けます

来ます　　　　します

(2) 助動詞

読みたがります　考えられます　　笑わせます

2. 意　義

敬語助動詞"ます"用來表達說話者和作者的一種鄭重的心情，表示對聽者和讀者的一種尊敬。從文體的角度看，鄭重語構成敬體。"ます"廣泛用於談話中，也用於廣播、電視、演講以及信函和小說之中。

① 雨が降っています。／下著雨。

② その本はまだ読んでいません。／那本書還沒看。

③ 明日お伺(うかが)いいたしましょう。／明天去拜訪您吧。

④ 買いたいと思いましたが、高くて買えませんでした。／我想買，可是太貴了沒買成。

⑤ まだ時間もありますし、もうすこし研究してみましょう。／還有時間，再稍微研究一下吧。

3. 活用及各活用形的用法

第六章　助動詞

3.1 活　用

"ます"屬於特殊活用。

基本形	未然形	連用形	終止形	連體形	假定形	命令形
ます	ませ ましょ	ます	ます	ます	ますれ	ませ まし

3.2 各活用形的用法

⑥　暗くて何も見えませんでした。／很暗，什麼也看不見。
（未然形）

⑦　当日はわたしも参りましょう。／那一天我也去吧。（未然形）

⑧　みんなもう帰りました。／大家都已經回去了。（連用形）

⑨　九時に集合しまして、すぐ出発いたします。／9點集合，然後立刻出發。（連用形）

⑩　果物は皮ごと食べられます。／水果可以帶皮吃。（終止形）

⑪　朝早く行きますから、あなたもおいでください。／一早就走，你也去吧。（終止形）

⑫　あなたともうこれでお目にかかれますまい。／恐怕從此再也見不到您了。（終止形）

⑬　出発しますときにはお知せいたします。／出發的時候我再通知您。（連體形）

⑭　あそこに見えますのが郵便局です。／那兒看到的就是郵

局。（連體形）

⑮　私が致しますのでおかまいなく。／我來辦，您就別客氣
　　了。（連體形）

⑯　大雨が降っていますのに、外出しました。／下著大雨卻
　　出去了。（連體形）

⑰　来年になりますれば時間的にも多少余裕ができますもの
　　と期待しております。／到了明年，希望在時間方面能多
　　少有些寬裕。（假定形）

⑱　いらっしゃいませ。／歡迎光臨。（命令形）

⑲　おはやくおかえりなさいませ。／請您早回吧。（命令形）

⑳　お体にお気をつけくださいませ。／請注意身體。（命令
　　形）

(i) 動詞後續"ます"以及體言等後續"です"結句的文體，
叫做"です・ます体"，也叫"敬體"。與之相對，體言等後續
"だ、である"，用言等直接以終止形結句的文體叫做"だ、であ
る体"，也叫"簡體"。

(ii) "ます"主要用於句末。當句中接續助詞為"から"、
"が"、"けれども"時，其前的從句使用"ます"也還自然。如
使用"ましたら、ますので"等則使人感到過於鄭重。

(iii) "ます"的未然形"ませ"只用於後續否定助動詞"ぬ
（ん）"，也就是現代日語中常用的"……ません"。

(iv) "ます"的未然形"ましょ"後續推測助動詞"う"，用
於第一人稱時，表示自己的決心；更多地用於建議第二人稱與說話
人一起做某事。原則上說也可以表示推測，但實際中很少用。例如：

○ 午後から雨が降り<u>ましょう</u>。／下午恐怕要下雨。

○ 午後から雨が降る<u>でしょう</u>。／下午恐怕要下雨。

前一句在現代日語中幾乎不用，而用後一句表示推測。

(v) 連體形"ます"使用得比較有限，一般多用於後續接續助詞"ので"、"のに"的場合。後續體言（例⑬⑭）、助動詞時，顯得格外鄭重。例如：

○ こういう例でおわかりになり<u>ます</u>ように、……／由此例

　可知，……

(vi) "まする"是"ます"的連體形的一種變形，表示更高一級的敬重，僅用於特殊場合，一般會話不用。

(vii) 假定形"ますれ"是比較生硬的說法，口語中很少使用，表示假定條件等時，常用"……ましたら"的形式。例如：

○ 明日雨が降り<u>ました</u>ら運動会は延期<ruby>延期<rt>えんき</rt></ruby>になるでしょう。／

　如果明天下雨的話，運動會就延期吧。

(viii) 命令形"ませ"是比"まし"更標準的說法。命令形一般也較少用，多接於"いらっしゃる、おっしゃる、くださる、なさる、遊ばす、召す"等敬語動詞之後，幾乎不接一般動詞。

二、接於形容詞及形容詞型助動詞後的敬體助動詞 "です"

敬體助動詞"です"（丁寧<ruby>丁寧<rt>ていねい</rt></ruby>の助動詞<ruby>助動詞<rt>じょどうし</rt></ruby>）僅能接在形容詞、形容詞型助動詞後，它與斷定助動詞不同，並不增加語法意義，只是使形容詞變為鄭重語的一個手段。

1. 接　續

敬體助動詞“です”接在形容詞、補助形容詞“ない”及形容詞型助動詞“たい”、“らしい”的終止形以及上述詞語加過去助動詞“た”的終止形後。

(1) 形容詞

暑いです　　　涼しかったです　　　專門ではないです

(2) 形容詞型助動詞

行きたいです　帰りたかったです　　いないらしいです

2. 意　義

敬體助動詞“です”用來表示說話者和作者對聽話者和讀者的一種尊敬。從文體的角度看只是為了表示鄭重，構成敬體。

㉑　ガラスは熱に強いです。／玻璃耐熱。

㉒　おもしろい本が読みたいです。／我想看有趣的書。

㉓　日本人はよほど騒音を嫌う国民らしいです。／看來日本人是十分討厭噪音的。

3. 活用及各活用形的用法

3.1 活用

敬體助動詞“です”屬於特殊活用，且活用形不全，一般只使用其未然形和終止形。

基本形	未然形	連用形	終止形	連體形	假定形	命令形
です	でしょ	(でし)	です	(です)		

3.2 各活用形的用法

㉔　冷やして食べるともっとおいしいでしょう。／冰鎮一下吃可能更好吃吧。（未然形）。

㉕　この新しい靴をはいたら足の指が痛いです。／穿上這雙新鞋腳指頭痛。（終止形）

㉖　着想は素晴らしいですが、理論をどう組みたてていくかがむずかしい問題でしょうね。／想法很不錯，可是如何建立起理論體系來卻是個難題。（終止形）

㉗　やっぱり「人生の教師である」という言い方がすわりがいいですね。／還是“人生的老師”這個說法更妥當。（終止形）

……‧……‧……‧……‧……

(i) 以前“です”不直接接在形容詞後，而是形容詞後續“の”再接“です”。如“寒いのです”。但當“です”後續有語氣助詞“か、よ、ね”等時，可以將“の”省略掉。如“寒いですが”。1952年4月，日本國語審議會承認了以形容詞直接“です”來結句的形式為標準說法。即形容詞的結句形式，包括肯定、否定、過去等如下表所示：

	肯　定	否　定
非過去	寒いです	寒くないです
過去	寒かったです	寒くなかったです

(ii) 絕大多數語法參考書上都把形容詞後面的“です”與體言後面的“です”看作同一助動詞，本書將兩者區別開來，作為兩個助動詞。其理由有三：

（ア）接續方法不同。

（イ）語法意義不同。接在體言等後的"です"具有斷定意義，具有陳述作用，缺之則句子不完整；接在形容詞後的"です"不具有斷定意義，也沒有陳述作用，只是增添鄭重語氣，構成敬體，不用它句子仍然完整。

（ウ）活用方式略有不同。體言後的"です"的連用形"でし"很常用，可後續過去助動詞"た"表示過去，如"湖でした"；形容詞後的"です"連用形的用法幾乎沒有，如表示過去，是在簡體過去式後加"です"，說"面白かったです"，而不說"面白いでした"。

三、頂替"だ、である"的敬體斷定助動詞"です"

與形容詞後的單純敬體助動詞不同，頂替"だ、である"的敬體斷定助動詞"です"（丁寧断定の助動詞），除增加鄭重語氣外，本身還有判斷的語法意義。

1. 接　續

敬體斷定助動詞"です"接在體言、一部分副詞和助詞"の"、"から"、"まで"、"だけ"、"ぐらい"、"ばかり"、"など"等的後面。

（1）體言

　花です　　　　　学校です　　　　　　つもりです

（2）副詞

　すこしです　　　すぐです　　　　　こうです

（3）助詞

　　行くのです　　3時までです　　　　悪いからです

　　それだけですこれくらいです泣くばかりです

2. **意　義**

2.1 表示對事物或狀態的判斷、肯定的一種鄭重的說法。例如：

㉘　彼は医者の息子<u>です</u>。／他是醫生的兒子。

㉙　私の文学論は地震で倒^{たお}された未成市街の廃墟のようなも
　　の<u>です</u>。／我的文學研究如同一座尚未建好的城池在大地
　　震中倒塌而成了一片廢墟。

㉚　この仕事はもうちょっと<u>です</u>。／這項工作只剩下一點點了。

㉛　権力を濫用^{らんよう}したらどう<u>でしょう</u>。／濫用權力，會怎麼樣？

㉜　嬉^{うれ}しくてしばらくは話もできないくらい<u>です</u>。／高興得
　　竟半天說不出話來。

㉝　ただ何事も言えなかったの<u>です</u>。／只是沒什麼可說的。

2.2 代替上文提到的或可以想見的其他動詞。例如：

㉞　来年福田さんは党大会でもう一度総裁<u>です</u>。／明年福田
　　先生在黨代表大會上將再度被選為總裁。（代替了“選ば
　　れる”）

2.3 以“お（ご）……です”的形式構成動詞的尊敬語。例如：

㉟　おくさまどちらへお出かけ<u>です</u>か。／夫人您去哪裡？

㊱　わたくしの先生の山田先生をご存じ<u>です</u>か。／您認識我
　　的老師山田先生嗎？

3. **活用及各活用形的用法**

"です" 屬於特殊活用

基本形	未然形	連用形	終止形	連體形	假定形	命令形
です	でしょ	でし	です	（です）		

3.2 各活用形的用法

㊲ 王^{おお}さんは、スポーツマン<u>でしょう</u>。／小王是運動員吧。
（未然形）

㊳ きのう一日 中 大雨<u>でした</u>。／昨天下了一整天的大雨。
（連用形）

㊴ あの人が山田さんで、その隣^{とな}りが鈴木さん<u>です</u>よ。／那位是山田先生，他旁邊那位是鈴木先生啊。（終止形）

㊵ 時間というものは自然^{しぜん}にたつもの<u>です</u>けど、こっちのドラマチックな時間はまるで動かない。／雖然時間是自然流逝的，但是我們所說的戲劇時間卻靜止不動。（終止形）

㊶ 女から泣かれるのは、これが最初<u>です</u>ので、驚きました。／頭一回碰見女人在自己的面前哭，感到很吃驚。
（連體形）

　　…… • …… • …… • …… • ……

(i) "です" 作為 "だ、である" 的鄭重說法，在接續、意義、用法上與 "だ" 基本一致，只是文體上增添鄭重語氣。"である" 的鄭重說法還可以使用 "であります"，一般用於講演等場合。

(ii) 阪田雪子在《日本語教育事典》中指出："です" 主要用於句末。如果在分句中使用，一般當接續助詞為 "から"、"が"、

"けれども"時使用比較自然。句中使用"ですのに"、"でしたち"等感覺過於鄭重。

　　(iii) "です"不能接於助動詞"ます"之後，但其過去式"でした"可以接在"ます"的否定形式"ません"後，構成動詞的敬體過去否定式。這時"でした"並沒有斷定的意義，僅僅起文體作用。例如：

　　○　きのう掃除しませんでした。／昨天沒有打掃除。

四、敬語助動詞れる、られる

　　敬語助動詞（尊敬の助動詞）"れる、られる"接在動詞後構成尊敬動詞。

1. 接　續

　　"れる"接於五段動詞未然形①後，"られる"接於一段動詞、カ變動詞未然形後，サ變動詞未然形②後。例如：

(1) 五段動詞

　　読まれる　　　　帰られる　　　　　　書かれる

(2) 一段動詞

　　起きられる　　　やめられる

(3) カ變動詞

　　来られる

(4) サ變動詞

　　せられる――される

　　転任せられる――転任される

2. 意　義

表示對話中所提到的人物的動作的尊敬。例如：

㊷　先生は連 休にどこかへ行かれましたか。／老師、您在連
　　休的幾天裡去什麼地方去了？

㊸　ご両 親の言われることは、まちがいはないと思います。
　　／我認為，你父母說的不會錯。

3. 活用及各活用形的用法

3.1 活　用

敬語助動詞"れる、られる"屬於下一段動詞型活用，但是沒
有命令形。

3.2 各活用形的用法

㊹　主任はまだ帰られないそうです。／聽說主任還沒回來。
　　（未然形）

㊺　昨晚、田中先生が来られて、おそくまで話しました。／
　　昨晚，田中老師來了，談到很晚。（連用形）

㊻　王先生は歴史を教えておられるそうです。／據說王老師
　　在教歷史。（終止形）

㊼　先生のいわれるところは、ためになるからしっかり覚え
　　なさい。／老師所說的，都很有用，請記好。（連體形）

㊽　先生が来られればわかることだ。／若是老師來了就清楚
　　了。（假定形）

㊾　一日も早く御健康を回復されれば、みんなのしあわせで
　　すが。／您早日康復就是大家的幸福。（假定形）

······ • ······ • ······ • ······ • ······

(i) 後續 "れる、られる" 表示尊敬的形式，較之其他敬語形式多見於公文、論文、新聞報導等文章中。

(ii) 動詞 "いる（居る）" 的尊他形式，不能通過後續敬語助動詞 "られる" 來實現，而是要通過同義詞 "おる" 後續敬語助動詞 "れる"，即 "おられる" 來表示。也可以改用尊敬動詞 "いらっしゃる"。例如：

○ 奥さまはこのごろこの電車に乗っていらっしゃいます。

　　／夫人近來乘坐這路電車。

作為補助動詞的 "いる" 也是如此。例如：

○ そのことなら、田中先生が知っておられます。／那件

　　事，田中老師知道。

動詞加上 "れる、られる" 後再後續 "ている" 時，所表達的不是尊敬，而是被動。例如：

○ 中国の成語は、日常会話の中でよく使われています。／

　　中國的成語，常在日常會話當中使用。

"……ている" 中的 "いる" 加上 "られる" 所形成的 "……ていられる" 既不表示尊他，也不表示被動，而是表示可能。例如：

○ 日曜日なら、いつまでも寝ていられる。／若是星期天，

　　那麼睡到什麼時候都行。

(iii) "れる、られる" 除表示尊敬外，還可以表示被動、可能、自然發生。在前後文中它們的區別比較容易判斷，而在某些會話中則有可能有歧義。例如：

○　李さんが来られますか。／①李先生來嗎？（尊敬）②老
　　李能來嗎？（可能）

○　そんなに言われると、私も北京へ行ってみたくなりまし
　　た。／①您這麼一說，我也想去北京了。（尊敬）②被
　　（你）這麼一說，我也想去北京了。（被動）

　　為避免誤解，表示尊敬時可使用相應的尊敬動詞，如"来る"
說成"いらっしゃる"或"おいでになる"、"言う"說成"おっ
しゃる"等。

　　還可根據句中人物後的格助詞來判斷。例如：

○　李さんが……言われる。／（尊敬）
○　李さんに……言われる。／（被動）

　　(i)　有些學者不認為"である"是一個助動詞，他們認為"で
ある"是助動詞"だ"的連用形"で"加上動詞"ある"而來。時
枝誠記認為"ある"是"指定の助動詞"於是"である"是助動詞
"だ"和助動詞"ある"的結合。

　　(ii)　使用"だ"的文體被稱作"だ体"或"だ調"，使用"で
ある"的文體被稱作"である体"或"である調"。"だ体"和
"である体"被稱為"簡體（常體）"。"だ体"是"口頭語的な
文体"，"である体"是"文章語的な文体。"

　　(iii)　"ぼくはうなぎだ"這一類型的句子說明，在實際使用
上，"Aが（は）Bだ"的句子並不完全意味著"A＝B"，對如
何解釋這一問題，倉持保男在《日本語教育事典》"だ"項中說
道：一つの解釈は「うなぎだ」つまり「Bだ」に当たる部分が他
の述語の代用をしているという見方である。すなわち「ぼくはう

なぎを食べる」の「～を食べる」が「だ」によって代用されたと
見るのである。

　　　これに対して、「ぼくは」の「ぼく」つまり「Aは」の
「A」に言外の意味を内包し、それをAによって代表させている
と考える見方も可能ではないかと思う。「ぼくは」の「ぼく」は
行為の主体を表すものであるが、行為の主体が及ぼす行為の対象
物をも包み込にでいるとする見方である。すなわちこの「ぼくは」
は、「ぼくの食べるものは」の意味を表すものだととるのである。"

　　(iv) 時枝誠記認為"だろう"在接續上不同於"だ"，它可接
在動詞、形容詞、某些助動詞後、因此不能簡單地將其視為"助動
詞だ的未然形だろ＋助動詞う"，而應將其視為一個獨立的助動詞。

　　(v) 連體形"な"不能直接修飾體言，它後面只能接形式名詞
"の"或接續助詞"ので"、"のに"等。

○　彼女はまだ子供なのだ。／她還是個孩子。

○　日曜日なので、道がすいている。／因為是星期天，所以
　　路上車輛行人很少。

○　吹雪なのに出かけていった。／外面是暴風雪，卻還是出
　　去了。

　　(vi) 文語判斷助動詞"なり"接在用言連體形後，"たり"接
在體言後，都是形容動詞型活用。

基本形	未然形	連用形	終止形	連體形	已然形	命令形
なり	なら	なり・に	なり	なる	なれ	（なれ）
たり	たら	たり・に	たり	たる	たれ	（たれ）

第五節　接在無活用詞語後使之具有陳述作用的助動詞

斷定助動詞（断定<ruby>だんてい</ruby>の助動詞<ruby>じょどうし</ruby>）"だ"、"である"表示斷定性判斷。

1. 接　續

"だ"、"である"接在體言、相當於體言的詞語、部分副詞、部分助詞後。

(1) 體言、相當於體言的詞語

会社員だ　　　　ホテルだ　　　　　日曜日である

将来である　　　笑われるのだ　　　なるわけである

知らせるべきである

(2) 副詞

はじめてだ　　　いよいよだ　　　　そうである

(3) 助詞

明日からだ　　　女の人だけだ　　　知人ばかりである

11 時までである

2. 意　義

表示對事物或狀態的斷定、判斷。

① これが、彼の終生<ruby>しゅうせい</ruby>の信条<ruby>しんじょう</ruby><u>である</u>。／這是他一生的信條。

② そろそろ出発の時間<u>だ</u>。車内に入ろう。／馬上就到出發時間了，上車吧！

③ クジラは魚<u>ではない</u>。／鯨不是魚。

④ すぐみんなに知らせるべき<u>であった</u>。／應該立刻通知大家的。

⑤ 何^{なん}とかごまかそうとするのがまちがい<u>なのだ</u>。／想方設法要哄騙是不對的。

⑥ 今さら弁解する必要はないの<u>である</u>。／到現在沒有辯解的必要了。

3. 活用及各活用形的用法

3.1 活　用

"だ"屬於形容動詞型活用，"である"屬於五段動詞型活用。

基本形	未然形	連用形	終止形	連體形	假定形	命令形
だ	だろ	で だっ	だ	な	なら	
である	であろ	であり であっ	である	である	であれ	であれ

3.2 各活用形的用法

⑦ それは梅の花<u>だろ</u>う。／那是梅花吧。（未然形）

⑧ 破傷風は、果たして破傷風菌そのものの直接の作用によって起こる病気なの<u>であろ</u>うか。／破傷風果真是由破傷風菌直接作用而引起的病嗎？（未然形）

⑨ 姉は医者<u>で</u>、妹は大学生だ。／姊姊是醫生，妹妹是大學

生。（連用形）

⑩　これは私の本ではない。／這不是我的書。（連用形）

⑪　わたしが北京へ行ったのは去年の秋のころだった。／我去北京是去年秋天的事。（連用形）

⑫　本籍は北京であり、住まいは西安である。／原籍是北京，家住在西安。（連用形）

⑬　11 月 16 日のことであった。／那是 11 月 16 日的事了。（連用形）

⑭　子供ばかりだとバカにされる。／如果光是孩子的話，會受欺負。（終止形）

⑮　こんなことをしたのははじめてだよ。／幹這種事可是頭一次呀！（終止形）

⑯　家電製品は電気知識のない人が使う機械である。／家電産品是不掌握電的知識的人們使用的機器。（終止形）

⑰　あしたは試験なので、授業はない。／因為明天考試，所以沒課。（連體形）

⑱　管理職である人々は、組合に加入できない。／公司的管理人員不能參加工會。（連體形）

⑲　日曜日なら暇だ。／如果是星期天的話有時間。（假定形）（一般在"なら"後不再加"ば"）

⑳　判断力も決断力も弱い人であれば、何をやってもよくやれないであろう。／缺乏判斷力和決斷力的人，幹什麼事情都幹不好。（假定形）

㉑　ニンジンであれ、ホウレンソウであれ食べる。／胡蘿蔔也好，菠菜也好，都吃。（命令形）

4. 文語判斷助動詞在現代日語中的殘留

文語判斷助動詞在現代日語中較常用的是"なり"的連體形
"なる"和"たり"的連體形"たる"。"なる"、"たる"表示
"という"、"にある"、"にいる"、"である"等意思。例如：

㉒　台北の西郊外なる板橋花園はわが国の名 勝の一つです。
　　／台北西郊的板橋花園是我國的名勝之一。（"なり"的
　　連體形）

㉓　一般に電子素子なるものは単独に使われて、機能を発揮
　　する場合はまれである。／一般說來單獨使用電子元件來
　　發揮其效能的情況是很少的。（"なり"的連體形）

㉔　そう考えるならば、人間の人間たるゆえんは手と指にあ
　　るともいえるでしょう。／如果那樣考慮的話，也可以說
　　人之所以為人在於有手和手指吧。（"たり"的連體形）

第六節　表示各種陳述方式的助動詞

助動詞除可以從時、態等方面對用言予以補充外，許多主要是
起表示各種陳述方式的作用。表示陳述方式的助動詞有：たい、た
がる、ない、ぬ（ん）、う、よう、まい、そうだ（樣態）、よう
だ、みたいだ、らしい、そうだ（傳聞）等。

一、表示願望的願望助動詞たい、たがる

願望助動詞（希望の助動詞）"たい、たがる"表示願望、希
望。

1. 接　續

　　"たい、たがる" 接在動詞、助動詞 "れる、られる"、"せる、させる" 的連用形後。

(1) 動　詞

なりたい	読みたがる	見たい	見たがる
始めたい	食べたがる	来たい	来たがる
したい	したがる		

(2) 助動詞

選ばれたい	選ばれたがる
読ませたい	読ませたがる
伝えさせたい	伝えさせたがる

2. 意　義

　　"たい" 表示說話人內心的願望希望，"たがる" 表示顯露於言行的願望、希望，多用於第三人稱。

① つめたいビールが飲みたいなあ。／想喝冰啤酒啊！

② 高校 (こうこう) に行きたくても行けない人もいるのだ。／也有的人想上高中而上不成。

③ 熱があるのに遊びに出たがってしようがない。／發著燒還想出去玩，真沒辦法。

④ 代 表 (だいひょう) に選 (えら) ばれたいなら優 勝 (ゆうしょう) しなくてはだめだ。／要想被選為代表，不取得冠軍可不行。

⑤ 母がピアノを習 (なら) わせたがったのですが。／是媽媽想讓（我）學鋼琴的。

3. 活用及各活用形的用法

3.1 活用

"たい"屬於形容詞型活用，"たがる"屬於五段動詞型活用。

基本形	未然形	連用形	終止形	連體形	假定形	命令形
たい	たかろ	たく たかっ	たい	たい	たけれ	
たがる	たがら （たがろ）	たがり たがっ	たがる	たがる	たがれ	

3.2 各活用形的用法

⑥ はやく帰り<u>たかろ</u>う。／想早點回去吧。（未然形）

⑦ 映画を見に行き<u>たがら</u>ぬ子も、たまにいる。／偶爾也有不願意去看電影的孩子。（未然形）

⑧ 母に早く会い<u>たく</u>てしようがない。／很想早日見到母親。（連用形）

⑨ 食べ<u>たく</u>なかったら無理に食べないでいいよ。／不想吃的話，不要勉強吃。（連用形）

⑩ わたしもあの映画を見<u>たかっ</u>た。／我本來也想看那部電影。（連用形）

⑪ おもちゃを買い<u>たがり</u>、親を困らせた。／非要買玩具，讓父母很為難。（連用形）

⑫ 若いころは医者になり<u>たがっ</u>ていた。／年輕時想當醫生。（連用形）

⑬ どうせ買うなら長く役立^{やくた}つものを買い<u>たい</u>ね。／反正終

歸要買，就想買個用得久的。（終止形）

⑭　この子はすぐにいたずらをし<u>たがる</u>。／這孩子動不動就想惡作劇。（終止形）

⑮　買い<u>たい</u>品_{しな}が手に入らない。／想買的東西買不到。（連體形）

⑯　子供は甘_{あま}い物_{もの}を食べ<u>たがる</u>ものだ。／孩子是愛吃甜食的。（連體形）

⑰　使い<u>たけれ</u>ば、いつでもどうぞ。／什麼時候想用，你就用吧！（假定形）

⑱　ひどく帰り<u>たがれ</u>ば、帰してやるほうがいい。／（他）如果特別想回去的話，還是讓（他）回去的好。（假定形）

　　……・……・……・……・……

(i) 野田尚史（《日本語教育事典》）對“たい”和“たがる”的區別有個深入淺出的論述：“「たい」は感情形容詞と同様、心の中の気持を直接表すものであり、感情主に視点をおいて叙述する働きがある。「たがる」は「～たい気持」が外に表わされていることをいうもので、感情主の外に視点をおいて叙述する働きがある。

そのため、主文において、「たい」は話し手自身の感情しか表さず、「たがる」は話し手自身の感情は表さないという相補関係がみられる。

○　（ぼくは）酒が飲み<u>たい</u>。
○　山田君は酒を飲み<u>たがっ</u>ている。
ただし、「たい」に「らしい、だろう、そうだ、はずだ、の

— 329 —

だ」といった話し手の判断を表す助動詞が付けば、「たがる」と
同様、話し手以外の感情を表す。また。疑問文では、「たい」は
聞き手の感情を表す。

　　〇　山田君は酒が飲み<u>たい</u>らしい。

　　〇　（君は）酒が飲み<u>たい</u>か。

　　従属節に「たい」「たがる」が現れる場合には、次のような
原則が認められる。「たい」は、従属節の感情主と主文の主格
（同時に主題である場合が多い）が一致したときに、「たがる」
はそれらが一致しない場合に用いられるという原則である。

　　〇　山田君は酒が飲み<u>たい</u>と思った。

　　〇　山田君は、ぼくが酒を飲み<u>たがっ</u>ていると思った。

　　〇　ぼくは、酒が飲み<u>たく</u>なっても飲みません。

　　〇　山田君が酒が飲み<u>たがっ</u>ても、"ぼくは（彼に酒を）飲

　　　　ませません。"

　　(ii)　他動詞接上"たい"後，前面的賓格助詞"を"有時變為
主格助詞"が"，也有保持不變的。對於"を"何時應變，"が"
何時不應變"が"，阪田雪子在《教師用日本語教育ハンドブック
文法II》中這樣寫道：「が……たい」がどんな場合に現れやすい
かと言うと、構文上は、希望・欲求の対象が「動詞＋たい」の直
前に示され、しかも、その行為が他の人に影響を及ぼさないよう
な場合である。これは一面から見れば、「（何か）食べたい／飲
みたい／買いたい」など、「～たい」で表される欲求が明確に意
識され、その対象を明示するために「が」が用いられるのだと考
えることもできる。一方、「田中君を課長に推薦する」「娘を嫁

に行かせる」などのように、その行為が他に及ぶような事柄を希望する場合には、「を」がそのまま用いられ、「田中君を課長に推薦したい」「娘を嫁に行かせたい」となるのが普通である。この文脈で対象を「が」によって示すと、主格とのまぎらわしさが出てくることも「を」をそのまま用いる一因であろう。"

　(iii)　"たがる"的未然形"たがろ"基本不用，如"子供たちはこんどの映画を見たがろう"的句子，一般都用"……見たがるだろう"；假定形"たがれ"也不常用，表示假定條件時，通常使用"たがるなら。"

二、表示否定的助動詞ない和ぬ（ん）

　否定助動詞（否定の助動詞）"ない"、"ぬ（ん）"表示否定。

1. 接　續

　"ない"和"ぬ（ん）"接於動詞（五段動詞"ある"除外）、動詞型活用助動詞的未然形後；"ない"接於サ變動詞的未然形"し"後；"ぬ"接於サ變動詞未然形"せ"後；"ぬ"還可接於助動詞"ます"的未然形"ませ"後。

(1) 動　詞

行かない	帰らない	見ない
行かぬ	帰らぬ	見ぬ
教えない	来ない	しない
教えぬ	来ぬ	せぬ

(2) 助動詞

笑われない　　たずねさせない

— 331 —

笑われぬ　　　　たずねさせぬ

書きたがらない　行きませぬ

書きたがらぬ　　（行きません）

2. 意　義

表示對動作、作用、狀態、屬性的否定。

⑲　今日は誰も来<u>ない</u>。／今天誰也不來。

⑳　わたしはなにも知ら<u>ぬ</u>（<u>ん</u>）。／我一無所知。

㉑　押して開か<u>なけれ</u>ば、引いてごらん。／要是推不開的話，試著拉拉看。

㉒　法を無視することは許され<u>ぬ</u>。／無視法律的作法不可原諒。

㉓　先生のご恩を忘れたりはいたしま<u>せん</u>。／老師您的恩情，我決不忘記。

3. 活用及各活用形的用法

3.1 活　用

否定助動詞 "ない" 屬於形容詞型活用；"ぬ" 屬於特殊型活用，"ぬ" 是變化不完全的助動詞。

基本形	未然形	連用形	終止形	連體形	假定形	命令形
ない	なかろ	なく なかっ	ない	ない	なけれ	
ぬ		ず	ぬ（ん）	ぬ（ん）	ね	

3.2 各活用形的用法

㉔　寮^{りょう}には誰もいな<u>かろ</u>う。／宿舍裡一個人也沒有吧。（未然形）

㉕　明日行け<u>なく</u>て残念だ。／明天不能去很遺憾。（連用形）

㉖　学校を休んでばかりいると、だんだん講義がわから<u>なく</u>なりますよ。／老是不去上課，漸漸地課就聽不懂了呀。（連用形）

㉗　もし雨が降ら<u>なかっ</u>たら、遊びに行きましょう。／如果不下雨的話，就去玩吧。（連用形）

㉘　文句を言わ<u>ず</u>、さっさと仕事をしろ。／別發牢騷，趕快幹活。（連用形）

㉙　あの人は雨が降っているのに傘もささ<u>ず</u>に歩いている。／正在下雨，他卻不打傘在雨中走。（連用形）

㉚　君も手伝ってくれ<u>ない</u>か。／你能不能也幫幫我？（終止形）

㉛　金もいら<u>なけれ</u>ば、名もいら<u>ぬ</u>。／既不為利又不為名。（假定形、終止形）

㉜　私にはとてもできませ<u>ん</u>。／我實在幹不了。（終止形）

㉝　信じられ<u>ない</u>力です。／難以置信的力量。（連體形）

㉞　雨も降っていない<u>ない</u>のに傘をさす人がいる。／沒下雨卻有人在打傘。（連體形）

㉟　ちょっと見<u>ぬ</u>間に、すっかり大きくなった。／幾天不見就長這麼大了。（連體形）

㊱　わたしがあいさつをしたのに、彼は知ら<u>ん</u>顔をして行ってしまいました。／我打了招呼，而他卻裝做不認識的樣子走開了。（連體形）

㊲　君にわからんはずはない。／你不會不知道。（連體形）

㊳　早く来られなければ間に合わない。／不能早點來的話就
　　來不及了。（假定形）

㊴　私が自分でやらねばなるまい。／恐怕我得自己幹吧。
　　（假定形）

4. 文語否定助動詞ず在現代日語中的殘留

"ず"接在活用詞的未然形後，表示否定。

4.1 "ず"在接續上的特點

與現代日語的否定助動詞"ない"不同，文語助動詞"ず"既
可以接在動詞或動詞型助動詞的未然形後，也可以接在形容詞、形
容動詞及形容詞、形容動詞型助動詞的未然形後。例如：

(1) 動詞及動詞型助動詞

　　　立たず　　　　起きず　　　　られず

(2) 形容詞、形容動詞及形容詞、形容動詞型助動詞

　　強からず　　　べからず　　　静かならず

　　ならず

4.2 "ず"在現代日語中的殘留

(1) 可以構成一些副詞。

　　相変わらず／仍舊　　　　　　知らず知らず／不知不覺地

　　思わず／不由得　　　　　　　少なからず／不少

　　絶えず／不斷地　　　　　　　遠からず／不久

　　取りあえず／首先

⑩　先生には<u>少なからず</u>お世話になりました。／承蒙老師多方面照顧。

⑪　<ruby>遠<rt>とお</rt></ruby><u>からず</u>成功するだろう。／不久就會成功的吧。

(2) 可以構成名詞或詞組。

物知らず／不學無術　　　　恥知らず／厚臉皮

食わずぎらい／抱有成見　　わからずや／不懂事的人

見ず知らずの他人／素不相識的人

食うや食わずの貧しい<ruby>暮<rt>くら</rt></ruby>し／有上頓沒下頓的貧困生活

(3) 在某些慣用型、文章標題等中使用。例如：

⑫　彼のためなら、その仕事を<u>受けざるを得ない</u>。／若是為了他，只得接受那項工作。（慣用型）

⑬　<ruby>当面<rt>とうめん</rt></ruby>値上げ<u>せず</u>と<ruby>明言<rt>めいげん</rt></ruby>／聲明暫不漲價（標題）

⑭　ローマは一日にして<ruby>成<rt>な</rt></ruby>らず。／冰凍三尺，非一日之寒。（成語）

……・……・……・……・……

(i) 存在動詞"ある"沒有未然形的用法，它的否定形式使用形容詞"ない"。作為文語殘留，有"文語動詞あり未然形あら＋ぬ"的用法，但不普遍。例如：

○　あら<u>ぬ</u><ruby>疑<rt>うたが</rt></ruby>いを受けた。／受到了莫須有的懷疑。

(ii) 接在形容詞、形容動詞後表示否定的"ない"不是助動詞，而是補助形容詞。助動詞"ない"與補助形容詞"ない"的區別如下：

(ア) 助動詞"ない"接在活用詞的未然形後，補助形容詞接在

活用詞的連用形後。

（イ）在活用詞與"ない"之間可插入提示助詞"は、も"等的是補助形容詞，不能插入的是助動詞。

○　よくはない

○　静かではない

○　みたくも　　　　　　　　　　　ない　為補助形容詞

○　体みでもない

×　書かはない

×　来られはない

（ウ）助動詞"ない"可以用"ぬ"替換，補助形容詞"ない"不能用"ぬ"替換。

○　行かない→行かぬ

○　休まない→休まぬ

×　よくない→よくぬ

×　静かではない→静ではぬ

(iii) 助動詞後接"で"、"でも"時使用"ん"的形式。例如：

○　無理なことを言わんでくれ。／不要說辦不到的事。

○　急いで行かんでもいい。／不用急著去。

(iv) 用"ない"、"ぬ"構成的慣用型數量較多，如：

(1) "……てはならない"、"……てはいけない"、"……てはならぬ"、"……てはいかん"表示禁止。

○　子供は見てはならない（てはならぬ）。／孩子不許看。

○　夜ふかしをしてはいけない（てはいかん）。／不許熬夜。

(2)　"なければならない"、"なくてはいけない"、"ないといけない"、"ねばならぬ"、"なくてはいかん"等表示必須、必要、義務。

○　9 時までには帰宅し<u>なければならない</u>（ねばならぬ）。／9點之前必須回家。

○　法<ruby>を<rt>ほう</rt></ruby>守<ruby>ら<rt>まも</rt></ruby><u>なくてはいけない</u>（なくてはいかん）。／必須遵守法律。

(3)　"なくてもいい"、"ないでいい"表示容許、許可。

○　無理に言いわけを<u>しなくてもいい</u>。／用不著強找藉口。

○　君はむりに参<ruby>加<rt>さんか</rt></ruby>し<u>ないでいい</u>。／你不用勉強參加。

(v)　文語否定助動詞"ず"的活用表

基本形	未然形	連用形	終止形	連體形	已然形	命令形
ず	ず	ず	ず	ぬ	ね	
	ざら	ざり		ざる	ざれ	ざれ

三、表示推測、意志等的推測助動詞う、よう

推測助動詞（推<ruby>量<rt>すいりょう</rt></ruby>の助<ruby>動詞<rt>じょどうし</rt></ruby>）"う、よう"表示推測、意志。

1. 接　續

"う"接在五段動詞、形容詞、形容動詞及助動詞"たい"、"ない"、"だ"、"です"、"ます"、"た"等的未然形後；"よう"接在上一段、下一段、カ變動詞未然形，サ變動詞未然形"し"及助動詞"せる、させる"、"れる、られる"的未然形後。

(1) 動詞

行こう	やろう	起きよう
求めよう	来よう	しよう

(2) 形容詞、形容動詞

寒かろう	寂しかろう	静かだろう

(3) 助動詞

飲みたかろう	行かなかろう	昨日だろう
休みでしょう	帰りましょう	寒かったろう
飲ませよう	食べられよう	

2. 意 義

2.1 表示推測

㊺ さぞや痛かろうと思う。／我想大概很痛吧！

㊻ この点に誤りがあるのではなかろうか。／在這一點上是不是有錯誤呢！

㊼ このことは次のようにも考えられよう。／這件事情也可以作如下考慮吧。

㊽ 私が聞かれたとしても、同じように答えたろうと思う。／即使人家問我，我可能也會做同樣的回答吧！

2.2 表示意志、決心

㊾ 夕方までに宿題をやってしまおう。／傍晚前要把作業做完。

㊿ 明日は朝が早いから、今夜は早く寝ようと思う。／因為明天要早起，今晚我想要早點睡。

(51) 彼は一度は大学進学<ruby>進学<rt>しんがく</rt></ruby>をあきらめ<u>よう</u>と思ったそうだ。／
據說他一度斷了上大學的念頭。

2.3 表示勸誘、邀請、提議、號召。

(52) さあ、みんなで一緒に行<u>こう</u>。／喂，大家一起去吧。

(53) もう一度よく考えてみ<u>よう</u>。／（咱們）再好好想一想吧。

(54) 電車<ruby>電車<rt>でんしゃ</rt></ruby>に乗<ruby>乗<rt>の</rt></ruby>ったら、老人<ruby>老人<rt>ろうじん</rt></ruby>に席<ruby>席<rt>せき</rt></ruby>を譲<ruby>譲<rt>ゆず</rt></ruby>りましょう。／在電車上要給老人讓座。

2.4 用 "……う（よう）とする" 的形式表示即將發生或即將出現的某種事態、情況。

(55) バスに乗<u>ろう</u>として、財布のないのに気<ruby>気<rt>き</rt></ruby>が付<ruby>付<rt>つ</rt></ruby>いた。／正要上公共汽車時，發現錢包沒了。

(56) いくら注意してもやめ<u>よう</u>としない。／再怎麼說，也不肯罷手。

(57) 花もいっせいに開<u>こう</u>とする気配<ruby>気配<rt>けはい</rt></ruby>である。／花也正要一齊開放。

3. 活用及各活用形的用法

3.1 活　用

"う、よう" 的活用屬於無變化型活用。

基本形	未然形	連用形	終止形	連體形	假定形	命令形
う			う	う		
よう			よう	よう		

3.2 各活用形的用法

(58) あしたはすこし早めに出かけさせよう。／明天讓（他）稍微早點出去。（終止形）

(59) どうだい、そろそろ帰ろうか。／怎麼樣，回去吧！（終止形）

(60) これから大いに頑張(がんば)ろうじゃないか。／今後可要加油幹呀！（終止形）

(61) かれがどこにいるかわたしが知ろうはずがない。／他在哪兒我可不知道。（連體形）

(62) 上手だなどと言おうものなら、何曲でも歌う。／一誇（他）唱得好，（他）就唱個沒完。（連體形）

……・……・……・……・……

(i) 表示說話人對於客觀事實的推測時，一般不用“う”、“よう”動詞未然形接續的形式。只有少數例外：“動詞に付く場合は、「ある、いる」、及び”、可能の意を表す動詞など、意味的には状態を表す動詞に付いて用いられることか多い。また、「ましょう」が用いられる場合も同様であるが、「ましょう」は意志・勧誘を表すのに専ら用いられ、推量を表すには「でしょう」を用いるのが普通である。（阪田雪子《日本語教育事典》“う・よう”項)

(ii) “う”・“よう”在表示意志、決心時，“文末に用いる場合は、話し手自身が今まさに決意したことをそのまま直接的に表明するものである。聞き手や第三者の意志を表す場合、更に、話し手の抱いた意志でも、客観化して述べる場合には、「~う（よう）と思う」、「~う（よう）と考える」などの形をとる。”（阪田雪子、《日本語教育事典》“う・よう”項)

○　今日こそ両親に手紙を書こ<u>う</u>。／今天可要給父母寫信。

○　よろしい。私が引き受けましょ<u>う</u>。／好！由我來幹吧！

○　それはだれにあげ<u>よう</u>と思って買ったのですか。／你買那個是想送給誰呀？

○　山田君は会社をやめ<u>よう</u>と考えているらしい。／好像山田想要辭職。

○　私はいくら苦しくても、最後までやり抜<u>こう</u>と決心した。／我決心再怎麼艱苦，也要幹到最後。

(iii)　"う、よう"的連體形只能後接"もの"、"はず"、"わけ"等形式名詞，且一般僅出現在一些慣用說法中。

○　海が荒れ<u>よう</u>ものなら手紙も来ない島だ。／一旦海上起了風浪連信也寄不到的小島。

○　あの筆不精から手紙が来<u>よう</u>わけがない。／那麼懶於動筆的人不可能來信。

○　一言わびてもよか<u>ろう</u>ところだ。／道一聲歉不就沒事了。

(iv)　由"う（よう）＋接續助詞が（と）＋う（よう）＋が（と）"構成的慣用型表示無條件、無例外。

○　風が吹こ<u>う</u>が、雨が降ろ<u>う</u>が、出かけます。／不管刮風還是下雨都去。

○　勝と<u>うが</u>負け<u>ようが</u>、いい試合をしたい。／不管是勝還是負，都想賽好。

○　怠け<u>ようと</u>休もうと誰もしかりません。／不管是偷懶，還是不去，都沒人批評。

— 341 —

四、表示否定推測、否定意志的否定推測助動詞まい

否定推測助動詞（否定推量の助動詞）“まい”表示否定推測、否定意志。

1. 接　續

“まい”接在五段動詞、助動詞“ます”、“たがる”的終止形後、接在一段動詞、サ變動詞、カ變動詞及助動詞“れる、られる”、“せる、させる”的未然形後。

(1) 五段動詞、助動詞“ます”、“たがる”

行くまい　　繰り返すまい　　考えますまい

見たがるまい

(2) 一段動詞、サ變動詞、カ變動詞、助動詞“れる、られる”、“せる、させる”

できまい　　受けまい　　せまい

こまい　　読まれまい　　見られまい

書かせまい　　食べさせまい

2. 意　義

2.1 表示否定的推測

(63) 彼は今日行きますまい。／他今天大概不去吧。

(64) 明日はたぶん雨は降るまい。／明天大概不會下雨吧。

(65) 問題は複雑だから、そんなに簡単には解決できまい。／問題複雜，不會那麼容易解決吧。

(66) 試験はそれほど難しくあるまい。／考試並不那麼難吧。

2.2 表示否定的意志

⑥⑦ 私はもう、あなたに何も言いますまい。／我可對你再什
麼都不説了。

⑥⑧ 彼も今更親には頼るまいと覚悟を決めたようだ。／好像
他也下定決心現在開始不依靠父母了。

⑥⑨ 夫や息子を戦争に行かせまい。／決不讓丈夫、兒子去參
戰。

3. 活用及各活用形的用法

3.1 活用

"まい"屬於無變化型助動詞

基本形	未然形	連用形	終止形	連體形	假定形	命令形
まい			まい	まい		

3.2 各活用形的用法

⑦⑩ そんな重い荷物は子供にはとても持てまい。／那麼重的
行李，小孩子很難拿得動吧。（終止形）

⑦⑪ 学生の間に多少の不満は残るのではあるまいか。／在學
生中是不是多少有些不滿情緒呢？（終止形）

⑦⑫ 行くまいものでもない。／不見得不去。（連體形）

…… • …… • …… • …… • ……

(i) 上面所講的接續被視為規範的接續，但不管是哪一類動詞，
均在其終止形後加"まい"的用法也很常見。カ變、サ變動詞，除
在未然形後可接"まい"外，還有以下接續法："きまい"、"く

るまい"、"すまい"、"するまい。"

行く→行くまい

ます→考えますまい

見る→見まい、見るまい

来る→こまい、きまい、来るまい

する→しまい、すまい、するまい

れる→読まれまい、読まれるまい

せる→書かせまい、書かせるまい

(ii)　"まい"不能與形容詞、形容動詞直接相接續，接續時要
用"……く（は）あるまい"、"……ではあるまい"的形式。

○　もう４月だから、北海道<ruby>北海道<rt>ほっかいどう</rt></ruby>もそれほど寒くはあるまい。／
已經４月了，北海道也沒那麼冷了吧。

○　ここは水不足ではあるまいし、水利施設<ruby>水利施設<rt>すいりしせつ</rt></ruby>をつくりさえす
れば二期作<ruby>作<rt>さく</rt></ruby>を大いにひろめることができると思う。／我
認為這兒並不缺水，只要搞起水利設備，就可以大力推廣
種植兩季作物。

(iii)　"まい"的連體形的用法很有限，主要後續"こと"、"も
の"等形式名詞，出現在一些慣用說法中。

○　あろうことかあるまいことか。／可能有的事，可能沒有
的事。

○　行くまいものでもない。／不見得不去。

(iv)　由"まい"構成的慣用型"……う（よう）が（と）……
まいが（と）"表示"不拘情況如何"的意思。

○　あなたが信じ<u>よう</u>が信じ<u>まい</u>が、これは実際<ruby>実際<rt>じさい</rt></ruby>にあったことです。／不管你相信與否，這可確有其事。

○　他人が心配し<u>よう</u>とす<u>まい</u>と、私に<ruby>関係<rt>かんけい</rt></ruby>がない。／別人擔心也好；不擔心也好，與我無關。

五、表示樣態、推測等的樣態助動詞そうだ

樣態助動詞（<ruby>樣態<rt>ようたい</rt></ruby>の<ruby>助動詞<rt>じょどうし</rt></ruby>）"そうだ"用來表示說話人推斷某種事項有可能呈現某種狀態。

1. 接　續

"そうだ"接在動詞、助動詞"れる、られる"、"せる、させる"、"たがる"的連用形後；接在形容詞、形容動詞、助動詞"ない、たい"的詞幹後。接形容詞"ない"、"よい"時要用"なさそうだ"、"よさそうだ"的形式。

(1) 動　詞

ありそうだ	続きそうだ	きそうだ
起きそうだ	壊れそうだ	しそうだ

(2) 形容詞、形容動詞

寒そうだ	おいしそうだ	丈夫そうだ
なさそうだ	よさそうだ	健康そうだ

(3) 助動詞

食べられそうだ	待たせそうだ
行きたがりそうだ	飲みたそうだ

2. 意　義

表示說話人根據客觀現象，推測、判斷某種情況即將出現或某事物很可能具有某種性質、狀態。

2.1　表示通過對事物外表的觀察，來對某種事項所呈現的狀態作出判斷。

(73)　このりんごはおいしそうだ。／這個蘋果看起來很好吃。

(74)　田中君はあまり行く気がなさそうな返事(へんじ)をした。／田中回了信，似乎不太想去。

(75)　彼はいかにも健康そうに見えた。／他看上去的確好像很健康。

2.2　表示某種情況眼看就要發生。

(76)　もうすぐ夜があけそうだ。／天快要亮了。

(77)　あっ、テーブルから花びんが落ちそうだ。／哎呀，花瓶要從桌子上掉下來。

(78)　横波(なみ)をうけて、ボートが転覆(てんぷく)しそうになる。／受到波浪的沖擊，小船就要翻了。

2.3　表示根據某些情況或過去的經驗等，作出主觀上的推測。

(79)　この調子(ちょうし)では今日は聴衆(ちょうしゅう)が3千人を越(こ)えそうだ。／看樣子今天聽眾要超過3000人。

(80)　少し熱があるから、おふろには入らないほうがよさそうだ。／有點兒發燒，好像還是不洗澡為好。

(81)　どこの店でも売(う)っていそうなのに、いざ探すとなかなか見つからない。／好像哪個商店都有賣的，然而一找起來卻又很難找到。

3. 活用及各活用形的用法

3.1 活用

"そうだ"屬於形容動詞型活用，"そうだ"的敬體是"そうです"。

基本形	未然形	連用形	終止形	連體形	假定形	命令形
そうだ	そうだろ	そうだっ そうで そうに	そうだ	そうな	そうなら	
そうです	そうでしょ	そうでし	そうです			

3.2 各活用形的用法

⑧2　どうだい、おいし<u>そうだろ</u>う。／怎麼樣，看起來味道不錯吧。（未然形）

⑧3　日焼けしてみんな丈夫<u>そうでしょ</u>う。／晒黑了好像都很健壯吧。（未然形）

⑧4　旅行は延び<u>そうだっ</u>た。／旅行好像延期了。（連用形）

⑧5　気が弱<u>そうだ</u>、頼りない。／好像很懦弱，靠不住。（連用形）

⑧6　子供が食べた<u>そうに</u>見ている。／孩子想吃似地看著。（連用形）

⑧7　花がいまにも咲き<u>そうです</u>。／花馬上要開了。（終止形）

⑧8　聞いたところでは、そんなに昔のことでもなさ<u>そうだ</u>。／聽起來，也不像很久以前的事情。（終止形）

⑧9　彼はうれし<u>そうな</u>顔つきをしている。／他臉上露出喜悅

的神情。（連體形）

⑨ その魚がよさ<u>そうなら</u>、晩ご飯のおかずに少し買ってき
なさいとお母さんが言った。／母親說，要是那魚看上去
好的話，就買點兒，晚飯做菜吃。（假定形）

　　…… ·…… ·…… ·…… ·……

(i) 阪田雪子在《日本語教育事典》（大修館書店，1982）中對
樣態助動詞"そうだ"的意義和用法論述如下：

一般に様態の助動詞と呼ばれ、話し手がある事柄について十
分にその可能性がある状態だととらえた場合に用いられる。

(1) 形容詞・形容動詞、可能動詞や状態を表す類の動詞など
に付いて、実際に確かめたわけではないが、外見から判断すると
十分にそのような性質や状態が認められるという意を表す。

(2) 動詞に付いて、話し手がその場の状況をそのようになる
直前の事態だととらえていることを表す。

(3) その場の状況や過去の経験をもとにして、極めて主観的
に何かを推測する意を表す。

(ii) 寺村秀夫在《日本語のシンタクスと意味II》（くろしお出
版，1984）對樣態助動詞"そうだ"的意義和用法論述如下：

ある対象が、近くある動的事象が起こることを予想させるよ
うな様相を呈していること、あるいはある性質、内情が表面に現
れていることをいう表現である。そのどちらであるかは、主とし
てそれがどの種の動詞、形容詞につくかによって、そして付随的
に文脈、状況によってきまる。

　　先のダロウの類、このあとで見るヨウダ、ラシイに比べる
と、話し手が感覚で捉えた外界の様相、典型的には視覚に映じた
様相を直感的に描写的にいう色彩が強く、頭の中で推量するとい
う色彩が最もうすい。ふつう「様態」を表わす助動詞といわれる
ゆえんであろう。

　　……

　　ソウダに前接するのが動的事象を表わす動詞ならば、近く起
こることが予想される様相、状態的述語であれば、内面について
の推測、あるいはある内面をうかがわせる様想をいうというここ
が、原則的にはいえるだろう。

　　(iii) 吉川武時的《日本語文法入門》（アルク，1989）中對様
態助動詞"そうた"的否定形歸納如下：

　　「…そう」の否定形はゆれていて、決まった形はないようだ。

　　「…そう」は一種のナ形容詞になるから、否定形は…そうで
はない

　　となるのが原則だが原則だが、形容詞に「…そう」のついた
もの以外は、ふつうは

　　…そうもない

　　…そうにない

　　…そうにもない

　　を使う。

うれしそうではない	×うれしそうもない	×うれしそうにない
×ありそうではない	ありそうもない	ありそうにない
×できそうではない	できそうもない	できそうにない
×読みたそうではない	読みたそうもない	読みたそうにない
×落ちそうではない	落ちそうもない	落ちそうにない
×降りそうではない	降りそうもない	降りそうにない
×買いそうではない	買いそうもない	買いそうにない

六、表示比喻等的比喻助動詞ようだ、みたいだ（ごとし）

比喻助動詞（比況の助動詞）"ようだ"、"みたいだ"用來表示說話人的比喻、示例以及根據等種情況進行的推斷。

1. 接 續

"ようだ"接在用言、助動詞"れる"、"られる"、"せる"、"させる"、"たい"、"たがる"、"ない"、"た"的連體形後，還可接在"體言＋の"以及指示連體詞之後。

"みたいだ"接在體言、形容動詞詞幹，以及動詞、形容詞、助動詞"れる、られる"、"せる、させる"、"たい、たがる"、"ない"、"た"的終止形之後。

(1) 動 詞

沈むようだ　　　　　　降るようだ

考えるようだ　　　　　困っているようだ

来るようだ　　　　　　結婚するようだ

行くみたいだ　　　　　するみたいだ

(2) 形容詞、形容動詞

寒いようだ　　　　　　難しいようだ

大変なようだ　　　　　好きなようだ

熱いみたいだ　　　　　熱心みたいだ

(3) 助動詞

見られるようだ　　　　行かせるようだ

行きたいようだ　　　　死んだようだ

見えぬようだ　　　　　いないようだ

読んだみたいだ　　　　知らないみたいだ

(4) 體言、指示連體詞

冬のようだ　　　　　　山田さんのようだ

このようだ　　　　　　いつものようだ

針みたいだ　　　　　　夢みたいだ

2. 意　義

2.1 "ようだ"的意義

(1) 表示比喩。以某種事物或某種狀態作比喩，推斷另一事物。

(91) まるで夢のようだ。／宛如做夢。

(92) 満員(まんいん)電車の車内は、まるで蒸(む)し風呂(ふろ)のような暑さだ。／擠滿了人的電車裡，熱得簡直像蒸籠似的。

(93) 彼は日本人のように上手に日本語を話す。／他的日語講

得很好，像日本人一樣。

(2) 表示例示。提出一個事例，以概括其他。

⑭ サッカーやラクビの<u>ような</u>激しい運動がすきだ。／我喜
歡足球、橄欖球之類的劇烈的運動。

⑮ 大学生は数学、英語、コンピュータの<u>ような</u>ものを習
う。／大學生學習數學、英語、電子計算機之類的課程。

⑯ ここでは米の<u>ような</u>農産物が取れる。／這裡出產大米之
類的農產品。

(3) 表示等同。提出某種事項，表示和其它等同。

⑰ 今日はいつもの<u>ように</u>7時に会社へ行った。／今天同往
常一樣7點鐘去公司了。

⑱ この点については、第1表に示した<u>ような</u>結果が得られ
た。／在這點上，得到了和表1所示的相同結果。

⑲ 国々によってことばが違う<u>ように</u>、衣食住もその国の
気候、風俗、習慣などによってそれぞれ違う。／國家不
同而語言各異，與此相同，衣食住也因其國家的氣候、風
俗、習慣而各不相同。

(4) 表示委婉的斷定。根據某種情況進行不確定的推測或委婉
的斷定。

⑩ 図書室にはだれもいない<u>よう</u>です。／圖書室似乎一個人
也沒有。

⑩ 今日は疲れていらっしゃる<u>よう</u>ですね。／今天您好像是
累了啊。

⑩ だいぶ暑い<u>よう</u>ですね。クーラーを入れましょうか。／
好像很熱呀，打開空調吧。

(5) 表示目的。以"ように"的形式，表示行為的基準、目標、目的。這種用法可視為"ようにするために"的省略形式。

⑩⑬　風がよく通るように、窓を開けなさい。／把窗子打開通風。

⑩⑭　事故が起らないように交通規則をよく守らなければならない。／必須嚴守交通規則，以免發生交通事故。

⑩⑮　さらに具体的に研究できるように、詳細をお知らせください。／請告知詳細內容，以便進一步具體研究。

(6) 表示願望。以"ように"的形式，表示願望、請求、勸誘、要求以及委婉的命令。

⑩⑯　一日も早く全快なさいますように、お祈りしております。／祝您早日康復。

⑩⑰　もっと大きな声で返事をするように。／請再大點兒聲回答。

⑩⑱　集合時間に遅れないように。／請不要誤了集合時間。

2.2 "みたいだ"的意義基本上與"ようだ"的(1)(2)(4)相同。

⑩⑨　明るくて昼みたいだ。／亮得如同白晝。

⑩⑩　コーヒーみたいな刺激の強い物は、寝る前には飲まないほうがいい。／咖啡之類刺激性強的飲料，睡覺前最好不要喝。

⑪⑪　今年みたいに暑い夏は初めてだ。／像今年這麼熱的夏天還是第一次。

⑪⑫　あの人とても困っているみたいだ。／那個人像是很為難。

3. 活用及各活用形的用法

3.1 活　用

"ようだ"、"みたいだ"屬於形容動詞型活用，"そうだ"、"みたいだ"的敬體分別是"そうです"、"みたいです"。

基本形	未然形	連用形	終止形	連體形	假定形	命令形
ようだ	ようだろ	ようだっ ようだ ように	ようだ	ような	ようなら	
ようです	ようでしょ	ようでし	ようです			
みたいだ		みたいだっ みたいで みたいに	みたいだ	みたいな	（みたい なら）	
みたいです	みたい でしょ	みたいでし	みたいです			

3.2 各活用形的用法

⑬　景色は絵の<u>ようだろ</u>う。／風景如畫吧。（未然形）

⑭　海は鏡の<u>ようで</u>、波一つなかった。／海面如鏡，沒有一點波浪。（連用形）

⑮　ただ<u>みたいに</u>安いですね。／便宜得像白給似的。（連用形）

⑯　あそこの畑は野原<u>みたいだっ</u>た。／那邊的旱田好像原野一樣。（連用形）

⑰　一度会ったことがある<u>ようです</u>。／似乎見過一次。（終止形）

⑱　最近は山田君もよく勉強している<u>みたいです</u>。／最近山田好像也在努力學習。（終止形）

⑲　彼に投資するのは、お金をどぶにすてる<u>ような</u>ものだ。

　　／對他投資就等於把錢白扔了一樣。（連體形）

⑳　あの人はおこっているみたいな顔をしている。／他顯出
　　好像生氣的樣子。（連體形）

㉑　どうしてもだめなようなら、早くあきらめなさい。／要
　　是實在不行的話，那就早點放棄吧。（假定形）

㉒　このプールが海みたいならすばらしいなあ。／如果這個
　　游泳池像大海一樣的話，那就太好了。（假定形）

4. 文語比喻助動詞 "ごとし" 在現代日語中的殘留

　　文語比喻助動詞 "ごとし" 在現代日語中仍有殘留，其接續、
意義基本上與比喻助動詞 "ようだ" 相同。在口語中常用的只有它
的連用形 "ごとく" 和連體形 "ごとき"。

㉓　前に述べたごとく、これは多くの問題を含んでいる。／
　　如前所述，這裡包含著許多問題。（連用形）

㉔　A図のごとき建物を設計した。／設計了如圖A那樣的建
　　築物。（連體形）

㉕　山のごとき大波に小船は木の葉のごとく搖れていた。／
　　小船好似一片樹葉漂蕩在如同山一樣的波濤中。（連體
　　形、連用形）

　　　　……‧……‧……‧……‧……

　　(i) 倉持保男在《日本語教育事典》（大修館，1982）中對比喻
助動詞 "ようだ" 的意義和用法論述如下：

　　(1)「樣態」を表す「ようだ」と呼ばれ、何かがそうとらえ
られる状態にある意を表す。

　　多く、文末の述語に添えて用い、話し手自身の主体的な判断
を直接表すものであるが、「らしい」のように判断そのものを強
く押し出すのではなく、対象がどんな状態にあるかを述べる点に
重点が置かれるとみてよい。判断の根拠となる事柄は、かなり客
観性のあるものでも、極めて主観的なものでもかまわず、その点
では「らしい」よりも用法の幅が広い。しかし、ある程度客観的
な根拠をよりどころにしている場合は、実質的には「らしい」と
ほとんど変わりのない意を表す。

　　○　電車が遅れているところをみると、何か事故があった<u>よ
　　うだ</u>。

（2）「比況」を表す「ようだ」と呼ばれ、各種の用法がある。

（イ）様子や状態を何かにたとえる意を表す。つまり、「〜に
似ている」の意を表すものである。

　　○　まるで石の<u>ように</u>固いパンだ。

（ロ）条件に合うものとして具体的に例示するのに用いる。

　　○　北海道の<u>ように</u>寒い地方では、春と夏が一緒にやってくる。

（ハ）「ように」の形で、意図的に努力したり、事態の推移に
よってそうなったりする状態を表す。

　　○　このごろは大分フランス語が話せる<u>ように</u>なった。

（ニ）「ように」の形で、行為の目的を表す。これは「ように
するために」が簡略化されたものであるとみることができる。

　　○　熱が下がる<u>ように</u>、注射を打ってもらった。

(ホ)「ように」の形で、願望・依頼や勧告などの内容を表す。

○　どうか御無理をなさいません<u>ように</u>。

(ヘ) これから述べる、また、既に述べた事柄と何かが一致する関係にあることを指示する意を表す。

○　彼は事件の経過を次の<u>ように</u>述べた。

(ii)　倉持保男在《日本語教育事典》（大修館，1982）中對比喻助動詞 "みたいだ" 的意義和用法論述如下：

「ようだ」の幾つかの意味、用法に対応するものであるが、日常語的なくだけた話し言葉で用いられる。

(1)「様態」を表す「ようだ」に対応する用法。

○　また雨が降り出した<u>みたいだ</u>よ。

なお、「ようだ」にみられるえん曲的な用法は「みたいだ」にはない。

(2)「比況」を表す「ようだ」のうち、(イ)のたとえと(ロ)の例示の用法が対応する。

(イ) 何かにたとえる意を表す。

○　彼の絵は子供がかいた<u>みたいだ</u>。

なお、「ようだ」にみられる比喩として形式の固定化した用法は「みたいだ」に置き換えると不自然になるものが多い。

(ロ) 条件に合うものとして具体的に例示するのに用いる。

○　何か針<u>みたいな</u>先のとがったものはないでしょうか。

(iii)　寺村秀夫在《日本語のシンタクスと意味II》（1984 年

くろしお出版）將比喩助動詞"ようだ"的用法分為"推量"與
"比況"兩種，並就其意義論述如下：

　　ヨウダはふつう推量と比況の 2 通りの使いかたがあるといわ
れるが、その中心的な意味は「真實に近い」ということだといえ
る。「真実かどうか確言はできないが、自分の観察したところか
ら推しはかって、これが真相に近いだろう」ということが言いた
いときは、「推量」になり、「真実でないことは分かっている
が、ある対象が真実と似た様相をもっている」ということが言い
たいときはいわゆる比況の表現になる。……この 2 つの使いかた
は、必ずしも截然と区別できない場合がある。文脈、とくに副詞
や前接する述語の意味特徴とか形とか、あるいは状況から推量か
比況かが判別されることが多いけれども、その文だけからどちら
かわからぬことも少なくない。……

　　先の予想ソウダと推量のヨウダを比べると、まずソウダのほ
うは視覚的、直感的に見たままをいうのに対し、ヨウダのほう
は、視覚、聴覚、その他の感覚により得た情報、あるいは周囲の
状況も考慮に入れて推量した結果をいうという違いがある。

　　(iv) 阪田雪子在《日本語教育事典》（大修館，1982）中對於
文語比喩助動詞"ごとし"的意義和用法論述如下：現代日本語の
助動詞「ようだ（比況）」に相当する文語の助動詞「ごとし」の
連体形「ごとき」と連用形「ごとく」が現代語の中に残存してい
るものである。したがって、「ごとき」は「ような」、「ごと
く」は「ように」の意を表す。……

　　また、「便乗値上げのごときは断じて許せない」、「君ご

ときに負けてたまるものか」などのように、「ごとき」の後にくるべき体言や前にくる「の」が省略されることがある。その場合には、「ごとき」の形で取り上げられた事柄に非難や軽蔑の気持ちが込められることが多い。

　(v) 文語比喩助動詞"ごとし"接在活用詞連體形或"連體形＋が"的後面，還可接在體言或"體言＋の（或が）"的後面。其活用屬於形容詞型活用。

基本形	未然形	連用形	終止形	連體形	已然形	命令形
ごとし	ごとく	ごとく	ごとし	ごとき	○	○

七、表示推測性判斷的推測助動詞らしい、（べし）

　推測助動詞（推量の助動詞）"らしい"表示說話人以一種有相當把握的客觀事實為依據來推測某種狀況。

1. 接　續

　"らしい"接在動詞、形容詞、以及助動詞"れる、られる"、"せる、させる"、"ない"、"たい"、"た"、"ぬ"等的終止形後、還可以接在體言、形容動詞詞幹、部分副詞、助詞之後。

　(1) 動詞

　　あるらしい　　　　　　降るらしい

　　いるらしい　　　　　　止めるらしい

　　来るらしい　　　　　　完成するらしい

　(2) 形容詞

　　　遅いらしい　　　　　　　涼しいらしい

　(3) 助動詞

　　　見られるらしい　　　　　来させるらしい

　　　行かないらしい　　　　　読んだらしい

　　　飲みたいらしい　　　　　勉強せぬらしい

　(4) 名詞、形容動詞、副詞、助詞

　　　学生らしい　　　　　　　大丈夫らしい

　　　大変らしい　　　　　　　ちょっとらしい

　　　九時からららしい　　　　二人だけらしい

2. 意　義

　　推測助動詞"らしい"表示說話人根據有相當把握的客觀情況，對某個事項作出估量、推測及委婉的斷定。

⑫⑥　夏休みは彼は東京へ行かないらしい。／暑假他好像不去東京。

⑫⑦　噂_{うわさ}によると、あの人は仕事をやめたいらしい。／傳說好像他想辭職。

⑫⑧　太郎は不合格_{ふごうかく}だったらしい。／太郎似乎沒及格。

⑫⑨　においでわかったのだが、包みの中味_{なかみ}は食べ物らしかった。／從香味聞得出，包裡的東西好像是食物。

3. 活用及各活用形的用法

　3.1　活用

　　"らしい"屬於形容詞型活用

基本形	未然形	連用形	終止形	連體形	假定形	命令形
らしい		らしく らしかっ	らしい	らしい		

3.2　各活用形的用法

⑬ 急^{いそ}ぐらしくすぐに帰った。／好像很著急就馬上回去了。

（連用形）

⑬ 夜中^{よなか}に雨が降ったらしく、地面がぬれている。／半夜像
是下了雨，地面都淋濕了。（連用形）

⑬ 花子は急いでいるらしかったので、わたしは彼女に何も
言いませんでした。／花子好像很急，所以我什麼也沒有
對她說。（連用形）

⑬ これはどうも佐藤さんが書いた文章らしいです。／總覺
得這是佐藤先生寫的文章。（終止形）

⑬ 外は雪が降っているらしい。／外邊好像下著雪。（終止
形）

⑬ 電車の中で山田さんらしい人を見かけた。／在電車裡看
到了一個像是山田的人。（連體形）

4. 文語推測動詞 “べし” 在現代日語中的殘留

　　文語推測動詞 “べし” 用以表示對某一事項應採取某種行動或
態度。它接在動詞、助動詞 “れる、られる”、“せる、させる、
しめる” 的終止形後。べし” 的未然形 “べから”、連用形 “べ
く”、終止形 “べし”、連體形 “べき”，常出現在現代日語中。
與サ變動詞相接時，可以是 “すべし”，也可以用 “するべし”。

⑬　それは許可べからざる過失だ。／這是不可寬恕的過失。（未然形）

⑬　無用の者、入るべからず。／閑人免進。（未然形）

⑬　それは言うべくして行われない。／那件事只能説説，而難以實行。（連用形）

⑬　明日八時、全員集合すべし。／明天 8 點，全體人員集合。（終止形）

⑭　研究すべき問題は多少あると思います。／值得研究的問題多少有一些。（連體形）

⑭　こんなことがないように、今後は十分に注意するべきだね。／今後必須充分注意，不要再發生此類事情。（連體形）

…… • …… • …… • …… • ……

　(i) 阪田雪子在《日本語教育事典》（大修館，1982）中對推測助動詞“らしい”的意義和用法及助動詞“らしい”與後綴“らしい”的區別論述如下：ある事柄について、かなり確信のもてる客観的根拠に基づいて、そうとらえてよい状態でる、という話し手の判断を表す。すなわち、話し手が事実だと断定的に言い切ることはできないものの、その場の状況や種種の情報を手がかりにして、事実だと十分に考え得る状態にあると対象をとらえた場合に用いるものである。……

　「らしい」は話し手の判断を直接的に表明するものとして、一般に文末の述語に添えられる場合は、「だろう」と同じく話し手の身を置いている時点における判断を表わすものと考えられ

る。したがって、否定的な事柄や既に実現したと考えられる事柄に對する判断は、それぞれ。

　　○　彼には分から<u>ないらしい</u>。
　　○　田中さんは何も知らなかった<u>らしい</u>。

となり、過去に推定を下したことをいうなら、

　　○　私はあのとき、合格できる<u>らしい</u>と思った。

のような形になる。……

　　○　田中さんは何も知らないら<u>しかった</u>。

のように「らしかった」の形も用いられる。この「らしかった」は、現時点において、そのときの状況を「田中さんは何も知らないらしい」ととらえることが可能な状態であったと概念化して表しているのであり、……現時点において何らかの根拠から「田中さんは何も知らなかった」と判断するのとは、対象に対するとらえ方が異なっていると考えられる。

　　……

　「らしい」形容詞を作る接尾語として、名詞に直結して、「<u>男らしい</u>」「<u>春らしい</u>暖かい日」、「<u>子供らしい</u>考え方」、などのように用いるが、これらは、いかにもそれにふさわしい性質や状態を備えているといった概念化された意味を表すものである。したがって、上に述べた話し手の推定を表す「らしい」とは全く性質を異にするのであるが、次のように形の上からは区別がつかず、どちらの用法と解するかは文脈に依存しなければならないこともある。

○　電車の中で山田さんらしい人を見かけた。　（助動詞）
○　これはいかにも山田さんらしいやり方だ。　（接尾語）

また、「学生らしくない男」のように、接尾語の「らしい」はらしくないの形でも用いられる。

(ii)　寺村秀夫在《日本語のシンタクスと意味II》（1984 年くろしお出版）對助動詞 "らしい"、"ようだ"、"そうだ" 的異同論述如下：

　　推量のラシイは、推量のヨウダと共通する部分が大きい。客観的な事実を拠りどころにして、概ねこうであろうと推量できるということを相手に言おうとするときに使われる。推量の根拠としている客観的事実は、自分が直接観察して得た情報であることもあるが、他から聞いた情報である可能性もある。この後で見る伝聞のソウダは 100 パーセント他から得た情報としうことがはっきりしているが、ラシイはヨウダと同様、その点があいまいである。ふつう文の解釈でいわゆる「あいまい」というのは、話し手のほうでは一つの意味を伝えようとして言ったことばが、単語自体の多義性や構文によって聞き手がどちらにとってよいか分からない、という場合をさすが、ここで見ているヨウダやラシイの「あいまい」さというのは、話し手がそのような心的態度で言う場合の「あいまい」さである。自分の推量が自分自身の観察によるか、他から得た情報によるか、という点からいえば、どちらかとはっきり言わない、どちらも含むということを相手に伝えようとしている語法である。そういう意味自体がこの表現の中心的意味だとすれば、「あいまい」ということばは当たらないかもしれない。

　　こういう特徴を共有するヨウダとラシイは、相互に入れ替え
ても、大して意味は変わらないことが多い。

　　（ヨウダ、ラシイは）伝聞のソウダとはかなり違う。それ
は、ラシイ、ヨウダが「他から得た情報」を根拠にいう場合を含
むといっても、ソウダのように、それをそのまま相手に伝えるの
でなく、その情報を根拠にして自分が推量するということを表わ
すものであるという点であろう。……ヨウダとラシイの違いは、
その自分の推量の比重が大きいか、他から得た情報によりかかる
比重が大きいかの違いだと思う。ラシイのほうが、ヨウダより、
やや、他から得た情報をもとに推量するところなるという感じが
強い。逆にいうと、ヨウダのほうが、やや、自分の主観的な推量
ではこうだ、という感が強い。

　　(iii) 在名柄迪編著的《日本語教育能力検定試験傾向と対策》
（バベルプレス、1991）中對有關助動詞"ようだ、そうだ、らし
い"的異同有如下歸納：

　　ヨウ……話し手が見たり聞いたりした情報をもとに自分なり
に推測したこと。

　　ソウ……話し手が自分の目で状況を見て、推測した内容。
（かもその状況は今にも実現しようとしている。（動詞文の場合)

　　ラシイ……他から聞いた情報に基づく推測。確信度はほかの
ものより低い。

　　(iv) 阪田雪子在《日本語教育事典》（大修館，1982）中對文
語推測助動詞べし的意義和用法論述如下：

　　物の道理や本来の在り方などから考えて、そうするのが当然

だ、あるいは、適当だという判断を表す。どんな行動や態度をとるかについて、現実にそれを実行し得るかどうかはともかく、規範としての在り方を表す点に特色があり、その点で行動に関する制約そのものを表す「なければならない（いけない）」と異なる。

(v) 文語推測助動詞べし屬於形容詞型活用。

基本形	未然形	連用形	終止形	連體形	已然形	命令形
べし	べく	べく	べし	べき	べけれ	○
	べから	べかり		べかる		

八、表示傳聞的傳聞助動詞そうだ

傳聞助動詞（伝聞の助動詞）"そうだ"用來表示向對方轉述從別處得到的信息。

1. 接　續

"そうだ"接在用言、助動詞"れる、られる"、"せる、させる、しめる"、"たい、たがる"、"ない"、"た"、"だ"的終止形後。

(1) 動　詞

行くそうだ　　　　　　　　考えるそうだ

来るそうだ　　　　　　　　するそうだ

(2) 形容詞、形容動詞

高いそうだ　　　　　　　　美しいそうだ

上手だそうだ　　　　　　　静かだそうだ

(3) 助動詞

使われるそうだ　　　　　捨てさせるそうだ

行かないそうだ　　　　　食べたいそうだ

帰ったそうだ　　　　　　病気だそうだ

2. 意　義

"そうだ"表示說話人轉述從別人那裡得到的情況。

⑭ 大きな事故にならなかったそうです。／據說沒造成重大事故。

⑭ 山田さんは写真を撮るのが上手だそうですが、ほんとうですか。／聽說山田照相技術高，是真的嗎？

⑭ 天気予報によると、明日は雨が降るそうだ。／根據天氣預報，明天會下雨。

⑭ 留守中にお越しくださったそうで、失礼しました。／聽說我不在家的時候您來過了，實在對不起。

3. 活用及各活用形的用法

3.1 活用

"そうだ"屬於形容動詞活用，"そうだ"的敬體是"そうです"。

基本形	未然形	連用形	終止形	連體形	假定形	命令形
そうだ		そうで	そうだ			
そうです		そうでし	そうです			

3.2 各活用形的用法

⑭⑥　ご結婚なさった<u>そうで</u>、おめでとうございます。／聽說
　　您結婚了，恭喜您。（連用形）

⑭⑦　雪の多い所だ<u>そうでして</u>、冬はたいへんらしいです。／
　　聽說是一個下雪多的地方，冬天好像很不好過。（連用形）

⑭⑧　夜は雨が降る<u>そうだ</u>から、傘を持っていらっしゃい。／
　　說是晚上有雨，帶上傘去吧。（終止形）

⑭⑨　ここは夜はたいへん静かだ<u>そうです</u>。／聽說這裡晚上很
　　安靜。（終止形）

⑮⓪　母の話では、昔、家の生活はとても貧しかった<u>そうだ</u>。
　　／聽母親說，從前家裡生活很貧寒。（終止形）

…… • …… • …… • …… • ……

(i) 阪田雪子在《日本語教育事典》（大修館，1982）中對傳聞
助動詞“そうだ”的意義和用法論述如下：

　　伝聞、すなわち、他から何かの情報を得、話し手が現に身を
置く時点において、その情報内容を現実の事態と矛盾することが
ないものとしてとらえた場合に、それを自分の判断に置き換えて
述べる用法である。つまり、ある事柄を述べたり説明したりする
場合、それが他人の言に基づくものであることを明示するもので
ある。……

　　「そうだ」は情報を得た時点にかかわりなく、常に「そう
だ」と現在形でのみ用いられる。また、その際、客観的な事態に
応じて語の転換が必要となることがある。例えば、「あさって、
（ぼくが）君の家へ行くよ」と田中君に言われたことをもとにし

て、その翌日に述べるなら、「あした、田中君がぼくの家へ来るそうだ」のように表す。

　(ii)　吉川武時在《日本語文法入門》（1989 年　アルク出版）中對傳聞助動詞 “そうだ” 的用法説明如下：

　伝聞の「〜そう」は「〜と言っている」と言い替えることができる

　○　雨が降るそうです＝雨が降ると言っています。

　「そう」の前の形は、現在形でも過去形でもいい。また。肯定形でも否定形でもかまわない。伝えることの内容によって決まることがらだからである。

　○　雨が降ったそうです。
　○　地震があったそうです。
　○　雪が積もっているそうです。
　○　大きな事故にはならなかったそうです。

　「そう」自身はテンスによる変化をしない。

　×　雨が降ったそうでした。

　伝聞のソース（出どころ）は「〜によると」「〜では」などで表す。

テレビによると
テレビのニュースによると
松田さんによると　　　　　事故の犠牲者は数十人にのぼったそうです。
松田さんの話によると
松田さんの話では

第 七 章

助　　詞

第一節　助詞的特點與分類

一、助詞的定義、用法及功能

　　助詞（助詞[じょし]）是沒有形態變化的功能詞。它不具有具體的、實質性的詞匯意義，不能單獨地構成句子成分。助詞是用來粘附在內容詞、詞組或句子之後，起表明內容詞、詞組、句子等相互之間的關係，或增添一定的意義、語感的作用的。

　　……・……・……・……・……

　　助詞也曾被稱作"てにをは"、"助語"、"助辞"、"静助辞"、"静辞"等，現在一般使用"助詞"這一名稱。

　　現代日語語法具有代表性的三大學派——山田語法、橋本語法、時枝語法對助詞的定義分別是：山田孝雄——"独立しては使われず"，体言・用言・副詞につき，それを助ける働きをするもの"；橋本進吉——"独立できぬ語で，常に他の語について，それと一緒になって文節を構成する語のうち，活用のないもの"；時枝誠記——"概念経程を経ぬ形式のうち，活用のないもの"。這些定義在理論上雖然有所不同，但他們都把這一類詞歸入助詞這一點是一致的。

二、助詞的分類

　　①　毎年[まいとし]、夏休[なつやす]みには観光 客[かんこうきゃく]がたくさん來る。／每年暑假，都有很多觀光旅遊的客人來。

　　②　あなたぐらいせっかちな人も少ないですよ。／像你這麼

急性子的人也少見呀。

③　この論文<u>は</u>、一回<u>や</u>二回読んだ<u>だけ</u>では、さっぱりわか

らない。／這篇論文，只讀一兩遍的話，一點也看不懂。

④　行きたけれ<u>ば</u>、つれ<u>て</u>いっ<u>て</u>あげよう。／如果想去的

話，就帶著去吧。

在上面的例句中，劃線部分的詞都是助詞。①中的 "に"、

"が" 分別接在 "夏休み"、"観光客" 的後面，表示這兩個詞與

"来る" 的關係。即表明 "夏休み" 是 "来る" 這個動作發生的時

間，"観光客" 是 "来る" 這個動作的發生者，是行為的主體。③

中的 "や"，表示 "一回"、"二回" 這兩個詞存在示例性並列關

係。④中的 "ば" 表示條件，表明前後兩個句子間存在條件與結果

的關係。這些助詞都起著表明內容詞、詞組、句子等相互之間關係

的作用。②中的 "ぐらい" 表示程度，③中的 "だけ" 表示限定，

①③中的 "は"、②中的 "も"，表示它們所提示（附著）的詞，

是後面的謂語著重敘述的對象。②中句末的 "よ" 表示說話人提起

對方注意的態度。總而言之，這些助詞都起著增添一定意義、語感

的作用。

助詞按其所起作用的不同，可以分為兩大類：一類是表示內容

詞、詞組、句子等相互之間關係的，可稱為 "關係助詞"，這一類

還可分為三小類：格助詞、並列助詞和接續助詞；另一類是增添某

種意義的，可稱為 "添意助詞"，這一類也可再分成三小類：提示

助詞、副助詞和語氣助詞。

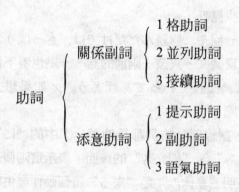

$$\text{助詞}\begin{cases}\text{關係副詞}\begin{cases}1\ \text{格助詞}\\2\ \text{並列助詞}\\3\ \text{接續助詞}\end{cases}\\\text{添意助詞}\begin{cases}1\ \text{提示助詞}\\2\ \text{副助詞}\\3\ \text{語氣助詞}\end{cases}\end{cases}$$

…… • …… • …… • …… • ……

(i) 在助詞的分類上，上述 3 種語法體系也有所不同：

山田語法——按照助詞在句中的語法功能（附著於其他詞後的使用狀態及所表達的詞與詞之間的關係），將助詞分為 6 類："格助詞、副助詞、接続助詞、係助詞、終助詞、間投助詞"。

橋本語法——按照助詞的用法（承接、接續關係）及其所附著詞類，將助詞分為 9 類："副助詞、準體助詞、接続助詞、並立助詞、準副体助詞、格助詞、係助詞、終助詞、間投助詞。"

時枝語法——按照助詞"表達說話者對於客觀事物所採取的立場"的根本意義，將助詞分為 4 類："格を表す助詞、限定を表す助詞、接続を表す助詞、感情を表す助詞。"

(ii) 有一些學者主張，"について、において、にとって、によって、に当たって、に関して、をもって、として、たところ、だけあって、といえば、となると"等也列入助詞中。本書把它們作為起助詞作用的慣用型，因為我們對助詞的定義是不表示具體的、實質的詞彙意義的功能詞，而上面所列的均含有內容詞，與助詞的定義不符。

　　(iii)　後綴與助詞的區別在於，助詞接於內容詞後即可構成句素，即能入句構成句子成分；後綴雖然也是只能粘附在內容詞（或詞素）後才能使用，但後綴接在內容詞（或詞素）後所構成的還是一個詞——派生詞，原則上不能直接入句，不能構成句子成分。如：

　　○　彼は先生に褒められた。

　　×　彼ら先生に褒められた。

　　○　彼らは先生に褒められた。

　　內容詞"彼"接上助詞"は"就構成了句素，可以入句構成句子成分。而內容詞"彼"接上後綴"ら"構成的是派生詞，原則上不能構成句子成分，後面再接上助詞，才可以入句構成句子成分。

第二節　格　助　詞

　　格助詞（格助詞）主要接在體言或相當於體言的詞語之後構成句素，表明在該句素在句中的地位，決定該句素在句中與其他句素之間的關係。

　　根據格助詞所表明的體言在句中與其他句素之間的關係的不同，可以將格助詞分為連體格助詞、主格助詞、賓格助詞、補格助詞。連體格助詞表示體言與體言的修飾、限定關係。主格助詞、賓格助詞、補格助詞表明所接的體言與謂語是處於何種關係。當體言是表示判斷、性質、狀態、存在、動作、作用等謂語的主體時，接在體言後面的助詞表明了該體言的主格地位，稱為主格助詞；當體言是動作、作用所涉及的對象或結果時，接在體言後面的助詞表明了該體言的賓格地位，稱為賓格助詞；當體言是表示動作、作用的場所、時間、目的、方向、手段等對謂語的補充性說明時，接在體言

後面的助詞表明了該體言對謂語的補助性修飾作用，稱為補格助詞。

　　分別屬於這幾種格助詞的有：

主格助詞：が、の

連體格助詞：の

賓格助詞：を

補格助詞：に、で、と、から、まで、へ、より、を

格助詞的特點：

(1)　在接續法上，格助詞主要接在體言或相當於體言的詞語之後，有的格助詞有時也可接在用言後。

　　"相當於體言的詞語"可以由"用言或用言性詞組＋形式名詞"、"詞或詞組＋副助詞"、"聯合式詞組"等形式構成。如：

① がまんするのがつらい。／忍耐是痛苦的。

② 試験はあと一課目（いっかもく）だけを残すのだ。／考試就剩最後一門了。

③ 水曜日（すいようび）と金曜日（きんようび）との午後（ごご）に化学（かがく）の実験（じっけん）をする。／星期三和星期五的下午做化學實驗。

有一些格助詞可以接在用言、用言性詞組或句子後。

④ 「明日来てくれ」と彼に頼まれた。／他跟我說："明天來一下。"

⑤ 英語を習うより日本語を習いたい。／比起學英語來，更想學日語。

(2)　在語法意義上，格助詞是用來表示由它和它所附著的詞語構成的句素與其他句子成分的關係。除連體格助詞外，一般都表示與謂語的關係。如：

⑥ 彼が荷物をとなりの部屋に運びました。／他把行李搬到

了隔壁的房間。

　　"となりの部屋"中的"の"表示"となり"與"部屋"之間是修飾、限定的關係，"が"表示"彼"是謂語"運びました"的主體，"を"表示"荷物"是謂語"運びました"涉及的對象，"に"表示"となりの部屋"是謂語動作移動的到達點。

　　(3)　某些格助詞可以被示助詞、副助詞頂替，多數格助詞可以與提示助詞、副助詞重疊。格助詞與提示助詞重疊使用時，提示助詞在後；格助詞與副助詞重疊使用時，副助詞可在前，也可在後。如：

⑦　彼は日本語を習っている。／他正在學日語。（提示助詞"は"頂替了格助詞"が"）

⑧　ガラスには優れた性質がたくさんある。／玻璃有很多優良的性質。（提示助詞"は"與格助詞"に"重疊使用，"は"在"に"之後）

⑨　父とだけ相談した。／只和父親商量了。（格助詞"と"與副助詞"だけ"重疊使用，"と"在"だけ"之前）

⑩　あなただけが知っているでしょう。／只有你知道吧。（格助詞"が"與副助詞"だけ"重疊使用，"が"在"だけ"之後）

(4)　格助詞之間存在重疊使用的現象。如：

⑪　あの方は日本からの友だちです。／那位是從日本來的朋友。

⑫　この列車は上海への急行です。／這趟列車是開往上海的快車。

⑬　東京での商売は大阪でよりやりやすい。／在東京做生意

比在大阪容易做。

⑭ あすからにします。／從明天開始。

格助詞相互重疊使用時，位於前面的格助詞與其所附體言在一起，形成"體言＋格助詞"的詞團，位於後面的格助詞仍作為格助詞，表示前面的"體言＋格助詞"這個整體在句中的語法關係。

(5) 在鄭重場合或文章中，有文語格助詞在現代日語中殘留的現象。如：

⑮ 卒業式は午前9時より行う。／畢業典禮上午9點開始。
（相當於現代日語格助詞"から"）

⑯ 舟にて渡る。／坐船過去。

⑰ 都にて会う。／在都城見面。（這兩例中的"にて"均相當於現代日語格助詞"で"）

下面就主要格助詞的用法分別闡述如下。

…… • …… • …… • …… • ……

(i) 最先使用"格助詞"這一名稱的是山田孝雄，他很重視"位格"，所謂"位格"，是指"観念語の量用せらるに当りて生ずるそれらの語の資格"，"位格"表示"その語が他の語に対して如何なる関係の地位若くは資格にあるかといふこと。"即起上欄提到的"表明在句中地位，決定與其他詞之間關係"的作用。

橋本進吉在對哪些助詞歸入格助詞這個問題上，看法與山田孝雄有所不同，他認為"私のが"中的"の"的用法和格助詞不同，另立一類"準体助詞"，將"の"歸入其中。"学校からの帰り道"中的"の"，不表示"連用関係"，而表示"連体関係"，具有和"副助詞"（即連体詞）一樣的功能，將其稱為"準副体助詞"。

時枝誠記則按照助詞"表達說話者對於客觀所採取的立場"這一基本意義,將"事柄に対する話手の認定の中,事柄と事柄との関係を表現する"的助詞稱為"格を表わす助詞"。

松下大三郎沒有使用"格助詞"這一名稱,他稱之為"体言の格助辞",將"接続助詞"稱為"用言の格助辞。"

(ii) 日語文語中格助詞的使用與現代日語不太相同,在現代日語中應當使用格助詞的地方,如"花が咲く","水を飲む"、文語中不用格助詞,說成"花咲く"、"水飲む"。現代日語中不用格助詞的句子,多見於較隨便的口語會話中。有時可用副助詞、提示助詞頂替格助詞。如:"水ばかり飲んでいる。""本でも読んでいなさい。""病人しかいない。"

(iii) 將格助詞分為主格助詞(主格助詞)、連體格助詞(連体格助詞)、賓格助詞(目的格助詞)、補格助詞(補格助詞)是根據由該格助詞構成的句素入句後作何成分而定的。我國有些語法書將"連体格助詞"譯為"領格助詞",這大概是從此類格助詞可以表示"領屬"這一點上來考慮的,這樣一來,這一格助詞的命名原則就與其他格助詞不同了,因此本書不採用"領格助詞"這一術語。

(iv) 山田語法不承認格助詞重疊使用現象的存在,規定格助詞不能重疊使用。其理由是,格助詞是表示體言與其他詞之間的語法關係的,同一個體言在同一個句子中,不應該與其他詞有兩個關係。但實際上日語中確實存在格助詞重疊使用的現象。橋本語法則單獨列出了一類"準体助詞",包括"の"、"ぞ"、"から"、"ほど"4個助詞,定義為:"連用語を除く種種の語について、ある意味を加え、全体として体言と同じ"職能をもつ単位を作るもの"。如:

① 私のが大きい。／我的大。

② 行くのをやめる。／不去了。

③ 誰ぞが訪ねてきた。／有人來訪了。

④ 六十キログラムからの重さ。／60公斤以上的重量。

⑤ 三つほどがちょうどいい。／3個正好。

　　其實，另列一類助詞也無助於合理解釋格助詞互相重疊使用的問題。例①中的“の”其實是“私のかばん（本、くつ等）”的省略。例②中的“の”是形式名詞，起到使前面的用言體言化的語法作用，並不等同於一般助詞。例③中的“ぞ”、例⑤中的“ほど”屬於副助詞的用法，副助詞有與其附著的詞一起作為體言使用的功能。

　　“で、と、から、まで、へ、より”這幾個格助詞和“が、を、に、の”的用法稍有不同，這些格助詞除表示語法關係的功能外，又起到某種“添加意義”的功能，即有副助詞的特點，所以可以說這些格助詞是帶有副助詞因素的格助詞，它們可以像副助詞一樣互相重疊使用（如例⑬中的“でより”）、也可以與“が、に、を、の”重疊使用，位置在前（如例⑪“からの”、例⑫“への”、例⑭“からに”等）。重疊使用時，位於前面的格助詞表示“格”的功能暫不發揮作用，後面的格助詞則有表示前面的“體言＋格助詞”這種詞語在句中語法關係的作用。

一、が

1.　接續方法

　　“が”接在體言、相當於體言的詞語後。

① 信号が赤から青になった。／紅燈變成了綠燈。

② その欠点を補うために、製法が工夫され、生み出された
のが強化ガラスと合わせガラスである。／為了彌補這一
缺點，改良了製造方法，生產出強化玻璃和合成玻璃。

③ 修理は機械と人間とが一体となることなのだ。／修理會
使機器和人的關係更為融洽。

④ 私だけが知っている。／只有我知道。

⑤ 昨日までが休みでした。／休假到昨天結束。

　"が"有時還可接在用言連體形後，但這種現象比較少，多出
現於慣用說法及文語風格的文章中。

⑥ やってみるがよい。／還是做一下試試為好。

⑦ 負けるが勝ちだ。／雖負亦榮。

2. 語法意義和主要用法

2.1 表示句子的主語。

A　表示判斷、性質、狀態、存在、動作、作用等的主體。

⑧ 斎藤さんが責任者です。／齋藤是負責人。（判斷）

⑨ アルバイトの学生はみんな背が高い。／打工的學生個子
都很高。（狀態）

⑩ ガラスには優れた性質がたくさんある。／玻璃有很多優
良的性質。（存在）

⑪ 南米で大きい地震が起こった。／南美發生了大地震。
（動作）

⑫　毎年、夏休みには観光客<u>が</u>たくさん来る。／每年暑假，観光旅遊的客人來很多。（動作）

⑬　電話<u>が</u>かかってきたら、教えてください。／來了電話，請告訴我一聲。（動作）

B　表示好惡、巧拙、能力、願望、心理活動、需要等的對象。

⑭　関西の人は納豆<u>が</u>嫌いだ。／關西人不喜歡吃納豆。（好惡）

⑮　彼女はピアノ<u>が</u>上手だ。／她鋼琴彈得好。（巧拙）

⑯　彼は英語<u>が</u>話せる。／他會講英語。（能力）

⑰　僕は金<u>が</u>ほしい。／我想要錢。（需要）

⑱　ああ、のどがかわいた。水<u>が</u>飲みたいなあ。／啊，口渴了，想喝水呀！（願望）

⑲　スポーツ万能の友人<u>が</u>うらやましい。／擅長各項體育運動的朋友，真叫人羨慕。（心理活動）

⑳　努力<u>が</u>必要だ。／努力是必要的。（需要）

2.2 表示定語

這是文語助詞"が"在現代日語中的殘留。主要接在體言或用言的連體形後面，相當於現代日語中的連體格助詞"の"。常見的如："わが母校"、"それ<u>が</u>ため"、"眠る<u>が</u>ごとく"、"かかる<u>が</u>ゆえに。"此外還有一些，如："わが<u>が</u>まま"、"わが<u>が</u>もの顔"等，現在一般視為一個獨立詞。

㉑　バラは美しい<u>が</u>ゆえに、人に摘まれる運命にある。／玫瑰花正是因為美麗，所以才落了個被人摘的命運。

(i) 時枝誠記將用 "が" 表示的好惡、巧拙、能力、願望、心理活動、需要等的對象稱為 "対象語" ，以區分於表示判斷、性質、狀態、存在、動作、作用的主體的 "主語。" 很多語法書也採納了這一觀點，說 "が" 的語法意義有表示主語和表示對象語兩種。但是時枝本人也認為有時主語和對象語很難區分，並舉出了例子。

○ この模様<ruby>は<rt>もよう</rt></ruby>寂しい。（主語）

○ 君が理解してくれないことは寂しい。（對象語）

○ 秋の雨は寂しい。（主語・對象語）

因此，使用 "對象語" 這一概念對於句內關係的理解並無多大幫助。在上欄 2.1B 中的例子，我們認為 "が" 表示的都是主語。在 "關西の人は納豆が嫌いだ" 、 "彼女はピアノが上手だ" 這樣的句子中， "は" 表示的是大主語， "が" 表示的是小主語。大主語與小主語的關係是小主語是大主語好惡、巧拙、能力、願望、心理活動的對象。

(iii) 在日常使用中，表示對象的 "が" 可以被 "を" 來替換，說成 "英語を話せる" 、 "金をほしい" 。這種傾向在 "が" 重覆出現在一個句子的時候尤為明顯。如：

○ 子どもが水を（が）欲しいって言うんですが。／孩子說想喝水呢。

○ 英語を（が）話せる人が一人もいないの。／會講英語的人一個都沒有嗎？

○ たばこを（が）吸いたいが、火がないんだ。／想抽煙，可沒火兒。

二、の

1. 接續方法

"の" 接在體言或相當於體言的詞語、副詞及某些慣用型後。

① 友子の服／友子的衣服

② 五百枚の原稿／500 頁稿紙的稿子

③ おし進めるはずのもの／應該推廣的東西

④ 太郎と花子との宿題／太郎和花子的作業

⑤ 買ったばかりの万年筆／剛剛買的鋼筆

⑥ 母からの手紙／媽媽來的信

⑦ しばらくの別れ／短暫的離別

⑧ 女優としての彼女／作為女演員的她

2. 語法意義和主要用法

2.1 表示定語。"の" 所連接的兩個詞是修飾與被修飾的關係，可表示所屬、性質、數量、主體、對象、地點、時間等。

⑨ 図書館の本／圖書館的書（所屬）

⑩ 木の箱／木箱（性質）

⑪ 3匹の子豚／3 只小豬（數量）

⑫ 太郎の泣き声／太郎的哭聲（主體）

⑬ 英語の勉強／英語學習（對象）

⑭ 東京の大学／東京的大學（地點）

⑮ 昨日の事件／昨天的事件（時間）

2.2 表示定語從句中的主語。

⑯ あの背の高いかたが朱先生です。／那位個子高的是朱老

師。

⑰ 鉛筆のほしい人はいませんか。／有想要鉛筆的人嗎？

⑱ 英語の話せる人はいますか。／有會講英語的人嗎？

…… • …… • …… • …… • ……

(i) 有時"の"下面的名詞可以省略，後面直接接斷定助動詞"だ"或助詞"が"、"を"、"は"等。

○ これは私のだ。／這是我的。

○ ほかのをください。／請給我另外的。

○ 自分のには名前を書くことです。／在自己的上面寫上名字。

橋本語法將"の"的這種用法區別於格助詞，列入"準體助詞"，認為其作用是附於其他詞後，與前面的詞一起構成一個與體言具有同樣功能的詞組。我們認為是"の"後名詞的省略，並沒有改變"の"前的名詞與被省略的名詞之間的修飾一被修飾的關係。因此可認為這是"の"在使用上的一個特點，不另列一類。

(ii) 形式名詞"の"與格助詞"の"的區別是：形式名詞起的作用在於接在用言或句子後，使它們具有體言的性質，能夠做主語、賓語、補語等。而格助詞"の"要接在體言下，其後不言而喻的部分被省略了。

○ チャンスの来るのを待っていた。／等待機會的到來。
（前者是格助詞，後者是形式名詞）

○ 父親の眼の色が黒色で、母親のは茶色だ。／父親的眼珠是黑色的，母親的是茶色的。（格助詞）

○ きれいなのがほしい。／想要漂亮的。（形式名詞）

○ これがぼく<u>の</u>です。／這是我的。（格助詞）

○ あんな<u>の</u>はずるい。／那樣就太狡猾了。（形式名詞）

(iii) 並非定語從句中的主格助詞"が"都可以用"の"代替，如下面這三個例句，只能用"が"：

○ 私<u>が</u>いる以上、そんな心配はしなくてもいい。／既然有我在，就用不著擔那個心。

○ 私<u>が</u>大阪に着いたのは昨夜です。／我到大阪是昨天晚上。

○ 多くの人<u>が</u>いろいろな条件の下に経験^{けいけん}するその都度ちがった知覚や感覚……／很多人在各種各樣的條件下所經歷的每次都不同的知覺、感覺……

被定語從句修飾的體言是實質性體言，且定語從句較短、構成較簡單時，定語從句的主語既可用"が"也可用"の"。像上面例子中定語從句修飾的不是實質性體言或定語從句較長，則主語用"が"，不用"の"。

定語從句中的主語中有副助詞等助詞時，不用"の"。

○ 10人ばかり<u>が</u>集まる会。／十幾個人的集會。

○ 老人まで<u>が</u>かり出された戦争。／連老人都被拉去參戰的戰爭。

○ バスをおりてから<u>が</u>遠い村。／下了汽車後還很遠的村子。

三、を

1. 接續方法

"を"接在體言、相當於體言的詞語後。

① 本を売る。／賣書。

② 走っているのを見た。／看見了（他）在跑。

③ ペンなり鉛筆なりを貸してくれるでしょう。／鋼筆、鉛
筆什麼的，能借給我吧。

④ 君までを合格させる。／連你都讓及格。

⑤ 1課から3課までを復習する。／復習第1課到第3課。

2. 語法意義和主要用法

2.1 表示賓語。

A　表示動作直接涉及的對象。

⑥ 私は毎朝牛乳を飲みます。／我每天早晨喝牛奶。

⑦ 生後間のない赤ん坊の体温はまわりの影響を受けやす
い。／出生不久的嬰兒的體溫容易受周圍環境的影響。

⑧ 母を恋しがる。／懷念母親。

⑨ 水をお湯にわかした。／把水燒開了。

B　表示動作造成的直接結果。

⑩ お湯をわかしてください。／請燒水。

⑪ 農業技術の改良によって、同じ土地面積からより多く
の食糧を生産することはできるだろう。／由於農業技
術的改進，可以在同樣大的土地面積上生產出更多的糧食
來吧。

⑫ 積み木で城をつくる。／用積木搭城樓。

2.2 當謂語動詞是自動詞的使動態時，"を"表示使動的對象。

⑬ 子供を泣かせるな。／別把孩子弄哭了！

⑭ 風邪のため太郎を一日休校させた。／因為感冒，讓太郎
休息了一天沒去上學。

⑮　君、どうして、わざとぼくを怒らせるのだ。／你為什麼
　　故意惹我生氣？

2.3　表示動作經過的場所或動作離開的地點。這時，"を"和
自動詞搭配使用，是補格助詞。

⑯　電車道を歩いて来る。／沿著電車道走來。

⑰　一日中台所を動きまわっている。／整天圍著鍋台轉。

⑱　姉は23才の時国を出ました。／姐姐23歲時出國了。

⑲　東京駅を今晩の10時に立ちます。／今晚10點從東京火
　　車站出發。

(i)　當謂語是表示願望、可能的表現形式時，表示其對象的格
助詞可以用"を"或"が"，但是迄今日本中學語法教科書認為，
用"が"是規範的說法，日本語言學家也認為用"が"較為自然。
不過，現代日語的實際使用中，用"を"的句子並不少於用"が"
的句子。

○　字を（が）書ける。／會寫字。

○　目を（が）あけられない。／睜不開眼。

○　冷たいビールを（が）欲しい。／想要杯涼啤酒。

上面例句中"が""を"都可以用，用"が"時句子的著重點
在對象，可以認為是"目が→あけられない（眼睛睜不開）""水
が→飲みたい（水，想喝）"；而用"を"時句子的著重點在謂
語，是"（目をあける）→られる（睜不開眼睛）"、"（水を飲
む）→たい（想喝水）"。

(ii)　"をもって"是一種慣用說法，表示對象、手段、期限等，
只用於鄭重的場合。

○　賞品の発送をもって当選通知にかえます。（＝を）

○　紛爭は、法律をもって禁じる。（＝で）

○　正午をもって閉店いたします。（＝に）

四、に

1. **接續方法**

"に"接在體言、相當於體言的詞語後。在某些慣用說法中可接在用言後。

① 庭に池がある。／院子裡有水池。

② この論文を書き終わるのにあと何日かかるだろう。／寫完這篇論文，還要再花幾天時間呢？

③ 陳さんとか王さんとかには話したくありません。／不想和小陳、小王等人講話。

④ 君だけに話しておく。／只對你說。

⑤ 台北に行くには、どの汽車に乗ったらいいでしょう。／去台北坐哪趟列車？

⑥ さびしいにはさびしいが、それまでだいぶなれました。／寂寞是寂寞，但也基本上習慣了。

⑦ 遅くとも8時までには行きます。／即使再晚，也會在8點之前去。

2. **語法意義和主要用法**

2.1 表示存在的場所

⑧ 動物園にパンダがいます。／動物園裡有熊貓。

⑨ 中国には石油が多い。／中國石油多。

⑩ 新製品に欠陥が見つかった。／新產品上發現了缺陷。

⑪　顔に笑いを浮べた。／臉上浮現出了笑容。

⑫　どの雑誌にものっている。／無論哪本雜誌都登載了。

2.2 表示動作或作用的時間

⑬　3時に駅で待ち合わせる。／3點鐘在車站見面。

⑭　3年後に竣工の予定。／預定3年後竣工。

⑮　寝る前に刺激物を食べることはよくない。／睡覺前吃刺激性的東西不好。

⑯　暗くならないうちにはやく帰ろう。／趁著天沒黑，趕快回去吧！

2.3 表示動作的目標、著落點

⑰　修学旅行で関西に行った。／修學旅行去了關西。

⑱　彼はおつりをポケットに入れました。／他把找的零錢放進了口袋。

⑲　この小包は明日の今頃彼の手元に届くだろう。／這個包裹大概明天這時候能送到他手裡吧。

⑳　昨日の火事の損害は7億円に達したそうです。／聽說昨天的火災損失達7億日圓。

2.4 表示行為、動作所關聯、涉及的對象。

㉑　友達に消しゴムを貸した。／借給朋友橡皮。

㉒　太陽が大量のエネルギーを地球に供給する。／太陽將大量的能源提供給地球。

㉓　田中さんに「明日の夜お伺いします」と伝えてください。／請轉告田中，說我明天晚上去拜訪他。

㉔　この商品に手を触れてはいけません。／不得用手摸這個
　　商品。

2.5　表示動作的目的

A　接在動詞連用形或動作性名詞後面，後接"来る"、"行
く"等表示趨向的動詞

㉕　遠くから泳ぎに来た人も多い。／從遠處來游泳的人也很
　　多。

㉖　昨日デパートへ買い物に行った。／昨天到百貨商店買東
　　西去了。

㉗　彼女に会いに毎日その店に通った。／每天去那家商店見
　　她。

B　接在動詞或形式名詞"の"、"ため"後。

㉘　北京に行くには、どの汽車に乗ったらいいでしょう。／
　　去北京，坐哪趟車好呢？

㉙　この論文を書き終わるのにあと何日かかるだろう。／寫
　　完這篇論文，還要再花幾天時間呢？

㉚　失恋の傷をいやすために一人で旅に出た。／為了撫慰因
　　失戀而受傷的心，一個人踏上了旅途。

2.6　表示理由、原因或依據。

㉛　あまりの嬉しさに泣きだした。／因太高興而哭了起來。

㉜　あの人は寒がりやなので、いつも冬の寒さに困ってい
　　る。／因為他怕冷，所以總是為寒冬所苦。

㉝　女性の声に顔をあげた。／聽到了女人的聲音，抬起了
　　頭。

2.7　表示事物或狀態變化的結果。

㉞　寒い冬になった。／到了寒冬。

㉟　講堂が会場に変りました。／禮堂變成了會場。

㊱　小豆をあんこにする。／把小豆作成豆餡。

㊲　この文章を日本語に訳してごらん。／請試著把這篇文章
　　譯成日語。

2.8　表示比較、評價、比例的基準。

㊳　ここは海に近いが、山には遠い。／這兒離海近，離山遠。

㊴　運動は体にいいです。／運動對身體好。

㊵　3時間ごとに一回注射する。／每3個小時注射一次。

㊶　彼女は何から何まで母親にそっくりだ。／她各方面都跟
　　母親一模一樣。

2.9　表示行為、動作進行的方式、狀態。

㊷　駅まで山沿いに歩いた。／沿著山腳走到了車站。

㊸　一本の棒を横に置けば「一」です。／把一根棒橫著放，
　　就是“一”。

2.10　表示主體。有 4 種情況，一、當謂語是表示可能的動詞
“分かる”“読める”“見える”“話せる”等時；二、當謂語是
表示要求的動詞、形容詞、形容動詞“要る”、“欲しい”、“必
要だ”等時，三、當謂語是表示感情的形容詞“嬉しい”、“悲し
い”、“なつかしい”等時；四、當謂語是敬語動詞時。以上 4 種
情況下主體可以用“に”來表示。

㊹　写真ぐらい私にも写せます。／照個照片我也會照。

㊺　彼には子供が二人います。／他有兩個孩子。

㊻ 親友(しんゆう)の裏切(うらぎ)りが私には悲しい。／好友的背叛，使我很傷心。

㊼ そんな話では子供に分からない。／那種話孩子不懂。

㊽ 先生にはお変りなくお元気でお過しになっていらっしゃることと存じます。／想必老師和從前一樣身體很健康。

2.11 表示被動句中施事者或使動句中動作的實施者。

㊾ ぼくの金魚が猫に食われた。／我的金魚被貓吃掉了。

㊿ 私は日本人に日本語を教えられました。／日本人教我日語。

(51) 先生は学生に作文を書かせた。／老師讓學生寫了作文。

(52) 子供に買い物に行かせる。／讓孩去買東西。

2.12 重疊同一個動詞表示強調。

(53) 雨が降りに降る。／雨下了又下。

(54) 叫びに叫んだスローガンがようやく実現された。／喊了好久的口號好容易才實現了。

2.13 接在各種詞後面，和它所接的詞一起表示狀態、程度，像副詞一樣使用。

(55) 水を多量に飲んでおくのです。／要大量地喝水。

(56) 一晩中寝ずに空屋の番をした。／整整一夜沒睡，看守空房。

(57) お気付きの点は遠慮(えんりょ)なしに言ってください。／請把您覺察到（不妥）的地方毫不客氣地說出來。

……•……•……•……•……

(i) 表示目的的"動詞連用形＋に"、"動詞連体形＋ために""動詞連體形＋の＋に"在使用上不同。"動詞連用形＋に"中"に"所表示的目的，是日常性活動；"ために"所表示的目的是明確的、積極的，多用在有重大意義的事情上，多用於書面語；

"動詞連體形＋の＋に"後續形容詞、形容動詞表示說話人的評價，後續"要る、かかる、必要だ"等詞則表示為達到目的所必須的條件，後續其他動詞則表示為達到目的所進行的事項。

（ア）　"動詞連用形＋に"和"動詞連體形＋ために"

"動詞連用形＋に"的後面接"来る""行く""帰る"等表趨向的動詞，"動詞連體形＋ために"的後面，什麼意義的動詞都可以接。

○　本を買いに行く。／去買書。

○　あなたに会いに来た。／來見你。

○　物物交換の不便を除くために、貨幣がつくられた。／為了消除以物易物帶來的不便而製造了貨幣。

○　健康を維持するために運動する。／為保持健康而運動。

"動詞連用形＋に"與後面動詞結合緊密，有一體化傾向，中間一般不插入其他詞句。

×　彼は友人に会いに飛行機に乗ったり、列車やバスに乗ったりして長時間を費やして東京に来た。

○　彼は友人に会うために飛行機に乗ったり、列車やバスに乗ったりして長時間を費やして東京に来た。／他為了見朋友，又乘飛機，又乘火車、汽車，花了很長時間，才來到了東京。

（イ）　"動詞連體形＋の＋に"

不直接表示後面動作的目的，這一點與"前兩者"不同。

○　彼はタバコを買いに出た。／他出去買煙了。

×　彼はタバコを買うのに出た。

○　健康を維持するために運動する。／為保持健康而運動。

× 健康を維持する<u>のに</u>運動する。

○ 小銭はタバコを買う<u>のに</u>よい。／零錢用來買煙很方便。

○ この辞典は用例をさがす<u>のに</u>便利だ。／這本字典找起例句來很方便。

○ 宿題をやる<u>のに</u>2時間かかった。／為做家庭作業花了2個小時。

○ 美しい花は人の心を和らげる<u>のに</u>役立つ。／美麗的花可以慰藉人們的心靈。

(iii)　"に"和"から"都可用來表示比較的基準，常和"近い"、"遠い"一起來表示距離上的遠近。"から"的這一意義是由表示動作起點的基本含義來的，"AはBから……"是表示A從B處算起遠或近。如：

○ 横浜は東京<u>から</u>近い。／橫濱離東京近。

○ 駅はわたしのうち<u>から</u>遠い。／車站離我家遠。

使用"に"的場合要比用"から"多。表示空間距離的"に"與"から"基本可通用。"に"的這一意義是由表示目標、著落點的基本含義來的，"AはBに……"表示A到B那裡距離遠或近。

○ 銀座（ぎんざ）は日本橋<u>に（から）</u>近い。／銀座離日本橋近。

○ 海<u>に（から）</u>遠い。／離海遠。

"に"還可以表示時間上的距離，"から"沒有這種用法。

○ そのビルはもう完成（かんせい）<u>に</u>近い。／那座大樓已經接近竣工。

○ そのビルは完成<u>に</u>はほど遠い。／那座大樓離竣工還遠。

○ かれはもう定年<u>に</u>近い。／他已經接近退休年齡。

○ かれは定年<u>に</u>はほど遠い。／他離退休年齡還遠。

"……に近い" 還可表示人與人之間的關係近或兩種事物接近、近似。"……から近い" 沒有這種用法。"……に遠い" 不能表示相反的意思。

○　あの人は社長に近い。／他和公司經理很近乎。

○　かれは天才に近い。／他近似天才。

五、で

1.　接續方法

"で" 接在體言或相當於體言的詞語後。

① 東京で彼に会った。／在東京見到了他。

② 針はもっと細いので縫ってください。／請用更細些的針縫。

③ 雄と雌とでは声が全く異なる。／雄的和雌的聲音完全不同。

④ 一度だけでいい。／一次就行。

⑤ 10 ページまででで 5 か所誤りが見つかった。／到第 10 頁為止，發現了 5 處錯誤。

2.　語法意義和主要用法

2.1 表示動作、行為發生的場所。

⑥ カナダでも売っているはずだと思った。／我原以為在加拿大也應該有賣的。

⑦ 解説欄で詳しく説明する。／在解說欄詳細說明。

⑧ 今週土曜日の晩、菊地さんのお宅でパーティーを開きます。／本週週六晚上，在菊地先生府上舉行晚會。

2.2 表示進行動作時所用的手段或材料。

⑩　ラジオ講座で日本語を勉強します。／聽廣播講座學日語。

⑪　世間では、金で買えない物がたくさんあります。／世上有許多用金錢無法買到的東西。

⑫　あの洋服だんすは桐の木で作ったのです。／那個大衣櫥是用桐木做的。

2.3　表示原因、理由。

⑬　不注意で事故が起こった。／因疏忽大意而發生了事故。

⑭　会社を風邪で休んでいます。／因感冒沒去公司在家休息。

⑮　農地開発法案は多数の賛成で成立した。／農用地開發法案以多數贊成通過了。

2.4　表示期限或限度。

⑯　新幹線は3時間で東京・大阪間を走る。／新幹線用3個小時可以走完東京、大阪之間的路程。

⑰　あの仕事は一週間で仕上げました。／那個工作一週時間就完成了。

⑱　演説はあと一時間ぐらいで終ります。／演說再有一小時左右就可以結束了。

2.5　表示動作進行時的狀態。

⑲　二人で出かけた。／兩個人出去了。

⑳　普通の速さで歩いて5分ほどだ。／照一般的速度走，要5分鐘左右。

㉑　これで仕事が終ります。／工作到此結束。

2.6　表示範圍、範疇。

㉒　中国はアジアで一番大きい国です。／中國是亞洲最大的

國家。

㉓　北京<u>では</u>交通が非常に便利です。／北京交通非常方便。

㉔　外交の面<u>でも</u>一連の大きな成果を収めた。／在外交上也取得了一系列重大成果。

2.7 表示動作的主體。這時候主體大多是團體或組織等集合體。

㉕　これは当社<u>で</u>開発した新製品です。／這是我公司開發的新產品。

㉖　この行事は生徒会<u>で</u>計画した。／這個活動是學生會組織的。

㉗　警視庁<u>で</u>未成年者犯罪の取締りに全力を挙げています。／警視廳正在全力以赴取締未成年犯罪活動。

……・……・……・……・……

(i) 表示場所的“に”、“で”、“を”的不同。

(ア)　“に”和“で”

一般地說，“に”是用來表示人或事物存在的場所，“で”是用來表示動作、作用發生的場所。

○　机の上に本がある。／桌上有書。

○　池のそばに花が咲いている。／池邊開著花。

○　向こうに山が見える。／看得見對面的山。

○　彼は毎日ここ<u>で</u>テニスをする。／他每天在這兒打網球。

上面例句中的“に”與“で”不能互換。

表示主體的動作、行為所產生的結果存在於某處時用“に”。

○　彼は新宿に土地を買った。／他在新宿買了塊地。

○　私はそこにごみを捨てた。／我把垃圾扔到了那兒。

這兩個句子用"で"也是成立的，但意思不同。用"で"時，表示買地和扔垃圾的動作分別發生在"新宿""そこ"，而不清楚所買的地在何處，垃圾扔在何處。

　　○　彼は新宿で土地を買った。／他在新宿（的不動產公
　　　　司）成交了買地生意。

　　○　私はそこでごみを捨てた。／我在那兒扔了垃圾。

（イ）"で"和"を"

"を"表示場所時，其後的動詞是移動性動詞。動詞所表示的動作、作用向一個方向經過某個場所，這是它不同於"で"的特徵。"で"沒有這種單方向性，僅僅表示動作、作用進行的場所。如"在游泳池游泳"這句話用日語說"プールで泳ぐ"和"プールを泳ぐ"都可以，前者表示游泳時沒有方向性，後者表示在游泳池裡朝一個方向游。如果加上"端から端まで"就只能用"を"了。

　　○　私はプールを端から端まで泳いでみた。／我試著從游
　　　　泳池這頭游到那頭。

　　一般地說，表示移動的動作經過某一場所時用"を"，而不用"で"。

　　○　あの町を通る。／穿過那個鎮子。

　　○　この道を行く。／沿著這條路走。

　　○　空を飛ぶ。／飛過天空。

（ウ）"に"和"を"

"に"有表示動作到達點的用法，如"新宿に行く""山に登る"，另一方面，"行く""登る"這種動詞，要表示它們經過的場所時，又可以用"を"。要注意雖然這兩個助詞都可以用，但它們所表達的意義不同。

○　彼はあの道に行った。／他去了那條路。（"あの道"是他的目的地）

○　彼はあの道を行った。／他經過了那條路。（"あの道"是他的經過場所）

下面句子中的"に""を"不能互換。

○　彼は2階に上がった。／他上了二樓。（"2階"是一個點）

○　彼は長い階段を上がった。／他登上了長長的樓梯。（"長い階段"是動作單方向地經過的場所）

○　私は地下室におりた。／我下了地下室。（"地下室"不是動作經過的場所，而是到達的目的點）

○　あの坂をおりると気を付けなさい。／下那個坡的時候，要當心些！（"坂"是動作經過的場所）

(ii) 表示時間的"で"與"に"的區別

表示動作持續進行的時間、期間時，一般不用格助詞，直接用時間名詞來表示。

○　これから4年通学する。／今後4年要走讀上學。

○　この小説を3日読みました。／這部小說讀了3天。

在表示動作用一段時間完成時，時間名詞後加"で"。

○　この小説を3日で読みました。／用3天讀完了這部小說。

"で"和"に"的區別是："で"表示行為、動作需要持續進行的一段時間，而"に"主要表示動作實現在某一個時間點上。試比較下面的例句：

○　実験は5日にできあがります。／實驗在5號完成。

○　実験は5日でできあがりました。／實驗5天完成了。

(iii) 表示原因的"で"與"に"的區別

(ア) 用"に"的場合

(1) 表示產生某種心理現象的原因。

○ もうこの小説にあきた。／這本小說，我已經看夠了。

○ ゆうべの地震にびっくりした。／昨晚的地震，嚇了我一
　　跳。

(2) 表示出現某種生理現象的原因。

○ あつさに体がよわっている。／天太熱，身體弱了。

○ かれは酒によっぱらった。／他喝醉了。

(3) 表示出現某種自然現象的原因。

○ 服が雨にぬれた。／衣服被雨淋濕了。

○ 顔が日にやけた。／臉被太陽曬黑了。

從上面的例句可以看出，"に"下面接的動詞一般是無意志動詞，這些表示原因的"に"不能用在意志句、命令句及勸誘句等句子裡，也不能在其後接形容詞、形容動詞。

(イ) 用"で"的場合

(1) 表示出現某種生理現象的原因，這與"に"的第二項用法相同，可與"に"互換使用。

○ わたしは勉強で（に）疲れた。／我學習累了。

○ それをみて、あまりのおかしさで（に）思わず笑ってしまった。／看到它，由於太滑稽了，不由得笑了出來。

(2) 表示出現某種自然現象的原因，但與"に"的第三項用法不同，"に"一般構成"BがAに……"這一句型，而"で"構成"AでBが……"的句型，直接明確地表示因A這一原因而導致B。這時不能用"に"。

○ 雨で道がぬかるみになった。／由於下雨，道路變得泥濘了。

○ 停電で町がまっ暗になった。／因為停電，街上一片漆黑。

(3) 表示出現某種社會現象、物理現象或精神現象的原因。一般也用 "AでBが……" 這一句型，不能換用 "に"。

○ JR ストで交通が麻痺した。／因 JR（日本鐵道）罷工，交通陷入癱瘓。

○ 雪のおもみで軒が傾いている。／大雪把房檐壓歪了。

○ 病気で長いあいだ学校を休んだ。／因病長期沒有上學。

○ 秋のとり入れで大変忙しい。／因為秋收，很忙。

"で" 後面雖然多出現無意志動詞，但有時還出現意志動詞，不過這時的意志動詞含有不得已而為之的意思，例如 "病氣" 等。另外還可以在 "で" 的後面接形容詞、形容動詞，這是 "に" 所沒有的用法。

(iv) 在上面 2.7 中 "で" 表示動作主體時，用 "が" 句子也不錯，但與 "が" 語感並不完全相同。例句㉖㉗中的 "で" 還可以換成 "において"：

○ これは当社において開発した新製品です。

○ この行事は生徒会において計画した。

(iv) 表示動作主體的 "で" 的用法，其實是來源於表示動作、行為發生的場所這一基本用法，和表示主格的 "が" 比較起來，不像 "他社でなく，当社が……"，"庶務課でなく，生徒会が……" 這樣強調主體。

六、と

1. 接續方法

“と”接在體言、相當於體言的詞語後。在引用思考、途述的內容時，也可接在用言、助動詞後。此外，還可接在某些副詞後。

① 友達とけんかした。／和朋友吵架了。

② 見たのは聞いたのとだいぶ違う。／看到的和聽到的很不一樣。

③ 彼は子供ばかりと遊んでいる。／他只和孩子玩。

④ 漢字の画は左から右へ、上から下へと書きます。／漢字的筆畫，要從左到右、從上到下地寫。

⑤ 11時頃だったと思います。／我想那是11點左右。

⑥ あなたの娘さんとばかり思っていました。／我一直以為是您的女兒呢！

⑦ 「はやく来てください」と彼女が言った。／她說：“你快點兒來！”

⑧ いつもと違った様子。／和平時不同的樣子。

2.　語法意義和主要用法

2.1 表示行為、動作的共同者或對象。

⑨ 私は母とデパートへ行きました。／我和媽媽一起去了百貨商店。

⑩ 進学問題について親と話し合った。／就升學問題和父母談了談。

⑪ 林さんは町角にある八百屋さんの娘と婚約したそうだ。／聽說林先生跟街口上蔬菜舖主人的女兒訂婚了。

2.2 表示事物演變、轉化的結果。

⑫ 局長を部長とする。／讓局長當部長。

⑬ 長い努力がむだとなった。／長時間的努力白費了。

⑭　女の子ばかりの会話には決まって結婚条件が話題<u>と</u>なる。
　　／全是女孩子在一起說話時，結婚條件一定會成為話題。

2.3　表示比較的對象或基準。

⑮　私の国<u>と</u>くらべると、日本のほうが暑いです。／和我的
　　國家相比，日本熱。

⑯　ガラス系は木綿や絹の系<u>と</u>違って燃えることなく熱さに
　　強い。／玻璃線和木綿線、絲線等不同，耐熱性好，不會
　　燃燒。

⑰　彼女の気持ちは私<u>と</u>同じだ。／她的心情跟我一樣。

2.4　表示稱謂或思考、敘述的內容。

⑱　私は張<u>と</u>申します。／我姓張。

⑲　一度富士山に登ってみたい<u>と</u>思います。／我想登一次富
　　士山。

⑳　誰でもそれは嘘だ<u>と</u>認めます。／誰都會認為那是謊話。

2.5　跟在某些情態副詞、體言後，構成狀語，表示方式、狀態。

㉑　雨がぽつりぽつり<u>と</u>降る。／雨吧嗒吧嗒地下。

㉒　税金だけでも何十種類<u>と</u>あった。／光稅就有幾十種。

㉓　二度<u>と</u>そんなことはしない。／再也不幹那種事了。

㉔　問題が次から次へ<u>と</u>出てくる。／問題接二連三地出現。

……　•　……　•　……　•　……　•　……

(i)　在會話中，"といって"常略說成"って"。

○　ぼくは鈴木<u>って</u>いいます。／我叫鈴木。

○　あとで金を渡す<u>って</u>だましやがった。／欺騙說什麼回頭
　　再給錢。

"という"、"って"有時可以表示同格。

○　その会社の、会長<u>という</u>人。／那個公司的、做董事長的人。

○　10年<u>って</u>年月がかかる。／要花10年的時間。

"って"還有像提示助詞一樣的用法。

○　北海道<u>って</u>広いのね。／北海道可真是遼闊啊！

○　日本<u>って</u>せまいんだな。／日本真是小呀！

　　(ii) 在"表示行為、動作的共同者或對象""表示比較的基準"這兩項上、"と"和"に"的意義有些區別。田中章夫在《岩波講座・日本語7・文法Ⅱ》助詞(3)"中對它們的區別是這樣敘述的：

「と」の相手や對象を示す用法においては

○　経営者と（に）交渉する。

○　先生と（に）よく似た人。

○　暴風雨と（に）なる。

のように、「に」に置きかえうることが多い。両者を比べてみると、まず、行為の相手を示す場合、たとえば、「経営者と交渉する」は、対等の立場でやり合う意味合いをもち、「経営者に交渉する」は、相手に、一方的にもちかけるニュアンスになる。したがって、対等の立場でしか成り立たない行為、すなわち、「弟とけんかする」などでは、「に」に置きかえられないし、逆に一方的にもちかける行為、たとえば「兄にけんかをぶっかける」の「に」は「と」に置きかえられない。

　　同様に、比較の対象を示すときも、「先生と似ている人」はニュアンスとしては、「互いに似ている」といった意味合いであり、「先生に」のほうは、風貌が先生に近づいているという意味

合いになる。すなわち、「AはBと等しい」は、「互いに等し
い」ということであり、「AはBに等しい」は、AはBに次等に
近くなって遂に等しいという結果になったといったニュアンスを
もつと見られる。

　可見，"と"表示對等性，強調結果；而"に"表示單方性，
重點在於逐漸接近對方。

　(iii)　"と"和"に"都可以表示變化的結果，但意義有些差
別，使用的場合也不同。"AをBとする"表示將本來不是B的
A，一時作為B來用，是暫時的、表面性的變化。

○　閲覧室を教室として一週間勉強した。／把閲覧室作為教
　　室，學習了一個星期。

○　兄を先生として少し英語を習った。／把哥哥當老師，跟
　　他多少學了些英語。

　"AをBにする"表示把A改造成B，是永久的、本質性的變
化。

○　教室が足りないので、閲覧室をも教室にした。／因為教
　　室不夠，把閲覧室也改造成為教室了。

○　息子を學校の先生にした。／讓兒子當了學校的老師。

　還有一些與"する"類似的其他動詞在"AをBと……""A
をBに……"這種句型當中使用，其用法與"する"相同。

○　たばこを1日10本以下ときめた。／（暫時）決定香煙每
　　天吸10支以下。

○　彼女は最後に健夫を結婚相手にきめた。／她最後決定把
　　健夫作為結婚對象了。

○　小説を脚本に書きかえる。／把小説改寫成劇本。

　　"と"和"に"下面除了可以接"する"等他動詞之外，還可以接"なる"等自動詞表示變化的結果。"……となる"表示一時的、表面的，意料之外的變化，強調變化的結果。"……になる"表示永久的、實質的、意料之中的變化，強調變化的過程。

○　先生となって、講義<ruby>講義<rt>こうぎ</rt></ruby>をしてみなさい。そんな簡単なことではない。／你當老師講講課試試，也並不是那麼容易的事。（臨時當教師）

○　こぶりの雨が急にどしゃぶりとなった。／濛濛細雨突然變成了飄潑大雨。（意料之外的變化）

○　兄は大学を卒業して先生になった。／哥哥大學畢業以後，當了教師。（永久的、實質性的變化）

○　こぶりの雨はとうとうどしゃぶりになった。／濛濛的細雨終於變成了飄潑大雨。（逐漸的變化）

　　有一些與"なる"類似的其他動詞在這一句型當中的用法與"なる"相同。

○　おだやかな天気が急にあらしとかわった。／晴朗的天兒，突然風雨大作。

○　太陽にてらされて水は気体にかわった。／讓太陽一曬，水就變成了氣體。

七、から

1.　接續方法

1.1　"から"接在體言、相當於體言的詞語後。

①　会議は10時から始まる。／會議從10點開始。

②　東京から大阪まで3時間で行く。／用3個小時就可以從

　　東京到大阪。

③　カメラが買いたいが、<u>いくらぐらいから</u>あるのだろう。
　　／我想買照相機，最便宜的多少錢？

1.2　接在接續助詞"て"後。

④　新聞は帰って<u>きてから</u>、ゆっくり読もう。／報紙，等回
　　來以後再慢慢看吧！

⑤　九月になっ<u>てから</u>、急に涼しくなった。／進入了 9 月
　　份，突然涼快下來了。

2. 語法意義和主要用法

2.1　表示動作、作用在時間、空間、人物關係、事項上的起點。

⑥　朝<u>から</u>彼を待っている。／從早上起，一直在等他。

⑦　東京<u>から</u>大阪までは 550 キロばかりあります。／從東京
　　到大阪有 550 公里左右。

⑧　車<u>から</u>降りた男。／從車上下來的男人。

⑨　いろいろな方面<u>から</u>見て批評する。／從各個方面評論。

⑩　私はこの化粧品を彼女<u>から</u>買った。／我從她那兒買了
　　這個化粧品。

2.2　表示原因、理由、依據等。

⑪　小さいなこと<u>から</u>けんかになった。／因為一點點小事而
　　吵起架來。

⑫　生活の不満<u>から</u>やけになったのかも知れない。／也許是
　　因為對生活的不滿而自暴自棄起來的。

⑬　これらの事実<u>から</u>判断すると正確だ。／從這些事實來判
　　斷的話，那是正確的。

2.3 表示原料、材料、成分等。

⑭ 酒は米から造る。／酒是用米做的。

⑮ パンは小麦から作られている。／麵包是用麵粉做的。

2.4 表示動作、作用的主體。

⑯ そのことは私から彼に話しておきます。／那件事我去向他說。

⑰ お手紙は係からそれぞれの国へ送る。／信由辦事人員寄到各個國家。

⑱ 配達人から荷物を渡された。／郵遞員把包裹遞了過來。

(i) "から"和"を"在表示起點時，在有些句子中兩者都可用，意思無根本差別，如：

○ 駅を出る。／出車站。

○ 駅から出る。／出車站。

但下面幾種場合，不可互換。

(ア) "から"表示移動的起點，終點是已經設定的；而"を"則是僅僅以某一點作為移動的起點，並沒有已經設定的終點。因此，當句中出現用"に"、"まで"表示的終點時，起點只能用"から"、不用"を"。

○ 大阪から新幹線で東京に来た。／從大阪乘新幹線來到東京。

○ 彼は成田を立った。／他從成田出發了。

× 彼は成田をアメリカに立った。

(イ) 表示從某種交通工具（公共汽車、火車、船、馬等）下來時，可以用"から"、也可以用"を"。

○ 船から降りる。／下船。

　　　○　船を降りる。／下４船。

　　但是，表示不是自己有意"下來"，而是被"弄下來"時，只能用"から"，不能用"を"。

　　　○　船から落ちる。／從船上掉下來。

　　　×　船を落ちる。

　　(ウ) 表示抽象意義上的起點時，用"を"。

　　　○　大学を出る。／大學畢業。

　　　○　大学から出る。／離開大學校園。

　　(ii)　"から"和"で"都可以表示原料、材料，一般說來，從原料到成品變化較少（從成品能推測出原料）時用"で"，從原料到成品變化較大（從成品很難推測出原料）時用"から"。

　　　○　その椅子は木でできている。／那把椅子是用木頭做的。

　　　○　プラスチックは石油から造る。／塑料是以石油為原料製造的。

　　　○　あんな古着からこんなすてきな服をつくるとはさすがだ。／能用那樣的舊衣服做出這麼漂亮的衣服真了不起。

　　但是，也有像"酒は米でつくる"和"酒は米からつくる"這種"から"和"で"都能用的情況。用"で"時著重強調米是做酒時所使用的東西，和"で"表示方法、手段是同一性質的用法；用"から"時著重強調米是生產酒的起點，在生產過程中發生變化，最後成為酒。

八、まで

1.　接續方法

　　"まで"接在體言、相當於體言的詞語後，有時可接在用言和

助動詞後。

① 朝の便で札幌まで飛ぶ。／乘早上的飛機飛往札幌。

② ご主人がお帰りになるまで待たせていただきます。／請
讓我等您丈夫回來。

③ 声をかけられるまで彼がそこに来ていることに気づかな
かった。／在他喊我之前，我一直都沒發現他已經到了我
身旁。

2. 語法意義和主要用法

表示行為、動作在時間、空間、人物關係、事項上的終點，常
和表示起點的“から”一起使用。

④ 荷物をとなりの部屋まで運んでください。／請把行李搬
到隔壁的房間。

⑤ 東京から大阪までは新幹線で行き、高知までは船で行っ
た。／從東京到大阪是坐新幹線，到高知是坐船去的。

⑥ 書類は窓口まで提出してください。／請將材料交到窗
口。

⑦ 50ページまで予習しておく。／預習到第50頁。

⑧ 入学申し込みの締切は月末までです。／申請入學的截
止日期是月底。

⑨ 朝早くから夜おそくまでけんめいに働いている。／從一
大早到晚上很晚都在努力地工作。

…… • …… • …… • …… • ……

(i) “まで”和“までに”都可以表時間，它們的區別為：

　　"まで"常和表示起點的"から"一起使用，表示持續進行的動作、作用的期間。

　　○　雨は明日の朝まで降り続くでしょう。／雨可能一直下到明天早上吧！

　　○　毎日、9時から5時まで勤務している。／每天從9點到5點上班。

　　○　準備ができるまでしばらくここでお待ちください。／在準備好之前，請在這兒稍候。

　　"に"表示的是一個時間點，表示動作、作用進行、發生的時間。"までに"同"に"一樣，也是表示動作、作用進行、發生的時間，是指"まで"之前的任何一個時間點。

　　○　9時までにここへ来てください。／請9點前到這兒來。

　　○　9時までずっとここで本を読んでいた。／到9點，一直在這兒看書。

　　(ii)　"……から…まで"和"……から……にかけて"這兩個句型都是用來表示範圍的，但二者的側重點有所不同，前者著重於明確地、具體地指出範圍，後者側重於在某一範圍內動作、作用的持續。

　　○　東京から名古屋まで2時間かかる。／從東京到名古屋要花兩個小時。

　　○　北部から南部にかけて大雨が降った。／從北部到南部一帶下了大雨。

　　○　1日からみっかまで試験が行われた。／從1號到3號舉行考試。

　　○　この花は4月から5月にかけて咲く。／這花4月到5月

這段時間開。

前兩個例句是表示空間範圍的，"まで"明確、具體地指出範圍，而"にかけて"不明確地指出起點、終點，僅大致劃定一個範圍；後兩個例句是表示空間範圍的，"まで"明確表示終點，"にかけて"不必明確範圍起始點和終止點。

九、へ

1. 接續方法

"へ"接在體言或相當於體言的詞語後。

① 私は国へ帰って、医者になるつもりです。／我打算回家鄉去當一名醫生。

② 夏休みには九州や四国などへ行った。／暑假去了九州、四國等地。

③ 私も誰かへ頼んでみようと考えていたところです。／我也正想託人試試。

2. 語法意義和主要用法

2.1 表示方向或到達點

④ 漢字の画は上から下へと書きます。／漢字的筆畫從上向下寫。

⑤ 外へ開けてある窓。／向外開著的窗戶。

⑥ 子供は小学校へ上がるとまず50音を覚えさせられる。／孩子上了小學，首先得記 50 個假名。

⑦ あめを口の中へ入れた。／把糖放進嘴裡。

⑧ 裁判所へ訴えなければ解決策がない。／不向法院起訴，就沒有解決的辦法。

2.2 表示動作、作用的對象。

⑨　奥様へよろしくお伝えください。／請問您夫人好。

⑩　これは母への手紙です。／這是給母親的信。

⑪　彼の方へ申し込んでください。／請到他那兒去報名。

…… • …… • …… • …… • ……

　　"に"和"へ"都可以表示方向或到達點。後續的動詞是表示趨向的移動動詞，如"くる"、"いく"、"かえる"、"もどる"、"のぼる"、"くだる"、"進む"等或具有指向對象的動作動詞，如"運ぶ"、"送る"、"見送る"、"届ける"、"申し出る"等時，既可以用"に"也可以用"へ"。"に"強調到達點，"へ"強調方向。

　　○　大阪へ（に）いってきた。／我到了一趟大阪。

　　○　庭へ（に）出て散歩をする。／到院子裡散步。

　　○　荷物を駅に（へ）運びます。／將行李運到車站。

　　○　手紙を先生のところに（へ）とどけます。／將信交到老師那兒。

　　表示動作、作用的對象時"に"與"へ"一般也是可以互換使用。

　　○　ときどき母に（へ）手紙をかきます。／時常給母親寫信。

　　○　かれに（へ）忠告しても全然きかない。／就是忠告他，他也不聽。

　　但是，也有一些句子"に"與"へ"不能換用。後續的動詞是"つく"、"到著する"這種表示到達的動詞時，一般認為用"に"合適，不該用"へ"。而表示向某一個方向、方位移動，而不是向一個具體的地點移動時，只能用"へ"、不能用"に"。

○　東京に<ruby>つく<rt></rt></ruby>。／到了東京。

○　太郎は<ruby>海<rt>うみ</rt></ruby>の方<u>へ</u>いった。／太郎往大海那邊去了。

○　<ruby>雁<rt>がん</rt></ruby>は<ruby>南<rt>みなみ</rt></ruby><u>へ</u>とんでいった。／大雁往南飛去了。

省略了下面的動詞或表示呼籲對象時，一般只能用“へ”。

○　今日はどちら<u>へ</u>。／你今天到哪兒去？

○　全国の大学生<u>へ</u>。／致全國的大學生！

十、より

1.　接續方法

“より”接在體言、相當於體言的詞語後。有時可接在動詞、形容詞、助動詞後。

①　あそこよりここのほうが<ruby>静<rt>しず</rt></ruby>かです。／這兒比那兒安靜。

②　<ruby>野菜<rt>やさい</rt></ruby>ばかりより少し<ruby>肉<rt>にく</rt></ruby>が入ったほうがおいしいね。／比起光是蔬菜來，加點肉會好吃的。

③　今までよりまじめに勉強するようになった。／現在比原來認真學習了。

④　努力するよりほかに<ruby>成功<rt>せいこう</rt></ruby>する<ruby>道<rt>みち</rt></ruby>はない。／只有努力才能成功。

⑤　思ったより<ruby>易<rt>やさ</rt></ruby>しかったね。／比想像的要簡單。

2.　語法意義和主要用法

2.1 表示比較的基準。“より”後可接提示助詞“も”、“は”加強語氣，也可用“よりか”的形式。

⑥　今年は昨年よりずっと<ruby>暑<rt>あつ</rt></ruby>いです。／今年比去年熱得多。

⑦　英語を習うより日本語を習いたい。／比起學英語來，更想學日語。

⑧　思ったより易しかったね。／比想像的要簡單。

⑨　これは何よりも結構なお品ですよ。／這是比什麼都好的
　　東西。

⑩　手紙を書くよりか行って話すほうが早い。／比起寫信
　　來，直接去說更快。

2.2 表示限定。常和 "しか"、"ほか" 疊用，並與否定呼應。

⑪　こうするよりほかに仕方がない。／除了這樣做之外沒有
　　其他辦法。

⑫　それではことわるより仕方がない。／那麼，就只有拒絕
　　了。

⑬　手術をお受けになるよりほかにないでしょう。／您除了
　　做手術之外沒有別的辦法了吧。

2.3　表示起點。是文語格助詞的殘留，相當於現代日語格助詞
"から"，主要用於鄭重的場合或書面語言。

⑭　個展は明日より開催されます。／個人展覽從明天開展。

⑮　この文章は前書きより引用した。／這篇文章引自前言。

⑯　満七歳より入学を許可する。／満 7 歲才允許入學。

…… • …… • …… • …… • ……

田中章夫在《岩波講座日本語 7・文法Ⅱ》大野　晉　柴田武
編岩波書店，1977》 "助詞(3)" 中對 "から" "より" 與 "で" 在
語法意義上的區別，作了如下論述。

格助詞「から」「より」は「まで」とセットになって起點・
終點・発端・結末・基準・限度などを表わす。……

○　東京から香港まで飛ぶ。／病いを得てより死に至るまで

— 416 —

詩作に専念し／宮中からお招きがあった。／……

○　このような、起點・終點、發端・結末・あるいは順序・
　　經路・範囲などを示す用法から、動作・作用の基點や出
　　所を示す用法が生じてくる。

○　窓からテープを投げる。／この觀点より考えるに／先
　　祖より子孫に伝わる家風／……

　これらの用法は、また、原料・材料など、ある結果や状態を
作り出す諸要素を示す用法にも関係をもつ。

　水は、酸素と水素からなる。／資本家・經営者・地主より構
成される階層／……

　さらに、このような「から」「より」が論理的な事象の表現
に用いられると、それは、論理の帰結や結論を導く、理由・根據
・動機・原因などを示すことになる。

　かぜから肺炎になる。／以上の調査より推定しますと／……
などは、その例である。

　しかし、「から」「より」には、たとえば、「で」の「木で
舟を作る」とか「かぜで休む」といった用法にみられるような、
ストレートに材料や理由を導く能力はない。これは、「から」
「より」の、材料や理由などを示す用法は、本來、ある状態や結
果がもたらされるに至った経緯のもととして、たまたま、材料や
理由に当るものが導かれた場合に過ぎないからである・したがっ
て、「海水から塩を作る」のように、変化のプロセスのある場合
や、「労働者と農民よりなる組合」のように、客観的な存在とし
て述べる場合は、「から」「より」でも、材料や構成要素を示し
うるが、「木で舟を作る」「労働者と農民で組合を組織する」の

ように変化の経路を経たない場合や、主体的な行為が働く場合には、「から」「より」で表わすことができない。まったく同様に、因果関係の場合も、「から」「より」で表現しうるものは、「かぜから肺炎になる」「実験結果より推定する」といった、經路や経緯を経て成立する因果関係に限られ、「地震で倒れる」「殺人罪でつかまる」のように、直接の原因や根據を表わすようなものは、表現できない。これは、結局、「で」による、この種の表現の根底には「手で作る」「殺人罪でつかまる」などの、手段・方法を示す用法があるのに対して、「から」「より」の方は、起點・発端を示す用法に由來するからに他ならない。

第三節　接續助詞

　　接續助詞（接続助詞）是連接用言、用言性詞組或句子，表示它們之間關係的助詞。接續助詞在句子中起著承上啟下的作用，表示條件、因果、讓步、轉折、並列等各種邏輯關係。如：

①　雨が降れば遠足を中止しましょう。／如果下雨咱們就不去遠足了吧！（條件）

②　雨が降ったので遠足を中止した。／因為下雨，所以沒去遠足。（因果）

③　見ても分からない。／看也看不懂。（讓步）

④　読んだけれどもよく分からなかった。／讀了，可是不明白。（轉折）

⑤　この部屋は日当りもいいし、風通しもいい。／這間屋子又向陽，通風又好。（並列）

根據接續助詞表示的邏輯關係，可大致作如下分類。

(1) 表示對等、並列關係的：て、ながら、し

(2) 表示因果關係的：から、ので

(3) 表示條件關係的：と、ば、ては（では）

(4) 表示轉折關係的：が、けれども、のに

(5) 表示讓步關係的：ても（でも）、たって（だって）、とも

這是根據接續助詞所表示的主要關係來分的，有的是跨類的，如"て"，既可以表示並列，也可以表示因果。

另外，有些形式名詞、慣用型也可以起接續助詞的作用，如"ところ"、"ところか"、"ものの"、"ものを"、"につれて"、"とともに"等。本節不討論這些慣用型。

接續助詞有以下特點：

1.在接續法上，接續助詞主要接在活用詞的後面，並有其一定的接續法，因此學習每一個接續助詞都要注意它是接在用言或助動詞的哪種活用形後。如：

⑥　長ければ切りましょう。／如果長的話，就切短一些吧！（用言假定形）

⑦　彼が僕に協力しなくても、僕はやはり計画通りやるつもりだ。／即使他不協助我，我也還是準備照計劃進行。（用言連用形）

⑧　最近は非常に忙しかったので、御無沙汰を致しました。／最近非常忙，所以好久沒問候您了。（助動詞連體形）

⑨　あの人は一向学問が進歩しませんが、どうしたわけですか。／他在學問上一點也沒進步，怎麼回事呢？（助動詞終止形）

2. 接續助詞不能互相重疊使用，一般也不和別的助詞重疊。但有些接續助詞在某些慣用說法中，後面可以再接某些提示助詞、副助詞，個別接續助詞有與格助詞重疊使用的特例（"てから"）。

⑩　ことばがある<u>からこそ</u>、われわれは人間としての生活を営んでいられるのである。／正是因為有了語言，我們才能夠過我們作為人類的生活。

⑪　他の事をやり<u>ながらも</u>成し遂げた。／一邊幹著其他事完成了（這項工作）。

⑫　遊ん<u>でばかり</u>いる。／光玩。

⑬　入学し<u>てから</u>遊び回っている。／入學後老是玩。

3. 在職能上，接續助詞與接續詞相同，都是起承上啟下的作用，但接續詞是內容詞，而接續助詞是功能詞。因此，從形式上來看，接續助詞是在一個句子中表示用言（用言性詞組、主從句中從句與主句、並列句中的分句）之間的接續，而接續詞連接兩個句子時，則是放在一個句子的句首，表示此句與上句的承接關係。

⑭　仕事が終わると死にそうに疲れてしまった<u>けれど</u>、働く喜びを知った僕の快い疲れだった。／工作一結束，累得要死，可那是我體會到的勞動的一種快樂，一種愜意的疲憊。（接續助詞）

⑮　仕事が終わると死にそうに疲れてしまった。けれど、働く喜びを知った僕の快い疲れだった。／工作一結束，累得要死。不過，那是我體會到的勞動的一種快樂，一種愜意的疲憊。（接續詞）

……・……・……・……・……

(i)　"接續助詞"是山田孝雄命名的。山田孝雄對"接續助詞"

的定義是："述素相互間の関係を示すものにして、其の職能は句と句とを接合するものなり。"在《國語學大辭典》"接続助詞"這一項的說明中，宮地裕將其總結為："一文中の句と句とを接続してその意味関係を示す助詞。前句の後句に対する意味関係を示す助詞とも言える。体言と用言との論理的意味関係を示す格助詞が語格を示すものとすれば、これは前句と後句との間の句格を示すものとも言える。橋本進吉は前の用言の、後の用言に対する接続関係を示す助詞とし、接続詞同様のもので連用関係に限るものとしたから、体言その他の語にも付いて対等関係を示すものは別に一類を立てて並立助詞と称した。時枝誠記は同時的に存在する動作・行為、時間的に継起する事がら関係の認定を表わし、「述語に付いて、これを未完結にする」助詞とし、三上章は終止形に付くものだけに限定し、連体形に付く「のに」「ので」は「のだ」の活用形とし、「すれば」「して」は「する」の活用形とした。"

　　(ii) 宮地裕在《國語學大辭典》"接続助詞"的"意味的分類"中寫道："諸說があるが、前句が条件として持ち出されるとき、確定條件・仮定条件に二分しうること、後句に対して順接するか逆接するかに二分しうる点では、諸説ほぼ共通する。並立対置の前後句に関しても、順接・逆接に二分しうるが、一般には、この前句を条件句とは言わない。"

		順　接	逆　接
條件	①仮定	風が吹け<u>ば</u>雨が降る	風が吹い<u>ても</u>雨は降る
	②確定	風が吹く<u>と</u>雨が降る	風が吹く<u>のに</u>雨が降る
非條件	③並置	風も吹く<u>し</u>雨も降る	風も吹く<u>けれども</u>雨も降る
	④その他		

「④その他」のうちには森重敏が「空間的・対合対反・不定」と
したもの（「ある人の話しだ<u>が</u>」「申しかねます<u>が</u>」）のほか、
いろいろあり（「かわいそうだが、雨は降るよ」「鈴木だ<u>けど</u>あ
した休むよ」）……"

　(iii) 井手至在《國語學大辭典》"接續詞"這一項中講到接續
詞與接續助詞的區別時寫道："接続助詞も、接続詞と同様に、話
し手の立場からする前件と後件との関係の認定を表わす。しか
し、接続詞が単独で接続語として用いられ、前件と後件とを対立
させた上で両者の関係を明示するものであるのに対して、接続助
詞は、単独で一文節となることはなく、前件の表現を未完結のま
まにして、後件と関係づけ結び合わせるものである。したがっ
て、接続詞による接続表現は、前件と後件との間に継絶と対立が
はっきりとして論理的明確さがあるのに対して、接続助詞による
接続表現には、情緒的な表現の屈折がより多く認められる。"

　(iv) 文語助詞"に"在現代日語中作為接續助詞使用時，它主
要以下面兩個形式出現：

　(ア) 接動詞終止形後，對它後面所敍述的內容限定在某一條件
上。常以"要するに""思うに""言うに""察するに""考え
てみるに"等形式出現。

○ 要するに、君がそうすればよいのだ。／也就是說，你
　那樣幹就行了。

○ 思うに、これは彼らの計画的犯行<ruby>犯行<rt>はんこう</rt></ruby>である。／想來，這
　是他們有計劃的犯罪行為。

(イ) 以"……（も）あろうに"的形式，表示逆接轉折的語氣。

○ 折りもあろうに悪<ruby>悪<rt>わる</rt></ruby>い時<ruby>時<rt>とき</rt></ruby>にやってきた。／也不看看時
　候，這種時候跑來了。

○ 場所<ruby>場所<rt>ばしょ</rt></ruby>もあろうにこんな所<ruby>所<rt>ところ</rt></ruby>で言<ruby>言<rt>い</rt></ruby>わなくてもいいじゃない
　か。／也不看看地方，在這種地方不說也行嗎？

一、て

1. 接續方法

"て"接在動詞、形容詞及動詞型活用助動詞、形容詞型活用
助動詞連用形後。

　　やめて　　頼<ruby>頼<rt>たの</rt></ruby>んで　　安<ruby>安<rt>やす</rt></ruby>くて　　降られて<ruby>降<rt>お</rt></ruby>
　　聞<ruby>聞<rt>き</rt></ruby>かなくて　　聞<ruby>聞<rt>き</rt></ruby>かせたくて

2. 語法意義和主要用法

2.1 表示並列或對比

① この川<ruby>川<rt>かわ</rt></ruby>は長<ruby>長<rt>なが</rt></ruby>くて広<ruby>広<rt>ひろ</rt></ruby>いです。／這條河又長又寬。

② 夏<ruby>夏<rt>なつ</rt></ruby>は暑<ruby>暑<rt>あつ</rt></ruby>くて冬は寒いです。／夏天熱，冬天冷。

③ 朝は5時に起<ruby>起<rt>お</rt></ruby>きて夜は10時に寝る。／早上5點起床，晚
　上10點睡覺。

2.2 表示隨時間推移而發生的動作的先後關係。有時為了更明
確地表示動作在時間上的先後關係，可在"て"後加格助詞"か

ら”或名詞“以來”等。

④ 弟は朝ご飯を食べ<u>て</u>学校へ行きました。／弟弟吃過早飯去學校了。

⑤ 夏が過ぎ<u>て</u>秋が来た。／夏天過去了，秋天來了。

⑥ 新聞は帰ってき<u>て</u>からゆっくり読もう。／報紙等回來以後再慢慢看吧。

⑦ 一年前に行っ<u>て</u>以来、あそこへは久しく行かなくなった。／自從一年前去過那兒以來，好久沒去了。

2.3 表示動作進行的方式、方法、手段。

⑧ 父は毎日電車に乗っ<u>て</u>会社へ行きます。／父親每天乘電車去公司。

⑨ 私はラジオの講座を聞い<u>て</u>英語を習っています。／我正在聽廣播講座學英語。

⑩ 姉は船の上で白いハンカチを振っ<u>て</u>別れを告げた。／姐姐在船上揮動著白手帕告別。

2.4 表示前項對後項的敘述內容加以限定。

⑪ きょうはきのうに比べ<u>て</u>だいぶ暖かい。／今天和昨天相比暖和多了。

⑫ 彼の発言は公職にある者とし<u>て</u>許しがたい。／作為一個身處公職的人來說，他的發言是不可原諒的。

⑬ 彼の意見を無視し<u>て</u>そんなことをしてはいけない。／不能無視他的意見做那種事。

2.5 表示原因、理由。這種用法只限於客觀的表達，句末不能

用主觀的表達方式。

⑭　あまり小さく<u>て</u>見えません。／太小，看不見。

⑮　風邪をひい<u>て</u>学校を休みました。／得了感冒，沒去上學。

⑯　教室で騒い<u>で</u>しかられました。／因在教室裡吵鬧而被訓斥了。

2.6　表示前後項是逆態的接續關係。

⑰　事情を知ってい<u>て</u>言わない。／知道情況卻不說。

⑱　あれほど叱られ<u>て</u>まだやめない。／那樣被訓斥，可還不罷休。

⑲　あんなに勉強してい<u>て</u>落第したのか。／那麼用功學習可還沒考上嗎？

2.7　連接補助動詞、補助形容詞。

⑳　果物は水分を含ん<u>で</u>います。／水果含有水分。

㉑　この言葉はよく使うから覚え<u>て</u>おきなさい。／這句話常用，要記住。

㉒　先生に作文を直し<u>て</u>いただきました。／請老師改了作文。

㉓　あなたも一緒に行っ<u>て</u>ほしい。／希望你也能一起去。

　(i)　有的語法學家認為跟在形容動詞、形容動詞型活用助動詞詞幹後的“で”也是接續助詞。本書認為“で”是形容動詞的連用形詞尾，是含有接續助詞“て”語法意義的詞尾。

　　○　風味がたいそう結構でして、たくさんいただきました。／味道很好，吃了很多。

(ii) "動詞連用形＋て"與動詞連用形表示中頓用法的異同

○ 郭さんは朝早く起き、庭を掃きました。／小郭早上很
早起來打掃了院子。

○ 郭さんは朝早く起き<u>て</u>、庭を掃きました。／小郭早上
很早起來打掃了院子。

○ 例をあげ、詳しく説明します。／舉例詳細說明。

○ 例をあげて、詳しく説明します。／舉例詳細說明。

在表示一個動作主體的動作的先後關係時，"動詞連用形＋
て"這種形式要求前後兩個動作或者都是意志動作，或者都是無意
志動作。而動詞連用形表示中頓時則不受這些條件的限制，前後兩
項可以都是意志動作或都不是意志動作，也可以其中之一是意志動
作而另一個不是意志動作。

○ 彼女は家に帰り（○帰っ<u>て</u>）、食事の用意にとりか
かった。／她回到家，開始準備做飯。（前後兩項都是
意志動作）

○ 田中さんは飛行場につき（○つい<u>て</u>）荷物の検査を
うけた。／田中到機場接受了行李檢查。（前後兩項都
是無意志動作）

○ 田中さんは飛行場につき（×ついて）家に電話をし
た。／田中到了機場，給家裡掛了電話。（"著く"是
無意志動作，"電話をする"是意志動作）

○ わたしは野村に偶然にあい（×あって）その話をし
た。／我偶然遇見了野村，講了那件事。（"偶然にあ
う"是無意志動作，"その話をする"是意志動作）

在並列兩個動作主體進行的兩個動作時，"動詞連用形＋て"要求前後兩個動作必須都是有意識進行的意志動作，動詞連用形表示中頓時既可以都是有意識進行的意志動作，也可以都是無意中出現的無意志動作。

○　太郎が東大にはいり（○はいって）、次郎は早大にはいった。／太郎進了東京大學，次郎進了早稻田大學。（前後都是意志動作）

○　太郎は帽子をとられ（×とられて）、次郎は服を破られた。／太郎帽子被搞走了，次郎衣服被撕破了。（前後都是無意志動作）

表示同一個動作主體進行兩個動作，而這兩個不是先後發生的動作時，可以用動詞連用形表示中頓的形式。很少用"動詞連用形＋て"的形式。

○　弟はスケートもやり（×やって）、スキーもやる。／弟弟既滑冰又滑雪。

○　李さんは日本語もでき（×できて）、英語もわかる。／小李既會日語又懂英語。

另外，"動詞連用形＋て"多用於口語中，動詞連用形表示中頓多用於書面語。

(iii)　"て"接在否定助動詞"ない"的後面時，有"ないで"和"なくて"兩種形式，它們的不同及與"せずに"的區別如下。

(ア)　"なくて"的主要用法：

(1)　"なくて"連接的前後兩項是相對立的事物。

○　今までのは序論にすぎなくて、これからが本論です。／剛才說的只不過是序論，下面進入正題。

○　あの人は何もし<u>なくて</u>、みんなやったのは私です。／
那個人什麼也不幹，都是我做的。

(2)　"て"表示原因、理由或以"ては"的形式表示假定條
件。

○　うまく説明でき<u>なくて</u>、困った。／不能很好地說明，
真為難。

○　雨が降ら<u>なくて</u>は田も植えられない。／不下雨的話，
就種不了田（插不了秧）。

(イ)　"ないで"的主要用法

(1)　後接補助用言

○　何も聞か<u>ないで</u>ください。／請什麼都別問。

○　何もし<u>ないで</u>いてみよう。／試一試什麼都不做是什麼
滋味。

(2)　前項修飾後項

○　あの人は、人の言うことを聞か<u>ないで</u>出て行った。／
那個人不聽人言，就出去了。

○　雨が降っているのにかさもささ<u>ないで</u>歩いている。／
下著雨，可是卻沒撐傘，走在雨中。

當既可以認為前項與後項是相對立的事物，又可以認為前項修
飾後項的時候，則二者都可用。

○　雨が降ら<u>なくて</u>、雪が降った。／不下雨而下雪了。

○　雨が降ら<u>ないで</u>、雪が降った。／不下雨而下雪了。

(ウ)　"せずに"只有"ないで"的(2)的用法

○　あの人は、人の言うことを聞かずに、出て行った。／
　　那個人不聽人言，就出去了。

○　雨が降っているのにかさもささずに歩いている。／下
　　著雨，可是卻沒撐傘，走在雨中。

　　當然，這裡只是就否定助動詞"ない"而言的。形容詞和補助
形容詞"ない"只有"なくて"的形式而無"ないで""せずに"
的形式。

○　庭には木が1本もなくて、石が置いてあるだけだ。／
　　院子裡沒有一棵樹，只是放著石頭。

○　そこはそんなに遠くなくて、車で 1 時間ほどで行け
　　る。／那兒不太遠，乘車一個小時左右就能到。

○　あの人は山田さんではなくて、吉田さんだ。／那個人
　　不是山田，是吉田。

二、ながら

1.　接續方法

　　"ながら"接在動詞和動詞型活用助動詞的連用形、形容詞和
形容詞型活用助動詞的終止形、形容動詞詞幹、某些名詞後。

読み<u>ながら</u>　　伝わされ<u>ながら</u>　若い<u>ながら</u>

知らない<u>ながら</u>　ささやか<u>ながら</u>　小型<u>ながら</u>

2.　語法意義和主要用法

　　2.1　接在意志動詞連用形後，表示動作同時進行或兩個動作同
時存在。

①　あの人はいつも新聞を読み<u>ながら</u>、ご飯を食べます。／
　　那個人經常邊看報紙邊吃飯。

② 天気がいいから、散歩しながら話しましょう。／天氣很
好,我們邊散步邊談吧。

③ 莫さんが笑いながら、部屋に入ってきました。／小莫笑
著走進房間裡來了。

2.2 接在狀態動詞連用形、形容詞終止形、形容動詞詞幹、某
些名詞後,表示逆態接續,可以用“ながらも”的形式。

④ 不快に思いながら顔 色には出さない。／雖然感到不高
興,但不流露在臉上。

⑤ 学校まで来ていながら、授 業に出ない。／到學校來了卻
不去上課。

⑥ 年が若いながらなかなかしっかりしている。／年紀雖然
不大,卻很踏實。

⑦ 何も知らないながらも、知ったぶりをする。／什麼也不
懂,卻裝懂。

⑧ このカメラは小型ながらよく写る。／這架照相機雖然
小,但卻照得很清楚。

……‧……‧……‧……‧……

(i) 在表示動作同時進行時,“ながら”要求同時進行或同時存
在的兩個動作的主體是同一個主體,並且表示兩個動作的動詞應是
動作性動詞而不是狀態動詞。在前後是同一主體,且前後動詞都是
動作性動詞時,也要注意,瞬間動詞一般是不後續“ながら”的。
下面這幾個例句是錯誤的:

× 雨が降っていながら、風が吹いています。（不是同一主
體）

×　喫茶店から音楽が聞こえながら、みんなコーヒーを飲ん
でいます。（"聞こえる"是狀態動詞）

×　電車に乗りながら新聞を読む。（"（電車に）乗る"是
瞬間動詞）

同時進行或同時存在的兩個動作，在有的句子中，前項和後項
互換意思上也沒有太大的差異，如：

○　音樂を聞きながら、コーヒーを飲む。

○　コーヒーを飲みながら、音樂を聞く。

但是，一般地說，"ながら"句型的重點在後項，前項修飾、
限定後項，從邏輯上說，前項從屬於後項。因此打破了這種關係的
句子就顯然不自然。

×　バスを待ちながら、体が寒さにふるえてしまった。

○　寒さにふるえながら、バスを待つ。

×　へやへ帰って休みながら、コーヒーを飲む。

○　コーヒーを飲みながら、休む。

(ii) 下面是由"ながら"構成的一些慣用說法，其用法與副詞
相似。

○　残念ながら、お伴することはできません。／太遺憾了，
我不能陪您去。

○　お粗末ながら、さしあげましょう。／微薄之禮請收下。

○　熱いかゆをすすって元気を取りもどしたその少年は、
涙ながらこんな身の上話をした。／喝了熱粥有了氣力
的那個少年，流著淚說起了自己的身世。

(iii) "ながら"和"つつ（も）"的異同

　　　“つつ（も）”接在動詞連用形後，表示的意義與“ながら”基本相同，但現代口語中不太常用。

○　ラジオを聞きつつ、新しく来た雑誌を見る。／一邊聽收音機，一邊看新來的雜誌。

○　体に悪いと知りつつもたばこを吸う。／雖然知道對身體不好，卻還是抽煙。

　　另外，“つつ”與補助動詞“ある”結合，可表示動作正在進行。

○　雨が降りつつある。／正在下雨。

○　発展しつつある東南アジア諸国。／正處在飛速發展中的東南亞各國。

三、し

1.　接續方法

　　“し”接在用言、助動詞的終止形後面。

　　会うし　きれいだし　遅いし　降られるし　行かないし

2.　語法意義與主要用法

　　2.1　表示兩個或兩個以上的事項同時存在。常與“も”呼應使用。

①　この花は色もきれいだし、においもいいです。／這花顏色又漂亮，香味又好。

②　彼は医者にも行かないし、薬も飲んでいません。／他既不去看病，又不吃藥。

③　遊んでもいたいし、勉強もしたい。／既想玩，又想學習。

2.2 表示同時存在的事項是後續句子的理由，具有列舉理由或舉出一例作為理由的含義。

④ 朝は早いし、夜は遅いし、疲れるのはあたりまえです。／早上又（起得）早，晚上又（睡得）晚，當然會疲勞。

⑤ あの人は酒も飲まないし、タバコも吸わないし、今どき珍しい青年だ。／那個人既不喝酒，又不抽煙，是現在很少有的青年。

⑥ お医者さんも大丈夫だといいましたし、もう心配することはありませんよ。／醫生也說沒事了，再用不著擔心了。

四、から

1. 接續方法

"から"接在用言、助動詞的終止形後。

降るから　　　あぶないから

へただから　　未成年だから

来なかったから　食べたくないから

来るだろうから

2. 語法意義和主要用法

表示發生動作或作用的（根據主觀判斷的）原因或理由。

① あぶないから、窓から手を出さないでください。／危險，請不要把手伸出窗外。

② 一度泥棒に盗まれたから今はとても用心深いんだ。／因為被小偷盜竊過一次，所以現在警惕性很高。

③ あんまり安いからつい買う気になった。／因為價錢太便

宜，所以我就忍不住想買了。

④ まだ未成年だからお酒は飲めません。／因為還未成年，所以不能喝酒。

⑤ 学校側が許可しなかったのは、その催しが政治的な性格をもつものだと判断したからだ。／校方之所以沒有同意，是因為認定那項活動帶有政治色彩。

⑥ このような事態となったからには、私が責任をとるべきであろう。／既然事態已到了這個地步，那我就應該承擔責任。

⑦ 戦うからには、必ず勝たなければならない。／既然打，就必須取勝。

⑧ 食べたくないからといって、何も食べなくてはからだにわるい。／雖說不想吃，可要是什麼都不吃，對身體不好。

⑨ 必要だからこそ買いにいくのです。／正因為需要，所以才去買。

……●……●……●……●……

"から" 和 "ので" 的區別：

(ア) "から" 表示主觀理由。如果後項是表示說話人的推量、命令、禁止、勸誘、請求、意志等主觀想法時，用 "から"、不用 "ので"。

○ あなたは丈夫そうだから、健康検査は大丈夫でしょう。／你看上去挺結實，健康檢查不要緊吧！

○ 相手は強そうだから、注意しろ。／對手好像挺厲害，要小心！

○ 危ないから、触ってはいけない。／危險，嚴禁觸摸。

○ 家が近いから、一緒に帰りましょう。／（我）家（離你家）離得近，一塊兒回吧！

○ その本が読みたいから、貸してくれませんか。／我想讀讀那本書，能借給我嗎？

○ 安くて上等だから、買います。／因為又便宜又高級，所以我要買。

（イ）“ので”表示客觀原因。它是將前後項中所提到的原因、結果、理由、結論等關係，作為超越說話人的主觀存在的事物加以客觀描述。後項如果是斷定或事實的敘述時，常用“ので”。下面例句中的“ので”可以換成“から”、但會因而減弱客觀性語氣，增強主觀性語氣。

○ 事故が多いので、運転を休止した。／因為事故多，所以停止了運轉。

○ 月がないので、道は暗かった。／沒有月亮，所以路很黑。

○ 今日は国慶節なので、学校も工場も休む。／今天是國慶日，工廠、學校都休息。

○ 図書館は本がたくさんあるので、毎日大勢の人が来ます。／圖書館裡有很多書，所以每天有很多人來。

○ 火星は地球より小さいので、引力が弱く、そのため大気が少ない。／火星比地球小，所以引力小，因此大氣就少。

（ウ）接在助動詞“う（よう）”、“まい”下面時，用“から”，不用“ので”。

○ 明日は晴れるだろうから、洗濯をした。／明天或許會晴天，所以洗了衣服。

○ もうすぐ来るだろうから、準備をしておいてくれ。／可能馬上就要來了，準備好！

○ 珍しいものもあるまいから、見に行くのはやめた。也沒有什麼稀奇的東西，就不去看了。

(エ) 在正式的場合要表示鄭重的請求時，雖然是說話人的主觀請求，但為了避免強加於人的語氣，也用 “ので”。

○ 外出をしたいと思いますので、留守をよろしくお願いします。／我想出去，麻煩您給我看門。

○ 未熟者ですので、ご指導ください。／我還很不成熟，請多多指導。

○ 以上のような事情がありますので、この案には賛成しかねます。／由於有以上的情況，我無法贊成這個提案。

五、ので

1.　接續方法

“ので” 接在用言、助動詞的連體形後。

行くので　　　　ないので　　　　休みたいので
不便なので　　　近づいたので　　　残念なので
来そうなので

2.　語法意義和主要用法

表示兩個事項之間存在客觀的或人們都承認的因果關係。“の

で"在口語中有時說成"んで"。

① 強いお酒な<u>の</u>で、わたしはいただきませんでした。／因
為是烈性酒，所以我沒喝。

② 最近非常に忙しかった<u>の</u>で、御無沙汰を致しました。／
因為最近非常忙，所以好久沒向您問候了。

③ 試験が近づいた<u>の</u>で、みんないっしょけんめい勉強して
います。／快要考試了，所以大家都在拼命用功。

④ まだ未成年な<u>の</u>で、お酒は飲めません。／因為還未成
年，所以不能喝酒。

⑤ 上京したっきり連絡がない<u>ん</u>で、みんなずいぶん心配
していたんだよ。／去了東京以後什麼消息都沒有，大家
都特別擔心。

⑥ 朝起きたら雨が降っている<u>ん</u>で、出かけるのをやめにし
た。／早上起來下著雨，所以決定不出門了。

⑦ 頭が痛い<u>の</u>で委員会に欠席するから、よろしくお伝えく
ださい。／我因頭痛不出席委員會了，請轉告一下。

⑧ お言葉にあまえまして、お邪魔いたします<u>ん</u>で、よろし
くお願いします。／那我就遵囑去打擾了，請多關照。

六、ば

1. 接續方法

"ば"接在用言，助動詞的假定形後。

行け<u>ば</u>　　　　考えてみれ<u>ば</u>

ほめられれ<u>ば</u>　　いやなら<u>ば</u>

よければ　　　　ありそうならば　　　　わからなければ

2. 語法意義和主要用法

2.1 表示順態假定條件。

① もし切符(きっぷ)が買えればぜひ行ってみたい。／如果買得到票，一定想去看看。

② 値段(ねだん)があまり高くなければ買おう。／如果價錢不太貴就買。

③ 子供の服は着(き)やすく、丈夫(じょうぶ)でさえあればじゅうぶんです。／孩子的衣服只要好穿，結實就行了。

④ みんなが協力(きょうりょく)してくれれば、もっと早くできただろう。／大家幫我的話，可能會更早完成的吧！

2.2 表示順態恆常條件。表示具備了某種條件，就肯定會發生某種情況。多用於表達超時間的真理、諺語、格言以及事物的習慣、特性等。

⑤ 春(はる)が来(く)れば、桜(さくら)の花(はな)が咲(さ)く。／春天一到，櫻花就開。

⑥ 2に3をたせば、5になる。／2加3等於5。

⑦ 三人(さんにん)寄(よ)れば、文殊(もんじゅ)の知恵(ちえ)。／三個臭皮匠，頂個諸葛亮。

⑧ だれでもほめられればうれしい。／受到表揚，誰都高興。

2.3 表示前項與後項是並列關係，多用"……も……ば……も……"這個句型，它可以與"……も……し……も……"互換。

⑨ 金(かね)もなければ、暇(ひま)もないんで、旅行になんて行けやしない。／又沒錢，又沒時間，哪能去旅行。

⑩ 台風(たいふう)の季節(きせつ)には風も吹(ふ)けば、雨も降(ふ)る。／颱風季節又是刮風又是下雨。

⑪　賛成だとも言わなければ反対(はんたい)だとも言わない。／既不說
　　賛成，也不說反對。

2.4　表示單純接續的關係。單純接續不表示前後項有什麼條件
關係，前項僅僅是單純地對後項的出處、範圍加以限定，或提示談
話的話題。

⑫　要約(ようやく)すればこうなる。／概括起來，就是這樣。

⑬　天気予報(てんきよほう)によれば明日は晴れだそうです。／根據天氣預
　　報，明天是晴天。

⑭　田中さんといえば近頃(ちかごろ)あまり見かけませんね。病気で休
　　んでいるのかな。／田中，最近沒怎麼見他呀！是不是病
　　了，在家休息呢。

……‧……‧……‧……‧……

(i) 表示假定條件的"ば"，連接的後項可以是願望、意志、命
令、推量等主觀內容。如：

○　食べたければ食べてもかまわない。／想吃就吃吧。（許
　　可）

○　お金があれば私も行きたいところだが。／如果有錢，我
　　也想去呢。（願望）

○　くわしいことがわかればすぐお知らせいたします。／詳
　　細情況知道後，立刻通知您。（意志）

○　君がそんなことを言えば彼女は泣(な)くだろう。／你要是說
　　那樣的話，她可能會哭吧！（推量）

從上面的例子可以看出，如果前後項不是同一主體，或者前項
不是動態動詞，則可以用"ば"連接前後項。這些句子，用"た

ら"也可以。如果前後項是同一主體，並且前項是動態動詞，則只能用"たら"，不能用"ば"。即：表示假定條件的"ば"，後項可以是願望、意志、命令等主觀內容，但它要求前後項不是同一主體，或前後項是同一主體但前項不是動態動詞。

(ii) "たら"和"なら"

很多語法書將"たら"和"なら"列入表示假定的接續助詞。雖然它們與"ば""と"有很相似的地方，但本書還是認為"たら"是過去完了助動詞"た"的假定形，なら是斷定助動詞"だ"的假定形。從下面的例句中可以看出"なら"是對"判斷"的假定，"たら"是為"過去完了"的假定。

○ 家へ帰るのなら、電話してください。／如果你要回家，請（先）給我打個電話。（對"家へ帰るのだ"的假定）

○ 家へ帰ったら、電話してください。／你回到家（以後），請給我打個電話。（對"家へ帰った"的假定）

○ 彼が来るのなら、私は帰る。／如果他要來的話，我就回去。（對"彼が来るのだ"的假定）

○ 彼が来たら、私は帰る。／等他來了，我就回去。（對"彼が来た"的假定）

"たら""なら"的主要用法如下，

(ア) たら

(1) 表示假定條件，後項可以是說話人的希望、意志、命令、推量等內容。

○ あしたの朝早く起きられたらジョギングしましょう。／明天能早起的話就去跑步。

○ 日曜日の午前 中だったら家にいるかもしれません。

／如果是星期天上午的話，可能在家。

(2) 由"たら"構成的前項成為根據、理由，從而順態地導出後項相應的結果，後項可以是希望、意志、命令等主觀的內容。

○ 薬を飲んだら頭痛（ずつう）が治（なお）りました。／喝了藥，頭痛就好了。

○ そんなに暑かったら窓をあけなさい。／要是有那麼熱，就開開窗戶吧？

(3) 表示一般性條件。"たら"表示的一般性條件與"ば""と"不同，它表示在過去某段時間，前項條件一成立，後項就習慣地、自然地出現（成立）。

○ 家にいた頃、夏になったらよく川へ泳（およ）ぎに行った。／在家的時候，一到夏天，就去河裡游泳。

(4) 表示前後項的動作、作用同時進行或前後項的動作作用有很緊密的先後關係。可以與"と"互換。

○ 家へ帰ったら誰もいなかった。／回到家，誰也沒在。

○ あさ起きたら朝顔（あさがお）が咲いていた。／早上起床，發現牽牛花兒開了。

（イ）なら

"なら"表示純粹的假定，表示與既成事實相反的假定，或把別人提到的事項接過來作為條件並在後項發表意見。前項是肯定會發生的事情時，不用"なら"，如不說：

　　× 春が来るなら花が咲きます。

後項可以是說話人的判斷，可以是願望、意志、命令等主觀內

容，但不能用過去時結句，也不可以表示客觀事實。

○ 外国へ行く<u>なら</u>その前にその国の言葉を学びなさい。
　／要去外國的話，先學學那個國家的語言。

○ 食べたくないの<u>なら</u>残してください。／不想吃的話，
　就請剩下吧。

○ それが事実<u>なら</u>おそろしいことだ。／如果那是事實的
　話，那就太可怕了。

○ 君がそれを買うの<u>なら</u>僕はこれを買う。／你要是買那
　個的話，我就買這個。

七、と

1.　接續方法

"と"接在用言、助動詞的終止形後。

積まる<u>と</u>　　　　うるさい<u>と</u>　　　　静かだ<u>と</u>
知られる<u>と</u>　　　行かない<u>と</u>　　　　行けそうだ<u>と</u>

2.　語法意義和主要用法

2.1　表示順態假定條件。以前項為根據、理由，從而自然地導
出後項結果。

① こんなに雪が積まる<u>と</u>家から出られない。／雪積得這麼
　厚，可就出不了家門了。

② 早く行かない<u>と</u>飛行機に間に合わないよ。／不快點去的
　話，可就趕不上飛機了。

③ そのような形だ<u>と</u>角があって手に持ちにくいし、数える
　のにも不便である。／像那樣的形狀，有稜角，又不好
　拿，數起來又不方便。

④　静かだと勉強ができます。／如果安靜，就能學習。

2.2　表示順態恆常條件。表示具備了某種條件，就總會發生某種事情。

⑤　春が來ると、桜の花が咲く。／春天一到，櫻花就開。

⑥　5から3をひくと、2になる。／5減3等於2。

⑦　雨が降ると、道が悪くなる。／一下雨道路就不好走了。

2.3　表示前後項的動作、作用同時進行或者前後項的動作、作用有很緊密的先後關係。

⑧　トンネルを拔けるとそこは雪国だった。／穿過隧道，那兒就是雪鄉。

⑨　川岸を歩いていると、「助けてくれ」と呼び声がしました。／正在河邊走著，聽到了“救命”的呼聲。

⑩　言い終わると出ていった。／說完就出去了。

2.4　表示單純接續的關係。單純接續不表示前後項有什麼條件關係，前項僅僅是對後項的出處、範圍加以限定。

⑪　要約するとこうなる。／概括起來，就是這樣。

⑫　新聞によると地価がまた上がったそうだ。／據報紙說，地價又上漲了。

⋯⋯‧⋯⋯‧⋯⋯‧⋯⋯‧⋯⋯

(i)　“と”與“ば”、“たら”的區別如下，

　　(ア) 表示順態假定條件的“と”與“ば”、“たら”不同，後項不能是表示說話人希望、意志、命令等的內容。

　　○　さむければ（○たら、×と）もっと着なさい。／（你）如果冷，就再多穿一些。

○　ひまがあっ<u>たら</u>（○ば、×と）一緒に行きましょう。
／你有工夫的話，咱們一塊兒去吧！

(イ) 表示順態恆常條件的"と"可以與"ば"互換。

○　2に3をたす<u>と</u>（○ば）、5になる。／2加3等於5。

○　つゆどきになれ<u>ば</u>（○と）雨が多くなる。／進入梅雨期，雨就多起來了。

(ウ) "と"可以表示前後項的動作、作用同時進行或者前後項的動作、作用有很緊密的先後關係，"ば"沒有這一用法，"たら"有大致相同的用法。

○　家でねている<u>と</u>（○たら、×ば）田中が訪ねてきた。
／我在家睡著的時候，田中來了。

○　<ruby>講堂<rt>こうどう</rt></ruby>に<ruby>入<rt>はい</rt></ruby>ってみる<u>と</u>（○たら、×ば）、<ruby>聽衆<rt>ちょうしゅう</rt></ruby>がいっぱい<ruby>集<rt>あつ</rt></ruby>まっていた。／進入禮堂一看，裡面聽眾坐得滿滿的。

(エ) 表示單純接續的"と"可以與"ば"互換。

○　田中君の話による<u>と</u>（○ば）かれの<ruby>先祖<rt>せんそ</rt></ruby>は<ruby>大名<rt>だいみょう</rt></ruby>だったらしい。／據田中講，他的祖先好像是地方諸侯。

○　一例をあげれ<u>ば</u>（○と）、田中君が東大に入ったのは<ruby>全<rt>まった</rt></ruby>く努力した<ruby>結果<rt>けっか</rt></ruby>である。／舉個例子來說，田中考進東大，完全是努力的結果。

八、ては（では）

1.　接續方法

"ては"接在動詞、動詞型活用助動詞、形容詞、形容詞型活用助動詞的連用形後，接在名詞、形容動詞詞幹、形容動詞型活用助動詞詞幹後時用"では"。

立っ<u>ては</u>	泳い<u>では</u>	待たせ<u>ては</u>
弱く<u>ては</u>	読まなく<u>ては</u>	簡単<u>では</u>
続きそう<u>では</u>	8時<u>では</u>	

2. 語法意義和主要用法

2.1　表示假定條件。用前項引出後項，後項多為否定或消極的內容。

① あそこに立っ<u>ては</u>危(あぶ)ない。／站在那兒可危險。

② マーケットへ犬をつれて行っ<u>ては</u>皆に迷惑(めいわく)をかける。／如果把狗帶到商場去的話，會給大家帶來麻煩。

③ 体が弱く<u>ては</u>大事業(だいじぎょう)は出来(でき)ない。／身體虛弱的話，可幹不了大事業。

④ 話があまり簡単(かんたん)<u>では</u>わかりにくいだろう。／如果話講得過於簡單，那就不容易懂吧。

⑤ 開会(かいがい)が 8 時<u>では</u>少し早すぎるだろう。／開會是 8 點的話，大概有點兒太早吧！

⑥ 川で泳い<u>では</u>いけない。／不許在河裡游泳。

2.2　表示反覆出現、進行的行為、動作，包括恆常條件，長期的生活習慣。

⑦ かれは非常に本が好きで、町へ行っ<u>ては</u>本を四、五冊買ってきます。／他很喜歡讀書，每次上街都買回四、五本來。

— 445 —

⑧ 町へ行っ<u>ては</u>アイスクリームを買って食べる。／每次上街都買冰淇淋吃。

⑨ 雪は消え<u>ては</u>降り、降っ<u>ては</u>また消えた。暖かいところだからなかなかつもらない。／雪化了又下，下了又化了。因為是暖和的地方，雪總是積不起來。

九、が

1. 接續方法

"が" 接在用言和助動詞的終止形後。

走る<u>が</u>　　　　高い<u>が</u>　　　　　　じょうずだ<u>が</u>
探してみた<u>が</u>　　練習させる<u>が</u>　　　読みたい<u>が</u>
行けそうだ<u>が</u>　　学生です<u>が</u>

2. 語法意義和主要用法

2.1 表示轉折。

① 雨が降ってきた<u>が</u>、試合〔しあい〕は続行〔ぞこう〕します。／下起雨來了，但比賽還要繼續進行。

② 昨日まであちらこちら探してみました<u>が</u>、どうしてもその家がわかりません。／到昨天為止一直四處尋找，怎麼也找不到那一家。

③ お忙しいでしょう<u>が</u>、ぜひお越〔こ〕しください。／您可能很忙，但請務必來。

2.2 表示並列或對比、對照。

④ 日本では自動車〔じどうしゃ〕は道の左側〔ひたりがわ〕を走る<u>が</u>、中国では右側〔みぎがわ〕を走ることになっている。／在日本規定汽車在馬路左側行駛，而在中國規定在右側行駛。

⑤　天気がよい<u>が</u>、風は冷たい。／天氣很好，但風很冷。

⑥　英語ができます<u>が</u>、日本語はできません。／會英語，可不會日語。

2.3 起承上啟下的作用。前句多用於交代後句所需的前提。

⑦　彼から聞いたのです<u>が</u>、本当でしょうか。／我是聽他說的，是真的嗎？

⑧　山田です<u>が</u>、太郎君がいますか。／我是山田，太郎在嗎？

⑨　何新聞^{しんぶん}でもいい<u>が</u>、ちょっと貸して下さい。／什麼報紙都行，請借給我看看。

2.4 放在句末，不說出後項的內容，以避免明說，緩和說話語氣。

⑩　あしたなら都合^{つごう}がいいのです<u>が</u>。／要是明天的話，就比較合適。

⑪　体の具合^{ぐあい}がちょっと悪いです<u>が</u>。／身體有點兒不太舒服。

⑫　お願^{ねが}いしたいことがあるのです<u>が</u>。／我有件事想拜託您……。

十、けれども

1．接續方法

"けれども"接在用言和助動詞的終止形後。口語裡常用"けれど、けども、けど"的形式。

走る<u>けれども</u>　　高い<u>けど</u>　　　　じょうずだ<u>けれど</u>
探してみた<u>けど</u>　　練習させる<u>けど</u>　　学生です<u>けれども</u>
読みたい<u>けども</u>　　行けそうだ<u>けれど</u>

2．語法意義和主要用法

2.1 表示轉折

① 雨が降ってきた<u>けれども</u>、試合は続行します。／下起雨
　　來了，但比賽還要繼續進行。

② さっそく電話をかけてみた<u>けれど</u>、通じませんでした。
　　／馬上打了電話，但沒通。

③ 責任者<u>だけど</u>、それに関しては責任はない。／我是負責
　　人，但關於那件事，我沒責任。

2.2 表示並列或對比、對照。

④ 英語ができます<u>けれども</u>、日本語はできません。／會英
　　語，可不會日語。

⑤ 一年生にはむずかしい<u>けど</u>、二年生にはやさしすぎま
　　す。／對一年級學生來說是難，可是對二年級學生來說就
　　太容易了。

⑥ 今月は祭日がある<u>けど</u>、来月はない。／這個月有節日，
　　可下個月沒有。

2.3 起承上啟下的作用。前句多用於交代後句的前提。

⑦ 彼から聞いたの<u>だけど</u>本当ですか。／我是聽他說的，是
　　真的嗎？

⑧ ちょっとお聞きしたいのです<u>けど</u>、駅へ行く道はどちら
　　でしょうか。／請問，去火車站是哪一條路？

⑨ 伊藤と申します<u>けれども</u>、先生はご在宅でしょうか。／
　　我叫伊藤，老師在家嗎？

2.4 放在句末，不說出後項的內容，以避免明說，緩和說話語氣。

　⑩ あしたなら都合がいいのです<u>けど</u>。／要是明天的話，

就比較合適。

⑪　飲<ruby>み</ruby>物^{もの}はビールしかありません<u>けど</u>。／飲料只有啤酒……。

⑫　いま、金先生はおでかけです<u>けれど</u>。／現在金老師不在……。

……・……・……・……・……

　　"けれども"和"が"都接在用言和助動詞終止形後，其語法意義基本相同。"が"語氣鄭重<u>一些</u>，多用作書面語言，而"けれども（けども、けれど、けど）"比較隨便<u>一些</u>，多用於口語。講話時，男性多用"が"，女性多用語氣比較柔和的"けれども（けども、けれど、けど）"。

十一、のに

1.　接續方法

　　"のに"接在用言及助動詞的連體形或終止形後。

行く<u>のに</u>	ない<u>のに</u>	丈夫な（だ）<u>のに</u>
待っている<u>のに</u>	間に合った<u>のに</u>	見たい<u>のに</u>
よさそうな（だ）<u>のに</u>	日曜日な（だ）<u>のに</u>	

2.　語法意義和主要用法

　　表示轉折關係。用"のに"連接兩個事項，表示後面的事項不受前面事項所規定的條件的限制，有出乎意料、埋怨、責怪等語感。"のに"也可以放在句末，表示遺憾、責怪或埋怨的語氣。

①　一時間も待っている<u>のに</u>、先生はまだいらっしゃらない。／都等了一個小時了，老師還沒來。

②　お金もない<u>のに</u>、むだづかいばかりしている。／又沒
錢，還老亂花。

③　ふだんあんなに丈夫な（だ）<u>のに</u>、どうしてそんな病氣
にかかったのだろう。／平時那麼結實的，怎麼會得那種
病呢？

④　今日は日曜日な（だ）<u>のに</u>、人出が少ない。／今天是星
期天，出外的人卻很少。

⑤　もう来るはずな（だ）<u>のに</u>、まだ来ない。どうしただろ
う。／已經該來了，卻沒來。怎麼回事呢？

⑥　見かけはよさそうな（だ）<u>のに</u>、案外質が悪い。／外觀
好像還挺好的，誰知質量竟很差。

⑦　もう少し早く起きれば汽車に間に合った<u>のに</u>。／再早一
點起床的話，就能趕上火車了，可……。

⑧　この部屋がもう少し広ければいい<u>のに</u>。／這個房間再寬
敞一點兒就好了。

………・………・………・………・………

　　(i)　斷定助動詞"だ"加"のに"時，有連體形加"のに"構
成"なのに"的說法，也有終止形加"のに"構成"だのに"的說
法。江戶時代"だのに"用得較為普遍，明治以後多用"なのに"，
現在兩種形式並存，日本的"國定教科書"中兩種形式也都有出現。

　　(ii)　"のに"與"が""けれども"都表示轉折關係，但"が、
けれども"僅僅是將兩個意思相逆的事項連接起來，沒有"のに"
所包含的出乎意料、不滿、責怪等語氣。

○　電車があった<u>のに</u>バスで行きました。／明明有電車的，
卻乘汽車去了。

　　這句用 "のに" 表示與 "電車のほうが都合がよかったので電車で行くだろう" 這種預料相反，事實上 "バスで行った"。

　　○　電車があったけれども（が）、バスで行きました。／有
　　　　電車，可是乘汽車去了。

　　這句用 "けれども（が）"，無法推測 "電車" 和 "バス" 哪個更為方便，僅僅表明沒有乘 "電車" 去，而是乘 "バス" 去的。

　　下面這個句子就錯在沒有理解 "のに" 所包含的出乎意料，不滿、責怪等語氣。

　　×○　日本に 7 カ月ぐらい居たのにもう一年もたったような
　　　　気がする。應改為：

　　○　日本に 7 カ月だけ居たのにもう 一年もたったような気
　　　　がする。／在日本只待了 7 個月，可覺得像過了一年。

　　○　日本に 7 カ月しか居ないのにもう一年もたったような
　　　　気がする。／在日本只待了 7 個月，可覺得像過了一年。

　　○　日本に 7 カ月ぐらい居たが（けれども）、もう一年も
　　　　たったような気がする。／在日本雖只待了 7 個來月，
　　　　可覺得就像過了一年。

十二、ても（でも）

1.　接續方法

　　"ても" 接在動詞、動詞型活用助動詞、形容詞、形容詞型活用助動詞的連用形後，接在名詞、形容動詞詞幹、形容動詞型活用助動詞詞幹後時用 "でも"。

降っ<u>ても</u>　　　死ん<u>でも</u>

ほめられ<u>ても</u>　暑く<u>ても</u>

行かなく<u>ても</u>　丈夫<u>でも</u>

降りそう<u>でも</u>　パン食<u>でも</u>

2. 語法意義和主要用法

2.1　表示假定讓步條件的逆態接續。表示即使在前項條件已經成立的情況下，後項也不受此條件約束，依然成立。

① たとえ雨が降っ<u>ても</u>、行きます。／即使下雨，也要去。

② 毎朝パンを食<u>ても</u>かまわない。／每天早上都吃麵包也不要緊。

③ だれに聞い<u>ても</u>親切に教えてくれます。／問誰，誰都會很熱情地告訴我。

④ どんなに丈夫<u>でも</u>長くは使えないだろう。／再結實，也不能永久用不壞吧。

2.2　表示既定讓步條件的逆態接續。表示前項以一既成事實為條件，後項在此條件下也成立。

⑤ 雪は夜になっ<u>ても</u>やみませんでした。／雪到了夜裡，也沒停。

⑥ あんなに暑く<u>ても</u>だれも暑いと言わなかった。／那麼熱，可是誰也沒說熱。

⑦ どう考え<u>ても</u>本当の話とは思われない。／不管怎麼想也覺得不是真的。

…… • …… • …… • …… • ……

(i) 在口語中，"ても"接在形容詞或形容詞型活用助動詞後面時可以說成"っても"以表示強調。

○　寒く<u>っても</u>平気です。／即使冷，也不要緊。

○　国へ帰りたく<u>っても</u>二年間(にねんかん)は帰らないつもりです。／
　　即使想回國，兩年內也不準備回國。

"っても"還可以接在用言或助動詞終止形後面，是"……と
言っても"的約縮形式。

○　帰る<u>っても</u>、今からではもう遅い。／即使說要回去，
　　現在也晚了。

○　暑い<u>っても</u>、私の国に比べれば、それほどではありま
　　せん。／說這兒熱，可和我們國家相比，那差得遠。

(ii)　"ても"與"けれども（が）"都是表示逆態接續。倉持
保男在《日本文法大辞典》"ても"項中對它們意義上的差異做了
如下敘述：

"「かぜをひいた<u>けれども</u>、学校を休まなかった」「かぜを
ひいても、学校を休まなかった」の二例を、どちらもかぜをひい
たという事実に基づく表現とするとき、前者は「かぜをひいた」
事実と、それに制約を受けない「学校を休まなかった」事実を、
「けれども」によって関連づけて表現しているのであって、二つ
の事実は緊密に対応し合う関係にあり、前件に他の条件を代入さ
せて置き換える余地は残されていない。それに対して後者では、
二つの事実関係の照応に、前者ほどの緊密な結びつきは感じられ
ない。それは「かぜをひいた」程度の条件であれば、他の条件で
あっても事情は同じだという含みを「ても」がもっているという
ことであろう。……前件は、それが事実かどうかよりは、その条
件から何の拘束をも受けずに成立する後件を強調するものとして
設定するに足る、後件の成立を妨げる可能性の大きい条件となる
べき資格を備えているかどうかが問題であり、例示的な意味しか

なく、表現の重点はもっぱら後件にあるといえよう。"

十三、たって（だって）

1.　接續方法

"たって"接在動詞、動詞型活用助動詞、形容詞、形容詞型活用助動詞的連用形後。接在名詞、形容動詞詞幹、形容動詞型活用助動詞詞幹後時用"だって"。

行っ<u>たって</u>　　　呼ん<u>だって</u>　　　　やらせ<u>たって</u>
安く<u>たって</u>　　　知らなく<u>たって</u>　　　いや<u>だって</u>
降りそう<u>だって</u>　薬<u>だって</u>

2.　語法意義和主要用法。

"たって（だって）"的意義與"ても（でも）"基本上一樣，是表示讓步意義的逆態接續關係，一般用在口語中。

① あそこまで、東京からじゃ、特急で行っ<u>たって</u>２時間はかかる。／從東京乘特快到那兒去，至少也要花兩小時。

② 値段が安く<u>たって</u>品が悪ければ買わない。／如果質量差的話，即使價錢便宜，我也不買。

③ 彼なら何をやらせ<u>たって</u>うまくやりますよ。／要是他的話，讓他做什麼都能做得很好。

④ 呼ん<u>だって</u>返事しないから、よしなさい。／叫他也不會應聲，算了吧。

⑤ きめた以上、いや<u>だって</u>、だめでしょう。／既然定下來了，不願意也不行了吧。

"たって"接在形容詞或形容詞型活用助動詞後面時，可以說成"ったって"來表示強調。

○ 寒く<u>ったって</u>平気です。／即使冷，也不要緊。

○ 読まなく<u>ったって</u>、よく分っています。／即使不讀，我
也很明白。

"ったって"可以接在用言或助動詞終止形後面，表示"……
と言っても"的意思。

○ どんなに早く書ける<u>ったって</u>30分はかかるだろう。／無
論寫得多麼快，也得花30分鐘吧。

○ <ruby>難<rt>むずか</rt></ruby>しい<u>ったって</u>、よく考えれば分かるはずだ。／即使說
難，但如果好好考慮考慮，也應該明白。

○ 今から行こう<u>ったって</u>、電車がないよ。／即使說現在
去，也沒電車了呀！

○ いくら静かだ<u>ったって</u>、交通不便なところでは困る。／
雖說地方再清靜，可如果交通不便，那也是麻煩事。

十四、とも

1. 接續方法

"とも"接在形容詞或形容詞型活用助動詞的連用形及助動詞
"う"、"よう"、"まい"的終止形後面。

高く<u>とも</u>　　　　行かなく<u>とも</u>　　　　謝られよう<u>とも</u>
言わず<u>とも</u>　　　言おう<u>とも</u>

2. 語法意義和主要用法。

"とも"是文語接續助詞，在現代日語中，主要用於書面語。
表示讓步意義的逆態接續。表示前項以一既成事實為條件，或
假定在前項條件已經成立的情況下，後項也不受此條件約束，依然
成立。

① 値段が高くとも買います。／價錢貴也買。

② どんなに苦しくとも中途でやめるな。／再怎麼艱苦，也
不要半途而廢。

③ そんな無理をせずともいいのに。／不用那麼勉強也行。

④ 君が何をしようとも、私には責任はありません。／不管
你做什麼，我可沒有責任。

⑤ 誰が何と言おうとも、かまわない。／不管誰說什麼，我
都不在乎。

⑥ 今更いくら謝られようとも、僕は君を許す気など毛頭な
いね。／到了現在你再怎麼道歉，我都不會原諒你啊！

…… • …… • …… • …… • ……

(i) 接在形容詞或助動詞"たい"的下面時，有時不用"とも"
而單獨用"も"。

○ 行きたくも行けない。／想去也去不成。

○ 遅くも5時には帰れる。／再晚，5點鐘也能回來。

(ii) 接在一些表示程度、數量的形容詞連用形、程度副詞後，
表示在程度、數量方面的一個極端。這種用例較有限，且這些詞語
接上"とも"後，常被當作一個副詞。

○ 少なくとも10人は人手がほしい。／至少需要10個人。

○ おそくとも今日中には何とか結論がだしたい。／最晚今
天之內想拿出結論來。

○ 多少とも政治に関心のある人なら記憶に残っているはず
の事件だ。／是起多多少少對政治有些關心的人都該記得
的事件。

第四節　並列助詞

並列助詞（並立助詞）用來並列兩個或兩個以上的處於同等地位的內容詞或詞組，構成聯合式詞組。並列助詞表明聯合式詞組中內容詞或詞組之間的並列關係。

兩個或兩個以上的內容詞或詞組由並列助詞並列成的聯合式詞組，不具備"格"，不能體現這個聯合式詞組在句中的地位及其與其他詞的關係。它必須借助加在其後的格助詞構成主語、賓語、補語、定語等成分，或加助動詞"だ（です）"等構成謂語成分。

① 弘と洋子と／弘和洋子（聯合式詞組）

　　弘と洋子とがペアを組んだ。／弘和洋子結為一組。（後接"が"在句中做主語）

② 試験は難しかったり、易しかったりです。／考試題有時難、有時容易。（後加助動詞"です"在句中作謂語）

根據並列助詞所表示的不同的並列關係，可將主要的並列助詞作如下分類。

(1) 表示單純並列的：と

(2) 表示舉例性並列的：や、たり、とか、やら、だの

(3) 表示選擇性並列的：か、なり

(4) 表示累加性並列的：に

並列助詞有以下幾個主要特點：

1. 在接續法上，並列助詞介於所並列的詞語之間，或接在每個並列的詞語之後，其前可以是體言或相當於體言的詞語、用言及助動詞連體形、連用形、副詞等。

③　本とノートがある。／有書和筆記本。

④　大きいのと小さいのを下さい。／請把大的和小的給我。

⑤　読むだけなり書くだけなりなら、日本語も簡単だが、話すことは難しい。／如果只是讀、寫的話，日語也很簡單，可是要說很難。

⑥　夏休みにはテレビを見るとかラジオを聞くとかして時間を過ごします。／準備看看電視聽聽廣播渡過暑假。

⑦　飛んだり跳ねたりしている。／又蹦又跳。

⑧　高くなり安くなりお望み次第にこしらえて上げます。／價錢貴點還是便宜點，都可以按您的要求來做。

2. 並列助詞在句中所起的作用，是將兩個詞或詞組連接起來，使其在句中起一個詞的語法作用，它不具備"格"，與格助詞不同，也與副助詞，接續助詞不同。並列助詞中雖然有的含有列舉等意義，但主要起將兩個詞連在一起的語法作用，不具備副助詞的添意作用；接續助詞中雖也有單純並列的助詞，但大多是以某種修飾關係（例如"條件"等）連接兩個句子。

3. 從形式上看，並列助詞有和格助詞、提示助詞、副助詞疊用的現象，實際上，由於並列助詞並列而成的聯合式詞組只能像一個體言那樣使用，故在入句時需加上格助詞、提示助詞、副助詞等。因此，不是單純的助詞相互間疊用的問題。

⑨　その木なり花なりを表わす言葉を一つも知らないと……／如果那種表示樹呀、花呀的詞一個也不知道的話……

⑩　君になり僕になり知らせてくれればよかったのに。／告訴你或者我一聲就好了……

⑪　あれとこれとは違います。／那個和這個不一樣。

⑫　読むだけなり書くだけなりなら、日本語も簡単だが、話すことは難しい。／只是讀寫的話，日語也很簡單，可是要說很難。

⑬　うそをついたりなどしてはいけません。／不許說謊什麼的。

4. 由並列助詞構成的聯合式詞組，有時可以直接入句作狀語。能夠直接入句作狀語的，有的是副詞並列構成的聯合式詞組，它並不改變副詞能夠直接入句作狀語的性質，有的可以看作是具有體言性質的聯合式詞組後省略了一些詞。

⑭　ああだのこうだの文句を言う。／這也不好，那也不是地發牢騷。

⑮　飲んだり食ったり（して）、十分腹ごしらえをした。／又吃又喝的，把肚子打發得飽飽的。

⑯　書くやら読むやら（して）、まじめに日本語を習っている。／又寫啦又讀啦，認真地學習日語。

……・……・……・……・……

並列助詞在日語中叫“並立助詞”或“対立助詞”或“並列助詞”。是橋本進吉在其語法體系中首先設立的。在橋本之前，並列助詞被分別歸入格助詞、副助詞、提示助詞等。橋本設立並列助詞是基於以下幾點：“(1)断続関係の表示”。㋐性質は副助詞に近いが、副助詞のように切れ続きが不明ではなく常に続く意味をもつこと。㋑格助詞のような連用関係ではなく、対等関係の接続をなすものであること。(2)助詞の相互承接。「と」は「伯父と伯母とに育てられる」「右からと左からと出てきた」のように他の格助詞と相互に重なるため、これを格助詞とする時は格助詞の原則に

外れること。(3)承接関係。接続関係を示す点においては接続助詞と同様であるが、承接の面において異なる。即ち接続助詞は用言のみにつくが、これらは種々の語（用言のほか体言・副詞・体言に助詞の付いたもの）につくこと。"（摘自《国語学大辞典》"並立助詞"項）

　　實際上，上述理由(2)是單從形式上來看並列助詞與格助詞疊用問題的，正是因為理由(1)，由並列助詞並列而成的聯合式詞組，不具備"格"，只能像一個體言那樣使用，才必須在它後面加格助詞，成為一個擴展的句素入句。這在形式上就出現了並列助詞與格助詞的重疊。"伯父と伯母とに育てられる"其構成是"聯合式詞組'伯父と伯母と'＋格助詞'に'"而不單純是並列助詞"と"與格助詞"に"的疊用。

一、と

1. 接續方法

　　"と"接在體言、相當於體言的詞後。

　　文庫本と雑誌　　大きいのと小さいの

2. 語法意義和主要用法

　　"と"表示單純並列，列舉事物的全部。

① 文庫本(ぶんこ)と雑誌を買った。／買了袖珍本的書和雜誌。

② 君と僕と彼女と三人で山へ登ってみよう。／你和我和她三個人去登登山吧！

③ 大きいのと小さいのを下さい。／請給我大的和小的。

④ 今度の委員は山田と橋本だ。／這次皀委員是山田和橋本。

⑤ 字を書くのと計算するのは、大嫌(だいぎら)いだ。／我特別討厭寫字和計算。

…… • …… • …… • …… • ……

（i）由"と"組成聯合式詞組時，正規的用法應該是在所並列的最後一部分後再加一個"と"，組成的這個聯合式詞組可以做體言用。如：

○ 太郎<u>と</u>次郎<u>と</u>花子（<u>と</u>）がやってきた。／太郎和次郎和花子來了。

○ 彼は太郎<u>と</u>花子<u>と</u>の間に生まれた子だ。／他是太郎和花子的孩子。

○ 大きいの<u>と</u>小さいの（<u>と</u>）を下さい。／請給我大的和小的。

○ のり<u>と</u>はさみ（<u>と</u>）で紙人形^{かみにんぎょう}をこしらえた。／用漿糊和剪刀做成了紙偶人。

在現代日語中後面一個"と"一般都省略不用，大多數情況下加不加"と"意思並無差別，但下面幾種情況要注意。

（ア）

○ わたしは昨日佐藤<u>と</u>後藤のうちを訪問^{ほうもん}した。／我昨天和佐藤一起拜訪了後藤的家。／我昨天拜訪了佐藤和後藤的家。

○ わたしは昨日佐藤<u>と</u>後藤とのうちを訪問した。／我昨天拜訪了佐藤和後藤的家。

第一個例句既可以理解為"我昨天和佐藤一起拜訪了後藤的家"，又可以理解為"我昨天拜訪了佐藤和後藤的家。"因此，為了避免混淆，要表達後者的意思時，"と"不可省略。

（イ）並列的體言各有較長的定語，或最後一個體言有較長的定語時，為使並列的體言之間的關係明確，最後一個"と"不省略。

○　植物に日光があたると、葉緑体の中で、根から吸い
上げた水と空気中からとりいれた二酸化炭素とから光
合成によって、デンプンをつくることができる。／植
物被日光照射後，從根部吸收上來的水分和空氣中的二
氧化碳就會在葉綠體中由於光合作用而生成澱粉。

(ii) 有時"と"還可以接在用言、助動詞連體形後。如：

○　聞くと見るとではまったく違う。／聽和看可完全不一樣。

文語中，"（用言連体形の）下に「こと」「もの」「の」な
どが省略されたと見られる形で体言と同等の格に立つ"（摘自
"文法大辞典""連体形"項），因此，形式上"と"雖然接在用
言、助動詞後，但從意義上看，"と"所連接的事項其實是具有體
言性質的，可以看作是形式上沒有體言化而實質上體言化了的用言。

二、や

1. 接續方法

"や"接在體言、相當於體言的詞語後。

新聞やテレビ　　　高いのや安いのや

2. 語法意義和主要用法

"や"表示事物的列舉，但列舉的是全體中的一部分，帶有舉
例的語感，這是與"と"不同之處。所並列的最後一個體言之後不
再用"や"，但有時以"や……や……など"的形式和副助詞"な
ど"一起使用。

①　太郎や次郎や花子などが我々の同級生だ。／太郎、次
郎、花子等都是我們的同學。

②　サッカーやバスケットボールのようなスポーツが好き

だ。／喜歡像足球、籃球這樣的體育運動。

③ 新聞やテレビなどで、その事件のことを知った。／通過
報紙、電視等，知道了那起事件。

④ 肉や魚ばかりでなく、野菜も食べなさい。／別光吃肉
呀，魚什麼的，也要吃點蔬菜！

⑤ 高いのや安いのやいろいろな種類があります。／價錢有
貴的，有便宜的，有許多種類。

三、たり

1. 接續方法

"たり"接在用言或助動詞連用形後。由"たり"構成的聯合
式詞組具有體言的性質，可以像體言一樣用，還可以後接"する"
像サ變動詞詞幹一樣使用，可以直接入句做狀語。

泣いたり騒いだり　　寒かったり暑かったり

話してきかせたり絵をかいてみせたり

きれいだったりきたなかったり

本当でしたりうそでしたり

2. 語法意義和主要用法

2.1 表示動作在某一時間內交替進行或狀態交替出現。

① その老人は泣いたり騒いだりしました。／那個老人又哭
又鬧。

② 近頃の天気は寒かったり暑かったりしてたいへん不順で
す。／近來的天氣忽冷忽熱，很不正常。

③ これじゃまるで踏んだり蹴ったりだ。／這簡直欺人太甚。

④ 子供たちは歌ったり踊ったりで、たのしそうに遊んでいる。／孩子們一會兒唱歌一會兒跳舞，在愉快地玩耍。

⑤ 飲んだり食ったり、十分腹をこしらえた。／又喝又吃的，把肚子打發得飽飽的。

⑥ 泣いたり笑ったり嘆いたりうなったり少しも冷静な態度がない。／又哭又笑，又嘆息又呻吟，態度一點兒也不冷靜。

⑦ 古本屋は一見だれにでもできそうだが、売ったり買ったりが意外にむずかしいそうだ。／開舊書店乍一看好像誰都會一樣，可是據說（舊書的）買賣相當地難。

⑧ このところ体の調子が悪く、何もできずにただ寝たり起きたりの生活を繰り返しているだけだ。／這陣子身體不太好，什麼也做不成，每天只是睡下又起來，起來又睡下。

2.2 用 "たりする" 的形式舉出一個代表性的動作或狀況作為例子來說明情況，言外暗示還有諸如此類的事情。這可以視為並列的特殊用法。

⑨ うそをついたりなどしてはいけません。／不許說謊什麼的。

⑩ それぐらいのことで怒ったりするものではない。／不應該為那一點事生氣。

⑪ 人に見られたりすると、外聞が悪いから、やめなさい。／如果被人看到，那可就不好聽了，快別幹了。

⑫ 水にぬれて色が変わるようだったりしたら、すぐに別なのとお取替えします。／如果有因浸水而變色等現象發生，就立刻給您更換。

…… • …… • …… • …… • ……

對 "たり" 這個助詞應歸入哪一類助詞，有兩種看法。一是從接續上來看，"たり" 只能接於用言或助動詞之後，應屬於接續助詞。橋本進吉就是以接在什麼詞後來區分並列助詞和接續助詞的，他把 "たり" 稱為 "対等接続助詞"。還有一種看法是從語法意義上來看，認為 "たり" 屬於並列助詞。本書採用後一種看法。在接續上，"たり" 雖然受到只能接於用言或助動詞之後這種限制，但它所起的作用與 "や" "なり" 等並列助詞相同，且由 "……たり……たり" 構成的聯合式詞組，或可後接 "する" 像サ變動詞詞幹一樣使用，或可加格助詞、助動詞 "だ" 等入句，或可直接入句做狀語，具有很強的體言的性質。這是與接續助詞很不相同的。

四、とか

1. 接續方法

"とか" 接在體言、相當於體言的詞語和用言、助動詞終止形後。並列體言時，最後一個 "とか" 可省略，並列用言時不能省。

東京<u>とか</u>大阪のような大都市

歩くの<u>とか</u>上るの<u>とか</u>

散歩する<u>とか</u>スポーツをする<u>とか</u>

2. 語法意義和主要用法

表示舉例性並列，兼有 "や" 和 "か" 的意義。

① 陳さん<u>とか</u>王さん<u>とか</u>には話したくありません。／不想跟小陳呀、小王這樣的人說。

② 東京<u>とか</u>大阪のような大都市ではもっと高いでしょう。／在東京、大阪那樣的大城市會更貴吧！

③ 人に頼んで買ってもらう<u>とか</u>、電話で注文（ちゅうもん）するとき<u>とか</u>はどうしても先方（せんぼう）と共通（きょうつう）の言葉をもっていなくてはなら

ない。／託人去買來或者打電話訂購的時候，無論如何需要和對方有共通的語言。

④ 暇のときは散歩する<u>とか</u>、スポーツをする<u>とか</u>します。／閑的時候，或者散散步，或者運動運動。

⑤ わざわざ來なくても、電話をくれる<u>とか</u>、手紙で知らせる<u>とか</u>してくれればいいんです。／不用特意跑來，打個電話或者寫封信通知一下就行了。

⑥ 普通に歩く<ruby>のとか<rt></rt></ruby>階<ruby>段<rt>かいだん</rt></ruby>を<ruby>上<rt>のぼ</rt></ruby>る<u>のとか</u>は何でもないのだが、<ruby>妙<rt>みょう</rt></ruby>なことに、階段を<ruby>下<rt>お</rt></ruby>りるときに<ruby>右足<rt>みぎあし</rt></ruby>がひどく<ruby>痛<rt>いた</rt></ruby>む。／平時走路，上樓梯什麼的，一點兒事也沒事，怪就怪在下樓梯的時候，右腳痛得不得了。

……・……・……・……・……

　　注意並列助詞“とか”和格助詞“と”與副助詞“か”疊用的“とか”加以區別。疊用起來的“とか”中的“と”是表示稱謂、敘述的內容的，因此多和“言う”“話す”等詞一起使用。

① 木村さん<u>とか</u>いう方から電話がありました。／有個好像叫木村的打來過電話。

② ガラスのドアにひびが入っている<u>とか</u>言っている。／說什麼玻璃門上有了裂紋。

③ 行くとか行かない<u>とか</u>いって、ぐずぐずしているんですよ。／又說去又說不去的，在那兒猶豫著呢。

五、やら

1.　接續方法

　　“やら”接在體言、相當於體言的詞語和用言、助動詞連體形

後。用"やら"列舉時，所並列的最後一個詞後一定還要用一個
"やら"。

> 英語の本<u>やら</u>日本語の本<u>やら</u>
> 赤いの<u>やら</u>青いの<u>やら</u>
> 泣く<u>やら</u>笑う<u>やら</u>
> ほっとする<u>やら</u>うれしい<u>やら</u>

2. 語法意義和主要用法

表示舉例性並列。

① 英語の本<u>やら</u>日本語の本<u>やら</u>を持ってきた。／把英語書
啦，日語書啦都拿來了。

② 藤井<u>やら</u>松村<u>やら</u>から問い合せの手紙が來た。／藤井
啦，松村啦，他們都寫信來詢問。

③ 書く<u>やら</u>読む<u>やら</u>、まじめに日本語を習っている。／又
寫啦又讀啦，在認真學習日語。

④ 泣く<u>やら</u>笑う<u>やら</u>大騒ぎだった。／哭啊，笑啊，大鬧了
一通。

⑤ あかいの<u>やら</u>、あおいの<u>やら</u>、きれいなネクタイを沢
山<ruby>沢<rt>たく</rt></ruby><ruby>山<rt>さん</rt></ruby>もっている。／紅的，藍的，有許多漂亮的領帶。

⑥ 風邪を引く<u>やら</u>、下<ruby>痢<rt>げり</rt></ruby>をする<u>やら</u>で大変だった。／又感
冒又拉肚子，糟糕透了。

六、だの

1. 接續方法

"だの"接在體言、相當於體言的詞語和用言、助動詞終止形
（形容動詞、形容動詞型活用助動詞的詞幹）後。最後的"だの"

有時可省略，多用 "……だの……など" 的句型。

　　数学だの物理など　　　　歩いて行くだのバスで行くだの
　　すきだのきらいだの　　　　いいだの悪いだの
　　あれだけだのこれだけだの

2.　語法意義和主要用法

表示舉例性並列。帶有比較粗俗的語感，鄭重的文章中不用。

① くだものだの、おかしだの食べすぎたので、おなかが痛
　　い。／水果啦，點心啦，吃得太多了，肚子痛。

② いいだの悪いだのつべこべ言うな。／別好啦壞啦地亂說
　　啦！

③ 歩いて行くだの、バスで行くだのぶつぶつ言っている。
　　／又是走著去啦，又是坐公共汽車去啦，在嘟嘟嚷嚷著。

④ あれだけだのこれだけだのと言わないで、あるものを全
　　部出しなさい。／別推說只有這些只有那些的，把所有的
　　統統拿出來吧。

⑤ すきだのきらいだのといわないで、なんでも食べなけれ
　　ばならない。／不要說什麼喜歡不喜歡的，不論什麼都要
　　吃。

⑥ 数学だの物理などの理科系の学科はどうも苦手だ。／數
　　學呀物理等這種理科的課程總覺得學不好。

⑦ 頭が痛いだのからだがだるいなど、怠ける口実ばかり
　　探している。／又是頭痛又是渾身無力的，盡找偷懶的藉
　　口。

…… · …… · …… · ……

　　表示舉例性並列的這幾個並列助詞，一般多用於口語中。在法律、學術論文等較正式的文章中，要表示並列時，可用接續詞"または"、"あるいは"、"ないしは"，或"A・B・C等"的形式。

七、か

1.　接續方法

　　"か"接在體言、相當於體言的詞語和用言、助動詞連體形後。"か"並列體言時，最後一個"か"一般可省略；"か"並列用言時，一般不省略。

あなた<u>か</u>私	人に頼む<u>か</u>自分でする<u>か</u>
できる<u>か</u>どう<u>か</u>	よい<u>か</u>悪い<u>か</u>
始まる<u>か</u>始まらない<u>か</u>	電報をうつ<u>か</u>速達を出そう<u>か</u>

2.　語法意義和主要用法

表示兩者擇一或數者擇一的關係。

① あなた<u>か</u>私が行くべきだ。／應該你或者我去。

② 言語学<u>か</u>人類学を専攻^{せんこう}することにしている。／決定專攻語言學或人類學。

③ 今日<u>か</u>明日にお伺^{うかが}いします。／今天或明天去拜訪（您）。

④ 今度の委員は山田<u>か</u>橋本だろう。／這次的委員大概不是山田就是橋本。

⑤ コーヒー色<u>か</u>鼠^{ねずみ}色<u>か</u>に染^そめてごらん。／染成咖啡色或深灰色看看。

⑥ 人に頼む<u>か</u>自分でする<u>か</u>とにかくやってあげます。／或者託人，或者我自己幹，總之我會給你幹的。

⑦ できるか<u>どうか</u>、いまのところ分からない。／會不會現在還不知道。

⑧ 明日は天気がよい<u>か</u>悪いかまだ分からない。／明天天氣好還是壞，還不知道。

……・……・……・……・……

(i) 用"……か……ないか"的形式，表示時間的時候，表達和"するやいなや"一樣的意思，"剛……"。

○ 家に着く<u>か</u>着かない<u>か</u>という時に、雨が激しく降り出した。／剛到家，飄潑大雨就下了起來。

○ 答案を書き終える<u>か</u>終えない<u>か</u>のうちにベルが鳴った。／剛剛寫完答案，鈴就響了。

(ii) "か"一般多用於口語中，在較正式的文章中，要表達選擇性並列的意思時多用接續詞"または"、"あるいは"、"もしくは"、"ないしは"。有時"か"也可以和接續詞一起使用。

○ 図書館<u>かまたは</u>公園を建設する。／建圖書館或公園。

○ 法律<u>かもしくは</u>条令で規制すべきだ。／應用法律或條令予以限制。

八、なり

1. 接續方法

"なり"接在體言、相當於體言的詞語，動詞（動詞型活用助動詞）、形容詞（形容詞型活用助動詞）連體形和形容詞連用形、形容動詞（形容動詞型活用助動詞）連用形②後。

お茶<u>なり</u>　　　　　　コーヒー<u>なり</u>

続ける<u>なり</u>やめる<u>なり</u>　　読むだけ<u>なり</u>書くだけ<u>なり</u>

高く<u>なり</u>安く<u>なり</u>　　　大きい<u>なり</u>小さい<u>なり</u>

じょうずに<u>なり</u>きれいに<u>なり</u>

2. 語法意義和主要用法

表示數者擇一的並列關係。

① お茶<u>なり</u>コーヒー<u>なり</u> (を) 下さい。／請給我碗茶或咖啡。

② 太郎<u>なり</u>次郎<u>なり</u>花子<u>なり</u>が来ればよい。／太郎或次郎或花子來個人就行。

③ 東京へ<u>なり</u>大阪へ<u>なり</u>早く行っておいでなさい。／或者東京，或者大阪，快點去。

④ 読むだけ<u>なり</u>書くだけ<u>なり</u>なら、日本語も簡単だが、話すことは難しい。／如果只是讀、寫的話，日語也很簡單，可是要說很難。

⑤ 続ける<u>なり</u>やめる<u>なり</u>早く決めたほうがいい。／是繼續下去還是罷手不幹，早點決定的好。

⑥ 大きい<u>なり</u>小さい<u>なり</u>して、からだにうまく合うのがなかなか見つからない。／要麼大了，要麼小了，合身的總找不到。

⑦ 高く<u>なり</u>安く<u>なり</u>お望み次第にこしらえてあげます。／價錢貴點還是便宜點，都可以按您的要求來給您做。

⑧ もう少し上手に<u>なり</u>きれいに<u>なり</u>書けないものだろうか。／難道不能寫得再好一點，漂亮一點嗎？

……・……・……・……・……

　　“なり”多用於口語中，在文章及正式的會話中較少出現。
“か”與“なり”都表示選擇性並列，“か”表示選擇性並列時，
選擇的對象較為具體，要求從並列出的選擇對象中選擇一個。“な
り”選擇的對象不像“か”那樣具體，列舉出可選擇的對象的語感
較強。如：

○　すしかそばか、好きなものを注文しろ。（＝すし、また
　　は、そばのいずれか一つ、好きなものを注文しろ）。／
　　壽司或者麵條，要一個你喜歡吃的。

○　すしなりそばなり好きなものを注文しろ。（＝たとえ
　　ば、すし、または、そばなど、好きなものを注文しろ）
　　／比如說壽司、麵條之類的，要點兒你喜歡吃的。

九、に

1. 接續方法

　　“に”接在體言、相當於體言的詞後。最後一個體言後不再加
“に”。

　　黒ズボンに白セーター　　　黒いのに青いのに赤いの

2. 語法意義和主要用法

表示添加性的並列關係

①　私が嫌いなのはピーマンにセロリににんじんです。／我
　　不喜歡吃青椒、芹菜，還有胡蘿蔔。

②　朝はご飯にみそ汁と決めている。／早飯必定是米飯加上
　　味噌湯。

③　黒ズボンに白セーターの男がむこうから走ってきた。／
　　穿著黑褲子白毛衣的男人從對面跑了過來。

④　あの人が彼と一緒になったら、それこそ鬼（おに）に金棒（かなぼう）だ。／
如果那個人跟他在一起的話，那才是如虎添翼。

⑤　インクは黒いのに青いのに赤いのがある。／墨水有黑
的、藍的和紅的。

…… • …… • …… • …… • ……

　　"に"和"と"都是列舉事物的全部，但是兩者在意義上有區
別，"に"是累加地例舉全部事物，且可以表示對比、對照的並列
關係，而"と"是把全部的事物作為一個整體一起列舉出來。

①　太郎と花子の二人／太郎和花子兩個人（不能用に）

②　白い砂浜（すなはま）に緑の松 林（まつばやし）が何とも言えない美しさだ。／白色
的沙灘上襯托著綠色的松林，真有一種難以形容的美。
（不能用と）

第五節　提示助詞

　　提示助詞（提示助詞（ていじじょし）・ 係 助詞（かかりじょし））不能表示詞與詞之間（例如
體言之間、用言之間或體言、用言之間、句子之間）的相互關係，
這一點與前面的格助詞、並列助詞、接續助詞的性質不同。它的主
要作用是在句子中是謂語一起表示說話人的陳述態度。如：

①　東京と大阪には住みたくないが、京都には住みたい。／
不想住在東京和大阪，想住在京都。

　　這個句子由兩個分句並列而成，接續助詞"が"把兩個分句連
接起來，表示兩個分句間存在轉折關係；在分句中，格助詞"に"
體現了它前面的詞在句中的地位，即表示它前面的詞與謂語的關
係；並列助詞"と"表示兩個體言的並列關係。上面例句兩個分句

中各有一個"は"，這兩個"は"的作用就是表現說話人態度的，它表明了說話人作出對比的陳述方式。

按照提示助詞的陳述作用，可將其大致分為：

(1) 表示突出強調的：は、こそ

(2) 表示限制性強調的：しか、さえ、すら

(3) 表示追加、例示性強調的：も、でも、だって

提示助詞有以下特點：

1. 提示助詞接於與句末謂語相關的詞語後，提示出與謂語陳述方式有呼應關係的部分來，即提示助詞在句中突出地（對比地、限定地）提出一個成分來，成為謂語部分的著重的敘述對象，並與謂語中的陳述方式呼應起來，表示說話人的陳述態度。如在下例中：

② かれは行くだろう。／他會去吧。

③ かれが行くだろう。／會是他去吧。

前者中提示助詞"は"突出、強調地提出"かれ"這個成分，使其成為謂語著重敘述之對象，並且與"だろう"呼應，表示說話人推測的陳述態度。後者則是通過"だろう"表明"かれが行く"這件事是說話人的推測。

2. 提示助詞可頂替格助詞"が"、"を"，原則上可以與除"が"、"の"以外的格助詞重疊使用。

④ 彼は自分の名前すら忘れてしまった。／他連自己的姓名都忘掉了。（"は"頂替"が；"すら"頂替"を"）

⑤ ここでは話せない。／在這兒不能說。（"は"與"で"重疊使用）

某些提示助詞可與某些接續助詞重疊使用，如："ばこそ"、"からこそ"、"てこそ"、"ては"、"ても"（也有人主張把"ては""ても"看成接續助詞）等。

⑥　自分の家に電話があって<u>こそ</u>便<ruby>利<rt>べんり</rt></ruby>になったのだ。／正是因為自己家裡有了電話，才方便了。

⑦　ふだん用心していた<u>からこそ</u>、今日になっても<ruby>困<rt>こま</rt></ruby>らないのだ。／正是因為平時小心謹慎，所以就是有了今天（這種局面）也不為難。

⑧　あそこに立っ<u>ては</u>危<ruby><rt>あぶ</rt></ruby>ない。／站在那兒危險。

⑨　たとえ雨が降っ<u>ても</u>、行きます。／即使下雨，也要去。

"ては""ても"現在多被視為一個接續助詞

在與其它助詞重疊使用的時候，提示助詞一般都在後面，這也是由提示助詞與謂語陳述方式有呼應關係這一特點所決定的。

…… ● …… ● …… ● …… ● ……

(i) 在日語中，提示助詞也被稱為"係助詞"，這是山田孝雄首先命名的。在日語文語句子中，使用某個係助詞時，這個係助詞要求句末的謂語是與之相呼應的某種特定形態。如一般的句子以終止形結句："花咲く""水流る"；使用助詞"ぞ"、"なむ"等時，要求用連體形結句："花ぞ咲く""水ぞ流るる""花なむ咲く""水なむ流るる"；使用助詞"こそ"時，要求用"已然形"結句："花こそ咲け""水こそ流るれ"。這種現象被稱為"係り結び"，具有"係り結び"功能的助詞即被稱為"係助詞"。現代日語中的提示助詞已不像文語"係助詞"那樣有明顯的與謂語呼應的關係，且在與謂語發生關係這一點上與副助詞相同，故有的語法學家認為它們同屬一類。時枝誠記將兩者都歸入"限定を表す助詞"，文部省發行的"中等語法"也認為它們是相同的，都是"副助詞"。

山田孝雄認為在助詞的相互接續上，"係助詞"和"副助詞"有以下不同：①在和格助詞重疊使用時，"副助詞"可在前也可在後，"係助詞"只能在後；②"副助詞"和"係助詞"重疊使用

時，“係助詞”一定在“副助詞”之後；③“係助詞”可以接在接續助詞後，“副助詞”沒有這種用法。

　　提示助詞和副助詞在上述這一方面確有不同之處，但其最基本的區別在於：提示助詞有與謂語陳述方式呼應起來表示說話人態度的功能，而副助詞主要是用來構成一個起副詞作用的句素，在意義上來修飾、限定用言或謂語。山田所指出的助詞間相互接續時“係助詞”都在後面這一現象，也是由提示助詞與謂語陳述方式有呼應關係這一特點所決定的。

　　(ii) 從提示助詞與陳述方式相呼應這一特點來看，它本不該用於其他助詞之前，也不應相互重疊使用。但實際上存在一些“提示助詞＋格助詞”重疊使用的現象和提示助詞互相重疊使用的現象。可以把這種現象視為某些提示助詞的特殊用法。

○　それこそが問題だ。／那才是問題。

○　誰もが知っている。／誰都知道。

○　困っている人間こそを助けるべきだ。／應該幫助那些處境困難的人。

○　新聞さえも読む暇がない。／連讀報紙的時間都沒有。

○　寒いだけでなく、雪さえも降ってきた。／不光是冷，而且也下雪了。

○　去年はなまけてしまいましたが、今年こそはがんばりたいと思います。／去年懶了一年，但今年想努力一番。

一、は

1. 接續方法

　　“は”接於體言、相當於體言的詞語、用言連用形、部分助動詞連用形、部分副詞及助詞後。

花<u>は</u>　　　　　　　　ここで<u>は</u>

読んで<u>は</u>みた　　　　　降り<u>は</u>降った

ふさわしく<u>は</u>ない　　　上手に<u>は</u>話せない

最近<u>は</u>一度ぐらい<u>は</u>

2. 語法意義和主要用法

2.1 提示主提

主題是一句話的中心事項或範圍，是後面的謂語部分著重說明的對象。主題一定要是確定的、已知事物的概念。

(1) 提示主語、賓語、補語、狀語等為句子主題

"は"可以頂替"が"、"を"提示主語、賓語；可以跟在補格助詞的後面（有時也可頂替"へ"和表示位置的"に"）提示補語；可以接在時間名詞、方位名詞、數詞、副助詞、部分副詞後提示狀語。

① これからわれわれが学ぼうとしているの<u>は</u>われわれ自身のこと、人間のことである。／今後我們要學的東西是關於我們自己的事情，關於人類的事情。（提示判斷句主語）

② 桜の花<u>は</u>美しい。／櫻花美麗。（提示描寫句主語）

③ 秋の月<u>は</u>きれいだ。／秋天的月亮很美。(提示描寫句主語)

④ 私のうち<u>は</u>東京の中野にあります。／我家在東京的中野。（提示存在句主語）

⑤ パンダ<u>は</u>よく竹の葉を食べる。／熊貓愛吃竹葉。（提示敘述句主語）

⑥ この映画<u>は</u>先 週 見ました。／這部電影上週看過了。（提示賓語）

⑦ ここでは話せない。／在這兒不能說。（提示補語）

⑧ 教室へは行きません。／不去教室。（提示補語）

⑨ 最近は、どんな商品でも丈夫になって、少しくらい乱暴に扱っても壊れなくなった。／最近，不論什麼商品都結實了，即使不很當心地使用，也不會壞了。（提示狀語）

⑩ 一週間に一度ぐらいは映画を見に行きたくなる。／一個星期總想去看一次電影。（提示狀語）

(2) "は" 提出主題，可以關聯全句，甚至到下一句。"は"在複句中有時兼有兩個以上的格助詞的作用。

⑪ 地球は太陽の惑星の一つだ、火星より大きく木星より小さい。／地球是太陽系中的一顆行星，比火星大比木星小。（關聯到下一句）

⑫ この小説はおもしろいから、ぜひ読んでごらん。／這篇小說很有意思，請一定讀讀看。(兼有 "が" 和 "を" 的作用)

⑬ 君は彼と仲がいいから、お願いするのだ。／你和他關係好，才拜託你的。（兼有 "が" 和 "に" 的作用）

2.2 表示對比、比較

用兩個或兩個以上的 "は" 提示兩個或兩個以上的事物，表示它們的對比、比較或區別。有時也可以只用一個 "は" 提示一個事物，但言外暗示和別的事物對比的意思。

⑭ その人たちの体温を測ったところ、いちばん低い人は35.2度、いちばん高い人は37.9度でした。／量了量那些人的體溫，最低的人 35.2 度，最高的人 37.9 度。

⑮ ずっと真面目に勉強している人は成績がよさそうです

が、不勉強のものはいい成績が取れそうもありません。
／一貫認真學習的人成績不會錯，不學習的人好像取得不
了好成績。

⑯ 易しい会話_{かいわ}はできるが、難しいことはまだ言えない。／
簡單的會話可以，難的還不會說。

⑰ 今日は休みが取れますが、明日は取れません。／今天能
休息，明天不行。

⑱ まだ上手には話せません。／還不能說得很好。（言外之
意——只能說得一般）

⑲ 私は数学は苦手_{にがて}だ。／我數學不好。（言外之意——物理
或英語……還可以）

⑳ 私は東京には住みたくない。／我不願意住在東京。(⑲⑳
兩個也子中都有兩個"は"，第一個"は"表示主題，第
二個"は"分別提示的主語和補語，都表示對比，比較。）

2.3 "は"特別提示一個部分，導致否定、讓步或轉折，"は"
出現在謂語裡時，這種傾向更加明顯。它出現在謂語裡時，跟在活
用詞連用形後。

㉑ こんなに人がいるとは思わなかった。／沒想到會有這麼
多人。

㉒ この色は思ったほど居間_{いま}にふさわしくはないのです。／
這個顏色不像想像的那麼適合於起居室。

㉓ 学生はみんな働きながら勉強しているわけではない。／
學生並不是全都一邊工作，一邊學習。

㉔ どんなに脅迫_{きょうはく}されても屈服_{くふく}はしないよ。／再怎樣受到威
脅，也不會屈服的。

　⑤　この直感はほかの動物も持ってはいるが、火を使うこと
　　　を知っている動物は人間だけである。／其他的動物也有
　　　這種直感，但會使用火的動物只有人類。

　⑥　読んではみたが、わからないところが多い。／讀是讀
　　　了，可是有很多地方不明白。

　⑦　雨は降りは降ったが、あまり多くなかった。／雨下是下
　　　了，可下得不多。

　⑧　安いことは安いが、きずがある。／便宜是便宜，可是有
　　　點毛病。

　⑨　借りはしたが、すぐ返した。／借是借了，可馬上就還了。

　　　……・……・……・……・……

　　(i)　“は”也被稱為“提題の助詞”“題目の助辭”。湯澤幸吉
郎在《江戶言葉の研究》《口語法精說》中認為接在助動詞“だ”
的連用形“で”，形容動詞連用形“で”後的“は”是接續助詞。
本書把這些“では”解釋成接續助詞“ては”的變體。

　　(ii)　“は”與“が”的區別

　　　“は”與“が”是兩種性質完全不同的助詞。“が”接在體言
或相當於體言的詞語後，表示體言是斷定、存在、性質、狀態、行
為、動作等的主體。“は”的作用是表示說話人突出地提出一個成
分來，成為後面的謂語部分著重說明的對象。這個成分既可以是主
語，也可以是賓語、補語、狀語等。“は”既可以跟在體言後面，
又可以跟在用言的活用形後，即使是跟在體言後的“は”，也可以
表示主語（代替“が”）、表示賓語（代替“を”）、表示補語
（代替“へ”等）。所以像下面這樣的句子，“は”代替的是“を”
和“に”，不能用“が”來替換。

○　この本は父が買ってくれた。／這本書是父親給我買的。

○　ここは植木鉢を置いてください。／請在這兒放個花盆。

因此，所謂"は"與"が"的區別，實際上只是指表示謂語主體的"が"與代替"が"提示主題的"は"的區別。

(ア)　"は"用於"已知"，"が"用於"未知"，當句子的著重點或疑問點在主體以外的部分時，主體後用"は"，當句子的著重點或疑問點在主體時，主體後用"が"。

○　先生はどなたですか。

○　どなたが先生ですか。

○　あなたのはどのかさですか。

○　どのかさがあなたのですか。

○　東はどちらですか。

○　どちらが東ですか。

○　——陳さんは寮にいますか。

　　——いいえ、陳さんは図書館にいます。（問句中主體後用"は"，答句中主體後也用"は"）

○　——どのかさがあなたのですか。

　　——赤いのが私のです。（問句中主體後用"が"，答句中主體後也用"が"）。

試比較"私は理事長です"和"私が理事長です"，前句中用"は"表示的"私"是已知概念，"理事長です"是對於前面部分所做的說明，是就"私はどういう人か"這一問題向對方傳遞新的信息。而後句中"理事長"是已知信息，聽話人要知道的是"誰が"這個部分。

(イ)　"は"用於主觀判斷來說明某一事物（包括真理、法
則、習性等），或者表示人的意志、信念、能力、習慣
等；"が"用於客觀描述眼前具體情景。

○　太陽は東から出る。／太陽從東方升起。

○　西安は古い都です。／西安是古都。

○　わたしは毎朝庭の掃除をします。／我每天早上打掃院子。

○　あ、雨が降ってきた。／啊，下起雨來了。

○　桜の花が咲いている。／櫻花開了。

○　風が冷たいですね。／風真冷啊。

"夕焼けがきれいだ"和"夕焼けはきれいだ"這兩句的不同
在於，"夕焼けがきれいだ"是客觀描寫眼前具體情景，從這一句
話可以想到它所存在的場景：仰望天空時看到晚霞，不禁脫口而
出："晚霞真美"。即是指當時看到的晚霞美麗。"夕焼けはきれ
いだ"是對晚霞這一事物做的一般性判斷。說這句話時，不見得非
要看到晚霞。

(ウ)　包孕句或主從句中主句主語一般用"は"，從句主語一般
用"が"。

○　あなたがこなかったのはいけなかった。／你沒來，這可
不該。

○　母は私が国を出るとき泣きました。／在我出國的時候，
母親哭了。

○　私が言うことをそのまま書きなさい。／把我說的原樣寫
下來。

○　このテレビはデザインがとてもいいです。／這台電視設
計得真好。

○ 映画館が近ければ私も行きます。／要是電影院近的話，
我也去。

○ 雨が降っているのに外で遊んでいます。／正下著雨，卻
在外邊玩兒。

○ 私はうちへ帰るとすぐおふろにはいります。／我回家後
立刻洗澡。

從上面的例句可以看出：主體用"が"一般只關聯到就近的謂
語，主體用"は"關聯到句末或全句，甚至關聯到下面的句子。如
下面的句子，是不正確的：

× 雨は降れば行きません。／要是下雨，就不去了。

× あなたは行けと言うなら行こう。／你如果非讓去，那就
去吧。

像"象は鼻が長い"這樣的主謂謂語句，謂語從句主語（小主
語）也有用"は"的情況，這時，多表示對比或轉折的語氣。"象
は鼻は長い"這句話就多見於"象は鼻は長い（が、目は小さい）"
等表示對比的場合。

(iii) "は"和助動詞"だ"可以構成一種特殊的句式，如"ぼ
くはうなぎだ"。這種句子不同於一般的判斷句，不能簡單地認
為，"は"頂替主格助詞"が"。這裡的"だ"可以表示多種含
義，要根據句子的前後關係進行理解。

○ ぼくはうどんだ。（＝ぼくはうどんを食べる。）

○ ぼくはこれからだ。（＝ぼくはこれから勉強をはじめる
のだ。）或（＝ぼくはこれから休むのだ。）等。

二、こそ

1. 接續方法

　　"こそ"接於體言、相當於體言的詞語、副詞、部分助詞、用言和助動詞的連用形之後。

これ<u>こそ</u>	環境の中で<u>こそ</u>	あって<u>こそ</u>
思えば<u>こそ</u>	怒り<u>こそ</u>すれ	安く<u>こそ</u>なれ
きれいに<u>こそ</u>なれ	今度<u>こそ</u>	

2. 語法意義和主要用法

　　2.1 提示主提，加以強調。"こそ"的作用基本與"は"相同，但它的提示作用比"は"更強烈。它同樣可以頂替主格助詞"が"提示主語，頂替賓格助詞"を"或與"を"重疊提示賓語，也可以接在補格助詞後提示補語，接在某些名詞和副詞後提示狀語。

①　これ<u>こそ</u>僕の買いたいものだ。／這才是我想買的東西。

②　このような環境の中で<u>こそ</u>健全な精神が育てられる。
　／正是在這種環境中才能培育健全的精神。

③　「よろしくお願いします。」「こちら<u>こそ</u>。」／"請多關照"。"（倒是我才要）請（您）多關照。"

④　今度<u>こそ</u>しっかりやろう。／這次可要好好幹了。

⑤　障子は弱いがゆえに<u>こそ</u>、取り扱う者に丁寧な扱いを要求する。／紙隔門正因為不結實，才要求使用者當心使用。

　　2.2 接在接續助詞"て"、"から"、"ば"等後面，強調條件、原因等。

⑥　自分の家に電話があって<u>こそ</u>、便利になったのだ。／正是因為自己家裡有了電話，才方便了。

⑦　君のことを思えば<u>こそ</u>注意しているのだ。／正是為你著想，才提醒你的。

⑧　ことばがあるから<u>こそ</u>われわれは人間としての生活を
　　営んでいられるのである。／正是因為有了語言，我們才
　　能過人類的生活。

⑨　誠意があったかう<u>こそ</u>相手に通じたのだ。／正因為有誠
　　意才感動了對方。

2.3　與接續助詞"が"、"けれども"呼應，表示先明確地肯
定前一事態，然後轉折。

⑩　彼は怒り<u>こそ</u>しないが、きげんが悪かった。／他倒是沒
　　生氣，可是不高興。

⑪　体<u>こそ</u>丈夫ではないが、仕事にはなかなか精を出してい
　　る。／身體算不上好，可工作起來相當賣勁。

⑫　彼は口に<u>こそ</u>出して言わないが、腹の中ではなんでも承知
　　しているのだ。／他說倒是沒說出口，可心裡什麼都知道。

　　　　……・……・……・……・……

由"こそ"構成的慣用型：

"動詞連用形（サ變動詞詞幹）＋こそすれ……ない"

"形容詞、形容動詞連用形＋こそなれ……ない"

"體言或形容動詞詞幹＋で＋こそあれ……ない"這3個慣用
型相當於"……こそする（なる、ある）が，けっして……ない"
的意思。

○　怒り<u>こそすれ</u>、ほめるはずがない。／他只會生氣，而不
　　會表揚。

○　新しい技術をとりいれれば、コストは低く<u>こそなれ</u>、高
　　くなることはない。／如果採用新技術，生產費用只會降
　　低，決不會增加。

○ きれいにこそなれ、しみがつくようなことは絶対にあり
　ません。／只會變得乾淨，決不會沾上污跡。

○ いまわれわれには勇気と強い意志こそあれ、困難をおそ
　る気持などみじんもない。／我們有的只是勇氣和堅強的
　意志，而絲毫沒有害怕困難的念頭。

○ そのとき、わたしは不愉快でこそあれ、ちっとも楽しく
　なんかなかった。／那時候只有不痛快，根本沒一點高興。

　　“こそあれ”後如果用肯定形式來結句，表示逆接條件，與
“が”“けれども”意思相同。

○ いま工業のすすんだ国では程度の差こそあれ、大部分の
　人が公害の影響をうけている。／現今在工業發達的國
　家，雖然程度有所不同，但大部分人都受著公害的影響。

三、しか

1. 接續方法

　　“しか”接在體言、相當於體言的詞語、動詞和形容詞的終止
形或連體形、部分副詞、部分助詞後。也可接在形容詞、形容動詞
的連用形後。

鉛筆しか	彼だけにしか	白いしか
ちょっとしか	悪いのしか	やるしか
うすくしか	大ざっぱにしか	

2. 語法意義和主要用法

　　“しか”與否定形式的謂語呼應，表示限定某一事物，對除此
以外的一切事物都加以否定。

　　可以頂替主格助詞"が"提示主語，頂替賓格助詞"を"或與
"を"重疊提示賓語，也可以與補格助詞重疊提示補語，接在做狀
語的數詞、名詞、副詞後提示狀語。

①　こんな話ができる友だちというと、きみしかない。／可
　　以談這種話的朋友，只有你。

②　彼は小説しか読まない。／他只讀小說。

③　そのことはまだ彼だけにしか話していない。／那件事情
　　還只是對他一個人講過。

④　試験開始まで三十分だけしかない。／到開始考試只有 30
　　分鐘。

⑤　そうとしか思えない。／只能那麼想。

⑥　切符は新宿までしか買ってありません。／票只買到了新宿。

⑦　日本語はちょっとしかできません。／日語只會一點點。

⑧　彼女は色が白いしかとりえがない。／她除了皮膚白外再
　　沒可取之處。

⑨　バスも電車もないところだから、歩いていくしかない。
　　／那地方既沒公共汽車又沒電氣火車，只好走著去。

⑩　この文字はうすくしか見えない。／這字只能隱隱約約看
　　見。

⑪　時間がないので、大ざっぱにしか説明できない。／因為
　　沒時間了，所以只能大致做一說明。

　　……‧……‧……‧……‧……

　　(i) 山田孝雄、橋本進吉認為"ほか"是"係助詞"，有的語法
書繼承這一觀點，認為"ほか"在意義、用法上接近"しか"，也
將其列入提示助詞。本書把"ほか"處理為形式名詞。

　　名詞與助詞的根本區別在於名詞是內容詞，即使是形式名詞，其獨立性也較強。這表現為可以做句子的主語、賓語等，可以受格助詞 "の" 的修飾。助詞是附屬詞，因此，不具備上述特點。下面例句中的 "ほか" 是作名詞的。

　　○　私のほかは１人も知らない。／除我以外，一個人都不認
　　　　識。

　　○　ほかをさがしてみなさい。／找別的試試！

"ほか" 被認為是助詞的用法，具有下列兩種形式。

　　○　ここまで来たらやるほかない。／到這地步了，只有幹下去。

　　○　辞職するほかしかたがないだろう。／除了辭職，沒有任
　　　　何辦法了吧！

　　但是，這兩種用法中的 "ほか" 後可加 "は" 和 "に"。加上 "は" 和 "に" 後，就很難說 "ほか" 是提示助詞。因此，僅因為在這兩種形式中的 "ほか" 意義、用法接近 "しか"，就認為它同 "しか" 一樣是提示助詞，似有欠妥。

　　因此，我們將 "ほか" 列入形式名詞，而將 "ほかない" 看作是形式名詞 "ほか" 的一個較接近助詞的用法。

　　(ii) 有時有 "しか" 接在助動詞 "だ" 的連用形 "で" 後面的用法。

　　○　彼は普通の人間でしかない。／他只是個普通人。

　　○　それはまさに、華麗そのものでしかなく、見る人を驚嘆
　　　　させた。／那確實就是華麗，而且讓觀眾嘆為觀止。

四、さえ

1.　接續方法

　　"さえ" 接在體言、相當於體言的詞語、用言和助動詞連用

形、部分助詞後。

水<u>さえ</u>　　　　　　父親に<u>さえ</u>　　　　　　出し<u>さえ</u>すれば

寝て<u>さえ</u>いれば　　よく<u>さえ</u>あれば　　丈夫で<u>さえ</u>あれば

2.　語法意義和主要用法

　　"さえ"可頂替主格助詞"が"提示主語，頂替賓格助詞"を"或與"を"重疊使用提示賓語，也可以與補格助詞重疊使用提示補語，或跟在副詞後提示狀語。

　　2.1　舉出一個極端事例，使人類推其他。也用"でさえ"、"さえも"的形式。

① 病気で水<u>さえ</u>のどを通<ruby>とお</ruby>らない。／生病，連水都喝不下去。

② そんなことは子供（で）<u>さえ</u>知っている。／那種事情，就連小孩都知道。

③ 彼は父親に<u>さえ</u>も見離<ruby>みはな</ruby>されている。／連父親都不理他了。

④ 見知<ruby>みし</ruby>らぬ人から<u>さえ</u>も激励<ruby>げきれい</ruby>の手紙がきた。／連不認識的人都寄來了鼓勵信。

⑤ 目の前<ruby>め まえ</ruby>に見<ruby>み</ruby>せられて<u>さえ</u>、まだ信<ruby>しん</ruby>じられなかった。／盡管讓我親眼看了，我還是無法相信。

　　2.2　表示添加，再加上一個同樣傾向的事物，使程度、範圍有進一步的提高、擴大。也用"さえも"的形式。

⑥ 首<ruby>くび</ruby>になった上<ruby>うえ</ruby>に病気に<u>さえ</u>なった。／被解雇了，又得了病。

⑦ 子どもたちを御馳走<ruby>ご ちそう</ruby>してくれたうえに車<ruby>くるま</ruby>で送<ruby>おく</ruby>り届<ruby>とど</ruby>けて<u>さ</u><u>え</u>くれた。／請孩子們吃了飯還用車把他們送了回來。

⑧ 寒いだけでなく、雪<u>さえ</u>（も）降ってきた。／不只是

－ 489 －

冷，又下起了雪來。

2.3 表示特定的假定條件。表示只要存在某一條件，就會產生某種預期的結果。常見表達形式有："體言（相當於體言的詞語）＋さえ＋用言・助動詞假定形＋ば"、"動詞連用形＋さえすれば"、"動詞連用形＋て＋さえ＋いれば"、"形容詞、形容動詞連用形＋さえあれば"。

⑨ 雨さえ降らなければ、少しぐらい天気が悪くても出かけます。／只要不下雨，天氣差一些也出去。

⑩ 少しうるさいのさえがまんすれば便利（べんり）な所（ところ）だ。／只要肯忍受一點吵鬧，這倒是個方便的地方。

⑪ ちょっと顔を出しさえすればよい。／只要露個面就行。

⑫ 寝てさえいれば風邪は治る。／只要躺下休息，感冒就能好。

⑬ 内容（ないよう）さえよければ読みます。／只要內容好就讀。

⑭ 体が丈夫でさえあれば続けます。／只要身體結實，就接著做下去。

五、すら

1. 接續方法

"すら"接在體言、部分助詞後。

水道すら　　　　父親にすら　　　　　　母親だけですら

2. 語法意義和主要用法

"すら"可頂替主格助詞"が"提示主語，頂替賓格助詞"を"或與"を"重疊使用提示賓語，也可與補格助詞重疊使用提示補語。其用法與"さえ"的用法1、2相同。"すら"本是文語助詞，它的書面語感較強，一般用在文章中，口語中則多用"さえ"。也

可用 "ですら" 的形式。

　2.1　舉出一個極端事例，使人類推其他。多用在否定或消極的場合。

① ガスどころか水道すらないような不便な所です。／別說煤氣，就連自來水也沒有，是個如此不方便的地方。

② 彼は父親にすら見離されている。／就連父親都不理他了。

③ 彼は母親だけですら面倒を見ることができない。／他連母親都不能照顧。

④ 子供ですら知っている。／連孩子都知道。

2.2 表示添加

⑤ 雨がひどく降っているのに風すら加わってきた。／雨下得很大，而且又刮起了風。

⑥ 事業に失敗し、わずかの蓄金すら使い切ってしまった。／事業失敗了，僅有的一點點儲蓄也花了個精光。

　　…… • …… • …… • …… • ……

　"すら" 也可接在接續助詞 "て" 和助動詞 "だ" 的連用形 "で" 後。

○ そんなこと思ってすらみたことがない。／那種事連想都沒想過。

○ できることなら、そのままそこに寝てしまいたいぐらいですらあつた。／如果可能的話，甚至都想就那樣睡在那裡了。

六、も

1. 接續方法

"も" 接於體言、相當於體言的詞語、用言及部分助動詞的連用形、部分副詞、部分助詞之後。

私も　　　　　赤いのなども　　　　バスにも

笑いもしない　高くもない　　　　　きれいでもない

事務室でもある　あまりにも

2．語法意義和主要用法

"も" 可以頂替主格助詞 "が" 提示主語，頂替賓格助詞 "を" 或與 "を" 重疊使用提示賓語，與補格助詞重疊使用（也可頂替表示時間和位置的 "に"）提示補語，也可以接在時間名詞、方位名詞、數詞、部分副助詞、部分副詞後提示狀語。

2.1 表示同類事物的追加

① あなたが行くなら、私も行きます。／如果你去，我也去。

② バスでも行けます。／乘公共汽車也能去。

③ これからも同じように未来を見詰めて探し続けるでしょう。／今後也會同樣面向未來，不斷探索吧！

④ まだほかに赤いのなどもございますが。／另外還有紅色的……

⑤ 今日もよく晴れています。／今天也是大晴天。

2.2 表示兼提。用兩個或兩個以上的 "も" 提示兩個或兩個以上的類似事物，表示它們的情況相同，或是同一傾向。一般用 "A も B も＋謂語"、"A も＋謂語、B も＋謂語" 等形式。

⑥ 一等席も二等席も全部売り切れました。／頭等席、二等席，全都賣完了。

⑦ このホテルから山も見えれば、湖も見えます。／從這家

飯店能看見山，也能看見湖。

⑧ 特別<ruby>特別<rt>とくべつ</rt></ruby>にきれいでもなく、また珍しくもない。／既不是特別漂亮，也不是很稀奇。

⑨ この部屋は<ruby>事務室<rt>じむしつ</rt></ruby>でもあり、<ruby>会議室<rt>かいぎしつ</rt></ruby>でもあります。／這個房間既是辦公，又是會議室。

2.3 表示強調。用"動詞連用形＋も＋しない"、"形容詞、形容動詞連用形＋も＋ない"的形式，加強否定語氣。也用"數詞＋も"的形式，在肯定句中強調數字之大，在否定句中強調數字之小，在條件句中表示充其量不過如此。

⑩ 笑いもしません。／笑都不笑。

⑪ 値段は高くもない。／價錢倒也不貴。

⑫ あそこはきれいでもない。／那兒也並不美。

⑬ この１カ月で５キロも<ruby>太<rt>ふと</rt></ruby>った。／這一個月居然胖了５公斤。

⑭ これは１円の<ruby>価値<rt>かち</rt></ruby>もない。／這一文不值。

⑮ 一週間もあればできます。／只要有一週時間就可以。

2.4 與不定詞呼應，謂語是肯定式時，表示全面肯定，謂語是否定式時，表示全面否定；與表示"一"的數詞或程度副詞呼應時，謂語用否定式，表示全面否定。

⑯ 何の<ruby>経験<rt>けいけん</rt></ruby>もない。／一點經驗都沒有。

⑰ 彼はどんな<ruby>人間<rt>にんげん</rt></ruby>とも<ruby>仲良<rt>なかよ</rt></ruby>くやっていく。／他無論同什麼人都能相處得很好。

⑱ あそこへは一度も行ったことがない。／那兒一次也沒去過。

⑲ 少しも知らない。／一點兒也不知道。

2.5 舉出一個極端事例，使人類推其他。

⑳　彼はあいさつ<u>も</u>満足_{まんぞく}にできない。／他連寒喧都不能寒喧得令人滿意。

㉑　子供に<u>も</u>分かる道理_{どうり}だ。／連孩子都懂的道理。

㉒　日曜日<u>も</u>休まないで勉強に没頭_{ぼっとう}している。／連星期天也不休息，埋頭學習。

…… • …… • …… • …… • ……

(i) 由"も"構成的慣用型"ＡもＡだが，……"表示Ａ有Ａ的特點、毛病，但Ａ以外的其他事物、情況也不能令人滿意。由此句型發展而來的"ＡもＡだ""ＡもＡで"也表示同樣的意思。

○　子ども<u>も</u>子どもだが、親も悪い。／孩子當然有問題，父母也不好。

○　"スープがぬるくなってしまったでしょう。""ぬるい<u>も</u>ぬるいが、塩気_{しおき}が足_たりないね。"／"湯變涼了吧！""涼倒還罷了，不夠鹹。"

○　そんなことをいうかれ<u>も</u>かれだ。／他竟說那種話，太成問題了。

○　次郎<u>も</u>次郎でわざと大声_{おおこえ}で泣き出した。／次郎也不像話，故意地大聲哭了起來。

(ii) 山田孝雄（《日本口語法講義》）—湯澤幸吉郎（《口語法精說》）等認為接在助動詞"だ"的連用形"で"、形容動詞連用形"で"後的"も"是接續助詞。但本書認為這時的"でも"是接續助詞"ても"的變體。

○　彼がどんな天才_{てんさい}<u>でも</u>、わたしは彼を尊敬_{そんけい}する気_きにはなれない。／無論他是怎樣的天才，我都對他產生不了尊敬之意。

○　彼女は気が弱そう<u>でも</u>、なかなかしんは強いんです。／
　　她看上去好像很柔弱，其實內心很堅強。

七、でも

1.　接續方法

　"でも"接在體言、相當於體言的詞語、用言及部分助動詞連用形、部分副詞、部分助詞後。

<u>先生でも</u>　　　　今から<u>でも</u>　　　　5オぐらい<u>でも</u>

遊んで<u>でも</u>　　　少しずつ<u>でも</u>　　　こわし<u>でも</u>したら

涼しく<u>でも</u>なったら　便利に<u>でも</u>なったら

2.　語法意義和主要用法

　"でも"可以頂替主格助詞"が"提示主語，頂替賓格助詞"を"提示賓語，與補格助詞重疊使用提示補語，也可以接在時間名詞、方位名詞、數詞、部分副助詞、部分副詞後提示狀語。

　2.1　提出一個極端事例，使人類推其他。

①　先生<u>でも</u>解けない難問。／老師也解不開的難題。

②　今から<u>でも</u>間に合います。／從現在開始也來得及。

③　この町は夜<u>でも</u>にぎやかだ。／這座城市晚上也很熱鬧。

④　少し<u>でも</u>油断したら、つけこまれてしまいますよ。／稍微有點大意的話，就會被人乘虛而入。

⑤　あいつは人に卑劣な手段を使って<u>でも</u>自分の出世を考えるやつだ。／那個傢伙是個不惜使用卑劣手段以圖出人頭地的人。

　2.2　用於隨便地提出一個或幾個事物來，表示舉例。多用在會

話中，表示婉轉、謙遜、曲折等含義。

⑥　本<u>でも</u>読んで待っていてください。／請看看書等一會兒吧。

⑦　新聞<u>でも</u>雑誌でも時間つぶしに貸してくださいませんか。／為消磨時間，能借給我幾份報紙或雜誌什麼的看看嗎？

⑧　風邪を引かせ<u>でも</u>したら大変<ruby>大変<rt>たいへん</rt></ruby>です。／要是得了感冒什麼的可不得了。

2.3　與不定詞呼應，表示全面肯定或全面否定。

⑨　この<ruby>店<rt>みせ</rt></ruby>には<ruby>何<rt>なん</rt></ruby><u>でも</u>ある。／這家店裡什麼都有。

⑩　だれ<u>でも</u>知っているように、ガラスには優れた性質がたくさんあります。／眾所周知，玻璃有很多有益的性質。

⑪　あの人は誰と<u>でも</u>話さなかった。／那個人和誰都沒說。

⑫　<ruby>地図<rt>ちず</rt></ruby>の上で<u>なら</u>、どんなところに<u>でも</u>行けるよ。／只要是地圖上有的，什麼地方都能去。

$$\cdots\cdots\cdot\cdots\cdots\cdot\cdots\cdots\cdot\cdots\cdots\cdot\cdots\cdots$$

提示助詞“でも”與“格助詞で＋提示助詞も”的區分有時並不十分明顯。

○　“デパート<u>では</u>売っていませんか。”“デパート<u>でも</u>売っていますよ。”這句中的“でも”一般認為是“で＋も”。

○　これなら<ruby>田舎<rt>いなか</rt></ruby><u>でも</u>売っています。

○　このごろのラジオは<ruby>感度<rt>かんど</rt></ruby>がよくて、山の中<u>でも</u>よく聞こえる。

這兩例中的 "でも" 就很難説清是提出極端事例的提示助詞，還是 "格助詞で＋提示助詞も"。當然，如果上例中 "でも" 前有 "で"，那麼就很明確了，是 "格助詞で＋提示助詞でも"。

八、だって

1. **接續方法**

"だって" 接在體言、相當於體言的詞語、部分副詞、部分助詞後。

　　これだって　　　　安いのだって　　　　親<ruby>親<rt>おや</rt></ruby>にだって
　　千円ぐらいだって　話しながらだって　　今すぐだって

2. **語法意義和主要用法**

"だって" 可以頂替主格助詞 "が" 提示主語，頂替賓格助詞 "を" 提示賓語，可以與補格助詞重疊使用提示補語，也可以接在時間名詞、方位名詞、數詞、部分副助詞、部分副詞後提示狀語。 "だって" 的用法和 "でも" 相似，但和 "でも" 相比，多用在比較隨便、親切的談話中。

2.1 提出一個極端事例，使人類推其他。

① 私だってそのぐらいのことはできますよ。／就連我，那種事也會。

② 外国へだって行こうと思えば行けないことはない。／就是外國，如果想去，也不是不能去。

③ 今からだって十分<ruby>間<rt>ま</rt></ruby>に<ruby>合<rt>あ</rt></ruby>う。／即使從現在開始也完全來得及。

④ ざっと見るだけだって 2 時間ぐらいかかるね。／僅瀏覽一下也得花兩個小時呀。

⑤ まちがいはちょっと<u>だって</u>許してくれません。／即使有一點點錯誤，都不肯原諒。

2.2 舉例性地提示同類事物中的幾個。

⑥ マンション<u>だって</u>車だって、みんな親に買ってもらったものだ。／房子也好車也好，都是讓父母給買的。

⑦ 映画<u>だって</u>芝居<u>だって</u>君の好きなほうに連れていってあげるよ。／電影也好，戲劇也罷，你喜歡看哪個帶你去看哪個。

⑧ 大きいのだって小さいの<u>だって</u>味には変りはないよ。／大的也好，小的也好，味道都一樣。

2.3 與不定詞呼應，表示全面肯定或全面否定。

⑨ 彼はいつ<u>だって</u>笑顔だ。／他無論什麼時候都笑容滿面。

⑩ そんなことはだれ<u>だって</u>分からないでしょう。／那種事情誰都不懂吧！

第六節　副　助　詞

　　副助詞（副助詞）是接在體言、相當於體言的詞語以及某些副詞、用言、助動詞等後，增添某種意義的助詞。

　　副助詞與其所附內容詞一起構成的句素可以做狀語，修飾後面的用言，也可使其構成的句素具有體言的性質，句素入句後接格助詞或助動詞“だ”、“である”。副助詞與其所附著的詞一起作為體言使用，雖是大多數副助詞所具有的特點，但這並不是副助詞的本質，它的特點在於能與其所附著的詞共同構成狀語、正像副詞構成狀語一樣，這也正是“副助詞”這一名稱的由來。

① 入院患者はお年寄りが80％ぐらいです。／住院患者80％右是老人。

② 休みになると、図書館へばかり行っている。／一到休息日，總是去圖書館。

③ 何がおかしいのか、答えもせずにただ笑うばかりだ。／也不說有什麼可笑的，只是一個勁地笑。

④ この製品の欠点は音がうるさいくらいで、他には特に何もない。／這個產品的缺點也就不過是噪音吵人，其他沒有什麼。

⑤ コンピュータが出した答えは、いつも正確なばかりで、おもしろさがない。／計算機得出的答案總是正確的，沒意思。

⑥ 父親が音楽家なだけでは、優れた作曲家は育たない。／如果父親只是個音樂家的話，那就培育不出優秀的作曲家。

⑦ 技術が進歩してくるうちにものを修理する方法も少しずつ変わってきた。／隨著技術的進步，修理東西的方法也逐漸在改變。

副助詞有以下幾個特點：

1. 副助詞可以頂替主格助詞“が”，賓格助詞“を”，也可以與“が”“を”及其他格助詞重疊使用。與格助詞重疊使用時，大多數副助詞可在格助詞之前，也可在格助詞之後（與“の”重疊使用時，副助詞只能在前）。如果強調該句素的語法地位，則格助詞在後，如果強調副助詞所添加的意義，則副助詞在後。

⑧ 年寄りまで騒ぎ出す。／連老人都鬧起來了。

⑨ 彼は勉強ばかりしている。／他光學習。

⑩　他人のことなどに興味はない。／對別人的事沒有興趣。
（“興味はない”的對象）是“他人のこと”等）

⑪　他人のことになど興味はない。／對別人的事才沒有興趣
呢。（“など”在這句裡與“興味はない”呼應，強調否
定，並有輕蔑的口吻）

副助詞“だけ”與格助詞重疊使用時可在前也可在後。它所處
的位置的不同會帶來一些意思上的微妙差異。尤其在與“で”重疊
使用時，差異較為明顯。

⑫　その国は英語でだけ旅行できる。／在那個國家旅行時只
能用英語。（英語以外的語言則無法與人溝通）

⑬　その国は英語だけで旅行できる。／在那個國家靠英語就
能旅行了。（沒有使用其他語言的必要）

⑭　注射でだけ治る。／只能用注射才能治癒。

⑮　注射だけで治る。／僅注射就能治癒。

2. 副助詞可以與提示助詞重疊使用。副助詞與提示助詞重疊使
用時，提示助詞要處在副助詞後面，這也是由於提示助詞與句末陳
述方式相呼應的特點所決定的。

⑯　今のところ、それだけしか言えないのだ。／現在也只能
說這麼多。

⑰　私などでもできることなら、やります。／如果是像我這
樣的人也能做的事情，那就做。

⑱　最近の女性は、お正月くらいしか和服を着ません。／近
來，女性只有像新年這種時候才穿和服。

3.副助詞與其所附的詞一起可以起程度副詞或情態副詞的作用。

⑲　びっくりするほどよく食う。／吃的多得驚人。

⑳　立っていられない<u>くらい</u>疲れている。／累得甚至站不起來了。

㉑　泣かん<u>ばかり</u>感激<ruby>感激<rt>かんげき</rt></ruby>していた。／感動得差點兒哭出來。

常見的副助詞有：

(1) 表示程度、限定等的：ほど、だけ、ばかり、くらい、きり、まで、ずつ

(2) 表示例舉的：など、なんて

(3) 表示不定的：か、やら

……・……・……・……・……

(i) 在日語中，"副助詞"這一術語，是山田孝雄首先命名的。有的語法學家認為"副助詞"和"係助詞"同屬一類，如時枝誠記將兩者都歸入"限定を表わす助詞"。再如"学校文法"，將助詞分為4類：第一類"格助詞"、第二類"接続助詞"、第三類"終助詞"、第四類"副助詞"，提示助詞和副助詞被歸入第4類助詞。

山田孝雄在《日本文法學概論》中對"係助詞"和"副助詞"、"格助詞"的區別論述如下："係助詞と副助詞とは或る位格につき、又下に来る用言に関係をもつ点に於いて共通する所があるやうに見ゆる。然しながら、副助詞は下の用言の意義即ち属性に関係をもつものであり、係助詞は下の用言の陳述の力に関係をもつものであるからして対象が違ふものである。用言に属性と陳述の力とが含まれているといふことからこの事が自然に考へられるのである……"。

"格助詞と副助詞とは句の組成分子につくことは共通するが、格助詞はそれぞれ一定の関係を示して他に融通がきかぬものであり、副助詞はすべての組成分子に共通してつく。……"

　　　"この三者の関係を一目してわかるやうにすれば次のやうになる。"

用言に関する方面／格に関ずる方面	用言の意義に関す	用言の陳述に関す
一定の格を示す	格助詞	
すべての格に通ず	副助詞	係助詞

　　(ii) 形式名詞有"純粹的形式名詞"、"增添意義的形式名詞"和"帶有接續助詞性質的形式名詞"3類，"增添意義的形式名詞"能接在用言或用言性詞組後，使其具有體言的性質，並起著增添一定意義之作用，在用法上和副助詞有相似的地方。但是，形式名詞不能直接接在體言後。而副助詞可以直接接在體言後、與體言一起作狀語。因此，下面句子中副助詞的用法，是形式名詞所沒有的。

　　○　わたしほど幸せ<ruby>幸せ<rt>しあわ</rt></ruby>なものはないと思います。／我想沒有比我更幸福的人了。

　　○　映画ぐらいたまにはいいでしょう。／偶爾看看電影什麼的，也可以吧！

一、ほど

1.　接續方法

　　"ほど"接在體言、相當於體言的詞語、用言及部分助動詞連體形後。

　　彼女ほど　　　　　死ぬほど　　　　　　ないほど
　　いやなほど　　　　うわさしていたほど

2. 語法意義和主要用法

2.1　接在表示數量的詞後，表示大致的數量。

① 食事の前、田中さんと 30 分ほど会話の練習をした。／吃飯前，和田中練習了 30 多分鐘的會話。

② 10 人ほど来た。／來了 10 來個人。

③ 三日ほど休ませていただきます。／請允許我休息 3 天左右。

2.2　表示程度。

④ 口をきく元気もないほど疲れてしまった。／累得連開口說話的氣力都沒有了。

⑤ 死ぬほど働いている。／拼命地工作。

⑥ 子どもの体位の向上はおどろくほどだ。／孩子身體的成長快得驚人。

2.3　表示比較的基準。常用"……ほど（の）……ない"的形式表示，"ほど"前的事物是同類中程度最高的。

⑦ 今年の寒さは去年ほどではないですね。／今年不像去年那麼冷啊。

⑧ このお酒はそれほどおいしくありませんね。／這酒並不那麼好喝。

⑨ 彼女ほどの美人はいない。／沒有比她再漂亮的人了。

⑩ この世の中に無知ほど恐ろしいものはない。／這世上沒有比無知更可怕的了。

2.4　表示隨一方程度的變化，另一方也相應變化，常用"用言假定形＋ば＋同一用言連體形＋ほど"的形式。

⑪ どんな事でもやってみることですね。経験を積むほど人

　　間ができてくるというものです。／什麼事都要試著做。
　　經驗積累得越多，人就會越成熟。

⑫　圧力をかければかける<u>ほど</u>固<ruby>固<rt>かた</rt></ruby>く接着します。／越施加壓
　　力，越黏得牢。

⑬　高ければ高い<u>ほど</u>価値があるように思われる。／人們常
　　常認為越貴的東西越有價值。

二、だけ

1. 接續方法

　　"だけ"接在體言、相當於體言的詞語、用言及助動詞連體
形、某些副詞後。

ここ<u>だけ</u>	母へ<u>だけ</u>	ぼくの<u>だけ</u>
考える<u>だけ</u>	高い<u>だけ</u>	穏<ruby>穏<rt>お</rt></ruby>やかな<u>だけ</u>
やってみた<u>だけ</u>	來ない<u>だけ</u>	

2. 語法意義和主要用法

　　"だけ"可以頂替主格助詞"が"、賓格助詞"を"，也可以
與"が"、"を"及其他格助詞重疊使用。重疊使用時，"だけ"
位置可在前也可在後，有時會因"だけ"與格助詞重疊使用時前後
位置的不同而產生意思上的差異。

　　2.1　表示限定。在有關聯的各項事項中，限定其中某一部分而
排除其他部分。

①　あなた<u>だけ</u>が知っているでしょう。／只有你知道吧！

②　父は弟<u>だけ</u>（を）公園<ruby>公園<rt>こうえん</rt></ruby>へ連れていきました。／父親只帶
　　弟弟去公園了。

③　この出口は緊急の時にだけ使います。／這個出口只在緊
　　急情況時使用。

④　たった一冊だけ持ってきました。／只帶來一本。

⑤　ちょっと周囲を見回してみただけでも、数えきれないほ
　　どのガラス製品に囲まれていることに気づくだろう。／
　　僅僅環視一下周圍，就能發現我們被無數的玻璃製品包圍
　　著。

2.2 表示程度

⑥　あれだけの犠牲を払っても、まだ何の解決もなされてい
　　ない。／雖然付出了那麼大的犠牲，還是沒有解決任何問
　　題。

⑦　わたしはいらないから、あなたの好きなだけお取りになっ
　　てかまいません。／我不要了，您喜歡拿多少就拿多少。

⑧　さすがに、彼の息子は父親が自慢するだけのことはあっ
　　た。／的確，他的兒子有令父親引以為自豪的地方。

2.3　"だけ"可構成一些慣用型。"用言假定形＋ば＋同一用
言連體形＋だけ"表示隨一方程度的變化，另一方也相應變化；
"……だけに……"、"……だけあって……"表示前項敘述客觀
事項，後項敘述與前項相稱、相應的結果。

⑨　作物は肥料をやればやるだけよく育つというものでもな
　　い。／農作物也並不是施肥越多長得越好。

⑩　よく勉強しただけに、試験もなかなかよくできていた。
　　／正因為努力學習了，考試也考得相當好。

⑪ 太郎はさすがに一番年^{としうえ}上だけあって、しっかりしている。／太郎不愧是年齡最大的，很踏實。

三、ばかり

1. 接續方法

"ばかり"接在體言、相當於體言的詞語、用言及助動詞的連體形或連用形、某些副詞後。在口語中有時說成"ばっかり""ば（っ）かし"。

2. 語法意義和主要用法

"ばかり"可以頂替主格助詞"が"、賓格助詞"を"，也可以和"が"、"を"及其他格助詞重疊使用。重疊使用時，根據表達需要，"ばかり"有時在前，有時在後。

2.1 接在表示數量意義的詞後，表示大致數量。

① 時間ばかり休んでまた書きはじめました。／休息了一小時左右，又開始寫了。

② 薬を飲んだ後も、2度ばかり高い熱が出ました。／吃了藥後，還發了兩次高燒。

③ 右の頬^{ほほ}にちょうど米粒^{こめつぶ}ばかりの大きさのあざがあった。／在右頬上有顆剛好米粒大小的痣。

2.2 表示限定一個範圍。但有兩種情況：一種是限定事物的範圍，即在許多事物中限定一小部分，相當於漢語"僅僅""只"的意思；另一種情況是限定事物發生的頻率範圍，表示總是發生某一件事，相當於漢語的"總是"、"老是"的意思，多用"動詞連用形＋て＋ばかり＋いる"的形式。

④ そればかりが心配です。／只有那個讓人擔心。

⑤　彼は子供とばかり遊んでいる。／他淨和孩子玩。

⑥　遊んでばかりいないで、少しは本を読みなさい。／別光
玩兒，也讀點書！

2.3　接在動詞過去式後面，即用“……たばかり”的形式表示
動作剛剛發生過。

⑦　彼は田舎から帰ってきたばかりです。／他剛從鄉下回來。

⑧　もらったばかりの万年筆をなくしてしまった。／把別人
剛送的鋼筆就弄丟了。

⑨　さっき焼きそばを食べたばかりじゃありませんか。／不
是剛才剛吃過炒麵嗎？

2.4　多用“ばかりになっている”、“ん（ぬ）ばかり”等形
式，表示動作處於將要發生的狀態。相當於漢語的“眼看
就要”“快要”“幾乎要”等意思。

⑩　船はエンジンをかけて、出航するばかりの状態で，待っ
ているはずだ。／船應該已經開動引擎，只等出航了。

⑪　もう卒業するばかりになっている。／馬上就要畢業了。

⑫　手がとどくばかりになって踏みはずした。／眼看手就要
夠著的時候，踩空了。

⑬　喜びのあまりに跳び上がらんばかりだった。／高興得要
跳起來。

⑭　店の主人に帰れと言わんばかりの目つきをされた。／店
老板的眼色似乎在說“快滾回去吧”。

2.5　接在動詞連體形後，表示情況總是向一個方向發展。相當
於漢語“老是”“不斷地”。

⑮ 機械のねだんが高くなるばかりだ。／機器的價格老是漲。

⑯ 専門医にもみせたが、妹の病気は悪くなるばかりだった。／讓專科醫生看了，可是妹妹的病還是不斷地惡化。

2.6 用 "……ばかりに" 的形式表示因為某種原因而導致出不良後果。

⑰ ちょっと油断したばかりに、とんでもないことになってしまった。／粗心大意了一下，落了個意想不到的後果。

⑱ 無理をして雨の中を出かけたばかりに、ひどい風邪をひいてしまった。／下著雨還非要出去，結果得了重感冒。

用 "ばかりに" 表示的原因，一般都是使事態惡化的原因。下面的例子是不正確的。

× 一生懸命勉強したばかりに試験に合格した。

2.7 用 "……ばかりか" 的形式表示 "……だけでなく、その上" 的意思。

⑲ 最近は、子供ばかりか大人までコンピュータゲームに熱中している。／最近，不只是孩子，連大人也熱衷於玩計算機遊戲。

⑳ 伯父は友子の就職を喜ばなかった。そればかりか、彼女を会社の取引先の息子と結婚させようと考えていた。／友子找到工作，伯父沒有為她高興。相反地，他打算讓她和公司客戶的兒子結婚。

"だけ"、"ばかり" "しか" 的區別

(ア) 從形式上看 "しか" 只與否定的謂語相呼應，表示肯定的意思，"……しか……する" 的句子是不存在的。這一點與 "だ

け”、“ばかり”不同。下面3個句子所述事實是一樣的，但語氣極為不同。

　　○　新聞<u>だけ</u>を読む。

　　○　新聞<u>ばかり</u>を読む。

　　○　新聞<u>しか</u>読まない。

　　（イ）表示限定時，“だけ”和“ばかり”都可表示在有關聯的各項事物中，限定其中某一部分而排除其他部分。“ばかり”和“だけ”不同之處在於“ばかり”還可表示“いつもいつも”“特に目立って”的意思，限定事物發生的頻率範圍。

　　○　<ruby>遅刻<rt>ちこく</rt></ruby>してきたのは彼<u>ばかり</u>（だけ）だ。／遲到的只有他。

　　○　あの子はからだが大き<u>いばかりで</u>、力はないね。／那個孩子只是個頭大，沒力氣呀。

　　○　父は弟<u>だけ</u>（を）つれて<ruby>外出<rt>がいしゅつ</rt></ruby>する。／父親只帶弟弟出去。（沒帶別人，只帶弟弟）

　　○　父は弟<u>ばかり</u>（を）つれて<ruby>外出<rt>がいしゅつ</rt></ruby>する。／父親總是帶弟弟出去。（幾次外出都帶弟弟）

　　○　そんなに酒<u>ばかり</u>飲んでいると、からだをこわすぞ。／總是那樣喝酒，要把身體搞壞的呀！

　　（ウ）用“……だけ……する”和“……しか……ない”的形式都可以表示限定。但“しか”與“だけ”相比，在限定某一事項其中一部分時，含有“僅僅這一部分不夠，不充分，“雖有若無”強調“無””的意思，而“だけ”卻有“雖少卻有”強調“有”的意思。

　　○　日本語が少し<u>しか</u>分からないので困りました。／日語只懂一點點，很不好辦。

― 509 ―

× 日本語が少しだけ分かるので困りました。

○ 財布の中に5千円しか入っていなかったので、7千円の
シャッは買えませんでした。／錢包裡只有5000日元，沒
能買得起7000日元的襯衫。

× 財布の中に5千円だけ入っていたので、7千円のシャッ
は買えませんでした。

(エ) "だけ"和"しか"跟在表示數量意義的詞後，可以限定
數量，而"ばかり"跟在表示數量意義的詞後，表示大致數量。

○ 乗客の中には日本人が3人しかいない。／乘客中只有3
個日本人。

○ 乗客の中には日本人が3人だけいる。／乘客中只有3個
日本人。

○ 乗客の中には日本人が3人ばかりいる。／乘客中有大約
3個日本人。

○ 学生は1人だけ来た。（＝学生は1人しか来なかった。）
／學生只來了一個人。

× 学生は1人ばかり来た。

○ 千元だけでカラーテレビを一台買った。／只用1000元買
了一台電視。

○ 千元ばかりでカラーテレビを一台買った。／用1000元左
右買了一台電視。

四、くらい（ぐらい）

1. 接續方法

　"くらい"接在體言、相當於體言的詞語、用言及助動詞連體形、指定連體詞後。用"くらい"還是"ぐらい"，一般根據個人習慣而定。

かれぐらい	そのくらい	行くぐらい
寒いぐらい	みごとなくらい	行きたいくらい
引いたくらい		

2.　語法意義和主要用法

2.1 接在表示數量意義的詞後，表示大致的數量。

①　会費は二千円ぐらいではいかがでしょう。／會費 2000 日元左右怎麼樣？

②　入院患者はお年寄りが 80 ％ぐらいです。／住院患者 80 ％左右是老人。

③　彼には 1 年に二、三度ぐらい会うことがある。／一年中總能見他那麼兩三次。

2.2 表示程度

④　大人の手のひらくらいの大きさの木の葉が何枚も重ねてある。／大人手掌大小的樹葉好幾張疊在一起。

⑤　ホテルは、他にお客がいないんじゃないかと思うくらい静かだった。／飯店裡安靜得讓人覺得是不是沒有其他客人。

⑥　行けるものなら、僕も行きたいぐらいです。／如果能去的話，我也想去。

2.3 表示最低限度，常含有輕蔑的語氣。

⑦　そのくらいのことなら、だれでもできる。／那種事誰都會做。

⑧ かぜをひいたぐらいで休まれては困る。／如果得了點兒感冒就休息的話，那可不好辦。

⑨ 日本の総理大臣はだれだぐらいは知っているだろう。／日本的首相是誰，總會知道的吧！

　　　……・……・……・……・……

　(i) 在表示某種程度時，"ほど"表示同類事物中程度最高的一個，常用"……ほど……ない"的形式，說明"ほど"前的事物是同類中程度最高的。而"くらい"所列舉的，一般來說，多是說話人視為最低程度的事情，說明這是"最起碼的"，"最基本的""不值一提的"的意思。

○ このクラスで王さんほど頭のいい者はいない。／這個班裡沒有比小王更聰明的了。

○ わが家ほどいいところはない。／沒有比我家更好的地方了。

○ 名前ぐらいは書けるでしょう。／名字總會寫吧。

○ 電話をかけるくらいのひまはあるでしょう。／打電話的工夫總是有的吧。

五、きり

1. 接續方法

　　"きり"接在體言、相當於體言的詞語、用言及部分助動詞的連體形後。一般用於較隨便的口語對話中，文章中較少用。口語中有時說成"つきり"、"ぎり"。

| 二人きり | 高いのきり | 借りるきり |
| 読ませるきり | 行ったきり | 大阪へきり |

2.　語法意義和主要用法。

　2.1　表示限定，和“だけ”作用相同，有時用“……きり……ない”、“……きりしか……ない”的形式表示“……しか……ない”的意思。

① 二人きりでゆっくり話しあいたい。／想兩個人單獨地好好談談。

② 安いのは売り切れて、高いのきりしか残っていない。／便宜的賣光了，只剩下貴的了。

③ これはこの店できりしか買えない。／這只有在這家店才買得到。

④ 朝から水きり飲んでいない。／從早上起只喝了點兒水。

⑤ 彼は人から借りるきりで返したことがない。／他只向人借，從來不還。

　2.2　“きり”接於動詞過去式後，其後再與否定形式呼應，表示前面所述情況是最後一次，以後沒有再發生過。

⑥ 朝出ていったきり、まだもどってこない。／早上出去後，還一直沒有回來。

⑦ 去年日本へ行ったきり、はがきの一枚もくれない。／去年去了日本後、明信片都沒來過一張。

⑧ 持っていったきり、返さない。／被拿去了一直沒還回來。

　(i)　“きり”和“だけ”用於肯定句表限定時，既可以用“きり”，也可以用“だけ”，兩者意義基本相同，只是語氣有些不同。用“きり”時表示自己的希望本來更多一些，但卻與自己所希望的相反，只有那麼多。“だけ”則是客觀地敘述，沒有主觀的想法在內。

－ 513 －

○　これきり（だけ）であとはありません。／只有這個，再
　　也沒有了。

○　高いきり（だけ）で何の役にも立たない。／只是貴，毫
　　無用處。

用於否定句時，"きり"表示肯定的意思，而"だけ"表示否
定的意思。

○　朝から水きり飲んでいない。／從早上起只喝了點水。

○　今度來て王さんだけに会えなかった。／這次來只是沒見
　　到小王。

"きり"可表示前面所述情況是最後一次，以後沒有再發生
過。"だけ"限定動作、行為時，表示只進行某一動作，而不進行
其他的動作。

○　中国に帰ったきり、日本にもどらない。／回中國後就不
　　返回日本了。

○　かれは会議に出ただけで、何もいわなかった。／只出席
　　了會議，什麼也沒有說。

六、まで

1.　接續方法

　　"まで"接在體言、相當於體言的詞語、用言及部分助動詞的
連體形、某些副詞後。

卓 球（たっきゅう）まで　　　　兄弟からまで　　　　二千円ぐらいまで

こうまで　　　　借金（しゃきん）をしてまで　　　　できるまで

死のうとまで

2. 語法意義和主要用法

2.1 表示程度或限度。

① できる<u>まで</u>練<ruby>習<rt>れんしゅう</rt></ruby>しましょう。／練習到會為止。

② そんなこと<u>まで</u>心配しないでください。／那種事不必擔心。

③ ひとり二千円ぐらい<u>まで</u>なら、何とか都合がつけられると思う。／一個人最多 2000 日元的話，我想還都拿得出來吧。

2.2 提出一個極端事例暗示其他。

④ 一番好きな卓球<u>まで</u>したくなくなった。／連最喜歡的乒乓球也都不打了。

⑤ 親や兄弟に<u>まで</u>反対された。／連父母和兄弟都反對來著。

⑥ 死のうと<u>まで</u>思いつめた。／甚至想到了死。

⑦ こう<u>まで</u>親切にしてもらって申訳ない。／這麼熱情地待我，真是過意不去。

⑧ 何も<ruby>借<rt>しゃっきん</rt></ruby>金をして<u>まで</u>旅行に行くことはないだろう。／也不至於借錢去旅行吧！

…… • …… • …… • …… • ……

(i) 山田孝雄、橋本進吉都將"まで"列入"副助詞"，而時枝誠記在《日本文法口語篇》中將"まで"分列入兩類中："どこまで行くのですか""夏まで続ける"中的"まで"列入"格を表わす助詞"，"衣類は勿論，旅費まで恵んで呉れた""そんなにまで言わなくてもよい"中的"まで"列入"限定を表す助詞"。国立国語研究所的《現代語の助詞・助動詞》將"……から……まで"的"まで"的用法稱作"格助詞の代理"。

　　本書認為表示空間、時間終點的“まで”，與表示限度、提出極端事例以暗示其他的“まで”是兩類不同的助詞，前者是格助詞（盡管有些類似副助詞的用法），後者是副助詞。

　　(ii)　“まで”可以構成一些慣用型

　　“副助詞まで＋格助詞の＋形式名詞こと＋斷定助動詞だ（有時說成までだ）”，表示在某種情況下唯有如此，帶有一種無奈的語氣。

○　こうなったら命懸けて戦う<u>までのことだ</u>。／事到如今只有拼了。

○　みんな都合が悪いので、わたし一人で行く<u>までだ</u>。／大家都不方便，只好我一個人去了。

　　“副助詞まで＋提示助詞も＋形容詞ない”接在動詞連體形後，表示某種動作是不必要的。

○　二人がその楽しい計画を実行したのは言う<u>までもありません</u>。／不用說，兩個人實施了那個令人愉快的計劃。

○　話し合う<u>までもなく</u>、その件はもう解決しました。／不必再商量，那個問題已經解決了。

七、ずつ

1.　接續方法

　　“ずつ”接在表示數量、程度的體言和部分副詞後。

3人ずつ　　　　　　8キロずつ　　　　　　少しずつ

5本ぐらいずつ

2.　語法意義和主要用法

　　表示按同樣的數量分配或按同等程度反覆、漸進。

① 一箱に何本ずつ入っていますか。／每箱各裝有多少根？

② 一人に一枚ずつ渡してください。／請給每個人遞一張。

③ 健康のためには、十分ずつでもいいから每日運動をする
　 ほうがいい。／為了健康，最好每天都運動 10 分鐘。

④ 每日 1 ページずつ訳していくつもりです。／打算每天翻
　 譯一頁。

⑤ 不景気で月に二割ぐらいずつ売り上げが減ってきた。／
　 由於不景氣，銷售額每月遞減兩成。

⑥ 技術が進歩してくるうちに、ものを修理する方法もすこ
　 しずつ変わってきた。／隨著技術的進步，修理東西的方
　 法也逐漸地在改變。

⑦ わすかずつでも、日が延びてきたね。／一點點地，天長
　 了啊。

八、など

1. 接續方法

　　"など"接在體言、相當於體言的詞語、用言及部分助動詞終
止形或連用形後。在口語中有時說成"なんか"、"なんぞ"、
"なぞ"。

雑誌など　　　　　行くなど　　　　買いたいなど
ゆずりなどしない　悪くなどない　　じょうずになどならない
行きたくなんかない

2. 語法意義和主要用法

2.1 出現在某些聯合式詞組後，表示例舉，即所舉的是全部事

物中的一部分例子。

① 図書館には、本や新聞や雑誌などがある。／圖書館裡有
書、報紙、雜誌等。

② たまの休みでも、庭<ruby>庭<rt>にわ</rt></ruby>の手入<ruby>手入<rt>てい</rt></ruby>れをしたり、部屋<ruby>部屋<rt>へや</rt></ruby>の片付<ruby>片付<rt>かたづ</rt></ruby>けを
したりなどで結構<ruby>結構<rt>けっこういそが</rt></ruby>忙しい。／偶爾有個休息日，要收拾院
子或整理房間等，也很忙。

③ 火山<ruby>火山<rt>かざん</rt></ruby>と言えば、浅間山<ruby>浅間山<rt>あさまやま</rt></ruby>とか阿蘇山<ruby>阿蘇山<rt>あそさん</rt></ruby>、桜島<ruby>桜島<rt>さくらじま</rt></ruby>などを思い出
す。／一説起火山，就讓人想起淺間山、阿蘇山和櫻島等。

2.2 從同類事物中列舉一例，概括其他。

④ 若い女性のほとんどは自分のスタイルなど少しも考え
ず、ミニスカートをはく。／大多數年輕女性壓根兒就不
考慮自己的體型便穿超短裙。

⑤ 金<ruby>金<rt>かね</rt></ruby>や地位<ruby>地位<rt>ちい</rt></ruby>がほしいなどと思ったことは一度もない。／從
來沒想過什麼想要金錢、地位的。

⑥ 母からもらった大切なものですから人にゆずりなどしな
いよ。／母親給我的珍貴的東西，才不能讓給別人呢。

⑦ この辺の店にはおいてないと思うが、デパートへなど行
けばきっと買えるよ。／我想這附近的店裡沒賣的，去百
貨商場那種地方會買到的。

⑧ この空<ruby>空<rt>そら</rt></ruby>じゃ当分<ruby>当分<rt>とうぶん</rt></ruby>雨は望めそうになど見えない。／看這天
兒，最近像是不會有雨的。

⑨ 時間がないからゆっくりなどしていられない。／沒時間
了，不能悠悠閑閑的。

2.3 表示例示，帶有輕蔑、不滿的語氣。用於自己的事情時，

表示謙遜。

⑩　おまえなど死んでしまえ。／你去死吧！

⑪　こんなものなどほしければ、いくらでもやるよ。／這種
　　東西想要的話，多少都可以給你。

⑫　私になど、そんな難しいことはわかりません。／我可不
　　懂那麼難的事。

⑬　息子の作品<ruby>作品<rt>さくひん</rt></ruby>なんか使っていただいてありがとうございま
　　す。／承蒙您使用我兒子的作品，太感謝了。

……・……・……・……・……

(i)　"なんか"和"なんぞ"表示的語氣不同，帶有輕視的語氣
時，用"なんか"較多。"なんぞ"是較舊的說法，給人以"老人
語的な感じ"。

○　夏の服には白なんかがいいと思うよ。／我覺得夏天的衣
　　服白點兒好。

○　リンゴなんかほしくない。／蘋果才不想要呐。

○　こんなくだらない本なんか読むな。／別讀這種無聊的書。

○　会長<ruby>会長<rt>かいちょう</rt></ruby>には彼なんぞが適任<ruby>適任<rt>てきにん</rt></ruby>でしょう。／他這樣的人能勝
　　任會長之職吧！

九、なんて

1.　接續方法

　　"なんて"接在體言、相當於體言的詞語、用言和部分助動詞
終止形後。

映画なんて　　　　残すなんて　　　　　高いなんて
上手だなんて

2．語法意義和主要用法

表示例示，常帶有輕蔑、不滿的語氣。

① 三分の一もの余力を残すなんて、もったいないことではないか。／留下三分之一的餘力，難道不是太可惜了嗎？

② わたしは映画なんて少しもおもしろいと思いません。／我覺得電影一點沒意思。

③ 試験になっても、君なんて大丈夫でしょう。ふだんよく勉強していたから。／即使考試，你也不要緊吧！平時努力學了。

…… • …… • …… • …… • ……

在某些句子中出現的"なんて"是"などという""などと"的意思，這不是副助詞"なんて"的用法。

○ わたしは山田なんて学生は知りませんね。／我不認識什麼叫山田的學生。

○ これぐらいの失敗で死にたいなんて思うものがあるか。／這麼一點點失敗，怎麼就想到要死呢？

十、か

1．接續方法

"か"接在體言、相當於體言的詞語、動詞及形容詞終止形、形容動詞詞幹、部分助動詞、助詞後。

誰か	来たからか	できるか
上手か	ないとか	高いか

2．語法意義和主要用法

2.1 接在表示疑問的詞後，表示不定，不確切。

① この問いに対して、考えられる幾つかの答えを挙げてみよう。／對這個問題試舉出有可能的幾種答案。

② 誰かが知っているはずだ。／一定有誰知道。

③ 何人かで行く。／幾個人一起去。

2.2 接在表示引用的格助詞 "と" 的後面，表明對用的內容持不肯定、不確切的態度。

④ 木村さんとかいう方から電話がありました。／好像有個叫木村的打來過電話。

⑤ ガラスのドアにひびが入っているとか言っている。／說什麼玻璃門上有了裂紋。

2.3 對理由、原因、情況的說明增添不確切的語氣。

⑥ 気のせいか昨日より暖かく感じられる。／可能是心情的關係吧，覺得今天比昨天暖和。

⑦ 夜のためかよく見えない。／可能是由於夜裡的緣故吧，看不太清。

⑧ 応援の力か実力以上のできをみせた。／可能是由於（大家的）聲援吧，發揮了比實力更高的水平。

2.3 主從句的從句是疑問句時，"か" 出現在從句最後，增添疑問的語氣。

⑨ 人生をどのように生きるかはわれわれが人間という存在をどう考えるかにかかっている。／如何渡過人生，這和我們如何認識人的存在這個問題是相關的。

⑩　要はそうした仕事なり環境なりをどう整えていくかである。／關鍵是如何充實這一工作，如何優化環境。

⑪　問題は卵の底の形がどうなっているかに絞られる。／問題的焦點集中在雞蛋底是什麼形狀的。

…… ● …… ● …… ● …… ● ……

副助詞"か"與並列助詞"か"的區別：

下面例句中的"か"是並列助詞。

○　プラスチックかガラスを原料として作ってみなさい。／以塑料或玻璃為原料做著試試看。

○　行けるかどうかまだ分かりません。／能不能去還不知道。

並列助詞"か"在句中所起的作用，是將兩個詞連接起來，成為聯合式詞組。這個聯合式詞組在句中像一個體言那樣使用，可以做主語、賓語等成分。而副助詞"か"添加"不定"、"不確切"等意義，它不是用來連接兩個詞，使其成為詞組的。

有的學者將用於句中的語氣助詞稱為"間投助詞"，以區分用在句末的"終助詞"。田中章夫（《岩波講座日本語 7 文法Ⅱ》"助詞(3)"）總結道："終助詞と間投助詞の區別を、はじめて立てたのは、山田孝雄であり、山田文法では、終助詞を「上接語への接続に一定の法則があり、陳述に関係して命令・希望・感動などの意味を表わしつつ文を終止させる助詞」と定義している。また、間投助詞については、終助詞が文末に限られるのに對して、使われる場所が比較的自由に変えられること、これを除いても、文の成立に影響を及ぼさないことなどを指摘している。終助詞・間投助詞を區別する考え方は、その後も、橋本進吉をはじめ、多くの人々に受けつがれ、橋本文法では、「言い切りの文節に付

き、そこで文が終止する助詞」を終助詞とし、間投助詞は、「文
節の終わりにつく助詞」すなわち「続く文節にも、切れる文節に
も付きうる助詞」と定義されている。

　一方、安田喜代門の「孤立（感動）助詞」、時枝誠記の「感
動を表わす助詞」、佐久間鼎の「終止助詞」などは、両者を一括
して扱ったものである。いずれにしても、文末の助詞と、句末
（文節末）の助詞は、意味的にも語形的にも類似のものが多いた
め、従来の学校文法などでは、文末・句末の助詞を総称して「終
助詞」とする傾向が多い。以上のほか、「添意助詞」、「感動助
詞」「詠嘆助詞」「情意助詞」など、多くの命名が見られる。"

　其實，"終助詞"與"間投助詞"的區別僅僅在於其在句中的
位置。它的位置在句中也好，在句末也好，都有表示說話人語氣的
功能，這一點是相同的，而且在現代日語中，只能用於句中不能用
於句末的真正的"間投助詞"是不存在的。因此本書把所謂的"終
助詞"和"間投助詞"歸為一類，稱為"語氣助詞"。之所以用
"語氣助詞"的命名，是從功能考慮，這樣就與其他助詞的命名原
則一致了。

十一、やら

1.　接續方法

　"やら"接在表示疑問的詞後。

何やら　　　　　　　いつのことやら　　　　どこからやら

2.　語法意義和主要用法

2.1　表示不定、疑問。

　① 高いところから何やら落したようです。／好像從高處把

什麼東西弄掉下去了似的。

② それはいつのことやら分かりません。／不知道那是什麼時候的事。

③ どこからやらきたということでした。／據說是從個什麼地方來的。

2.2 以 "……とやら" 的形式表示不確切的判斷。

④ 彼女は郊外とやらに住んでいるそうです。／據說她好像住在郊外。

⑤ 責任者とやらが出てきて説明しました。／好像有個負責人出來作了說明。

第七節　語氣助詞

語氣助詞（語気助詞）是用於句末或句中以表示各種語氣的助詞。用於句末的語氣助詞表明了說話人的陳述方式。

① あしたは雨かしら。／明天會不會下雨？

② タバコを吸うな。／不許抽煙。

③ 世の中には勇気のある人もたくさんいるんだぞ。／世界上又有力量又勇敢的人也多著呢！

④ ぼくはそれを見て、意志の強いりっぱな人だなあと思った。／我看了之後，覺得（他）真是一個意志堅強、了不起的人啊！

上面例句中句末的 "かしら"、"な"、"ぞ"、"なあ" 等，與句子內部的搭配關係、句子所表達的基本概念，都沒有關係，它表達的僅僅是說話人的疑問、禁止、感嘆等態度。

　　語氣助詞大多數用於句末，其中也有幾個可用於句中，如
"ね"、"さ"、"よ"等。

　　⑤　今日ね、ぼくのさ、誕生日なんだよ。／今天呀，是我
　　　　的生日啊！

語氣助詞的幾個特點：

1. 同一個語氣助詞可以用不同的語調表示不同的語氣。如：

　　⑥　午後から練習するの！＼／從下午開始練習！（命令）

　　⑦　午後から練習するの？↗／從下午開始練習嗎？（疑問）

　　⑧　午後から練習するの。→／從下午開始練習。（平敘）

2. 男性和女性在語氣助詞的使用上有不同。有的語氣助詞男性
多用，有的女性多用。

　　⑨　あれの様子は少し変だぞ。／那傢伙的樣子可有點怪。
　　　　（男性）

　　⑩　君もいっしょに来いや。／你也一起來吧！（男性）

　　⑪　あしたは必ず来てくれるのね。待ってますよ。／明天一
　　　　定來的啊，我等著你。（女性）

　　⑫　はっきりお断りするわ。／我堅決不答應。（女性）

3. 大多數語氣助詞只用於會話，極少數語氣助詞既可用在會話
中，也可用在文章中。

常用的語氣助詞有：

(1) 表示疑問的：か、かしら

(2) 表示感嘆等的：ね（え）、よ、な（あ）、や、こと、わ、
　　　ぞ、い、ぜ、もの、さ、の、かな。

(3) 表示禁止的：な

一、か

1.　接續方法

"か"接在動詞、形容詞、助動詞終止形，體言、相當於體言的詞語，形容動詞詞幹等的後面。在文章中及會話中均使用。在會話中，其後可以再接"い"、"ね（え）"、"な（あ）"等語氣助詞。

読めるか　　　　新しいか　　　　　見たか

山か　　　　　　立派か　　　　　　丈夫そうか

2.　語法意義和主要用法

2.1　表示疑問、詢問。

① 明日は晴れるだろうか。／明天會不會是晴天啊？

② これはあなたの帽子ですか。／這是你的帽子嗎？

③ 自分は何ものか、自分を含めて人間とは何か。／自己是什麼，包括自己在內的人類是什麼？

④ 明日の會議は何時からか。／明天的會議從幾點開始？

⑤ 彼かい、彼ならアメリカへ留学したよ。／他嗎？他去美國留學了。

2.2　用疑問的形式表示說話人的強烈主張、意願等。

⑥ そんなことしてだれが喜ぼうか。／做那種事，誰會高興呢？

⑦ のんきにしていられようか。／悠閑得了嗎？

⑧ ほら、ちゃんとできたじゃないか。／看，不是做得挺好的嗎？

⑨ 負けてたまるか。／輸了哪能行?!

2.3 "か" 還可以表示其他一些陳述方式。

⑩ そんなことがわからないの<u>か</u>。／那種事情都不懂嗎？
（譴責、反駁）

⑪ はやくしない<u>か</u>。みんな待ってるんだぞ。／快點吧！大家都等著呢。（婉轉的命令）

⑫ さて、起きよう<u>か</u>。／唉，起床吧。（意志）

⑬ あれからもう十年になるの<u>か</u>。／從那以後都過去 10 年了啊！（感嘆）

⑭ なんだ、きみ<u>か</u>。／噢，是你呀。（驚訝）

…… • …… • …… • …… • ……

　　"か" 可以用在敬體句中，也可用在使用敬語的句子中。它單獨使用的時候，一般不受下列因素限制，如：說話人的性別、年齡，與聽話人的關係，說話的場合等。但它後面再接上 "い" "ね（え）" "な（あ）" 等語氣助詞時，就要受上述因素的限制。如 "かね" 主要用在尊長晚輩，上級對下級的對話中；"かな" 主要用於自言自語或親密的人之間的對話，在正式的場合一般不用，"かい" 是男性與關係親密的人談話時使用的。這些都是由後面的 "ね" "な" "い" 的性質決定的。

　　○ そろそろ行く<u>かね</u>。／這就走吧！

　　○ 今日も暑くなる<u>かな</u>。／今天還會熱吧！

　　○ 仕事終わっている<u>かい</u>。／工作幹完了嗎？

二、かしら（ん）

1.　接續方法

　　"かしら" 接在動詞、形容詞、助動詞的終止形，體言、相當於體言的詞語，形容動詞詞幹等的後面。

　　　読める<u>かしら</u>　　新しい<u>かしら</u>　　　　見た<u>かしら</u>

　　　山<u>かしら</u>　　　　立_{りっ}派<u>かしら</u>　　　　丈夫そう<u>かしら</u>

2.　語法意義和主要用法

　　表示疑問、詢問、自問自答等語氣，用於較親密的談話中，主要為女性使用。

① 　これはあなたの本<u>かしら</u>。／這是你的書嗎？

② 　今日はやってくる<u>かしら</u>。／今天會來嗎？

③ 　手紙はもう着いた<u>かしら</u>。／信到了嗎？

④ 　どうしたらいい<u>かしら</u>。／怎麼辦呢？

⑤ 　朝早くから、どこへ行くの<u>かしら</u>。／一大早，去哪兒呢？

⑥ 　バスが早く来ない<u>かしら</u>。／汽車早點來吧。

⑦ 　その本、賃_{ちん}していただけない<u>かしら</u>。／那本書能借給我嗎？

………・………・………・………・………

　　(i) “かしら”能夠用於正式的場合，被視為女性的一種有教養的說法。如：

○ 社長さんも、お見えになります<u>かしら</u>。／經理光臨嗎？

　　(ii) “かしら”由“か知らぬ”變化而來。“かしらぬ”脫落一個元音成“かしらん”，再將“ん”脫落成“かしら”。

三、ね（え）

1.　接續方法

　　“ね”接在體言、相當於體言的詞語、形容動詞詞幹、用言和助動詞終止形後。大多出現在句末，也可以出現在句中。有時說成

"ねえ"，"ねえ"比"ね"的語氣更強一些。

"ね（え）"男性女性一般都可以用，但男性使用時和女性使用時接續法不同。接動詞、形容詞後面時，男性直接在終止形後接"ね（え）"，女性接則用"終止形＋わね（え）"的形式較多。接體言、形容動詞等後面時，男性用"體言、形容動詞詞幹等＋だ＋ね（え）"，女性用"體言、形容動詞詞幹等＋ね（え）"較多。

来るね（男）　　　　来るわね（女）　　　　高いね（男）

高いわね（女）　　　車だね（男）　　　　車ね（女）

大変だね（男）　　　大変ね（女）

2．語法意義和主要用法

2.1 表示感嘆、感動。

① 君はずいぶん背が高いねえ。／你個子好高呀。

② お嬢さま、とてもお美しいわねえ。／（您家）小姐真是漂亮啊。

③ たいそう大きな車だねえ。／相當大的車呀。

④ とてもすてきなお宅ね。／真漂亮的房子呀。

⑤ 私たちの仕事を見て、「若いのにたいへんね」という人がいる。／有的人看見我們的工作就說："年紀輕輕的真不容易啊。"

2.2 說話人希望對方同意自己所講的內容，或要求對方證實，或催促對方回答。

⑥ 今日は水曜日だったねえ。／噢，今天是星期三吧。

⑦ 君、明日も必ず来るね。／你明天可一定來啊。

⑧ 私のセーターはこれね。／我的毛衣是這件吧。

⑨ ほんとうにすごいわね。／可真是厲害啊！

2.3 表示輕微的主張。

⑩ 私は正しいと思いますね。／我認為是正確的。

⑪ あなたが行かなくても、私は行きますね。／即使你不去，我也要去啊。

2.4 出現在句子中，用以調節說話的語調，引起聽話人的注意，增添親切、隨便的口吻、語氣。多用於關係親密的人之間，在一些較為正式的場合，對上級、客人也能用。

⑫ あなたね、どうか私の頼みを聞いてくださいね。／就請你聽聽我的請求吧。

⑬ きみね、ちょっとね、話があるんだがね。／哎，我跟你有點兒話說。

⑭ ぼくはね、反対だな。／我呀，可是反對的。

⑮ こちらは国産ですがね、別に変りないようですね。／這是國產貨啊，好像並沒有什麼不同嘛！

…… • …… • …… • …… • ……

可以用 "…て（で）ね" 的形式代替 "て（で）ください" 表示請求，多用於關係較親密的人之間。

○ お酒を買ってきてね。／買酒來啊！

○ この本をまじめに読んでね。／認真讀這本書啊！

○ 遊んでばかりいないでね。／別光玩兒啊！

四、よ

1. 接續方法

"よ" 接在體言、相當於體言的詞語、用言和部分助動詞的終

止形、動詞命令形、語氣助詞"わ"後。"よ"的下面還可以再接
"ね（え）"、"な（あ）"等語氣助詞。

　　男性、女性一般都用，但男性使用時和女性使用時接續法有所
不同。接動詞、形容詞後面時，男性直接加"よ"，女性多用"わ
よ"、"のよ"、"ことよ"。接體言、相當於體言的詞語、形容
動詞等後面時，男性多用"體言、形容動詞詞幹等＋だ＋よ"，女
性多用"體言、形容動詞詞幹等（＋だ＋わ）＋よ"。如：

行くよ（男）　　　行くわよ（女）

高いよ（男）　　　高いのよ　　　　　高いねよ（女）

朝だよ（男）　　　朝だわよ　　　　　朝よ（女）

静かだよ（男）　　静かだわよ　　　　静かよ（女）

2.　語法意義和主要用法

2.1　表示斷定、主張、叮囑或提醒對方注意。

① ぼくも約束した時間通りに行くよ。／我也按約好的時間
去啊。

② 休みは明日までだよ。／假期到明天就結束了！

③ それがあの人の癖ですよ。／那可是他的毛病。

④ 食事に行こうよ。／吃飯去吧。

2.2　句中有疑問詞時，含有懷疑、責難的語氣。

⑤ どこへ行くんだよ。／要去哪兒呀。

⑥ なぜ僕に見せてくれなかったんだよ。／為什麼不給我看呀。

⑦ 誰よ、わたしに黙ってこの部屋に來た人は。／誰呀，也
不對我說一聲就進了這個房間。

2.3　接在動詞、助動詞命令形或表示禁止的語氣助詞"な"後

面，表示命令、請求或禁止。

⑧ 暗くなるから、はやく行けよ。／天快點了，快走！

⑨ 明日来てくださいよ。／請明天來。

⑩ つまらない本を読むなよ。／別讀無聊的書！

⑪ こっちへいらっしゃいよ。／到這兒來！

2.4 出現在句子中用以調節說話的語調，引起聽話人的注意，增添親切、隨便的口吻。

⑫ もしもよ、ほんとにそうなったらどうする。／如果呀，真成了那樣子可怎麼辦？

⑬ そこでよ、私たちも決心しなくちゃと思うの。／於是呀，我覺得我們也必須下決心了。

…………・……・……・……・……

(i) "よ" 的下面可以接語氣助詞 "な（あ）"（多為男性用）、"ね（え）"。

○ 明日だよな。／是明天吧！

○ 来いよなあ。／要來啊！

○ 忘れないわよねえ。／不會忘的噢。

(ii) 可以用 "…て（で）よ" 的形式代替 "…て（で）ください" 表示請求，用於較親密的人之間。

○ 早く帰ってよ。／早點回來喲！

○ そんなことしないでよ。／可別幹那種事啊。

五、な（あ）

1.　接續方法

"な" 接在用言、助動詞的連用形或終止形後。

降り<u>な</u>	考えさせ<u>な</u>	読み<u>な</u>
動く<u>な</u>	暑い<u>な</u>	行きたい<u>な</u>
きれいだ<u>な</u>		

2. 語法意義和主要用法。

2.1 接在動詞、助動詞連用形後表示不太客氣的祈使、勸誘、命令等語氣。用在男性和晚輩、下級的對話中。年齡大的女性有時使用"前綴お（ご）＋動詞、助動詞連用形＋な"的形式。

① 早くそこを降り<u>な</u>。／快點從那兒下來。

② ひとりで考えさせ<u>な</u>。／讓（他）一個人想想去。

③ 早くお行き<u>な</u>。／快點去吧！

④ こっちをご覧<ruby>覧<rt>らん</rt></ruby><u>な</u>。／看這兒！

2.2 接在用言、助動詞的終止形，語氣助詞"か"、"よ"等後，表示感嘆、願望、斷定、主張等語氣，常用"なあ"的形式。男性用的較多。

⑤ すごい<u>なあ</u>、君の<ruby>食欲<rt>しょくよく</rt></ruby>は。／真大啊！你的胃口。

⑥ <ruby>夕焼<rt>ゆうやき</rt></ruby>がきれいだ<u>なあ</u>。／晚霞真漂亮啊。

⑦ 君も見たよ<u>な</u>。／你也看了，對吧。

⑧ 帰ったらお父さんとお母さんによく<ruby>謝<rt>あやま</rt></ruby>るんだ<u>な</u>。／回去要向父母好好道歉嚹。

2.3 出現在句子中，用以調節說話的語氣，引起聽話人注意等，比"ね"語氣強。男性使用。

⑨ 私は<u>な</u>、そんなことちっとも知らないよ。／我呀，那種事情可一點也不知道。

⑩ そこに<u>な</u>、問題があるんだ。／就是那兒呀，有問題。

⑪ そうしてですな、はじめて成功の可能性が出てくるんだと
思うんです。／只有這樣啊，我覺得才會有成功的可能性啊。

…… • …… • …… • …… • ……

2.1 中的 "な" 可視為 "なさい" 的省略。即 "降りな" "考
えさせな" 是由 "降りなさい" "考えさせなさい" 來的。

六、や

1. 接續方法

"や" 接在形容詞、形容詞型活用助動詞終止形，動詞、動詞
型活用助動詞命令形及助動詞 "う、よう" 後。

いいや　　　　　行きたいや　　　　　来いや

やらせろや　　　　行こうや　　　　　始めようや

2. 語法意義和主要用法

2.1 接在推量助動詞 "う" "よう" 後，表示勸誘；接在動詞、
助動詞命令形後，表示命令。一般是關係親密的男性之間使用。

① もう遅いから、帰ろうや。／已經晚了，回去吧！

② そろそろ行こうや。／走吧！

③ 君も一緒に来いや。／你也一起來吧！

④ ぼくにもやらせろや。／也讓我幹幹吧！

2.2 表示一種隨便的語氣，常用於自言自語的場合。

⑤ まあ、そんなことはどうでもいいや。／唉，那種事兒怎
麼都行。

⑥ 僕は知らないや。／我不知道呀。

2.3 出現在句中，表示呼喚。

⑦　道子<u>や</u>、ご飯ですよ。／道子，吃飯了。

⑧　辰雄<u>や</u>、ちょっとここへおいで。／辰雄，到這兒來一下。

七、こと

1.　接續方法

"こと"接在句末的用言、助動詞終止形或連體形後面。

やる<u>こと</u>　　　　　いい<u>こと</u>　　　　　　静かな<u>こと</u>

すてきだ<u>こと</u>　　　お久しぶりです<u>こと</u>

2.　語法意義和主要用法。

除下面 2.4 的用法常用在書面語中外，其他三種都是女性用語，並用在會話中。

2.1　表示感嘆、吃驚、失望等語氣。

①　この万年筆はほんとうによく書ける<u>こと</u>。／這支鋼筆真是好寫啊。

②　ずいぶんお久しぶりです<u>こと</u>。／好久沒見啦。

③　とてもすばらしいお着物です<u>こと</u>。／好漂亮的和服啊。

④　なんておそろしい<u>こと</u>。／多嚇人啊。

2.2　表示用委婉的語氣談出自己的主張，多用"ことよ"的形式。

⑤　まず、やる<u>こと</u>。／首先要行動起來。

⑥　人の失敗を笑うなんていけない<u>こと</u>よ。／嘲笑別人的失敗可不好。

⑦　そんなことはなさらないほうがいい<u>こと</u>よ。／那種事情不作為好。

2.3　表示提問，徵詢對方，或表示邀請，或要求證實等，用升調，語氣柔和。

⑧　今夜、お電話していい<u>こと</u>？／今晚給你打電話行嗎？

⑨　あちらのほうへ行ってみない<u>こと</u>？／不去那邊看看嗎？

⑩　あなた、お気持ちが悪いじゃない<u>こと</u>？／你是不是不太舒服？

2.4 表示命令或要求，常用於表示規章制度的條文中。

⑪　今晚 8 時までに帰る<u>こと</u>。／今晚 8 點前必須回來。

⑫　授業中にたばこを吸わない<u>こと</u>。／上課時不許吸煙。

…… • …… • …… • …… • ……

(i) 可以用不同的語調表示不同的語氣。

○　今夜、お電話していい<u>こと</u>？ ↗／今天給你打電話行嗎？
（提問）

○　まあ、素敵^{すてき}なお部屋だ<u>こと</u>。→／啊，好漂亮的房間呀！
（感嘆）

○　正午までに駅前に集まる<u>こと</u>。↘／中午前必須在車站前集合！（命令）

(ii) 2.1　2.3 被視為女性的有教養的說法，可以用在敬體句中，也可用在使用敬語的句子中。但是近年來，在年輕女性中，用“こと”來表示感嘆和提問的說法正在逐漸減少。

○　今夜、お電話申し上げてよろしい<u>こと</u>？／今天晚上給您打電話行嗎？

○　まあ、素敵なお部屋でございます<u>こと</u>。／啊，好漂亮的房間呀！

八、わ

1.　接續方法

"わ" 接在句末用言、助動詞終止形後。

違うわ　　　　　　うれしいわ　　　　　　好きだわ

行かないわ　　　　帰っちゃったわよ

2.　語法意義和主要用法

表示感嘆或輕微的主張、斷定。在女性的對話中用得較多，用升調；男性有時也用，多用降調。女性可以用 "わよ" 的形式表示主張等語氣，用 "わね" 的形式表示徵求對方同意，要求對方證實的語氣；老年男性可以用 "わい"、"わさ" 的形式表示感嘆、斷定等語氣。

①　あら、ひどい熱だわ。／啊，發高燒了。

②　私はこれが好きだわ。／我喜歡這個。

③　それなら私にもできますわ。／如果是那個，我也會啊。

④　いいわよ、いいわよ、そんなにあやまらなくても。／行了行了，別一個勁兒道歉了。

⑤　この服、すてきだわね。／這件衣服，真漂亮呀！

⑥　これでやっと安心できるわい。／這可終於能放心啦。

⑦　おれにだってできるわさ。／我也會呀。

九、ぞ

1.　接續方法

"ぞ" 接在句末，用言、助動詞終止形後面。

行くぞ　　　　　　遅いぞ　　　　　　大変ですぞ

やらないぞ　　　　時間だぞ

2.　語法意義和主要用法

表示強調自己的看法，或提醒對方。多用於男性與同輩、晚輩

談話的場合。

① この調子でいけば、何とかなるぞ。／照這樣幹下去，能
　　行。

② どうやらこちらへ来そうだぞ。／好像要到這兒來。

③ たいへんだ、オーストラリアの選手が海に落ちたぞ。／
　　糟了，澳大利亞的選手掉到海裡去了。

④ 頑張れ、今すぐ、助けるぞ。／再堅持會兒，馬上救你。

⑤ しっかりやるんだぞ。／可要好好幹呀！

十、ぜ

1.　接續方法

"ぜ" 接在用言、助動詞終止形後。

頼むぜ　　　　　　うまいぜ　　　　　　だめだぜ

言ってたぜ　　　　楽しもうぜ　　　　　休みだぜ

2.　語法意義和主要用法

　　表示引起對方注意、叮囑、提醒、建議等語氣。男性同關係親
密的人談話時使用，有粗魯的語感。

① 今度、あの連中をやっつけて楽しもうぜ。／下次好好收
　　拾收拾那幫傢伙，痛快一下。

② なかなかうまいぜ。／真棒！

③ あいつもそう言ってたぜ。／那傢伙也那麼說了。

④ 今日はデパートは休みだぜ。／今天百貨商店可不開門呀！

⑤ お互にがんばるんだぜ。／互相都加油幹吧！

⑥ 君、いくらがんばってもだめだぜ。／你呀！再努力也白費！

十一、い

1. 接續方法

"い"接在形容動詞終止形，助動詞"だ"的終止形，動詞命令形，語氣助詞"か"、"わ"，以及表示禁止的語氣助詞"な"的後面。

立派だい　　　　　何だい　　　　　　　　気をつけろい
行くかい　　　　　言うない

2. 語法意義和主要用法

2.1 接在"だ"、"か"的後面，用升調時，使詢問、疑問等語氣柔和；用降調時，則有質問、責問對方的語氣。男性與同輩、晚輩談話時使用。

① 一緒に行くかい。／一起去嗎？

② これは何だい。／這是什麼？

③ こんなところで何をしているんだい。／在這種地方在做什麼？

④ 早く本当のことを言わないかい。／還不快點兒說出真相？

⑤ これでやっと安心できるわい。／這下可終於能放心了。

2.2 接在動詞命令形或表示禁止的語氣助詞"な"的後面，表示加強命令、禁止的語氣。男性和關係親密的同伴談話時使用，有粗魯的語感。

⑥ 気をつけろい。あぶないじゃないか。／當心點兒！多危險。

⑦ 人の悪口なんか言うない。／別說別人壞話！

十二、もの

1. 接續方法

　　"もの"接在用言、助動詞終止形後。"もの"後可以再接語氣助詞"ね"、"な"。

　　帰るもの　　　　早いもの　　　　　　いやだもの

　　知らないんだもの　起きられるもんか

2. 語法意義和主要用法

　　以撒嬌、辯解的語氣陳述理由，表明態度。多用於女性、兒童的日常談話。口語中常說成"もん"。可以用"ものか"、"もんか"的形式表示強烈的反駁或斷然的否定。

① 私、いやですもの。／我不喜歡嘛！

② だって、私、知らなかったもの。／我（當時）不知道的嘛！

③ 嬉しいわ、もう来て下さらないのかと思っていたのですもの。／太高興了，我還以為你不會來了呢。

④ 彼ってきらいよ。怖そうだもん。／我不喜歡他，怪嚇人的。

⑤ なるほど、あなたは自信家ですものね。／原來你是個很有自信的人呀。

⑥ よくわかるはずだ。前に行ったことがあるものな。／應該知道。以前去過嘛。

⑦ あんなやつにこの問題が解けるもんか。／那種人怎麼能解開這種問題。

⑧ あんな男に会ってやるものか。／怎麼能去見那種男人。

十三、さ

1. 接續方法

"さ"接在用言、助動詞的終止形及體言、相當於體言的詞語形容動詞詞幹的後面。

できる<u>さ</u>　　　いい<u>さ</u>　　　聞いてみただけ<u>さ</u>

達人<u>さ</u>　　　あたりまえ<u>さ</u>　利用されたの<u>さ</u>

2. 語法意義和主要用法

2.1 以隨便的語氣說出自己的想法、判斷。對長輩、地位高的人不用。

① そんなことあたりまえ<u>さ</u>。／那種事理所當然呀。

② 彼はその道の達人<ruby>達人<rt>たつじん</rt></ruby><u>さ</u>。／他可是那條道兒上的大腕兒。

③ 僕にだってできる<u>さ</u>。／我都會嘛。

④ なるようになる<u>さ</u>。／順其自然吧。

2.2 以"とさ"、"ってさ"的形式傳達他人話語，帶有冷淡、嘲諷的語氣。

⑤ もうおしまいと<u>さ</u>。／說什麼"已經完了"。

⑥ 彼も行ったんだって<u>さ</u>。／說是他也去了。

2.3 同疑問詞呼應使用，表示反問、責難。

⑦ どうしてそんなにがみがみ言うの<u>さ</u>。／幹嘛那麼嘮嘮叨叨說個沒完。

⑧ いい所って、いったいどこ<u>さ</u>。／說什麼好地方到底在哪兒呀？

2.4 出現在句中，用以調整語氣。用在關係親密的人的談話中。

⑨ それから<u>さ</u>、家に帰って<u>さ</u>…／然後呢，就回了家…。

⑩ 約束ですから<u>さ</u>、雨でも伺います。／因為約好了啊，所以即使下雨也去拜訪。

⑪ あの<u>さ</u>（あ）、明日でも行こうか。／我說呀，要不明天就去吧！

十四、の

1. 接續方法

"の"接在用言、助動詞的連體形、終止形後。"の"的下面還可以再接"よ"、"ね（え）"、"さ"等語氣助詞。

思う<u>の</u>　　　　いい<u>の</u>　　　　大好きな<u>の</u>よ

幸せな人な<u>の</u>ね　　もらった<u>の</u>　　行きそうもない<u>の</u>

2. 語法意義和主要用法。

2.1 表示輕微的斷定，用降調。可以用"のよ"的形式表示強調，用"のね"的形式表示感嘆等語氣。主要是女性和兒童使用，但有時男性也用。

① 私も知らないんです<u>の</u>。／我也不知道呀！

② ちょっとお聞きしたいことがある<u>の</u>。／有點事想問您。

③ わたし、それが大好きな<u>の</u>よ。／我特別喜歡那個。

④ 何でもない<u>の</u>さ。／沒什麼的。

⑤ あの人は幸せな人な<u>の</u>ね。／那人真是幸福的人啊。

2.2 用升調，表示疑問，語氣較"か"柔和。

⑥ 今年、いくつになった<u>の</u>。／今年幾歲了？

⑦ 赤ちゃんができた<u>の</u>。／有寶寶了嗎？

⑧ あなたは来なくていい<u>の</u>。／你不來行嗎？

2.3 用降調表示語氣緩和的命令。

⑨　こっちへ来るの。／到這兒來！

⑩　ご飯は黙って食べるの。／吃飯時不許説話。

⑪　そんなに兄弟げんかばかりしていないの。／兄弟姊妹
　　間，別那麼老吵架。

十五、かな（あ）

1. 接續方法

　　"かな（あ）"接在用言、助動詞終止形，或體言、相當於體言的詞語、形容動詞詞幹後。

これかな　　　　　来ないのかな　　　　　つまらないかな
きれいかな　　　　来るかな

2. 語法意義和主要用法

2.1　表示自問，帶有懷疑的口吻。

①　僕も帰りに見ようかな。／我也回去時看看吧！

②　鈴木さんは来ないのかな。もう 10 時になってしまった。
　　／鈴木會不會不來了？都 10 點了。

2.2　表示詢問、疑問。

③　夢に向って努力しないまま諦めてしまっていいのかな。
　　／還沒朝著理想去努力就放棄，這樣行嗎？

④　こんな映画は君にはつまらないかな。どうだい。／這種
　　電影對你來說是不是很無聊？

2.3　以 "…ないかな（あ）" 的形式表示願望。

⑤　はやく直してくれないかなあ。／但願早點給我修好吧！

⑥　雨、やまないかなあ。／雨能不能停啊？

十六、な

1. 接續方法

"な"接在動詞或使動、被動助動詞的終止形後。"な"的下面還可以再接"い"、"よ"等語氣助詞。

　　読む**な**　　　　ごまかされる**な**

　　がっかりさせる**な**よ

2. 語法意義和主要用法

表示禁止，女性基本不用。

① 初めて受験する生徒に緊張する**な**と言っても、役に立たないだろう。／對第一次參加考試的學生說別緊張，也不管用吧。

② つまらない本などは決して読む**な**。／決不要讀無聊的書。

③ 人にばかにされる**な**。／別被人耍了。

④ 子供のしたい放題にさせる**な**。／別讓孩子想幹什麼就幹什麼。

⑤ がっかりさせる**な**よ。／可別讓（他、我）失望喲。

⑥ まあ、あれは冗談さ。そんなに気にする**ない**。／哎喲，那是句玩笑，別那麼在意啊！

　　……・……・……・……・……

在較為正式的場合，在和長輩、上級的對話中，不能用"な"，要用"しないでください"、"なさらないでください"等形式。

　　○ こっちに来ないでください。／請別到這兒來。

　　○ そんなことおっしゃらないでください。／請別說那種話。

第八章

敬　　語

　　敬語（けいご）的用法複雜是日語的特點之一，能否正確地用好敬語常被作為評價一個人日語水平、教養水平的標準。對敬語的正確理解和正確使用，涉及日本文化、日本社會，自然也涉及日語語言文化。就語言來說，敬語問題既涉及語法又涉及詞彙，既涉及內容詞又涉及功能詞。因而有必要專門設章予以討論。

……　•……　•……　•……　•……

　　《大學日語教學大綱》規定："語言是交際工具，日語教學的最終目的是培養學生運用日語進行筆頭、口頭交際的能力。……教學活動不但要有利於語言能力的訓練，更要有利於交際能力的培養。"這裡提出了語言能力、交際能力兩個能力，其中交際能力的培養還是最終目的。其實，在這兩種能力的背後，還有一條是文化能力，即對該語言使用國家（民族）的文化理解。這3種能力的培養不是日語特有的，是任何一種外語教學共通的。

　　敬語的教學是以上3種能力培養中都不可避免、不可欠缺的。從一開始學習日語，說"おはようございます"時就開始了敬語學習，到最後應用日語時，更是時時刻刻離不開敬語的使用。

第一節　敬語的性質、功能、類別

一、敬語的使用屬於語言待遇

　　敬語的使用與否、如何使用，是一種語言待遇。

　　人在進行社會交際的時候，會遇到不同的人，對這些不同的人往往要給予不同的待遇，因而在使用語言時就有了不同的語言待

遇。如果不能相應地施以妥當的語言待遇，所使用的語言就失去了得體性，語言所起的交際功能就會受到影響或者不能完成。

從說話人來講，敬語的使用涉及兩個方面的對象，一是說話中提到的人物、事項，一是聽話人。對於這兩方面的對象，主要從 3 種情況來考慮。

1. 上下關係　日本社會為典型的縱型結構，每個人都如同縱軸上的一點，這樣就自然出現了對上、對下的關係，也就產生了使用不同語言待遇、對待不同的人的問題。上級與下級、教師與學生、尊長與晚輩、顧客與店員、乃至在同一單位的資歷的長與短等等，都是劃分上下關係的依據。

2. 親疏關係　即內外關係，在日本人的為人處世中，有著相當明確的內外觀念，有著相當明確的內外界限，這反映在語言待遇上也有一個比較明確的界線。用 "內" 的世界的語言去與 "外" 的人們交際，會被認為缺乏教養、不合禮儀；反之，用 "外" 的世界的語言去與 "內" 的人們交際，又會被認為客氣見外、故作文雅。這種親疏關係大致可分為社會性的和心理性的兩類。

3. 場合與口吻　場合是由綜合的幾個因素構成的，離不開說話人自己，離不開聽話人，離不開所說的內容，也離不開當場的環境氣氛及前後的脈絡承接。場合主要是指談話當場的環境氣氛（例如，是公還是私，是大庭廣眾還是個人談話）及前後脈絡承接。口吻是指說話人的語氣，這與說話人的表達意圖，乃至當時的心緒有關。

⋯⋯•⋯⋯•⋯⋯•⋯⋯•⋯⋯

(i)　什麼是敬語，有各種定義，很難統一。以下幾個定義，大體上是得當的。

第八章 敬　語

　　“敬語というのは、話し手と聞き手、および話題の人物との間のさまざまな関係にもとづいてことばを使い分け、その人間関係を明らかにする表現形式のことである。”（名柄迪監修，荒竹出版『敬語』1990)

　　“敬語とは何かについて、定義的に述べることはむずかしいが、きっとも簡単にいえば、人間関係をスムーズに保つための言語的手段、すなわち、〈円滑なコミュニケーションのためのことばの使い分け〉といえよう。もう少しこまかくいえば、〈話し手と聞き手との社会的、心理的へだたりの度合いを軸にして、素材的内容や状況に配慮しながら変える、話し手の言語行動と言語形式〉ということになろうか。”（国立国語研究所　日本語教育指導参考書17『敬語教育の基本問題（上）』1990)

　　“敬語とは、表現の送り手（話し手）が、話しの受け手（相手）や話材の人（話題の人）に対する敬意をていねいな言い方によって示すことばで、言語形式の上で法則性をもつものをいう。”（文化庁日本語教育指導参考書2『待遇表現』1980)

　　近年來還常使用“待遇表現”一詞，有人把它作為“敬語”的類義詞使用，也有人把它作為“敬語”的上位概念。我們贊成後者，按照辻村敏樹給“待遇表現”下的定義，即：“待遇表現とは、表現主体（話し手または書き手）が表現受容者（聞き手または読み手）或いは表現素材（話題の人物）と自らとの間に尊卑、優劣、利害、親疏等どのような関係があるかを認識し、その認識を言語形式の上に表したものである。”來認識和分析有關敬語的問題。

　　大石初太郎對於“待遇表現”的核心──“待遇語”與“敬語”的關係歸納如下（據『研究資料日本文法』）：

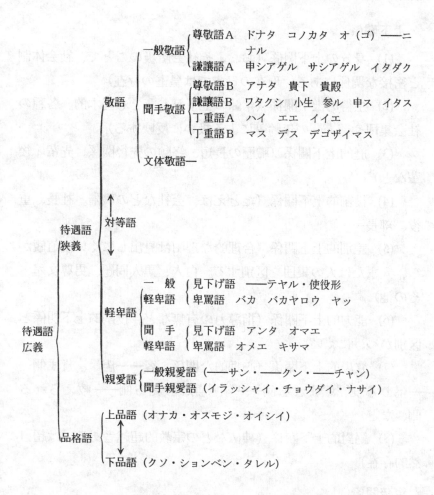

　　大石初太郎的歸納，當可有助於對"待遇語"和"敬語"的理解。

　　(ii) 關於上下關係和親疏關係，南不二男分別舉出了 8 種關係和 2 種關係。（国立国語研究所，日本語教育指導参考書 17『敬語教育の基本問題（上）』1990）

上下關係

(1) 身分の上下関係（おおよそ社会階級のことで、社会体制と密接な関係にある。現在の日本では皇室の存在）

(2) 生得的上下關係（年齢の上下がもっとも基本的。各種の社会集団や個人間の年齢差による扱いに反映する）

(3) 歴的上下關係（職歴の長短、経験の先後関係。先輩・後輩など）

(4) 役割的上下關係（たとえば、会社などの職階。社長、重役、部長……）

(5) 差別的上下關係（合理的な理由は見出しにくい価値観から、人または人の集団を区別する。白人、黒人問題、男尊女卑、その他）

(6) 能力的上下關係（指導力の有無など。役割的上下関係と区別がつけにくい）

(7) 立場的上下關係（心理的な関係。客――店員、貸す側――借りる側、頼まれる側――頼む側、教える側――教えられる側、など）

(8) 絶對的上下關係（神仏などの宗教的超越者あるいは超自然的存在）

親疎關係

(1) 心理的親疎關係（対象について親しい感情をもつか否か。友人間、同僚間、近所の者どうしの間など）

(2) 社會的親疎關係（血縁的なものと、社会的なもの。身内か否か、同一の職場・所属ブループ・地域社会か否かなど）

二、敬語的效應

語言交際中的敬語使用，可以起到如下效應：

(1) 對於應該尊敬的人，例如對於領導、上級、師長等，可以表示說話人的尊敬之意。

(2) 可以表明說話人與聽話人之間的距離。

(3) 可以表明說話人正式、莊重的態度。

(4) 可以表現出說話人的教養，提高其語言的品位。

⋯⋯・⋯⋯・⋯⋯・⋯⋯・⋯⋯

關於敬語的作用或使用敬語的目的，不同學者有不同的說法。例如：

(ア) 大石初太郎氏の五つの分類（大石 1975）

　　①あがめ　②へだて　③あらたまり

　　④威嚴、品位・輕蔑・皮肉　⑤親愛

(イ) 北原保雄氏の五つの分類（北原 1988）

　　①尊敬　②あらたまり　③疏遠

　　④品格保持　⑤優しさ

(ウ) 柴田武氏の「敬語の目的」（柴田 1988）

　　①　相手を尊敬する　②　敬遠、疏外する

　　③　表現を美化する

三、敬語的種類

敬語分為 4 類：尊敬語、謙讓語、鄭重語、美化語。

第八章　敬　　語

尊敬語（尊敬語）是說話人對話中提及的人（含他的行為、狀態及屬於他的事物等）表示尊敬的語言表達。所謂話中提及的人，可以是第三者，也可以是聽話人。

謙讓語（謙讓語）是說話人對自己、己方人物（含行為等）採用謙恭說法的語言表達，從結果上看，還是為了對話中提及者表示尊敬。同樣，這裡的話中提及者，可以是第三者，也可以是聽話人。

鄭重語（丁寧語）是說話人對聽話人表示敬意的一個語言表達。鄭重語主要靠出現在句末的助動詞表示。從待遇文體上說，鄭重語就是敬體。

美化語（美化語）是為了使話中某些事物的表達提高品位而採用的一種語言表達。它不是直接對話中提及者或聽話人表示敬意，而是將說話人的語言格調提高檔次。因而可以認為是間接地向話中提及者、聽話人表示敬意的語言形式。

……‧……‧……‧……‧……

關於敬語的分類、傳統的分類法是分為 3 類：①尊敬語、②謙讓語、③鄭重語（丁寧語）

《大學日語教學大綱》的分類法與大石初太郎（《敬語》筑摩書房）的觀點一致。此外，對日語敬語的理解及教學可有直接參考意義的分類法有：

（ア）辻村敏樹的分類法（『現代の敬語』，共父社，表轉引自『敬語教育の基本問題（下）』）

辻村（1963）の分類：

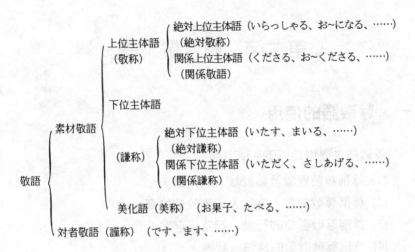

（イ）宮地裕的分類法（『日本語と日本語教育』文字・表現編　国立国語研究所）

① 尊敬語＝話題のひとやその行為・所有の表現をとおして、話し手がそのひとへの敬意的配慮をあらわす敬語

② 謙譲語＝話題の下位者と上位者とのあいだの行為の表現をとおして、話し手がその上位者への敬意的配慮をあらわす敬語

③ 美化語＝話題のものごとの表現をとおして、話し手が自分のことばづかいの品位への配慮をあらわす敬語

④ 丁重語＝話題のものごとの表現をとおして、話し手が聞き手への敬意的配慮をあらわす敬語

⑤ 丁寧語＝話し手が、もっぱら聞き手への敬意的配慮をあらわす敬語

第二節　尊　敬　語

一、尊敬語的使用

尊敬語主要用於以下 4 個方面：

(1) 尊稱尊敬對象及屬於該方的人物。

(2) 尊稱尊敬對象一方的人或屬於他的事物。

(3) 尊稱尊敬對象的行動、行為或存在。

(4) 尊稱尊敬對象的性質、狀態。

① 先生はいらっしゃいますか。／老師來（去、在）嗎？

② もう土曜日の夕方お古里へお帰りになりました。／已於
　　星期六傍晚回了故鄉。

③ 先生のご両親も大学の先生でしょう。／老師的父母親也
　　是大學的老師吧。

④ お父さまは大学の法学の先生で、お母さまは高校の先生
　　です。／他的令尊是大學法律學老師，令堂是高中的老師。

⑤ ご立派なご一家ですね。／真是出色的一家子啊！

……・……・……・……・……

(i) 尊敬對象可以是話題中提及的第三者，也可以是聽話人。
有的學者據此將尊敬語分為兩類。本書未作此種分類。

(ii) 使用敬語的注意事項：

　（ア）句子主體是物、寵物時，即使是長輩的物、寵物，也不
　　　　該使用敬語。

○　社長の家には犬がいます。

×　社長の家にはお犬がいます。

×　社長の家には犬がいらっしゃいます。

(イ) 對於歷史人物，即使是值得尊敬的人物，也不宜使用敬語。

○　こちらは夏目漱石が学生時代に住んでいた所です。

×　こちらは夏目漱石さんが学生時代に住んでいらっしゃった所です。

(ウ) 固定詞組中的詞組，不能用敬語代替。

○　住めば都

×　お住みになれば都

(エ) 既然使用敬語，就要注意"待遇"一致，不應雜用粗俗詞語。

○　おいしいですから、召し上がってください。

×　おいしいですから、お食いになってください。

二、體言的尊敬語

1.　本身就是尊敬語的體言。如：

あなた、どなた、このかた、そのかた、あのかた、どのかた；こちら、そちら、あちら、どちら；先生、教授、部長、社長等。

⑥　<u>あなた</u>、18日の朝来てくれない。／哎，我說，18號早<u>上</u>能來嗎？

⑦ そのかたはわたくしの恩師です。／那一位是我的恩師。

⑧ このかたには以前どこかでお目にかかったことがあるような気がします。／我覺得以前好像在哪兒見過這位先生（女士）。

⑨ どなたでもご自由にお使いください。／請諸位自由使用。

⑩ 先生、先生は7日の会に出席されますか。／老師，您能出席7號的會嗎？

2. 通過前綴或後綴構成敬語

前綴：お、ご、おん等

⑪ 私はできるなら、あなたのおそばで暮したいのよ。／如果可以的話，我想與您共同生活。

⑫ まだ今夜お仕事がありますか。／您今晚還有工作嗎？

⑬ 「それから卵を一つ。」「お一つですか。」「え、お一つ。」／"然後來一個雞蛋。""是一個嗎？""嗯，一個。"

⑭ その結果を先生ご自身の口から発表していただきたいですが。／那個結果想請老師您自己親口給我們宣布。

⑮ 今日中お電話をいただければなによりです。／如果今天之內能接到您的電話，那就太好了。

⑯ ご都合いかがでしょうか。／您方便嗎？

⑰ 貴重な本をいただきまして、あつくおん礼を申し上げます。／蒙您賜給我珍貴的書籍，在此表示深深的謝意。

後綴：様、さん、殿、氏、がた等

⑱ 「あの、大島さまでいらっしゃいますか。久留宮でござ

います。こちら、久留宮文子でございますが。」／ "請
問，是大島先生嗎？我是久留宮，久留宮文子。"

⑲　いろいろお世話<u>さま</u>でした。／承蒙您多方照顧。

⑳　「もしもし、TDK <u>さん</u>ですか。」／ "喂，請問是 TDK
公司嗎？"

㉑　「荻窪の豊<u>さん</u>、おいでになりましたら、ホームの事務
室までお越しください。」／ "荻窪來的豐先生，如果在
的話，請到站台辦公室來一下。"

㉒　「このカメ<u>さん</u>は可愛いですよ。」／ "這隻小烏龜很可
愛喲！"

㉓　国際交流 主事中村大郎<u>殿</u>／國際交流負責人中村大郎閣
下

㉔　山本<u>氏</u>／山本先生

㉕　先生<u>がた</u>ももうお見えになりました。／老師們也已蒞臨。

㉖　あの方<u>がた</u>のご意見を聞いてみましょう。／聽一聽那幾
位的意見。

同時使用前後綴的主要是 "お／ご……さま／さん"。

有必須同時使用前後綴和可省略前綴只用後綴兩種情況。如：
お日様、お月様、お地蔵様、ご主人様、お医者様、（お）父上
様、（お）母上様、お雛さん、お嬢さん、お医者さん、おまわり
さん、（お）ばあさん、（お）じいさん、（お）にいさん、（お）
嫁さん等。這些都屬於約定俗成的習慣。

……・……・……・……・……

　　(i)　"あなた"本來是個尊敬程度甚高的代名詞，江戶中期以後尊敬程度逐漸下降，現在已成為只用於平輩、後晚的尊敬語了。現代日語中，女性用它來稱呼自己的愛人、情人，與其說是尊敬，不如說更多地含有親密、親切的感情。因此也可以劃入尊敬語之列。

　　(ii)　方位指示代名詞"こちら"等一組，用來指代人時，顯得委婉而避免直指，可視為用於平輩、後晚的尊敬語。其後加上後綴さん、さま等，敬意程度更可提高。

　　(iii)　一般來說，"お"用於日本固有詞前，"ご"用於漢字音讀詞前。如：お所、お湯、お鍋、お皿、お箸、ご住所、ご意見、ご職業、ご希望、ご都合等。但是，不少日常生活常用的漢字音讀詞，也用"お"冠於其前而不用"ご"。如：お料理、お弁當、お洋服、お電話、お風呂、お肉等。

　　不與前綴"お""ご"相接的名詞有：

　　(ア)　外來詞前一般不冠"お""ご"。（少數外來詞色彩已喪失殆盡的詞，如おソース、おズボン等，習慣上冠以"お"，屬於美化語，而不是尊敬語）

　　(イ)　音節越多的詞，越不冠"お"可以說"おいも"、"おねぎ"、卻不說"おにんにく"、"おてんぷら"，更不說"おじゃがいも"、"おほうらんそう"。

　　(ウ)　首音節為"お"的單詞，不宜冠"お"。如不說"おおけ"、"おおうせつ"。

　　(エ)　表示自然，礦產礦物、工業機械、團體組織等的體言前，不冠"お"或"ご"。如不說"お雨"、"お雪"、"お／ご亜鉛"、"お／ご旋盤"，"お／ご学校"、"お／ご会社"等。

　　(iv)　後綴"様"、"さん"、"殿"、"氏"、"がた"的使用

　　"樣"接於姓後、名後、姓名後，也接於某些代名詞後，如
"比佐三郎樣"、"野部樣"、"富美子樣"、"どちら樣"等，
會話中更多用"さん"，信函中更多用"樣"。對於自己的老師應
用"先生"，公文抬頭應用"殿"，都不應用"樣"。

　　"さん"除可接於姓後、名後、姓名後外，還可接於職業、職
務、親屬稱謂、機關團體名、動植物名和某些代名詞等之後。如：
郵便屋さん、歯医者さん、学生さん、大家さん、旦那さん、娘さ
ん、松下さん、うさぎさん、おいもさん、こちらさん等。

　　"ちゃん"是由"さん"轉來的，多用於暱稱，尤多用於稱老
人、小孩，表示親愛之情。接於人名後時一般只接在名的一個字之
後。如：おじいちゃん、お嬢ちゃん、悦ちゃん、文ちゃん等。

　　"殿"接於姓名、職稱名後使用，且僅用於公務性文件、信函
中。

　　"氏"接於男子姓或姓名後表示敬意。如：中澤氏、丸山次郎
氏等。接於代名詞後的用例，只有"かれ氏"一詞。本義相當於
"あの方"，指代第三人稱，現在的用法是女性用來指自己的戀人。

三、動詞的尊敬語

1.　敬語動詞。如：

　　いらっしゃる（行く、来る、居る）、おっしゃる（いう）、
なさる（する）、見える（来る）、くださる（くれる、与える）、
あがる（食べる、飲む）、召し上がる（食べる、飲む）等。

　　㉗　「先生はどこかな。」「先生はただいま四階の研究室に
　　　　いらっしゃると思います。」／"老師在哪兒呢？""我

想老師現在在 4 樓的研究室。"

㉘　鹿田先生が沼津へ<u>いらっしゃった</u>のは一年前です。／鹿田老師是一年前來（去）沼津的。

㉙　先生の<u>おっしゃった</u>ことは、その当時のわたくしにはよく分かりませんでした。／老師所講的話，當時的我還不太明白。

㉚　今日はお仕事を<u>なさら</u>ないんですか。／您今天不工作嗎？

㉛　「社長は？」「<u>見え</u>ていないわよ。」／"經理呢？""沒來呢！"

㉜　彼女が<ruby>紀念品<rt>きねんひん</rt></ruby>にベルトを<u>くださった</u>。／作為紀念品她送給了我條皮帶。

㉝　<ruby>広島<rt>ひろじま</rt></ruby>の<ruby>お菓子<rt>かし</rt></ruby>ですが、どうぞ<ruby>召<rt>め</rt></ruby>し<ruby>上<rt>あ</rt></ruby>がってください。／這是廣島的點心，請嚐一嚐。

㉞　何を<u>あがり</u>ますか。おそばでいいですか。／吃點什麼？蕎麥麵怎麼樣？

2. 將一般動詞變成敬語

用 "お／ご……になる"、"お／ご……なさる"、"お／ご……くださる"、"……てくださる"、"お／ご……です"、"……れる／られる" 等形式。

㉟　そんなに<u>お笑いにならない</u>でください。／請不要笑成那樣。

㊱　東京は、すっかり、<ruby>ご見物<rt>けんぶつ</rt></ruby>になりましたか。／東京已經全部參觀了嗎？

㊲　お正月のとき帰れば、ご両親はきっと<ruby>お喜<rt>よろこ</rt></ruby>びなさるでしょ

う。／如果新年時回去的話，您父母親一定會很高興吧！

㊳ 名古屋をご訪問なさるそうです。／聽說您要訪問名古屋。

㊴ わざわざお送りくださいまして、ありがとうございます。／您特意來送我，非常感謝。

㊵ ご連絡くださったら、ご意見にあわせていたします。／如果您跟我聯繫，我會按您的意見辦。

㊶ それほど私を思ってくださることは知らなかった。／我都不知道您那麼想我。

㊷ いくらそうおっしゃってくださっても、やはり心配です。／不管您怎麼說，我還是擔心。

㊸ 何か質問がおありでしょうか。／請問還有什麼問題嗎？

㊹ 学部長は本日の会議にはご欠席です。／系主任不出席今天的會議。

㊺ 先生が今年一杯で大学を辞められるので、みんなで送別会をすることにした。／老師今年年底就要辭去大學的工作，我們大家決定開個歡送會。

㊻ あなたが先日言われた本はこれでしょう。／您那天所說的書是這一本吧。

3. 將一般動詞改換成敬語。如：

お求めになる（買う）、お休みになる（寝る）、お召しになる（着る）、ご覧になる（見る）、ご存じだ（知る）、お気に召す（気に入る）、お年を召す（年を取る）、お亡くなりになる（死ぬ）、お耳に入る（聞く）等等。

㊼ どこでこれをお求めになりましたの。／這是您在哪兒買的？

⑱　昨晩はよくお休みになれましたか。／您昨晩睡得好嗎？

⑲　茅沼光子先生はいつも素敵な着物をお召しになっています。／茅沼光子老師總是身美麗的和服。

⑳　あの写真をもうご覧になりましたか。／那張照片您已經看過了嗎？

㉑　ご存じのように、三原山は活火山です。／如您所知，三原山是活火山。

㉒　どうせわたしのような者はお気に召さないんでしょう。／反正，我這種人大概不合您的意吧。

㉓　お年を召した方も大勢出席なさいました。／也有許多老年人參加了。

㉔　失礼ですが、ご主人はいつお亡くなりになったのですか。／冒昧地問一句，您丈夫是何時過世的？

㉕　こんなことがお父さまのお耳に入ったら大変です。／這樣的事情如果傳入令尊的耳中可就不得了啦。

…… • …… • …… • …… • ……

　(i)　謂語由兩個以上的動詞、或帶有補助動詞的動詞構成時，只要最後一個動詞或補助動詞使用敬語即可，一般不是把每個動詞都用成敬語。

　○　先生は来週の火曜日に帰っていらっしゃる予定です。

　○　社長は毎朝６時に起きて、散歩なさいます。

　(ii)　盡量避免對一個動詞重複使用敬語表達。

　○　これは先生が新宿でお求めになった本です。

　?　これは先生が新宿でお求めになられた本です。

　　○　どうぞゆっくり召しあがってください。

　　？　どうぞゆっくりお召しあがりになってください。

　　但"見える"有些例外，"お見えになる"的說法可以成立，但在其上再加敬語表達就如同畫蛇添足，反而不妥。

　　○　学長先生がお見えになりました。

　　？　学長先生がお見えになられました。

　　(iii)　"いらっしゃい"、"……ください"、"ごらんください"、"……なさい"等尊敬語動詞的命令形，敬意已蕩然無存，一般只用於對後晚的命令句。

　　○　それをください。

　　○　そんなにいやなら、おやめなさい。

　　(iv)　一般動詞變為敬語的幾種方法中，尊敬程度最低最易使用的是"……れる／られる"。

　　大石初太郎在《敬語》（筑摩書房）一書中對命令句的尊敬程度作了一個排列，從低到高依次為（以"読む"為例）：

　　お読みなさい。

　　お読みください。読んでください。

　　読んでくださらない。

　　読んでいただけない。

　　読んでくださいませんか。

　　読んでいただけませんか。

　　読んでくださいませんでしょうか。

　　読んでいただけませんでしょうか。

　　(v)　"あがる"、"召しあがる"兩詞都是"食べる"、"飲

む”的敬語動詞，比較起來，後者比前者敬意更高。

○　先生はいつも私どもといっしょにお昼を召しあがります。

○　あなた、お酒もあがりますか。

(vi) 有些女性不把“いらっしゃる”、“なさる”作為尊敬語，而是作為美化語使用，此時常常把這些詞用於聽話人，但又不用敬體。

○　来週の音楽会どうなさる? いらっしゃる?

四、其他詞的尊敬語

形容詞、形容動詞、一部分副詞也可以冠以前綴“お／ご”構成尊敬語。

㊹　<u>おねむければ</u>、どうぞお休みください。／您若睏倦了，就請休息吧。

㊺　まだ、<u>お苦しい</u>ですか。／您還覺得不舒服嗎?

㊻　まあ、<u>おきれいだ</u>こと。／哎呀，真漂亮啊!

㊼　なかなか<u>ご立派</u>ですね。／可真了不起呀!

㊽　<u>ごゆっくり</u>お楽しみください。／請您慢慢欣賞吧。

第三節　謙　讓　語

謙讓語是說話人或與說話人在同一方的話中主體，通過降低自己或己方（即謙讓）的方法，對他人表示尊敬的語言表達方式。被尊敬的他人，可能是第三者，也可能是聽話人。如果是第三者，那就會句中出現被尊敬的人，或者讀者可以通過上下文理解句中所尊

敬的人。如果不是第三者，就是對聽話人的尊敬。從以上的角度，可以把謙讓語分成兩類，把以第三者為尊敬對象的謙讓語稱為甲類謙讓語，以聽話人為尊敬者的謙讓語稱為乙類謙讓語。

……‧……‧……‧……‧……

　　主張謙讓語的下位分類為兩類的觀點很早就有人提出。如山田孝雄、金田一京助等均曾提及，本書較多地參考了大石初太郎、菊地康人等的說法。菊地康人在《敬語》（角川書店）一書中對謙讓語的下位二分類舉例說明如下：

　　？　私はそのやくざに早く足を洗うように申し上げました。

　　〇　私はそのやくざに早く足を洗うように申しました。

　　後一句是自然正確的，前一句卻有些難以成立。"申し上げる"和"申す"都是謙讓語，如果只是通說的那樣，"申し上げる"比"申す"尊敬程度更高，這兩句話就應該都能成立。實際上這裡有個對誰尊敬的問題，"申し上げる"是個降低自己以對話題中提及的第三者（賓語或補語）表示尊敬的動詞，而"申す"則是個降低自己以對聽話人表示尊敬的動詞。這種不容忽視的差異，對於正確理解，正確運用謙讓語當然是十分重要的，所以本書提出了謙讓語下位二分的內容。本書所說的甲類謙讓語，乙類謙讓語，大石、菊地等稱之為"謙讓語Ａ""謙讓語Ｂ"。撰寫本書的主要參考了大石初太郎的《敬語》和菊地康人的《敬語》。

一、甲類謙讓語

　　1. 利用謙讓語動詞，如：申しあげる、あげる、さしあげる、いただく、頂戴（ちょうだい）する、うかがう、あがる、参上（さんじょう）する、承（うけたまわ）る、存じあげる、拝借する、拝見する等。

① わたしはちょっと郵便局へ行ってくるから、先生がお見えになったら、そう<u>申し上げ</u>てくれないか。／我要去一下郵局，老師如果來了，替我告訴一聲可以嗎？

② 「研究所の江川部長を<u>ご存じ</u>でしょうか。」「江川部長ならよく<u>存じ上げ</u>ております。」／"您知道研究所的江川部長吧。" "江川部長啊，我很熟悉。"

③ 今度の事件に関して先生のご意見を<u>承り</u>たいと存じます。／就這次事件，想恭聽老師您的意見。

④ 先ほど国際交流担当の先生からそう<u>伺い</u>ましたが、信じられないようなお話ですね。／剛才從負責外事的老師那裡聽說了，真是令人難以置信的事情啊。

⑤ これは私が先生から<u>いただいた</u>ものです。／這是我從老師那兒得到的東西。

⑥ 陳先生に<u>差し上げる</u>ものですが、大事に<u>預って</u>ください。／這是奉送給陳老師的東西，請精心加以保管。

⑦ 外来語について、先生の論文を<u>拝見いたし</u>ました。／有關外來詞方面，拜讀了老師的論文。

2. 用"お／ご……する"、"お／ご……申し上げる"、"お／ご……願う"、"お／ご……いただく"、"……ていただく"、"……てさし上げる"、"お／ご……にあずかる"等形式將一般動詞變成敬語動詞。

⑧ 先日父がお父様に<u>ご報告し</u>たかと思いますが……。／我想前幾日父親已向令尊匯報了吧……

⑨　私は駅で先生と<u>お別れし</u>ました。／我在車站與老師分別了。

⑩　では、お客^{きゃくさま}様のために<u>お取^とり寄^よせして</u>さし上げましょう。／那麼，為了客戶，把訂貨送上門吧。

⑪　この掛^かけ軸^{じく}は、先生に<u>書いていただいた</u>ものだ。／這幅（字畫）掛軸是請老師寫的。

⑫　異常^{いじょう}を発現^{はっけん}された方は直^{ただ}ちに<u>お知らせ願います</u>。／發現異常情況，請立即通知我們。

⑬　本日^{ほんにち}は<u>ご招待^{しょうたい}にあずかり</u>まして、本当にありがとうございます。／今日承蒙款待，不勝感謝。

⑭　被災者^{ひさいしゃ}の方方^{かたがた}には心から<u>お見舞^{みまいもう}申し上げる</u>とともに、一日も早く正常^{せいじょう}な生活に戻^{もど}れますように、<u>ご祈念申し上げ</u>ます。／向受災的各位表示真摯的慰問，同時，希望你們能早日恢復正常的生活。

3. 體言的謙讓語，主要是冠以"お／ご"的名詞，它可以是動作性名詞，也可以是純名詞，如"お見舞い"、"ごあいさつ"、"お手紙"等。

……・……・……・……・……

(i) "お／ご……する"是構成甲類謙讓語的一個重要形式，不過有些詞因其詞義關係，雖採用這個形式，但是屬於美化語而不是甲類謙讓語，如"お仕事する、お料理する"等。有些詞雖採用這個形式卻既可能是甲類謙讓語，也可能是美化語，如"お手伝いする"、"お電話する"、"お約束する"等。

　　(ii) 有些詞不能構成"お／ご……する"的形式，據菊地康人歸納，有以下9種：

　　(ア) 連用形為一個音節的動詞。如不能說"お見する"、"お寢する"等。

　　(イ) 有相應的謙讓敬語動詞者，如：もらう（いただく）、言う（申し上げる）、知る（存じ上げる）等。但，有少數動詞，其相應的謙讓敬語動詞與"お／ご……する"的形式同時並存，如たずねる（伺う、おたずねする）。

　　(ウ) 外來詞、擬聲擬態詞。如不能說"お／ごスケッチする"、"お／ごべこべこする"等。

　　(エ) 敬語動詞。如不能說"おなさりする"、"お召しあがりする"等。

　　(オ)　由於詞義及詞的文體色彩等，有些詞不宜構成"お／ご……する"的形式。如不能以人（包括組織、集體）為賓補語的動詞，詞義不好的動詞（如"殺す"、"いじめる"、"だます"、"どなる"、"盜む"等），帶有粗俗色彩的動詞（如"乘っける"、"くすねる"、"サボる"等）。

　　(カ) 有些習慣上不用"お／ご……する"形式的動詞。如"憧れる"、"追う"、"めざす"、"傾倒する"等。

　　(キ) 複合動詞有不易構成"お／ご……する"形式的傾向，如"探し出す"、"誘い出す"、"訪ね步く"、"連れ步く"、"持ち上げる"等。

　　(ク)　"……始める"、"……かける"、"……續ける"、"……終える"、"……終わる"等複合動詞、派生動詞不構成"お／ご……する"的形式。

　　(ケ) 動詞可能態的甲類謙讓語，要說成"お／ご……できる"。

如可以說"お招きできる"，不能說"お招きする"。

(iii) "お／ご……申し上げる"比"お／ご……する"敬意更高，且主要用於書信、正式致辭等場合。構成"お／ご……申し上げる"形式的動詞遠比"お／ご……する"形式的動詞的數量少，範圍小。主要有：お祈り、お祝い、お答え、お察し、お知らせ、お尋ね、お訪ね、お伝え、お電話、お届き、お預い、お話し、お招き、お見舞い、お慶び、お礼、おわび、ごあいさつ、ご案内、ご紹介、ご招待、ご請求、ご説明、ご相談、ご通知、ご返事、ご報告、ご無沙汰、ご無礼、ご連絡等等。

二、乙類謙讓語

1. 利用謙讓敬語動詞。如：いたす、申す、まいる、存じる、かしこまる等。

⑮ 午前中は八王子までまいりますが、午後は家におります。／上午我要去八王子，下午在家。

⑯ 仕事のほうはこれからますますおもしろくなっていくものと存じます。／我相信，工作今後會變得越來越有趣。

⑰ 山陰商事の川来と申しますが、東課長はおいででしょうか。／我是山陽商事的川來，東科長在嗎？

⑱ 「このような練習は毎日なさるんですか。」「はい、雨さえ降らなければ毎日いたします。」／"這樣的練習您每天都做嗎？""是的，只要不下雨，每天都做"。

⑲ かしこまりました。できるだけはやく帰ってまいります。／遵命，我盡量快速回去。

2. 利用"……（サ變動詞詞幹）いたず""……てまいる"的

形式將一般動詞變成謙讓動詞。

⑳　私が出席いたしました。／我出席了。

㉑　新製品のカタログはできてまいりました。／新產品的目錄已經做好。

㉒　これ、主人が北海道で買ってまいりましたの、ほんの少しですが、持って上がりました。／這是我丈夫在北海道買的，數量不多，我帶了點兒來。

3. 體言的謙讓語

謙讓語是靠降低自己、己方來表示對對方的尊敬的，所以體言的謙讓語都是與自己、己方有關的人、事、組織、單位。

3.1　本身就是謙讓語的體言。如：わたし、わたくし、小生、荊妻、倅等。

㉓　わたくしがきちんと整理いたしますから、ご心配なさらないでください。／我會整理得井然有序的，請放心勿念。

㉔　いつも倅がご厄介になっております。／犬子一直給您添麻煩。

3.2　利用表示謙意的漢字構詞成分，構成表示自己、己方的體言。如：小店、小社、小紙、拙宅、拙文、拙作、拙著、拙稿、敝社、敝校、敝行、敝誌、愚妻、愚息、愚女、愚作、愚見等。

…… · …… · …… · …… · ……

(i)　"いたす"系列是構成乙類謙讓語的重要因素，其中"いたす"是"する"的乙類謙讓語，"……いたす"只有サ變動詞才能構成，哪怕是外來詞，擬聲擬態詞，如"インプットいたす"、"はらはらいたす"等，但日本固有動詞不能構成"……いたす"

的形式，如不能說"持ちいたす"、"使いいたす"等。

(ii) "敝……" "愚……" 主要用於信函等書面語。除此之外，"卑見" "粗品" "粗餐" 等也屬 於乙類謙讓語。

三、兩類謙讓語的比較及使用注意事項

1. 從性質上看，甲類是對話題提及者的尊敬，是對賓語、補語的尊敬。乙類是對第二人稱的尊敬，是對聽話者的尊敬。因而決定了二者在使用上有如下差異。

1.1 用甲類時句中須存在一個談話人要表示尊敬的賓語、補語，若無這個賓語、補語不能用甲類，但可以用乙類以對聽話人表示尊敬。如"我乘8點的特快"，可以說"私は8時の特急に乗車いたします。"但不能說"私は8時の特急にご乗車します。" "私は8時の特急にお乗りします。"

1.2 用甲類時，句中的賓語、補語必須是值得尊敬的人。用乙類時，因敬謙是對聽話人而言，與賓語、補語無關。因此 "私がその変な男をご案內しました"是不妥當的，而 "私がその変な男を案內いたしました"則是可以成立的。

1.3 句中出現的賓語、補語如是己方的人，不能成為尊敬的對象，因之不能用甲類表示自謙，可以用乙類。作為妻子對外人可以說 "私が主人を案內いたしました"，但不能說 "私が主人をご案內いたしました"。

2. 甲乙兩類都是降低主語表示自謙，但降低方法不同，甲類是抬高賓語、補語以相對地降低主語，乙類則是絕對地降低主語。

甲類之主語雖以第一人稱為多，但也可能用第二、第三人稱。乙類之主語則原則上只能是第一人稱，而不能用第二人稱。因此 "あなたが先生をご案內したんですか"可以成立，；"あなたが

先生を案内いたしましたか"則不妥當。

　　3. 乙類是降低第一人稱以對第二人稱表示尊敬，因此乙類要用在有聽話人這個第二人稱的場合，並且同時使用"です"、"ます"構成敬體。甲類並不表示對第二人稱的尊敬，因此可以用於簡體句中。如"今日は私が先生をご案内する。""先生をご案内する日取りが決まった。"等句成立。而"今日は私が先生を案内いたす"。"先生を案内いたす日取りが決まった。"等句卻一般不用。

　　4. 從構成形式上看，甲類除"うかがう"、"いただく"等敬語動詞外，多用帶"お"、"ご"、"上げる"的敬語，乙類則不會帶"お"、"ご"、"上げる"。

　　……•……•……•……•……

　　(i) "申し上げる"屬甲類謙讓語，"申す"屬乙類謙讓語。因此當降低主語尊敬補語時用"申し上げる"，降低主語尊敬聽話人時用"申す"。當說話人要尊敬的既是補語又是聽話人時，用"申し上げる"和"申す"都可以，前者比後者敬意要高。

　　(ii) 詞義為"知る"的"存じ上げる"、"存じる"，其關係和"申し上げる""申す"相似，前者是甲類、後者是乙類。即用"存じ上げる"時是尊敬賓語，此時要求作為賓語的人、事有尊敬的價值。因為詞義上相當於"知る"，所以使用時，肯定式一般是"存じあげております"、"存じております。否定式一般是"存じ上げません"、"存じません。"

第四節　鄭重語和美化語

一、鄭重語

1.　鄭重語的性質和構成

　　鄭重語是對聽話人表示尊敬之意的語言表達。它與乙類謙讓語的共同點都是對聽話人表示尊敬；不同點是乙類謙讓語的作法是降低自己、己方以示謙恭，鄭重語則不同於這種作法。在實際語言中，使用乙類謙讓語時，對聽話人使用尊敬語時，當然都同時使用鄭重語。反之，只用鄭重語，不用乙類謙讓語的情況卻是存在的，只用鄭重語，不用甲類謙讓語、不用尊敬語的情況當然更是存在的。

　　代表性的鄭重語由"です"、"ます"構成。"ます"接於動詞及動詞型助動詞後，"です"接於形容詞後，"です"還可以頂替形容動詞詞尾"だ"接於形容動詞詞幹後，頂替斷定助動詞"だ"接於體言後。專門用於書面語的還有"であります"，相當於"です"。敬意更高的鄭重語使用"ございます"、"でございます"。

2.　鄭重語和敬體

　　鄭重語是著眼於一個個詞的敬謙而言，是從敬語的角度說的；敬體是著眼於篇章整體的敬否而言，是從文體的角度說的。敬體是謂語用鄭重語的文體。

2.1 敬體的使用

　　在現代日本社會，有一些場合可以不使用敬體來講話，這些場合主要是：

(1) 聽話人為下級、晚輩時；

(2) 顧客向商業、服務行業訂貨時；

(3) 家庭內、尤其是夫婦間、父母與子女間、兄弟姐妹之間

(4) 關係十分親密者之間。

除此之外，都應使用敬體。

通過下面兩段對話可對敬體和簡體（常体〔じょうたい〕）作一比較（引自《敬語》荒竹出版）

① 　（田中と山下の会話）

　　a 〔田中と山下は学生時代からの友人で、非常に親しい間柄〔あいだがら〕である。〕

　　田中：「おい、今晩飲みに行かないか。」

　　山下：「いいなあ。でも今晩は女房〔にょうぼう〕の両親が十年ぶりに国から出てくるんで、早く帰らなくちゃならないんだよ。」

　　田中：「そうか。そいつは残念だな。じゃ、またな。」

　　b 〔田中と山下は会社の同僚であるが、二人ともまだ転勤してきたばかりで、お互いによく知らない。〕

　　田中：「山下さん、今晩飲みに行きませんか。」

　　山下：「いいですね。でも今晩は家内〔かない〕の両親が十年ぶりに国から出てくるので、早く帰らなければならないんですよ。」

　　田中：「そうですか。それは残念ですね。では、またの機会にしましょう。」

　　c ［田中は営業マンで、山下は客である。」

田中：「山下さん、今晩あたり飲みにいらっしゃいませんか。」

山下：「いいですね。でも、今晩は家内の両親が十年ぶりに国から出てくるので、早く帰らなければならないんですよ。」

田中：「そうですか。それは残念ですね。では、またの機会にいたしましょう。」

②a　［子供と母親の会話］

子供：「ちょっとお父さんに頼みたいことがあるんだけど、今日何時に帰ってくる。」

母親：「仕事の後で友達に会うって言ってたから、遅くなるんじゃないかしら。」

子供：「そう。じゃ、あしたでもいいや。お父さんに頼みがあるって言っといてよ。」

b　［子供と父の会社の人］

会社の人：「ちょっとお父様に個人的にお願いしたいことがあるのですが、今日何時ごろ帰っていらっしゃいますか。」

子供：「仕事の後で友人に会うと言っていましたから、遅くなると思います。」

会社の人：「そうですか、ではまた、明日にでも電話いたします。よろしくお伝えください。」

2.2　鄭重語使用的注意事項

A　作為一個篇章，原則上要文體統一。要用敬體都用敬體，要用簡體都用簡體，避免時敬時簡，敬簡交錯。

　　總的來說，作為書面語，敬體給人柔和親切之感，所以信函、廣告等常用敬體。公文、文件、新聞報導、論文等則常用簡體。有時論文的結尾表示感謝的謝辭部分特意使用敬體。

　　Ｂ　主從句中，“です”、“ます”是只用於主句之末，還是也用於從句之末，對此人們的看法並不完全一致。一般說來，從句適當地使用“です”、“ます”比從句不用“です”、“ます”更為鄭重，但從句中“です”、“ます”使用過度也會顯得不自然。所謂從句適當地使用“です”、“ます”難以找出一個絕對的標準，大致在表示轉折的“が”、“けれども”之前用“です”、“ます”，其餘關係的從句均用簡體是不會有什麼問題的。

　　Ｃ　“ございます”、“……でございます”、“……ございます”等可構成更為謙恭客氣的最敬體，在正式場合談話時的下級對於上級也可能使用，此外則用得很有限。不宜使用最敬體時使用最敬體，有時會帶來逆效應。

　　……•……•……•……•……

　　(i)　金田一京助稱鄭重語為“謹稱”；石坂正藏稱之為“敬語的汎稱”；大石初太郎稱之為“丁重語”。

　　(ii)　“ていねい語”的範圍，各家說法有所不同，這主要是因為分類的觀點不同形成的。

　　據辻村敏樹的概括，現代日語的鄭重語，無非是：“①「ご飯」「たべる」の類，②「まいる」「いたす」の類，③「ます」「です」の類。”辻村將①②劃入美化語，③作為“對者敬語”（即我們所說的“ていねい語”）。宮地裕則主張①是美化語，②是“丁重語”，③是“丁寧語”。

二、美化語

1. 美化語的性質、特點

尊敬語、謙讓語、乃至鄭重語，都是從人際關係的上下尊卑親疏遠近出發的，而美化語則是對語言中使用的"材料"的美化，其作用在於提高語言的格調，而並不是對誰表示尊敬。因而美化語屬於素材敬語。美化語數量有限，動詞、形容詞的美化語更少。

一般可舉出：いたす──する，まいる──くる、いく，食べる──くう，やすむ──寝る，いただく──くう，なくなる──死ぬ，おいしい──うまい。

名詞美化語有：おなか、おすもじ（すし）、─おにぎり、おやつ、おかし、ご飯、ご祝儀等。

美化語的使用上存在著男女差異，也會因人而異。

2. 美化語的類別

美化語有下列兩類。

2.1 凝固性美化語

這些詞本來是由普通詞冠以"お／ご"構成的，但現在已經凝固下來，凝固下來的表現是，不冠"お／ご"的部分已不再單獨成詞，它的提高話語格調的功能已相當淡化。如："おじき、おしめ、おかわり、おしぼり、おてんば、ご破產、ご馳走"。

2.2 典型性美化語

這部分詞存在有同義（等義）詞，或加不加"お／ご"基本意思不變，唯其如此，才能通過美化語起到提高語言格調的作用。前述動詞，形容詞均屬於此類，通過冠以"お／ご"形成美化語的名詞，則可分為以下幾類使用情況。

第八章 敬　語

A　一般冠以"お／ご"者（凝固性較強，有向凝固性美化語過度的傾向）。例如：

お祝い、お茶、お寺、お盆、ご祝儀

B　女性一般冠以"お／ご"，男性有冠有不冠者。例如：

お菓し、お金、お米、お刺身、おせんべい、おみやげ、ご年始

C　無明顯男女差異，其"お／ご"因"個人差"、"場面差"而有冠有不冠者。例如：

お味、お茶碗、お花、お水、ご近所

D　男性一般不冠"お／ご"，女性有冠有不冠者；例如：

お財布、おしょうゆ、おソース、おぞうきん、お大根、お箸

…… • …… • …… • …… • ……

(i)　當把敬語分成"尊敬語、謙讓語，ていねい語"3 類的時候，"美化語"屬於"ていねい語"的一部分。這是因為它既不是對對方的尊敬，也不是自己的謙恭，無法歸入尊敬語、謙讓語。辻村敏樹注意到這些詞顯然又和"です、ます"不同，它並不表示對聽話人的尊敬，因此首先提出了"美化語"的概念，並將敬語分成兩大類：

"素材敬語：尊敬語、謙讓語、美化語"

"對者敬語：鄭重語"

(ii)　本書對美化語進行分類時，參考了菊地康人的說法，菊地在《敬語》（角川書店）一書中有如下論述。

"美化語には「ご」の付くものもいくつかあるが、「お」の付くものが圧倒的に多い。「お茶」「おソース」のように漢語，外来語にも「お」が付くケースがある。

……

— 578 —

　　使う人間の側に"どのぐらい美化語を使うか"という程度が
あるのに関連して、語の側にも"どのぐらい「お／ご」がなじむ
か"について、「お／ご」がないとおかしいほどのものから、あ
るとおかしいものまで、やはりいろいろな程度のものがある。次
のように整理してみよう。

　　(ア)「お／ご」が付いて一つの語になっていて、「お／ご」
を取り払うと語として事実上成り立たないもの。

　　(イ)「お／ご」の付かない形も語としては成り立つが、「お
／ご」の付いた形はこれとは多少とも違った意味で使われるもの
（「お／ご」が付くことで、意味が転化したり、特定の狭い意味
・ニュアンスをもって使われたりするもの）。

　　(ウ)「お／ご」の付かない形も、同じ意味の語として成り立
つもの。

(1) 男女とも「お／ご」を付けるのが一般的なもの。

(2) 男性は「お／ご」を付ける人（場合）も付けない人（場
　　合）もあるが、女性は付けるのが一般的なもの。

(3) 男女を問わず、「お／ご」を付ける人（場合）も付けな
　　い人（場合）もあるもの（男女差よりもむしろ個人差、
　　場面差によるもの）。

(4) 女性の中に付ける人がいて、付けても不自然ではないも
　　の。

(5) 付けないのが普通で、付けると過剰敬語と見られるもの。

(6) 付けると皮肉や茶化した表現になるもの。

(7) まず絶対といってよいほど付けないもの。

第八章　敬　語

第九章

句　法

第一節　句子、句素

句法（文論）是以句子為研究對象的，主要研究句子構成、句子結構，句子類別等的一門學問。在日語裡，句法還被稱為"文章論"，"構文論"、"シンタックス（syntas）"等。

句法研究的基本單位是句素（文素）、最大單位是句子（文）。

一、句　　子

句子（文）是最基本的語言單位之一，它至少具備 4 個特徵：從內容上看，一個句子應表示一個完整的意思；從形式上看，一個句子的前後，必須有語流的中斷；從結構上看，一個句子具有一定的結構形式；從功能上看，一個句子能完成一個交際功能。例如：

① だれ？／誰？

② 早く起きろ！／趕快起床！

③ 彼の身ぶりがとてもおかしかったので，私は笑ってしまった。／他的動作非常滑稽，所以我笑了。

…… • …… • …… • …… • ……

(i)　如何定義句子，不同的語法學家有不同的觀點。據說在語言學上，句子的定義有 200 多種。日語中，代表性的見解主要有：

(ア) **山田語法**　山田基本上是從內容的側面給句子下定義的，他認為句子是"統覚作用によりて統合せられたる思想が，言語という形式により表現せられたるもの"。

(イ) **橋本語法**　橋本從內容、形式兩個方面給句子下了定義，

從內容上說，句子是"まとまった完い思想の表現"，從形式上說，a句子是語音的連續，b句子的前後當有語言的中斷，c句子結束時有獨特的語調。

　　(ウ)　**時枝語法**　句子的成立應考慮3個條件：a具体的な思想の表現であること・b統一性があること・c完結性があること。從形態上講，所謂"具体的な思想の表現"就是時枝說的"詞と辭の結合体"。

　　(ii)　本書是從形式、內容、結構、功能4個方面定義句子的。內容上、句子表示完整的意思，即表達了說話人的思想感情。形式上，在口頭語言中句子有停頓，在書面語言中句末有標點，這說明句子有相對獨立性。結構上，無論是一個詞構成的句子，還是許多詞構成的句子都有一定的結構形式。

二、句　素

　　構成句子的基本單位叫句素（文素）。它是日語句法中特有的概念。每個句素實際上包含著兩部分，一個是構成此句素的內容詞，一個是說明此詞與其他詞的關係，表明此詞在句中地位的功能詞。即：句素是由基本語義成分和關係語義成分兩部分構成的。用公式表示即：句素＝基本語義成分＋關係語義成分。所謂"基本語義成分"，指的就是內容詞，它表達基本意義。"關係語義成分"表示的是該詞在句中的地位，該詞與其他詞之間的關係。內容詞通過以下3種手段可以獲得關係語義成分：

　　(1)　內容詞＋功能詞（這裡所說的內容詞包括體言；也包括形態變化後的用言；功能詞包括助詞、助動詞，也包括起助詞、助動詞作用的慣用型）

　　(2)　有形態變化的內容詞發生形態變化

(3) 內容詞通過詞序手段

句素可以通過上述某種方法構成，然後就可以入句作句子成分了。例如：

| 川上さんが | 日本で | | 書く |
| きれいに | ちゃんと（書く） | | ある（日） |

…… • …… • …… • …… • ……

(i) "文素"這個術語，日本學者三矢重松、佐伯梅友等人使用過。但是佐伯梅友在後期著述中所說的"文素"，已和"文節"無甚差異，不同於本書所說的"文素"。

(ii) 直接構成句子成分的語言單位，按照橋本語法及其為基礎的學校語法之說應該是句節（文節），我國日語教學中也常常使用這個概念。句節說認為"文節はある一定の形と意味をもつ，文の構成要素であり，一つまたは二つ以上の單語によって構成されたものである。"從這個說明看，"句節"與"句素"似乎相同，其實二者有很大的差異。如"張さんと王さんは"一例，句節說認為："張さんと""王さんは"是兩個句節。句素說認為"張さんと王さん"是一個詞組，"張さんと王さんは"是一個擴展的句素。在"わたしの本です"一例中，句節說認為"わたしの""本です"是兩個句節，句素說認為"わたしの"是句素，"わたしの本"是詞組，"です"接於"わたしの本"這個詞組後構成擴展的句素。

三、詞組和擴展的句素

1. 詞組及其構成

詞組是兩個或兩個以上的內容詞通過一定的語法手段結合而成的單詞組合，它的詞義比詞豐富，它的作用與詞相同。這個定義表

明，一個詞組之所以能夠成立，必然具備兩個條件：(1) 至少要有兩個內容詞構成，換句話說，兩個功能詞連在一起（如 "だけだ" "られた"）或者一個內容詞與一個功能詞組合起來（如 "私の"、"妹だ"）都不是詞組。(2) 通過一定的語法手段表明這兩個（或更多）內容詞間的關係。這裡所說的語法手段包括以下幾種。

(1) 在上位詞（詞組中處於前面位置的內容詞叫上位詞，處於後面位置的叫下位詞）的後面加功能詞。例如：

私の弟／我的弟弟 日本語を勉強する／學習日語

(2) 上位詞發生形態變化，例如：

美しい花／美麗的花 きれいになる／變得漂亮

行く人／去的人

(3) 上位詞的詞序作用，例如：

すこしある／有一些 そのとき／那時

(4) 使用並列助詞、接續詞、標點等，例如：

趙さんと陳さんと／小趙和小陳

電車またはバス／電車或公共汽車

中国語・日本語／漢語、日語

在日語中，詞不是構句單位，詞組也不是構句單位。從這點來看，日語中詞組的概念，與普通語言學所說有所不同。

2. 詞組內兩個內容詞的關係

通過以上語法手段構成的詞組，其所含兩個內容詞之間的關係，有如下 6 種：

(1) **主謂關係** 這種詞組中的下位詞一定是用言。在作為詞組時，這個用言的形態是基本形而不是終止形，因此主謂關係的詞組只相當於一個用言基本形，而不是一個句子。

例如：

　　雨が降る／下雨　　　　天気がよい／天氣好

(2) **謂賓關係**　　下位詞一定是他動詞，而且此時這個他動詞是基本形。例如：

　　おすしを食べる／吃壽司　　時計を買う／買鐘

(3) **謂補關係**　　下位詞大多是動詞，但有少數是形容詞、形容動詞。例如：

　　電車で行く／乘電車去　　駅に近い／離車站近

(4) **修飾限定關係**　　下位詞可以是體言（上位詞為定語），也可以是用言（上位詞為狀語）。例如：

　　冷たい水　　　　　　　その日

　　りっぱな建物　　　　　はっきり言う

　　来る時　　　　　　　　いそいで走る

　　よく理解する　　　　　きれいに

　　掃除する

(5) **並列關係**　　上位詞和下位詞往往同為體言，或同為用言。例如：

　　王さんと李さん／小王和小李

　　本や雑誌／書、雜誌

　　歌ったり踊ったり／又唱又跳

　　直流用か交流用か／直流電用還是交流電用

　　行くか行かないか／去還是不去

　　行くかどうか／去不去

　　読むとか書くとか／讀啦、寫啦

　　数学・物理学／數學、物理學

(6) **補助關係**　　下位詞多是補助動詞、補助形容詞等。例如：

見ている　　　　行っていい

實際上詞組和單個詞一樣，它是不能直接進入句子的，這一點是日語的黏著語的特性決定的，也是日語與英語、俄語、漢語等的不同之處。

3. 擴展的句表

語法性質相當於體言的詞組叫體言性詞組，（体言相当連語^{たいげんそうとうれんご}）它的下位詞多是體言或帶有並列助詞的詞語；語法性質相當於用言的詞組叫用言性詞組（用言相当連語^{ようげんそうとうれんご}），它的下位詞是用言。無論哪種詞組，都只相當於一個詞，不能直接入句。要入句時先要將詞組變成句素，即先要使詞組獲得關係語義。詞組獲得關係語義也要通過3種語法手段，即：

(1) 整個詞組後面加功能詞。例如：

わたしの弟は　　　　行く人が

はやく行かなければ

一年生か二年生かの（先生です）

李さんと王さんとが（学生です）

需要注意的是：“李さんと王さんと”中的後一個“と”，“一年生か二年生か”中的後一個“か”等並不是加在整個詞組後面的功能詞，“李さんと王さんと”等都還是並列詞組，它們後面再加上“が”、“の”、“を”等時才能成為擴展的句素。

(2) 用言性詞組中用言的形態變化，即詞組中的下位詞發生形態變化。例如：

一日もはやく（会いたい）　その文章を書く（とき）

ご飯を食べる（人）

(3) 詞組通過詞序。這類詞組如是體言性詞組則一般為表示時
　　間、方位、數量等意義的詞組。例如：

　　そのとき……（行く）　あしたの午後……（勉強する）

詞組獲得關係語義後就成了句素，詞組構成的句素叫擴展的句
素，相對而言，單詞構成的句素稱為簡單的句素。

單詞（基本語義成分）＋關係語義成分＝簡單的句素

詞組（複雜、豐富、準確、完整的基本語義成分）＋關係語義
成分＝擴展的句素

………•………•………•………•………

(i) 詞組的定義也人而異。在日本的日語學界，主要有兩種觀
點，一種認為詞組是 “二つ以上の単語が結合して一つのまとまっ
た意味を表わすが，その結合のしかたが，一語となるには弱す
ぎ，また文をなすほど大きくはないもの。” 並舉例說 “庭の桜が
きれいに咲いた” 中，“庭の”、“桜が”、“庭の桜”、“咲い
た” 等都是詞組。（據《日本文法大辞典》松村明編，本條執筆，
神谷馨，明治書院，1971）另一種意見是 “連語とは，名づけ的な
意味をもった一つの単語と，それにかかって，その名づけ的な意
味を限定すれ一つ以上の（名づけ的な意味をもった）単語とから
なりたち，全體で一つの合成的な名づけ的な意味をあらわす單位
である。” （《日本語文法・形態論》鈴木重幸，むぎ書房，1972)
我國的日語學界對於詞組也有兩種觀點。一種是把詞組定義為 “詞
和詞的組合”，既包括本書的 “內容詞＋內容詞”，也包括本書的
“內容詞＋附屬詞” （如《簡明日語句法》徐昌華、商務印書館，
1988），一種是指兩個以上的實詞（本書所說的內容詞）通過一定
的語法手段結合而成的單詞組合結構。（如《現代日語語法》周炎
輝、高等教育出版社、1982）。本書採用的是後一種觀點。本書所

說的詞組和日本鈴木重幸等的界定還有些區別，鈴木等一般不把
"李さんや張さん""趙さんと陳さん"等視為詞組，本書認為這
些也是詞組。

(ii)　對於詞組可從不同的角度予以分類。對此，本書第一章第
三節有過簡單的說明。其中從詞組內部結構劃分的 6 類就反映了詞
組內部內容詞的關係。

(ア) 聯合式詞組──並列關係

(イ) 偏正式詞組──修飾限定關係

(ウ) 主謂式詞組──主謂關係

(エ) 謂賓式詞組──謂賓關係

(オ) 謂補式詞組──謂補關係

(カ) 補助式詞組──補助關係

關於詞組的概念、特徵及分類，顧明耀的《連語について》一
文（刊《言語學林 1995～1996》三省堂，1996）作了系統的論述，
可供參考。

(iii) 沒有獲得關係語義成分的詞組並不就是句素。對於體言性
詞組不是句素的問題，可能比較容易理解。而對於用言性詞組不是
句素，或許覺得理解不了。原因在於動詞、形容詞、形容動詞的基
本形和終止形在形態上沒有什麼不同。為弄清這個問題，可作如下
對比說明：

温度があがる（詞組、相當於一個用言基本形）

温度があがるとき（あがる變成了連體形，這種形態變化可表
明詞組"温度があがる"與後續詞的關係，詞組變成了擴展的句素）

温度があがる。（這裡的"あがる"是終止形、這種形態變化
表明這個主謂關係的用言性詞組已經上升為句子）。

第二節　句子成分（一）

一、句素與句子成分

　　大部分句子都由兩個以上的句素構成，也就是說至少有兩個句素。由兩個句素構成的句子中，一個主語、一個謂語的情況更為多見。例如：

① 夏は暑い。／夏季炎熱。

② 彼女は大学院生^{がくいんせい}です。／她是研究生。

③ 春になった。／到了春天。

　　根據表達的需要也可以由三個、四個或者更多的句素構成。例如：

④ 電車がまもなく来る。／電車馬上就來。

⑤ 宮島行^{みやじまゆ}きの電車がまもなく来る。／開往宮島的電車馬上就到。

　　但是，有時句子也可由一個句素構成。一個句素構成一個句子，是要求一定的前提條件的。這個前提條件就是“語言環境”允許或“語言條件”允許。

⑥ がんばれ。／加油！

⑦ 火事！／著火了！

　　只由一個句素構成的句子，當然無須再分割。在若干個句素構成的句子中，幾個句素之間則必然存在一定的結構關係，既不是各自獨立的，也不是任意堆砌的。

　　句素與句素之間的關係，體現了內容詞與內容詞之間的關係。所謂內容詞與內容詞之間的關係，並不是指一群內容詞的相互關係，而是指一個內容詞對另一個內容詞的關係。這兩個內容詞的關係中，又總是以一個為中心的。這一點是學習日語句法時要特別注意的。兩個內容詞之間的關係，主要有以下幾種：

(1) 體言——用言

　　A　主謂關係　　B　謂賓關係　　C　謂補關係

　　D　修飾限定關係

(2) 副詞——用言

　　修飾限定關係

(3) 用言——用言

　　A　並列關係　　B　修飾限定關係　　C　補助關係

(4) 用言——體言

　　修飾限定關係

(5) 體言——體言

　　A　修飾限定關係　　B　並列關係　　C　同位關係

(6) 連體詞——體言

　　修飾限定關係

　　感嘆詞和部分接續詞在句中有很大的獨立性，它們往往不是和句中某一內容詞發生關係，而是和整個句子發生關係。另有一部分接續詞，可以起把內容詞與內容詞、詞組與詞組連接起來的作用，其職能類似功能詞。

　　內容詞之間的關係，即句素之間的關係，說明了各個句素的職能、各個句素的地位。如對一個個句素，根據它在句中的職能、地位加以命名，就成了“句子成分（文の成分）”。不管是簡單的句素還是擴展的句素，都有資格成為句子成分。因此說，句子成分一定是句素，只不過有時是簡單的句素，有時是擴展的句素而已。可

是，簡單的句素不一定都是句子成分。例如“つくえといすが”是一個作主語的擴展的句素，其中的“つくえと”是個簡單的句素，它只能作構成擴展的句素的原材料，而不可能成為句子成分。

　　從上文所列內容詞間的關係可以看出，在日語句子中，總是以謂語為中心來考慮其他句子成分是否需要。對於大多數句子來說，主體是要明確出來的，這時就需要有主語。有些謂語，沒有補語的幫助就不能表達完整的意思，這時補語就成了必需的成分。以他動詞作謂語時，缺少賓語就不能表達一個完整的意思，此時賓語就成了必需的成分。因此，主語、謂語、賓語、補語是日語句子的基本成分（基本成分）。而定語、狀語起的是修飾、限定的作用，有了它們，意思可以表達得更清楚、更準確、更生動，而在很多情況下，即使去掉它們句子仍然能夠成立，所以說，定語、狀語是日語句子的修飾成分（修飾成分）。獨立語與句中其他句子成分沒有什麼直接關係，它是獨立於句子之外的獨立成分（独立成分）。

　　……・……・……・……・……

　　(i)　橋本進吉用分割句子的辦法找出來句節，並解釋了句節與句子成分、句子的關係。從其結果來說，與本書的說明有一致之處，也有不同之處。

　　(ア)　“文には，実際の言語として，どうしてもそれ以上句切って言ふことが出来ないものがある。「行け。」「いらっしゃい。」「お早う。」などはその例である。”橋本所說的這些“一文一文節”與我們的分析結論是一致的。

　　(イ)　“それ以上句切る事が出来ない文は実際に於ては比較的少数であって，多くの文はいくつかに句切って言ふ事が出来る。”這個說法我們也贊同。但下一步的“句切る”，橋本是一個層次

－ 592 －

的，我們則是多層次的，這樣橋本的"文節"與我們的"句素"就有了差異。如"お早うございます。"橋本認為是"一文二文節"，我們認為是由一個擴展的句素構成的獨詞句，即"早い"與"ござる"（盡管"ござる"在實際語言中並不使用）先組成一個補助關係的詞組，這個詞組通過後接"ます"並取終止形構成擴展的句素。這個句素入句形成了獨詞句。

又如橋本所舉的兩例：

今日も｜よい｜御天気です。

① _____

② _____ _____

私は｜昨日｜友人と｜二人で｜丸善へ｜本を｜買ひに｜行きました。

①

② ___ ___ ___ ___ ___

以上分析中，豎線所劃是橋本所說的句節劃分，因之前例由 3 個句節構成，後例由 8 個句節構成。我們看來，前例最終是由簡單的句素"今日も"和擴展的句素"よい御天気です"兩個句素構成的。而"よい御天気です"則是先由"よい"和"御天気"通過形容詞活用和詞序的手段構成有修飾關係的偏正式詞組，這個相當於體言的詞組再後續功能詞"です"並取其終止形入句。同樣，後例中，我們認為"本を買う"這個謂賓式詞組是第一層次的，入句時，這個相當於用言（動詞）的詞組通過活用並後續功能詞成為"本を買いに"這個擴展的句素，因之後例是由 7 個句素（6 個簡單的句素和 1 個擴展的句素）構成。

（ウ）橋本進吉認為存在有"意味の上から見て，一つの文節が，只一つの文節でなく，いくつかの文節のつながり（結合）し

たものにかかっている場合。"並舉出例子作了劃線分析。

この｜兄と｜弟は

もっと｜大きく｜広い｜部屋が｜ほしい

我們認為，前例中先有"兄と弟"這個並列關係的聯合式詞組，"この"修飾這個相當於體言的聯合式詞組，構成"この兄と弟"這個偏正式詞組，這個經過兩次構造而成的詞組再接"は"入句。

後句中，第一層是"大きい"利用詞形變化的手段與"広い"構成一個表示並列關係的聯合式詞組，第二層次是"もっと"利用詞序手段與"大きく広い"構成一個表示修飾、限定關係的偏正式詞組，第三層次是這個相當於用言（形容詞）的偏正式詞組利用形態變化（"広い"變成連體形）形成句素（擴展的句素）修飾"部屋"，從而構成"もっと大きく広い部屋"這個更大的偏正式詞組，這個更大的相當於體言的偏正式詞組通過接續功能詞"が"構成擴展的句素，入句構成主語。從最終結果看，這個句子由兩個句素構成。

——以上橋本之原文及例句出於《國文法体系論》（岩波書店，1959），轉引自《日本の言語学　文法Ⅰ》
（服部四郎等編，大修館，1978）

(ii) 時枝誠記指出了橋本進吉句節分析法的缺點：

匂の｜高い｜花が｜咲いた。………文節による分解

匂の高い花が咲いた。………構成要素による分解
　　　主語　　　述語

の如く、文節的分解と構成要素による分解とが一致しない。両者共に思想を基準にした分解であるにも拘はらず、何故にかかる矛盾が生ずるのであろうか。

時枝提出了自己的處理辦法即"入子型構造形式"

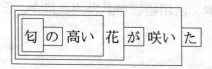

作為句子的結構分析，我們與時枝說有更多的共同之處，"匂
の高い花"的構成，及其後續功能詞（構造成擴展的句素）入句，
我們的分析與時枝說是一致的。

——以上時枝之原文及例句出於《國語學原論》（岩波書店，
1931），轉引自《日本の言語学　文法Ⅰ》
（服部四郎等編，大修館，1978）

(iii) 句子是由哪些成分構成的，諸家學說並不相同。山田孝雄
認為有7個格，即"呼格、主格、述格、賓格（指下列句中劃線部
分，"兄さんといっしよに勉強する"，"これは銀行家である"，
"この身は鉄石ではない"，"あれが北斗七星だ"，"まことに
結構でございます"）、補格（指體言後接有助詞を、に、へ、よ
り、と、から、で等）、連体格、修飾格"。松下大三郎將句子成
分分為6種，使用有獨特的名稱（其後括號內所標為相當於現代語
法的成分名）：句辭（独立語）、主辭（主語）、說辭（述語）、
賓辭（客語）、屬辭（修飾語）、連辭（接續詞）。時枝誠記提出
了 5 個格的說法："主語格、述語格、修飾格"（分為"連体修
飾"、"連用修飾"二格後者中包括通常說的賓語、補語等）、対
象語格，独立格"。橋本進吉及基於橋本說的學校語法，將句子成
分分為4種："主語、述語、修飾語、独立語"。其中"修飾語"
下分"連体修飾語（形容詞的修飾語）、連用修飾語（副詞的修飾
語）兩種。通常說的賓語、補語等均包括在"連用修飾語"之內。
也有其他的看法，如"文を直接構成る各部分を文の成分という。
文の成分は，文全体の組み立ての中でどういう働きをしているか

（機能）によって，主語・述語・修飾語・独立語・拉続語の五種類に分ける"。（『日本文法用語辞典』岩渕匡ほか，三省堂，1989)

二、主 語

1. 主語的概念

主語（主語(しゅご)）是表示句子的主體的，在說明"誰是什麼""誰怎麼樣""誰幹什麼"的句子中，表示"誰"的部分便是主語。

所謂"主體"，在日語句子裡包含如下一些概念：

(1) 判斷的主位概念，例如：

⑧ 私(わたし)が当番(とうばん)です。／我就是值班的。

⑨ 桜は日本の国花(こっか)である。／櫻花是日本的國花。

⑩ それは彼が駅前で買った靴(くつ)だ。／那是他在車站前買的鞋。

(2) 狀態的主體

⑪ 花が赤い。／花紅。

⑫ 波(なみ)は静かだ。／浪靜。

⑬ あのレストランは安くておいしいです。／那家餐館既便宜又好吃。

(3) 動作的主體

⑭ 中村さんはさっきうちに帰りました。／中村剛才回家了。

⑮ あの木の枝に珍(めずら)しい鳥(とり)がとまっている。／那棵樹的樹枝上停著一隻珍奇的鳥。

(4) 動作的受體

⑯ 現代は情報時代(じょうほうじだい)といわれる。／現代被稱為信息時代。

(5) 動作的使動者

⑰　太郎は花子に日本語を習わせる。／太郎讓花子學日語。

(6) 存在的主體

⑱　日本は中国の東_{ひがし}にある。／日本在中國的東部。

⑲　両親はずっと田舎_{いなか}にいます。／父母一直住在鄉下。

(7) 句子主體的好惡、巧拙、可能、願望等的對象。在這種句子中，有兩個主語，句子主體為大主語，對象為小主語。

⑳　私は絵がすきです。／我喜歡畫畫兒。

㉑　ぼくは字がへただ。／我字寫得不好。

㉒　英語が話せない。／不會說英語。

㉓　水が飲みたい。／想喝水。

(8) 不依個人的意志為轉移的、自然而然地進入人的感官的對象。

㉔　ああ、富士山が見える。／啊，能看見富士山。

㉕　私の声が聞こえますか。／聽得見我的聲音嗎？

(9) 談論的題目。此時謂語即使是動詞，主語也不是這個動詞所表示的動作的施事或受事，只是與這個動詞所敘述的內容有關的一個題目而已。這種主語，助詞一定是 "は" 。

㉖　新聞は、何をお読みですか。／報紙您是讀哪一種？

㉗　役員_{やくいん}は定年_{ていねん}を別_{べつ}に定_{さだ}める。／對幹部，另定退休制度。

㉘　切符は、二等しか残っていません。／票只剩下二等的了。

2. 主語的構成

(1) 體言、體言性詞組＋が

(2) 用言、用言性詞組、句子＋形式名詞＋が

　　用 "が" 構成主語是主語的典型結構，實際上在許多情況下 "が" 都是被提示助詞、副助詞代替了的。用 "は" 頂替時可起到提示主語以加強陳述、對比敘述等作用，用 "も" 頂替時可起到兼提追加等作用。定語從句中的主語，也常用 "の" 代替 "が"。

　　(3) 體言、體言性詞組有時可直接構成主語。主要見於報刊標題和口語中，也可以認為是省略了 "は" 或 "が"。

　　㉙ 確認の可能性低い。 （朝日新聞、1992.9.5）／難以確認。

　　㉚ 私、いやですよ。／我不願意。

3. 省略主語和不需要主語的句子

　　在日語中，主語並不是必不可少的，只要語言環境或語言條件允許，主語可以省略。

　　(1) 語言環境允許時省略主語的情況。

　　A　對話環境中

　　㉛ 「この大学は大きいですか。」「はい，大きいです。」
　　　／"這所大學大不大？" "大。"

　　㉜ 「あなたの眼鏡(めがね)はどれですか。」「これです。」／"你的眼鏡是哪個？" "是這個。"

　　B　根據上下文

　　㉝ わたしたちの大学は公園の近くにあります。とても大きいです。／我們大學在公園附近。相當大。

　　㉞ ラクダは厳しい砂漠の環境でも生きることができる。また長い間重い荷物を運ぶことができる。／駱駝能在沙漠的嚴酷環境中生存，並能長時間地馱運沉重的行李。

　　(2) 語言條件允許時，不需要出現主語。

　　A　命令句

㉟　はやく来い。／快來。

㊱　次の中国語を日本語に訳しなさい。／將下列漢語譯成日語。

B　命名句

㊲　こんな性質を慣性という。／把這種性質稱為慣性。

C　一般操作句

㊳　ハンドルを右に迴し、起動する。／將把手向右扳，起動。

㊴　三と三を足すと、六になる。／3 加 3 得 6。

㊵　砂糖、小さじ一杯とみりんを少々加えます。／加一小勺糖及少許甜酒。

D　自述句

㊶　もう一度行きたいと思う。／還想再去一次。

E　表示季節、天氣、時間等自然現象的句子一般也不出現主語。

㊷　冬になりました。／到冬天了。

㊸　だんだん暑くなりました。／漸漸天熱了。

㊹　もう時間です。／到點了。

……•……•……•……•……

(i)　對於主語的定義、主語的概念、主語的範圍、主語的構成等，不同學者有不同看法，尚未形成統一。不過對於主語是謂語之所述、主語附有格助詞“が”這兩點，絕大多數學者都是承認的。不同學者間最有爭議的問題是“これはぼくの本だ”“二階は人に貸した”“象は鼻が長い”之類的句子中的“……は”是否看作主語，尤其是三個句子當中的“……は”是否都看作主語。

(ii)　《日本文法講座 6 日本文法辞典》（江湖山恆明松村明編，

明治書院，1957）反映了將主語範圍取得的廣泛的意見。對主語定義為："主題または題目をあらわす文節または単語。"也被定義為"用言へかかってその叙述の帰属するものとしての事物を示す語"。構成主語的句節，則包括：

　　(1)体言に助詞「が」または「は」「も」「まで」「さえ」等をつけたもの。

　　(2)用言の連体形に助詞のついたもの。

　　(3)対等の資格の体言をただ並列したり、助詞・接続で結合させたりするもの。

　　(4)対等の資格の用言が重なってできたもの。

　　(iii)三上章認為"主格""主題"和"主語"是3個概念，日語中不存在印歐語言那樣的與謂語對應的主語，因而主張把通說的主語分成主格和主題，取消日語中主語的名稱。三上把自己所說的主格，看成補語的一部分。

　　(iv)關於沒有主語的句子、主語不明確的句子，宮地裕在"主語、主題、提示語、總主語"一文（《研究資料日本文法⑧構文編》明治書院，1984）中指出"日本語には，主語のない文や主語のあいまいな文が少なくない。文脈・場面との関係上、主語が省略されたり、あいまいになったりすることも多いけれども、文脈・場面がどうなっても主語がなかったり、あいまいであったりする文というものがある。"宮地裕對這類句子提出了如下分類：

Ⅰ コミュニケーション
の成立に関する文
1.よびかけ文
　如：先生！もしもし！やあ！こんにちは。おはよう。
2.わかれ文
　如：じゃあ。バイバイ。さようなら。では失礼。お
　やすみ。

文

3.詠嘆文　如：あ。あら。いた。あつっ。おいしい。
　　　　　　いいなあ。ひどいん！

Ⅱ コミュニケーション
の内容に関する文
4.判敘文 ｛判断敘述文
　　　　 ｛疑念反語文

5.要求文 ｛質問文
　　　　 ｛命令文

6.応答文
　如：ええ。はい。いや。いいえ。そうよ。そうだ。
　そうじゃない。

對其中的判敘文，宮地裕指出：

　　判敘文之一為“事象・事態文”如：“もう八時ですよ。”
“いい天気です。”“おもて口には本日休業と書いてあるので
す。”“国家の主長を元首と言う。”

　　判敘文之二為“主題文”，如“酒は米で作る。”“カナダは
去年行ってきました。”“あんなやつは、もう遊ばないよ。”

三、謂　語

1.　謂語的概念

　　謂語（述語 ）是對於主語的說明，說明主語“是什麼”“怎麼
樣”“幹什麼”。謂語是日語句子成分中最重要的成分，是日語句
子的中心，是句子的網。

2.　謂語的構成

(1) 體言或體言性詞組加斷定助動詞“だ”、“である”或敬體斷定助動詞“です”、推測助動詞“らしい”，或加語氣助詞等。有時還可以直接用體言結句。例如：

㊺ 私が責任者です。／我就是負責人。

㊻ あの人がなかなかのがんこ者らしい。／那人像是個相當頑固的人。

㊼ クジラは魚か。／鯨是不是魚？

(2) 形容詞、形容動詞。包括單個形容詞、形容動詞、以及其後加有助動詞、補助成分（補助動詞、補助形容詞、補助慣用型）、語氣助詞等的詞語。

㊽ 男はつらい。／男人不好當。

㊾ 広島の五月って、大変きれいですよ。／廣島的5月是很漂亮的。

㊿ あの山は高くない。／那座山並不高。

(3) 動詞。包括單個動詞、動詞加助動詞、動詞加補助成分（補助動詞、補助形容詞、補助慣用型）、動詞加語氣助詞等。例如：

(51) 一つの共通点がある。／有一個共同點。

(52) 大学は東京大学と決めていた。／大學，選定了東京大學。

(53) 解決の方法を考えてほしい。／希望考慮一下解決辦法。

(54) ある意味では、幸運(こううん)だったと言えるかもしれない。／在某種意義上也許可以說是幸運的。

3. 並列謂語

在一個句子中，有時不止有一個謂語，而是有兩個或更多的謂語。只要這些謂語都是同前面的同一個主語搭配的，這個句子就仍然是簡單句。簡單句中幾個謂語之間，存在如下兩種關係：

A　並列關係

(55)　村の人たちは、ほんとうにいい人ばかりで、わたしにとても親切にしてくれた。／村裡的人的確全是些好人，對我十分熱情周到。

B　轉折關係

(56)　ぼくは行ってみたいのに、行きたくないと言っています。／我想去，可嘴上說不想去。

(i)　謂語是十分重要的一個成分，除了某些獨詞句外，日語中很難找出沒有謂語的句子，反之沒有主語、主語不確定的句子倒是很多。日語中存在謂語之一點，是眾所公認的。但是，何謂謂語，卻又眾說紛紜。例如“花が咲く”“色が美しい”中的“咲く“美しい”可以稱之為謂語，而“花が咲く季節”“色が美しい絵”中的“咲く”“美しい”是否叫謂語，就有了不同的看法。橋本語法、日本學校語法、大綱和本書均主張視之為謂語。這樣有利於說明句子成分的功能和成分之間的關係。

(ii)　謂語是日語句子的中心，句子的最外層的各個成分都是和謂語發生關係的。北原保雄曾以下句為例作過分析：

昔　太郎は　次郎に　本を　読ま　せ　なかった

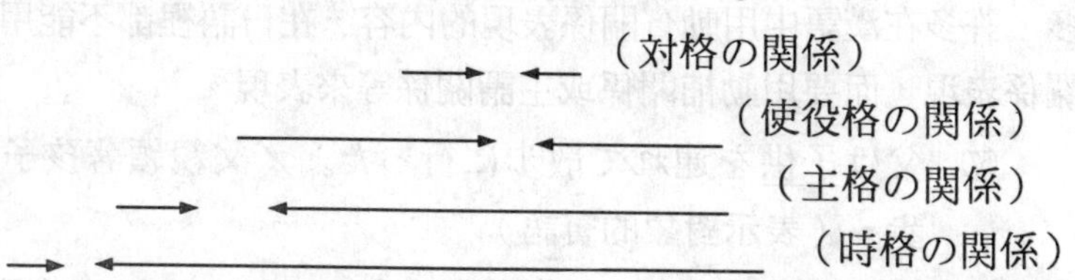
（対格の関係）
（使役格の関係）
（主格の関係）
（時格の関係）

(iii)　構成謂語的可以是一個用言（“體言或體言性詞組加斷定助動詞等助動詞”可以看成廣義的用言），也可是用言後續有補助成分、助動詞、語氣助詞等的詞語。如“私は行く。”的謂語由一個動詞構成的句素充當；而“ご注文の品は、もう作り始めさせて

いただいておるようでしたわよね。”一句的謂語則是由一個動詞、3個補助動詞、3個助動詞、3個語氣助詞構成的擴展的句素充當。

當由“用言＋補助成分＋助動詞＋語氣助詞”構成謂語時，各部分的承接順序是有一定規律的。關於謂語部分的結構以及它們各自的功能，它們與其他成分的關係，南不二男在《現代日本語文法の輪廓》（大修館，1993）裡曾對各家之說作過比較，並整理成為下表。

四、賓 語

1. 賓語的概念

賓語（目的語）是表示他動詞所表示的動作的對象或結果的，是動詞的連帶成分。賓語是對動詞說的，賓語與動詞的關係，因動詞而異。在日語裡，最常見的是：

(1) 賓語是動作、行為所涉及的直接對象；

(2) 賓語是動作、行為造成的直接結果；

(3) 賓語是表示使役的對象。

同漢語相比，日語賓語所能表示關係的範圍要比漢語狹窄得多。許多在漢語中用動賓關係表現的內容，在日語裡都不能用動賓關係表現，而要用動補關係或主謂關係等來表現。

⑤ 父は子供を連れて散歩に行った。／父親領著孩子去散步。（表示對象的賓語）

⑤ 新しく買った傘を電車の中に忘れてしまった。／把新買的傘忘在電車裡了。（表示對象的賓語）

⑤ 兄は木で机を作った。／哥哥用木料做了個桌子。（表示結果的賓語）

⑥ 洋子は英語で<u>詩を</u>書く。／洋子用英語寫詩。（表示結果的賓語）

⑥ 母は<ruby>娘<rt>むすめ</rt></ruby>を学校へ行かせた。／媽媽讓女兒上學校去了。（表示使役對象的賓語）

2. 賓語的構成

賓語由體言或體言性詞組加賓格助詞 "を" 構成。這個 "を" 也常被提示助詞、副助詞等頂替。在它被頂替了的時候，則需要判斷提示助詞或副助詞是頂替了 "が" 還是頂替了 "を"，此時主要根據動詞的搭配習慣去判斷。

⑥ このことに対して<ruby>疑問<rt>ぎもん</rt></ruby>を持っています。／對這個問題抱有疑問。

⑥ <u>ご意見やご<ruby>感想<rt>かんそう</rt></ruby>を</u>聞かせてくださいませんか。／您能不能讓我聽聽您的意見和感想呢？

⑥ <u>来年大学にはいることを</u><ruby>目標<rt>もくひょう</rt></ruby>とする。／以明年考上大學為奮鬥目標。

⑥ 田中さんは毎日<u>小説ばかり</u>読んでいる。／田中每天淨看小說。

⑥ <u>交通の問題は</u>、都市と農村とを問わず、今日の生活から切り離すことができない。／交通問題，不管是農村還是城市，都不能脫離現實生活。

……‧……‧……‧……‧……

(i) "目的語" 也叫 "客語"，是表示動作、作用承受者的句子成分。有的語法學家把它歸入補語之內，有的把它歸入狀語（連用修飾語）之內。日本學校語法中不設賓語，把它歸入狀語。

(ii) 從形態上看，賓語都帶有格助詞 "を"，但是帶有 "を"

的未必都是賓語，因為"を"還可以作為補格助詞表示行為動作離開的場所和移動的場所。如"家を出る。""大学を卒業する。""空を飛ぶ。""右側を歩く。"等。

　　(iii) 關於"名詞＋を"的賓語與動詞的意義搭配關係，奧田靖雄在"を格の名詞と動詞とのくみあわせ"一文（《日本語文法・連語論（資料篇）》1983，むが書房）中作了如下分析

　　(ア) 対象へのはたらきかけ

　　　(1) 物にたいするはたらきかけ

　　　○ こまをまわす。／轉陀螺。

　　　(2) 人にたいするはたらきかけ

　　　○ 子供を育てる。／養育孩子。

　　　(3) 事にたいするはたらきかけ

　　　○ 誤解をとく。／消除誤解。

　　(イ) 所有のむすびつき

　　　○ 手紙をうけとる。／收信。

　　(ウ) 心理的なかかわり

　　　(1) 認識のむすびつき

　　　○ においをかぐ／聞味兒。

　　　(2) 通達のむすびつき

　　　○ 不平をいう。／發牢騷。

　　　(3) 態度のむすびつき

　　　○ 病気をおそれる。／害怕生病。

　　　(4) モーダルな態度のむすびつき

　　　○ 幸わせの将来をはかる。／謀求將來的幸福。

　　　(5) 内容規定的なむすびつき

　　　○ あいさつを述べる。／致辭。

(エ) 状況的なむすびつき（奧田在這裡所列是表示起點、表示經過的"を"，通說視之為補語。）

(iv) 日漢賓語對比的情況，大致整理成下表。

意義關係		結　果	直接對象	間接對象	處所	方向	著落	工具	施事	存在主體	數量
漢語賓語		造機器	看電影	學習他	在北京	去上海	裝箱子	糊紙	出太陽	有雜誌	買兩個
日	賓語	機械を造る	映画を見る								
	補語			かれに学ぶ	ペキンにいる	上海へ行く	箱に入れる	紙ではる			
	主語								日が出る	雜誌がある	
語	狀語										二つ買う

五、補　語

1.　補語的概念

補語（補語）是補充說明謂語的成分，它的主要語法作用是在動作行為的間接對象、間接結果、起迄、著落點、施受關係、時空條件等方面對動詞加以補充說明。此外也有部分形容詞、形容動詞可以帶補語。日語的補語有的與漢語的賓語相當，有的與漢語的介賓結構相當。

⑥　人口が100万から120万にふえた。／人口從100萬增加到了120萬。

⑧　家から駅まで歩きます。／從家步行到車站。

⑥ どこの駅で乗り換えたらいいでしょうか。／在哪個站換車好呢？

⑦ 先生へよろしくお伝えください。／請代問老師好。

⑦ わたしの家は会社からあまり遠くない。／我家離公司不太遠。

⑦ この電車に乗ったほうが、ぼくに便利だ。／坐這路電車對我來說很方便。

2．補語的構成

補語由體言或體言性詞組加補格助詞構成，但"と"、"より"也可以接在用言後。例如：

⑦ 飛行機が陸地を離れました。／飛機離開了地面。

⑦ 媒質の中では、振動は一つの場所から他の場所へいつも有限の速度で伝わっていく。／在介質中，振動總是以有限的速度，從一個地方向其他地方傳播。

⑦ 電力はエネルギーを遠方に運んだり、各所に分配したりするのに便利である。／電能便於把能量輸送到遠方或供應給各處。

⑦ よくがんばろうと考えています。／想要好好地努力。

⑦ いまは病気をなおすよりも防ぐほうに重点をおくようになった。／現在與治病相比已把防病作為重點了。

…… • …… • …… • …… • ……

(i) 對於日語補語的認識，無論是在日本還是在我國，都還沒有統一。因之，同用"補語"這個術語，但往往所指的內容並不相同。有的人認為補語是謂語表述中必不可少的部分，如"味方が敵

になる”中的“敵に”，“葉子を悦子に紹介する”中的“悦子
に”。如果缺少了補語，意義就不完整，或者不知所云。

　　有的人主張僅把英、俄語中的間接對象稱為補語，如“弟に日本
語を教える”中的“弟に”，“妹に万年筆をやる”中的“妹に”。

　　也有的人覺得乾脆不立補語這個成分為好，把補語都歸入狀語
之內。

　　本書無法提出一個更準確的定義，但規定了補語的範圍，即凡
是帶有補格助詞者均視為補語。此說源於周炎輝《現代日語語法》
（高等教育出版社　1982）及以此為基礎的高等學校理工科教學用
書《日語》（高等教育出版社　1982）。我們並不認為這是十分完
美、科學之說，不過對於日語教學有其方便易懂之處，因此採用了
這個觀點。

　　(ii) 在學習補語的時候，需要注意之處是：

　　(ア) 注意將補格4助詞與同形詞辨別開來。例如：

　　○　趙(ちょう)君と行く。（“と”是補格助詞）

　　○　趙君と王君が行く。（“と”是並列助詞）

　　○　きものにインクがついた。（“に”是補格助詞）

　　○　このきものの柄(がら)は松(まつ)に鶴(つる)がついている。（“に”是並列
　　　　助詞）

　　(イ) 注意把直接接在用言、用言性詞組、句子後的補格助詞辨
認出來。例如：

　　○　日本人のだれかに「自然の色は何か。」と尋(たず)ねてみる。
　　　　（補格助詞“と”接於句子之後）

　　○　歩くよりしかたがない。（“より”接於動詞後）

　　○　かれを喜ばせるには、これが一番だよ。（“に”接於用
　　　　言性詞組之後）

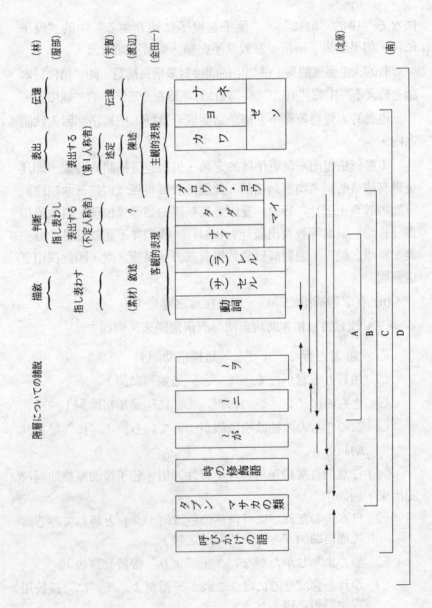

第三節　句子成分（二）

一、定　語

1. 定語的概念

1.1 定語（連体 修 飾 語）是修飾限定體言的句子成分。它和其他成分的不同之處在於它不能和謂語有直接的關係，即它與主語、賓語、補語及修飾限定謂語的狀語並不處在一個層次上，它不是獨立的一個句子成分，而只是擴展的句素中的一部分。日語中，定語一定處在它所限定、修飾的體言之前。

1.2 定語與它所修飾、限定的體言之間存在種種關係，最為常見的有：領屬關係，同一關係，表示性質、狀態，表示材料、原料，表示指代，表示場所範圍，表示時間、時刻，表示數量、順序，表示施事、受事，表示比喻等。

① 私の本／我的書（領屬）

② 会長の中田先生／會長中田先生（同一）

③ まじめな人／認真的人（性質）

④ もめんのシャツ／棉襯衫（材料）

⑤ この町／這個城鎮（指代）

⑥ 中国地の方産 業 ／中國地方的產業（場所）

⑦ 12 時 10 分発の電車／12 點 10 分發車的電車（時間）

⑧ 3 匹の子豚／3 頭小豬（數量）

⑨ からの研 究 ／他的研究（施事）

⑩ 日本語の勉強／日語的學習（受事）

⑪　コーヒーのようなもの／咖啡那類的東西（舉例）

⑫　砂糖のような白 色 粉末／白糖似的白色粉末（比喻）

2.　定語の構成

2.1　體言或體言性詞組加連體格助詞“の”

⑬　国 際間の問題はきわめて複雑なんだ。／國際間的問題極其複雜。

⑭　純子さんはいつも近くのショッピングセンターで買い物します。／純子總是在附近的購物中心買東西。

⑮　19 世紀の天文学者たちは星の色を数字で表そうといろいろ苦労した。／ 19 世紀的天文學家們為了要用數字表示星星的顏色曾費了一番苦心。

⑯　あの人は日本人顔負けの日本語で通訳する。／他翻譯得很好，連日本人都自愧不如。

2.2　連體詞

⑰　あの人はいつも大きなことを言うんだ。／他總是說大話。

⑱　日本のある代 表 団は来たる十五日に来訪する予定です。／日本某代表團預定於本月 15 日來訪。

2.3　用言、用言性詞組的連體形

⑲　日本は資源に乏しい島国です。／日本是個缺乏資源的島國。

⑳　その人は悲しそうな顔をして行ってしまった。／那個人滿面愁容地走了。

㉑　彼女は日本語教育に関する論文を書きました。／她寫了篇關於日語教學的論文。

2.4　副詞或副詞加“の”

㉒　<u>たいていの計器</u>はこわれやすい器具である。／大多數的
儀表都是容易損壞的。

㉓　<u>家がせまいのにたくさんの</u>友だちに来られて、困りまし
た。／房子狹小，來了許多朋友，沒法招待。

㉔　これは<u>初めての</u>経験なのでおどろきました。／這是初次
經歷，所以吃了一驚。

2.5　體言＋補格助詞（除“に”外）＋“の”、用言＋“て”
＋“の”、內容詞＋副助詞＋“の”

㉕　<u>月面上での</u>重力は、地球上の約 1/6 である。／月球表面
上的重力約為地球上的 1/6。

㉖　<u>安全作業についての</u>知識は、現場で働く者にとって、き
わめて重要である。／關於安全操作的知識，對在工地的
工作人員來說是極為重要的。

㉗　<u>買ったばかりの</u>時計を落としてしまった。／把剛買的錶
弄丟了。

2.6　句末用活用詞連體形的句子

㉘　<u>夏目漱石の書いた</u>小説を一冊借りてきた。／借來了一本
夏目漱石寫的小說。

㉙　<u>兄が買ってくれた</u>辞書は今も使っている。／哥哥給我買
的字典現在還在使用。

㉚　これは<u>時間のかかる</u>仕事だ。／這是花費時間的工作。

……・……・……・……・……

(i)　定語是修飾、限定體言的，這一點毋庸置疑。但是修飾限
定的範圍有多大，是一個需要注意的地方。按照句節說的觀點來看
定語，“美しい花が中，“美しい”是一個句節，是連體修飾語，

修飾 "花が"，在 "私の本です" 中，"私の" 是一個句節，是連體修飾語修飾 "本です"。這種解釋一是沒有科學地判定出定語的修飾範圍，二是沒有科學地說明定語的層次，把定語說成了獨立的句子成分，與主語、謂語同等的句子成分。這是不妥當的。

(ii)幾個定語修飾一個體言時，這些定語與被修飾的體言間是何關係呢？周炎輝在《現代日語語法》（高等教育出版社 1982）一書中作出過解釋，很有參考意義：

兩個定語修飾一個體言時，這兩個定語與被修飾的體言之間，一般有 3 種層次關係：

(1) 並列修飾——兩個定語並列地修飾一個體言，第一個定語為用言時，可以用連用形、也可以用連體形，還可以通過接續助詞 "て" 等並列。既使將兩個定語的位置顛倒一下意義不變。例如：

○ 酸性の黄色の化合物／酸性的黄色的化合物

○ 静かできれいな部屋／安靜而漂亮的房間

○ 勤勉な、勇敢な人民／勤勞，勇敢的人民

○ 薄くて美しい和紙は、実用性と同時に芸術性を備えている。／薄而美的日本紙既有實用性，又有藝術性。

(2) 遞加修飾——緊靠被修飾語的定語與該體言構成一個體言性詞組，再接受前面的定語的修飾，此時，兩個定語的位置不能顛倒，譯成漢語時，第二個定語後的 "的" 可以省略。例如：

○ かれの日本語の研究／他的日語研究

○ 図書館の新しい本／圖書館的新書

(3) 頓加修飾——第一個定語修飾第二個定語中的體言，構成一個體言性詞組，這個詞組加 "の" 再修飾後面的體言。此時，兩

個定語的位置不能顛倒；譯成漢語時，前一個定語後的“的”可以省略。例如：

○ 私の弟の帽子／我弟弟的帽子

○ 新しい図書館の本／新圖書館的書

3 個定語或更多的定語修飾一個體言時，也無非是以上 3 種層次關係的疊加。例如：

○ 学校の図書館の薄くて美しい和紙（わし）／學校圖書館的薄而美

的日本紙

二、狀 語

1. 狀語的概念

　　狀語（連用修飾語（れんようしゅうしょくご））是修飾、限定用言、用言性詞組乃至整個句子的句子成分。當它所修飾、限定的部分是句子的謂語，或者是整個句子時，這個狀語是句中獨立的成分，否則它只是擴展句素中的一部分。換言之，有的狀語是與主語、謂語、賓語、補語處於同一層次的，這些就是直接構造句子的成分；也有的狀語處於低的層次，它連同它修飾、限定的部分只是一個詞組，這個詞組通過一定的語法手段成為擴展的句素入句，這個句素可能是直接構造句子的一個成分，也可能仍然是擴展的句素中的一部分。另外，程度副詞還可以限定別的副詞，當然，這個程度副詞只是偏正式詞組中的狀語，只是擴展的句素中的一部分。狀語處於它所修飾、限定的用言、用言性詞組之前。

　　從狀語的修飾關係，可以將狀語分成兩類：

(1) 作為獨立的句中成分的狀語，即直接構造句子的狀語，這種狀語是"句級"成分。此時受此狀語修飾的可以是謂語，也可以是整個句子。

㉛ 「運」という不思議なものによって人生を左右されることがしばしばある。／人生被"命運"這種不可思議的東西所左右是屢見不鮮的。

㉜ あなたのためなら、どんなことでもするつもりです。／若是為了你，我什麼都幹。

㉝ そうした刺激によって、頭の疲れが足元から治り、熟睡できます。／通過這種刺激，大腦的疲勞由腳部治療，就能夠熟睡。

(2) 不作為獨立的構句成分的狀語，這種狀語低於"句級"，它和它所修飾的部分構成一個偏正式詞組，這個詞組再變成擴展的句素，或者入句，或者構成更大的詞組。

㉞ クラスに、絵のとても上手な女の子がいた。／班裡有個畫畫特別好的女孩。（"とても"修飾"上手だ"，這個偏正式詞組入句構成從句的謂語，再通過形態變化使從句作定語。）

㉟ 現在、十進法はもっとも広く使われている。／現在十進制算法得到了更廣泛的應用。（"もっとも"修飾"広い"，構成用言性偏正式詞組，這個詞組通過形態變化構成句素，入句作狀語。）

㊱ 種子の休眠中、呼吸などの生理的活性はほとんど完全に停止する。／種子在休眠期間，呼吸等生理活動幾乎完全停止。（"ほとんど"修飾"完全だ"，這個偏正式詞

組通過形態變化入句構成狀語。）

㊲ 疲れてうたたねをしていたもんですから、気がつかな
かった。／因為疲倦打了個瞌睡，所以沒有注意到。（“疲
れて”修飾“うたたねをしていたものです”，這個偏正
式詞組接“から”入句作狀語。）

2. 狀語的構成

2.1 副詞，其中程度副詞還可構成情態副詞的狀語。

㊳ 写真は<ruby>少<rt>すこ</rt></ruby>しぼんやり<ruby>写<rt>うつ</rt></ruby>っている。／照片拍得有點模糊。

㊴ <ruby>事態<rt>じたい</rt></ruby>の<ruby>発展<rt>はってん</rt></ruby>はあまりにもはやい。／事態發展得太快。

㊵ はっきり答えなければなりません。／應作明確的答覆。

2.2 形容詞、形容動詞的連用形

㊶ その問題については、田中さんが詳しく説明していまし
た。／就這個問題田中做了詳細的說明。

㊷ ご用は<ruby>お気軽<rt>きがる</rt></ruby>にお申しつけください。／有什麼事情請隨
便吩咐。

㊸ <ruby>超音波<rt>ちょうおんぱ</rt></ruby>は<ruby>海中<rt>かいちゅう</rt></ruby>の<ruby>魚<rt>さかな</rt></ruby>を<ruby>見<rt>み</rt></ruby>つけるのに<ruby>盛<rt>さか</rt></ruby>んに<ruby>利用<rt>りよう</rt></ruby>されてい
る。／超聲波在探測海上魚群方面得到廣泛的應用。

2.3 體言或體言性詞組、用言或用言性詞組後續副助詞

㊹ 会議は3時間ぐらい続いたようだ。／會議大約開了3個
多小時。

㊺ あの人はそばにいても聞こえないほど小さな声で話しま
す。／他用小得在旁邊也聽不到的聲音說話。

㊻ わたしはトランクに本をつめられるだけおしつめた。／
我把書盡量塞進了皮箱。

2.4 用言或用言性 詞組後續接續助詞

㊼ 地球は、ほかの惑星(ゆくせい)にくらべて、太陽に近いほうです。／與其他行星相比，地球離太陽較近。

㊽ スピーチする前、いろいろと下準備したので、よくできました。／由於演講前作了充分準備，所以演講很成功。

2.5 表示數量、時間、方位等意義的名詞、體言性詞組

㊾ 駅で切符を買うとき、硬貨を入れ、行先のボタンを押すと、切符が出てくる。／在車站買車票時，只要投入硬幣，按一下目的地的按鍵，車票就出來了。

㊿ 1時間に4キロメートル以上歩けますか。／1個小時能走4公里以上嗎？

(51) 毎日毎日君のことを思っている。／每天每天思念你。

2.6 體言或體言性詞組、用言或用言性詞組後附某些助動詞、某些形式名詞、某些慣用型。

(52) 物質の状態(じょうたい)は温度によって違う。／物質的狀態隨溫度的不同而不同。

(53) 生物(せいぶつ)たちは、新しい生物を子孫(しそん)として残したものも、残さずにほろびたものも、あります。／在生物中，有把新的生物作為子孫留下來的，也有未留下後代而絕種的。

(54) 前に述べたごとく、蒸発(じょうはつ)の速度(そくど)は温度(おんど)と関係がある。／如前所述，蒸發的速度與溫度有關。

(55) ずいぶん長いこと、お待たせいたしました。／讓您久等了。

(56) この交通の問題も東京に住(す)む人にとって大きな悩(なや)みです。／對於住在東京的人來說，交通問題也是個很大的煩

惱。

㊗　ご承 知^{しょうち}のように、日本の文化は中国の文化の大きな影響
を受けています。／如您所知，日本文化受著中國文化的
很大影響。

……・……・……・……・……

（i）"連用修飾語"的內含因學者不同所指範圍不同。大綱和本
書是取的狹義的概念，如取廣義的概念，則把我們所說的賓語、補
語也包括了進去。對"連用修飾語"取廣義概念的代表學者是橋本
進吉，以及以此為基礎的日本學校語法。橋本說"或人は体言に助
詞の附いたものをすべて補語とし、その他のものを修飾語とし
て、両者を品詞の相違から区別しますが、さすれば「湯が水にな
る」の「水に」は補語であり、「湯が冷くなる」の「冷く」は修
飾語となって意味の方から区別は立たないことになります。言語
の上にあらはれない、意味だけの区別は文法上からは全く必要の
無いものであります。これ等はすべて用言又は之に準すべき語に
係るものですから、之を連用修飾語と名づける事としたのであり
ます。"（轉引自《日本文法事典》北原保雄等編，有精堂，1981）

《日本文法講座6　日本文法辞典》（江湖山恆明、松村明編，
明治書院，1962）按照"連用修飾語"的廣義概念描述了"連用修
飾語"的構成。

（1）副詞あるいは副詞に助詞がついたもの（後者指"桜が<u>ば</u>
<u>らばらと</u>散る"）

（2）形容詞の連用形あるいはそれに助詞がついたもの（後者
指"<u>美しいとも</u>思わない"）。

（3）形容動詞の連用形およびそれに助詞のついた形（後者指
"<u>きれいには</u>見えない"）。

(4) 体言がそのまま連用修飾語になるもの（時や数量をあら
わすものに限られている）。

(5) 体言に助詞がついたもの（如"<u>銀行員に</u>なる"、"<u>アメ
リカへ</u>行く"、"<u>本を</u>読む"、"<u>門から</u>出る"等）。

(6) 用言の連体形に格助詞がつくもの（如"<u>安いのを</u>くださ
い"、"<u>行くのも</u>めんどうだ"）。

(7) 用言に接続助詞のついたもの（如"雨が<u>降るから</u>行かな
い（編者説明：原文線的長度如此，似應是"雨が<u>降るか
ら</u>"作狀語，否則"雨が"不好處理）、"<u>おかしいので</u>
笑い出した"、"学校が<u>終ったから</u>帰ろう"、"<u>食べな
がら</u>話す"、"<u>聞いたのに</u>忘れた"）

(8) 対等の体言の重なったもの（如"魚屋は<u>5日・25日に</u>休
む"、"<u>本とノートを</u>買う"）

(ii) 狀語的位置一定在被修飾的用言或用言性詞組前面，但不
一定緊靠被修飾語，因此，正確地判斷出一個狀語修飾後面的哪一
個用言（或用言性詞組）是十分重要的。有的時候，就因對狀語的
修飾關係有不同理解，而可以對句子的意思有不同理解。例如：

○　わたしたちはどろまみれになって逃げる男を追いかけた。

對這個句子，可以有兩種理解。一種理解是，狀語"どろまみ
れになって"是修飾"逃げる"的，意思為：

○　わたしたちは、どろまみれになって逃げる男を追いかけ
た。／我們追趕滿身是泥的逃跑的人。

另一種理解是，狀語"どろまみれになって"是修飾"逃げる
男を追いかけた"的，意思為：

○　わたしたちはどろまみれになって、逃げる男を追いかけ

た。／我們滿身是泥地追趕逃跑的人。

要能對狀語的修飾範圍作出正確的判斷，一方面要注意上下文，另一方面要注意詞的搭配習慣。以副詞為例。陳述副詞一般是修飾全句或整個謂語部分的，因此位置比較靠近句首，情態副詞比較靠近被修飾語，程度副詞次之。例如：

○　メロスは激怒した。必ず、かの邪智暴虐の王を除かなければならぬと決意した。／梅格斯大怒，他決心一定要把那個奸詐殘暴的國王除掉。

○　大倉先生は改めて教室をぐるりと見回した。／大倉先生重新巡視教室一圈。

三、獨立語

1.　獨立語的概念

獨立語（独立語）是獨立於句子結構之外的句子成分。它既不屬於主語、謂語、賓語、補語、定語、狀語，也不屬於構成這些成分的詞語及其修飾語，它與這些句子成分沒有直接關係，所謂獨立語就是基於這種獨立性而得名的。

擔任獨立語的句素，其關係語義成分是靠詞序手段獲得的，獨立語一般都在句首。

本書所說的獨立語，由表示感嘆、應答、招呼、接續、提示等意義的詞語構成。

⑱　まあ、驚いた。／啊，嚇我一跳。

⑲　はい、分かりました。／是，明白了。

⑳　三宅さん、はやくいらっしゃい。／三宅，快來。

㉑　風よ、吹け。／風啊，吹吧。

⑥　（雨はやんだ。）しかし、風はまだ強い。／（雨停了），
　　但風仍然很大。

⑥　11 月 16 日、この日は紀念すべきだ。／11 月 16 日，這是
　　個值得紀念的日子。

2．表示感嘆、應答、招呼的獨立語

　　表示感嘆、應答的獨立語一般是由感嘆詞構成；用來打招呼的
獨立語主要由名詞構成，也有用"名詞＋語氣助詞"等的情況。這
一類獨立語置在句首，在口語中其後有較為明顯的停頓，在文章中
其後有逗點。

⑥　ああ、いかにもすばらしい。／啊，多棒呀！

⑥　あっ、この男だ！／啊，就是這個傢伙！

⑥　はい、そうです。／對，是那樣。

⑥　いや、そうじゃない。／不，不是的。

⑥　ちょっと、あなた。／喂，當家的。

3．表示接續的獨立語

　　表示接續的獨立語多由接續詞構成，置於後句之首，或置於主
句後一分句之前。也有時接續詞構成的獨立語置於一段之首。此
時，是把前段或由前段概括成的一句話視為前句，把後段或後段首
句或後段概括成的一句話視為後句。換言之，這類獨立語所連接的
兩部分可以是從句與主句，分句與分句，也可以是兩個句子，兩個
段落。這類獨立語之後有時加有逗點。

⑥　試験を受けるか、またはレポートを出すかしなければな
　　らない。／必須參加考試或交出一篇研究報告。

⑦　Ａ：あしたは天気が悪くなりそうですね。／看來明天要
　　變天呢。

B：ですからあしたはやめましょう。山へ行くのは。／
　　那明天登山的事就算了吧。

⑦ 京都は、人口は百万ですが、町はたいそう静かで美し
　　く、その上に昔からの歴史を物語る名所が多いので、日
　　本でいちばんの観光都市になっています。／京都有 100
　　萬人口，市內極其安靜美麗，而且日本古代的歷史名勝也
　　很多，因而它是日本首屈一指的觀光城市。

⑦ 今日は雨の中をお集まりくださいまして、ありがとうご
　　ざいました。では、さっそく、司会の田中さんをご紹介
　　いたしましょう。／今天各位冒雨來參加集會，萬分感
　　謝。那麼，首先讓我來介紹一下主持人田中先生。

⑦ 電報はできるだけ短い文章にしなければならない、その
　　ゆえ、手紙の場合に普通書く時候のあいさつなどは省い
　　てしまう。／電報必須盡量將電文寫得短些，因而就要省
　　略掉寫信時常用的有關時令的寒喧。

⑦ 晩秋（ばんしゅう）の候（こう）となりましたが、ご一同様（いちどうよう）にはお元気にお暮
　　らしのこととお喜び申し上げます。

　　　さて（しょうせい）、小生この度、明治化学の本社に就職（しゅうしゅく）を決定いた
　　しました。ようやく念願（ねんがん）がかない、第一志望（しぼう）の会社に採用（さいよう）さ
　　れ、躍（おど）りありがたいような気持ちになっております。

　　　晚秋時節，恭祝各位身體健康，生活愉快。

　　　本人此次決定就職於明治化學公司本部，終於實現了進第
　　一志願公司的願望，心情萬分激動。

　　　　　…… • …… • …… • …… • ……

(i) 獨立語的範圍也因不同學者有不同看法。廣義的獨立語包括本書所說的獨立語，也包括本書所說的提示語、同位語。狹義的獨立語則僅指表示感嘆、應答、招呼的那一部分，將本書歸為表示接續的獨立語那一部分歸入接續語。大綱和本書取中間的意見。

(ii) 在"まあ"和"驚いた"組合成的句子中，"まあ"表示感嘆。對此沒有什麼異議。但是"まあ"和"驚いた"是什麼關係，卻又需要討論。以"まあ，いた。"和"まあ，驚いた"兩個句子來說，前者的"まあ"要說成升調或平調，表示句子並未結束。後者的"まあ"要說成降調，說明"まあ。"雖然是一個獨立語，雖然與句中其他成分沒有直接關係，但是它並不是與下文毫無關係的，並不是完全獨立的。北原保雄認為，從句法角度考慮時，簡單地說"まあ"等是"比較獨立的成分"的說法值得考慮，他認為"まあ"在這裡是具有陳述功能，是一種句子性質的存在，它沒有結句，表示了它與下文是並列關係，即這類詞有種構句上的並列功能，"まあ"和"驚いた"是一種並列關係。

(iii) 所謂接續語，從其歸屬到內容，都有不同的說法。有的主張接續語是獨立語的下位分類之一，有的主張接續語是與獨立語平行的句子成分。有的主張接續語都是由接續詞構成，有的主張把接續助詞也看成接續語，還有的主張內容詞附上接續助詞後都應視為接續語。

大綱和本書未使用接續語的術語，如果把一部分定位並以接續語稱之的話，則接續語應為獨立語的下位分類之一，且僅指由接續詞構成的那一部分。不過本書所說的仍與日本有些學者的看法不同，本書只承認連接從句與主句，分句與分句、句子與句子乃至段落與段落的接續詞語，不包括連接單詞與單詞、詞組與詞組的接續詞語。而日本學者多將此二者合起來稱為接續語。如"東京および京都"中的"および"，日本學者認為屬於接續語；本書則不視之

為獨立語，因為它在這裡的地位、作用無異於一個功能詞，"東京および京都"這個整體是個相當於體言的聯合式詞組。

主張把接續詞和接續助詞合起來稱為接續語的，其理由是接續助詞和接續詞所起的作用是一樣的，而且還有既用接續助詞、又用接續詞的情況（即"……が，しかし，……"的形式）。

四、提示語

當句中某一個詞或詞組需要特別加以強調時，可以把它從句中提到句首，而在其原來的位置上加入一個代名詞等指示性詞語，這個指示性詞組後黏附的功能詞表示出了所要強調詞語的正常的語法地位，這個被提到句首的詞或詞組就叫作提示語（提示語）。

提示語處於句子之首，口語中其後有間歇，書面語中其後有逗號。

用言性詞組構成提示語時，可以原封不動，也可以後續形式名詞，偶而還可見到用破折號把用言性詞組與提示性詞組連接起來的用例。

⑦ 「坊ちゃん」、私はこれが読みたかったのです。／《哥兒》，我早就想看了。

⑦ 12月1日、私はこの日を一生忘れないでしょう。／12月1號，我一輩子也忘不了這個日子。

⑦ 不忍の池、詩人はこれを小西湖という。／不忍池，詩人稱它為小西湖。

⑦ 寝ながらテレビを見る、これが私の楽しみの一つです。／躺著看電視，這是我的一個樂趣。

⑦ いつもと同じ服装で、ふだんと変わらぬ気持ちで受験す

　　　　る──これが一番だ。／穿與平常同樣的衣服，保持和平
　　　　常同樣的心情，這樣去考試──最好不過。

　　　　　　…… · …… · …… · …… · ……

　(i) 山田孝雄對於提示語有如下論述：

　さて又述体の句にて、その中にある語に思想上の主力を注げ
るものは之を特別の方法によりて句の先頭に提げて示すことあ
り。今これを提示語と名づく。提示語は下の句と形の上の連絡な
きあり。又連絡あるあり。いづれもその下なる句に云わが本来占
むべき位格を有するものとす。而して、その下なる句の中に、そ
れの本来の位格を示す為に代名詞を置くことあり。然らずして、
その位格を空格としてそれを代表する代名詞も何もなきことあ
り。（《日本文法学概論》，寶文館 1936，轉引自《日本文法事
典》北原保雄等編，有精堂，1981）

　(ii) 提示語所提示的詞語，以主語為多見，其次是賓語，補語
例較少。

　(iii) 對於下例句中的 “会長は” 是否算提示語，

　○　会長は、会員の互選によってこれを選ぶ。／會長由會員
　　　推選出。

說法不一，有的將其歸入提示語，有的不把它歸入指示語，本
書採取後一種說法。

　(iv) 宮地裕在 “主語、主題、提示語、総主語” （《研究資料
日本文法⑧　構文編》明台書院，1984）中提出：

　このほか、あまりに話しことば的なためか、一般の注意をひ
かないようだが、独話には、

　○　ですから、……、川崎にも川崎の市で作った保健所があ
　　　ると……、京都にもやはり京都市で作った保健所がある

と、こういうふうになっているわけなんです。

○　聞き手が、ソノー、話し手の主観に反映すると、それを
　　相手と名づける。

のように、「と」で中止的な表現をする提示語がある。この
「と」は、音調も一段ひくく付くことがおおく、接続調の「と」
と區別される。「引用提示句」と称したことがあるが、これも文
の成分としては提示語というべきものである。

五、同位語

　同位語（同格語）是指與句中另一詞語在語法上處同樣地位、
在內容上指同一事物的句子成分。同位語一般由體言、體言性詞組
構成。與同位語相對，與它同處一格的另一個詞語，叫做本位語。
從意思上看，同位語實際上是本位語的限定或補注。從位置上看，
同位語可以在本位語之前，也可以在本位語之後。

⑧　<u>われわれ</u>　<u>日本人</u>はとくに注意しなければならない。／我
　　　本位語　　同位語

　　們日本人必須特別注意。

⑧　<u>世界記録保持者</u>　<u>田中聰子</u>選手と一緒に練習した。／和世
　　　同位語　　　　　本位語

　　界紀錄保持者田中聰子一起做了練習。

○　調べてみると、<u>雪地車を動かす機械部分に使われている</u>
　　　　　　　　　　　　　　　　同位語

　　<u>部品</u>、<u>大きなナット</u>が、いつの間にか抜け落ちてしまっ
　　本位語

　　ている。／一檢查，推動雪地車的機械部分上使用的零
　　件，一個大螺帽，不知什麼時候掉了。

㉘　化学反応それ自体が新たな学問分野として生まれるよう
　　　　本位語　　　同位語

になった。／化學反應本身就作為一個新的學科誕生了。

例㉘的同位語有所不同，它不是起限定、補充等作用，而起強調本位語的作用，這是一種複指。這種表示複指的同位語，一般用"その……""それ……"。

同位語不是一種獨立的句子成立，它和本位語一起構成一個句子成分。

　　　　……・……・……・……・……

(i)　或許是由於同位語不是一種獨立的句子成分的緣故，許多日本學者論述句子成分時，都沒有設立"同格語"的項目，也不使用這個術語。而我國的學者則多主張設立同位語這一成分。

(ii) 對於同位語的構成，同位語的範圍，我國學者有不同看法。

靖立青（《日語句法》高等教育出版社，1987）認為"同位語與本位語之間可用領格助詞'の'、指定助詞'である'的連體形，形式用言'という'，接續詞'または'等連接；或用逗號（或頓號）；以及先後排列並無任何標記。"

孫群（《日語句法》吉林人民出版社　1985）認為下列句中劃線者都是同位語。

○　失敗それは成功のもとだ。

○　答えはイエスかノーか二つに一つだ。

○　全国的な勝利をかちとること、これは万里の長征の第一歩をふみだしたことにすぎない。

本書採用周炎輝《現代日語語法》（高等教育出版社　1982）的觀點，與靖說、孫說有相同有不同。

六、插入語

插入語（插入句）是為了對句中某一詞或某一詞組進行注釋和補充說明而插入句子的特殊成分，它和全句、和句內其他成分沒有直接關係。

⑧ その山には、行ってみたら分かることだが、珍しい植物がたくさん生えている。／那座山上，去看一看就知道了，長著很多罕見的植物。

⑧ それで、地球、普通には大地といっているが、これは導体と考えてよい。／因此，地球──一般稱為大地──可以認為是導體。

⑧ 地球は多少とも水溶液を含んでいて、金属に比べるとはるかに少ないが、それでも電気の移動を許す。／地球或多或少含有水溶液，雖然比金屬低得多，但它允許電流通過的。

⑧ 私の祖父、その名前は中島與三郎というが、シチズンを興した人でもある。／我的祖父，他的名字叫中島與三郎，還是創辦西鐵城的人。

有時為了使行文生動活潑而在句中插入插入語，這時主要不是從意義上進行注釋和補充，而是從修辭的角度考慮。如：

⑧ そのとき──わたくしは、あわや自分の目をうたがうところだった──それぞれの指から火花がとんだのである……長い青い火花が！／那時──我差一點就要懷疑自己的眼睛了──從各個手指上冒出了火花……長長的藍色的火花！

……・……・……・……・……

(i) 對於"插入句"，《日本語教育事典》（日本語教育學會編大修館 1982，本條執筆人原田登美）的解說如下：

　　一つの文の中で、述語に従属せず独立して、述語ないしは従属的な成分を伴った述語に対して、說明を加える働きをする成分で、挿入節ともいう。「その山には、行ってみたら分かることだが、珍しい植物がたくさん生えている」の文は、大きく二つの部分に分けることができる。すなわち、「その山には珍しい植物がたくさん生えている」と「行ってみたら分かることだが」の二つの文であり、後者は前者の文の途中にはさみこまれて、全体として一つの文を成している。この場合、前者を本来の文、後者を挿入句という。挿入句は、一般には述語を含んだ言い切りの文の形が多い。しかし、ときには「その時から、<u>つまり第二次世界大戦以来</u>、世界は新しい状況を迎えた」や「私のもとには、息子──<u>いわば私の唯一の財産</u>──しか残らなかった」の下線部のような、意味的まとまりをもつが述語をもたない成分である場合もある。以上のほかには、挿入句として、以下の下線部の例がある。「この夏は<u>雨の日が多かったせいだろうか</u>、例年より涼しく感じられた」、「少女は、<u>晴れた日はもちろんのこと</u>、雨の日も風の日も花を売り歩いた」、「その男、<u>彼の名は山田というが</u>、を見て、彼女は驚いた」。

(ii) 我國有些日語學者也使用"插入句"的名稱，但其所指未必與本書一致，需要特別注意。如靖立青（《日語句法》高等教育出版社，1987）認為"<u>もちろん</u>、これは慣性のためです"，"<u>厄介なことに</u>、日本語には同音異義の漢字が多い"、"<u>とにかく</u>、こんなことは一回きりでよい""<u>一口にいえば</u>鉄の種類は非常に多い"乃至"まず""とりあえず"、"一方では"、"では"、"さて"、"たとえば"等都屬於插入語。

七、句子成分的倒裝與省略

1. 句子成分的倒裝

句子內各種成分的排列，有其正常的順序，出於修飾的需要，可以將某一部分調至句首，以使聽話人獲得更強烈的印象。這種正常語序的改變叫做倒裝（倒置），改變了正常語序的句子叫倒裝句（倒置文）。

句子成分的倒裝常出現在以下 3 種場合：

(1) 為強調而提前某一成分。

⑧ <u>新しい技術を</u>、われわれはもっと<ruby>学<rt>まな</rt></ruby>ばなければならない。／新技術，我們要進一步學習。（賓語提前）

⑧ <u><ruby>根元<rt>ね もと</rt></ruby>で</u>木はひどく<ruby>傷<rt>いた</rt></ruby>んでいた。／樹的根部嚴重受傷。（補語提前）

⑨ <u><ruby>掲示板<rt>けい じ ばん</rt></ruby>に</u>山田さんはポスターをはる。／山田往布告板上貼海報。（補語提前）

(2) 在說話時，往往難以立即完全按照語法規則完整地組織句子，而會自覺不自覺地將最重要的信息脫口說出，而後才把其餘部分補充出來。

⑨ <u>何キロぐらいですか</u>、<ruby>時速<rt>じ そく</rt></ruby>は。／是多少公里？時速。（謂語提前）

⑨ <u>あの小說を</u>、私がもう読んでしまったよ。／那本小說我已經讀完了。（賓語提前）

⑨ <u>どこに書きますか</u>、私の名前は。／我的名字往哪兒寫呢？（補、謂語提前）

(3)　寫文章時，為使前後兩個句子或兩個段落緊密連接，往往把後面句中的一個與前句意義聯繫緊密的句子成分提前。

㉞　ウナギは半生を海中で、あとの半生を淡水中で過ごす。海水と淡水のあいだを魚が自由に往来するのを妨げているのは何であろうか。／鰻魚的一生一半是在海裡，一半是在淡水中渡過的。在海水和淡水之間，妨礙魚兒自由來往的原因是什麼呢？

㉟　外圧を減らすと沸点が降下するのは、ほとんどすべての物質に共通な性質である。これは、沸騰という現象が、その液体の蒸気圧が外圧と等しくなったときに起るものであることから当然である。／降低外壓，沸點就下降。這幾乎是所有物質的共性。沸騰這一現象是在該液體的蒸汽壓與外壓相等時發生的，從這一點來看，出現上述情況是當然的了。

2.　句子成分的省略

在語言環境或語言條件允許的情況下，為使文章或談話語言簡潔明快，句子的某些主要成分可以省略。這種現象叫作句子成分的省略。句子成分的省略指的是：主語、謂語、賓語、補語的省略，而不涉及定語、狀語等句子成分。

句子成分省略的常見形式有以下幾種：

(1)　承前省略　在句子前面部分已提到某一事項，後面又對該事項進行敘述時，可把這一重複部分省略。

㊱　北海道へ一週間行ってきました。（北海道は）寒かったですが、まだ雪は降っていませんでした。／我去北海道待了一週，雖然很冷，但還沒下雪。（主語的承前省略）

(97) 彼は教科書以外の本といっては、父が売り残したもののほかは（本を）持っていなかった。／提到教材以外的書，除了父親賣剩下的以外，他再沒有什麼書了。（賓語的承前省略）

(98) 川の水は、わたしたちの生活と非常に深い関係があります。（川の水は）飲み水以外に、農業をするのにもかかせません。／河水與我們的生活有著密切的關係。除飲用水外，在農業上也是不可缺少的。（主語的承前省略）

(2) **蒙後省略**　句子後面部分將要提到的某一事項，在句子前一部分預先出現時可以將其省略。

(99) 実験の結果によれば、同種の電荷間には反発力が（働き）、異種の電荷間には吸引力が働く。／根據實驗的結果，同種電荷之間有斥力作用，異種電荷之間有引力作用。（謂語的蒙後省略）

(100) 実際(じっさい)には、写真も複雑な技巧(ぎこう)を（必要とし）、俳句(はいく)も複雑な技巧(ぎこう)を必要(ひつよう)とするのだ。／實際上，攝影也需要複雜的技巧，俳句也需要複雜的技巧。（補語、謂語的蒙後省略）

(101) （彼が）母と二人でする食事(しょくじ)の最中(さいちゅう)、彼は何度も子供部屋の柱時計(はしらどけい)に目(め)をやった。／正在與母親倆人吃飯的時候，他好幾次張望掛在小孩房間裡的掛鐘。（主語的蒙後省略）

(3) **泛指省略**　當句子敘述的主體不是特指某人而是泛指一般人時，主語往往被省略。

(102) 宗教上(しゅうきょうじょう)の習慣などによって、ある食物(しょくぶつ)を避(よ)けるといっ

たこともあります。／由於宗教習慣原因，也有忌吃某些
食物的。

⑩ このような振動数の高い音を超音波というのである。
／這種高頻聲波就叫作超聲波。

⑭ この変化するあるいは変化した物質を比べると全く違っ
たものであることがわかる。／將發生這個變化前後的物
質作一比較，就可以知道它們是完全不同的東西。

(4) **自述省略**　用第一人稱口氣寫文章或發表看法時一般省略
主語。

⑮ その鳥の鳴き声を聞くたびに、お別れしてきた皆様のこ
とが思いだされてきます。／每當聽到那鳥的叫聲，就情
不自禁地想起了別後的你們。

⑯ 次に、参考のために「現代かなづかい」のきまりを掲げ、
そのあと間違いやすいことばを示すことにしましょう。
／下面，為供參考，列出"現代假名用法"的規律，並在
其後面標出易錯的詞語。

⑰ まず、日本列島が、熱帯と寒冷地域と中間にあって湿
潤であり、植物の繁茂に極めて適していることも指摘し
なければならない。／首先必須指出，日本列島處於熱帶
和寒冷地區之間，氣候濕潤，極其適合植物的繁茂生長。

(5) **對稱省略**　在表示祈使、商量、邀請、命令、號召等句子
中，由於對象明確，一般省略主語。

⑱ ちょっと考えてみてくれないか。／考慮一下好嗎？

⑲ 大田先生をお囲みして当時の思い出を語り、また、お互
いの新しい生活について話し合う会を開きたいと思いま

すので、ぜひお出かけください。／想再開一次同學會，和大田老師一起回顧一下當時的情景。同時，談一談各自的新生活，請務必參加。

⑩ 生きる権利は人間の基本的な権利ですが、それと同時に、その社を美しく明るくするために働く義^{ぎむ}務のあることを忘れてはなりません。／生存的權利是人類的基本權利，但我們同時不能忘記，還有為建設一個光明、美好的社會而勞動的義務。

……・……・……・……・……

(i) 對於句子成分的"倒置"，《日本語教育事典》（日本語教育學會編，大修館 1982，本條執筆人戶田光子，椎葉順子）的解說如下：

日本語の文中における普通の語順は「係り──受け」で、述語が文末にくる。この順序が逆になり「受け──係り」となるのが倒置文である。普通の文は「この本はおもしろいね」であるが、倒置文は「おもしろいね、この本は」となる。この表現は順序を変えることによって、文頭部が独立性をもち、強く印象付けられるという表現効果がある。初めの述語に対して省略された成分を、あとから補うものと見ることもできる。話し言葉では普通に用いられるが、詩歌にも用例が多い。倒置文の後置部分は、主語を含めた連用修飾語が大部分であるが、連体修飾語や独立語も少しはある。例を挙げてみよう。

主語「一番だったよ、<u>ぼくが</u>」、連用修飾語「降られてしまったの、<u>途中で</u>」、副詞「できるでしょう、<u>多分</u>」、連體修飾語「弟さんですか、<u>あなたの</u>」「くつ、どこだろう、<u>ぼくの</u>」獨立語「困るなあ、<u>しかし</u>」。

　　(ii)　關於句子成分的"省略"，《日本語教育事典》（日本語教育學會編，大修館，1982，本條執筆人戶田光子、椎葉順子）的解說要點如下：

　　　文とは「係り」と「受け」から成り立つのが普通であるが、そのどちらか、又は、成分の一部が欠けていることがある。例えば、「どちらへ」、「ちょっとそこまで」などである。「（あなたは）どちらへ（行かれますか）」「（私はちょっとそこまで（行きます）」の（　）内の部分が省かれているのである。このような文を省略文という。上の例文は、対話の文で質問と答えの文であるから主語が紛れることはなく、また格助詞「へ」「まで」によって、次にくる述語が当然予想されるので、省略しても、意味が通じなかったり、誤解されたりすることがないのである。……係受けの上で省略される成分は、場面、文脈によって、(1)述語、(2)主語、(3)補語などがある。(1)は、あいさつ語、詩歌、諺などに多い。「じゃあ、またあした（あいましょう）」、……話し言葉ではしばしば文の途中で言いさして、末部を表さないことがある。「ぼくもほしいんだけど……」(2)は……日本語の習慣として主語を必要としない文、「（あなたは）どなた様ですか」、「（わたしは）田中と申します」「新緑のころとなりました」などは省略文とはみないのが普通である。(3)には「友達に（このことを）話したら、（友達から）笑われた」……などがある。

第四節　陳述方式

一、什麼是陳述方式

　　每一個句子都毫無例外地包括有兩個方面，一個是句子所表述的客觀性內容，另一個是在表述這一客觀性內容時說話人所取的主觀性態度。前者是素材，是客觀的存在；後者是陳述，是主觀的態度。前者屬於"ディクトウム（dictum）"的世界，後者屬於"モドッス（modus）"的世界。例如：

① 伊藤さんは今日ここへ来るだろうね。／伊藤先生大概今天要到這兒吧。

　　從語法結構上看，這個句子可分為主語（伊藤さんは）、謂語（来るだろうね）、狀語（今日）、補語（ここへ）等幾個部分。從交際功能上看，則可分為兩個部分："伊藤さんが今日ここへ来る"這件事，和說話人對這件事的態度"だろう＋ね"（推測＋對聽話人看法的徵詢）。說話人不是說"伊藤さんが"，而是說"伊藤さんは"，這表示"伊藤さん"這個人是已知，無須討論的，表示"今日ここへ来る"才是重點之所在，才是說話人在本句中要推測、要徵詢的地方，因此，這個"は"雖然位置處於客觀素材之中，但它的作用卻屬於說話人表示自己主觀態度的這一方面。

　　假定這個句子所述的客觀性素材不變，說話人從不同的態度加以陳述，則可以有許多許多，例如：

② 伊藤さんが今日ここへ来る。

③ 伊藤さんは今日ここへ来るに違いない。

④　伊藤さんは今日ここへ来るのではない。

⑤　むしろ（伊藤さんは）今日ここへ来るほうがいい。

⑥　伊藤さんは今日ここへ来るか。

例②表示說話人對"今天是伊藤這個人來這裡"這個客觀性素材作出了肯定的陳述。例③表示說話人對伊藤的今天到來堅信不疑。例④表示說話人對伊藤今天來此這一事實作出了否定的判斷。例⑤表示經過比較之後說話人對伊藤今天來此一事作出了評價。例⑥表示說話人對伊藤是不是今天來這兒一事提出了疑問。

這種表達說話人主觀態度的方式，就是陳述方式（陳 述の様
式）。

從以上例句可以看出，陳述方式中包括肯定、推測、堅信、否定、評價、疑問等等，需要時還可以使用兩種以上的陳述方式表達一個更為複雜的態度。

從以上例句也可以看出，說話人的陳述方式，可以通過構成謂語的一個用言的形態變化來體現，也可以通過謂語部分中的助動詞、語氣助詞、補助成分等來體現。可以通過"は"等提示助詞與謂語的呼應來體現，也可以通過陳述副詞與謂語的呼應來體現。

······ • ······ • ······ • ······ • ······

(i) "文を定義するのに必要な文法的概念として、初めて「陳述」を導入したのは、山田孝雄（1873~1958）である。山田の定義によれば、陳述は、人間の思想の統一作用（統覚作用）のことである。それが言語上に発表されたものを句（単位文）という。そして、陳述は、主位に立つ概念と賓位に立つ概念を結合する作用であり、用言に陳述の力（統覚作用）が寓せられているとする。

　辞書の中に列挙されている「寒い」とか、「流る」とかいう語は、それだけで単なる概念を表す詞に過ぎないのであるが、肯定判断としての陳述を表す場合にも、そのままの形を用いる。

　　風が寒い。
　　水　流る。
　山田は、「寒い」「流る」という用言そのものに陳述の能力があると説く。

　　——加藤彰彦 "陳述"、《日本語教育事典》大修館，1982
　(ii)　"時枝誠記が、その独自の言語理論に基づいて主張した「詞」と「辞」の区別は、やはりディクトゥム的世界とモドゥス的世界の区別に密接な関係がある。時枝によれば、一般に文は、詞（素材的内容を表わす要素）が辞（言語主体の態度を直接的に表わす要素）によって包まれ、かつ結び付けられているような構造を持つとされる。山田、時枝の考え方をふまえながら、文の内容におけるディクトゥム的側面とモドゥス的側面——厳密に言うならば，よりディクトゥム的な側面とよりモドゥス的側面のあり方についてのくわしい分析を試みたのは渡辺実であった。渡辺は「叙述」と「陳述」という二つの概念の区別を提唱した。きわめて大ざっぱに考えると、叙述はよりディクトゥム的な側面に関係があるものであり、陳述はよりモドゥス的な側面に関係するものである。しかしとくに叙述については簡単にディクトゥム的世界の概念と言い切ってしまうことは出来ないようである。渡辺によ

れば、敘述もまったく素材的な世界のものではなく、「内容を描き上げる」「一種の主体的ないとなみ」である。さらに渡辺は、いちいちの言語要素について、体言はもっぱら素材を表わすが、用言は素材的な意味と敘述（渡辺のいう意味の）の意味とをあわせ持つこと？つまりある種の助動詞——たとえば「らしい」「ない」「た」——には、敘述と陳述両方にまたがるようなものがあることなどを指摘している。

　　　——《現代日本語の構造》（南不二男，大修館書店 1974）

　　(iii) 關於陳述方式的研究，目前還是一個熱點，幾點處於百花齊放，百家爭鳴的狀態。就連是否稱之為陳述方式，也是眾說紛紜。寺村秀夫稱之為 "心的態度"，相當於普通語言學說的 "ムード"（《日本語教育指導参考書 4　日本語の文法（上）》国立国語研究所 1978）。森山卓郎認為每個句子都有兩個 "側面"，即 "文の対象的（内容的）側面" 和 "文の対象的（内容的）側面に対する判断"，並說 "多くの場合，前者はコトガラ，後者はムードと呼ばれる"（"認識的ムードの形式をめぐって" 刊《日本語のモダリティ》仁田義雄，益岡隆志編，くろしお出版，1989）。仁田義雄認為日語句子的基本結構是：

| 言表事態 | 言表態度 |

並指出 "言表事態とは、話し手が、現実との関わりにおいて、描き取った一片の世界、文の意味内容のうち客体的な出来事や事柄を表した部分である。言表事態は、言表事態の中核である命題核、さらにウォイスやアスペクトやみとめ方やテンスなどによって形成されている。テンスは、言表事態と言表態度との分水嶺的

存在である。言表態度を形成するのがモダリティと丁寧さである。"他認為"モダリティは、大きく〈言表事態めあてのモダリティ〉と〈発話・伝達のモダリティ〉との二種に分かたれる"、二者的相互関係是"発話・伝達のモダリティが言表事態めあてのモダリティを包み込む形で存在している。たとえば、「彼も来るだろうね。」といった文を例に取れば、「ダロウ」で表示されている言表事態めあてのモダリティを発話・伝達のモダリティに属する「ネ」が包み込んでいる。言表事態めあてのモダリティが発話・伝達のモダリティを包み込むといった逆の連鎖はありえない"、"発話・伝達のモダリティと言表事態めあてのモダリティとの関係は、単に包み包み込まれるといった関係だけではない。その文がどのようなタイプの言表事態めあてのモダリティを取るかは、その文がどのような発話・伝達のモダリティを取るかによって定まっている。言表事態めあてのモダリティのあり方は、その文の発話・伝達のモダリティのあり方によって規定されている。""総ての文は、言表事態めあてのモダリティと発話・伝達のモダリティとを二つながらに有している。言表事態めあてのモダリティと発話・伝達のモダリティとは、ともに文にとって必須である"、"両者のモダリティを含まない文はない"。（《日本語のモダリティと人称》日本語研究叢書第 1 期第 4 巻、ひつじ書房，1991 年）益岡隆志則主張把"ムード"和"モダリティ"區別開來，他認為："「ムード」は、動詞類の屈折体系に関わる文法範疇の一つとする。この立場からすると、「ムード」は屈折の体系を有する類型の言語に対してのみ有意味な概念である。例えば、スペイン語は直接法、接続法、命令法の区別が動詞の屈折に

関与する、といった具合である。これに対して、「モダリティ」は、言語の個別的、類型的あり方に縛られない、一般性の高い概念として定める。すなわち、「モダリティ」は、その現れ方こそ言語によって様々であろうが、何らかの形ですべての言語に関わり得る文法概念と考えたい。"対於"モダリティ"的概念、他認為是"主観性の言語化されたもの"、即"客観的に把握される事柄ではなく、そした事柄を心に浮かべ、ことばに表す主体の側に関わる事項の言語化されたもの"。（《モダリティの文法》、くろしお出版、1991)

二、謂語的陳述方式

1. 用言終止形表示肯定、主張、堅信之類的陳述方式。

⑦　電車が<u>来る</u>。／電車來啦。

⑧　あの先生が学生たちにたいへん<u>やさしい</u>。／那位老師對學生們非常和藹可親。

⑨　秋の山がいちばん<u>好きだ</u>。／最喜歡秋天的山。

2. 動詞命令形表示命令、要求之類的陳述方式。

⑩　それをすっかり<u>話せ</u>！／把它全部說出來。

⑪　はやく<u>起きよ</u>。／快起來。

⑫　また<u>いらっしゃい</u>。／請再來。

3. 助動詞表示否定、願望、尊重、推測、比喩、傳聞等陳述方式。

⑬　<ruby>心<rt>こころ</rt></ruby> <ruby>当<rt>あ</rt></ruby>たりへ電話で聞いたが、行方が分から<u>ない</u>。／給想到的地方都去電話問了，不知道到哪兒去了。

⑭　のんびりと旅行が<u>したい</u>。／想舒舒服服地旅行一趟。

⑮　手順があるだろう。／大概有個順序吧。

⑯　暴風雨が多く、いい天気が少ないそうです。／聽說經常有暴風雨，好天幾不多。

4. 語氣助詞表示疑問、禁示、強調、感嘆、肯定等陳述方式。

⑰　どのくらい持って行きますか。／帶多少去呢？

⑱　そんなこと、気にするな。／那種事，別介意。

⑲　まあ、素晴しいお部屋ねえ……。／啊，好氣派的屋子啊。

⑳　ロシヤ語を知ってるからよ。／因為懂俄語啊！

5. 補助動詞、補助形容詞表示請求、希望、授受、完成、狀態等陳述方式。

㉑　先生がわたしのためにわざわざ推薦の手紙を書いてくださいました。／老師特意為我寫了推荐信。

㉒　暇なとき、わたしの家に遊びに来てほしいです。／有時間，希望到我家來玩。

㉓　初めてだから上がってしまった。／因為是第一次，所以有點緊張了。

㉔　湖の後ろに小高い丘が続き、その林の中に小さなバンガローが点々と散らばっている。／湖的後面是一個不高的山崗，林中星星點點地散落著一些簡易小木屋。

6. 某些補助慣用型表示禁止、應該、勸告、決心、打算以及肯定、說明等陳述方式。

㉕　外国のやりかたをそのまま持ちこむわけにはいかない。／不能照搬外國的作法。

㉖　規則正しい生活をし、無理をしないように心がけなければならない。／應該過有規律的生活，注意不要過於勞累。

㉗　あの成績（せいせき）なら、必ず合格（こうがく）するに違いない。／要是那個成績的話，肯定能考上。

㉘　試験の準（じゅん）備（び）に忙しかったので、手紙を書かなかったんです。／是因為忙於準備考試，所以沒寫信。

……・……・……・……・……

　　根據日語句子"モダリティのカテゴリー"，益岡隆志將日語句子分成了以下9類。

　　(1) 伝達態度のモダリティ——""「ね」，「よ」，「ねえ」，「おい」等の形式で表現される"，其中"ね，よ"是"モダリティの核要素"，"ねえ，おい"是與之呼應的"呼応要素"。

　　(2) ていねいさのモダリティ——"普通体と丁寧体の対立で構成される2項対立のパラダイムを有する。普通体は述語の無標の形式で表され、丁寧体は「~です」や「~ます」の形式で表される。「です」、「ます」は、ていねいさのモダリティの核要素を代表する形式。

　　(3) 表現類型のモダリティ——"表現類型のモダリティを表す形式には、核要素としての「~て下さい」や「なあ」等、呼應要素としての「ぜひ」、「なんて」等が挙げられる。

　　(4) 真偽判断のモダリティ——由"断定""断定保留""未定（質問の文）"三項構成。"断定は述語の無標形で表され"断定保留、未定を表現する形式には主要素としての「だろう」、「らしい」、「ようだ」、「か」等と、呼應要素として「たぶん」、「どうも」、「いったい」等がある。

　　(5) 価値判断のモダリティ——"このモダリティを表す形式には、「ことだ」、「ものだ」、「べきだ」、「~なければなら

ない」「ほうがいい」等がある。これらはいずれもモダリティの核要素として用いられる。"

(6) 説明のモダリティ——"説明のモダリティを表す形式は，モダリティの核要素として働く「のだ」と「わけだ」である。"

(7) テンスのモダリティ——"核要素として「〜た」という形式を、また、呼応要素として「むかし」、「かつて」、「もうすぐ」等の形式を有する。"

(8) みとめ方のモダリティ——是"肯定・否定の判断をモダリティ"、"無標の形式が肯定を表す"、"否定の核要素には「〜ない」という形が用いられ、それに対する呼応要素には「決して」や「必ずしも」等がある。

(9) 取り立てのモダリティ——表現形式有：は、も、でも、ばかり、ぐらい"等、"これらの形式の特徴は、モダリティの核要素であると考えられるにもかかわらず、多くの場合、命題中の要素に接続するという點である。"

益岡的觀點與本書有所不同，但有很多提法頗可參考。

三、提示助詞與陳述副詞的陳述作用

1. 提示助詞和謂語呼應的陳述方式

提示助詞的語法功能就是提示句中的某一個成分，並要求謂語對這一成分加以著重說明。這就意味著提示助詞所提示的成分與謂語之間存在著呼應關係，共同表示說話人的陳述方式。

㉙　彼女にとっては、これが幸福というものの最も具体的な
　　形だった。／對她來說，這就是幸福的最具體的表現了。

㉚　彼も中日比較文化についてのシンポジウムに出席した。

　　　　/他也出席了關於中日比較文化的研討會。

㉛　このようにみんなが心がけて<u>こそ</u>、明るい美しい社会が
　　生まれる<u>のです</u>。／只有像這樣，大家同心協力，才能有
　　一個光明美好的社會。

㉜　一年を通<ruby>つう<rt></rt></ruby>じてたった50ミリ<u>しか</u>雨が降らなかった。／整
　　整一年只有50毫米的降雨。

2. 陳述副詞和謂語呼應的陳述方式

　　陳述副詞是限定謂語陳述方式的一種副詞，它與謂語之間存在
著呼應關係，共同表示肯定、否定、祈使、推測、疑問、假定、比
喻等陳述方式。

㉝　今からこの仕事を始めれば、夕方までには<u>きっと</u>終わ
　　<u>る</u>。／從現在開始做這項工作的話，到傍晚一定能做完。

㉞　成績のいい学生が<u>必ずしも</u>頭がいいとは<u>言えません</u>。／
　　不能說成績好的學生就一定聰明。

㉟　<u>どうぞ</u>たくさんめしあがって<u>ください</u>。／請您多吃點兒。

㊱　ほかの人は別<ruby>べつ<rt></rt></ruby>として、彼は<u>恐<ruby>おそ<rt></rt></ruby>らく</u>でき<u>まい</u>。／別人暫且
　　不談，他恐怕做不到。

㊲　人生<ruby>じんせい<rt></rt></ruby>は<u>いかに</u>生きるべき<u>か</u>。／人生該怎樣渡過呢？

㊳　<u>もし</u>雨が降っ<u>たら</u>行かないことにする。／如果下雨，就
　　不去了。

㊴　風が吹くと<u>ちょうど</u>雪が降る<u>ように</u>、桜の花が落ちる。
　　／風一吹，櫻花就像雪片一樣紛紛落下。

第五節　句子的分類

一、句子的類別

　　對於日語的句子，可以根據句子謂語的構成、句子的作用、說話人對聽話人的態度以及句子的結構進行如下分類：

1. 根據句子謂語構成的分類

　　1.1 判斷句（断定文^{たんていぶん}）或稱斷定句、體言謂語句。以體言加斷定助動詞構成謂語，用以斷定主語"是什麼"的句子。

① 実用性^{じつようせい}こそ工芸^{こうげい}の本質^{ほんしつ}である。／實用性才正是工藝的本質。

② 私が中国を初めて訪れたのは 1984 年だった。／我首次訪問中國是 1984 年。

③ お宅の朝子ちゃんは今年は中学 3 年生でしょうか。／府上的朝子小姐今年是初中三年級學生吧。

　　1.2 描寫句（描写文^{びょうしゃぶん}）或稱靜態句、形容詞謂語句。以形容詞、形容動詞構成謂語，用以描寫主語"怎麼樣"的句子。

④ 外^{そど}がにぎやかだ。／外邊很熱鬧。

⑤ 友達がなくて寂^{さび}しいです。／沒有朋友感到寂寞。

⑥ 生活はあまり豊^{ゆた}かではありません。／生活不太富裕。

　　1.3 敘述句（敘述文^{じょじゅつぶん}）或稱動態句、動詞謂語句。以動詞構成謂語，用以敘述主語"幹什麼"的句子。

⑦ 身をもって教える。／以身作則。

⑧　彼の研究は実^{みのり}を結^{むす}んだ。／他的研究取得了成果。

⑨　その事件^{じけん}は全世界^{ぜんせかいかくち}各地で大大的に報道^{ほうどう}された。／那個事件在世界各地廣泛地報導了。

1.4　存在句（存在文^{そんざいぶん}）或稱存在動詞謂語句。以存在動詞構成謂語，用以說明主語"有什麼"或"在哪裡"的句子。

⑩　住む家が見つかるまでホテルにいる。／找到住房以前住在飯店裡。

⑪　このカンガルーはもとオーストラリアにおりました。／這種袋鼠以前生長在澳大利亞。

⑫　仕事は山ほどある。／工作堆積如山。

2.　根據句子性質、作用的分類

2.1　陳述句（平敘文^{へいじょぶん}）用以進行直接敘述或表示推測、決心、強調等。一般用用言或助動詞的終止形結句。

⑬　何が何でもやらねばならないというわけではない。／並不是什麼都要非幹不可。

⑭　その日は雨が降っていたのです。／那天下雨來著。

⑮　この小説^{しょうせつ}をもとにシナリオを書くだろう。／是根據這篇小說寫電影劇本吧。

2.2　疑問句（疑問文^{ぎもんぶん}）用以表達疑問或反詰。一般多用表示疑問的語氣助詞"か"結句。

⑯　ぼくはそんなことをするものか。／我能幹那種事嗎？

⑰　このコップは熱湯^{ねっとう}を入れてもだいじょうぶですか。／這個玻璃杯不怕開水燙嗎？

⑱　まちがった意見にどうして同意できようか。／怎麼能贊

成錯誤的意見呢？

2.3 命令句（命令文）用以表示命令、禁止、祈使等。一般用用言、助動詞的命令形或者用某些語氣助詞結句。

⑲　お煙草はご遠慮ください。／禁止吸煙。

⑳　するならしてみろ。／要做，就做一做看！

㉑　手を触れるな。／不許動手。

2.4 感嘆句（感嘆文）用以表示感嘆。一般在句首用有感嘆詞，或者在句尾使用表示感嘆的語氣助詞等。

㉒　おや、まあ、うわさをすれば影（がさす）。／哎呀，嘿，說曹操，曹操就到啊！

㉓　まあ、いいお天気だわ。／啊，真是個好天呀。

㉔　きたか、いやになっちゃうなあ。／又來了，真夠嗆。

3. 根據說話人對聽說人的態度分類

3.1 敬體句（敬体、丁寧体）也稱為"デス・マス体"。用敬體助動詞或敬體斷定助動詞等結句。

㉕　この方が先日お話し申しあげた小林さんです。／這位就是我前幾天跟您提過的小林。

㉖　行き届いたおもてなしができず失礼いたしました。／招待不周，十分抱歉。

㉗　あなたにお会いできてほんとうに嬉しいです。／能見到您，非常高興。

3.2 簡體句（常体）也稱為"ダ・デアル体"。以用言或"です"、"ます"之外的助動詞結句。

㉘　彼には多くは望めない。／對他不能期望過高。

㉙　物質文化が社会を豊かにする条件だ。／物質文化是使社會富裕的條件。

㉚　この機械をどうして動かすか教えてほしい。／希望教教我怎樣開動這台機器。

4.　根據句子的結構分類

句子可以其結構為根據進行以下分類：

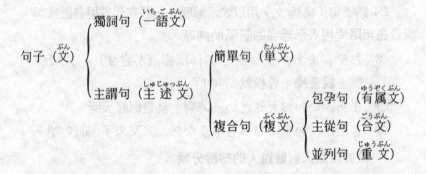

4.1　獨詞句　　由一種成分構成的句子稱為獨詞句，它分不出主語和謂語，通常由單個體言、體言性詞組、用言或感嘆詞構成。

㉛　はい。／是。

㉜　もしもし。／喂。

㉝　しまった。／糟糕。

㉞　自動車！／汽車！

㉟　こんにちは。／您好！

㊱　あつい。／熱。

獨詞句只表示簡單的肯定或否定、同意或不同意、有所請求、有所發現等各種感情。因此可根據詞句表達的內容將其分類為以下幾種。

A　肯定獨詞句　そうです／是。　よろしい／好。

B　否定獨詞句　いいえ／不。　ちがう／不對。

C　疑問獨詞句　なに／什麼？　本当か／真的嗎？

D　發現獨詞句　火事／著火啦！　ごきぶり／蟑螂！

E　情態獨詞句　うれしい／真高興。　いたい／疼。

F　寒喧獨詞句　すみません／對不起。　さようなら／再見。

由單個用言構成的句子，仍可看作是省略了主語的主謂句。這種句子中省略的主語，完全可以通過語言環境推斷出來，因而不作為獨詞句。如“行きますよ。”（省略了第一人稱構成的主語）。

4.2　主謂句　指即具備主語、謂語兩部分的句子。根據語言環境省略主語或謂語的句子，因語言條件允許通常不出現主語的句子，一般也均視為主謂句。

㊲　あなたも行きますか。／你也去嗎？

㊳　鈴木と申します。／我叫鈴木。（省略主語）

㊴　じゃ、まいりましょう。／那麼走吧。（一般不出現主語）

㊵　お忙しいところをわざわざ。／百忙之中專程來訪，非常感謝。（省略謂語）

根據主謂的層次，又可以將這種句子分為：

A　簡單句　只有一層主謂關係的句子。

B　複合句　最少有兩層或兩層以上主謂關係的句子。可分為3小類：包孕句、主從句、並列句。

……•……•……•……•……

(i) 關於句子的種類，日語學者主要有以下觀點：

(ア) 山田語法　山田對於由“句”構成的“單文”和“複文”進行了如下的分類和定義：

　　單文——一つの句によって構成されるもの。

　　複文——二つ以上の句が集まり、一体となったもの。

　　"複文" 又可分為以下 3 種類型：

　　重文——二つ以上の句が並列的に結合したもの。「松は青く、砂は白い」など。

　　合文——対等の価値を有する二つ以上の句が合同して成立したもの。「春が來たが、風は寒い」「春になって、人の心が浮き立つ」など。

　　有属文——その中には付属句（一つの句が独立性を失い、他の文の中で一つの語のように働くもの）をもつもの。「春が来たのがうれしい」「象は鼻が長い」など。

　　(イ) 橋本語法　橋本根據句子的結構對 "文" 作如下分類：

　　単文——主語・述語の関係が一回しか成立しない文。

　　複文——文の成立に「節」を含む文。

　　重文——対立節から成り立っている文。

　　橋本根據句子的性質不同，將句子分為以下 4 種類型：

　　平叙文——肯定・否定の断定や、推量の意味を述べる。

　　疑問文——疑問・反語の意味を表わす文。

　　命令文——命令・禁止の意味を表わす文。

　　感動文——感動を表わす文。

二、簡單句

　　簡單句是主謂句的一種，其特點是句中只有一層主謂關係。無論句子多麼複雜，只要句中只存在一層主謂關係，都是簡單句。除

了簡單的句子成份構成的句子以外，由以下較複雜的句子成分構成的句子，仍然視為簡單句。

1. 複雜的主語其構成形式多為：

(1) 並列主語、體言性詞組＋助詞（…も…も，…と…とが等）

(2) 用言性詞組＋體言＋助詞

(3) 用言性詞組＋形式名詞＋助詞

㊶ われわれの身のまわりの日常生活にあらわれるあらゆる自然現象も、地上をはなれた遠い宇宙のなかでおこるさまざまな現象も、物質を構成する微細な原子の内部でおこる現象も、すべて物理学の対象になっている。

／在我們周圍日常生活中所出現的一切自然現象，在離開地面的遙遠的宇宙中所發生的各種現象，在構成物質的微小原子內部所產生的現象，都是物理學研究的對象。

例㊶中有三個並列的主語"……自然現象も，……現象も，……現象も"各帶有較長的定語，三個並列主語共同與一個謂語"物理學の對象になっている。"構成了一層主謂關係。

㊷ 炉況を良好な状態に持つことは、高炉の操業者にとって重要な作業上のポイントである。／使高爐的運行保持良好狀況，對高爐操作工人來說，是生產上的關鍵性問題。

例㊷ 中的主語也是擴展了的主語。

㊸ 発電所には、水の位置エネルギーを利用する水力発電所、石炭、石油、天然ガスなどの熱エネルギーを利用する火力発電所、核分裂エネルギーを利用する原子力発電所、地熱を利用する地熱発電所などがある。／發電站有

利用水的位能發電的水力發電站；有利用煤、石油、天然
氣等熱能發電的火力發電站；有利用核裂變能發電的原子
能發電站；還有利用地熱的地熱發電站等等。

例㊸有各帶有較長定語的 4 個名詞“……水力發電所，……火
力發電所，……原子力發電所，……地熱發電所”後接“などが”
構成主語。

2. 複雜的謂語其構成形式多為：

(1) 用言性詞組＋體言＋斷定助動詞

(2) 用言、用言性詞組＋用言、用言性詞組

(3) 用言＋修飾慣用型＋用言

(4) 用言＋補助慣用型

(5) 用言＋接續助詞＋用言

㊹ 基礎理論の分野の発展は、実用技術の進歩と不可分の関
係にあり、新しい技術の実用化の際に生ずる種種の問題
点の解決に必要であると同時に、理論の発展の芽となる
新しい問題を技術の中に求めるという点で互いに密接に
関連し合っている。／基礎理論領域的發展與實用技術的
進步有著不可分割的關係，要解決實際應用新技術時所產
生的各種問題，基礎理論是必要的。與此同時，在技術中
尋求成為理論發展萌芽的新問題上，基礎理論的發展與實
用技術的進步密切相關。

例㊹中有 3 個並列的謂語“……関係にあり，……必要である
……，……関連し合っている”與同一主語搭配。因為只存在一層
主謂關係，所以仍為簡單句。

㊺ このような装置のおかげで、生徒は自分の能 力に応じた

学習を進めることができるのです。／由於有了這套裝

置，學生能夠根據自己的能力進行學習。

⑤中的謂語部有補助慣用型，盡管該慣用型是主謂結構，但整

個句子仍然是簡單句。

⑥　北京はわれわれの偉大な祖国の首都であって、全国の政

治、経済、交通および文化の中心である。／北京是我們

偉大祖國的首都，是全國政治、經濟、交通及文化的中心。

3.　複雜的賓語其結構形式多為：

(1) 用言性詞組＋體言＋助詞

(2) 用言、用言性詞組＋形式名詞＋助詞

⑦　流体力学の基礎原理を駆使して、自然界に存在する水

や空気の運動などに関する現象、さらにまた人工的に創

造するさまざまの類似現象を説明するのは、応用流体力

学という。／利用流體力學的基本原理來說明關於存在於

自然界的水和空氣等的運動現象及人工創造的類似現象，

這叫做應用流體力學。

例⑦是帶有一個很長的賓語“流体力学の……現象を説明する

のは”的簡單句。

⑧　銅とか鉄を金に変えようとする人たちを錬金術師とい

う。／想把銅或鐵變成金的人叫煉金術士。

例⑧的賓語是“銅とか鉄を金に変えようとする人たちを”。

“人たち”前的定語是一個用言性詞組。

4.　複雜的補語其結構形式多為：

(1) 用言性詞組＋體言＋助詞

(2) 用言性詞組＋形式名詞＋助詞

(3) 體言性詞組＋助詞

㊾ 原子は、すべて正電気をおびた原子核と、そのまわりをまわっているいくつの負電気をおびた電子とからできている。／原子都是由帶正電的原子核和繞其周圍旋轉的若干個帶負電的電子所組成。

例㊾的補語“……原子核と，……電子とから”由並列的體言性詞組構成，每個體言都帶有定語、賓語等，使得補語擴展化了。

㊿ 水の物理的性質は多くの物理定数や単位を定めるのに用いられる。／水的物理性質用來確定許多物理常數和單位。

例㊿中的補語“多くの……定めるのに”是由“用言性詞組＋形式名詞＋補格助詞”構成。

(51) 今村やら寺田やらへは知らせてやらなければならない。／也得通知今村或寺田。

例(51)的補語是體言性並列詞組。

5．**複雜的定語其結構形式多為：**

(1) 用言性詞組（連體形）

(2) 體言性詞組＋の

(3) 用言性詞組（連體形）
體言性詞組＋の　} ＋ような

(4) 用言性詞組＋形式名詞＋の

(52) 天然自然に存在(そんざい)する物質（原料(げんりょう)）または粗造品(そぞうひん)に、人工を加(くわ)えて原形(げんけい)を変更(へんこう)し、さらに有用(ゆうよう)なものとする産業は工業といわれる。／對天然存在的物質（原料）或粗製品進行加工以改變其原形，使之成為更有用的物質的產業

稱為工業。

例⑫的定語由並列的用言性詞組 "……変更し……する" 構成。

⑬　山本さんなり西尾さんなりの話を聞いてみるのがいい。
　　／可以聽聽山本先生或西尾先生的話。

例⑬的定語由體言性並列詞組 "山本さん……なり＋の" 構成。

⑭　近代化を実現させることの重要性はますます明らかに
　　なってくる。／實現現代化的重要性越來越明顯。

例⑭的定語是由 "用言性詞組＋形式名詞＋の" 構成。

6．**複雜狀語其結構形式多為：**

(1) 用言性詞組＋副助詞、接續助詞
(2) 用言性詞組＋修飾慣用型
(3) 體言性詞組＋修飾慣用型

⑮　動物は植物や植物をたべている他の動物をえさとしてと
　　らえなければならないために、植物のように一か所に動
　　かずに、じっとしているわけにはいかないのです。／動
　　物必須把植物和吃植物的其他動物等取作食物，所以不能
　　像植物似地待在一個地方一動不動。

例⑮中 "植物や……ために" 是一個結構複雜的目的狀語。

⑯　この木は三人でやっと抱えられるくらい太い。／這棵樹
　　很粗，3個人勉強摟得住。

例⑯中的狀語為 "三人で……くらい"。

三、包孕句

包孕句是複合句的一種，其特點是句中有兩層或兩層以上的主謂

關係，且句中的某些基本成分由句子充任。即包孕句是大句子中包含著一個或幾個小句子，這些小句子充當大句子的句子成分。大句子包孕的小句子稱作從句，根據從句構成句子成分的不同可分為主語從句、謂語從句、賓語從句、補語從句、定語從句和狀語從句等。

1.　包孕有主語從句的包孕句

包孕句中包孕的主語從句的構成形式一般是：

(1) 句子＋形式名詞＋表示主語的助詞

(2) 句子＋という＋形式名詞＋表示主語的助詞

⑤ 私が解放後の中国を初めて訪れたのは 1984 年だった。／我初次訪問解放後的中國是 1984 年。

⑤ 化学が最終的な目標を反応と関連させているということは物理学の場合と目的を異にするといえよう。／化學的最終目的與反應有關，這一點可以說與物理學的目的不同。

⑤ 農耕が日本人の暮らしの中心になったことも、その結果として当然であった。／其結果，農耕也就當然地成了日本人生活的中心。

主語從句中的主語一般用 "が" 表示，但有時用 "の" 表示，甚至也有用提示助詞、副助詞頂替的情況。特別是用提示助詞頂替時，一定要弄清搭配關係。

⑥ ニュートンの発見したのは、そういうことだけではないのです。／牛頓所發現的並非只有這些。（主語從句中，用 "の" 頂替 "が"）

主語從句後一般有形式名詞（有時形式名詞可省略），如果從句後是實質名詞，這個從句就應看作定語從句而不是主語從句。

2. 包孕有謂語從句的包孕句

包孕句中包孕的謂語從句的構成形式一般是：

(1) 句子（體言が＋形容詞、形容動詞、部分自動詞）

(2) 句子＋補助慣用型（如のだ、ことだ、ものだ、はずだ、わけだ、といっていい、といえるだろう、とはかぎらない、にすぎない、ではないか、ほうが多い、ようになる等）

㉑ わたしはたばこがすきでない。／我不喜歡吸煙。

㉒ 彼は実地（じっち）に教えた経験がある。／他具有實地教學的經驗。

㉓ 北向きの部屋は必ず日当（ひあた）りが悪い。／朝北的房間肯定日照不好。

㉔ 熱ということは、その原子や分子が激しく動き回っていることです。／所謂熱指的是其原子、分子在激烈地運動。

㉕ 図書館の最も大切な仕事は集めた本をおおぜいの人が利用できるようにすることである。／圖書館最重要的功能，就是能使眾多的人來利用其所收藏的書。

㉖ 日本の自然は、鮮（あざ）やかな原色（げんしょく）よりも、むしろ中間色（ちゅうかんしょく）が多いということになろう。／日本的自然與其說鮮艷的原色多，還不如說中間色多。

例㉑㉒㉓是主謂謂語句。主謂謂語句的從句主語與主句主語大致有如下關係：從句主語是主句主語表示能願、心理行為所涉及的對象，如㉑；從句主語與主句主語存在著部分與整體的從屬關係，如㉒；從句是對主句主語的說明，如㉓。

例㉔㉕㉖中的從句主語與主句主語之間不存在主謂謂語句那樣的關係，其主句主語一般是謂語從句的話題。

3． 包孕有賓語從句的包孕句

包孕句中包孕的賓語從句的構成形式多為：

(1) 句子＋形式名詞＋助詞

(2) 句子＋という＋形式名詞＋助詞

⑰ 水と植物が豊かにあることは、<u>日本列島</u>が、人間の暮らしにとって、まことに恵まれた<u>土地</u>であることを示している。／水和植物的豐富存在，說明日本列島對於人類生活來說，確實是得天獨厚的土地。

⑱ 実験をしてこの<u>法則</u>が正しいことを<u>証</u>明する。／通過實驗證明這個定律是正確的。

⑲ <u>人間</u>にとって、川とは何か、自然とは何か、ということ
<u>・
を</u>、わたしたちは、今改めて考え直してみる必要があるのではないだろうか。／我們現在需要重新考慮一下，對於人類來說，河流是什麼，自然又是什麼。

賓語從句中的主語有時用“の”、“は”來表示。從句後的形式名詞，有時會被省略，甚至可能直接用從句構成賓語，形式名詞及表示賓格的助詞一起省略。

⑳ <u>彼がいったい何をするつもりであるか</u>、僕にはすこしも知らない。／我根本不知道他要幹什麼。

㉑ <u>食塩</u>は、どのように<u>製造</u>されているか調べてみよう。／研究一下，食鹽是怎樣製成的？

4． 包孕有補語從句的包孕句

包孕句中包孕的補語從句的構成形式多為：

(1) 句子＋形式體言＋助詞

(2) 句子（句末為終止形）＋と（補格助詞）

(3) 句子（句末為連體形）＋より

⑫ 日常生活においてもわれわれは合成皮革の鞋などの表面がほこりで汚れやすいことに気がつく。／就是在日常生活中，我們也覺察到人造革鞋等的表面容易被塵土弄髒。

⑬ 放射線は病気の診断やがんなどの治療に役立っているし、原子力の解放はエネルギーの不足を補うのに役立つと考えられている。／一般認為，放射線對於診斷疾病、治療癌症有一定作用，原子能的釋放能彌補能源的不足。

⑭ 仕事がなくてひまなよりも、忙しいほうがよい。／忙比沒有工作閒著好。

補語從句的主語，也有時用“の”、“は”等替代“が”，在“……と”形式的補語從句中，用“は”的情況更為常見。

⑮ 彼は息子の勝手気ままに振舞うことにすっかり閉口してしまった。／他對兒子的為所欲為無可奈何。

⑯ 彼は来るだろうと思う。／我想他會來的。

5. 包孕有定語從句的包孕句

包孕句中包孕的定語從句的構成形式多為：

(1) 句子＋（句末為連體形）

(2) 句子＋という

(3) 句子＋形式名詞、副助詞等＋の

(4) 句子＋ような

⑰ 第二次世界大戦中から戦後にかけて開発された殺虫剤な

　　　　どの農薬が、病害昆虫の駆除と農業生産物の増 収に果し
　　　た役割はきわめて大きい。／第二次世界大戰期間到戰後
　　　研製的殺蟲劑等農藥對消滅害蟲、增加農作物產量所發揮
　　　的作用非常大。

⑱　家庭の電化が進んで来たが、まだ電子レンジが普 及する
　　というところまでは行っていない。／家庭的電器化發展
　　了，可是還沒有達到普及微波爐的程度。

⑲　日本の気候が湿 潤であることの証 拠といえよう。／可
　　以說是日本氣候濕潤的證據吧。

⑳　すべてのものが短かく終わるような時が来ていた。／一
　　切事物皆曇花一現的時期已經來到。

　　區分是不是定語從句的主要標誌，在於它修飾限定的體言是哪
種體言，如果是實質名詞就是定語從句，否則就是其他種類的從句。

　　定語從句的主語常用"が"表示，也有時用"の""は"替代。

㉑　世界では人口の一番多い国は中国でしょう。／世界上人
　　口最多的國家是中國吧。

6. 包孕有狀語從句的包孕句

　　包孕句中包孕的狀語從句的構成形式多為：

(1) 句子＋接續助詞（如て、と、ば、から、が、ので、けれ
　　ども等）

(2) 句子＋副助詞（如ばかり、だけ、ほど、か、くらい、な
　　ど等）

(3) 句子＋可構成狀語的修飾慣用型（如ために、につれて、

にしたがって、によって等）

(4) 句子＋某些助動詞的連用形（如ように等）

㊷　図書館は<u>集めた本が多い</u>ので、利用する人も多い。／圖
　　書館藏書很多，所以利用（圖書館）的人也多。

㊸　それは<u>自由に動ける</u>電子が<u>たくさん存在するかどうかに
　　よって</u>決まります。／這取決於是否大量存在著能自由活
　　動的電子。

㊹　夕べは<u>屋根<ruby>屋根<rt>やね</rt></ruby>がとぶ</u>ほど<u>強<ruby>強<rt>つよ</rt></ruby>い</u>風が吹<ruby>吹<rt>ふ</rt></ruby>いた。／昨晩的風非常
　　大，幾乎把房頂揭了。

㊺　このときは、<u>質問する人が読めない</u>ように紙を裏<ruby>裏<rt>うら</rt></ruby>がえし
　　てハンスに見せて問題をだします。／這時，把紙翻過來
　　不讓提問人看見，只拿給漢斯看，對它提出問題。

　　狀語從句可以修飾主句的謂語，也可以修飾句中的某一個用
言，但不能修飾整個句子。修飾整個句子的狀語從句，一般處於句
首，這種情況不屬於包孕句，當算作主從句。

　　　　　……·……·……·……·……

　　(i)　德田正信在《近代文法図說》中將山田孝雄的“有属文”
的組織結構歸納成了下表：

有屬文
├ 附屬句
│　├ 資格（位格）
│　│　├ 主格……雁の空高く渡るも見ゆかし。
│　│　├ 賓格……恐れをの　くさま、雀の鷹の巣に近づけるが如し。
│　│　├ 述語……あの人は、交際がうまい。
│　│　├ 補格……女子どもを、六田の里に親しき者のありけるにあづけて。
│　│　├ 連体格……河原などには、馬車の行き違ふ道だにもなし。
│　│　└ 修飾格……君は、余念なく文章を起草し居られたり。
│　└ 形態
│　　　├ 準体句
│　　　│　├ 主格……人の来りてのどかに物語して帰りぬる、いとよし。
│　　　│　├ 賓格……是は、人の見るべきにもあらず。
│　　　│　├ 補格……吾は、その時夜の更くるをも覚えざりき。
│　　　│　└ 連体格……金は、色の黄なるが。故に貴きか。
│　　　├ 陳述句……この庭は、石燈籠の配置が巧みだ。
│　　　├ 連体句……かの木の茂りたる所こそ、神の鎮ります所なれ。
│　　　└ 修飾句……声たえず鳴けや、鶯。
│
├ 引用の語句
│　├ 直接引用
│　│　├ 主格……「古や池蛙とびこむ水の音」は、芭蕉の名句なり。
│　│　├ 賓格……「君の御諚には如何でか異存を申すべき」なれど。
│　│　├ 補格……彼意を決して「否余の書せるものなり」と答ふ。
│　│　└ 連体格……ああ、世上、何ぞ「男でござる」の人少なきや。
│　└ 間接引用
│　　　├ 主格……「世に思ひなし」とは、かゝる境遇にやあらむ。
│　　　├ 賓格……「露の命惜し」とにはあらず。
│　　　└ 連体格……「君子は危きに近づかず」との本文あり。
│
├ 多数の附屬句ある文…風俗の悪しきに趣く様水の下に就くが如し。
│
├ 複雑なる有屬文
│　├ 附屬句の中更に附屬句あり……君が住む里の霞に隠さるるまで我は行く行く顧みたり。
│　└ 重文を以て附屬句とす……わが国には、山紫に、水明なる佳景多し。
│
├ 有屬文の組織（主文）
│　├ 喚體句……雁のくる峰の秋ぎりはれずのみ思ひつきせぬ世の中のうさ。
│　└ 述体の句
│　　　├ 説明体……この猫は何の能もなし。
│　　　├ 疑問体……わが頼みおきしものをもち来りしか。
│　　　└ 命令体……己の欲せざる所を、人に施すことなかれ。
│
└ 語句の位置（顛倒）
　　├ 附屬句
　　│　├ 主格……あけぬるか、川瀬の霧のたえだえにをち方人の袖のみゆるは。
　　│　├ 補格……いづくんぞ知らむ、この事あるを。
　　│　└ 修飾格……山風に桜吹きまき乱れなむ、花の粉れに君とまるべく。
　　└ 引用の語句…思ひきや、「君なき宿をゆきてみむ」とは。

*　有屬文＝付屬文を含む文。付屬句とは句が文中の一成文と
なれるもの。

(ii) 區別定語從句與其他從句，要看從句後面是實質體言還是形式名詞。通常可使用以下方法加以判斷。

(ア) 緊縮法 該方法是把可能是實質體言又可能是形式名詞的"もの""こと"以及其後的"である"等去掉（即緊縮掉），看句子是否成立。該方法適用於鑒別定語從句與帶有"ものである"、"ことである"等補助成分的謂語從句。如果緊縮後句子仍能成立，便是包孕有謂語從句的包孕句，否則便是包孕有定語從句的包孕句。

○ 私はお茶が飲みたいものだ。／我真想喝茶。

因為將"ものだ"緊縮掉後句子仍能成立，所以是包孕有謂語從句的包孕句。

○ さしみは日本人のよく食べるものだ。／生魚片是日本人常吃的東西。

因為如將"ものだ"緊縮掉，句子便不能成立，所以是包孕有定語從句的包孕句，即句中的"もの"是實質體言。

(イ) 置換法 該方法適用於鑒別定語從句與主語從句、定語從句與補語從句、定語從句與賓語從句。方法是用一個名詞去置換"もの""こと"等，能置換的是定語從句，不能置換的便是主語從句、補語從句、賓語從句等。

○ これは父がよく言うことです。／這是父親常說的話。

如用"はなし"置換"こと"，句子仍能成立，所以是包孕有定語從句的包孕句。

○ 磁石が鉄を引きつける力のあることは今では誰でも知っています。／現在誰都知道磁石對鐵有吸引力。

句中的"こと"不能用其他各詞置換，所以是包孕有賓語從句

的包孕句。

德田正信在《近代文法図説》將山田孝雄的"合文"的組織結構歸納成了下表：

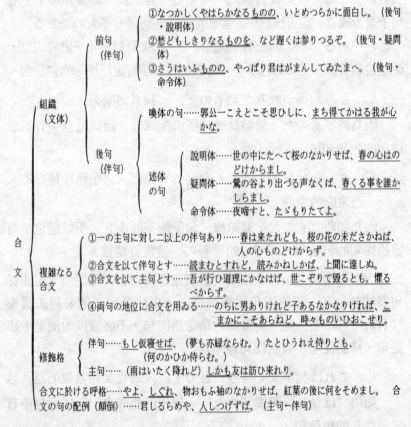

合文
組織（文体）
前句（伴句）
①なつかしくやはらかなるものの、いとめつらかに面白し。（後句・説明体）
②愁どもしきりなるものを、など遅くは参りつるぞ。（後句・疑問体）
③さうはいふものの、やっぱり君はがまんしてゐたまへ。（後句・命令体）
後句（伴句）
喚体の句……郭公一こえとこそ思ひしに、まち得てかはる我が心かな。
述体の句
説明体……世の中にたへて桜のなかりせば、春の心はのどけからまし。
疑問体……鶯の谷より出づる声なくば、春くる事を誰かしらまし。
命令体……夜嘻すと、たゞもりたてよ。
複雑なる合文
①一の主句に対し二以上の伴句あり……春は来たれども、桜の花の未だささかねば、人の心ものどけからず。
②合文を以て伴句とす……読まむとすれど、読みかねしかば、上聞に達しぬ。
③合文を以て主句とす……吾が行ひ道理にかなはば、世こぞりて毀るとも，懼るべからず。
④両句の地位に合文を用ゐる……のちに男ありけれど子あるなかなりければ、こまかにこそあらねど、時々ものいひおこせり。
修飾格
伴句……もし仮寝せば、（夢も亦緑ならむ。）たとひうれえ侍りとも、（何のかひか侍らむ。）
主句……（雨はいたく降れど）しかも友は訪ひ来れり。
合文に於ける呼格……やよ、しぐれ、物おもふ袖のなかりせば，紅葉の後に何をそめまし。　合文の句の配例（顛倒）……君しるらめや、人しつげずば。（主句←伴句）

　　(ii)　主從句與包孕有狀語從句的包孕句的區別在於：主從句中的從句因為是修飾限定整個主句的，因此它的位置一定在主句的主語之前；而包孕句中的狀語從句是修飾、限定主語的謂語的，所以它的位置不能超越主句的主語。

○ つばきや梅が咲き始めると、みつばちは巣の中で春のために子供を育て始めます。／山茶花和梅花一開放，蜜蜂在蜂巢中開始為迎接春天而撫育幼蜂。

○ それは自由に動ける電子がたくさん存在するかどうかによって決まります。／這取決於是否大量存在著能自由活動的電子。

前句的從句 "つばきや梅が咲き始めると" 在主句的主語 "みつばちは" 之前，從句是修飾整個主句的，所以是主從句。而後句的狀語從句 "自由に動ける電子がたくさん存在するかどうかによって" 在全句的主語 "それは" 之後，是修飾謂語 "決まります" 的，所以是包孕有狀語從句的包孕句，而不是主從句。

四、主從句

主從句是複合句的一種，其特點是句中有兩層或兩層以上的主謂關係，且可以明顯地分為兩大部分，其中前一部分是從句，後一部分是主句。主從句中的從句實際上都是狀語從句，它是用以修飾限定主句的。從句和主句之間的聯繫有著明顯的標誌，其聯繫手段有接續助詞、起接續作用的慣用型、某些助動詞等。根據從句與主句之間關聯詞語的語法意義及從句所表明的意義，可將主從句中從句與主句的關係分類為表示條件、表示轉折、表示讓步、表示原因、表示目的、表示比喻、表示程度等７種情況。

1. 表示條件的從句

其構成形式多為：

(1) 句子＋接續助詞（ば、と等）

(2) 句子＋助動詞（たら、なら等）

(3) 句子＋慣用型（とすれば、としたら、として、とすると等）

(82) もしみんながこの人のような思いやりの心を持てば、世の中はどんなに明るくなるでしょう。／假如大家都能像他那樣體貼人，世界將會變得多麼美好啊！

(83) ドアがあくと、どっと客が入りこんだ。／一開門客人們就擁了進來。

(84) 雨が降らないかぎり、運動会は中止されない。／只要不下雨，運動會就不停止。

2．表示轉折的從句

其構成形式多為：

(1) 句子＋接續助詞（が、けれども、のに、ながら等）

(2) 句子＋慣用型（に反して等）

(85) 実験の条件が同じなのに、結果がちがうのはなぜでしょうか。／試驗條件相同，可為什麼結果不一樣呢？

(86) さっきの地震はあまり大きくはなかったけれども、かべに掛けてあった絵がかべからはずれて落ちてきました。／剛才的地震雖然並不大，可是牆上掛的畫卻掉下來了。

(87) すべてのものが新鮮(しんせん)に感じられながらも、そのほんとうの意義がすぐには感じとれなかった。／雖然對一切都感到新鮮，可是並沒有立刻領會其真正意義。

3．表示讓步的從句

其構成形式多為：

(1) 句子＋接續助詞（ても等）

(2) 句子＋慣用型（とはいえ、ものの、といっても、といえ
ども等）

⑱ 彼が協力してくれなくても、ぼくはやはり計画どおり
やるつもりです。／即使他不協助，我還是準備按照計劃
進行。

⑲ もう春が来たとは言うものの、朝晩はまだ寒い。／雖說
已到春天，可早晚還很冷。

⑳ 現在では、マイクロ波管の信頼性はかなり向上している
とはいえ、1960年代におけるマイクロ波管は、信頼性に
乏しかった。／現在，雖說微波管的可靠性已大為提高，
但在60年代其可靠性還很低。

4．表示原因、理由的從句

其結構形式多為：

(1) 句子＋接續助詞（から、ので等）

(2) 句子＋慣用型（ために、によって、だけに、だけあって
等）

㉑ 牛乳や卵で作った飲み物やお菓子などは脳の栄養にも
よいので、勉強の能率も上がるでしょう。／食用用牛奶
和雞蛋製成的飲料、糕點等可以增加大腦的營養，因而學
習效率也會提高。

㉒ 船が荷役を行なうだけあって、静かな水面、接岸施設、
荷役設備などが必要である。／正因為船要裝卸貨物，所
以才需要平靜的水面，靠岸設施和裝卸設備。

㉛ 食塩の水溶液とか食塩が融解したものの中には、イオン
が存在して自由に動きうるために、これらの液体は電気
をよく導く。／由於食鹽的水溶液和溶解的食鹽中存在離
子，並能自由活動，所以這些液體導電。

5．表示目的、目標的從句

其構成形式多為：

(1) 句子＋慣用型（には、ためには等）
(2) 句子＋比喻助動詞連用形ように

㉞ 音が聞えるためには発音体の振動がかなり速くならなけ
ればなりません。／為了聽到聲音，必須讓發聲體高速振
動。

㉟ 結晶ができるように、適当に温度を調節してきた。／為
了形成結晶，一直在適當地調節溫度。

6．表示比喻、列舉、方式的從句

其構成形式多為：

(1) 句子＋比喻助動詞連用形ように
(2) 句子＋副助詞（など等）
(3) 句子＋名詞（とおり等）

㊱ さっき君が言ったとおり、現代が科学の時代だという事
は確かな事だ。／正如剛才你講過的那樣，現在確實是科
學的時代。

㊲ 鉄が電気をよく導くというように、ほとんどすべての金
属は電気の良導体である。／就像鐵導電一樣，幾乎所
有的金屬都是良導體。

7. 表示程度的從句

其構成形式多為 "句子＋副助詞（ほど、ぐらい、ばかり、だけ等）"

⑱ 光の波長が長くなるほど、光電子の運動エネルギーは小さくなる。／光的波長越大，光電子的動能就越小。

⑲ 科学技術が発展すればするだけ、人間の生活も豊かになります。／科學技術越發達，人類的生活也就會越富裕。

⑳ 値段が高ければ高いほど品がよくなります。／價錢越貴，東西越好。

五、並列句

並列句也是複合句的一種，其特點是句中有兩層或兩層以上的主謂關係，而且是分句間彼此平等、結構獨立、意義相關的句子。相互並列的小句子叫分句，並列句可由兩個或兩個以上的分句並列而成。分句間的關聯形式主要是，前一分句的謂語用連用形或分句間使用關聯詞語。分句間的關係可分類為表示平列、表示對照等 5 類。

1. 表示平列關係的並列句

這類並列句用來平列兩種或幾種情況，前一分句的構成形式多為：

(1) 句子（活用詞連用形）
(2) 句子＋接續助詞（し、て、が、けれども、ば等）
(3) 句子＋慣用型（とともに、と同時に等）

⑩ 大きいのもあれば、小さいのもあります。／既有大的，

也有小的。

⑩ 目も見えないし、耳も聞えない<u>し</u>、足も利かない。／眼
睛也看不見，耳朵也聽不見，腿腳也不靈便。

⑩ 火薬_{かやく}は中国_{ちゅうごく}で発明_{はつめい}されたものです<u>けれども</u>、それをヨー
ロッパに伝えたのは 13 世紀のころです。／火藥是中國
發明的，13 世紀左右傳到歐洲。

2． 表示對照關係的並列句

這種並列句用於對兩個以上的事項加以對照、比較。前一分句
的構成形式多為：

(1) 句子（活用詞連用形）

(2) 句子＋接續助詞（が、けれども等）

(3) 句子＋慣用型（に對して等）

⑩ この道の向こうは商店街<u>で</u>、こちら側は住宅街になって
います。／這條路的對面是商業街，這邊是住宅街。

⑩ 物体の質量にはたらく重力は、つねに引力である<u>が</u>、静
電力は、異種の電荷のあいだては引力、同種の電荷のあ
いだでは斥力としてはたらく。／對物體的質量有作用的
重力總是引力，而靜電力在異種電荷之間是作為引力起作
用，在同種電荷之間是作為斥力起作用。

3． 表示順承關係的並列句

這類並列句的分句間具有先後相繼關係。前一分句的構成形式
多為：

(1) 句子＋接續助詞（て等）

(2) 句子＋慣用型（てから、あと、あとで等）

⑯ ベルが鳴って、生徒たちが教室へ駆けて行った。／上課
鈴響了，學生們跑向教室。

⑰ 食事が済んでから、私たちは今後の仕事について意見を
かわした。／吃完飯之後，我們就今後的工作交換了意見。

⑱ あのことがあったあと、ずっと体の調子が悪い。／發生
那件事之後，身體狀況一直不好。

4． 表示遞進關係的並列句

在這類並列句的分句中，後面的分句在意義上總比前一分句更
進一層。前一分句的構成形式一般為：句子＋慣用型（ばかりでな
く、のみにとどまらず、ばかりか、だけでなく、うえに等）

⑩ 費用がかかるばかりでなく、日数もかかる。／不僅費
錢，還費時間。

⑩ 山田が裁判を受けたのみにととまらず、外の人も裁判に
かけられたのである。／不僅山田受到審判，其他人也受
到審判。

⑪ わたしたちは授業料なんか納めないばかりか、国家が
生活補助金をだしてくれます。／我們不僅不繳什麼學
費，而且國家還給我們生活補助費。

5． 表示選擇關係的並列句

這種並列句表示幾個分句分別說出幾個事項，需對其選擇。前
一分句的構成形式多為：

(1) 句子＋並列助詞（か、とか等）

(2) 句子＋慣用型（かあるいは、より……むしろ、なければ、
ではなく等）

⑫　君が来るか、それとも僕は行く。／你來，或者我去。

⑬　吉田さんは手伝ってくれなければ、佐藤君は手伝ってくれる。／不是吉田幫忙，就是佐藤幫忙。

⑭　少数のものだけがこの要求をもっているのではなく、多数がそうした要求をもっている。／不只是少數人有這種要求，而是大多數人有這樣的要求。

………・………・………・………・………

(i)　德田正信在《近代文法図説》中將山田孝雄的“重文”的組織結構歸納成了下表：

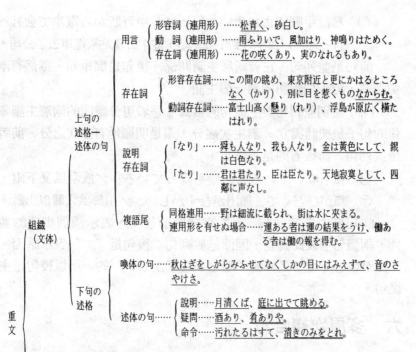

(ii)　區別並列句與並列謂語的簡單句、並列句與主從句可從以下幾點考慮。

（ア）區別並列句與並列謂語的簡單句，主要是看其有幾層主謂關係。前者有兩層或兩層以上的主謂關係。而後者雖有兩個謂語，但兩個謂語同屬一個主語，因而只有一層主謂關係。

　　○　私が駅に着くと同時に、電車が出てしまった。／我到達車站的同時，電車開了。

　　○　私は中野駅まで歩いて行って、中野駅から電車で会社へ
　　　　行った。／我步行到中野車站，從中野車站乘電車去了公司。

　　前句是並列句，它有兩層主謂關係。後句是簡單句，雖然有兩
個謂語，但兩個謂語同屬一個主語。

　　(イ) 區別並列句與主從句的根據，是看可分離開的兩層主謂關
係的句子是彼此獨立、無主次之分，還是明顯地有主次之分。前者
是並列句，而後者則是主從句。

　　○　風も吹いているし、雨も降っている。／既刮風又下雨。
　　○　風がひどくて、船出がむずかしい。／由於風大難以出航。

　　前句是由接續助詞"し"來關聯前後句，表示兩個事項的並
列，兩個句子彼此獨立，因而是並列句；後句是"て"表示原因，
"風がひどくて"是修飾"船出がむずかしい"的，所以後句是主
從句。

六、多層次複合句

　　所謂多層次合句是指由3層或3層以上的主謂關係混合構成的
複合句。即指複合句中又包含著複合句的語言現象。多層次複合句
可根據其最外層的主謂關係分別歸類到包孕句、主從句和並列句3
種複合句中。

1.　外層為包孕關係的多層次複合句

　　這種多層次複合句仍稱作包孕句。其包孕句的從句可以是包孕
句、主從句、並列句。或者在包孕句中平行地包孕幾個從句。

　　⑩　一般に、水は連らくさえしていれば、容器の形にかかわ
　　　　らず、水面がつねに同じ高さになってとまる性質があ
　　　　る。／一般說，水有一種性質：只要連通，就不管容器的
　　　　形狀如何，水面總以同一高度停下來。

⑮是在謂語從句中又包孕了定語從句。謂語從句為“容器の形に……ある”。所包孕的定語從句為“容器の形に……とまる”。

⑯　エジプトでは、毎年ナイル川の水があふれ、そのあとで人人の土地の持ち分を調べるために、「測量術」が発達したことを、ギリシアの歴史家が記録している。／希臘的歷史學家作過這樣的記載：在埃及，尼羅河每年漲水，為了水退後查明人們的土地份額，“測量術”便發展起來了。

⑯是在賓語從句又包孕了並列句。賓語從句為“エジプトでは……発達したことを”。並列句的兩個分句分別為“毎年ナイル川の水があふれ”和“そのあとで……「測量術」が発達した”。

⑰　日本人が「自然の色は」と聞かれて、まっさきに緑を思い浮かべるのは、日本の山野にいかに植物が多いかの表れである。／日本人聽到“自然環境是什麼顏色”的問題，首先想起的就是綠色，這表明日本的滿山遍野，植物是何等的多。

例⑰這個多層複合句中同時包孕有主語從句和定語從句。主語從句為“日本人が……思い浮かべるのは”，定語從句為“日本の山野に……多いかの”。

2. 外層為主從關係的多層次複合句

這種多層次複合句仍稱作主從句。其主句或者從句可以是包孕句、主從句、並列句。

⑱　専問的な職業教育が大学の実際性を、真理の探究がその研究的な性格を代表するとすれば、教養が代表するのは大学の思想性である。／如果說專門職業教育代表大學的實用性，對真理的探求代表大學的研究性質，那麼，教養所代表的則是大學的思想性。

例⑱中的主句"教養が……思想性である"包孕有主語從句"教養が代表するのは"。從句"專問的な……代表するとすれば"是由兩個分句組成的並列句，即"専門的な職業教育が大学の実際性を（此處省略了"代表し"）和"真理の探究がその研究的な性格を代表するとすれば"構成了條件狀語從句。

⑲　行きたいことは行きたいなのに、お金が要るのでなかなか決心がつきません。／去是想去，可是為需要錢，下不了決心。

例⑲是主句"お金が……つきません"包含狀語從句"お金が要るので"的主從句。

⑳　断面形状が大きく、底幅が広いので、基礎に伝えられる応力が小さい。／由於斷面形狀大，底幅寬，所以傳到基礎的應力小。

例⑳是原因狀語從句中包含有並列句即"断面形状が大きく，底幅が広い"。

3.　外層為並列關係的多層複合句

這種多層複合句仍稱作並列句。並列的分句可以是包孕句、主從句、並列句。

㉑　雨が多すぎれば、作物は生長しないし、日照りが続けば、かれてしまいます。／如果雨水過多，作物就不能生長；如果連續乾旱，作物就要枯萎。

例㉑的外層關係是通過接續助詞"し"並列起來的並列句，而並列句的兩個分句又都是通過接續助詞"ば"相關聯的主從句。

㉒　夏は日が長く、冬は日が短かいです。／夏季白天長，冬季白天短。

例㉒是外層為並列關係的多層複合句，並列的兩個分句又都是包孕有謂語從句的包孕句。

第十章

篇章法

　　句子可以表達相對完整的思想，是交際中的表達單位。但是，人們表達思想、互相交際通常是以比句子更大的語言單位來進行。單個的結構完整的句子，通常要在與主題、上下文相聯繫的語言整體中才能顯示其確定、完整的含義，充分發揮其交際功能。這種語言整體是超句統一體，即篇章（文章^{ぶんしょう}・談話^{だんわ}）。

　　篇章是由結構銜接、語義連貫、有連貫話題的一連串句子構成的。篇章是個泛稱，是個統稱，是個語言的抽象單位。從語言單位上看，它可以是一個語段，一個段落，一段話語，一篇文章。從語言體裁上看，用文字寫出的可以是論文、報告、信函、小說、散文、詩歌、日記等；用口頭表達的可以是討論、會話、對談，也可以是演說，獨白等。

　　系統地研究篇章的性質、特徵、結構、規則等的學問叫作篇章法，也有人稱之為話語語言學、語篇分析、文章論等。以口頭語言為分析對象的篇章研究，可以專稱為話語分析（談話分析^{だんわぶんせき}），以書面語言為研究對象的篇章研究，可以專稱為文章學（文章論^{ぶんしょうろん}）。本書所討論的範圍包括話語、文章兩部分內容。

……　……　……　……　……

　　篇章（テクスト）在不同學者的論著中，有不同的含義。有些語言學家認為，篇章既指書面語言，又指口頭語言。有些語言學家用"話語（ディスコース）"指書面語言和口頭語言。還有一些語言學家試圖把篇章和話語區別開來，用篇章指書面語言，用話語指口頭語言。所以，很多人在講到書面語言時用篇章這一術語，在談到口頭語言時則用話語這一術語。本書採用韓禮德（Halliday）等學者的觀點，用篇章這一術語指口頭語言和書面語言。雖然篇章分析（text analysis）與話語分析（discourse analysis）不無區別，但本書著眼於它們的共性，不再細加區分。

　　篇章分析是對比句子更大的語言單位所作的語言分析。篇章分析研究的主要內容有：語段的語句銜接和語義連貫、句間關係、篇章結構等。其研究的目的在於解釋人們如何構造和理解各種連貫的篇章。

　　時枝誠記於五十年代就提出了要將篇章法同詞法、句法一樣作為日語語法的研究內容。永野賢、市川孝等人於六十年代起就對以書面語言為研究對象的"文章論"進行了深入的研究。久野暲於七十年代對以口頭日語為研究對象的"談話の文法"進了全面的論述。將"文章論"和"談話分析"作為一門獨立的學科，到八十年代有了較大的發展，並取得了豐碩成果。

　　在日語研究與教學領域，越來越多的學者認識到，語言研究不應該局限於局子，不應只研究句子結構，而應超越句子的範圍，研究句子在篇章中的作用，研究用於交際中的語言。

第一節　語　段

一、語段的概念及基本特徵

　　語段（連文 (れんぶん)）是由一個以上的語義連貫、結構銜接的句子構成的語言單位，是意義獨立、結構完整的表意整體，是話語或文章的組成部分，是篇章分析的基本單位。書面語言中的語段日語稱之為"文段 (ぶんだん)"，口頭語言中的語段日語稱之為"話段 (わだん)"。

　　語段有以下 3 個基本特徵：

(1) 意義上的向心性

　　語段有一個明晰的語義中心，即小主題。語段圍繞這個語義中

心展開，為揭示小主題而連接在一起。

① A：ⓐこの研究科の入学試験どんな內容ですか。

B：ⓑ専門科目と外国語と個人面接です。ⓒ毎年、一日
目の午前中が外国語で、午後が専門科目、二日目が
面接です。

例①由三個句子構成，ⓑ是對於ⓐ的應答，ⓒ是對ⓑ的補充
說明。三個句子都是圍繞 "試験の內容" 這一語義中心而緊密地聯
結在一起的。

意義的向心性是語段的最基本的特徵。有了它，語段才可能具
有意義上的獨立性和完整性。即使把語段從上下文中抽出來，也能
表達一個獨立的思想。這正是語段區別於句子的地方。沒有意義上
的向心性，語段就不可能存在。

(2) 內容上的連貫性

語段的句子排列，不是任意的羅列，而應體現一定的邏輯關
係，即語段內容上的連貫性。

② ⓐ本年もよろしくお願い申し上げます。ⓑ昨年 中はい
ろいろお世話になり、ありがとうございました。
ⓒ明けましておめでとうございます。

從句法的角度來考慮，例②中的各個句子都是正確的。但按照
篇章法的觀點來分析，例②的表達很不自然。因為它缺乏內容上的
連貫性。例②的順序應為ⓒ、ⓑ、ⓐ。

語段的邏輯基礎是邏輯統一體，其思維發展是通過前一項的判
斷發展到後一項判斷，每一個判斷都不可能脫離其前面和後面的判
斷而孤立存在，這樣才符合邏輯和思維發展的規律。即只有保持語
段各句內容的連貫性，才能獲得結構、語義上完整的統一體。

(3) 句際間的聯繫性

語段的句際間必須具有聯繫性，即語段以連接手段把獨立的句子聯繫成一個整體。

將句與句連接起來的手段有：連續詞語、指代詞語、類同詞語等。

③　　ⓐ日本では現在 90%以上の人が水道の水を利用してい
　　　　る。ⓑその水の水質検査はたいへんきびしく、しかも
　　　　常に行われている。ⓒだから、水道から出る水なら、
　　　　日本中どこでも安心して飲むことができる。

例③通過指示詞"その"將ⓑ和ⓐ銜接起來，ⓑ是對ⓐ的補充說明。又利用接續詞"だから"將ⓒ與ⓑ銜接起來，使ⓑ與ⓒ具有因果關係。各句通過"水道"、"水"的反覆使用，使得句子從意義上聯繫起來。

句際間的聯繫性是語段特徵的重要內容，通過連接手段的使用，可以表現結構上的粘著性，即結構上的銜接。

以上語段的 3 個基本特徵，是從語流中切分語段的依據。

…… • …… • …… • …… • ……

(i) 市川孝在《国語教育のための文章論概説》中對"文段"作了如下定義：

文章の内部において、内容上の一つのまとまりとして区分される部分、すなわち一文段は、一つの文から成ることもあるが、一般には、いくつかの文から成っている。その場合、単なる文の羅列は文段を成しえない。いくつかの文が連接して一つの文段を成しうるためには、その文連接が、内容の上で、なんらかの連合を成していなければならない。さらに、第二の文段が第一の文段

と区分され、かつ、たがいに連関を持ちうるためには、一般に、その冒頭の文が後続の文となんらかの連合を成すことにおいて、それ以前の文連接に対して内容上なんらかの距離と連関を持っていなくてはならない。

さらに、第一の文段と第二の文段とが連合して、より高次の文段を形作ることもあり、逆に、第一・第二の各文段の内部に、より低次の文段を内包することもある。このように、文段の構造は一様ではない。いくつかの文段は並びあい、また、一つが他を含み、他に含まれ、大小幾重もの包摂関係の生じる場合が少なくない。要するに、文段とは、一般に、文章の内部の文集合（もしくは一文）が、内容上のまとまりとして、相対的に他と区分される部分のことであると言えよう。

(ii) 語言中也存在著在交際上具有完整性的單一語段。如以下各例均屬於這種語段。

○ （電報文）カネオクレ

○ （年賀狀）謹賀新年

○ （広告）気持の旬を、贈ります。

○ （看板）駐車禁止

○ （看板）本日、休業いたします。

二、句子的連接關係

語段的組成成分是句子。語段是通過句子與句子的連接形成的，這種連接起來的句子反映了語段的語義中心即小主題。簡單的語段是由兩個獨立的句子通過連接手段、按照一定的邏輯關係構成的。從邏輯意義上看，語段的構成成分——句子的連接關係，即句間關係有以下 8 種基本類型。

(1) **順接型（順接型）**　　前句提出一種情況、原因、理由、條件或假設，後句道出理所當然地產生的結果、結論、看法等。前後句皆照順態關係連接。如理所當然（だから、それで等）、自然發展（すると、とうしたら等），結果（そして、その結果等）、目的（それには、そのためには等）。

④　日本では終身雇用制度が普通だ。だから、みな会社ののために一生懸命働く。（理所當然）

⑤　前売り券を買いに行った。そうしたら売り切れだった。（自然發展）

(2) **道接型（逆接型）**　　前句敘述一項內容，後句敘述與其相反趨向的事項。前後句按逆態關係連接。如轉折（しかし、けれども等）、反常（それなのに、それにもかかわらず等）、意外（ところが、それが等）。

⑥　ぼくたちは猛烈に練習した。だか、遺憾ながら、試合では実力が発揮できなかった。（轉折）

⑦　わたしは全力をつくした。それなのに、結果は思わしくなかった。（反常）

(3) **添加型（添加型）**　　前後兩句敘述的內容、事項是並存的兩種情況或繼起的兩個行為、動作，或表示除前句所述事項外還有一種事情。即後一句是對前一句的添加。如累積（そして、そうして等）、序列（ついで、つぎに等）、追加（それから、さらに等）、並列（また、と同時に等）、繼起（そのとき、次の瞬間等）。

⑧　彼女は頭がいいし、美人だ。そのうえスポーツの方もなんでもできる。（累積）

⑨　正解者には賞金が贈られます。さらに正解者の中から抽

選で三名の方に紀念品を差し上げます。（追加）

(4) 對比型（対比型） 前句敘述一項內容，後句敘述的是與前句內容相對比的內容。如比較（というより、むしろ等）、對立（一方、かえって等）、選擇（あるいは、それとも等）。

⑩ コーヒーにしますか。それとも紅茶にしますか。（選擇）

⑪ この地方では夏は湿気が多いので熱帯のように蒸し暑くなる。一方、冬は厳しい寒さに見舞われる。（對立）

(5) 同位型（同列型） 前句敘述一項內容，後句所敘述的是它的又一種說法。前後敘述的內容、事項處於同等或同位關係。如重覆（すなわち、つまり等）、限定（たとえば、とりわけ等）、替換（肯定與否定的替換）。

⑫ 彼はこの春二十歳になった。すなわち成人に達したということだ。（重覆）

⑬ わたしの父は実業家ではありません。医師です。（置換）

(6) 補充型（補足型） 後句敘述的內容、事項是對前句的補充、制約，或說出其根據、原因、理由，或提出制約條件。如根據（なぜなら、というのは等）、制約（ただし、もっとも等）、補充（なお、ちなみに等）、充實（例裝形式）。

⑭ 全然食べられなかったわ。だってとっても辛いんですもの。（根據）

⑮ このことはもう一度調べてみる必要がある。結果はどうなるかわからないが。（充實）

(7) 轉換型（転換型） 用以轉換話題，即前句敘述一項內容、

事項，後句敘述其它方面的內容、事項。如推移（やがて、そのうちに等）、轉移（ところで、ときに等）、提出話題（さて、それでは等）、放任（ともあれ、それはそれとして等）。

⑯　先日は失礼しました。ときに、例の話はどうなりましたか。（轉移）

⑰　今日はもう遅くなったから帰ります。そのうちにまた遊びに来ます。（推移）

(8)　**連鎖型（連鎖型）**　前句敘述一項內容，後句敘述的內容事項與前句直接連接，前後句的關係如同鎖鏈，如聯繫（附加解釋等）、引用、應答、指示等。

⑱　初めて朝顔が咲いた。白い大きな花だ。（聯繫）

⑲　A：手続きはどうしたらいいでしょうか。

　　B：この申込書に記入して提出していただくことになっております。（應答）

……・……・……・……・……

(i)　市川孝在『文章論概說』中根據上下文形成的特點，把句子連接的 8 種基本類型歸納成以下 3 種關係：

(1)　邏輯結合關係（順接型、逆接烈）

按照事物的邏輯關係把兩項事物用順接式逆接方式連接起來。句子的這種連接關係稱為邏輯結合關係。

(2)　多項連接關係（添加型、對比型、轉換型）

前句敘述一項內容，後句敘述另一項內容，採用添加、對比、轉換等方式連接起來。句子的這種連接關係稱為多項連接關係。

(3)擴充合成關係（同位型、補充型、連鎖型）

前句敘述一項內容，後句敘述另一項內容，採用同位、補充、

連鎖等方式連接起來。句子的這種連接關係稱為擴充合成關係。

(ii) 通常，兩個句子的連接關係都可以歸類為句間關係的 8 種類型之一，但有時兩個句子的連接難以簡單地進行歸類。

○ 一応はそう考えられれ。しかし、また、こうも考えられる。

上例的句間關係具有"逆接"和"添加"兩種關係。由此可見，句間關係還會出現雙重或三重情況。

在很多情況下，句間沒有接續詞語。雖然句間沒有接續詞語，但其間的邏輯關係是存在的，如需將此邏輯關係顯在化也可以在句間適當地設定接續詞語。

○ ⓐカキもだいぶ色づいてきた。ⓑカキは紅葉(こうよう)に先(さき)がけて赤くなる。ⓒ紅葉が落ちても、赤い実を枝いっぱいに秋陽(よう)にかがやかせて、秋の豊かな風物(ふうぶつ)をなす。

上例的ⓑ、ⓒ之間，可以設定接續詞"そして"句間具有"添加關係"。在ⓐ、ⓑ之間則難以設定適當的接續詞語，ⓑ承接ⓐ所表述的內容，並進行說明，因此可以認為ⓐ、ⓑ的句間關係是"連鎖關係"。

○ 兄は実業家になった。弟は教師になった。

例⑫的句間關係，可以看作"添君關係"，也可以看作"對比關係"。若設定"そして"，可確定為"添加關係"，若設定"一方"則確定為"對此關係"。因此，在句間沒有接續詞語時，有時會出現上述難以判斷句間關係的複雜情況。

(iii) 永野賢在《文章論詳說》中將句子連接關係的類型歸納為以下九種。

(1) **展開型（展開型）**——前後句順態承接，後句對前句提出

的事項展開說明。常使用"だから"、"それで"、"すると"等接續詞語以及指示詞語來連接兩個事項。

示意圖為：□□ → □□

○ ぼくは、粉薬を飲むのがへたです。だから、いつも錠剤を飲むことにしています。

○ 丘の上に、赤い屋根の建物が見えるでしょう。あれは、わたしの卒業した小学校です。

(2) **對立型（反対型）**——前句敘述一項內容，後句敘述與其相對立的事項。常使用"だが"、"しかし"、"でも"、"ところが"、"それなのに"等接續詞語。

示意圖為：□□ ♪ □□

○ これは、だれにでも読んでもらいたい雑誌です。しかし、市販されていないのです。

○ 多くの人は、この絵を傑作だといいます。ところが、わたしには、魅力が感じられません。

(3) **累積型（累加型）**——後句內容是對前句內容的追加或與前句內容並列。常使用"そして"、"そのうえ"等接續詞語。

示意圖為：□□ + □□

○ わたしはがっかりしました。そして、へたへたとすわりこんでいました。

○ 梅の花が咲きました。桃の花も咲きました。

(4) **同格型（同格型）**——後句對前句作重覆限定的說明或進行總結、歸納。常用"つまり"、"たとえば"等接續詞語。

示意圖為：□□ = □□

○ 学生らしい服装ならば、なんでもかまいません。つま

り、華美なものでなく、きちんとしていればよいのです。

○ 神経質な子どもには、特別の鍛錬法を行うとよい。<u>たと
えば</u>、乾布摩擦・冷水摩擦・日光浴などがよい。

(5) 補充型（補足型）—— 後句對前句的內容進行補充說明。
常使用 "なぜなら"、"というのは" 等接續詞語以及 "それは
……からだ"、"…のだ" 等句型。

示意圖為：□←□

○ わたしは、彼に同情しない。<u>なぜなら</u>、彼には誠意がな
い<u>からだ</u>。

(6) 對比型（対比型）—— 後句敘述的是與前句內容相對比的
內容、或前後句之間具有選擇的關係。常使用 "または"、"ある
いは"、"それとも" 等接續詞語，或 "…は……は" 等句型。

示意圖為：□←→□

○ あすは雨が降るでしょう。<u>あるいは</u>、雪が降るかもしれ
ません。

○ <u>ぼく</u>は行くのをやめるよ。君はどうする？

(7) 轉換型（転換型）—— 用以轉換話題。常使用 "さて"、
"では"、"次に" 等接續詞語。

示意圖為：□↓□

○ 今日は、雨の中をお集まりくださいまして、ありがとう
ございました。<u>では</u>、さっそく、司会の田中さんをご紹
介いたしましょう。

○ お見受けするところ、お元気そうで何よりでございま
す。<u>ときに</u>、今日は少しお願いがあってまいったのでご
ざいます。

(8) **飛石型（飛石型）**—— 在相隔的句子之間具有邏輯意義關係。

示意圖為：

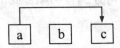

○ ⓐ船が波上場を離れた。ⓑ落の空には、カモメが幾羽も飛びこんでいる。ⓒ船は白波をけって進んだ。

(9) **積石型（積石型）**—— 兩個以上的句子的集合體同另外一個句子構成連接關係。

示意圖為：

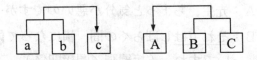

○ ⓐ姉の名は照子という。ⓑ妹の名は道子という。ⓒふたりは、ふたごである。

○ Ⓐ問題点は二つする。Ⓑ一つは経費の問題です。Ⓒ一つは時間の問題です。

在永野賢列舉的句間關係的 9 個類型中，前 7 項是表示兩個句子之間的邏輯關係，後兩項則是表示 3 個（或 3 個以上）句子之間的多層次邏輯關係。永野賢歸納的前 7 項、即展開型、對立型、累積型、同格型、補充型、對比型、轉換型分別對應於市川孝提出的順接型、逆接型、添加型、對比型、同位型、補充型和轉換型。不過永野賢的展開型中的例句"丘の上に、赤い屋根の建物が見えるでしょう。あれは、わたしの卒業した小学校です"，按照市川孝的觀點，應歸類為連鎖型中。

三、表示句間關係的語言手段

表明句間關係的語言手段，可分為有明顯標誌的與無明顯標誌的兩類。

1. 有明顯標誌的

此種類型的特點是，字面上有明顯的表示句間關係的標誌，它是將前後兩句有機地銜接起來的紐帶。

1.1 接續詞語

句子可以通過接續詞、起接續作用的副詞，及某些慣用型、用言、詞組等接續詞語表示關聯。

⑳ A：先生、ちょっと気分が悪いのですが……

　　B：それではしばらくの間、横になって休んだほうがいいですね。（接續詞／順接關係）

㉑ 子供の成長を祝う行事がたくさんあります。例えば、ひな祭り、子供の日、七五三などは古くから伝えられたお祝いです。（副詞／同位關係）

㉒ 彼はまだ三十五歳の若さだ。それにもかかわらず、大学教授になった。（體言＋慣用型／逆接關係）

㉓ 毎日の生活の行動、考え方に関して、私たちは放送によってその指針ないしヒントを得ていることがいかに多いことであろう。言い替えれば、変化の激しい現代社会に生きていくためには、新しい社会の動きを知り、それを正確に理解することが必要だということである。（用言／同位關係）

㉔　よい毛皮が捕(とらわ)れるというので狼を乱獲(らんかく)した。その結果、
　　日本狼は絶滅(ぜつめつ)してしまった。（詞組／順接關係）

接續詞語在表示句間關係的語言手段中最為常用。它介於句與
句之間，起承上啟下的作用，體現所連接部分的邏輯關係。

1.2　指代詞語

句子可以通過指示詞（含指示代名詞及指示連體詞、指示副
詞）、人稱代名詞及“次”、“以上”、“上述”、“下記”、“前
者”、“後者”等名詞表示關聯。

㉕　わたしは大人ですから、世の中の子供たちが危ない遊び
　　をしているのを見れば、注意しますし、よくないことを
　　していれば、しかりつけます。これが大人の責任ではあ
　　りませんか。（指示代名詞／連鎖關係）

㉖　昨日山田さんという人に会いました。その人、道に迷っ
　　ていたので助けてあげました。（指示代名詞／連鎖關係）

㉗　金参千円也。右正に領(りょうしゅう)取いたしました。（名詞／連鎖
　　關係）

㉘　西暦二世紀ごろ、ギリシアにトレミーという学者がい
　　て、アルマゲストという本を作った。この本の中に、彼
　　の得た天文の知識を全部書いたので、この本は長く、天
　　文学におけるバイブルとして尊重(そんちょう)された。（指示連體
　　詞、人稱代名詞／連鎖關係）

在語段中，指代手段起著使指代詞語同指代對象有機地結合起
來，使話題連貫，使句與句乃至句與段形成一個超句統一體的作
用。同時，使用指代詞語，還有明顯的修辭作用，它可以使話語詞
語簡潔，避免不必要的重覆。

由指示詞語所指示的對象可以是特定的詞語，可以是句中特定

的內容，也可以是句子全部的內容。

㉙　元文元年の秋、新七の船は、出羽国秋田から米を積んで
しゅっぱん
出帆した。その船が不幸にも航海中に風波難に逢って、
はんなんせん すがた　　　　　　つみに　　　　　　りゅうしつ
半難船の姿になって、積荷の半分以上をを流失した。

　例㉙中的"その"所指示的不是前句中的某個詞語，而應是前
句中的"元文元年の秋，出羽国秋田から米を積んで出帆した、新
七の"的內容。

1.3 類同詞語的復現

　重覆使用"類同詞語（繰り返し語句）"可以使前後句從邏輯
意義上銜接起來，也就是說句與句的銜接關係是通過類同詞語表現
出來的。類同詞語的復現包括同一詞語（同一語句）的重覆和關聯
詞語（関連語句）的使用。關聯詞語包括上下位詞語、同義詞語、
反義詞語、同位詞語等等。

㉚　地球のまわりは、大気の層でかこまれている。大気は、
地表から高さを増すにつれて、しだいにうすくなる。
（同一詞語／連鎖關係）。

㉛　電車が踏切事故を起した。乗客には怪我人はなかった
模様である。（關聯詞語／逆接關係）

㉜　休眠は植物の環境に対する適応の結果である。休眠のた
め、種子や芽は不適切な環境で発芽した幼植物を死にい
らしめることがなく、生長に適した環境においてのみ発
芽し、生育することができる。（同一詞語／連鎖關係）

㉝　現金を送る時は、現金書留の封筒を使用してください。
しっかり封をしたら、封かん紙を二枚はり、割り印をし

てください。（關聯詞語／順接關係）

㉞　その部屋にいるのは、<u>三人</u>だけだった。Q新聞論説主幹
　　の森村洋一郎、同じ社の花田外信部長、そして外信部記
　　者、鷹野隆介<u>三人</u>である。（同一詞語／連鎖關係）

㉟　ツグミという<ruby>鳥<rt>からす</rt></ruby>がいる。<u>腹</u>は白くて黒色の斑点があり、
　　<u>背</u>は灰褐色である。（關聯詞語／連鎖關係）

以上例句中的同一詞語的重覆、關聯詞語的使用，起著使其前
後句內容銜接，並使其話題得以展開的作用。

1.4　應答方式

應答是對所提出的話題作出反應的語言表達方式。它可以是直
接回答，也可以利用感嘆詞、副詞以及用言等語言手段作出回答。

㊱　日本が外国から<ruby>攻撃<rt>こうげき</rt></ruby>されることが多いのはなぜだ。私の
　　考えでは、考え方の違いがあるような気がする。（直接
　　問答／連鎖關係）

㊲　24.365 などの文字を見たとき、人は何を考えるであろう
　　か。考えることは人さまざまかもしれないが、まず常識
　　的に、24 を一日の時間数とみたり、婚期ぎりぎりの若い
　　女性のゆううつを招く年数とみたり、あるいは、プロ野
　　球のどこかの球団の特定の選手の背番号を思い出したり
　　するかも知れない。（直接回答／連鎖關係）

㊳　A：こんなひどい雨の日に出かけなくてもいいのに。
　　B：<u>いや</u>、約束をしてしまったので、そういうわけにも
　　　　いかないんですよ。（使用感嘆詞／連鎖關係）

㊴　A：水曜日はもえないごみの日じゃなかったんですか。
　　B：<u>ちがうのよ</u>。月・水・金はもえるごみ、もえないご

　　　　みは、水曜日でしょう。（使用動詞／連鎖關係）

⑩　この問題はどのようにして解決されるか。誠意と努力と
　　とによってである。（直接問答／連鎖關係）

　在以上例句中，或是通過自問自答，或是以彼此問答的形式將
前後句連接起來。

　2. **無明顯標誌的**

　此種類型的特點是，字面上沒有或基本沒有表示句間關聯的標
誌，句間究竟有何邏輯聯繫要由各句間的句意上的關係來判斷。

　2.1 省　略

　以省略作為句間關係的關聯手段時，常見的有主語的承前省
略，句中成分升格為主題後的省略，利用情景的省略和詞語的省略
等幾種形式。

⑪　何分かの後、またお手伝いさんが入ってきました。（お
　　手伝いさんは）鍋を開けて見て驚いた。（主語的承前省
　　略／順接關係）

⑫　吾輩は猫である。（吾輩は）名前はまだない。（主語的
　　承前省略／連鎖關係）

⑬　A：わたしはマス・プロ教育には反対ですね。

　　B：（マス・プロ教育は）確かに良くない点があります
　　　　ね。（句中成分升格為主題後的省略／連鎖關係）

⑭　東売の週刊誌では年に二回、かなり盛大に読者の絵のコ
　　ンクールをやっていた。（そのコンクールは）最近の若
　　い連中の間に高まっているイラスト熱に目をつけた彼の
　　企画だ。（句中成分升格為主題後的省略／連鎖關係）

⑮　今日はお天気がいいから、（わたしたちは）ちょっと散

歩をしませんか。で、帰りに（わたしたちは）みなで
ビールでも飲みませんか。（利用情景的省略／順接關係）

㊻　A：（お客さまは）コーヒーと紅茶と、どちらになさい
　　　ますか。

　　B：（わたしは）コーヒーにします。（利用情景的省略
　　　／連鎖關係）

㊼　A：すみませんが、ワープロの使い方を教えてくくださ
　　　いませんか。

　　B：悪いけど、いま、ちょっと（忙しい）。（謂語的省
　　　略／連鎖關係）

㊽　A：それでは、いっしょにやることにしまょうか。

　　B：ええ、ぜひそう願えば（大変ありがたいです）。
　　　（謂語的省略／連鎖關係）

以上例句中使用了省略方式，但句與句間形斷意連，不影響意
思的準確表達和理解，同時還顯得結構緊湊。

2.2 句子的排列

句子關係可以利用句子在時間上的關聯、空間上的關聯以及所
述內容的對比、並列、累加來體現。

㊾　夏目漱石は、1893 年東京大学英文科を卒業した。1900 年
英国に留学し、帰国してから第一高等学校の教授になっ
た。（時間順序的排列／順接關係）

㊿　フランスではエッフェル塔から 1922 年正式放送が始まっ
ている。日本では 1925 年 7 月 12 日出力 1.5kw を以って
3000―5000 の申込者に対し正式にラジオ放送が開始され
ている。（空間順序排列／對比關係）

(51)　山手線は、東京都内をぐるぐる回っています。中央線は

都内を東南から西北に向って走っています。（空間順序
排列／對比關係）

⑫　第一は経費の問題である。第二は時間の餘裕があるかど
うかということだ。（數字順序排列／添加關係）

　　表示時間上的相關時，常常是每個句子中都使用時間詞語。一
般說來，都是按照時間順序排列句子。表示空間的相關時，也常常
是每個句子都出現表示空間、場所的詞語。空間、場所的排列順序
也不是雜亂無章的，或是由遠及近，或是由近及遠。以排比、對
比、並列等句子表達所述內容時，除了內容詞的對稱性是一個重要
標誌外，還常有“は”、“も”等提示助詞與之呼應。

2.3　句意暗合

　　句意暗合即雖然沒有明顯的連接手段，但從意義上來看，前後
句間明顯地存在有順接、逆接、並列、添加等邏輯關係。

⑬　Ａ：ずいぶん涼しくなりましたね。

　　　Ｂ：セミの声もあまり聞こえなくなりましたね。（添加
　　　　關係）

⑭　林さんは毎日日本語の学校へ通っていると言う。宿題が
たくさんあって大変らしい。（補充關係）

⑮　道は険しかった。みんな元気に歩いた。（逆接關係）

⑯　このことはもう一度調べてみる必要がある。結果はどう
なるかわからないが。（補充關係）

⑰　西欧の社会で百年、百五十年の年月をかけて達成した近
代科学の成果も、日本ではわずか半世紀もたたぬうちに
みごとに吸収してしまった。学問の多くの分野で、また
たく間にその水準が欧米のそれに到達し、あるいは近づ
いていったのである。（添加關係）

　　句意暗合雖無明顯的句間關聯的標誌，但其句間關係往往十分明顯，較易作出判斷。必要時可以通過在句間假定設置適應的接續詞語來加以驗證。

　　以上對表明句間關係的語言手段所作的分類說明，僅限定在兩個句子的範圍。實際上，更多的情況是幾個句子之間都有關係。例如：第一句與第二句有某種關係，第二句與第三句又有某種關係，所以，實際分析文章時，並不是以兩個句子為單位，而要以一個語段為單位。

⑱　ⓐ「街の色」について考えたい。ⓑ日航のシンボルマークは白地に赤いツルである。ⓒ<u>ところが</u>、パリのシャンゼリゼにある日航支店に行くと、その赤いツルが金色をいぶしたような色ツルになっている。ⓓ建物や看

　　a 是話題，與ⓑ，ⓒ，ⓓ相關連。ⓐ和ⓑ之間沒有接續詞，在其間也難以設定適當的接續詞，ⓐ是話題，ⓑⓒⓓ是對此進行的附加說明，因此ⓐ和ⓑⓒⓓ的關係應屬連鎖關係。ⓑ和ⓒ之間有接續詞"ところが"，所以ⓑ與ⓒ之間具有逆接關係。ⓒ和ⓓ是從結果到原因的敘述方式，由於可以以ⓓ的句尾"ためである"為線索，在ⓒ、ⓓ兩句間設定"というのは"、"なぜなら"等接續詞語，因此可以認為ⓒ和ⓓ之間具有補充關係。

　　以上分析，僅就具有單一句間關聯語言手段進行了說明，實際上，表明句間關係時，常將幾種關聯手段同時交錯使用，使其相互連貫銜接，共同將前後句連接成有機的整體，條理清晰地達意傳情。

　　……·……·……·……·……

　　(i) 佐久間まゆみ在《日本語の文章・談話》"接續表現"一節中對市川孝分析的句間關係和接續詞語歸納如下（表中的①②分別為前後兩個句子）：

連接関係の類型と主な接続表現（市川 1978 参照）

連接関係	接続表現の例	連接関係	接続表現の例
1. 順接型 前の内容から当然予想される結果を後に述べる。 ①→②	だから・ですから・それで・したがって・そこで・そのため・そういうわけで・それゆえに・だからこそ・それなら・とすると・それでは・じゃあ・すると・と・そうしたら・かくて・こうして・その結果・それには	2. 逆接型 前の内容から予想されることに反する内容を後に述べる。 ①⤳②	しかし・けれども・ですけれども・だが・が・でも・といっても・だとしても・とはいえ・とはいうものの・それなのに・しかるに・そのくせ・それにもかかわらず・しかしながら・だからといって・ところが・それが
3. 添加型 前の内容の同類や列挙を後に述べる。 ①＋②	そして・そうして・それで・で・ついで・つぎに・それから・そのうえ・それに・さらに・しかも・それも・そればかりか・おまけに・また・と同時に・および・ならびに・かつ	4. 対比型 前の内容の対照や比較を後に述べる。 ①←→②	一方・他方・それに対して・逆に・かえって・そのかわり・それとも・あるいは・または・もしくは・というより・むしろ・まして・いわんや
5. 同列型 前の内容の反復や言い換えた説明を後に述べる。 ①＝②	すなわち・つまり・要するに・いいかえれば・換言すれば・結局・いってみれば・たとえば・現に・事実・特に・とりわけ・わけても・せめて・すくなくとも	6. 転換型 前の内容から転じた別個の内容を後に述べる。 ①↓②	ところで・ときに・はなしかわって・で・さて・そもそも・それでは・では・じゃあ・ともあれ・それはさておき・それはそれとして・それはそうと
7. 補足型 前の内容を後で補充する。 ①→②	なぜなら・というのは・なんとなれば・それは・なぜかっていうと・だって・ただし・もっとも・ただ・なお・ちなみに		

8. 連鎖型前の内容を直接説明する内容を後に述べる。①－②	題述関係（解説・見解・提案付加・前置き・場面・話題設定）
	引用関係（地の文と会話文・心内表現・引用表現の組み合わせ）応対関係（会話文のやりとり・問答形式・課題解答形式）

　表Ⅰは、接続表現に基づく文の連接関係 8 種を整理したものである。表Ⅰの中の、①②の間の符号は、それぞれの連接関係をあらわすためにしるしたものである。各連接関係相互の関連性をふまえて、文章や談話の文脈の流れを文の連接関係の符号を用いて示し、文章構造を図解する方法も考えられるだろう。

　(ii) 兩個句子可以用指代詞語連接起來，但指代詞語所連接的未必一定是句子，還有指代其它成分的情況。市川孝在《国語教育のための文章論概論》中指出，指代詞語還可以用於以下情況："特定の文集合や段落の内容をさし示す場合"，"文脈から取れる文意をさし示す場合"。

　○　例えば、ハエが近くを飛んでも、舌の届かない所であれば、目は脳に情報を送らず、まるで目に入らないかのように、ヒキガエルはじっとしている。ところが、いったん舌の届くきょりに入ったとたん、すばやく動く虫でも一発で仕留めてしまう。

　　このようなヒキガエルの働きは、アメリカ・ブラジル・オーストラリア・フィリピンなど、世界の多くの国々で利用されている。

　　例えば、ブラジルでは、全長二十二・五センチメートルもある大きなヒキガエルが育成されており、果樹や野菜の害虫退治に大きな役わりを果たしている。

　例句中"このようなヒキガエルの働き"所指示的不是一個句子，而是前一個段落的内容。

　(iii) 池上嘉彦在"テクストとテクストの構造"（刊於《談話の研究と教育Ⅰ》国立国語研究所 1983）中對指示進行了分類。

「この表現は―を指している（refer to~）」という場合に見られる関係がここで言う「指示」（reference）である。「指示」には、テクスト内相互関係である場合と、テクスト外のものを指すという関係の場合とがある。前者はさらに、テクストでそれより先行する部分を指すか（前方照應）、後続の部分を指すか（後方照應）によって、二つに下位区分される。

　　テクスト内的指示（endophora）

　　　前方照應（anaphora）

　　　後方照應（cataphora）

　　テクスト外的指示（exophora）

語段內指示指語段的語言項目之間的照應關係，即在語段可以找到指示對象。語段外指示指語言項目的意義解釋直接依存於語段外客觀環境中的某個事物，即在語段中找不到所指示的對象。本節只限於討論語段內指示。語段內的前方照應和後方照應如下例所示：

○　A：どこかいい歯医者<ruby>歯医者<rt>は いしゃ</rt></ruby>さんを知りませんか。

　　B：いいところを知っていますよ。今度、そこの電話番号をあげましょう。（前方照應）

○　インドの首都デリーでは、今もまだ次のような光景<ruby>光景<rt>こうけい</rt></ruby>が見られる。路上には蛇使い<ruby>蛇<rt>へび</rt>使<rt>つか</rt></ruby>いが坐っており、その前には竹籠<ruby>竹<rt>たけ</rt>籠<rt>かご</rt></ruby>がいくつも置かれている。（後方照應）

(iv) 類同詞語的復現關係的把握，對於文章的閱讀理解有著重要的意義。通常，類同詞語會成為文章的關鍵詞。它是確定語段的明顯標誌，是歸納要點、提煉主題的主要線索。

(v) 體現復現關係的類同詞語，是指內容詞或由內容詞構成的

詞語，不包括功能詞或具有附屬功能的不含實質意義的語言成分。市川孝在《国語教育のための文章論概説》中指出："付属語・補助用言・形式名詞・接続詞・感動詞は「繰り返し語句」に含めない。指示語については、文脈中のことがらを指示することなしに繰り返し用いられるもの（私・彼、など）だけを「繰り返し語句」に含める。

　(vi) 關聯詞語的復現關係還可以具體分為同義詞命名用、反義詞使用、同位詞復現、上下位詞復現等。池上嘉彦在"テクストとテクストの構造"（刊於《談話の研究と教育Ⅰ》）一文中指出："関連語句と言ってもどのような形で関連しているかによって、いろいろな場合が考えられる。大きく分けると、意味の「類似性」（sinmilarty）に基づいて関連している場合と意味の「近接性」（contiguity）に基づいて関連している場合とが考えられる。

　意味の「類似性」に基づいて関連するという典型的な場合は、「類義語」（synonym）による反復である。例えば、「一人、男、子ガ立ッテイタ。少年、手ハシッカリト旗竿ヲ握ッテイタ」。のような場合である。……「類似」に対し、関連が「近接」に基づいている場合がある。例えば「空ハ青カッタ。雲一ーツナカッタ。」というのがばらばらの文の集りとは感じられないのは、「雲」は「空」にあるという形で両者の間に近接の関係があるという知識が前提になっているからである。"

　(vii) 久野暲在《談話の文法》中對省略論述如下：

　今迄、文の要素の省略の問題は、「主語の省略」とか、「目的語の省略」という様に、構文法的な条件を基盤にして研究されて来た。然し、日本語に於いては、主語も、目的語も、与與格目的語も、位置詞も、動詞も、文のどんな自立構成要素も、省略できる。從って、構文法からの省略の条件附けを研究しても、余り

有益なジェネラリゼイションは出て来ない。「省略」は、根本的には、談話法上の問題である。……

　省略の主目的は、言わなくても聞き手にとって自明インフォーメイションを省くことによって、文の冗長度を下げることであろう。同じことを逆から言えば、聞き手にとって自明でないインフォーメイションは、省略することができない。どういうインフォーメイションが自明であるかと言えば、それは、文脈から復元できる様なインフォーメイションであろう。この観点から、次の原則が立てられる。

　<u>省略の根本原則</u>　省略されるべき要素は、言語的、或いは非言語的文脈から、復元可能 (recoverable) でなければならない。

　この原則の妥当性に就いては、誰も異存はないであろう。それでは、復元可能な要素は常に省略可能であるかというと、勿論そうではない。色々な談話法上の制約、及び、少数の構文法的制約があって、それらによって、省略が可能か不可能かが決まる。

　日主語の省略規則の主たるものに、次の二つのストラテジーがある。

　<u>本動詞反復ストラテジー</u>　復元可能な要素は省略する。但し、本動詞だけは残す。

　「ダ」ストラテジー（本動詞が復元可能な時にのみ用いる）復元可能な要素は省略する。残された要素に文の資格を与えるため、それを「ダ・デス」形の中に埋め込む。

四、語段與復句的關係

　語段和復句都可以表達複雜的事項，但它們有著各自不同的特

徵。

(59) ⓐ個人は、それぞれ認知のしかたが異なり、感情が違い、活動に差異がある。ⓑこれらの認知、感情、活動の永続的な傾向を、その個人の態度という。

例(59)的語段由 ⓐ 和 ⓑ 兩句構成。其中 ⓐ 是由 3 個分句構成主句謂語的多層次的復合句。ⓑ 是個簡單句。ⓐ 表達了一個完整的意思。而 ⓑ 通過"これら"、"その"的指示詞的使用和"個人"、"認知"、"感情"、"活動"的復現，使 ⓐ、ⓑ 句意連貫，ⓑ 是對 ⓐ 的補充，由 ⓐ、ⓑ 兩句形成了一個明晰的語義中心。復合句 ⓐ 僅有一個句末標點，而由 ⓐ ⓑ 構成的語段則每個句子的句末均有句號。從而可以看出復合句和語段的主要區別：

(1) 結構組成不同。復合句的結構組成是分句或主從句，語段的結構組成是句子。

(2) 表意單位不同。復合句只能表達一個完整的意思，而語段卻可以表達兩個或多個完整的但又是相互關聯的意思。

(3) 句調數量不同。復合句只有一個句調，而語段卻有兩個或兩個以上的句調。

五、語段與自然段的關係

一篇文章往往由若干個段落（段落（だんらく））組成。從形式上看，每個新的段落要換行、空格，從內容上看，每個段落都有一個小主題，這樣的段落就叫作自然段（自然段落（しぜんだんらく））。

從語言形式上看，語段與自然段的關係有 3 種。

(1) 語段小於自然段；

(2) 語段同自然段重合；

(3) 語段大於自然段。

⑥⓪　ⓐ経済大国といっても資源の大半を海外に依存している事情を考えると、わが国が発展途上国などへの経済・技術援助を積極的に果たすことは、国際通貨問題の根本的原因となっている国際収支の不均衡の是正に貢献し、同時にエネルギー資源を中心とする資源の安定供給体制を確立することに役立つであろう。このことが達成される時、今日の不安定な国際経済は少なくとも安定化の第一歩を踏み出すことになろう。ⓑそのためには、例えば大幅は黒字を減らすために輸入制限を逐次撤廃するなど、対外的な要請を優先してそれによって生じる国内の摩擦を最小限にとどめるための措置を講ずるといったことが求められよう。ⓒ国際経済の現状は不確定であり、好ましい状態にあるとはいえない。現状を改善していくためには、日本を含む先進国間の協力は不可欠である。こうした発想の転換こそが、日本経済の国際化ということの真の意味であろう。

例⑥⓪是一個自然段，其中至少包含有ⓐⓑⓒ等語段，語段明顯小於自然段。

⑥①　自然の森林は、枝や葉におおわれて、その内部は温度変化が少ない森林特有の環境をつくり出している。そして、その環境に適応したさまざまな生物が生物群集を形成している。

例⑤③是一個自然段，也是一個語段，該語段與自然段重合。

⑥②　日本の本は、ふつう、最後のページに、その本を書いた人、つまり、著者の名前や、発行所の名前や、発行された日付などが書いてあります。

這のページを「奧付」といいます。

例⑥是兩個自然段，但是是一個語段。該語段大於自然段。

……‧……‧……‧……‧……

語段與自然段主要有以下區別：

語段和自然段有形式上區別標誌。這種標誌有兩個：一個書面上的分段標誌，即換行、空格；二是語音標誌，即說話人較長的隔離性語音停頓。如果前後兩部分有以上標誌，那麼，二者便是自然段，而不是語段。

語段是讀者理解作品時的段落，自然段是作者寫作時的段落。永野賢在《文章論總說》中對此歸納如下：

（書き手の脈絡）……　── 筆者の段落

（客観的な文脈）……　形式段落 ＝ 段落 ＝ 文章の段落

（読み手の脈絡）……　意味段落 ＝ 文段 ＝ 読者の段落

第二節　文章結構

一、自然段和意義段

段落是文章的結構單位，由一個句子或圍繞一個小主題的相互關聯的幾個句子構成。段落是作者行文時的一個小的意義單位，以換行、空格為標誌。作者根據文章需要轉折、強調、間歇等情況設立的段落，叫自然段（自然段落）。由一個或幾個自然段構成，可以表達一個相對完整意思的段落叫意義段（意味段落）。

……‧……‧……‧……‧……

市川孝在《国語教育のための文章論概説》中對段落定義如下：

段落は、一般に、(1)内容上、小主題によって統一されている。(2)形式上、改行一字下げにして示す、という二つの要素を持っている。……

段落とは、通常、7「文章を構成する部分として区分され、それぞれ小主題を持って統一されている文集合」をいう。ただし、一文から成る段落もある。いくつかの段落を内容上の連関からまとめて考えたもの（段落のグループ）を「大段落」または「意味段落」と呼ぶことがある。

段落の区分のしかたは、絶対的なものではない。内容上のまとまりということは、相対的なものであって、大きくもまとめうるし、小さくもまとめうる。実際、書き手によって、なかなか改行せず、段落を大きくまとめる傾向の人もあれば、ひんぱんに改行して、段落を小さくまとめていく傾向の人もある。前者のような場合には、長大な段落の内部を、いくつかの小部分（ブロック）に区分して考えたほうが、内容上の連関を明確にとらえうる場合が少なくない。また、後者のような場合は、いくつかの小さな段落を、内容の上から適切にまとめて、大段落としてとらえるほうが、全体の構成を見るのに有利なことが多い。

二、小主題和小主題句

每一篇文章都有一個主題，每一個段落都有一個小主題。意義段的小主題往往是組成該意義段的各個自然段小主題的綜合，而意義段小主題的綜合就構成了文章的主題。

文章的主題通常可以用文章中的某一句話來表達出來，這句話

就叫作"主題句（トピック・センテンス）"。段落中一般也有能表示小主題的句子，這樣的句子叫"作小主題句（キーセンテンス）"，對於每一個段落來說，小主題是該段落的中心，段內各個句子的有機結合就是圍繞著這個中心。小主題句的位置，有的在段落的開頭，有的在段落的中間，也有的在段落的結尾，還有的在段落的開頭和結尾。有的段落甚至找不出小主題句，這就需要讀者自己進行歸納。

① 京にわたしの好きな橋がある。それは、橋とはいえないほど小さいけれど、とても風情がある。わたしは勝手にそれを「町橋」と呼んでいる。

例①的小主題句是"京にわたしの好きな橋がある"，在段落的開頭部分。

② 眠りは脳というバッテリーを充電させるようなものと考えればわかりやすいが、残念ながらわれわれが眠りつづけられるのは十数時間までで、寝だめはきかない。毎日毎晩区切って充電する必要がある。だからこそ、睡眠は生活の中で、もっとも重要に考えなくてはならないものなのである。

例②的小主題句在段落的結尾部分，即"睡眠は生活の中で、もっとも重要に考えなくてはならないものなのである。"

③ 現在でも、地球上には飢えに苦しんでいる人たちが、たくさんいる。このまま人口が増え続けたら、食糧問題はますます深刻になるにちがいない。また、生活や産業の廃棄物が増えて、環境が汚染されることや、人間の数に比べて石油や石炭などの資源が不足することも心配だ。

例③的小主題句可歸納為："人口が増え続けたら、食糧・環境・資源などの問題はますます深刻になるにちがいない。"

…… • …… • …… • …… • ……

市川孝在《国語教育のための文章論概説》中指出：

　段落の内部に、中心文の認められることがある。中心文とは、段落における中心的内容（小主題）を端的に述べている文のことである。トピック・センテンスとも呼ばれる。中心文は、どの段落にもあるとは限らないか、その反面、一つの段落に、二つ（以上）の中心文の含まれることもある。中心文にはいろいろなタイプがあるが、その主なタイプと例文をあげておく。

　［要約的中心文］一つの段落の中心的内容を要約的に示している文。繰り返しの部分、付加的な部分を除いてとらえられる。要約的中心文は、段落の初めや終わりなどに置かれる。

○　人生において、読書のための時間は、見いだそうとすれば、どこにでもある。朝出かける前の三十分が無理なら、通勤電車の中の三十分でもよい。夜眠る前の一時間ぐらいは、その気になれば、だれでも、読書のために用意できる。

　［結論的中心文］一つの段落の中心的内容を結論の形で示している文。論理の道筋をたどったり、いろいろな説や事実を検討したりしたうえで、その行き着くところとしてとらえられる。結論的中心文は、段落の終わりや初めなどに置かれる。

○　毎日の生活が忙しくて、読書の時間がないという。そして、終日妨げられないで読書できた昔の人がうらやましいという。しかしながら、どんなに忙しい人も、自分の好きなことのためには、時間を作ることを知っている。だから、読書の時間がないというのは、読書しないための口実にすぎないのである。

三、段落設立的一般規律

　　文章段落的妥善設立是為了清楚地　述文章的主題。一篇文章不分段落，或分段過少，就難以清晰地看出作者思路發展的各個步驟。如果段落過多、過短，則顯得零亂分散，也會失去段落的意義與效果。因此必須恰當地設立段落。通常在以下情況下設立段落。

(1) 當作者改變立場、觀點或作者提出新的想法時

　　在文章中，作者所站的立場發生變化，或作者提出新的想法時，往往設立新的段落。

　　④　田中さんの考えは次のとおりだ。東京大学や京都大学のような一流の大学を出れば普通良い会社に入れるから、一男には日本の良い大学を出てほしいものだ。日本では、小さい時から子供によく勉強させないと、一流の大学に入学するのはほとんど無理だと言ってもいいほどだ。一男の場合、日本の学校で勉強していないという不利な点がある上に、アメリカでの生活が長く、日本語も少し忘れてきているようなので、日本に帰って高校に入り、一生懸命入学試験のための勉強をしてもらいたいと考えている。

　　しかし、一男君は田中さんと全く逆の考えを持っている。まず、自分は今アメリカの生活に満足している。友達もたくさんできたし、学校も好きだから、これからもずっとアメリカで暮らしていきたい。又、お父さんを見てもわかるように、日本人はいつも仕事ばかりしていて、何のために生きているのかわからない。日本の一流大学を出て良い会社に入っても、仕事ばかりしているの

　　だったらつまらない。自分はそういう人間になりたくな
　　い。だから、東京大学などにぜひ入りたいとは思わな
　　い。できたら、アメリカの大学で自分の好きなことを自
　　由に勉強してみたいと思っている。

　在例④中，作者首先介紹田中的觀點，即"一男には日本の良
い大学を出てほしい"。而後者設立新的段落，提出與田中相反的
觀點，即"一男君はアメリカの大学で自分の好きなことを自由に
勉強してみたい。"

(2) 所談對象改變時

　在文章中，當作者談論的內容、敘述的對象發生變化時，常常
設立新的段落。

　⑤　勉強の面を見ると、二つ大きな問題がある。<u>一つは、勉
　　強の大変さである。</u>外国で長期間教育を受けた子供は当
　　然日本語の能力が低い。外国滞在中、たとえ家で両親と
　　日本語を使い会話が何とかできるとしても、漢字の勉強
　　までは充分にできない、というのが大多数であろう。漢
　　字が弱いと、国語だけではなく、理科、社会、算数など
　　他の学科の教科書を読むのも難しくなる。本来なら帰国
　　子女のための特別な学校に行き、弱いところを補っても
　　らうのが最善だが、そのような学校はまだまだ稀であ
　　る。従って、普通の子供より人一倍努力しなくてはなら
　　ない。

　　　<u>二つ目は、外国語の問題である。</u>普通帰国子女は英
　　語、ドイツ語、フランス語など国際的に通用する外国語
　　が上達して帰国する。帰国後も習った外国語を伸ばせる

　　ような教育制度があれば将来大人になった時非常に有利
である。しかし、現実は全く逆である。習得（しゅうとく）した外国語
が伸（の）びるどころか駄目（だめ）になってしまうほうが多い。日本
の外国語教育は今でも文法を重視し、クラスの時間の半
分以上が文法の説明に使われている。読み書きができ、
意味がわかり、きれいな発音で自分の意見が述べられれ
ばそんなに細（こまか）い文法など知らなくてもいいはずなのに、
難解で複雑な文法を覚えさせられる。……そのため、授
業がつまらなくなり、興味を失（うしな）うことがよくある。

　　在例⑤中，前一段的小主題是"勉強の大変さ"，後一段的小
主題是"外国語の問題"。所談論的具體內容不同，因而分設兩個
段落來論述。

(3) 場面、時間改變時

　　在文章中，作者敘述的場面、時間發生變化時，常常設立新的
段落。

⑥　<u>レオナルド・ダ・ビンチの時代には</u>、人間が空を飛べる
　　などと考える人は、ほとんどいなかっただろう。ライト
　　兄弟の成功を見るまでは、飛行機の実験に興味を示す人
　　は、ごくわずかだったそうだ。夢（ゆめ）は、あくまでも夢だ
　　と。多くの人が思っていたにちがいない。しかし、何人
　　かの人は、「鳥になりたい」という夢を、なんとか実現
　　しようと努力してきた。その努力の積み重ねが、見事に
　　花を開き、実を結んだのだ。

現在では、大型旅客機が、世界中を空を飛び回っている。そして、今や人間の夢は地球の上ばかりでなく、宇宙にまで広がっている。人類が、宇宙を自由に飛び廻るのは、もはや時間の問題だろう。

例⑥的段落設置是以時間的變化為根據的。

(4) 說話人改變時

在文章中，根據說話人的變化來設立新的段落，即把一個人的話作為一段，另一個人的話作為另一段。

⑦　「自分で決めたのだから、やってみたらいいでしょう。やってみてだめなら、やめればいいでしょう。」

「お母さんは簡単に言うけど、実際にやるのはむずかしんだよ。」

在例⑪中，讀者可以通過不同的段落來了解對話中不同的人物，搞清彼此之間的關係及談話立場等。

(5) 避免段落過長時

在文章中，即使沒有出現立場、觀點、時間、場面等變化，也可能由於內容過多而設立段落。

……・……・……・……・……

(i) 除了上述段落設立的一般規律以外，也有作者根據讀者的理解能力而適當地設定段落的情況。在初級日語教科書中常常一句話為一個段落。

○　ある寺の小僧が夜ふけに庭に出て、長い竹ざおを振り廻している。

坊さんがそれを見て、

「いったい、何をしているのか。」

とたずねると、小僧は、

「空の星がほしいので、打ち落とそうとしていますけれど、なかなか落とせません。」

と答えた。すると坊さんはこう言った。

「ばかなやつだ。そんなことが分からないとは情けない。そんな所から 届くものか。屋根へ上がれ。」

上例中有多處換行，若從內容的連貫角度看，並非都要換行，但作者如此分段出於力圖便於讀者理解的考慮。

(ii) 平井昌夫在《文章表現法》中對於文章段落的設立提出以下原則。

一般的に考えますと、つぎのようなジャンルのばあいには、文章は当然段落に分けられなければならないでしょう。

(1) 小説や物語では、出来事（事件）や時や場所や動作や人物とその会話を変えるときに、段落が変えられます。

(2) 感想文では、気分や見地や立場や対象を変えるときに、段落が変えられます。

(3) 説明文では、新しい考えや新しい対象や新しい段階へ移るときに、段落が変えられます。

(4) 会話文では、話し手が変わるときに、段落が変えられます。

(5) 論説文では、新しい論点へ移るときに、段落が変えられます。

(6) ある段落の考えとつぎの段落の考えとの間に飛躍がありすぎて前後の段落の橋渡しが必要なときに、橋渡しの段落が用いられます。

(7) あまり長い叙述（多くの文の集まり）のため読みにくいと思われるとき、適当に段落に区切られます。

(iii) 劃分段落是閱讀理解的重要技能之一，也是日語水平測試中常出現的問題之一。森島久雄在《現代文》中提出了以下劃分段落的注意事項。

(1) 接続語で始まるところに注意。

ex. しかし→逆接

つまり・すなわち→言いかえ

要するに→まとめ

こうして・かくして→発展

(2) 話題が変化していくところに注意。

新しいキーワードが出現してくる。

ex. 江戸時代の科学→近代の科学→未来の科学

(3) 筆者の発想が転換するところに注意。

ex. 前おき→本論→まとめ

問題提起→解説

(4) 論理が屈折していくところに注意。

ex. 一般→具体例

事実→解説、意見

原因→結果

(5) 表現のスタイルや調子が変わったり、改まったりするところに注意。

四、段落的排列順序

文章段落的排列是有一定規律的，一般是按照事物本身的條理

性、人們的認識規律等來安排段落順序。事物的條理性有多方面的表現，人們認識事物可以取不同角度，因此文章段落的排列順序也必然會有多種方式。下面以題為"修學旅行"的文章為例，說明段落排列的幾種方式。

1. 自然順序

(1) **時間順序**　　以事實發生的時間先後作為文章段落順序排列的基本線索。

　　○　集合→出發→列車內→見學地→旅館

(2)**空間順序**　　以作者視線的移動或所述對象位置的變化作為排列段落順序的基本線索。按空間順序敘述事物，可以從整體到局部，可以從大到小或從小到大，也可以從前到後、從左到右等。

　　○　山麓の門前町→山中の参道→山上の本堂

2. 邏輯順序

邏輯順序是以事物間內在邏輯聯繫為基本線索來排列段落順序的作法。邏輯順序有由原因到結果的順序，由結果到原因的順序等等。

(1) **原因——結果順序**　　即先提出原因或事實，然後引出結果或問題

　　○　こんな発見があった→こういう経験もあった→だから、
　　　　この旅行はとてもよかった。

(2) **結果→原因順序**　　先提出結果，然後追溯原因。

　　○　今回の旅行は不愉快だった→なぜなら、こんなことが
　　　　あったからだ。

3. 習慣順序

以人們習用的分析事物、認識事物的順序作為文章段落順序排

列的基本線索。

　○　学校生活で最も思い出になるのが修学旅行→特に旅館で
　　　の友人との語らい→しかし、度をすごすと逆に後味の悪
　　　い……

4. 難易順序

以對所述對象理解的難易程度作為文章段落順序排列的基本線索。難易順序包括由簡單到複雜的順序、由已知到未知的順序等。

　○　大きな建物→門→特色→時代→様式

5. 輕重順序

以作者說明事物的輕重主次等順序作為文章段落順序排列的基本線索。

　○　期待→出発時のちょっとしたできごと→見学地で→仏像
　　　の姿→本物に接した感動……

6. 層次順序

以作者敘述事物的層次關係作為文章段落順序排列的基本線索。層次順序包括由一般到特殊的順序、由特殊到一般的順序等。

(1) 一般 —— 特殊順序　　以由一般到特殊、由抽象到具體的敘述方法來排列段落順序。

　○　学校としての取り組み→クラスの雰囲気→わたしは……

(2) 特殊——一般順序　　以由特殊到一般、由具體到抽象的敘述方法來排列段落順序。

　○　今回の旅行でのわたしの収穫→修学旅行とは→旅とは何か

在實際的文章中，一篇文章不一定僅按照一種類型來排列段落，內容簡單或篇幅短小的文章，可能只按照一種類型排列段落，而內容複雜、篇幅較長的文章，則往往兼用幾種類型的段落排列方

法。不過，作為文章的整體，總是按照某一種類的段落排列方式統一起來，盡管其中某些段落之間使用了不同的排列方式。就一篇文章而言，段落的排列順序究竟使用哪種類型，往往根據文章的體裁、論述的內容以及作者的寫作風格等來決定。

…… • …… • …… • …… • ……

(i) 關於段落的排列順序，日本學者提出如下各種方法。森岡健二在《文章構成法》中提出以下方法。

(1) 時間順序

(2) 空間順序

(3) 一般——特殊順序

(4) 特殊———一般順序

(5) 原因——結果順序

(6) 結果——原因順序

(7) 層次順序

(8) 已知——未知順序

(9) 解決問題順序

(10) 輕重順序

(11) 動機形成順序

大熊五郎在《文章構成の方法》中列舉有以下方法。

(1) 自然順序　ⓐ 空間順序　ⓑ 時間順序　ⓒ 聯想順序

(2) 邏輯順序　ⓐ 原因 —— 結果順序　ⓑ 結果 ——原因順序

(3) 傳統順序（例如在敘述三權分立時，按照人們傳統的立法、行政、司法的順序排列）

(4) 難易順序　ⓐ 熟悉 —— 生疏順序　ⓑ 單純 —— 複雜順序
　　　ⓒ 整體 —— 部分順序　ⓑ 部分 ——整體順序

(5) 印象形成順序　ⓐ重要程度順序　ⓑ理解難易順序　ⓒ層
　　次順序

(6) 組合順序（將不同排列的順序組合起來的方法）

永野賢在《悪文の自己診断と治療の実際》中列舉有如下方法。

(1) 時間排列方式

(2) 空間排列方式

(3) 列舉方式

(4) 因果關係方式

(5) 已知、未知方式

(6) 內涵關係方式

(7) 對比方式

(8) 課題、解答方式

(9) 層次漸進方式

(10) 層次遞減方式

(11) 論述方式

(12) 倒述方式

(13) 插入方式

(14) 屈折方式

(ii) 排列段落順序也是閱讀理解的重要技能之一，也是日語水平測試中常出現的問題。森島久雄在《現代文》中提出了以下排列段落順序的注意事項。

(1) 冒頭段落を見定める

　(ア) 内容的にふさわしい

　ex. 問題提起・具体的問題の紹介・世間の通説風潮

　(イ) 冒頭に接続語・指示語を含んでいない。

(2) 続きの段落の見当をつける

　(ア) 接続語（しかし・たとえば・つまり等）のかかりうけ
　　から推理する。

　(イ) 指示語（このように・それは・この～等）のつながり
　　を考える。

　(ウ) 論旨の発展から考える。キーワードの関連はどうか。

(3) 結束の段落を確かめる。

　(ア) 内容的に総結している

接続語（つまり・要するに等）

　(イ) 今後の展望を示したり、提言をしている。

五、文章的結構

　　文章的結構即文章內部的組織構造，它是文章的重要的形式要素。概括地說，就是如何把全部寫作材料進行全面系統的安排，有條有理地組織起來。

　　結構是文章內容的整體表現形式，只有把所有文章中的大小單位嚴密地組織成有機的整體，才能表現出文章的整體內容。結構是組織文章內容的重要方法；立意謀篇，順理成章，都需要借助結構來實現。

　　文章結構是有規律的。它與人的思維形成對應，是客觀事物本質關係的反映。文章結構的基本規律就是文章結構的模式。通常文章結構的模式有以下幾種：

1. 遞進敘述式

　　遞進敘述式是敘述類文章的基本敘述方法之一。用於敘述層層遞進、逐層深入的層次關係。通常是"開端—發展—高潮—結局"的結構。其結構模式大致為：

$$
遞進敘述式
\begin{cases}
一、總敘 & 本所横丁の糸屋の娘（開端） \\
二、分敘 & \begin{cases} 姉は十八、妹は十六（發展） \\ 諸国諸大名は弓矢で殺す（高潮） \end{cases} \\
三、結尾 & 糸屋の娘は目で殺す（結局）
\end{cases}
$$

2. 並列敘述式

並列敘述式也是敘述類文章的基本敘述方法之一。用於敘述彼此獨立、相互並列的層次關係。雖然所敘述的是並列的幾個事項，似乎互不相關，但事實上每項都是直接關係著主題的。其結構模式大致為：

$$
並列敘述式
\begin{cases}
一、分敘 & 太郎はたいていのスポーツがよくできるばかりか、すぐれた音楽家でもある。 \\
二、分敘 & 彼はクラスでいつも首席だったし、最近の大学受験のための模擬試験では全国で一番だった。 \\
三、分敘 & 彼は親切で、誰かが悲しんでいれば、彼はいつも素早く慰める。
\end{cases}
$$

3. 歸納式

歸納式是議論類文章說理的基本方法之一。它是從許多個別性的材料中，歸納出一般性的結論或規律的方法。歸納式的結構總是先擺出材料，講出理由，而後作出結論，明確論點。其結構模式大致為：

$$
歸納式 \begin{cases} 一、分論 \begin{cases} ① & 文明は人類に多くの快適さを与えてく \\ & れた。 \\ ② & 文明は人類にその脅威をもたらした・ \end{cases} \\ 二、結論 \quad 私たちは文明の二面相をよく考えなければ \\ \qquad\quad ならない。 \end{cases}
$$

4. 演繹式

演繹式也是議論類文章說理的基本方法之一。它是根據已知的、一般性結論，推斷出特殊的、個別性事物屬性的方法。演繹式的結構是先提出結論，而後進行論證，其中心論點在前。其結構模式大致為：

$$
演譯式 \begin{cases} 一、總論 \quad 日本にも個別の思想はあったが、思想の \\ \qquad\quad 全体構造はとらえにくい。 \\[1em] 一、分論 \begin{cases} ① & 無常・義理などがそうで、構造的に \\ & はとらえにくい。 \\ ② & 思想の新たな発展も見られない。 \end{cases} \end{cases}
$$

5. 演繹歸納式

演繹歸納式也是議論類文章用於說理的基本方法之一。它是演繹式和歸納式兩種形式相結合的一種類型。演繹歸納式具有三大部分，即"總論—分論—結論"。就總論和分論看是演繹式，就分論和結論看是歸納式。其結構模式大致為：

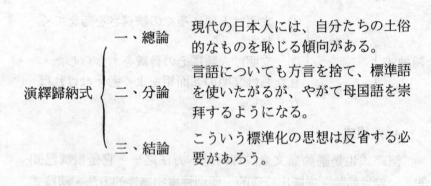

演繹歸納式

一、總論 現代の日本人には、自分たちの土俗的なものを恥じる傾向がある。

二、分論 言語についても方言を捨て、標準語を使いたがるが、やがて母国語を崇拝するようになる。

三、結論 こういう標準化の思想は反省する必要があろう。

　　　　‥‥‥‥・‥‥‥・‥‥‥・‥‥‥・‥‥‥

　(i)　塚原鐵雄在"文章と段落"（刊於《人文研究》）中根據文章的結構將文章分為兩大類型，6種基本形式。其基本觀點是。

　　文章を、構造のうえから吟味まると、まず、大別して、二種に分類することが可能である。

　　第一種の文章は、文章を大きな段落に区分するとき、文章の要点となる事柄を叙述する段落と、要点の説明となる事柄を叙述する段落とに、分類しうる文章をいう。

　　この形式の文章は、二段型文章と三段型文章とに分類する。文章の要点となる事柄を叙述する段落が一個である文章が二段型文章である。三段型の文章とは、文章の要点となる事柄を叙述する段落が一個で、要点の説明となる事柄を叙述する段落が二個の文章か、あるいは、逆に、前者が二個で、後者が一個の文章である。

　　第二種の文章は、文章を、大きな段落に区分するとき、文章の要点となる事柄を叙述する段落と、要点の説明となる事柄を叙述する段落とに、分類しえない文章である。段落が列挙される文章だから、第二種の文章を、列舉型文章と呼んでもよい。

　とすれば、第一種の文章は、統合型文章と名づけよう。統合に、二段型統合と三段型統合との区別があるわけである。そこで、説明の便宜から、文章の要点となる事柄を叙述する段落を、統合段落と略称し、要点の説明となる事柄を叙述する段落を説明段落と略称しよう。

　塚原鐵雄還根據文章的相互關係和性質，將文章歸納成如下 6 種基本類型。

○　統合型文章

　　二段型文章

　　　演繹型文章（統合段落、説明段落の順で構成される。）

　　　歸納型文章（説明段落統合段落の順で構成される。）

○　三段型文章

　　　一元型文章（統合段落を中間として、その前後に、説明段落が位置する。）

　　　二元型文章（説明段落を中間として、その前後に、統合段落が位置する。）

○　列舉型文章

　　　並列型文章（一定の方針で段落を列挙する。）

　　　追步型文章（時間の順序で段落を列挙する。）

六、文章的主題思想

1. 主題思想的含義

　主題思想是作者論述一個道理或說明某個事物時，通過文章的全部材料所表達出來的中心思想。

這個定義的表達，包括了不同類型的文章的主題思想。記敘文的主題思想，是對社會生活中一些人物、事件、環境的進行敘述描寫時所表現出來的基本思想；議論文的主題思想，是在論述一個主張或道理時所表現出來的基本思想；說明文的主題思想，是在說明客觀事物時所表現出來的基本思想。

主題思想是文章的靈魂，它在文章諸要素中處於統帥地位。主題思想決定材料，有了主題思想，豐富的材料才能分清主次，安排文章結構，必須從表現主題思想出發，語言表達必須為表現主題思想服務。

2. **主題思想的表現形式**

主題思想的表現形式可根據主題思想在文章中的位置分類如下：

(1) **首括式**　主題思想在文章開頭的段落，以後的段落對其進行說明、舉例、論證。

示意圖為（　■　為表現文章主題思想的段落）：

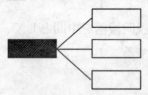

⑧　発達には、特別の外的な刺激が加わらないでも自然に起こってくる成熟によるものと、特定の経験や訓練によってはじめて生ずる、すなわち学習によるものとの2つの型があると考えられている。

　身体的な形、態が増大したり、その機能や構造が複雑になったりすることや、幼児が歩行を開始することなどは、年齢がすすむに伴ってだれでも自然に生ずるように思われ、これらの発達は成熟によって規定されると考え

られている。他方、ピアノや自動車の運転などは練習によってはじめて上達するものであり、また子ども社会性の発達は、両親のしつけによって著しい影響を受けるものである。これらは学習によって規定されるところが大きいといえる。

上例中的綜合段落在開頭部分，以後為說明段落。通常在綜合段落裡可以歸納出主題思想。上例的主題思想在開頭段落部分，即：“発展には成熟によっておこるものと、学習によっておこるものとの2つの型がある。

(2) **尾括式**　在文章的結尾段落點明主題思想，而在前面各個段落進行說明、舉例、論證。

示意圖為：

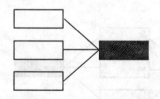

⑨　先日の新聞らよると、ギャングごっこをしていた小学校の三年生が同級生をナイフで刺して、重傷を負わせた。「テレビをまねた」のだそうだ。しかし、テレビ番組のすべてが悪いと一概には言えない。オリピックの中継は、当時までほとんど知られていなかったいくつかの運動競技の楽しさを、どれほど多くの人に紹介したことだろう。あるいはまた。われわれはいながらにして世界のさまざまな生活を見ることができ、その事が、世界中の人人がお互いを理解し合うのに大きな力となっている。

　ある人は、前のような例をもとにしてテレビは良くないと言い、他の人は後のような例をもとにしてテレビは

　　良いと言う。しかし、ここでよく考えてみなければなら
ないことは、テレビもラジオもともにたかだか一つの道
具にすぎないということである。われわれは、この道具
をじゅうぶんに使いこなすだけの賢明さを持たねばなら
ず、テレビの持つこの大きな影響力の巧みな御者となら
なければならない。

　上例的說明段落在前，綜合段落在後，因此其主題思想可以在
結尾段落歸納。即：“われわれはテレビを十分に使いこなすだけ
の賢明さを持たねばならず、その大きな影響力の巧みな御者とな
るべきである。”

　(3)雙括式　在文章開頭部分先點明主題思想，而後進行說明、
舉例、論證等，最後在文章結尾段落再次概括，重述主題。

　示意圖為：

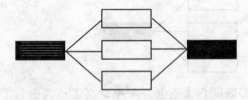

⑩　この辞典は、現代人の言葉の宝庫だ。

　　勉強や仕事のためだけではなく、読みものとして楽し
めそうだ。夏はビールのジョッキを傾けて仲間と語り合
いつつ、冬は雪見酒の友として一人静かに、この辞典の
ページを繰ってみたい。未知の言葉との出会いは、百年
の知己を得たような喜びがある。

　　これは、まさに辞書の常識を破る現代人のデータソー
スだ。

上例的中間部分為說明段落，而在首尾兩個段落分別點明了文

章的主題。即：“この辞典は、現代人の言葉の宝庫だ”和“これ
は、まさに辞書の常識を破る現代人のデータソースだ。”

(4) **中括式** 主題思想在文章中間的段落，前後的段落對其進
行說明、舉例、論證。

示意圖為：

⑪ 日記帳というものは日本にも外国にもある。日本の日記
　帳の特色は何月何日何曜日の後に必ずお天気を入れる欄
　があることである。まことに日本人はたえずお天気を頭
　におきながら生活している民族である。

　　こんなふうなところから、日本には天気に関する外国
　にはない単語も発生している。この頃は、連休をひかえ
　て野に山に出掛ける向きが多いが、そういう場合にいう
　「雨男」などがその代表で、その人間が一行に加わると
　がならず雨が降り出すという男のことだ。

　　柴田宵曲氏の『明治の話題』によれば、古くは明治の
　四大文豪の一人である尾崎紅葉が雨男として名があり、
　外出すれば雨にあうといわれたが、歌壇の一方の旗頭、
　佐佐木信綱がもう一人の雨男として知られていた。とこ
　ろがいつかこの二人がいっしょに出かけたところ、雨が
　降らないどころか、カンカン照り。これは、雨性と雨性
　とがぶつかって晴天となったもので。両陰和合して陽と
　なるの原理によるものだと評判だったそうだ。

　例⑪的第 1 段是說明段落，第 2 段是綜合段落，第 1 段和第 2
段是歸納式結構，第 3 段是對第 2 段內容的說明，第 2 段與第 3 段

為演繹式結構，因此例⑪是中括式類型，主題思想可在第 2 段歸納，即："日本には天気に関する外国にはない単語も発生している。「雨男」などがその代表である。"

(5) **遞進尾括式**　以遞進的方式敘述事件的發展過程，在文章結尾段落歸納出文章的主題思想。

示意圖為：

⑫　こんなことがあった。修学旅行で九州から東京に帰る新幹線の中でのことだ。到着は午後六時すぎというので、四時ぐらいに全員にサンドイッチが配られた。みんなあまりおなかが空いていないらしくて、食べる人はあまりいなかった。わたしもおなかが空いていないので、食べないで持って帰ろうと思った。

それから時間が過ぎて、ごみを集めに来た。わたしは、みんな食べなかったサンドイッチは持って帰ろうと思った。けれどもそんなことをする人はほとんどいなくて、だいたいの人は一口も食べないで捨てたのだ。それを見ていたわたしは胸がズキンズキンと痛くなった。

泣きたくなるような気持ちだった。どうして持って帰らないのだろう。わたしは食べ物を捨てる人たちに腹が立った。この世の中に生きる人間なら、一つ一つ物を大切にする心を持ってほしいと思う。

例⑫通過"サンドイッチ"這個話題按照時間的發展過程加以遞進式的敘述，在結尾段落點明主題思想，即："この世の中に生きる人間なら，物を大切にする心を持ってほしい。"

(6) **隱括式**　文章的主題思想的表現不是顯在的形式，而是潛在的形式。它隱含於文章的字裡行間，需要歸納才能揭示出來。

示意圖為：

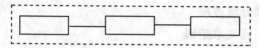

⑬　いまの子供と昔の子供の違いをあげればきりがないが、屋根の上にのぼらなくなったのもその一つだという。屋根の上に寝ころんで、空や雲を眺めているようなゆとりの時間がなくなったのだろうか。

　　それよりも、のぼりやすい平屋建ての家が少なくなってしまったためかも知れない。狭い土地いっぱい建てたずん胴の二階屋では、のぼろうにも危なくて仕方がない。

　　子供たちの歌に「ぼくらの空は四角くて」というのがある。都会の空は四角く、道路の上だけ細長く狭められていく。周りが建物だから、高層マンションの上の方にでも住んでいなければ、日の出や日の入りはもちろん、夕焼けでさえろくに見ることが出来なくなった。

　　空は足元にもある。たとえば梅雨晴れの日の道路に出来た水たまりだ。子供のころ、のぞき込んで、果てしなく広がる青空や流れる雲に見入った人も多いはずだ。いまの子供たちは、そこに何があるのか知っているのだろうか。

　　例⑬並未直截了當地指明主題思想，而是寄旨於事。其關鍵詞有"子供"、"空や雲""眺める"。由此可以歸納出主題思想，即"空や雲を眺める環境を子供たちに持たせたい。"

3. 主題思想的把握

　　正確把握主題思想是閱讀理解的關鍵，歸納主題思想應注意以下幾點：

　　(1) 把握話題；

　　(2) 劃分意義段；

　　(3) 明確文章結構；

　　(4) 找出關鍵詞；

　　(5) 歸納主題句；

　　(6) 根據關鍵詞、主題句等歸納出主題思想。

　　　　　　……・……・……・……・……

　　(i)　平井昌夫在《文章表現法》中對"文章の中心思想"論述如下：

　　文章には、つまるところ何を言おうとしているのかのぎりぎりの何かがあるのがふつうです。このぎりぎりの何かを「主題」とか「主張」とか「話題」とかと呼んでいます。また、これらをひっくるめて「中心思想」（central thought）と呼ぶようになってきました。中心になる考えというほどの意味です。

　　　　……

　　中心思想をはっきり一つの文に表現しますと，その文を中心文とか主意文とか主題文とか呼びます。中心文を文章の中の読み手に見分けられやすい位置へ出すのは、中心思想をすぐに読み手に知らせる第一の方法です。

　　文章の中の位置では、最初の段落と最後の段落が読み手に見分けられやすい位置ですし、その段落の中では最初の文が見分けられやすく、最後の文がつぎに見わけられやすいはずです。

　　(ii)　平井昌夫在《文章表現法》中對"主題"論述如下：

　主題というとき、まず対話、話し合い・思考・文章などの対象となる中心的な事がらを指します。また、文学作品に一貫して流れている中心思想で、多くは短いコトバで表現されます。たとえば、「母性愛」とか「経験は最良の教師」とかのようなものです。この主題をあるいはそのまま、あるいは変形させて言語表現を与えると題目・演題・論題となり、書物のばあいには題名・表題と呼ばれます。ばあいによっては、主題が作品の題目のコトバとして現われないで、作品全体の基調をなしていることもあります。この主題がさらに具体化されると、話題と呼ばれます。たとえば「鳥の母性愛」が主題であるとしますと、「コマドリが自分のひな鳥をかばって死んでいった。」という話題があり、現実にある土地で特定のコマドリがヘビに食れれようとした自分のひな鳥を救うために、ヘビと争って共に死んでいったという実際の材料すなわち題材があります。そうした題材をさがすか選ぶかする仕事が取材です。

　　(iii)　在日語測試中，常常出現"文章の要旨をまとめよ"，"結論は何か"，"筆者の主張を要約せよ"，"文章にこめられた意図は何か"等閱讀理解的問題。人們往往難以分辨"主題"，"要旨"，"結論"，"論旨"，"要點"的異同。森島久雄在《現代文》中對此進行了說明。

　　普通、小説などについては主題といい、評論などでは要旨というが、時には評論でも主題ということがある。題名というのは、主題、結論とはなり得ないが、何について述べた文章か、話題の中心や論点の方向を示したものと考えることができる。要点は、各段の趣旨、ポイントをまとめたもの。意図とは、読み手に対してどうしようとしてぐの文章を書いたのか、そのねらいのことをいう。

森島久雄還對"要旨と主題"作了如下歸納。

要旨と主題

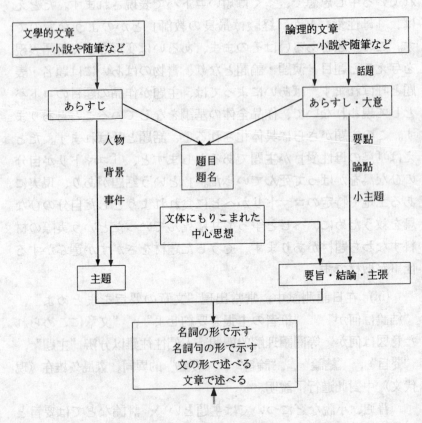

文章に託された書き手のねらい・意図

第三節　文章體裁

　　文章體裁就是文章的表達方式，它是表達思想感情，反映客觀事物的方法和手段，它是文章形式構成的重要因素。文章體裁是為寫作目的和寫作內容服務的，因此就應該根據寫作目的和寫作內容選擇合適的文章體裁。

一、文章體裁的分類

　　通常可根據文章表達方式的不同，把文章體裁分類為以下類型。

1. 抒情為主的文章

　　抒情為主的文章是作者抒發在特定環境中的主觀感受的文章。它是作者反映客觀事物不可缺少的一種表達方式，對增強作品感染力有十分重要的意義。

　　常見的抒情為主的文章有"短歌"、"俳句"、"隨筆"等，有些"小說"也可以劃入這一類。

①　大学に出ない日は、私は真砂町の坂のぼって、売岐坂の上に出た。私は、そこで立ちどまって富士をみた。その富士は図書館の上からみる富士には及ばなかったが、やはり美しい姿であった。私はしばらく富士を見つめていたが、ふと気づくと私の立ちどまった町かどに、下宿か旅館らしい立派な二階建てがあった。何気なくその看板を見ると、その看板に富士見館という屋号がかかれてあった。「一ああ、この富士見館なら、たしかに富士がみえる」私は思わずそう独りでつぶやいていた。そし

　て、母が考えている私の下宿は、こんな下宿ではないか
　と、ふっと思った。すると、笑いが腹の底<ruby>底<rt>そこ</rt></ruby>からこみあげ
　て来て、私は、道をとおる人が不思議そうに笑っている
　私を見つめるほど、声をたてて笑った。だが、笑ってい
　るうち、私の笑いは、私の頬<ruby>頬<rt>ほほ</rt></ruby>に淋<ruby>淋<rt>さび</rt></ruby>しく凍<ruby>凍<rt>こごえ</rt></ruby>りついてしまっ
　た。

　　例①是採用了抒情的表達方式，通過敘事、寫景，直接表露作
者的情感。

　　抒情為主的文章的一般要求是：要真摯自然，要生動具體；不
要濫用詞語，不要輕浮。

2. 記敘為主的文章

　　記敘為主的文章是以記人、敘事、寫景、描寫事物為主要職
能，對社會生活中的人、事、景、物的變化和發展進行敘述和描寫
的一種常見的文章形式。它反映了作者對某種生活的理解和評價。

　　記敘為主的文章，常見的有“新聞記事”、“紀行文”、“傳
記”、“隨筆”、“腳本”、“小說”等。

②　小說家、川端康成は大阪市に開業医の長男<ruby>長男<rt>ちょうなん</rt></ruby>として生まれ
　たが、幼<ruby>幼<rt>いどけな</rt></ruby>くして両親を失い、さらに祖母と姉も失って祖
　父とのふたり暮らしを続けた。16歳でその祖父とも死別
　した。

　　その後、東大英文科に入学したが、のちに国文にかわ
　り、まもなく文学界に登場するようになった。

　　代表作品は、「伊豆の踊子」、「雪国」、「千羽鶴」
　などで昭和43年にはノーベル文学賞を受賞するに至った。

例②採用了記敘的表達方式。其順序是按照川端康成個人經歷的時間順序進行敘述。

記敘為主的文章的一般要求是要交代明白，避免讀者產生疑問和誤解；要頭緒清楚，便於讀者閱讀和理解。

3. 議論為主的文章

議論為主的文章是一種剖析事物、記述事理、發表意見、提出主張的文章。它主要運用概念、判斷、推理、證明等邏輯思維手段來論證客觀真理及其規律性。

議論為主的文章，常見的有"學術論文"、"論說文"、"評論文"等。

③　現代の青年は、価値観が問題とならない限り、古い世代
　　と和合するが、いったん価値観が問題となると、古い世
　　代と鋭く対立する。であればこそ彼らは両親の中でも、
　　母親とは親密な関係を続けるであろう。もっとも彼ら
　　は、社会的な価値観を通常代表する父親とも、家庭の中
　　にあってあまり対立することがないようである。それと
　　いうのも、価値観について子供を教育しようとする父親
　　が昨今は極めて稀になっているためであろう。これら父
　　親たちも内心では疎外感に悩み、現代文明の危機を肌で
　　感じている。したがって子供を教育するどころではない
　　のであろうが、しかしその彼らも社会の中ではその属す
　　る体制なり組織を防衛する立場におかれている。そこで
　　現代の世代間葛藤はもっぱら公の場で、体制対反体制と
　　いう形で、進行することになると考えられるのである。

例③就"世代間の価値観の対立"這一論點進行了論述。通過對"世代間の断絶は公的な場の現象で、私的な場では見られな

い"的分析，來論述"価値観の対立"的原因。

議論為主的文章一般都具有論點、論據和論證三要素；具有內容的說理性、語言的準確性和邏輯的嚴密性等特點。

4. 說明為主的文章

說明為主的文章是用說明的表達方式來解說事物、闡明事理的文章。它通過對客觀事物的性質、形態、特點、結構、作用等的解釋說明，使人們對事物有個明晰的、完整的了解和認識。

說明為主的文章，常見的有"解說文"、"報道文"、"說明文"等。

④ 非行、通常、少年非行をさす言葉。法律上少年とは、20歳未満の者をいい、これらの少年が社会的に逸脱した行動をとることをいう。法律や社会秩序に対する反社会的行動と、家出・登校拒否・家庭内暴力・自殺など非社会的行動の2つにわけられる。これらの行動は、発達要因・家庭内要因・個人と社会との要因などさまざまからみあいの中で発生するといわれる。なお今日の非行は、低年齢化（14～16歳の年齢層が増大）、一般化（中流家庭の少年が全体の 87.4%）の傾向にあることが、青少年白書により指摘されている。

例④是一段解釋"非行"的說明文。

說明為主的文章的主要特徵是：具有說明性、知識性、客觀性。說明為主的文章的一般要求是，目的要明確、具體，解說要清楚、明白，用語要淺顯、確切。

5. 應用文

應用文是人們在生活、學習和工作中處理事務、解決問題、互

通情況、交流思想時使用的具有一定格式的文體。

　　常用的應用文有"公用文"（通知、議案、證書、賞狀、公示等）、"商用文"（廣告文、契約書、推荐狀、案內狀、見積書等）、"日常文"（手紙、電報等）。

ファクシミリ（ファクス）利用について（通達）

⑤　当社では、〇月〇日からファクスを導入し、本社・支店間、支店相互間及び関係会社との通信は原則としてファクス通信網を利用することにします。

　　当分は不慣れのため、かえって不便を感じることもあろうが、下記のファクスの特長を十分理解して、進んで利用することを望みます。

　　なお、本日付けで「ファクシミリ（ファクス）取扱要領」が施行されるので、これについても十分理解されるよう願います。

(1) 電話と同様、どこの加入記者とも通信できる。

(2) 遠距離通信のコストを大幅に節約できる。

(3) 相手が通話中であっても、再コール機能によって、自動的に呼び出してくれるので、掛け直す手間がいらない。

(4) 秘扱い文章には、親展通信が利用できる。

(5) 受信した通信文には、発信日時・電話番号が記載されているので、いつ、どこから送信されたものかが、確認できる。

例⑤是"商用文"中的"通達文"。

　　應用文的主要特點是：對象確定，目的明確，格式固定，內容具體。

應用文的一般要求是：語言必須準確、樸實、簡潔明瞭。力戒用詞不當，詞不達意，避免使用易於引起誤解或有歧義的詞語。

……•……•……•……•……

(i) 前田富祺在《日文文法事典》（有精堂出版 1981）中對"文章の種類"論述如下：

文章論が、文章の一般的、普通的な面を問題にするものであるとすれば、文章の種類というものも、文章というものの持つ一般的な性質に応じて考えられるはずである。文章の種類を考えるという時に、いろいろ文章の間の共通性を認めつつ類型化してゆくことによって、文章を分類・整理してゆく方法が、考えられるのである。永野賢は、文章を分類する時の観点として文章の果たしている機能による分類、文章の表している内容による分類、文章の持っている造による分類、の三つをあげている。しかし、一般に文章の種類という場合は、必ずしもそのような言語としての体系的面から考えるとは限らない。実際に文章の種類を考えることが必要なのは、文章を理解したり、文章をまとめたりする時であり、特に国語教育の場において問題となってくることが多い。

前田富祺根據文章體裁，將文章主要歸納為以下幾類：《說明文》

説明的文章であっても、十分な説明となっていないものも多い。説明は意図であって、説明文として完成しているかどうかは、相手とのかかわりで決まってくるものである。つまり、説明文というものは、知らないことをわかってもらうという目的を持つ、実用的な文章なのである。これには、内容が正確で、わかりやすく簡潔なことが望まれる。具体的には、科学・事件・事柄などについて解説したもので、新聞・雑誌などの解説、辞書や注釈

などの説明がこれに入る。

《論説文》

説明文が事実を客観的に伝えることを目的としているものであるのに對して、論説文は自分の意見を正確に論理的に相手に伝えることを目的とし、相手の理解や賛同を求めているものである。その点では、いわゆる論文・評論もこれに入る。社會的・今日的問題について自分の意見を述べるものを論説、物事の価値・善悪などについて論ずるものを評論、学問的な問題を論証的に解決するものを論文、のように分けることもある。

《報告文》

報告文は、何からの出来事・事実や調査した事柄などについて、だれかに報告するためにまとめられた文章である。説明文はその相手が不特定であるが、報告文は特定の相手に対して書かれるものである。したがって、どういう相手に対して何のために書くのがによって、書き方も変わってくる。相手が、どういう事について、どういう範囲で知りたいのがを、考えておく必要がある。自分の意見や判断が求められている場合でも、事実の報告の部分と自分の意見の部分とが、明確に区別されていることが必要である。具体的な例としては、ニュースなどの報道、事件や事柄についての報告、調査した結果についてのまとめ、などがあげられる。

《記事文》

何からの事柄、出来事についてありのままに記した文章、物事や事態の推移について記録した文章を、記事文という。説明文や

報告文にも記事文的な要素があるわけであるが、それらは特定、不特定の相手が考えられるのに対して、記事文は、ともかくも事実を正確に記してあるということが重要で、必ずしも相手が考えられているわけではない。物事の推移の記述を含めて、できるだけありのままに細かに記録することが望まれる。

《實用文》

広く言えば、文学作品以外の文章を指すわけで、これまでにあげてきた説明文・論説文なども、実用文と言うことができる。一般には、もっと限定して、生活上、日常当座の実用のためにまとめられた文章を指すことが多い。私的には日記・手紙などがあり、公的には通知、注文などの連絡の手紙、届出届や申請書などの公文書、などがあげられる。私的なものには、かなり表現の仕方の自由もあるが、公共性の強いものほど、明確な書式が決まっている。古くは、官庁などの公的なものに限らず、手紙文（書簡文）の類も、一定の形式に従うことが要求されていた。手紙は、古くから往来物と呼ばれる模範文例集があり、その文章も候文と呼ばれる特殊な文体で書かれることが多かった。しかし、現在は以前ほど書式を守ることが要求されなくなってきている。

(ii) 林四郎根據文章體裁將文章分類如下（引自《文章とは何か》明治書院 1977）

(1) 敘述的文章　a 知性的敘述的文章……説明文
　　　　　　　　b 感性的敘述的文章……敘事文

(2) 表出的文章　a 知性的表出的文章……論説文
　　　　　　　　b 感性的表出的文章……文藝文

(3) 傳達的文章…………………………通信文

(iii) 飛田多喜雄，大熊五郎對文章進行如下分類（引自《文章とは何か》明治書院 1977）：

(1) 文學的文章（文藝文）

　　A 抒情型（詩歌のむれ）……詩・短歌・俳句等。

　　B 敍述型（物語のむれ）……童話・說話・小說・物語・傳記等

　　C 思惟型（思索記錄のむれ）……隨筆・隨想・紀行文・日記（文學）等

　　D 表出型（演出一般のむれ）……腳本・シナリオ・台本戲曲・シュプレコール等

(2) 生活的・實用的文章

　　A 通信型……手紙

　　B 記錄型……日記（個人・職務）・記錄文・報告文・感想文

　　C 通達型……公用文・案內文・広告文・揭示等

(3) 科學的・論理的文章（知的文章）

　　A 說明型……解說文・說明文・報道文

　　B 說得型……論說文・意見，主張の文・評論文

二、學術論文

學術論文是專門對社會科學和自然科學領域中的某一學術問題進行探討、研究、分析、論證的文章。學術論文通常可以分為兩大類，一類為一般學術論文，即雜誌、學會所發表的論文。另一類為學位論文，即學生為取得學位所寫的論文。學術論文屬於議論文的

範疇，其特點是學術性、創造性、科學性。

1. 學術論文的結構特徵

學術論文一般由題目、作者、摘要、前言、正文、結束語、致謝、參考文獻、附錄等幾部分構成。

(1) **題目**　它是表示論文宗旨的核心，是牽動全文的關鍵。通常以最簡潔、最適當的詞構成的詞組來反映論文的特定內容。

常用句式有：

○……に関する研究

○……による……の解析

○……について

⑥　国立国語研究所の新聞記事を利用した研究について

⑦　日本語と外国語との照応現象に関する対照研究

(2) **作者**　作者署名是學術論文的組成部分。通過署名，體現了作者作出的貢獻，記錄了作者辛勤的勞動，也表示作者對論文負責。

(3) **摘要**　摘要是論文基本思想的縮影，是論文信息的簡介。其作用是使讀者盡快地了解論文的主要內容和結果，以補充文題的不足。摘要須簡要陳述論文研究的目的和意義，研究的對象和內容，研究的方法和手段以及研究的結果。

常用句式有：

○　本研究では……を開発した。

○　本論文は……について検討したものである。

○　……ことを明らかにした。

⑧　本研究では、不動点定理を用いて、漸近的に収束するアルゴリズムを考案した。

⑨　それによって実際場面の有効性と問題点とを明からにしようとした。

(4) **前言**　前言是一篇論文的開場白，主要介紹論文的背景，相關領域的前人研究史、研究現狀、作者的意圖與依據等。

常用句式有：

○　本論文の目的は……方法を示すことにある。

○　従来、……は必ずしも明らかではなかった。

○　……には……ことが必要である。

⑩　本研究の目的は、定住外国人の日本語学習においてテレビ番組を利用して、自律的に学習する方策をさぐることである。

⑪　従来のシステムでは操業ノウハウをプログラムとして表現しているため、追加や修正に多大の労力を必要とする。

(5) **正文**　正文是學術論文的核心部分，占論文的絕大篇幅。內容一般包括：研究的目的、理論的分析、證明的方法、結果的討論等。

常用句式有：

○　本章では……について述べる。

○　……の定義は次の通りである。

○　……ことから……が得られることがわかる。

⑫　上記考察に従って次のような実験をした。

⑬　コンピュータシミュレーションにより理論値と実測値とがほど良い一致性を示すことを指摘する。

(6) 結束語 結束語是課題研究結果的總判斷、總評價，是整篇論文的歸結。內容一般包括：結論的探討、今後研究方向的設想等。

常用句式有：

○ 本論文の特徴を要約すると、次のようである。

○ これについての検討が残されている。

○ 今後は……の開発が必要である。

⑭ 自動車ボデー寸法検査用二次元視覚センサについては、今後さらに以下の検討が必要である。

⑮ 今後は、事例研究を積み重ねて、さらに研究を深めていきたい。

(7) 致謝 致謝是對本研究提供主要指導和大力幫助的人員致以謝意。它可獨立成章，也可放在結束語後面。

常用句式有：

○ 本文をまとめる際にしてご指導をいただいた……に厚くお礼申し上げる。

○ 終わりに、本研究に対して種々ご指導いただいた……に感謝いたします。

○ 本研究を行うにあたって、ご指導を賜わった……に対し、深く感謝の意を表したい。

(8) 參考文獻 參考文獻是論文的重要附件。它向讀者提供論文中有關引用資料的出處。著錄格式如下：

a 著作

○ （號碼）作者：『書名』（出版年）発行部門

⑯　(1)日野：『境界値問題』 (昭和 59) 朝倉出版

ⓑ 論文

○　(號碼) 作者：「論文題目」雜誌名、卷 (號) 起始頁
(發行年)

⑰　(1)木村：「ロバスト制御」計測と制御 22,1,50／52 (1983)

2. **學術論文的語言特徵**

學術論文屬於論說為主的文章體裁，在語言表達上，具有不同於其它文章體裁的較顯著的語言特徵，這些特徵與學術論文本身的特點密切相關。其語言特徵主要表現如下：

(1) 詞彙方面

A　從"語種"上看，漢字音讀詞、外來詞、混合詞較多；日語固有詞較少；

B　從"品詞"上看，體言類（名詞、代名詞、數詞）詞彙多，動詞類（動詞）、修飾詞類（形容詞、形容動詞、連體詞以及情態副詞、程度副詞）、其它類（接續詞、感嘆詞、陳述副詞）詞彙少；

C　從構詞上看，複合詞多，單純詞少；

D　從意義上看，表示客觀事物的詞彙多，表示主觀感情的詞彙少；

E　學術論文的詞彙中含有相當數量的專業用語。

(2) 語法方面

A　從句子種類上看，複合句多，簡單句少；

B　從謂語類型上看，判斷句、敘述句多，描寫句少；

C　從語態上看，被動句相對多一些；

D　從句子成分上看，無主句多；

E　從時態上看，用現在時表示超時態的句子多；

F　從慣用型的使用上看，常用慣用型復現率很高。

(3) 文體方面

學術論文使用的是書面語言的簡體（である体），但有許多論文在致謝部分改用敬體（です・ます体）。

…… • …… • …… • …… • ……

學術論文例文

降水確率に基づく日射量予測を用いた
太陽光、熱利用システムの効率的運用

はじめに

電力や熱エネルギーを消費する需要家が、太陽エネルギー利用システムを導入しようとするとき、太陽電池・蓄電池・集熱器・蓄熱槽情などのシステムの規模が問題となる。それらのシステム規模は、需要家の電力および熱エネルギーの使用状況、年間に得られる太陽エネルギーなどによって決まる。その際、システムの運用法が重要となる。例えば、需要家がシステムの導入によって、電気事業者から購入する電力のピーク値および電力量を削減しようとするならば、その運用に適したシステム規模を求めなければならない。

太陽エネルギー利用システムの従来の運用法は、購入ピーク電力を削減するために、夜間に電力を貯蔵し、電力負荷がピークとなる昼間に貯蔵電子を放出する運用であった。その運用では、翌日に得られる日射量がどの程度かわからないため、貯蔵容量限度いっぱいまで、電力を貯蔵する。そうすると、翌日、日射量が充

分得られる場合には、太陽電池出力で負荷電力が賄えることになり、そのため、夜間に貯蔵しておいた電力を活かしきれないことになる。もし、翌日の日射量が予測できれば、このようなことはなくなる。

太陽熱利用システムの予測制御に関する研究は少なく、例えば、代表的気象日（TMD）のシステム性能解析から長期性能を予測する研究、ニューメキシコ州において予測年間太陽エネルギーをデグリーデー（温水負荷に要するエネルギーを見積もるために用いる指数）の関係を用い、太陽温水システムの性能を予測する研究などがあるにすぎない。これらの研究においては、1日ごとの日射量の変動を予測するものではない。

本研究では、翌日の日射量を予測することによって、夜間に貯蔵する電力量を適切に設定する運用法を提案し、その運用方法を適用することによって需要家の購入ピーク電力および購入電力量がどれたけ削減できるかを、シミュレーションにより検証する。その際、需要家の代表として、ある老人福祉施設を取り上げ、また、日射量予測の手法として降水確率から翌日の日射量を予測する方法を採用する。

（中略）

まとめ

本論文では提案した日射量予測に基づくシステム運用を行うことによって、従来の太陽エネルギー利用システムの規模を何ら変えることなく購入ピーク電力の低減および購入電力量の削減が図れ、そのシステムのエネルギーセービングが可能になることを示した。年間のシミュレーションによって得られた具体的な結果を次に要約する。

(1) 前日になされる翌日の降水確率から、翌日の日射量をある程度の精度で予測することができる。

(2) 電力負荷に対する日射量予測に基づくシステム運用法は、システムの購入ピーク電力の年平均値を予測しない場合に比べて82%に低減することができる。

(3) 給湯負荷に対する日射量予測に基づくシステム運用法は、システムの購入電力量を予測しない場合に比べて31%に削減することができる。

このように、日射量をある程度の確率で予測することによっても、購入ピーク電力および購入電力量をかなり低減できることがわかった。日射量をもっと精度よく予測できるならば、購入ピーク電力および購入電力量をさらに低減できよう。

文　献

(1) 小池　他：「需要家のための太陽光・風力ハイブリッドシステムの基本的運用法」、電気学会論文誌　B、Vo1.107.No.1、pp41—48　(1987)

(2) 見目、野村：「福祉コミュニティに適した太陽光・熱／風力ハイブリッドシステムの運用とその規模」太陽エネルギー、Vo1、18，Ni5，pp39—45　(1992)

（「太陽エネルギー」Vol21、No4.

日本太陽エネルギー学会 1995)

三、科技報告

科技報告是研究、考察、實驗的科學記錄，是研究人員向社會公布科學實驗成果的文字形式。科技報告大致可分為兩大類，一類

為科技實驗報告，另一類為科技考察報告。科技報告的特點在於科學性、確證性和記實性。以下僅以科技實驗報告為例說明科技報告的特徵。

1. 科技報告的結構特徵

科技報告通常由目的、實驗方法、結果、考察、討論、參考文獻和附錄等幾部分構成。

(1) 目的　主要介紹研究的目的、背景，對研究對象進行說明、定義等。

常用句式有：

○　これは……ために……重要である。

○　本実験では……を検討する。

○　……とは……のことを言う。

⑱　これは不純物の濃度を知るために重要である。

⑲　本報告では人工血管の抗血栓性の解析法について考察する。

(2) 實驗方法　主要說明其原理，介紹實驗材料，描述實驗過程。

常用句式有：

○　……は……を使用し、……を求めるものである。

○　……は以下の手順で行つた。

○　実験に用いた……を図に示す。

⑳　高周波数電流は低インピーダンスの電流通計を用いて測定した。

㉑　減衰率の測定手順は次の通りである。

(3) 結果　主要提示結果，說明特徵。

常用句式有：

○ ……結果は……ようになった。

○ ……につれて、……は……ことがわかる。

○ ……より……を求めた。

㉒ 各溶液の凝固点降下を求めた結果、表1のようになった。

㉓ 流線の観察から、管路の入り口で渦が生じていることがわかった。

(4) 考察　詩論影響實驗參數的因素，分析實驗的結果並對實驗進行綜合的判斷。

常用句式有：

○ ……に基づき、……考察を行う。

○ ……には……が認められる。

○ この原因は……ためと考えられる。

㉔ エネルギー保存則の成立を前提として考察する。

㉕ 図により、出力には素子面温度の影響が認められる。

(5) 結論　歸納總結實驗的結果、指出遺留的問題。

常用句式有：

○ ……結果を要約すれば、……次の通りである。

○ ……について、今後さらに以下の検討が必要である。

○ ……から、次のことがわかった。

㉖ 振子の周期を測定した結果、次のことがわかった。

㉗ ただし、振子の長さの影響については、確認できなかった。

(6) 參考文獻　提供報告中有關引用資料的出處。其著錄格式如下：

(a) 著作

○　（號碼）作者、『書名』、發行城市、發行部門、發行年、起始頁。

㉘　(1) 岡村道雄　『OP アンプの回路設計』　東京　CQ 出版　1978.221。

(b) 論文

○　（號碼）作者、「論文題目」、雜誌名、卷（號）、起始頁（發行年）

㉙　(2) 平林義彰　高山茂樹　大塚保治　「ポリビニルアルコールーアクリロニトリルーメタラリル酸 2ーヒドロキシエチル系ラテックス膜の透水性の改良」　高分子論文集　38(2)　119 集 125　(1981)

2. 科技報告的語言特徵

科技報告是屬於說明為主的文章體裁，其語言表達形式也必然會受到科技報告這一特定內容的制約，科技報告的語言特徵主要表現如下：

(1) 詞彙方面

A從語種上看，與抒情文、記敘文等文章體裁相比，科技報告大量使用漢字音讀詞和外來詞。這一點與學術論文的詞彙特徵相同。

B從品詞上看，體言類詞彙很多，但不使用人稱代詞。例如：「我々の実験結果を彼らの結果と比較すれば……」和「この原因を私は次のように考えた」等不是科技報告的表達方式。在科技報告中，通常用如下方式表達：

㉚　本実験結果を文献 2 の結果と比較すれば……

㉛　本実験結果を田中 (1994) の結果と比較すれば……

㉜　この原因は次のように考えられる。

㉝　この原因を本研究では次のように考えた。

科技報告對敘述的要求條理清晰、層次分明，因此某些接續詞語的復現率很高，例如"また"、"さらに´"，"したがって"、"このため"、"一方"、"この結果"等。

C 從構詞上看，複合詞的比例很高。例如："可変抵抗器"、"放射性崩壊"、"反転増幅回路"、"平行線間距離"，"ガウス分布"，"エックス線"等。

D大量使用專業術語。例如："電離度"、"剛性率"、"単位ベクトル"、"イオン化"等。

(2) 語法方面

A從句子成分上看，無主句很多。它體現了科技報告的客觀性和簡潔性。例如：

㉞　変位と荷重の関係を(1)式で表す。

㉟　試験機の仕様については付録を参照されたい。

㊱　グラフを数値化し、コンピュータに入力する。

B從語態上看，被動語態相對多一些。被動語態主畏用來強調事物本身，具有鮮明的客觀性。例如：

㊲　結合の極性は、雙極子モーメントの向きで定義される。

㊳　原子は陽子と中性子、および電子で構成される。

㊴　振動数を変える途中で高次振動モードが観察された。

C從謂語類型上看，判斷句、敘述句多，描寫句的使用僅限於比較、評價等表達方式，常使用的形容詞、形容動詞有"高い"、"低い"、"大きい"、"小さい"、"多い"、"少ない"、"良好だ"、"必要だ"等。

　　D從慣用型的使用上看，某些慣用型的復現率很高，例如：
"について"、"による"、"として"、"に基づいて"、"に
つれて"等。

(3) 文體方面

科技報告使用的是書面語的簡體（である體）。

……・……・……・……・……

實驗報告例文

凝固點降下

1. 目的

　　溶液の凝固温度は一般に純溶媒の凝固温度よりも低い。この現
象は凝固点降下と呼ばれ、沸点上昇等とともに多成分系の相平衡
の解析に重要である。このため本実験では、凝固点降下の現象が
どのように起こるか観察する。

　　また、実験によって得られた凝固点降下ΔT から水のモル凝固
点降下を求め、その値を文献値と比較検討する。さらに、水中に
おける塩化ナトリウムとエチレングリコールの溶存状態を推論す
る。

2. 材料と方法

　　上皿電子天秤でエチレングリコールを 0.906g、0.635g、0.293g秤
り、乾いている中試験管に入れ、ホールピペットで 5ml の水を加
えて溶解させ、それぞれを溶液 1、2、3、とした。別の試験管に
塩化ナトリウム 0.520g を秤り、5ml の水を加え、溶液 4 とした。

　　氷約 300g と寒剤用食塩 100g を少量ずつポリ容器に交互に入れ、
薬さじでよく混合し、温度計で− 15℃になったことを確認し、こ

れを寒剤とした。寒剤中に大試験管を固定期し、試料を調製した中試験管を口の部分にろ紙片を巻いてその中に固定した。

この試料中にかき混ぜにも用いられる 0.2℃目盛の特製の温度計を入れ、最初の温度を 0.1℃の精度で読んだ。読いて温度計を一定速度で上下に動かし、かき混ぜながら温度を 20 秒間隔で測定した。データは測定後ただちにグラフ用紙にプロットし、過冷却状態が過ぎ、温度の時間変化が一定になって約 3 分後に測定を中止した。

続いて、溶液 2、3、4 および純水について同様の測定をし、同一方眼紙に冷却曲線を作成した。

3. 結果

3.1 冷却曲線とモル凝固點降下

各溶液および純水の冷却曲線を図 1 に示す。エチレングリコールの場合は、質量が大きくなるにつれて凝固温度が低下する傾向が見られた。純水の場合は過冷却状態が観察されなかった。純水の凝固点は理論的には 0℃であるが、実験では 0.2℃になった。これは用いた温度計に 0.2℃の誤差が含まれていたと考えるのが合理で、この誤差を考慮して各溶液の凝固点降下ΔTをを求めた結果、表 1 のようになった。（表 1 略）

3.2 重量モル濃度と凝固点降下の関係

溶液 1〜3 の重要モル濃度と凝固点降下△Tの関係を図 2 に示す。原点を通る直線が得られた。（表 2 略）

4. 考察

4.1 モル凝固点降下について

　　表1より溶液1〜3のモル凝固点降下の実験値は、溶液1、溶液2、溶液3の順に小さくなることがわかる・その平均値は1.90であり、水のモル凝固点降下1.86に近い値となった・数値にはバラツキがあるが、そのバラツキも誤差の範囲内と考えられる・誤差として考えられることは主として以下の2点である・

① 　かき混ぜ方の不均一

② 　グラフ上の処理の誤差

4.2 溶存状態

　図2より重量モル濃度とΔTの関係は、原点を通り比例関係にあることががかる・

　　　$\triangle T = KC$

　ここで「Kはモル凝固点降下と呼ばれる定数で、その値は溶質の種類には関係ぜず、溶媒のみによって定まる」という実験書の解説に基づいて、溶液4の濃度とΔTの関係を図2にプロットすれば、図2の直線付近の点になることが予想される。しかし、結果は、図2中の×点の位置になった。これは明からに誤差の範囲を逸脱している。また、溶液4のK＝2.94の値を見てもわかる、溶液4の重量モル濃度とΔTの関係を表す点が、図2の直線付近になると予想したのは、エチレングリコールと塩化ナトリウムの水中での溶液状態が同一という前提のもとである。したがって、両者の水中での溶存状態は異なっていると推測できる。この原因の一つとして塩化ナトリウムの水中での解離があげられる。実験値より塩化ナトリウムの解離度を計算すると$\alpha＝0.80$と求まる。塩化ナトリウムのようにモル凝固点降下Kが1.86よりはるかに大きくなったのは、水中での塩化ナトリウムの解離による粒子数の増加によると考えられる。

モル濃度（mol／1）を用いず、重量モル濃度（mol／kg）を使用するのは、モル濃度では温度により体積が変化してしまい、不適当なためである。

5. **結　論**

凝固点降下の実験から以下の結論を得た。

(1) 溶液の凝固温度は純溶媒の凝固温度よりも低い。

(2) 溶液の凝固点降下温度 ΔT は溶質の重量モル濃度に比例する。

(3) 塩化ナトリウムは水中でナトリウムイオンと塩化物イオンに運解離しており、解離度は約 0.8 である。

参考文献

1) Pauling, L.（關集三千原秀昭、桐山良一譯）、 "一般化學下" ・東京、岩波書店、1974、462。

2) 慶應義塾大學理工學部化學實驗室編、 "化學實驗" 、東京、學術圖書館出版社、1990、211。

（《科學技術日本語案內》山崎壽夫等　創拓社　1992）

四、信　函

信函是人們傳遞信息、研究問題、商討事務的一種文字形式。信函可分為公函、私函兩種。平行機關或隸屬的機關之間在詢問、答覆問題、聯繫業務時使用的信函為公函。個人在交流信息、聯絡感情時使用的信函為私函、通常信函具有結構單一、格式固定、語言簡潔、內容實用等特點。

信函可根據內容和目的分類為：問候信（あいさつ状）祝賀信（祝賀状）、慰問信（見舞状）、邀請信（案內状、招聘状）、通

知信（通知狀）、請托信（依賴狀）、詢問信（照会狀）、催促信
（督促手紙）、抗議信（抗議狀）、謝絕信（謝絕狀）、感謝信
（謝礼狀）、道歉信（詫び狀）等。以下僅就公函的語言特徵加以
介紹。

1. 信函的結構特徵

公函通常主要由文件名、開頭語、正文、結束語等幾部分構成。

(1) 文件名（件名）　即事由，它是信函的主旨，相當於信函
的標題，因此需用精練的語言概括出全信的要點。

常用句式有：

○　……についてのご案内

○　……のお知らせ

○　……についてのお祝い

㊵　日中比較文化シンポジウムの開催についてのご案内

㊶　見積書の送付のご依頼

(2) 開頭語（前文）　即書信的開頭部分，一般由寒暄、問候、
致謝等套語構成。

A開頭語

　　去信時——"拜啟"、"謹啟"

　　緊急時——"急啟"、"取り急ぎ申し上げます"

　　省略時——"前略"、"冠省"

　　回信時——"拜復"、"謹復"

B時令寒暄

○　陽春のみぎり

○　盛夏の候

○　日増しに涼しくなってまいりました。

若省略時令寒暄時，可使用"時下"。

C問安

常用句式是：

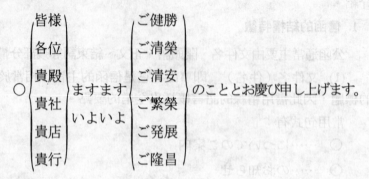

○ 皆様 / 各位 / 貴殿 / 貴社 / 貴店 / 貴行　ますます / いよいよ　ご健勝 / ご清榮 / ご清安 / ご繁榮 / ご発展 / ご隆昌　のこととお慶び申し上げます。

D感謝

常用句式是：

○ 毎度 / いつも / 毎々 / 平素　格別の / 一方ならぬ　ご愛顧 / ご配慮 / ご協力 / ご厚情　を　賜り / いただき / くださって / 受けて　厚くお礼申し上げます。

(3)　正文（主文）　即信函的主要部分。主要闡明發函者的意見，說明情況，提出要求，講明道理。

A正文的起承

常用句式有：

○　さて、このたびは……

○　さて、早速ながら……

○　さて、実は

㊷　さて、2月1日付のお手紙を拝見いたしました。

㊸　さて、このたびは、早速に会社概況書をお送りくださ
いまして、誠にありがとうございました。

B 正文

常用句式有：

○　このたびは……

○　つきましては……

○　なお

㊹　つきましては、「新社屋落成記念パーティー」を開催い
たしますので、万障お繰り合せのうえ、ご出席ください
ますようご案内申しげます。

㊺　なお、この手紙と行きちがいにご発送の節は、なにとぞ
よろしくお願い申しげます。

(4)　結尾（末文）　即信函的結尾部分。通過簡練的語言、重
述信函要旨或提出其它要求。結尾是畫龍點晴之筆，有突出主旨的
作用。

A 終結寒喧

常用句式有：

○　以上、とりあえず……申しげます。

○　まずは、取り急ぎ……まで。

○　以上、簡略ながら……まで。

㊻　以上、要件のみにて失礼いたします。

㊼　まずは、お礼まで。

B 結束語　結束語應同開頭語相對應，如：

拝啓・拝復――敬具・拝具

謙啟・肅啟——敬具・敬白・謙具

前略・冠省・急啟——草々・匆々・不一

2. 信函的語言特徵

信函屬於一種應用文。通常信函要求用詞準確、語言簡練、語氣委婉，主旨突出、條理清晰，因此信函具有不同於其它文章體裁的語言特徵，其主要表現如下：

2.1 詞彙方面

(1) 信函中大量使用書面用語，例如：

拜啟　謹啟　前略　冠省　敬具　敬白　草々

追伸　二伸　まずは　取り急ぎ　折り返し等。

(2) 信函中大量使用習慣用言，例如：

さて、ついては、つきましては、なお、

…のほど、ところで等

(3) 信函中大量使用敬謙詞語，例如：

御：御地、御社、御宅	高：高配、高覧、高見
貴：貴社、貴店、貴下	小：小社、小生、小著
芳：芳書、芳情、芳志	弊：弊家、弊社、弊信
愚：愚考、愚書、愚狀	粗：粗品、粗酒、粗果

2.2 語法方面

(1)　信函中大量使用敬語，其表達方式除了敬語動詞以外，通常還有以下種類：

お＋動詞連用形＋ください

ご＋サ変動詞詞幹＋ください

お＋動詞連用形＋になる

　　お＋動詞連用形＋いただく

　　ご＋サ変動詞詞幹＋いただく

　　お＋動詞連用形＋申し上げる

　　ご＋サ変動詞詞幹＋申し上げる

(2) 從句型上看，信函中大量使用某些套語和常用句式，例如：

⑱　ますますご健勝のこととお慶び申しげます。

⑲　毎々格別のお引立を賜り厚くお礼申しげます。

⑳　折り返しお返事をお待しております。

2.3　文體方面

信函使用的是敬體（です・ます体）。

信函例文

(i) **問候信**

　　　　　　　　新年のごあいさつ

あけましておめでとうございます。

　元旦早々にご丁寧な新年のごあいさつ状をいただき、誠にありがとうございました。

　旧年中は、いろいろお世話さまになり心から感謝いたしております。本年もあいかわらずよろしくご協力のほど切にお願い申し上げます。

　まずは、新年のごあいさつまで。

　　　　　　　　　　　　　　　　　　　　　　　　敬具

－ 763 －

(ii) **慰問信**

暑中お見舞い

暑中お見舞い申し上げます。

平素は格別のお引立を賜り厚くお礼申し上げます。

格別の暑さがつづく今日この頃、ご一同様にはお障りもなくお過ごしでございましょうか。私どもも幸い変わりなく暮らしておりますので、なにとぞご安心ください。

暑さはまだまだこれから、くれぐれもお身体を御大切にとお祈り申し上げます。

まずは暑中お見舞いまで。

敬具

(iii) **邀請信**

ショールーム開設のご案内

拝啓　御社ますますご発展のことと心からお慶び申し上げます。

毎々格別のご愛顧を賜り厚くお礼申し上げます。

さて、このたび創立20周年を紀念して、4月1日より当社ビルの4階に「ショールーム」を開設いたすことになりましたので、ご案内申し上げます。

ぜひ、お近いうちに、ご参観くださいますよう心からお待ち申し上げております。

まずは、ショールーム開設のご案内まで。

敬具

(iv) 通知信

電話番号変更のお知らせ

拝啓　御社ますますご発展のことと心からお慶び申し上げます。

毎々格別のお引立に預かりありがたく厚くお礼申し上げます。

さて、このたび電話番を次の通り変更いたしましたので、お知らせ申し上げます。

記

　※　新電話番号……721—5151~5　(代表)

　※　変更日……10 月 1 日

まずは、電話番号変更のお知らせまで。

敬具

(v) 請托信

カタログ送付のご依頼

拝啓　御社いよいよご発展のことと心からお慶び申し上げます。

このたび取引先で貴社の製品×××を拝見いたしました。当社でも貴社製品に非常に興味をもっておりますので、お忙しいところまことに恐縮ですが、カタログをご送付くださいますようお願い申し上げます。

まずは、取り急ぎお願いまで。

敬具

(iv) 詢問信

拝復

　留学お受け入れくださるとのご返事ありがとうございました。

　早速ながら規定の通り、履歴書、大学の推薦状を同封いたしますので、よろしくご検討のうえ、留学ご許可くださいますようお願い申し上げます。出国パスポートは只今手続き中で、まもなく交付されることと思いますが、日本大使館へのビザ申請には貴大学の入学許可証が必要ですので、よろしくお願い申し上げます。

　なお、留学が実現した場合のことですが、学生寮のような宿泊設備はございますでしょうか、ない場合、あるいはあっても満員の場合には宿泊場所を斡旋していただけますでしょうか。その場合の費用は如何ほどか、お手数ながら重ねておうかがい申し上げます。

　まずは、要件のみにて失礼いたします。

敬具

(vii) 感謝信

開業祝いの御礼

　拝復　快い涼風の吹く今日このごろ、ますますご健勝のことと心からお慶び申し上げます。

　さて、このたび当社創立に際しましては、さっそくにご丁重なお祝いのことば並びにお祝いの品を頂戴いたし、ご芳情のほど深く感謝いたしております。

　何と申しましても、まだまだ経験も浅く、微力な者でございますので、今後とも何卒よろしくご指導のほど切にお願い申し上げます。

　私としましても、誠心誠意、最善を尽して頑張り、ご期待にお副いできるよう努力したいと思っておりますので、どうぞよろしくお願い申し上げます。

　まずは、とり急ぎお礼まで。

敬具

（『手紙の書き方』大島正裕　日本書院 1987、『最新日文
商業書信』矢野義憲　文笙書局 1978)

五、文章摘要

　　文章摘要就是以簡明扼要的文字來概括一篇文獻的主要內容，是系統地報道、檢索有關文獻的重要工具。日本的文章摘要主要有“文獻速報”和“論文概要”兩種。文章摘要的特點為，高度濃縮，忠實原文，內容完整。以下僅就“文獻速報”的特徵加以介紹。

1. “文獻速報”的結構特徵

　　“文獻速報”由著錄項目和文獻摘要兩部分構成。著錄項目有分類號、文摘號、主標題、文獻類型符號、著者姓名、單位、資料編號、發行國家、卷數、頁數、出版年份等項目。

　　文獻摘要通常由研究目的、研究範圍、研究方法、研究結果等4部分構成。

　　(1) 研究目的

　　　　常用句式有：

○ ……ことを目的としている。

○ ……を提案する。

(51) 電気計測の進歩や普及がめざましいが、同時に、計測器の較正の精度向上と時間短縮が重要な課題になっている。

(52) 故障判別推論システムは武器システム設計に最新の自動化技術を適用して、システムの利用性を増し、修理費の削減を図ることを目的としている。

(2) 研究範圍

常用句式有：

○ ……について記述。

○ ……に関して検討する。

(53) 較正基準に関する考え方、精度と仕様の関係について考察した。

(54) 複雑な工場運営の環境下で意志決定するオペレータと生産管理者を助けるため、専門家情報を提供するコンピュータ支持の知識ベースシステムについて記述。

(3) 研究方法

常用句式有：

○ ……実験を行った。

○ ……方法を用いた。

(55) マルチメータを対象とする較正技術の事例を紹介。

(56) これらの目的や特徴を達成するために、人工知能推論技法を採用した。

(4) 研究結果

常用句式有：

○ ……を明らかにする。

○ ……が得られる。

57　水平偏波射パターンの測定結果を示し、所要が得られ
たことを明らかにした。

58　例題を用いて、証明システムの適用性を示す。

2. "文獻速報"的語言特徵

"文獻速報"是屬於說明為主的文章體裁。其篇幅短小、邏輯
性強，有著不同於其它文章體裁的顯著特點。"文獻速報"的語言
特徵主要表現為：

(1) 詞彙方面

A 從語種上看，漢字音讀詞、外來詞較多，日語固有詞較少。

B 從品詞上看，修飾詞類、其它詞彙很少，某些動詞的復現率
很高，主要有以下意義的詞。

論述（述べる、說明する、紹介する、記述する）

研究（檢討する、研究する、考察する、調べる）

使用（使用する、用いる、使う、利用する）

及與（与える、示す、及ぼす）

進行（行う、する）

以上動詞的大量重覆出現與"文獻速報"的編寫要求（目的、
範圍、方法、結果）密切相關。

C 從構詞上看、複合詞多、單純詞少。

⑵ **語法方面**

A 從語法上看，使文獻速報短小化的語言手段有兩點：ⓐ　去不必要的主語等已知或可以理解的句子成分；ⓑ 採用名詞結句。

⑸⑼　（作者は）（本文では）フランスのマイクロ出版業界のペテンの立場からフランスのマイクロ出版の歴史を述べ、現状を論じた。

⑹⑽　SARアンテナ研究モデルの基本構造と構造特性について報告。

⑹⑴　電力用アモルファス太陽電池の今後の課題について記述。

B 從慣用型上看其數量有限，但非常集中，有的復現率極高，如“による”、“について”、“として”、“に対して”等，這也是與文獻速報的編寫要求密切相關。

⑶ **文體方面**

文獻速報使用的是書面語言的簡體（である体）。

……・……・……・……・……

文献速報例文

(i) 環境教育の実践にむけて

環境問題を住民、企業人、行政人ともに自分たちの問題として受けとめ、具体的な行動やシステムづくりに結びつけていく環境教育のありかたについて検討した。知識や関心を与えるだけでなく循環型社会システム、環境共生型、適応型技術の生活者としての意識改革や自律的生活を組み立てる主体性を育てるための環境教育の基本的な視点、方策について解説した。

(ii) 囲碁対局システムの研究

　囲碁対局システムを実現するために行われているいくつかの研究の概要を紹介した。まず、人間の思考方法の模倣を基本方針として、局面認識・局面評価・着眼・着手選択の各フェーズに分けたモデルについて述べた。さらに、棋譜・定石データベースの構築、勢力場による局面評価、知識記述言語の実現、「形」知識の収集・評価、局所的な先読みの研究の概要について報告した。

(iii) 大阪市における環境教育　環境科学研究所の立場から

　標記研究所が行っている事業・研究の紹介および研究所での環境教育取組の限界などについて報告した。研究費100 万円／年で各課からの自由意思参加者からなる研究テーマで大気汚染ガスの簡易測定法、室内空気の汚染、ごみの減量化、水質汚濁の防止等、環境問題に関する研究を行っている。教育現場との接触が少なく体系化された教育を考えることは難しい。

(iv) みなまた湾とその周辺の海域における魚の水銀汚染

　みなまた湾、八代海、徳山湾において、たい積物と魚と水を採取して Hg 含有量を分析し、魚が Hg に汚染されるまでの経路を考察。八代海において最も一般的にみられるイシモチは、定着している魚の Hg 汚染を知るのに適した指標である。Hg 含有量はイシモチとたい積物間、イシモチと動物プランクトン間、動物プランクトンと懸濁粒状物質間にそれぞれ良い相関があった。従って、Hg は懸

濁粒状物質と動物プランクトを経て、たい積物から魚に移動すると推定。

(v) 設計履歴の表現

設計履歴の表現するための問題について論じ、統合設計情報システム（IDIS）を提案した、IDIS は設計の選択肢の調査、設計の決定の理由、設計上の制約の三つの異なるアスペクトの提示を支援する。IDIS のコンポーネントの一つである、問題ベース表現について、プロセスエンジニアリングの例を用いて検証した。

(vi) 健康と組みこまれた環境

建築技術者は、地球環境の保護と屋内環境の性能確保の両面の課題を課されている、前者においては、消費エネルギーの低減と使用燃料による建物近傍を含む外界汚染を考慮した設計が要求される。後者については、照明・室温・換気・騒音の点で顧客の満足を図らねばならない。そのためにこれらの動向について知識を持つべきでする。

(vii) 人間の認識のシミュレーション

人間の認識に関する我々の知識は断片的であるが、人間の認識をシミュレーするための技術という観点から、それらを検証する必要がある。本論では、認識の可能性を越えた技術は実現できないこと、認識の限界が技術の限界となること、などについて述べた。

（「科学技術文献速報」JICST　1995）

附　録

附 錄 一

語法術語對照表

A.《大學日語教學大綱》（高等教育出版社　1889.6）

B.《高等院校日語專業基礎階段教學大綱》（高等教育出版社　1990.6）

C.《全日制初級中學日語教學大綱（試用）》（人民教育出版社　1992.6）

D.《文法の学習》（学校文法の例として）（浜島書店　三訂版）

詞法部分

A.	B.	C.	D.
內容詞（或獨立詞）	獨立詞		自立語
體言	體言	體言	體言
名詞	名詞	名詞	名詞
分類			
	普通名詞		普通名詞
	固有名詞		固有名詞
			形式名詞
特殊用法名詞			
時間名詞	時間名詞		
形式名詞	形式名詞	形式名詞	
代名詞	代名詞	代名詞	代名詞
人稱代名詞	人稱代名詞	人稱代詞	人稱代名詞
指示代名詞	指示代名詞	指示代詞	指示代名詞
事物代名詞	事物代名詞	事物代詞	事物代名詞

場所代名詞	場所代名詞	場所代詞	場所代名詞
方向代名詞	方向代名詞	方向代詞	方角代名詞
反身代名詞			
數詞	數詞	數詞	
基數詞	基數詞	基數詞	
序數詞	序數詞	序數詞	
量數詞	量數詞	量詞	
用言	用言	用言	用言
動詞	動詞	動詞	動詞
根據活用分類			
五段活用動詞	五段活用動詞	五段活用動詞	五段活用動詞
上一段活用動詞	上一段活用動詞	上一段活用動詞	上一段活用動詞
下一段活用動詞	下一段活用動詞	下一段活用動詞	下一段活用動詞
カ行變格活用動詞	カ行變格活用動詞	カ行變格活用動詞	カ行變格活用動詞
サ行變格活用動詞	サ行變格活用動詞	サ行變格活用動詞	サ行變格活用動詞
			數詞
自動詞	自動詞		自動詞
他動詞	他動詞		他動詞
根據詞義分類			
動態動詞			
繼續動詞	繼續動詞		
瞬間動詞	瞬間動詞		
靜態動詞			
狀態動詞	狀態動詞		
形容詞性動詞	形容詞性動詞		
特殊用法動詞			
	形式動詞（という）		
接受動詞			
補助動詞			補助動詞（形式動詞）

			可能動詞
	敬語動詞		
	尊敬動詞		
	自謙動詞		
	鄭重動詞		
動詞的體			
持續體	持續體		
存續體	存續體		
完成體	完成體		
動詞的時			
現在時	現在時		
過去時	過去時		
將來時	將來時		
動詞的態			
被動態	被動態		
使動態	使動態		
能動態	可能態		
自然發生態	自發態		
根據有無賓語分類			
形容詞	形容詞	形容詞	形容詞
分類			
	客觀形容詞		
	主觀形容詞		
特殊用法形容詞			
補助形容詞	補助形容詞		補助形容詞（或形式形容詞）
形容動詞	形容動詞	形容動詞	形容動詞
特殊用法形容動能			
活用特殊的形容動詞	不完全型形容動詞		特別な活用をする形容動詞

"詞幹＋の"構成定語 的形容動詞			
連體詞	連體詞	連體詞	連體詞
副詞	副詞	副詞	副詞
分類			
情態副詞	情態副詞		狀態の副詞
程度副詞	程度副詞		程度の副詞
陳述副詞	陳述副詞		陳述の副詞
接續詞	接續詞	接續詞	接續詞
感嘆詞	感嘆詞	感嘆詞	感動詞
功能詞（或付屬詞）	附屬詞		附屬語
助動詞	助動詞	助動詞	助動詞
分類			
被動助動詞 （れる、られる）	被動助動詞 （れる、られる）		受け身の助動詞 （れる、られる）
可能助動詞 （れる、られる）	可能助動詞 （れる、られる）		可能の助動詞 （れる、られる）
自然發生助動詞 （れる、られる）	自發助動詞 （れる、られる）		自然の助動詞 （れる、られる）
尊敬助動詞 （れる、られる）	敬語助動詞 （れる、られる）		尊敬の助動詞 （れる、られる）
使動助動詞 （せる、させる）	使役助動詞 （せる、させる）		使役の助動詞 （せる、させる）
否定助動詞 （ない、ぬ（ん））	否定助動詞 （ない、ぬ（ん））	否定助動詞（ない）	否定の助動詞 （ない、ぬ）
過去完了助動詞 （た）	過去（或完了） 助動詞（た）	過去助動詞（た）	過去の助動詞（た）
			完了の助動詞（た）
			存續の助動詞（た）
			確認の助動詞（た）
斷定助動詞 （だ、である）	斷定助動詞 （だ、です）	判斷助動詞	斷定の助動詞 （だ、です）
敬體助動詞 （ます、です）	敬體（或鄭重） 助動詞（ます）	敬體助動詞 （ます、です）	叮嚀の助動詞 （ます）
敬體斷定助動詞 （です）			
推測助動詞（らし い、う、よう）	推量助動詞（らしい、 う、よう、べし）	推量助動詞（う、よ う）	推量の助動詞（う、 よう）
			意志の助動詞（う、 よう）
			勸誘の助動詞（う、 よう）
			推定の助動詞（らし い、ようだ）
否定推測助動詞（ま い）	否定推量助動詞（ま い）		否定推量の助動詞 （まい）

			否定意志の助動詞 (まい)
願望助動詞 (たい、たがる)	希望助動詞 (たい、たがる)	願望助動詞 (たい)	希望の助動詞 (たい、たがる)
比喩助動詞 (ようだ、みたいだ)	比況助動詞 (ようだ、みたいだ)	比喩助動詞 (ようだ)	比喩の助動詞 (ようだ)
			例示の助動詞 (ようだ)
様態助動詞 (そうだ)	様態助動詞 (そうだ)		様態の助動詞 (そうだ)
傳聞助動詞 (そうだ)	傳聞助動詞 (そうだ)	傳聞助動詞 (そうだ)	傳聞の助動詞 (そうだ)
助詞	助詞	助詞	助詞
格助詞	格助詞	格助詞	格助詞
接續助詞	接續助詞	接續助詞	接續助詞
並列助詞	並列助詞		
提示助詞	提示助詞	副助詞	副助詞
副助詞	副助詞		
語氣助詞	語氣助詞	終助詞	終助詞
敬語	敬語		敬語
尊敬語	尊敬語		尊敬語
謙讓語	自謙語		謙讓語
鄭重語	鄭重		叮嚀語
美化語			
慣用型			
用於基本事實敘述的慣用型			
表示陳述方式的慣用型			
構詞法	構詞法		
分類			
單純詞	單純詞		
合成詞	合成詞		
複合詞	複合詞		
派生詞	派生詞		
前綴	接頭詞		
後綴	接尾詞		
複合	複合		

句 法 部 分

A.	B.	C.	D.
構句單位			
句子	句子		文
句素	詞		連文節
簡單的句素	詞素		文節
擴展的句素	詞組		語
	主謂詞組		
	聯合詞組		
	偏正詞組		
	擴大的詞組		
構詞	轉用	派生	派生
主語	主語	主語	主語（主部）
謂語	謂語	謂語	述語（述部）
賓語	賓語		
補語	補語		
			修飾語（修飾部）
定語	定語	連體修飾語	連體修飾語
狀語	狀語	連用修飾語	連體修飾語
獨立語	獨立語		獨立語（獨立部）
提示語	外位語（或提示語）		接續語（接續部）
同位語	同位語（或同格語）		
插入語	插入語		
句子的主觀性部分			
謂語的陳述方式	陳述副詞		
用言終止形	用言活用形		
動詞命令形			
助動詞	情態助動詞		

語氣助詞	終助詞		
補助動詞	複合謂語		
表示陳述方式的慣			
提示助詞與謂語陳述方			
陳述副詞			
根據謂語構成的句子分類			
判斷句	判斷句		
描寫句	描寫句		
敘述句	敘述句		
存在句	存在句		
根據敬簡體的句子分類			
敬體句	敬體句		
簡體句	簡體句		
根據結構的句子分類			
獨詞句			
句子成分			主題
	述題		
主謂句			
簡單句	單句		單文
複合句	複句		複文
包孕句			重文
主從句	主從句		
並列句	並列句		
根據功能的句子分類			
	陳述句		
	疑問句		
	請求、命令句		
	感嘆句		
根據語序的句子分類			

	正序句		
	倒裝句		

篇章法 部分

A.	B.	C.	D.句間關係
句間關係			
順接型			順接型
逆接型			逆接型
添加型			並立‧累加型
對比型			對比‧選擇型
同位型			
補充型			說明型
連鎖型			
轉換型			轉換型
篇章單位			
文章			文章‧談話
段落			段落
自然段			形式段落
意義段			意味段落
語段			文
段落的設立與排列			
文章的結構			
文章體裁			

附 錄 二

量 詞 表

日語量詞數量眾多、分工瑣細、用法繁雜，日語數詞音訓並存，各有擔當、時生變化。數詞接上量詞使用時，何時用音讀數詞，何時用訓讀數詞，何時數詞發生語音變化，何時量詞發生語音變化，這些都是學習日語、使用日語的難點。為幫助讀者較徹底地解決這一問題，特編制了這個量詞表。

本表選出了日語常用量詞 110 個，按五十音圖順序排出先後，對每個量詞都從其計數對象和發音注意事項兩個方面作了說明。

表中 I、II 分別代表如下讀音體系：

	1	2	3	4	5	6
I	いち	に	さん	よん	ご	ろく
II	ひと	ふた	み	よ	いつ	む

	7	8	9	10	幾?
I	なな	はち	きゅう	じゅう	なん
II	なな	や	ここの	と	いく

用羅馬數字 I、II 表明該詞的讀音體系，並在其後標以句號。有讀音變化等發音上需注意處者，於句號後作出說明。一個量詞兼

用 I、II 兩個讀音體系時，分別作出說明，並在說明後標以句號。

讀音體系 II 所計數量一般不超過 10，讀音體系 I 可按照 10 以上數字的讀法類推。故本表計量只到 10 為止。

量　　詞	計 數 對 象	發 音 注 意 事 項
位（い）	名次、舊官位	I. 3 さんみ
重（え）	層次	II.
円（えん）	貨幣	I. 4 よえん
日（か）	日期（10 日以下）	I.
	2～10 也可指天數	II. ついたち
		2 ふつか
		3 みっか
		4 よっか
		6 むいか
		7 なのか
		8 ようか
		10 とおか
課（か）	課程；科（工作單位，機構）	I. いっか
		6 ろっか
回（かい）	次數	I. いっかい
		6 ろっかい
階（かい）	樓層	I. いっかい
		3 さんがい
		6 ろっかい
か月（かげつ）	月數（時間單位）	? なんがい
		I. 1 いっかげつ
		6 ろっかい
		7 しちかげつ
		10 じ（ゅ）っかげつ
月（がつ）	月份	I. 4 しがつ

		7 しちがつ
		9 くがつ
		II. 1,2,3,4,5。
カロリー	熱量單位	I. 10 じ（ゅ）っカロリー
卷（かん）	叢書；膠卷	I. 1 いっかん
		6 ろっかん
		10 じ（ゅ）っかん
缶（かん）	罐裝食品、飲料	I. 6 ろっかい
		10 じ（ゅ）っかん
機（き）	飛機	I. 1 いっき
		6 ろっき
		10 じ（ゅ）っき
期（き）	定期畢業班級	I. 1 いっき
		6 ろっき
		10 じ（ゅ）っき
脚（きゃく）	椅子、桌子等帶腿的東西	I. 1 いっきゃく
		6 ろっきゃく
		10 じ（ゅ）っきゃく
級（ぎょう）	等級	I. いっきゅう
		6 ろっきゃく
		10 じ（ゅ）っきゅう
行（ぎょう）	成行的字	I.
曲（きょく）	歌曲、音樂	I. 1 いっきょく
		6 ろっきょく
		10 じ（ゅ）っきょく
局（きょく）	象棋等棋盤上進行的比賽	I. 1 いっきょく

		6 ろっきょく
		10 じ（ゅ）っきょく
切れ（きれ）	切下的東西	II
キロ	重量單位	I. 6 ろっキロ
		10 じ（ゅ）っキロ
斤（きん）	重量單位	I. 1 いっきん
		6 ろっきん
		10 じ（ゅ）っきん
區（く）	區	I. 1 いっく
		6 ろっく
		10 じ（ゅ）っく
句（く）	文章・詩歌・俳句等	I. 1 いっく
		6 ろっく
		10 じ（ゅ）っく
組（くみ）	班級・班組	II. 8 はちくみ
桁（けた）	〔數〕位數	15 以後　III 1,2,3.4。
件（けん）	事情	I. 1 いっけん
		6 ろっけん
		10 じ（ゅ）っけん
軒（けん）	房子	I. 1 いっけん
		3 さんげん
		6 ろっけん
		10 じ（ゅ）っけん
		? なんげん
戶（こ）	家庭	I. 1 いっこ
		6 ろっこ

		10 じ（ゅ）っこ
個（こ）	東西	I.　1 いっこ
		6 ろっこ
		10 じ（ゅ）っこ
校（こう）	校正；學校	I.　1 いっこう
		6 ろっこう
		10 じ（ゅ）っこう
号（ごう）	鉛字大小；較小的法律條文；雜誌等	I.
歳（さい）	年齢	I.　1 いっさい
		8 はっさい
		10 じ（ゅ）っさい
冊（さつ）	書籍、雜誌等	I.　1 いっさつ
		8 はっさつ
		10 じ（ゅ）っさつ
字（じ）	文字	I.　4 よじ、よんじ
時（じ）	時刻	I.　4 よじ
		9 くじ
次（じ）	回數、次數	I.　4 よじ、よんじ
時間（じかん）	時間單位	I.　4 よじかん
		9 くじかん
種（しゅ）	種類	I.　1 いっしゅ
		8 はっしゅ
		10 じ（ゅ）っしゅ
首（しゅ）	歌曲、詩歌	I.　1 いっしゅ
		8 はっしゅ
		10 じ（ゅ）っしゅ

週（しゅう）	時間單位	I. 1 いっしゅう
		8 はっしゅ
		10 じ（ゅ）っしゅう
周（しゅう）	圈數	I. 1 いっしゅう
		8 はっしゅう
		10 じ（ゅ）っしゅう
重（じゅう）	層數	I. 4 よじゅう
周年（しゅうねん）	年數	I. 1 いっしゅうねん
		8 はっしゅうねん
		10 じ（ゅ）っしゅうねん
女（じょ）	女兒的次序（從3開始）；女人數	I. 7 しちじょ
畳（じょう）	房屋面積	I. 4 よじょう
條（じょう）	帶子等細長條東西、條紋	I.
乘（じょう）	汽車	I.
錠（じょう）	藥片	I.
筋（すじ）	細長東西	II.
寸（すん）	長度單位	I. 1 いっすん
		8 はっすん
		10 じ（ゅ）っすん
錢（せん）	貨幣	I. 1 いっせん
		8 はっせん
		10 じ（ゅ）っせん
膳（ぜん）	飯食；筷子	I.
センチ	長度單位	I. 1 いっセンチ
		8 はっセンチ
		10 じ（ゅ）っセンチ

層 (そう)	層數	I. 1 いっそう
		8 はっそう
		10 じ (ゅ) っそう
艘 (そう)	船只	I. 1 いっそう
		8 はっそう
		10 じ (ゅ) っそう
足 (そく)	鞋、襪等	I. 1 いっそく
		8 はっそく
		10 じ (ゅ) っそく
揃い (そろい)	手套、服裝等	II. 8 はっそろい
台 (だい)	汽車、自行車、機器等能運轉的東西	I.
代 (だい)	年代、年齡代	I.
題 (だい)	問題、試題等	I.
段 (だん)	台階	I.
着 (ちゃく)	衣服	I. 1 いっちゃく
		8 はっちゃく
町 (ちょう)	城鎮、街道	I. 1 いっちょう
		8 はっちょう
丁 (ちょう)	豆腐	I. 1 いっちょう
		8 はっちょう
通 (つう)	書信、電話、電報等	I. 1 いっつう
		8 はっつう
月 (つき)	月數 (時間單位)	II.
粒 (つぶ)	顆粒狀物品	II.
點 (てん)	分數、得分	I. 1 いってん
		8 はってん

		10 じ（ゅ）ってん
度（ど）	溫度、角度、經緯度、眼鏡度數、次數	I.
頭（とう）	大動物（大象、老虎、牛、馬、獅子等）	I.　1 いっとう
		8 はっとう
等（とう）	級別	I.　1 いっとう
		8 はっとう
とおり	種類	II.
男（なん）	兒子的順序（從3開始）；男人數	I.　7 しちなん
日（にち）	日期（從11開始）、天數（1～10只能指天數）	I.　14 じゅうよっか
		20 はつか
		24 にじゅうよっか
人（にん）	人數（從3開始）	I.　4 よにん
		7 しちにん
		9 くにん
年（ねん）	年數	I.　4 よねん
		7 しちにん
		9 くにん
パーセント	百分比	I.　10 じ（ゅ）っパーセント
杯（はい）	茶、咖啡、酒等飲料	I.　1 いっぱい
		3 さんぱい
		6 ろっぱい
		8 はっぱい
		10 じ（ゅ）っぱい
		? なんぱい
倍（ばい）	倍數	I.
拍（はく）	音樂、音節	I.　1 いっぱく

		3 さんぱく
		4 よんぱく
		6 ろっぱく
		8 はっぱく
		10 じ（ゅ）っぱく
		? なんぱく
泊（はく）	住宿時間	I. 1 いっぱく
		3 さんぱく
		4 よんぱく
		6 ろっぱく
		10 じ（ゅ）っぱく
		? なんぱく
箱（はこ）	盒装物品（如香煙等）	II. 8 はちはこ
発（はつ）	子彈、炮彈、焔火等	I. 1 いっぱつ
		3 さんぱつ
		4 よんぱつ
		6 ろっぱつ
		8 はっぱつ
		10 じ（ゅ）っぱつ
		? なんぱつ
班（はん）	組、班級	I. 1 いっぱん
		3 さんぱん
		4 よんぱん
		6 ろっぱん
		10 じ（ゅ）っぱん
		? なんぱん

番（ばん）	次序	I.		
晩（ばん）		II.		
尾（び）	魚	I.		
匹（ひき）	小動物（貓、犬、蚊子等）	I.	1	いっぴき
			3	さんびき
			6	ろっぴき
			10	じ（ゅ）っぴき
			?	なんびき
秒（びょう）	時間單位；時刻	I.		
部（ぶ）	書籍、文件等	I.		
分（ぶ）	〝度〟的十分之一	I.		
袋（ふくろ）	袋裝的物品	II.	8	はちふくろ
			9	きゅうふくろ
			10	じゅうふくろ
分（ふん）	時間單位；時刻	I.	1	いっぷん
			3	さんぷん
			4	よんぷん
			6	ろっぷん
			10	じ（ゅ）っぷん
			?	なんぷん
步（ほ）	路程	I.	1	いっぽ
			3	さんぽ
			4	よんぽ
			6	ろっぽ
			10	じ（ゅ）っぽ
			?	なんぽ

本 (ほん)	樹木、筆、褲子等各種細長的東西；錄音帶、錄像帶等	I. 1 いっぽん
		3 さんぽん
		6 ろっぽん
		10 じ（ゅ）っぽん
		？なんぽん
枚 (まい)	紙、衣服等薄的東西	I.
幕 (まく)	戲劇等	II. 1,2,6。
		I. 3,4,5,7 以後。
まわり	一輪（十二年）；圈數、周數	II. 8 はちまわり
		9 きゅうまわり
		10 じゅうまわり
		I. 3,4,5,7 以後。
名 (めい)	人	I.
メートル	長度單位	I.
面 (めん)	報紙版面、鏡子、琴、棋盤等	I.
夜 (や)	晚上	I. 7 しちや
役 (やく)	角色	II. 1,2,6。
		I. 3,4,5,7 以後。
兩 (りょう)	車箱、車輛	I.
輪 (りん)	花	I.
列 (れつ)	隊列	I.
羽 (わ)	鳥類；兔子	I. 3 さんぱ
		4 よんぱ
		6 ろっぱ
		10 じ（ゅ）っぱ
		？なんぱ
把 (わ)	成把的東西	I. 3 さんぱ
		6 ろっぱ
		10 じ（ゅ）っぱ
		？なんぱ
割 (わり)	十分之一	I.

附 錄 三

日文術語索引

（本索引所列詞條均按五十音圖排序，詞條後部的數字為該詞條在本書中出現的章、節）

サ　行

附　錄　四

中文術語索引

（本索引所列詞條均按漢語拼音排序，詞條後部的數字為該詞條在本書中出現的章、節）

附　錄　五

参 考 文 献

1. 市川孝・国語教育のための文章論概説・教育出版、1978
2. 江副隆秀・日本語を外国人に教える日本人の本・創拓社、1985
3. 江副隆秀・外国人に教える日本語文法入門・創拓社、1987
4. 江湖山恆有、松村明・日本文法講座6　日本文法辞典・明治書院、1962
5. 大石初太郎・敬語・筑摩書房、1975
6. 大野晋、柴田武・岩波講座日本語・岩波書店。
7. 奥田靖雄・〝を格の名詞と動詞とのくみあわせ〟日本語文法・連語論（資料編）むぎ書房、1983
8. 奥津敬一郎・ボクハ　ウナギダ・の文法・くろしお出版、1978
9. 川端善明・"数・量の副詞——時空副詞との関連——"国語国文・京都大国文学会、京都大文学部国語学国文学研究室、中央図書出版社、1967
10. 菊地康人・敬語・角川書店、1994
11. 北川千里、外国人、角川書店、1994
12. 北原保雄・日本語助動詞の研究・大修館書店、1981
13. 北原保雄等・日本文法事典・有精堂、1981
14. 金田一春彦・"国語動詞の一分類"言語研究 15・日本言語学会、1950
15. 金田一春彦・日本語の姿・大修館書店、1976
16. 金田一春彦・日本語セミナーニ・筑摩書房、1982
17. 国広哲弥等・ことばの意味3・平凡社、1982

18. 久野暲・日本文法研究・大修館書店、1973

19. 久野暲・談話の文法・大修館書店、1978

20. 窪田富男、池尾スミ・日本語教育指導参考書 2　待遇表現・文化庁、1971

21. 窪田富男・日本語教育指導参考書 17　敬語教育の基本問題（上）（下）・国立国語研究所、1990、1992

22. 小泉保等・日本語基本動詞用法辞典・大修館書店、1989

23. 国語学会・国語学大辞典・東京堂、1980

24. 国立国語研究所・現代語の助詞・助動詞――用法と実例（国立国語研究所報告 3）・秀英出版、1951

25. 国立国語研究所・形容詞の意味・用法の記述的研究・秀英出版、1972

26. 国立国語研究所・日本語と日本語教育　文字・表現編・大蔵省印刷局、1976

27. 国立国語研究所・談話の研究と教育 I・大蔵省印刷局、1983

28. 国立国語研究所・現代日本語動詞のアスペクトとテンス（国立国語研究所報告 82）・秀英出版、1985

29. 国立国語研究所・日本語教育指導参考書 19　副詞の意味と用法・国立国語研究所、1991

30. 国立国語研究所・日本語教育指導参考書 4　日本語の文法（上）（下）・大蔵省印刷局、1978、1981

31. 酒入郁子等・外国人が日本語教師によくする 100 の質問・バベル・プレス、1991

32. 阪倉篤義・改稿日本文法の話・教育出版、1974

33. 佐久間鼎・改稿日本文法の話・教育出版、1974

34. 佐治圭三・"時詞と数量詞――その副詞的用法を中心とし

て──”日本語の文法の研究・ひつじ書房、1991

35. 島田勇雄・文論中心　口語文法・明治書院、1963

36. 鈴木一彦、林巨樹・品詞別　日本文法講座・明治書院。

37. 鈴木一彦、林巨樹・研究資料日本文法・明治書院。

38. 鈴木重幸・日本語文法・形態論・むぎ書房、1972

39. 鈴木康之・日本語文法の基礎・三省堂、1977

40. 砂川有里子・セルフマターシリーズ 2 する・した・している・くろしお出版、1986

41. 関正昭・外国人に教える日本語の文法・一光社、1990

42. 高橋太郎等・日本語の文法・講義テキスト、1993

43. 辻村敏樹・現代の敬語・共文社、1967

44. 寺村秀夫・日本語のシンタクスと意味I.くろしお出版、1982

45. 寺村秀夫・日本語のシンタクスと意味II.くろしお出版、1984

46. 寺村秀夫等・ケーススタディ日本文法・桜楓社、1987

47. 寺村秀夫等・ケーススタディ日本語の文章・談話・桜楓社、1990

48. 時枝誠記・日本文法　口語篇・岩波書店、1950

49. 時枝誠記・日本文法　口語篇・岩波書店、1954

50. 時枝誠記等・日本文法講座 2　文法論と文法教育・明治書院、1957

51. 徳田政信・近代文法図説・明治書院、1983

52. 永野賢・文章論総説・朝倉書店、1986

53. 名柄迪・外国人のための日本語例文・問題シリーズ6　接続の表現・荒竹出版、1988

54. 名柄迪・日本語教育能力核定試験傾向と対策 V。L・1 バベル・プレス、1991

55. 新美和昭・外国人のための日本語例文・問題シリーズ8　複合動詞・荒竹出版、1988

56. 仁田義雄・益岡隆志・日本語のモダリティ・くろしお出版、1989

57. 仁田義雄・日本語のモダリティと人称・ひつじ書房、1991

58. 日本語教育学会・日本語教育事典・大修館書店、1982

59. 日本放送協会・日本語発音アクセント辞典・日本放送出版協会、1985

60. 野田尚史・はじめての人の日本語文法・くろしお出版、1991

61. 芳賀綏・日本文法教室・東京堂、1962

62. 芳賀綏・新訂日本文法教室・教育出版、1982

63. 芳賀綏・現代日本語の文法・教育出版、1978

64. 橋本進吉・国語法要説・明治書院、1924

65. 橋本進吉・国文法体系論・岩波書店、1959

66. 服部四郎等・日本の言語学・大修館書店、1979

67. 林巨樹・訂正文章表現要説・白帝社、1965

68. 林大等・文章とは何か・明治書院、1977

69. 飛田良文、浅田秀子・現代形容詞用法辞典・東京堂、1991

70. 平林周祐、浜由美子・外国人のための日本語例文・問題シリーズ敬語・荒竹出版、1988

71. 文化庁・外国人のための基本語用例辞典・文化庁、1971

72. 益岡隆志、田窪行則・基礎日本語文法・くろしお出版、1989

73. 益岡隆志・モダリティの文法・くろしお出版、1991

74. 松下大三郎・改選標準日本文法・中文館書店、1928

75. 松下大三郎・標準日本口語法・中文館書店、1930

76. 松村明・日本文法大辞典・明治書院、1971

77. 南不二男・現代日本語の構造・大修館書店、1974
78. 南不二男・敬語・岩波書店、1987
79. 南不二男・現代日本語文法の輪郭・大修館書店、1993
80. 宮島達夫・語彙論研究・むぎ書房、1994
81. 宮地敦子・"代名詞"講座現代語第六巻　口語文法の問題点・明治書院、1964
82. 宮地裕等・講座　日本語と日本語教育・明治書院。
83. 村木新次郎・日本語動詞の諸相・筑摩書房、1991
84. 森岡健二等・口語文法講座3　ゆれている文法・明治書院、1964
85. 森岡健二等・口語文法講座3　ゆれている文法・明治書院、1964
86. 森島久雄・現代文・旺文社、1983
87. 森田良行・"指示語の指導"講座日本語の文法4　文法指導の方法・日治書院、1967
88. 森田良行・日本語の類意表現・創拓社、1988
89. 山田孝雄・日本口語法講義・宝文館、1922
90. 山田孝雄・日本文法学概論・宝文館、1936
91. 山田孝雄・日本文法学概論・角川書店、1950
92. 湯沢幸吉郎・現代口語の実相・習文館・1951
93. 湯沢幸吉郎・口語法精説・明治書院・1953
94. 吉川武時・日本語文法入門・アルク・1989
95. 吉田金彦・日本語概説・桜楓社、1989
96. 渡辺正数・教師のための口語文法・右文書院、1978
97. 曹大峰・現代日語高級語法教程・山東大学出版、1993
98. 大学日語教学大綱修訂組・大学日語教学大綱・高等教育出版

社、1989

99. 顧明耀等・大学日語 (1)—(4)・高等教育出版社、1991—1994

100. 顧明耀等・精選日漢学習辞典・高等教育出版社、1996

101. 顧明耀等・日語 1　教師参考書・高等教育出版社、1986

102. 顧明耀、劉長義・日語 3 教師参考書・高等教育出版社、1988

103. 顧成・"一部改良的学校語法"日語学習・商務印書館、1989・5 期

104. 黄国文・語篇分析概要・湖南教育出版社、1988

105. 靖立青・日語句法・高等教育出版社、1987

106. 任犀・日語 2　教師参考書・高等教育出版社、1987

107. 孫群・日語句法・吉林人民出版社・1985

108. 王宏・日語常用表達方式・上海外語教育出版社、1988

109. 王曰和・日語語法・中国人民解放軍洛陽外国語学院、1979

110. 徐昌華・簡明日語句法・商務印書館、1988

111. 趙福泉・日語語法疑難辨析・上海外語教育出版社、1988

112. 周炎輝・現代日語語法（理工科用）・高等教育出版社、1982

113. 周炎輝・日語 1　（理工科用）・高等教育出版社、1985

114. 周炎輝・日語 2　（理工科用）・高等教育出版社、1985

115. 周炎輝・日語 3　（理工科用）・高等教育出版社、1986

116. 周炎輝等・日語句子分析・湖南科学技術出版社、1992

117. 朱万清・新日本語語法・外語教学与研究出版社、1983

後 記

一

　本書編寫歷時較長，執筆者也有過一些變化，這裡列出最後成稿的各章筆者。

第一章　緒論　顧明耀

第二章　體言　陳亦文

第三章　用言（一）　趙蔚青

第四章　用言（二）　杜立平

第五章　副詞、連體詞、接續詞、感嘆詞　陳亦文

第六章　助動詞　鄭玉琴

第七章　助詞　張文雨

第八章　敬語　顧明耀

第九章　句法　陳亦文、顧明耀、趙剛

第十章　篇章法　趙剛

附錄編製：陳亦文、趙蔚青、張文雨、曹紅荃、于琰

　作為主編，我負責了全書初稿的審讀統稿工作，並在不少章節中改動了一些實質內容，增添了一些我以為必要的內容。

　1944 年 6 月以前為各執筆者分工執筆階段，1994 年 7 月～12 月為初稿審讀統稿階段。這個階段中，除與每位執筆者切磋修改外，還特地請日本共立女子大學金子尚一教授對本書的例句做了全面審改。1995 年 1～6 月為第二稿修訂階段，7 月～8 月由對外經貿大學汪大捷教授、華中理工大學陳俊森副教授對書稿進行了全面的審

查，提出了許多寶貴的意見。1995 年 9 月～1996 年 6 月在執筆者對全書再加修訂的基礎上，我同兩位副主編與各章執筆者協商定稿。7 月～8 月在汪大捷、陳俊森兩位審閱者抽審後，由第四軍醫大學侯仁鋒教授對全稿做了覆審，而後又請日本島根大學田籠博教授、日本廣島女子大學今石元久教授對本書的例證做了審訂。至此書稿完成。

二

眨眼執教日語 35 年了。本書出版之時，當是我花甲之年，按理說這本書應該弄得好些。交稿之際，再次通讀，雖然本書有其特色，但不滿意處甚多。這些不滿意之處，都該是我承擔責任的，敬請讀者諸賢賜予指正。

本書的執筆人都是我的朋友或同事，其中一半左右曾經是我的學生。由於我們十分熟悉，也由於大家對我的信賴和支持，我毫無顧忌地對大家的文稿做了改動、增刪，或許不少錯誤不當都是因此產生的，這當然應該由我負責，特此說明並向執筆各位致以歉意。

本書最後定稿將將及半時，我應聘赴日執教，因之請趙蔚青、趙剛二同志出任副主編，主持未盡定稿諸事。第一、四、六、八、九章由趙蔚青編定、第七章由趙剛編定，其餘第二、三、五、十章係我編定。附記於此，並對兩位副主編的支持、合作及辛勤勞動致以由衷的感謝。另外，要感謝高等教育出版的林梅小姐，因她鼎力相助，這本好書才得以在臺灣發行。

顧明耀

1996.8.12 於日本廣島

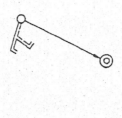

(注) 人是 "やる、くれる、あげる" 等的主體

人是 "書く" 等的主體。

◎是說話人〇是對方

→是從◎一方看到的行為的方向。→的傾斜度表示上

下位關係。

(イ) 書いてやる、書いてあげる

(ウ) 書いてもらう　書いていただく

"……に" 和 "……から" 的區別並不是那麼分明的。"から" 顯示授與者為出發點，表示主動授與或主動給予幫助這一點是明確的，它不能用於接受方主動索取的場合。例如：

〇　ほしいものをお母さんがくれなかったから、おばあさ

んにもらった。／想要的東西媽媽不給，向奶奶要了。

"おばあさんに" 可以，而 "おばあさんから" 不行。但是，

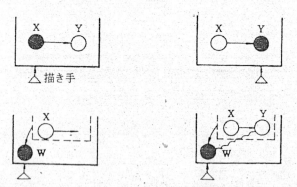

（●敘述焦點，○非焦點，△說話人立場。→作用或影響，
╱必然聯繫）

根據鈴木的觀點可將寺村的圖補充如下：

（v） 有時候，對敘述焦點人物的影響並不總是有害的。但
是，有益的情況一般不用被動態來表達。例如：

○ 赤ちゃんからパパと呼んでもらった。／嬰兒叫我 "爸
爸" 了。

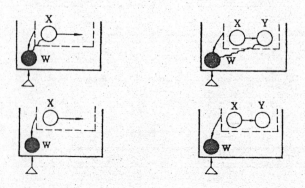

（ウ）鈴木重幸

第二表＜品詞における主要な文法的な特徴の相互関係＞

品詞における主要な文法的な特徴の相互関係

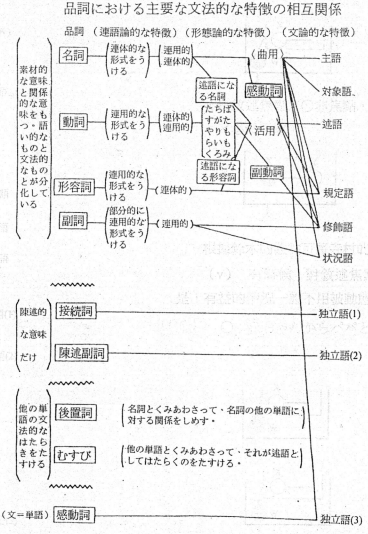

品詞　（連語論的な特徴）（形態論的な特徴）（文論的な特徴）

──引自『日本語文法・形態論』鈴木重幸著

國家圖書館出版品預行編目資料

標準日語語法／顧明耀主編. --初版. --臺
　北市：鴻儒堂，民 92
　　　面；公分
　參考書目：面
　含索引
　ISBN　957-8357-57-5(精裝)
　1. 日本語言—文法

803. 16　　　　　　　　　92007713

標準日語語法

定價：500 元

2003 年 (民 92 年) 10 月初版一刷

本出版社經行政院新聞局核准登記

登記證字號：局版臺業字 1292 號

主　　　編：顧明耀

發　行　人：黃成業

發　行　所：鴻儒堂出版社

地　　　址：台北市中正區 100 開封街一段 19 號二樓

電　　　話：23113810・23113823

電話傳真機：23612334

郵 政 劃 撥：01553001

E — mail：hjt903@ms25.hinet.net

凡有缺頁、倒裝者，請逕向本社調換

本書經高等教育出版社授權出版